Marie Louise Fischer
Diese heiß ersehnten Jahre

Marie Louise Fischer

Diese heiß ersehnten Jahre

Roman

Marie Louise Fischer: Diese heiß ersehnten Jahre
Lizenzausgabe für die Naumann & Göbel Verlags-
gesellschaft mbH, Köln

Gesamtherstellung: Naumann & Göbel Verlagsgesellschaft mbH

ISBN: 978-3-625-20986-7
www.naumann-goebel.de

Frau Martina Stadelmann!« Rechtsanwalt Dr. Günther hob kurz den Kopf, sein Blick streifte über den Tischkalender, der den 18. Januar 1960 anzeigte, und weiter zur Tür der Kanzlei. Seine Sekretärin ließ die neue Klientin eintreten, er verzog den Mund zu einem unverbindlichen Lächeln. In Gedanken war er noch bei dem vorausgegangenen Gespräch mit einer anderen Frau. Aber dann blieb sein Blick lange, fast selbstvergessen auf Martina Stadelmann haften.

Sie war eine schlanke Frau, sehr groß – Dr. Günther schätzte sie auf eins achtzig. Ihre wohlgeformte Figur kam in dem petrolfarbenen Deux-pièces, engem Rock mit Dior-Falte und kurzem taillierten Jäckchen mit Revers, langen Ärmeln und Manschetten, voll zur Geltung. Faszinierend war ihr Gesicht unter dem hochgetürmten rotbraunen Haar; ein großer Mund, dessen volle Lippen sie in der Erregung fest zusammenpreßte, und zwei verschiedenfarbige Augen unter getuschten Wimpern – das linke war deutlich grün, das rechte braun.

Dr. Günther sprang auf und kam um den Schreibtisch herum auf die Klientin zu.

Sie dachte nicht daran, ihm die Hand zu geben. »Ich will mich scheiden lassen«, erklärte sie mit einer Stimme, die ihr kaum gehorchen wollte.

Dr. Günther erkannte, daß sie sehr aufgeregt war. »Bitte, setzen Sie sich doch!« Er stellte einen Sessel gegenüber seinem Schreibtisch zurecht. »Kann ich Ihnen etwas anbieten? Vielleicht eine Tasse Kaffee? Zigarette?«

»Nein, danke ...«

»Dann einen Kognak. Bitte, sagen Sie nicht nein ... Sie werden mir doch Gesellschaft leisten?«

Während sie sich setzte, die Füße in den spitzen Schuhen mit den hohen Pfennigabsätzen brav nebeneinandergestellt, ging Dr. Günther um den Schreibtisch herum, bückte sich und holte eine Flasche Kognak mit zwei Gläsern heraus, schenkte großzügig ein. »Auf guten Erfolg!«

»Hoffentlich!« Martina rang sich ein Lächeln bei geschlossenen Lippen ab und nippte. Der Rechtsanwalt nahm ihr gegenüber Platz und stützte abwartend die Ellbogen auf die Schreibtischplatte.

»Mein Mann hat mich betrogen!« stieß sie heraus.

»Das war nicht nett von ihm.«

»Nicht nett! Eine Gemeinheit ist das ... und noch dazu in unserer Wohnung ... in unseren Ehebetten! Und mit meiner besten Freundin!«

Dr. Günther schnalzte mitfühlend mit der Zunge.

»Nie wäre ich auf so was gekommen«, empörte sich Martina. »Ich würde es auch jetzt noch nicht glauben – wenn ich die beiden nicht selber erwischt hätte!«

»In einer eindeutigen Situation? Ich frage nur für den Fall, daß wir eine Klage darauf stützen wollen.«

»Eindeutiger ging's gar nicht mehr.«

»Ja, dann ...«

»Bitte, Herr Doktor, reichen Sie die Scheidung ein!«

»Frau Stadelmann ...« Dr. Günther legte die Fingerspitzen gegeneinander. »... ich verstehe natürlich, daß Sie sehr aufgebracht sind. Wann ist das übrigens passiert?«

»Gestern am frühen Nachmittag. Ich habe sofort danach in Ihrer Kanzlei angerufen und um einen Termin gebeten.«

»Sehen Sie, so ähnlich habe ich mir das gedacht. Die Wunden sind also noch ganz frisch. Sind Sie sicher, Frau Stadelmann, daß Sie in ein paar Tagen, ein paar Wochen oder Monaten noch genauso über den Fall urteilen werden?«

Martina Stadelmanns verschiedenfarbige Augen wurden groß. »Ja, was könnte sich denn da ändern?«

»Sie könnten Abstand gewinnen.«

»Abstand hin, Abstand her ... das würde doch nichts daran ändern, daß er mich betrogen hat!«

»Sicher nicht.«

Sie schob das feste runde Kinn vor. »Ist Ehebruch etwa kein Scheidungsgrund?«

»Doch. Dem Gesetz nach schon. Aber ich bitte Sie doch zu bedenken: der Mensch ist schwach, und wenn ich Mensch sage, dann denke ich vorwiegend an uns Männer. Da kann ein kleiner Seitensprung schon mal vorkommen, ohne daß er die Fundamente der Ehe erschüttern müßte.«

»Jetzt verstehe ich gar nichts mehr!« Martina, die bisher auf der Sesselkante gehockt hatte, lehnte sich zurück. »Sie meinen also, Treue sei in der Ehe nicht so wichtig?«

»Nein, nein, so meine ich das natürlich nicht. Aber, Frau Stadelmann, wenn ich Sie richtig verstanden habe, war Ihre Ehe doch bis gestern mittag in Ordnung? Sie schien Ihnen zumindest in Ordnung …«

»Ja. Vielleicht«, gab Martina zögernd zu. »Bis ich dahintergekommen bin.«

»Aber auch wenn Ihr Mann Sie betrogen hat, heißt das doch nicht unbedingt, daß er Sie nicht mehr liebt! Wie stellt er sich denn zu der ganzen Angelegenheit? Ist er auch für die Scheidung? Will er die andere heiraten?«

»Das nicht …«

»Aber …?«

»Kein Aber! Er redet genauso daher wie Sie! Behauptet, die Sache mit Susi hätte gar nichts weiter zu sagen … Es sei bloß passiert, weil ich ihn allein gelassen hätte … Und einem Mann stehe so was einfach zu!« Martina richtete sich auf, und ihre Augen funkelten. »Aber da mache ich nicht mit! Wenn er von mir Treue erwartet, dann soll auch er sie gefälligst halten.« Sie klopfte mit der Faust auf ihre linke Handfläche. »Ich bin nicht für zweierlei Maß. Entweder … oder.«

»Sie sind also nicht bereit, Ihrem Mann zu verzeihen?«

»Er hat mich ja nicht mal darum gebeten! Wo denken Sie hin! Er ist ja ein Mann! Er darf! Und ich, das liebe, geduldige kleine Weibchen, soll die Augen zudrücken und ihm doch das kleine Späßchen gönnen.«

Dr. Günther versuchte noch einmal, sie von ihrem Vorhaben abzubringen. »Auch wenn ein Mann seine Frau betrügt, beweist das keineswegs, daß er sie nicht mehr liebt.«

»Aber das ist doch gar nicht der springende Punkt! Möglich, daß er mich noch liebt! Aber ich will nicht mehr von ihm geliebt werden! Verstehen Sie das denn nicht?! Erst sollte ich aufschauen zu ihm wie zu einem Gott, ihn bewundern und verwöhnen und nur keine Widerworte geben, und wenn ich ihn in flagranti erwische, dann wird er nicht etwa klein, sondern plustert sich auch noch auf! Nein, Sie kennen meinen Mann nicht! Alles, was der tut, ist total in Ordnung, auch dann, wenn es der größte Blödsinn oder eine üble Schweinerei ist! Mit dem kann man sich nicht arrangieren. Wenn man mit ihm auskommen will, muß man sich unterwerfen. Genau das habe ich jetzt zehn Jahre lang gemacht, und genau das will ich nun nicht mehr.«

»Sie sind also fest entschlossen, die Ehe aufzulösen?«

»Sehr richtig. Und wenn Sie mir dabei nicht helfen wollen ...«

Dr. Günther zog die Luft durch die Zähne ein. »Es ist mein Beruf, Ehen zu scheiden. Ich lebe davon. Warum sollte ich Ihrem Wunsch nicht nachkommen wollen? Ich will nur verhindern, daß Sie im Zorn etwas tun, was Sie später bereuen müssen. Bitte, hören Sie mich jetzt einmal an: Tatsache ist doch, daß in unserer Gesellschaft die geschiedene Frau immer den kürzeren zieht.«

»Das eben sollen Sie verhindern!«

»Ich denke nicht an die Scheidung selbst, Frau Stadelmann. Im Gegenteil, das Gericht neigt fast immer dazu, der Frau, besonders wenn sie die Betrogene ist, die besseren Konditionen einzuräumen. Aber – und jetzt kommt das große Aber: Nachher, wenn sie ihre heiß ersehnte Freiheit gewonnen hat, dann sieht es meist anders aus. Haben Sie denn überhaupt eine Vorstellung, was Sie nach der Scheidung anfangen wollen?«

»Ja, Herr Doktor. Aber das soll nicht Ihre Sorge sein. Helfen Sie mir aus der Ehe heraus, und um den Rest kümmere ich mich ganz alleine.« Martina nahm einen Schluck Kognak. »Aber Sie haben doch sicher noch Fragen.«

»Ja«, bestätigte Dr. Günther. Seine Haltung Martina gegenüber war deutlich abgekühlt. Er war ein freundlicher älterer Herr, gerne bereit, einer Klientin die wattierte Schulter zum Ausweinen zu leihen. Doch für auftrumpfende Frauen hatte er ganz und gar nichts übrig.

»Na also!« Martina spürte seine Verstimmung wohl, aber es war ihr gleichgültig, was er von ihr dachte.

»Ihre Personalien haben Sie ja schon meiner Sekretärin angegeben.« Dr. Günther studierte stirnrunzelnd den vor ihm liegenden Laufzettel. »Martina Stadelmann, geborene Schmitz, geboren am 17. März 1933 in Essen. Und Ihr Gatte?«

»Helmut Stadelmann, geboren in Dinslaken am 19.9.1927.«

»Wohnhaft?«

»Dinslaken, Neustraße 11a.«

»Das ist ja gleich nebenan«, stellte der Rechtsanwalt fest.

»Eben. Deshalb bin ich ja zu Ihnen gekommen.« Martina schlug ihre Beine übereinander, achtete aber darauf, daß die Knie bedeckt blieben, so weit der enge Rock es zuließ. »Ich lese jeden Tag Ihr Schild, wenn ich zum Bahnhof laufe.«

»Komisch, daß ich Sie da noch nie gesehen habe.«

»Dinslaken ist zwar ein Nest, aber so klein denn doch nicht.«

Dr. Günther notierte. »Also Stadelmann gegen Stadelmann …« Er sah Martina an. »Sie machten da vorhin eine Bemerkung … wie war das doch gleich?« Nachdenklich drehte er den Kugelschreiber zwischen den Fingern. »Ihr Mann wirft Ihnen vor, ihn allein gelassen zu haben?«

»Stimmt. Ich meine: stimmt natürlich nicht.«

»Frau Stadelmann, Sie müssen sich streng an die Wahrheit halten. In Ihrem eigenen Interesse. Ich muß wissen, was er gegen Sie vorbringen könnte. Für den Fall, daß er Gegenklage erhebt.«

»Das wird er nicht wagen!«

»Soll das heißen, daß Sie etwas gegen ihn in der Hand haben?«

»Ach was. Ich habe mir nichts zuschulden kommen lassen, das ist alles.«

»Ihr Mann hat also mit seiner Bemerkung auf keinen bestimmten Umstand angespielt?«

»Oh, doch.« Martina leerte ihr Kognakglas. »Ich besuche seit einem Jahr eine Kosmetikschule. In Düsseldorf. Das paßt ihm nicht. Aber ich habe nicht ohne sein Einverständnis damit angefangen. Ich habe es ihm abgerungen, sozusagen.«

»Aha. Aber er fühlte sich vernachlässigt?«

»Ohne Grund. Die Wohnung war immer in Ordnung. Ich war ja nur tagsüber weg. Und bekocht hat ihn Susi.«

»Diejenige welche?«

»Genau die. Susi Dinkler. Ich habe sie für meine beste Freundin gehalten. Bis gestern.«

»Ja, das war Pech«, bemerkte der Anwalt. »Ich verstehe selbstverständlich, daß Sie sich jetzt rächen wollen …«

»Rächen? Ich will meine Freiheit wiederhaben, das ist alles.«

»Sie bestehen also nicht darauf, daß der Name von Frau Dinkler in die Scheidungsklage hineinkommt?«

»Muß er das denn nicht?«

»Nein. Wir können auf Scheidung wegen Ehebruchs klagen, ohne Zeugen zu nennen. Er weiß ja Bescheid. Wenn er es zugibt, ist der Fall schon gelaufen. Und wenn nicht, können wir immer noch die Zeugin ins Spiel bringen.«

»Sie sehen also keine Schwierigkeiten?«

»Nein. Falls Sie nicht mit etwas hinter dem Berge halten.«

»Worauf wollen Sie hinaus?«

»Meine liebe Frau Stadelmann, ich glaube, Sie verstehen mich sehr gut!« Dr. Günther lehnte sich zurück, senkte das Kinn auf die Brust und musterte Martina von unten herauf. »Sie sind jetzt wie lange verheiratet?«

»Seit April 1951.«

»Also bald zehn Jahre. Kinder?«

»Zwei. Claudia, neun, und Stefan wird acht.«

»Sie haben aus Liebe geheiratet. Oder gab es einen anderen Grund?«

»Claudia war unterwegs.« Martina verbesserte sich. »Nein, ich will ehrlich sein. Das war nur der Anlaß. Ich war damals bis über die Ohren in Helmut verliebt. Er ist ein sehr gut aussehender Mann. Sehr männlich. Meine Familie war gegen ihn. Aber ich habe ihn vergöttert.«

»Und welche Vorbehalte hatte Ihre Familie?«

»Meine Mutter. Mein Vater ist im Krieg gefallen. Ich bin bei meiner Mutter und meiner Großmutter aufgewachsen. Also, sie fanden, daß er nicht zu mir paßte. Er stammt aus einfachen Verhältnissen. Das klingt blöd, ich weiß, aber so sagt man doch. Wir hatten zwar auch kein Geld, meine Mutter jedenfalls nicht, sie lebte von der Kriegerwitwenrente und von dem, was Großmutter zuschoß. Aber wir gehörten zu einer anderen Gesellschaftsschicht. Mein Vater war Offizier. Helmuts Vater hatte es nur zum Feldwebel gebracht.«

Dr. Günther lächelte.

»Aber Helmut ist enorm tüchtig. Er ist Postoberinspektor, hat sich ohne Abitur hochgearbeitet. Er hat auch immer gut für uns gesorgt. Er ist kein Trinker, raucht nicht allzuviel ...«

Der Anwalt unterbrach sie. »Womit wir wieder beim Thema wären. Warum wollen Sie dieses männliche Prachtexemplar loswerden? Nun ja, er hat Sie betrogen. Aber warum mußten Sie sich überhaupt in diesen Kosmetikkurs einschreiben? Mit dem Einverständnis Ihres Mannes, gut und schön. Aber Sie wußten doch, daß er es nicht gerne sah.«

»Wie würde es Ihnen gefallen, Tag für Tag in einer Drei-Zimmer-Wohnung eingesperrt zu sein?! Mit einem winzigen Haushaltsgeld und einem ebenso winzigen Wirkungskreis ist man doch so gut wie eingesperrt. Solange Stefan noch nicht zur Schule ging, habe ich das eingesehen. Überhaupt, als die Kinder noch klein waren, hat es Arbeit genug gegeben. Aber jetzt? Was sollte ich denn tun? Däumchen drehen?«

»Nun, es gibt doch vielerlei Möglichkeiten, sich zu unterhalten.«

»Oh, ja, aber alle kosten Geld. Ob man nun Tennis spielt oder Bridge, alles ist teuer, und außerdem kommt nichts dabei raus. Die Kosmetikschule kostet natürlich auch, aber wenn ich erst mal fertig bin, kann ich verdienen. Ein Kosmetik-Institut fehlt hier in Dinslaken ...« Sie stockte. »Also davon bin ich ausgegangen. Eigentlich war es Susi, die mir zu der Kosmetikschule geraten hat. Aber jetzt werde ich natürlich nicht hier bleiben. Eine geschiedene Frau in dieser Kleinstadt ...«

»Frau Stadelmann, Sie sind sehr geschickt.«

»Oh, ja, das sagt ...« Martina unterbrach sich. »Was wollen Sie damit sagen?«

»Sie wissen sehr geschickt, das Gespräch nach Ihren Wünschen zu lenken. Trotzdem muß ich Ihnen die Frage stellen, auf die es ankommt: Steckt hinter diesem Kosmetikkurs nicht vielleicht doch ein anderer Mann? Bitte, glauben Sie nicht, ich wollte mir ein moralisches Urteil anmaßen.«

»Sie bilden sich ein, ich wäre wegen eines anderen Mannes tagtäglich nach Düsseldorf gefahren?« Martina lachte.

Der Rechtsanwalt blieb ernst. »Ich behaupte nicht, daß eine Liebesbeziehung der auslösende Faktor gewesen sein muß, aber sehr wahrscheinlich haben Sie doch in Düsseldorf jemanden kennengelernt ...«

»Jemanden! Eine ganze Menge sogar. Meine Mitschülerinnen in der Kosmetikschule. Und einen alten Hautarzt und einen Chemielehrer. Aber bestimmt niemanden, der mein Herz höher schlagen lassen könnte. Ich fahre nach Düsseldorf, um zu lernen, und jage am späten Nachmittag so schnell wie möglich hierher zurück. Nein, da bleibt keine Zeit für Flirts und Abenteuer.«

»Ich muß mich auf Ihr Wort verlassen.«

»Das können Sie.«

»Es fällt auf Sie zurück, wenn Sie nicht ganz aufrichtig waren.«

»Ich habe nichts zu verbergen.«

»Also schön.« Dr. Günther strich sich über sein ergrautes Haar. »Beantragen wir also, die Ehe aus alleinigem Verschulden des Ehemannes aufzulösen.«

»Ja, so nennt man das wohl.«

»Die Kinder wollen Sie behalten?«

»Unbedingt.«

»Das werden Sie auch erreichen. Die Gerichte vertreten gemeinhin die Auffassung, daß Kinder in diesem Alter zur Mutter gehören, und da wir auf Alleinschuld Ihres Gatten klagen …«

»Er ist allein schuldig!«

»Was verlangen Sie als Unterhalt? Es wäre gut, wenn wir in diesem Punkt eine außergerichtliche Einigung erreichen könnten.«

»Ich verlange eine Abfindung!«

»Falls Ihr Gatte Ersparnisse hat …«

»Hat er nicht. Aber er kann ja einen Kredit aufnehmen. Auf sein Gehalt. Seine Eltern haben sich ein Haus gebaut. Die könnten auch einspringen.«

»Sie haben das anscheinend alles gut durchdacht«, sagte der Anwalt. »Trotzdem würde ich mit der finanziellen Forderung nicht gleich herauskommen. Wir sollten lieber abwarten, wie Ihr Gatte sich überhaupt zu der Scheidungsklage stellt.«

»Wenn Sie meinen.«

»Ich könnte mir nämlich vorstellen, daß ihm das einen ziemlichen Schlag versetzen wird.«

Martina zog die dunklen Augenbrauen zusammen. »Meinen Sie, es war kein Schlag für mich, ihn mit meiner besten Freundin zu erwischen!?«

»Also doch ein wenig Rachsucht?«

»Denken Sie darüber, wie Sie wollen. Aber was für einen Zweck hat eine Scheidung, wenn man trotzdem abhängig bleibt? Ich mag einfach nicht Monat für Monat auf die Überweisung lauern.«

»Das ist verständlich. Aber Sie sind ja noch jung, und Sie sind dabei, einen Beruf zu erlernen. Da besteht doch Aussicht, daß Sie über kurz oder lang gar nicht mehr auf die Unterstützung Ihres Gatten angewiesen sein werden.«

»Ihr Männer haltet eben immer zusammen.« Martina lächelte ohne Groll und zeigte dabei große, sehr regelmäßige Zähne. »Aber etwas haben Sie bei Ihrer faszinierenden Rechnung vergessen, Herr Doktor: ich habe bald zehn Jahre lang für diesen Mann gearbeitet. Umsonst. Selbst über meine kleinen privaten Ausgaben habe ich Buch führen müssen. Ich will bloß das haben, was mir zusteht.«

»Das ist kein dummer Gedanke«, gab der Rechtsanwalt zu. »Ich fürchte nur, daß Sie sich am Ende damit ins eigene Fleisch schneiden. Ich an Ihrer Stelle würde mir Unterhalt zahlen lassen, bis ich selbst verdiene und – passen Sie auf, jetzt kommt das Wichtigste.« Er klopfte mit dem stumpfen Ende des Kugelschreibers auf den Tisch. »Und mir die Witwenpension überschreiben lassen!«

»Sehr schlau, Herr Doktor.« Martina betrachtete ihre rund geschnittenen, rot lackierten Fingernägel. »Aber Sie sind nicht in meiner Situation und können sich, scheint es, auch nicht hineinversetzen. Ich pfeife auf die Pension. Wenn ich mir bis dahin nicht selber was geschaffen habe, kann ich mich sowieso begraben lassen.« Sie hob den Kopf und richtete ihre Augen fest auf den Rechtsanwalt. »Wie Sie so richtig bemerkten: Ich habe mir alles gut überlegt.«

Dr. Günther verzog das Gesicht, beeilte sich aber dennoch zu versichern: »Selbstverständlich richte ich mich nach Ihren Wünschen.«

»Dann ist es ja gut.« Martina nahm Handschuhe und Tasche an sich, während sie sich erhob. »Bringen Sie die Sache, bitte, so schnell wie möglich über die Bühne. Je schneller ich ihn loswerde, desto besser. Mir wird ganz anders bei dem Gedanken, daß ich wahrscheinlich noch monatelang mit ihm zusammen hausen muß.«

»Das ließe sich umgehen.« Dr. Günther war aufgestanden, um sie zur Tür zu begleiten. »Wir können um eine einstweilige Verfügung ersuchen, die ihm den Aufenthalt in der ehelichen Wohnung verbietet. Begründung: unter den gegebenen Umständen ist das Zusammenleben mit ihm für Sie unzumutbar.«

»Sie meinen, das ginge?«

»Unbedingt.«

Martina zog die volle Unterlippe zwischen die Zähne und blieb einige Sekunden nachdenklich, dann erhellte sich ihr Gesicht. »Sehr beruhigend, Herr Doktor … Für den Fall, daß er sich schlecht aufführt. Aber vorläufig möchte ich darauf denn doch verzichten. Ihn aus der eigenen Wohnung zu vertreiben, das schiene mir nicht ganz fair, wissen Sie.«

Diese Entscheidung brachte Dr. Günther dahin, sein Urteil über die neue Klientin abermals zu revidieren; sie war doch nicht so rücksichtslos, wie er eine Zeitlang geglaubt hatte.

Martina verließ die Kanzlei mit dem Gefühl, eine schwere Last abgeworfen zu haben. Sie hatte die Scheidung eingeleitet und damit entschlossen den ersten Schritt in ein neues Leben getan.

Mehr als einmal hatte sie in den vergangenen Jahren mit dem Gedanken gespielt, ihre Freiheit wiederzugewinnen. Aber zwischen dem Wunsch, sich scheiden zu lassen, und der Tat hatte ein unüberbrückbarer Abgrund geklafft.

Martina gestand sich, daß sie nicht den Mut gehabt hatte, wirklich etwas für ihre Befreiung zu tun.

Aber das war es nicht allein. Sie hatte keine Waffe gehabt, mit der sie hätte kämpfen können. Sie brauchte sich nur vorzustellen, welches Gesicht Dr. Günther gemacht hätte, wenn sie vor einem Jahr mit dem Wunsch, sich scheiden zu lassen, zu ihm gekommen wäre. Was hätte sie denn schon als Grund angeben können?

»Ja, es stimmt, daß ich alles habe, was man als verheiratete Frau vom Leben erwarten kann, aber das genügt mir einfach nicht. Nein, ich bin nicht unglücklich. Wenn ich richtig unglücklich wäre, dann fühlte ich doch wenigstens etwas. Die Wahrheit ist: ich bin gelangweilt. Ja, ich langweile mich, und wenn ich mir vorstelle, daß mein ganzes Leben so weiter verlaufen soll, in einer genau vorgezeichneten Bahn, dann überfällt mich geradezu Platzangst.«

Während Martina darüber nachdachte, fand sie diese Erklärung selber ganz plausibel; Grund genug, jemanden aus einer Ehe zu entlassen, die längst keinen Inhalt mehr hatte. Aber sie wußte auch, daß weder Dr. Günther noch der Gesetzgeber das geringste Verständnis für eine solche Einstellung gezeigt haben würden – von ihrem Mann, den Verwandten und Bekannten ganz zu schweigen.

Gestern, als sie Helmut mit ihrer besten Freundin im Bett erwischt hatte, war sie noch wütend gewesen – wütend auf sich selber, weil sie, als der nachmittägliche Unterricht überraschend ausgefallen war, ohne zu überlegen, Hals über Kopf zum Bahnhof gerannt war und den nächsten Zug nach Dinslaken genommen hatte. Sie war außer sich gewesen und hätte vieles darum gegeben, wenn sie diesen schmählichen Betrug nicht entdeckt hätte.

Aber inzwischen wußte sie, daß ihr nichts Besseres hatte passieren können. Helmut hatte ihr mit seiner Untreue die Waffe in die Hand gegeben, mit der sie ihre Ketten zertrümmern konnte. Nachträglich wurde ihr ganz schlecht bei dem Gedanken, daß nur ein Zufall ihr die Augen geöffnet hatte. Es hätte ebensogut passieren können, daß Helmut sich mit Susi oder einer anderen – wer wußte denn schon, wie oft das während der vergangenen Jahre der Fall gewesen war – amüsiert hätte, ohne daß sie es je erfuhr. Es war eine Niedertracht – und dennoch, sie mußte dem Schicksal dankbar dafür sein.

Martina eilte, jetzt in ihrem alten Kamelhaarhänger, den sie über das Deux-pièces gezogen hatte, auf die Friedrich-Ebert-Straße zu. Sie hatte ein wollenes Tuch um den Kopf geschlungen, denn es war bitterkalt. Ein scharfer Wind peitschte ihr winzige, harte Schneeflocken entgegen. Es war fünf Uhr nachmittags, und die Geschäfte hatten, obwohl es noch nicht wirklich dunkel war, ihre Auslagen bereits beleuchtet. Auch die Straßenlaternen gingen jetzt an.

Ohne links und rechts zu sehen, den Kopf leicht vorgebeugt, um das Gesicht zu schützen, kämpfte sich Martina voran. Vor der Tür des Mietshauses, in dem sie seit fünf Jahren mit ihrer kleinen Familie lebte, stieß sie fast mit Stefan zusammen. Er war auf dem Weiher beim Burghotel Schlittschuh gelaufen. Seine Backen waren von Kälte und Wind gerötet und seine braunen Augen blitzten vor Lebenslust. Er hatte eine wollene rote Zipfelmütze tief in die Stirn gezogen. Über seiner linken Schulter hingen die aneinandergebundenen Schlittschuhstiefel.

Bei seinem Anblick wurde es Martina warm ums Herz. »Hei, Knüsel«, sagte sie und mußte der Versuchung widerstehen, ihn in die Arme zu ziehen; Stefan wurde im Juni acht Jahre alt und hatte es in letzter Zeit nicht mehr gern, abgeküßt zu werden.

»Hunger hab' ich!«

»Wir essen, sobald Vati nach Hause kommt.«

»Kommt er denn?«

Martina, die gerade die Haustür aufschloß, sah überrascht hoch. »Wie meinst du das?«

Stefan hielt ihrem Blick ohne Scheu stand. »Na, ihr habt euch doch gestern gezankt.«

»Stimmt schon. Aber das wird ihn doch nicht daran hindern, zum Essen nach Hause zu kommen.« Sie schob ihren kleinen Sohn in den Hausflur.

»Claudia sagt, daß ihr euch furchtbar böse seid.«

Martina erkannte, daß er ihr das Stichwort gab, die verfahrene Ehesituation zu erklären. Aber sie schreckte davor zurück, wußte nicht, ob sie Stefan erzählen sollte und erzählen konnte, was wirklich geschehen war.

So behauptete sie und kam sich selber recht erbärmlich vor: »Claudia redet viel daher. Wo steckt sie eigentlich? War sie auch beim Schlittschuhlaufen?«

»Claudia doch nicht!« Stefan ließ sich ohne weiteres ablenken. »Die ist bei 'ner Freundin oder im Alten Rathaus in der Bibliothek.«

»Na, sicher kommt sie auch bald.« Martina schloß die Wohnungstür auf. »Zieh deinen Mantel aus und wasch dir die Hände.« Sie nahm das Kopftuch ab und hängte den Kamelhaarmantel sorgfältig über einen Kleiderbügel.

Stefans Worte hatten sie nachdenklich gemacht. Helmut und sie hatten sich gestern nur mühsam den Kindern gegenüber zusammengenommen und anschließend die halbe Nacht gestritten. Sie hatte ihm furchtbare Dinge an den Kopf geworfen. Danach hatte sie auf der Couch im Wohnzimmer geschlafen.

War es möglich, daß er das Ende ihrer Ehe akzeptierte und bereits ausgezogen war?

Martina trat in das Schlafzimmer. Alles war noch, wie sie es am Morgen verlassen hatte. Sein Bett war gemacht. Sie öffnete den Kleiderschrank und sah mit einem Blick, daß seine Anzüge noch da waren. Sie hätte es sich denken können. So leicht kam sie nicht davon.

Einen Augenblick lang stand sie nachdenklich, hörte, wie Stefan nebenan die Wasserspülung zog, und überlegte, wie es praktisch weitergehen sollte. Sie hatte nicht sehr gut auf der schmalen Couch geschlafen, aber wenn sie Helmut aus dem ehelichen Schlafzimmer ausquartierte, behielt sie zwar ihr bequemes Bett, hatte aber keinen Aufenthaltsraum mehr in der Wohnung, die ohnehin längst zu klein geworden war. Sie hatten sie nur behalten, weil sie so zentral lag. Außer dem Schlafzimmer gab es nur noch den Wohnraum und das Kinderzimmer, in dem Claudia und Stefan, eigentlich schon zu groß dazu, miteinander untergebracht waren. In der Einbauküche, die kaum mehr als eine Kochnische war, konnte man sich kaum um die eigene Achse drehen; sie hatte nicht einmal ein Fenster, sondern nur eine Entlüftung.

Nein, es war besser, sie gewöhnte sich an die Couch. Bis zur Scheidung mußte es gehen. Martina nahm ihr Bettzeug über den Arm, trug es ins Wohnzimmer und bezog die Couch. Dabei fiel ihr ein, daß sie in Zukunft nachts das Fenster nicht offenlassen konnte, weil das Wohnzimmer nach vorne lag. Die Neustraße war, obwohl Einbahnstraße, viel befahren und entsprechend laut. Auch damit mußte sie sich abfinden.

Martina kniete sich vor die Schrankwand, das neueste Möbelstück, und begann umzuräumen, um Platz für ihre Wäsche und Schuhe zu bekommen.

»Machst du noch nichts zu essen?« fragte Stefan von der Tür her.

»Du wirst schon nicht verhungern.«

»Wer soll denn hier schlafen?«

»Ich.« Martina fühlte Stefans nachdenkliche Augen auf sich gerichtet und rang sich nun doch zu einer wenn auch sehr fadenscheinigen Erklärung durch. »Vati und ich, wir gehen uns momentan ziemlich auf die Nerven, weißt du, und da wollen wir lieber jeder für sich schlafen.«

»Auf einmal?«

»Du wünschst dir doch auch schon lange ein eigenes Zimmer.«

»Das ist doch was anderes.«

Martina richtete sich auf. »So anders auch nicht.« Sie trat auf Stefan zu und legte ihm sanft die Hand in den Nacken. »Erwachsene sind nicht so anders als Kinder. Sie ärgern sich auch mal gegenseitig.«

»Ach so! Hat Vati dich geärgert?«

»So könnte man es ausdrücken.«

»Und du bist ihm jetzt böse?«

»Ja. Aber hör jetzt auf, mir Fragen zu stellen. Hilf mir lieber.«

Stefan ließ sich willig einspannen, und als Claudia eine halbe Stunde später nach Hause kam, war das Werk getan; so viel von Martinas persönlicher Habe wie irgend möglich war in zwei Abteilen der Schrankwand verstaut, an der auch, aus Mangel an anderem Platz, einige Kleider, Röcke und Kostüme schaukelten.

Claudia sah es sofort. Ohne Gruß blieb sie auf der Schwelle stehen und fragte: »Was ist das?« Sie war ein dünnes Mädchen von neun Jahren, groß für ihr Alter und blauäugig; das lange blonde Haar trug sie in einem Pferdeschwanz.

»Ich bin umgezogen«, erwiderte Martina.

»Warum?«

»Weil Vati und Mutti sich gestritten haben«, erklärte Stefan in überlegenem Ton, »das weißt du doch selber ganz genau. Also frag nicht so dumm.«

Claudia stiegen Tränen in die Augen. »Ist das wahr, Mutti?«

»Ich denke, wir waren gestern nacht laut genug.«

»Ihr habt ganz schön geschrien«, bestätigte Stefan.

»Aber ... deshalb brauchst du doch nicht im Wohnzimmer zu schlafen!«

»Es ist besser so, Claudia, glaub mir. Wenn man wütend auf jemanden ist, dann mag man nicht neben ihm schlafen.«

Claudia stand steif wie ein Stock. »Du hast heute nacht geschrien, du wirst dich scheiden lassen.«

»Das hast du gehört?!« Martina errötete vor Schreck bei dem Gedanken, was die Kinder noch alles aufgeschnappt haben könnten.

»Das hast du aber nur so gesagt, nicht wahr, weil du wütend warst!«

»Mutti ist immer noch wütend«, ließ sich Stefan vernehmen.

»Ja, das ist wahr«, bestätigte Martina.

»Aber du willst dich doch nicht wirklich scheiden lassen?«

»Vielleicht doch, Claudia«, sagte Martina vorsichtig.

»Nein! Das kannst du nicht tun!«

»Doch kann sie, wenn Vati sie geärgert hat!«

Claudia fuhr herum und zischte ihren Bruder an. »Halt du doch die Klappe, was verstehst du schon davon?!«

»Zank nicht mit Stefan«, sagte Martina. »Er hat dir nichts getan.«

»Aber, Mutti, Mutti, das kannst du doch nicht tun!« Claudia lief zu Martina hin und klammerte sich an ihren Arm.

»Ihr gehört doch zusammen! Wir alle gehören zusammen!«

Martina löste sich aus dem Griff ihrer Tochter. »Wir werden ausführlich darüber reden, wenn du nicht mehr so aufgeregt bist.

Wasch dir das Gesicht ab und kämm dir das Haar. Wir alle müssen uns jetzt sehr zusammennehmen.«

»Mutti, bitte ...«

Martina verstand die Aufregung ihrer Tochter, und dennoch konnte sie nichts daran ändern, daß sie nur mit nervöser Gereiztheit reagierte. »Bitte, geh jetzt«, sagte sie, und es klang schärfer, als sie beabsichtigt hatte.

Claudia zog ab, als sei sie geprügelt worden.

Martina war noch dabei, den Tisch zu decken, als ihr Mann nach Hause kam. Sie hörte, wie er die Wohnungstür aufschloß. Obwohl sie sich für die Begegnung mit ihm gewappnet wußte, schrak sie zusammen und spürte, wie sie erblaßte. Der Schock saß tiefer, als sie hatte wahrhaben wollen.

Stefan, der sich, die Beine über der Lehne, in einem Sessel flegelte und die Witze in der »Revue« studierte, sah zu ihr auf; der Blick seiner runden braunen Augen wirkte besorgt. Sie schenkte ihm ein beruhigendes und gleichzeitig verschwörerisches Lächeln.

»Vati! Vati!« rief Claudia im Flur.

Martina konnte sich vorstellen, wie sie sich ihm mit unangemessener Leidenschaftlichkeit in die Arme warf; sie preßte die Lippen zusammen.

Stefan nahm die Beine von der Sessellehne und saß manierlich, als der Vater das Wohnzimmer betrat.

»'n Abend zusammen«, grüßte Helmut Stadelmann.

»'n Abend, Vati«, brummte Stefan.

»Guten Abend, Helmut«, sagte Martina akzentuiert.

Helmut Stadelmann rieb sich die Hände. »Na, was gibt's denn Schönes?« fragte er und versuchte unbefangen zu erscheinen. Er war ein großer Mann, das Karomuster seines Jacketts ließ ihn noch breitschultriger erscheinen. Sein blondes, glattes Haar war kurz geschnitten, die blauen Augen wirkten ausdruckslos. Seine Haut war rot von dem scharfen Wind und wurde jetzt, beim Eintritt in die warme Wohnung, noch röter.

»Gebackene Leber«, sagte Martina.

»Also mal kein Auflauf.«

Der versteckte Vorwurf war nicht unberechtigt, mußte Martina sich zugeben. Seit sie täglich nach Düsseldorf fuhr, hatte sie sich die Kocherei so praktisch und bequem wie möglich eingerichtet. Trotzdem konnte sie die Anschuldigung nicht widerspruchslos hinnehmen.

»Bis jetzt bist du nicht zu kurz gekommen.«

Er fragte nicht, wie sie das meinte, denn er wußte nur zu gut, daß sie damit auf seine gemeinsamen Mahlzeiten mit Susi Dinkler und die anschließenden Schäferstündchen zielte.

Das Abendessen verlief in gespanntem Schweigen. Auch die Kinder waren ungewöhnlich still. Außer Sätzen wie: »Könnte ich wohl die Kartoffeln haben?« – »Möchtest du noch ein bißchen Leber?« – »Bist du wirklich ganz satt?« – »Danke, ich kann nicht mehr!« war nichts zu hören.

Kaum hatte Helmut Stadelmann seinen Teller geleert und ihn, wie es seine Angewohnheit war, von sich geschoben, sprang Claudia auf und holte einen Aschbecher. Sie selber hatte noch nicht aufgegessen, aber sie wollte es sich nicht nehmen lassen, den Vater zu bedienen und ihm die Zigarette anzuzünden. Unter normalen Umständen hätte Martina sie dafür getadelt, aber diesmal verbiß sie sich jede Bemerkung, die einen Streit hätte heraufbeschwören können.

Mit einer Kopfbewegung zu den an der Schrankwand hängenden Kleidungsstücken fragte ihr Mann. »Willst du dich wieder mal in deine Schneiderei stürzen?«

»Nein.« Martina merkte selber, daß diese kurze Antwort zu schroff wirkte, und fügte erklärend hinzu: »Dafür hätte ich momentan gar keine Zeit.«

»Warum hängt das Zeug denn da rum?«

»Damit ich nicht jedesmal ins Schlafzimmer muß, wenn ich was brauche.«

»Was soll das bedeuten?«

»Ich glaube nicht, daß ich noch deutlicher werden muß.« Martinas Lächeln war ohne Wärme.

»Du darfst dich nicht scheiden lassen, Vati!« platzte Claudia heraus.

»Wer spricht denn von so was!?« Helmut beobachtete Martina aus den Augenwinkeln. »Ich habe durchaus nicht die Absicht.«

»Bitte, Claudia!« sagte Martina scharf. »Du mischst dich in Dinge, die dich nichts angehen!«

»Aber es geht mich was an! Ihr seid doch schließlich meine Eltern!«

»Halt die Schnüß!« fuhr ihr Vater sie an. »Kinder haben nur zu reden, wenn sie gefragt sind.«

»So grob brauchst du nun auch wieder nicht zu sein«, entfuhr es Martina. Sie biß sich auf die Lippen. Zu spät hatte sie bemerkt, daß sie einmal mehr jene Art Erziehung praktizierte, die schon seit Jahren in nichts anderem mehr bestand, als zu mildern, wenn der Partner streng gewesen war, und hart zu sein, wenn der andere Nachsicht übte. »Aber im Prinzip«, fügte sie lahm hinzu, »hat dein Vater schon recht. Du bist noch viel zu klein, um uns deine Ratschläge aufzudrängen.«

Claudia stand auf und schob das flache, noch unausgebildete Kinn vor. »Dann kann ich ja wohl gehen.«

»Nicht bevor du aufgegessen hast!« Claudia stocherte in den kaltgewordenen Speisen mit herabgezogenen Mundwinkeln, während ihr schon Tränen die Nasenflügel entlangrollten und auf den Teller tropften.

»Warum quälst du die Kleine so?« fragte Helmut prompt.

»Weil ich nicht stundenlang am Herd gestanden habe, damit die Hälfte des Essens weggeworfen wird!« Natürlich wußte sie, daß das maßlos übertrieben war, denn weder hatte sie stundenlang gekocht, noch handelte es sich bei dem Rest auf Claudias Teller um mehr als einige Bissen. Aber ein Mechanismus, den sie nicht beherrschte, zwang sie, jeden Hieb ihres Mannes zurückzugeben.

Was war nur mit ihr geschehen? Sie begriff es nicht. Schon lange vor dem gestrigen Tag waren diese sinnlosen Reibereien zwischen ihnen so sehr an der Tagesordnung gewesen, daß sie es kaum noch bemerkt hatte. Erst jetzt, nachdem die Entscheidung gefallen war, wurde es ihr voll bewußt. Sie versuchte den Bann zu brechen. »Entschuldige, Helmut«, bat sie mit Überwindung. »Und du kannst aufstehen, Claudia ... nein, zwing dich nicht zu essen, wenn du keinen Hunger mehr hast. Trag deinen Teller in die Küche. Stefan hilft dir beim Abdecken.«

»Willst du mir jetzt endlich erklären ...«, forderte Helmut nervös.

»Nicht vor den Kindern.« Martina erhob sich. »Magst du noch ein Glas Bier?«

Sie ging in die Küche, um eine Flasche zu holen. Wie gewöhnlich hatte sie beim Essen nichts getrunken, aber jetzt hatte sie Lust auf Bier: nicht so sehr, weil sie durstig war, sondern weil sie hoffte, es werde ihre Nerven beruhigen – ihre und die ihres Mannes, denn sie wollte, daß die unabwendbare Aussprache so ruhig wie möglich über die Bühne ging.

»Verschwindet in euer Zimmer«, sagte sie und fuhr Stefan mit den gespreizten Fingern durch die zerzausten braunen Locken. »Ich wette, ihr habt noch Aufgaben zu machen. Nachher komme ich zu euch.«

»Wann ... nachher?« fragte Stefan und bog den Kopf zurück.

»Wenn ihr zu Bett gehen müßt.« Sie beugte sich nieder und berührte flüchtig mit den Lippen die kalten Wangen ihrer Tochter und spürte den salzigen Geschmack ihrer Tränen. »Sei nicht traurig, Schätzchen ... Es wird nichts so heiß gegessen, wie es gekocht wird.«

Zwei Flaschen unter den Arm geklemmt, ein Glas in der Hand, betrat sie das Wohnzimmer. Mit dem Fuß gab sie der Tür nach rückwärts einen Stoß, so daß das Schloß mit einem Knall zuschnappte.

Helmut hatte es sich in einem der abgewetzten Sessel bei der Stehlampe bequem gemacht und sich hinter der »Rheinischen Post« verschanzt. Schweigend öffnete sie eine der Flaschen, goß ihm nach und schenkte sich selber ein. Dann nahm sie ihm gegenüber Platz und trank. Danach fühlte sie sich besser, aber immer noch etwas beklommen.

»Du wolltest was von mir hören«, sagte sie und malte mit dem Zeigefinger Kreise auf dem niedrigen nierenförmigen Tischchen, das zwischen ihnen stand. Sie hatten es in den fünfziger Jahren gekauft, als sie heirateten – inzwischen verabscheute sie es von Jahr zu Jahr mehr, wie überhaupt all die billigen, pseudomodernen Möbel, die so schnell schäbig geworden waren. Oft hatte sie sehnsüchtig vor den Schaufenstern der Einrichtungshäuser gestanden, aber sie wußte, daß sich ihre Wünsche nicht verwirklichen ließen. Helmut verdiente nicht schlecht, aber die Kinder, die ständig aus ihren Kleidern herauswuchsen, brauchten so viel, und auch der VW, auf dessen Besitz Helmut nicht verzichten wollte, kostete sein Geld.

»Wird nicht so wichtig sein«, meinte er und griff, ohne hinter der Zeitung aufzutauchen, nach seinem Bier.

»Kommt darauf an, wie man es nimmt.«

»Na eben.« Er trank und stellte das Glas wieder auf den Nierentisch. »Ich will mich nicht unnütz aufregen. Vor allem habe ich es satt, mir deine Vorwürfe anzuhören. Jetzt laß mich erst mal in Ruhe lesen.« Für Sekunden senkte er die Zeitung, um sich eine Zigarette anzuzünden.

»Qualm mir nicht die Bude voll. Du weißt, ich muß hier schlafen.«

»Mußt du ja gar nicht.«

»Doch, Helmut. Jetzt leg das blöde Blatt endlich aus der Hand und hör mir zu!«

Die Zeitung auf dem Schoß, lehnte er sich zurück und schloß mit ergebenem Ausdruck die Augen.

»Weder will ich dir Vorwürfe machen, Helmut, noch mit dir streiten. Davon habe ich die Nase voll.«

»Wenn du wüßtest, wie voll ich sie habe!«

»Dann sind wir uns ja ausnahmsweise einig. Ich war heute bei Rechtsanwalt Doktor Günther. Ein paar Häuser weiter.«

»Willst du etwa damit sagen ...!?« Mit einem Ruck richtete er sich auf.

»Genau. Wieso wundert dich das? Ich habe dir doch gestern nacht klipp und klar gesagt, daß ich die Scheidung einreichen werde. Mehr als einmal, wenn ich mich recht erinnere.«

»Da warst du aufgeregt!«

»Stimmt, und das mit gutem Grund, wie du wohl zugeben wirst. Heute bin ich es nicht mehr. Das heißt aber nicht, daß sich meine Meinung geändert hat. Du hast mich betrogen und belogen ...«

»Nicht schon wieder!« Er hob die Hände.

»Ich mag nicht mehr mit dir leben«, sagte sie, scheinbar ganz ruhig, ohne die Stimme merklich zu heben.

»Nur wegen dieses belanglosen kleinen Seitensprungs?«

»Geschmacklos wäre das bessere Adjektiv. Es war geschmacklos, ausgerechnet mit meiner besten Freundin in unseren Ehebetten ...«

»Wenn du nur einmal gehört hättest, wie Susi hinter deinem Rücken über dich redet ...«

Martina fiel ihm ins Wort. »Es geht hier nicht um Susi. Die ist für mich sowieso gestorben. Es geht um das, was du mir angetan hast.«

»Angetan! Um Himmels willen, sei doch nicht so theatralisch! Du tust ja geradeso, als hätte ich dich mißhandelt! Jeder Mann findet mal Gefallen an einem anderen Mädchen, das ist nun mal so. Wenn du das nicht begreifen willst, zeigt das bloß, wie weltfremd du bist.«

»Bildest du dir etwa ein, mir hätte noch nie ein anderer gefallen? Aber ich habe dich nicht betrogen. Das ist der Unterschied!« Sie nahm einen kräftigen Schluck. »Ich will mich nicht mit dir streiten. Ich will bloß, daß du den Tatsachen ins Gesicht siehst. Doktor Günther hat die Scheidungsklage eingereicht, und er sagt, es besteht gar kein Zweifel, daß ich damit durchkomme.«

Jetzt konnte er seine Bestürzung nicht verbergen. »Das ist doch nicht dein Ernst, Martina!«

»Du mußt dich damit abfinden. Ich weiß, daß Susi jubeln wird, aber selbst das ist mir egal. Heirate sie, du wirst schon sehen, was du davon hast. Ich will hier raus ... will weg ... will wieder frei sein!«

»Jetzt bist du endlich ehrlich.« Ein merkwürdiger Ausdruck trat in seine Augen. »Und was soll aus den Kindern werden?«

»Das gleiche wie aus hunderttausend anderen Scheidungswaisen. Sie werden bei mir bleiben, bei der Mutter. Es geht dich eigentlich nichts mehr an, aber ich will es dir trotzdem verraten: ich werde so bald wie möglich nach Düsseldorf ziehen.«

»Was hast du gegen Dinslaken?«

»Gar nichts. Es ist ein hübsches Städtchen und wird noch hübscher werden. Aber ich fürchte, Dinslaken wird etwas gegen mich haben. Als geschiedene Frau komme ich bestimmt besser in einer großen Stadt voran. Ich werde ein Kosmetik-Institut eröffnen.«

»Das kostet Geld.«

Sie lächelte ihn an und erklärte, die Augen fest auf ihn gerichtet, trocken: »Du wirst es mir geben.«

Er sprang auf. »Ich denke nicht daran!«

»Du wirst dich mit diesem Gedanken abfinden müssen.«

»Niemals!«

»Sag das nicht, Helmut.« Sie spürte ihre Überlegenheit und war jetzt ganz ruhig. »Es ist doch ein faires Angebot. Rechne dir aus, wieviel es dich kosten würde, wenn du mir lebenslänglich Unterhalt zahlen müßtest.«

»Lebenslänglich?«

»Ja, ganz sicher. Ich denke nicht daran, noch einmal zu heiraten. Von der Ehe habe ich für alle Zeiten genug.«

»Und ich soll dein weiteres Leben finanzieren!?«

»Eben nicht, Helmut, das versuche ich dir ja gerade klarzumachen. Ich verlange nichts als eine einmalige Abfindung für die Jahre, die ich mit dir verloren habe. Zehn Jahre unbezahlte Hausarbeit. Rechnen wir für den Monat ein Gehalt von dreihundert Mark – das ist doch nicht zu hoch gegriffen? –, dann ergibt das einen Betrag von sechsunddreißigtausend Mark.«

»Woher soll ich das nehmen?«

»Denk drüber nach! Ich verlange nichts, als daß du deine Schulden bei mir bezahlst.« Martina leerte ihr Glas und stand auf. »Du kannst noch die Flasche Bier austrinken, dann solltest du, bitte, hier verschwinden. Du weißt, ich muß morgen früh raus.«

»In meiner eigenen Wohnung kann ich wohl so lange aufbleiben, wie ich will.«

»Es ist unsere Wohnung, Helmut, und da ich dieses Zimmer brauche ...«

»Wenn du nicht verrückt spielen würdest ...«

»Du verkennst deine Situation. Doktor Günther hat mir vorgeschlagen, dich durch eine einstweilige Verfügung aus der Wohnung weisen zu lassen. Ich habe darauf verzichtet. Vorläufig. Aber wenn du mir hier das Leben schwermachen willst, müßte ich darauf zurückkommen.«

»Du Hexe!« stieß er wütend hervor. »Ich habe schon immer gewußt, daß du eine Hexe bist!«

»Nein, ich bin nur eine Frau, deren Ehe zerbrochen ist. Wir leben in Scheidung, Helmut. Jetzt ist es wichtiger denn je, daß wir Rücksicht aufeinander nehmen.«

Als sie, ihr Glas in der Hand, an ihm vorbei wollte, streckte er seinen langen Arm nach ihr aus, packte sie um die Taille und zog sie auf seinen Schoß. »Jetzt ist es genug, Martina«, sagte er, jenen warmen lockenden Ton in der Stimme, den sie einmal so sehr an ihm geliebt hatte. »Okay, du hast gewonnen.«

»Ich kriege also das Geld?«

»Hör auf damit! Du hast deinen Triumph gehabt, du hast mich gedemütigt und fast zu Tode erschreckt, ich liege besiegt zu deinen Füßen. Also, was willst du noch mehr? Soll ich dich kniefällig um Verzeihung bitten?!« Er begann, ihren Nacken mit zärtlichen kleinen Küssen zu bedecken.

»Das wäre immer noch besser als diese schreckliche männliche Selbstgefälligkeit. Obwohl es auch nichts mehr nutzen würde.« Sie verhielt sich bewegungslos in seinen Armen und wartete auf einen günstigen Augenblick, sich zu befreien.

»Ich habe gar nicht gedacht, daß du noch so eifersüchtig sein könntest!« Seine Lippen berührten ihr Ohr.

»Eifersüchtig! Daß ich nicht lache!«

»Und ausgerechnet auf Susi Dinkler, dies farblose Wesen! Gegen die bist du doch ...«

»Spar dir, bitte, deine Elogen.«

»Meine ... was?«

»Lobhudeleien. Fremdworte waren nie deine Stärke.«

Er zwang sich zu lächeln. »Aha, jetzt kommt mal wieder diese Platte! Du hast ja auch allen Grund, dich mächtig überlegen zu fühlen, bloß weil du beinahe das Abitur gemacht hast.«

»Das habe ich dir nie vorgehalten! Mein Gott, Helmut, willst du denn nicht begreifen, daß es keinen Zweck mehr mit uns hat!?«

»Das bildest du dir doch nur ein. Du magst mich doch nach wie vor, das weiß ich ganz genau. Sonst hättest du dich über den blöden Zwischenfall bestimmt nicht so aufgeregt.« Seine Hand glitt in den Ausschnitt ihres Jäckchens, und seine Finger umschlossen ihre rechte Brust.

Mit einem Ruck, der für ihn, da sie bisher stillgehalten hatte, gänzlich überraschend kam, riß sie sich los und sprang auf die Füße. »Du verstehst nichts ... gar nichts!« schrie sie und fügte, als sie merkte, daß sie zu laut geworden war, in einem angestrengten Flüstern hinzu: »Du verstehst nichts und du fühlst nichts ... Du bist ein völlig empfindungsloser Klotz! Es ist vorbei, verstehst du? Muß ich es buchstabieren, damit es endlich in deinen Schädel geht? Aus und vorbei!« Sie tastete nach ihrem hochgetürmten Haar und zog sich das Jäckchen zurecht. »Vielleicht kannst du Susi mit deinen männlichen Qualitäten imponieren ... mir bestimmt nicht mehr.«

Sie verließ das Zimmer und zwang sich, die Tür leise zu schließen, weil sie nicht kindisch wirken wollte.

Als sie später, nachdem sie sich länger als üblich bei den Kindern aufgehalten hatte, zurückkam, fand sie das Wohnzimmer verlassen. Sie war erleichtert. Weit öffnete sie das Fenster.

Die nächsten Wochen wurden qualvoll. Es war fast unerträglich für Martina, auf so engem Raum mit dem Mann zusammen zu leben, von dem sie mit all ihren Kräften fortstrebte. Daß er zornig und verletzt war, verstand sie und nahm sie hin. Besonders schlimm war es mit ihm an dem Tag, da die Post ihm ihre Scheidungsklage brachte. Bis zu diesem Moment hatte er immer noch gehofft, daß sie schwach werden würde. Jetzt mußte er den Tatsachen ins Gesicht sehen, und das wurde zu einer harten Prüfung, nicht nur für ihn, sondern auch für seine Familie.

Martina, an der er seine Wut, seine Enttäuschung und seine verletzte Eitelkeit ausließ, hatte am meisten zu leiden. Sie ertrug es mit Haltung, angespannt bemüht, ihn so wenig wie möglich zu reizen. Viel schlimmer war es für sie, daß er immer wieder Ansätze machte, den Haß, den er jetzt tatsächlich für sie empfand, zu unterdrücken, und seinen ganzen männlichen Charme aufbot, um sie zu verführen. Ließ sie ihn dann ihre Gleichgültigkeit spüren, kamen seine echten Gefühle zum Durchbruch, und er beschimpfte sie.

Einmal – er war nachmittags bei seinem Anwalt gewesen – überfiel er sie nachts auf dem Flur, als sie vom Bad kam. Seine Arme umklammerten sie wie Schraubstöcke, gewaltsam versuchte er sie ins Schlafzimmer zu schleppen.

Obwohl sie sehr erschrak, gelang es ihr, sich zu beherrschen. »Ich schreie!« drohte sie.

Seine große Hand preßte sich ihr auf Mund und Nase, so daß sie zu ersticken glaubte. Es gelang ihr, einen seiner Finger zwischen die Zähne zu bekommen, und sie biß in sein Fleisch, so fest sie konnte.

Aufstöhnend zog er die Hand zurück und gab Martina frei.

Ihr Instinkt riet ihr zu fliehen, doch ihr Verstand zwang sie zu bleiben und es durchzustehen. Sie schlang den Gürtel ihres Morgenrocks fester und stand aufrecht vor ihm. »Das ist die falsche Methode«, sagte sie.

»Martina … au verdammt!« Er steckte sich den verletzten Finger in den Mund.

»Mit einer Vergewaltigung setzt du dich nur noch stärker ins Unrecht.«

»Du bist meine Frau!«

Der Flur war nur erleuchtet durch das schwache Licht, das aus dem Schlafzimmer fiel. Sie konnte sein Gesicht nicht erkennen, nur seine Gestalt, die sich breitschultrig von dem hellen Rechteck abhob.

»Das gibt dir kein Recht mich zu überfallen.«

»Martina, verstehst du denn nicht ... du bist meine Frau! Ich liebe dich doch!« Er trat näher.

Sie wich nicht zurück. »Mach mir nichts vor! Ich weiß Bescheid. Wenn ich mich von dir rumkriegen lasse, ist mein Scheidungsgrund hinfällig. Das ist es doch, worauf du hinauswillst.«

»Du bist zynisch, Martina.«

»Nur ehrlich, Helmut. Und ich wollte, du wärst es auch. Du machst dir nicht mehr das geringste aus mir, ja, du haßt mich. Also zwing dich nicht, mir nachzulaufen. Sei lieber froh, daß wir auseinandergehen, bevor wir uns gegenseitig totschlagen.«

»Martina, ich ...« Er kam noch näher.

Sie rührte sich nicht von der Stelle. »Bleib mir vom Leib. Du weißt jetzt, was ich von deinen Anstrengungen denke.«

»Niemals hätte ich geglaubt, daß es so weit mit uns kommen würde!«

»Ich auch nicht«, gab sie zu. »Aber es hat keinen Zweck, an meine Gefühle zu appellieren. Ich würde nicht mal mit dir ins Bett gehen, wenn ich es gerne wollte. Der Preis wäre mir zu hoch. Leg dich schlafen!«

Im Halbdunkel standen sie sich gegenüber, sie unbeweglich und wachsam, er lauernd auf dem Sprung. Erst als er begriff, daß sie sich keine Blöße geben würde, drehte er sich mit einem Knurrlaut um und zog sich zurück. Sie verschloß die Wohnzimmertür hinter sich und klemmte, zur Sicherung, noch eine Sessellehne unter die Klinke. Jetzt, da alles vorbei war, zitterte sie am ganzen Leib. Sie fror und mußte die Zähne aufeinanderbeißen, damit sie nicht klapperten.

Es dauerte lange, bis sich der Schock, den sie erlitten hatte, in einem nervösen Weinen löste.

Nach dieser Nacht versuchte Helmut Stadelmann nie mehr, sich seine Frau gefügig zu machen. Er gab sich grollend, ein vom Schicksal geschlagener Mann, und die Kinder zitterten vor seiner schlechten Laune. Dann, von einem Tag zum anderen, änderte er seine Taktik. Er zeigte sich heiter und versöhnlich, scherzte mit Claudia, unterhielt sich ernsthaft und aufmerksam mit Stefan und versuchte auch Martina ins Gespräch zu ziehen. Aber sie blieb zurückhaltend, denn sie traute ihm nicht.

Nach dem Abendessen schlug er vor, wieder einmal »Monopoly« zu spielen. Die Kinder stimmten begeistert zu.

»Mach doch mit, Mutti!« bat Stefan.

»Zu vieren macht es viel mehr Spaß!« erklärte Claudia, die die Schachtel rasch herbeiholte und sie auf den erst halb abgedeckten Tisch stellte.

Martina sah sich in die Rolle der Spielverderberin gedrängt. »Ich würde ja gerne«, log sie mit einem erzwungenen Lächeln, »aber ich habe noch in der Küche zu tun.«

»Ach, Quatsch, Mutti!« rief Stefan.

»Gib dir schon einen Ruck, Alte!« Helmuts Freundlichkeit war so falsch wie ihr Lächeln. »Was macht's schon aus, wenn wir morgen abend mal kalt essen?!«

»Lieber nicht. Das können wir uns nicht leisten!« Rasch stapelte Martina die benutzten Teller auf das Tablett und verschwand damit in der Küche.

Sie hätte darauf bestehen können, daß Claudia und Stefan, wie gewöhnlich, den Abwasch besorgten. Aber damit hätte sie die Kinder nur gegen sich aufgebracht und Helmuts Position noch gestärkt.

Die winzige Küche war kein Ort, an dem man sich gerne aufhielt, aber sie hatte sich nun einmal selbst hierher verbannt. So bereitete sie einen Auflauf für den morgigen Abend vor und studierte, während die Nudeln kochten, in ihrem Chemiebuch. Sie mußte jede Minute zum Lernen nutzen.

Auf dem harten Hocker saß es sich denkbar unbequem. Die fröhlichen Stimmen der anderen drangen, untermalt von Schlagermusik von Radio Luxemburg, zu ihr herüber. Sie konnte sich nicht konzentrieren und fühlte sich ausgeschlossen, obwohl sie den Sinn dieser kleinen Demonstration nur zu gut verstand.

Helmut wollte ihr zeigen, wie reizvoll das Familienleben sein konnte. Aber sie erinnerte sich, daß solche Stunden in den Jahren ihrer Ehe sehr selten gewesen waren. Zuerst hatte Helmut abends für seine Prüfungen und Kurse gebüffelt, und später hatte seine Briefmarkensammlung ihn beschlagnahmt. Für eine Unterhaltung oder gar für ein Spiel war kaum je Zeit gewesen, und genauso würde es wieder werden, wenn sie sich jetzt einwickeln ließ.

Die Nudeln waren gar, sie schreckte sie ab. Dann nahm sie Bier und Limonade aus dem Eisschrank, stellte Gläser dazu und trug das Tablett ins Wohnzimmer.

»Bei dieser Schreierei werdet ihr euch sicher gern mal zwischendurch die Kehlen befeuchten«, sagte sie.

Die Kinder freuten sich, und Helmut sagte: »Du bist ein Schatz!« Sie klemmte sich das leere Tablett unter den Arm und ging.

Danach wurde es stiller im Wohnzimmer, und eine halbe Stunde später machte Helmut Schluß.

Am nächsten Abend erschien er mit zwölf roten Rosen, die zu dieser Jahreszeit sicher sehr teuer gewesen waren. Martina hätte sie am liebsten abgelehnt, und es lag ihr auf der Zunge, ihn zu fragen, ob er sie nicht lieber Susi Dinkler bringen wollte. Aber sie verkniff sich jede Bemerkung.

Helmut ließ nicht in seinen Anstrengungen nach, sie versöhnlich zu stimmen. Doch sie ging nicht darauf ein, sondern blieb zurückhaltend.

Am Monatsende, als er sein Gehalt kassiert hatte, überreichte er ihr feierlich und verschmitzt ein Schächtelchen von der Art, wie sie Juweliere zu benutzen pflegen. Es war in buntes Seidenpapier gewickelt und mit einer goldfarbenen Schnur zugebunden.

»Was soll das?!« fragte sie, unangenehm berührt.

»Nimm doch!« Er versuchte ihr die Schachtel aufzudrängen.

Sie verschlang die Hände auf dem Rücken. »Nein!«

»Aber ich bitte dich … eine kleine Überraschung! Ich will dir doch nur eine Freude machen!«

»Aus welchem Grund!?«

»Schließlich sind wir ja noch verheiratet.«

»Das sind wir seit zehn Jahren. Und jetzt rechne mal nach, wie oft du in all der Zeit mit einem Geschenk gekommen bist. Selbst an meinen Geburtstag mußte ich dich jedesmal erinnern.«

»Das will ich eben wiedergutmachen.«

»Dazu ist es zu spät, Helmut!«

Die Kinder – Helmut hatte es darauf angelegt, daß sie Zeugen wurden- beobachteten die kleine Szene neugierig. Das Benehmen der Mutter mußte ihnen unverständlich erscheinen.

»Soll ich auspacken, Vati?« erbot sich Claudia.

»Nein«, sagte Martina scharf.

»Sieh dir doch wenigstens an, was es ist«, drängte Helmut. »Es wird dir bestimmt gefallen.« Er gab Claudia das Schächtelchen.

»Aber ich will kein Geschenk von dir! Geht das nicht in deinen Schädel?!«

»Nein, wirklich nicht«, behauptete er grinsend.

Claudia hatte, während Stefan ihr über die Schulter blickte, das Schächtelchen hastig geöffnet. »Ein Ring!« rief sie. »So ein schöner Ring!« Sie hielt das Schmuckstück der Mutter unter die Nase.

Martina konnte nicht umhin, es anzusehen. Es war ein schmaler Reif, mit zwei winzigen rechteckig geschliffenen Brillanten besetzt, dazwischen ein Smaragd in der gleichen Form.

»Probier ihn mal an«, bat Helmut.

»Aber den kannst du dir doch gar nicht leisten!«

»Mach dir darüber keine Gedanken. Es soll ein Zeichen meiner Liebe sein.« Er versuchte, ihre linke Hand nach vorne zu drehen.

»Du tust mir weh!«

»Entschuldige, aber wenn du so dickköpfig bist ...«

»Ich weiß nur, was ich will, und ich weiß, was sich gehört. Ein solches Geschenk paßt nicht zu uns. Nicht zu dir und nicht zu unserer Situation. Wenn ich es annähme, würde ich mich wieder binden ...«

»Woher denn! Nimm den Ring von mir als Erinnerung.«

»Erinnerung? An was? Bist du wirklich so sicher, daß in unserer Ehe die schönen Stunden überwogen haben? Dann ständest du heute nicht so da. Tu doch bloß nicht, als wolltest du mir was Gutes tun. Kaufen willst du mich. Wahrscheinlich ein Rat von deinem trefflichen Rechtsanwalt: Bringen Sie ihr ein schönes Schmuckstück, dann wird sie bestimmt schwach. Keine Frau kann einem Brillantring widerstehen.«

Diese Behauptung, die sie aus der Luft gegriffen hatte – sie war ihr von einer Sekunde zur anderen eingefallen –, kam der Wahrheit so nahe, daß Helmut sich vor Wut und Scham verfärbte. »Du kannst wohl immer nur das Schlechteste denken«, brüllte er. Er riß Claudia den Ring aus der Hand und steckte ihn in seine Hosentasche.

»Bring ihn ins Geschäft zurück und sieh zu, daß du dein Geld wiederkriegst«, riet ihm Martina. »Du wirst es in der nächsten Zeit noch brauchen.«

Es war ihm anzusehen, daß er sie am liebsten geschlagen hätte, aber er beherrschte sich, blickte sie nur wütend von unten herauf mit schräggelegtem Kopf an, bevor er die Tür zuknallte und die Wohnung verließ.

»Aber das war doch ein so schöner Ring«, jammerte Claudia. »Warum hast du ihn nicht genommen? Du hättest ihn ja aufheben können, bis ich groß geworden bin.«

»Sei nicht traurig, Schatz.« Martina atmete tief, um sich zu beruhigen. »Du wirst schon sehen: bald verdiene ich Geld, und dann können wir uns die schönsten Sachen kaufen. Wir brauchen keine Geschenke von Vati.«

»Er wollte sich versöhnen, nicht?« fragte Stefan ernsthaft.

»So kann man es nennen«, gab Martina zu.

»Aber du wolltest nicht.«

»Nein, ich will nicht. Das ist ganz richtig.«

»Was hat er dir denn getan?«

Martina zögerte. Sie fühlte, daß sie sich in den Augen der Kinder ins Unrecht setzte. Aber sie konnte sich nicht verteidigen, ohne Helmut schwer zu belasten, und das wollte sie nicht. Es war ihr peinlich, mit ihnen über Sexualität zu sprechen; sie schienen ihr noch zu jung dazu. Später, so hoffte sie, würde sie ihnen alles erklären können.

Helmut kam in dieser Nacht sehr betrunken nach Hause. Er rumorte im Bad und auf dem Flur, aber er belästigte Martina nicht.

Am nächsten Morgen war er verkatert. Er gab sich keine Mühe mehr, freundlich und zuvorkommend zu erscheinen, sondern ließ seiner schlechten Laune freien Lauf. Für Martina bedeutete das fast eine Erleichterung. Dennoch blieb das Zusammenleben mit dem Mann, den sie nicht mehr liebte und der ihr doch so vertraut war, nervenaufreibend.

Glücklich war Martina in dieser Zeit nur in Düsseldorf. Während des Unterrichts in der Kosmetikschule und im Kreis ihrer Mitschülerinnen vergaß sie zeitweilig ihre Sorgen. Es störte sie nicht, daß sie die Älteste war – im Gegenteil, ihr war es, als würde sie selber wieder jung. Mit wachsender Übung fiel ihr das Lernen immer leichter, ihre Hände waren geschickt, sie konnte manches Lob einheimsen, und es machte ihr Spaß, mit den anderen zu lachen und über Mode und Männer zu schwatzen.

Manchmal hatte sie geradezu den Eindruck, ein Doppelleben zu führen, als sei sie in Düsseldorf ein ganz anderer Mensch als zu Hause. Wie die Verwandlung von einer in Scheidung lebenden Ehefrau und Mutter zu einer hoffnungsvollen Kosmetikstudentin vor sich ging, begriff sie nicht, aber sie wußte genau, wann die Rückwandlung einsetzte: sobald sie in Düsseldorf in den Zug stieg. Dann verschwand das Lächeln aus ihren Mundwinkeln, und ihr Kinn schob sich vor.

Sie stürzte sich in den Kampf um den Sitzplatz, einen erbitterten Kampf gegen rüde Jugendliche, abgearbeitete Männer und Hausfrauen mit großen Einkaufstaschen – warum die nur gerade zur Hauptverkehrszeit unterwegs sein mußten! War ein Platz errungen, gab es ein kurzes Aufatmen. Die Kollegtasche als Schreibunterlage auf dem Schoß, eingezwängt zwischen fremden Leibern, begann sie ihren Einkaufszettel auszuarbeiten. Haltbare Lebensmittel besorgte sie zwar stets am Samstag, aber selbst bei genauer Planung ließ sich das nicht für jede Ware durchführen, ganz abgesehen davon, daß doch immer dies oder das im Haushalt fehlte oder auszugehen drohte.

Weit bequemer wäre die Fahrt in der Ersten Klasse gewesen, aber der Preisunterschied für die Wochenkarte war so erheblich, daß Martina sich diesen Luxus nicht erlauben konnte. Mühsam genug hatte sie sich das Schul- und Fahrgeld im Verlauf ihrer Ehe aus der »Schmu-Kasse« zusammengespart, immer mit schlechtem Gewissen, voll Zorn auf sich selber und auf Helmut, der sie zu dieser Methode zwang, indem er ihr niemals Geld zur eigenen Verwendung überließ. Jeder Pfennig mußte abgerechnet werden. Wie sehr hatte sie knausern müssen, um Pfennig auf Pfennig zu legen, die sich mit unendlicher Langsamkeit summiert hatten. Helmut wußte bis heute nichts davon. Sie hatte behauptet, das Geld sei ein Geschenk ihrer Großmutter, und er hatte es geschluckt.

Wenn er es je erfuhr, würde er toben. Dabei hatte sie es doch für ihn getan – auch für sich selber, aber mehr doch für ihn und die Kinder. Immer waren sie knapp mit Geld gewesen, hatten sie sparen und rechnen müssen. Mit ihrem Kosmetik-Institut hatte sie sich und Helmut aus der finanziellen Misere befreien wollen. Sie hatten sich alles so hübsch ausgedacht, Susi Dinkler und sie. Verdammte Susi, warum nur hatte sie alles kaputtgemacht!

Während der Zug durch die Industrielandschaft brauste, wendeten sich Martinas Gedanken der Vergangenheit zu. Zwanghaft, sie wollte es gar nicht, versuchte sie immer aufs neue herauszufinden, warum es zwischen ihr und Helmut zum Bruch gekommen war und wann sich der erste verhängnisvolle Sprung im Firmament ihrer Ehe gezeigt hatte.

Zwei Stationen, Menschen, die hinaus und herein drängten, Duisburg, Oberhausen, vorbei an den Hochöfen der Gutehoffnungshütte, dann war sie am Ziel. Dinslaken. Ohne Freude eilte sie einem Heim entgegen, das kein Heim mehr war.

Einmal, es war Februar geworden, die Kälte war gebrochen und trotz des strömenden Regens lag ein Hauch von Frühling in der Luft, begegnete sie auf dem Weg nach Hause Susi Dinkler.

Martina hatte seit dem Zwischenfall die Drogerie, in der Susi arbeitete, nie mehr betreten. Dennoch war sie darauf gefaßt gewesen, daß ihr die frühere Freundin irgendwann und irgendwo über den Weg laufen würde. Aber als es geschah, war sie doch völlig überrascht. Es war im Kaffeegeschäft. Martina hatte auf dem Heimweg noch rasch ein Päckchen Kaffee besorgen wollen, und Susi hatte diesen Einfall anscheinend auch gehabt und deshalb kurz ihren Arbeitsplatz verlassen.

Martina hatte sich vorgenommen, Susi zu schneiden, über sie wegzusehen, als hätte sie sie niemals gekannt. Aber das ging nun nicht. Ihr erster Blick hatte sie schon verraten.

Sie standen sich in dem kleinen Geschäft gegenüber, Martina war von der Tür und Susi Dinkler von der Kasse her gekommen. Es schien, als wichen die anderen Kunden vor ihnen zurück und bildeten gleichsam einen Kreis um sie. Auch die Plaudereien verstummten.

»Tag, Martina«, sagte Susi Dinkler.

Martina hätte wortlos an ihr vorbeigehen können, aber sie wollte die Leute im Laden nicht mit Gesprächsstoff versorgen. Es war ihr zwar nicht klar, wieso jemand in der Stadt – außer den Juristen, und die mußten schweigen – etwas über sie, Susi und Helmut wissen konnte, aber es wurde bestimmt schon weidlich geklatscht. Das wurde Martina in diesem Augenblick bewußt, denn anders war die Aufmerksamkeit, die das zufällige Treffen erregte, nicht zu erklären.

»Tag«, gab sie zurück.

»Du siehst gut aus.«

»Es geht mir auch gut.«

Diese wenigen, beiläufig gesprochenen Worte genügten, um die Spannung im Raum zu lösen. Die Gespräche setzten wieder ein.

»Entschuldige, aber ich hab's furchtbar eilig!« Martina drängte an Susi vorbei zum Verkaufstisch.

Sie war erleichtert, daß es ausgestanden war, und versuchte zu ergründen, warum sie die Begegnung so peinlich empfunden hatte: nicht sie, sondern Susi hatte doch Grund sich zu schämen.

Aber es war noch nicht vorbei.

Als sie das Geschäft verlassen hatte, trat Susi wenige Schritte weiter aus dem Haustor. »Martina, bitte ...« Sie trug eine durchsichtige Plastikhaut mit Kapuze über ihrem weißen Kittel, ihre blonde Hübschheit wirkte farblos, obwohl sie an Lidstrich und Lippenrot nicht gespart hatte. Der Regen lief ihr wie Tränen über das Gesicht, das Haar war vorne, wo es von der Kapuze nicht ganz bedeckt war, dunkel vor Nässe.

»Ich habe es wirklich eilig«, sagte Martina.

»Nur einen Moment!« Susi machte eine Bewegung, als wollte sie Martina am Ärmel ziehen, schien es dann aber doch nicht zu wagen und lief? die Hand wieder fallen. »Ich konnte dir da drinnen doch nicht sagen ...«

»Ich will gar nichts von dir hören!«

»Aber du mußt doch wissen, wie leid es mir tut.«

»Was!? Daß du es mit Helmut getrieben hast? Ich dachte, es hätte dir Spaß gemacht!«

»Ich wollte deine Ehe nicht zerstören!«

»Wer soll dir das glauben?«

»Du! Ich würde doch niemals meiner besten Freundin den Mann wegnehmen wollen!«

»Würdest du nicht?! Aber du hast es getan. Und erzähl mir jetzt bloß nicht, daß du ihn nicht mit Handkuß nehmen würdest, wenn er dich drum bäte.«

»Ich liebe ihn eben.« Sie senkte den Blick.

»Na, dann viel Spaß!«

Der Regen hatte aufgehört, Martina klappte ihren Schirm zusammen, daß die Tropfen spritzten, und ließ Susi stehen.

Noch war sie voller Zorn. Aber schon nach wenigen Schritten spürte sie, daß die Auseinandersetzung ihr gutgetan hatte. Sie hatte Dampf abgelassen und war jetzt imstande, das, was passiert war, nüchterner zu sehen.

Susi war nicht schlecht, sondern nur dumm – ein dummes Luder auf der verzweifelten Suche nach einem Mann. Arme Susi. Sie konnte einem leid tun. Egal, ob Helmut sie nun heiratete oder stehenließ. Angeschmiert war sie auf jeden Fall.

»Also – ich kenn mich da nicht mehr aus!« Helmut Stadelmann hatte die Stirn in waagerechte Falten gelegt. »Ehrlich ... ich versteh meine Frau nicht mehr. Was sie bloß hat?«

Rechtsanwalt Dr. Brocksieper blieb ganz ernst; er war ein smarter Mann, der selbst den Verlust seines rechten Armes – er hatte ihm im Krieg amputiert werden müssen – mit Souveränität zu tragen wußte. »Na, immerhin hat sie Sie in einer eindeutigen Situation überrascht. Haben Sie sich schon mal gefragt, wie Sie reagiert hätten, wenn Sie Ihre Frau in flagranti erwischt hätten?«

Helmuts Stirn glättete sich nicht. »Ich hätte sie rausgeschmissen! Aber das ist doch was ganz anderes! Da ist doch ein Unterschied, ob ein Mann so was tut oder eine Frau. Das läßt sich doch gar nicht miteinander vergleichen.«

»Na ja, ich glaube, es bringt uns nicht weiter, wenn wir uns in der Theorie verlieren.« Der Rechtsanwalt lehnte sich in seinen Schreibtischsessel zurück. »Tatsache ist. Ihre Frau besteht auf der Scheidung, und Sie sind mit Ihren Aussöhnungsversuchen keinen Schritt weitergekommen. Die Frage ist jetzt ...«

Helmut fiel ihm ins Wort. »Das eben versteh ich nicht! Daß sie im ersten Augenblick wütend war – schön und gut, wenn sie auch nicht gleich zum Anwalt hätte rennen brauchen. Aber inzwischen hätte sie doch, weiß Gott, Zeit genug gehabt, zur

Vernunft zu kommen. Eine Ehe bedeutet doch was! Die gibt man nicht so einfach auf. Und da sind doch auch noch die Kinder.«

»Auf die Kinder«, erinnerte der Anwalt, »braucht sie ja nicht zu verzichten. Die Kinder werden ihr nach Lage der Dinge bestimmt zugesprochen.«

»Aber sie nimmt ihnen das Zuhause. Sie zerstört die Familie!«

»Ich verstehe Ihren Standpunkt, Herr Stadelmann, obwohl ich Sie darauf aufmerksam machen muß, daß das Gericht aller Wahrscheinlichkeit nach zu der Ansicht gelangen wird, daß Sie es waren, der die Ehe gebrochen hat. Es wäre gefährlich, wenn ich Ihnen da etwas vormachen wollte. Wir müssen den Tatsachen ins Gesicht sehen, und die zeigen uns, daß wir leider in einer sehr miesen Position sind, es sei denn ...« Er sprach den Satz nicht zu Ende.

»Es sei denn – was?«

»Wir könnten nachweisen, daß Ihre Frau nicht ganz das weiße Unschuldslämmchen ist, als das mein Kollege Günther sie hinzustellen sucht.«

»Wenn sie ihre Pflicht getan ... wenn sie mich nicht mit ihrer Freundin allein gelassen hätte ...«

Der Rechtsanwalt machte eine ungeduldige Handbewegung. »Darüber haben wir schon oft genug gesprochen, es geschah schließlich mit Ihrem Einverständnis. Nein, ich denke an etwas anderes. Sie selber, lieber Herr Stadelmann, finden es doch auffallend, daß sie so konsequent auf eine Scheidung drängt ...«

»Ich verstehe es einfach nicht.«

»Es gäbe aber eine sehr einfache Erklärung dafür ...« Wieder sprach Dr. Brocksieper einen Satz nicht zu Ende; er wollte erreichen, daß Helmut Stadelmann als erster den Verdacht ausspräche.

Aber sein Mandant war begriffsstutzig.

»Nun, denken Sie doch mal nach! Aus was für einem Grund wollen Ehefrauen gemeinhin ihre Männer verlassen?« Als Helmut noch immer keine Antwort fand, sagte der Rechtsanwalt: »Sind Sie denn nie auf die Idee gekommen, daß ein anderer dahinterstecken könnte?«

»Ein anderer Mann?« Helmut merkte selber, daß er Dr. Brocksieper mit offenem Mund anstarrte, und preßte schnell die Lippen aufeinander.

»Das liegt doch auf der Hand. Da war doch dieser Drang, unbedingt aus dem Haus zu kommen. Die täglichen Fahrten nach Düsseldorf. Selbst wenn wir unterstellen, daß das anfangs noch ganz harmlos war – es wäre doch fast unglaublich, wenn sie in all der Zeit nicht jemanden kennengelernt hätte.«

»Nein«, erklärte Helmut entschieden, »das kann ich mir nicht vorstellen.«

»Und warum nicht? Selbst die kältesten Ehefrauen …«

»Nein. Sie ist gar nicht kalt.« Helmut wurde plötzlich bewußt, daß es in den letzten Jahren fast immer Martina gewesen war, die in ihren intimen Beziehungen die Initiative ergriffen hatte.

»Eine leidenschaftliche Frau also«, schloß der Rechtsanwalt.

»Sie würde mich niemals betrügen!«

»Was läßt Sie so denken, Herr Stadelmann? Seien Sie mal ehrlich, steckt da nicht doch 'ne Menge männlicher Eitelkeit dahinter? Was nicht sein darf, kann auch nicht sein?«

Doch Helmut blieb stur. »Ich kann es mir nicht vorstellen. Wenn sie einen anderen hätte, dann wäre sie gleich zu mir gekommen …« Er stockte.

»Da haben wir's.« Dr. Brocksieper strich sich mit dem Zeigefinger über seinen sorgfältig gestutzten kleinen Schnurrbart. »Sie müssen mir zugeben, es wäre doch immerhin möglich, daß sich die beiden Ereignisse – Ihr Ehebruch und die Scheidungsabsicht Ihrer Frau – sozusagen überschnitten hätten. Wenn Sie mich fragen: Ich würde es unbedingt für nützlich halten, der Sache auf den Grund zu gehen. Wie die Dinge stehen, haben wir ja nichts zu verlieren – aber eine Menge zu gewinnen.«

Helmut Stadelmanns offenes Gesicht drückte deutlich das Unbehagen aus, das er empfand. »Wenn Sie meinen, Herr Doktor, werde ich mit ihr sprechen.«

»Nein, das eben meine ich nicht. Nichts gegen Ihr diplomatisches Geschick, mein lieber Herr Stadelmann, aber Sie sind viel zu emotionell beteiligt.«

»Wollen Sie selber …?«

»Was für eine Veranlassung hätte Ihre Frau, mir die Wahrheit zu sagen? Nein, nein, wir machen das anders. Ich werde eine Detektei einschalten.«

»Sie wollen ihr nachspionieren?«

»Rücksichtnahme zahlt sich selten aus, besonders dann nicht, wenn es um die Schuldfrage in einem Scheidungsprozeß geht. Glauben Sie mir, lieber Herr Stadelmann, ich habe allzu oft erlebt, daß Ehemänner zuerst großspurig alle Schuld auf sich genommen haben, um dann ein ganzes Leben darunter zu leiden. Auch wenn Sie keinen Wert auf das Sorgerecht für Ihre Kinder legen …«

»Doch. Ich gebe sie nur höchst ungern auf. Aber hätte ich denn überhaupt eine Chance?«

»Wenn wir die Mitschuld Ihrer Ehefrau nachweisen können – ja. Zwar ist es üblich, die Kinder unter zehn Jahren der Mutter zuzusprechen, aber wenn wir ihr Ehebruch oder auch nur ehewidriges Verhalten nachweisen können, dann geriete natürlich auch ihr Versuch, eine berufliche Ausbildung nachzuholen, in ein anderes Licht. Dann könnten wir ihr Vernachlässigung der Familie und des Haushalts vorwerfen, könnten behaupten, daß sie unfähig und unwürdig zur Versorgung und Erziehung der Kinder ist.«

»Aber wir können ihr die Kinder doch nicht wegnehmen!« protestierte Helmut spontan. »Und was sollte ich denn auch …«

»Immer mit der Ruhe!« Der Rechtsanwalt hob die gepflegte Hand. »Noch ist Ihre Gattin ja keineswegs überführt, und selbst im günstigsten Fall würde das Gericht sich unserer Beweisführung nicht völlig anschließen. Aber wir hätten etwas gegen sie in der Hand, verstehen Sie? Wir könnten ihre finanziellen Forderungen herunterschrauben. Für die Kinder müssen Sie natürlich in jedem Fall zahlen, aber dieses reichlich unverschämte Verlangen nach einer Abfindung …«

»Damit kommt sie nicht durch!«

»Wenn wir ihr eine Mitschuld am Scheitern Ihrer Ehe nicht anlasten können, kommt sie durch! Also, wie ist es?«

»Machen Sie es, wie Sie es für richtig halten, Herr Doktor. Ich kenne mich in solchen Dingen nicht aus.«

Die Mitschülerin, die Martina – nicht nur altersmäßig – am nächsten stand, war Irene Klose, eine Arztfrau, die, als sie heiratete, ihr eigenes Studium abgebrochen hatte und nun, da die Ehe kinderlos geblieben war, auf der Suche nach einem befriedigenden Beruf war.

Die beiden jungen Frauen wußten es so einzurichten, daß sie beim Unterricht nebeneinander saßen, und danach pflegten sie zusammen bis zum Graf-Adolf-Platz zu gehen. Hier mußte Irene Klose die Straßenbahn nach Benrath nehmen; manchmal begleitete sie Martina aber noch ein Stück weiter in Richtung Hauptbahnhof. Verabredungen trafen die beiden jungen Frauen nie miteinander, noch besuchten sie sich gegenseitig in ihrem Zuhause; dazu fehlte es ihnen einfach an Zeit.

»Du, gestern ist mir was Komisches passiert«, platzte Irene Klose eines Morgens, gleich nach der Begrüßung, heraus.

Sie nahmen auf einer der ansteigenden Bänke des Chemiesaals Platz, von denen aus man freie Sicht auf den Labortisch hatte.

»Erzähl mal!«

Aber dazu kam es nicht mehr, denn schon trat Dr. Biswanger ein, und in der nächsten Stunde wurde die allgemeine Aufmerksamkeit auf die Bedeutung der Emulgatoren bei der Herstellung von Massagecremes und Massageölen gerichtet.

Danach kam Irene nicht mehr auf das angeschnittene Thema zurück. Erst nachmittags, auf dem Weg zum Bahnhof, fiel es Martina wieder ein. »Was war gestern?« fragte sie. »Wolltest du mir nicht was erzählen?«

»Ach ja, diese komische Person in der Straßenbahn … Das heißt, äußerlich komisch war sie gar nicht, sondern ganz normal. Wir hatten beide keinen Sitzplatz, und in einer Kurve wurde sie gegen mich geschleudert. Sie entschuldigte sich und fing ein Gespräch mit mir an. Sie behauptete, ich wäre ihr vom Sehen her bekannt …«

»Ist doch gut möglich. Schließlich fährst du jeden Tag ziemlich um die gleiche Zeit hin und zurück.«

»Stimmt schon. Aber im allgemeinen beobachtet man seine Mitmenschen doch nicht so genau. Außerdem hat sie angeblich nicht nur mich gesehen, sondern auch meine ›aparte Freundin‹. Damit hat sie dich gemeint.«

»Ach so?«

»Sie sprach ganz beiläufig, so abgehackt, wie man eben in der Straßenbahn miteinander spricht. Ich fand eigentlich gar nichts dabei. Erst nachträglich ist es mir so vorgekommen, als wenn's komisch gewesen wäre.«

»Komisch inwiefern?«

»Sie kam immer wieder auf dich zu sprechen. Du sähst zwar sehr gut aus, sagte sie, aber es ginge auch eine gewisse Kälte von dir aus ...«

»So ein Quatsch!«

»Du hättest bestimmt keinen Erfolg bei Männern!«

»Die spinnt wohl!«

»Das habe ich ihr auch gesagt, und da wollte sie es denn gleich ganz genau wissen. Was du für Verehrer hast. Ob du mit einem gehst ...«

»Was geht denn die das an?«

»Zuerst habe ich gedacht, es wäre reine Neugier. Bloß einfach Klatschsucht. Ich habe ihr gesagt, daß du verheiratet bist und überhaupt keine Zeit für Flirts hast. ›Also doch kalt‹, sagte sie. Und ich: ›Das hat damit gar nichts zu tun!‹ – Zu allem Überfluß wollte sie mich auch noch ins Schloß-Café einladen.«

»Verrückt.«

»Nicht wahr?« Irene schob ihren Arm unter den Martinas. »Ich habe sie mit Mühe und Not abgeschüttelt. Lästige Person, dachte ich – aber nachträglich kommt's mir so vor, als wenn noch mehr dahinterstecken könnte.«

»Was?«

»Denk doch mal nach, Martina. Du willst geschieden werden, und du hast gesagt, dein Mann ist nicht damit einverstanden ...«

»Klar, ist er nicht. Aber er wird müssen.«

»Aber es wäre doch verständlich, wenn er sich wehrt.«

Martina blieb stehen. »Sich wehrt? Was meinst du damit?«

Auch Irene verhielt ihren Schritt.

»Ich kenne ihn natürlich nicht, und ich kann auch nichts beweisen. Aber es wäre doch möglich, daß er jemanden auf dich angesetzt hätte.«

Martina lachte. »Du liest wohl zuviel Krimis?«

»Wenn du es so auffaßt! Ich will dir keineswegs was einreden. Ich dachte nur, ich müßte dich warnen.«

»Lieb von dir, aber völlig unnötig. Helmut täte so was nicht. Dazu ist er nicht der Typ.«

Sie glaubte es selber, während sie es sagte. Aber später, im Eilzug nach Dinslaken, begann sie die Sache in einem anderen Licht zu betrachten. Irene war keine Wichtigtuerin. Wenn ihr das Benehmen der Fremden sonderbar erschienen war, dann durfte sie das nicht so ohne weiteres abtun. Es war ja auch tatsächlich seltsam, daß eine Person, mit der sie noch nie etwas zu tun gehabt hatte, sich so ausgiebig nach ihrem Verhalten und ihren Männerbekanntschaften erkundigte.

Es fiel ihr schwer, den Fall sachlich zu betrachten. Auch wenn sie sich klarzumachen suchte, daß es Helmuts gutes Recht war, mit allen Waffen zu kämpfen, fand sie sein Verhalten doch empörend. Ausgerechnet Helmut, der ihr Vertrauen so getäuscht hatte, wagte es, ihr nachspionieren zu lassen!

Natürlich hatte sie nichts zu befürchten, denn es gab einfach nichts, was er auf diese Weise ans Licht bringen und gegen sie benutzen konnte. Sie selber fand es am klügsten, sich ihm gegenüber überhaupt nichts anmerken zu lassen. Wozu einen neuen Krach heraufbeschwören? Sollte er doch erleben, wie weit er mit dieser unfairen Methode kam.

Aber was ihr die Vernunft auch immer riet, Martina hielt es nicht aus zu schweigen. Während des Abendessens, das, wie meist in letzter Zeit, in der eisigen Atmosphäre erzwungener Höflichkeit eingenommen wurde, sagte sie mit einem Tonfall, der so gleichgültig klang, wie es ihr eben möglich war: »Übrigens, Helmut, ich weiß nicht, ob du es dir in deiner augenblicklichen Situation leisten kannst, Geld zum Fenster rauszuwerfen. Kann ich, bitte, noch mal die Kartoffeln haben, Claudia?« Helmut schluckte den Köder; er lief rot an. »Wenn einer von uns beiden nicht mit Geld umgehen kann, dann bist du es!«

»Ach, wirklich?« fragte sie, Sanftmut in der Stimme. »Jedenfalls käme ich nie auf die Idee, einen Detektiv zu engagieren.«

Er hatte gerade einen Bissen zum Mund geführt, verschluckte sich und mußte husten. »Ich möchte nur wissen, wovon du eigentlich sprichst«, sagte er, als er wieder zu Atem gekommen war.

Jetzt wußte sie, daß Irenes Verdacht zutraf. »Davon, daß ich niemals einen Detektiv – von mir aus auch eine Detektivin – hinter dir herhetzen würde. Obwohl ich mir diesen Spaß noch erlauben könnte, denn du wärst es ja, der die Rechnung bezahlen müßte. Bitte, sitz gerade, Stefan!«

»Ich habe nie einen …«

»Schon gut, Helmut!« Sie schenkte ihm ein süßes Lächeln. »Du brauchst dich nicht zu verteidigen, ich habe dich ja nicht angegriffen.«

»Warum erzählst du dann solchen Quatsch?« Er zerknüllte die Serviette und sprang auf.

»Es sollte ein kleiner Rat sein, weiter nichts. Es tut mir weh, wenn du dein gutes Geld für nichts und wieder nichts ausgibst. Auch wenn du Scharen von Detektiven gegen mich mobilisierst – das Ergebnis ihrer Recherchen wird doch gleich Null bleiben. Ich habe mir nämlich nichts zuschulden kommen lassen.« Er verließ wütend das Zimmer.

»Warum mußt du Vati auch immer ärgern!« rief Claudia und wollte ihm nach.

»Bleib! Wir sind noch nicht mit dem Essen fertig.«

»Hat Vati wirklich einen Detektiv engagiert?« fragte Stefan, weniger entrüstet als beeindruckt.

»Sieht ganz so aus, Knüsel. Aber mach dir keine Gedanken darüber. Mir kann kein Detektiv der Welt was anhaben.«

»Und wenn er schießt?«

»Das darf er doch nicht, du Dummer«, sagte Claudia. »Dann kriegt er seine Lizenz entzogen.«

Martina lachte; sie fühlte sich, nachdem sie ihrem Mann wieder mal die Wahrheit an den Kopf geworfen hatte, sehr erleichtert. »Wie schön, daß ihr so gut Bescheid wißt!«

Helmut Stadelmann stürmte zur Kanzlei Dr. Brocksieper. Obwohl es eine Weile dauerte, bis er vorgelassen wurde – der Rechtsanwalt hatte sich gerade mit dem letzten Klienten des Tages befaßt und wollte danach Schluß machen –, kochte er immer noch.

»In eine feine Situation haben Sie mich da gebracht«, schimpfte er, »ich wollte von Anfang an nicht, erinnern Sie sich, aber Sie haben ja darauf bestanden!«

»Ruhe, bitte, immer mit der Ruhe!« mahnte Dr. Brocksieper; er wirkte tadellos gepflegt wie immer, nur die leichte Rötung seiner Bindehaut verriet, daß er einen langen Tag hinter sich hatte.

»Ich möchte bloß wissen, was für eine Detektei das ist, die Sie beauftragt haben! Ich habe Ihnen doch von Anfang an gesagt: meine Frau ist nicht dumm. Aber Sie haben sie unterschätzt. Sie hat die Sache sofort durchschaut. Und wie stehe ich jetzt da!?«

Dr. Brocksieper hätte ihn darauf aufmerksam machen können, daß er momentan, breitbeinig im Raum stehend, mit hochrotem

Kopf, zerzaustem Haar und verrutschter Krawatte, tatsächlich keine gute Figur machte. Doch er fragte milde: »Ist es Ihnen denn wirklich noch so wichtig, was Ihre Frau von Ihnen hält?«

»Glauben Sie etwa, es wäre mir angenehm, wie ein Idiot dazustehen?«

»Weil Sie versucht haben, ihr auf die Schliche zu kommen? Nein, wirklich, daran kann ich nichts Abträgliches finden. Daß es uns nicht gelungen ist, das ist einfach Pech. Es ist ganz gut, daß Sie heute zu mir gekommen sind. Bitte, setzen Sie sich doch. Ich habe den Bericht der Detektei vorliegen.« Mit einer geschickten Bewegung seiner einzigen, der linken Hand schlug er die Akte Stadelmann gegen Stadelmann auf, die die Kanzleivorsteherin hereingebracht hatte, und blätterte sie nach hinten durch.

Helmut warf sich in den Sessel gegenüber dem Schreibtisch und streckte die langen Beine von sich. »Ich kann mir schon denken, was drinsteht: nämlich gar nichts oder eine Menge Blablabla.«

»Sie haben recht«, sagte der Rechtsanwalt friedlich, »die Ermittlungen haben nichts ergeben. Es sieht so aus, als wenn Ihre Gattin keinerlei Beziehungen unterhielte ... oder sie doch rechtzeitig auf Eis gelegt hat. Es liegt nun an Ihnen, ob Sie tiefer bohren ...«

»Nein!«

»Sie haben selbstverständlich zu bestimmen.«

»Das Ganze war von Anfang an ein Unfug.«

»Da bin ich entschieden nicht Ihrer Meinung. Wenn es um sechsunddreißigtausend Mark geht, kann man sehr wohl ein paar Hunderter riskieren, um sich vor einer so exorbitanten Forderung zu schützen. Aber, bitte, ich will mich nicht mit Ihnen streiten. Sie kennen Ihre Frau besser als ich.«

»Das kann man wohl sagen! Wenn Sie bloß nicht auf diese verrückte Idee mit der Detektei gekommen wären!«

»Ich finde sie nach wie vor nicht verrückt, lieber Herr Stadelmann, und ich muß Ihnen auch mit aller Deutlichkeit sagen, daß ich Ihnen das Recht abspreche, mir in dieser Angelegenheit Vorwürfe zu machen.« Dr. Brocksiepers Stimme klang beherrscht und gelassen wie immer. »Ich habe versucht, Ihr gutes Geld zu retten.«

»Aber mit den falschen Mitteln!«

»Interessant.« Der Rechtsanwalt lehnte sich zurück und strich sich mit der Hand über das Kinn, als wolle er prüfen, ob er sich heute abend noch einmal rasieren müßte. »Dann scheinen Sie ja bessere Vorschläge in petto zu haben.«

»Man müßte ihr den Kopf zurechtsetzen.«

»Haben Sie das nicht schon versucht?«

»Nicht ich. Ein Außenstehender.«

»An wen denken Sie da? An ihre Mutter vielleicht? Steht sie auf Ihrer Seite?«

»Keine Ahnung«, mußte Helmut zugeben.

»Das scheint also auch nicht das Richtige zu sein. Wissen Sie sonst noch jemanden, der Ihre Frau in Ihrem Sinne beeinflussen könnte?«

Helmut schwieg, die Lippen zusammengepreßt.

»Es lohnt sich immerhin, darüber nachzudenken«, sagte Dr. Brocksieper entgegenkommend. »Nur sind wir inzwischen in einen gewissen Zugzwang geraten. Der Anwalt Ihrer Gattin schlägt ein Gespräch unter acht Augen vor. Ihre Gattin, Sie, der Kollege Günther und ich sollten uns zu einer Aussprache zusammenfinden. Ich halte das für keine schlechte Idee. Es wäre eine Möglichkeit, unsere Standpunkte zu vertreten.«

»Aber wenn sie nicht nachgibt?«

»Nun ...« Der Rechtsanwalt hob die Hand und ließ sie mit einer resignierenden Geste fallen, »... dann müssen wir es tun.«

»Niemals!« Helmut sprang auf.

»Mein lieber Herr Stadelmann, so begreifen Sie doch endlich Ihre Situation: Ihre Frau hat das Recht auf ihrer Seite. Wenn wir überhaupt noch etwas herausschinden können, dann nur, indem wir ihr entgegenkommen. Ihr wird ja auch nichts daran liegen, vor Gericht nach ihrem Intimleben befragt zu werden. Das können wir ihr ersparen, indem Sie die Schuld ohne Widerspruch auf sich nehmen.«

»Aber warum sollte ich das?!«

»Das habe ich Ihnen gerade erklärt«, sagte der Anwalt geduldig. »Weil Sie keinen Vorteil davon hätten, es nicht zu tun. Wollen Sie es wirklich so weit kommen lassen, daß dieses ...« – er blätterte in der Akte – »... Fräulein Susanne Dinkler als Zeugin befragt wird? Eine unangenehme Geschichte für die Dinkler, für Sie und auch für Ihre Frau.«

»Das ist mir egal.«

»Aber es wäre unvernünftig. Wie die Dinge liegen, kann es Ihnen auch nichts nützen, wenn Sie sie zum Äußersten treiben. So erhöhen Sie nur die Gerichtskosten. Am Urteil selber ist damit nicht zu rütteln.«

Helmut kam näher, beugte sich über den Schreibtisch und fragte, fast flehend: »Können wir die Sache nicht wenigstens noch hinausziehen? Müssen Sie diesen Brief denn gleich beantworten? Vielleicht fällt mir doch noch was ein ...«

Dr. Brocksieper schüttelte den Kopf. »Auch eine Verzögerungstaktik würde letzten Endes doch nur wieder gegen uns sprechen. Nein, Herr Stadelmann, Sie haben keine Wahl mehr: Sie müssen es durchstehen!«

Die Aussprache fand am 18. Februar in der Kanzlei Dr. Günthers statt und brachte für beide Parteien nicht das erstrebte Ergebnis. Zwar erklärte Helmut sich bereit, die Schuld wegen erwiesener Untreue auf sich zu nehmen, aber er weigerte sich, auf Martinas Forderung nach einer einmaligen Abfindung einzugehen. Martina wiederum war nicht bereit, diese zurückzuziehen. Es gelang den Anwälten nicht zu vermitteln, und Martina und Helmut trennten sich im Bösen, entschlossen, ihren Standpunkt vor Gericht durchzukämpfen.

Martina blieb noch bei Dr. Günther zurück. Auf dem Tischchen in der Sitzecke standen die benutzten Kaffeetassen.

»Tja, die sechsunddreißigtausend sind eben ein harter Brokken«, stellte Dr. Günther fest – mitfühlend und doch auch ein bißchen schadenfroh. »Ich wundere mich nicht, daß der Gute den nicht schlucken will.«

Martina trug ein anthrazitfarbenes, eng anliegendes Jumperkleid mit dreiviertellangen Ärmeln. Sie war vorteilhaft geschminkt und wirkte sehr hübsch, aber auch sehr entschlossen. Auf ihren hohen Wangenknochen glühte ein Rot, das offensichtlich nicht kosmetischer Herkunft war. »Ich werde es durchkämpfen«, erklärte sie.

»Das traue ich Ihnen ohne weiteres zu.« Aus der Stimme des Anwalts klang keine reine Bewunderung.

»Sie sagen das, als wenn ich ein Unmensch wäre ...«

»Niemand, der Sie sieht, könnte das behaupten!«

Martina ließ sich von dem Kompliment nicht ablenken. »Dabei steht er sich, wenn er nachgibt, wesentlich besser, als wenn er bis an mein Lebensende für mich zahlen müßte.«

Ihre Spitzfindigkeit entlockte Dr. Günther ein Lächeln. »Aber das müßte er ja gar nicht, Frau Stadelmann. Wir alle wissen doch, daß Sie vorhaben zu arbeiten.«

»Aber ich muß ja nicht. Wenn ich dadurch nur meinen Mann entlaste, macht es mir keinen Spaß. Sagen Sie mir jetzt nicht, daß man mir mit zwei schulpflichtigen Kindern sehr wohl zumuten kann, Geld zu verdienen. Ich kann jederzeit krank werden ... das kann ich doch, nicht wahr?« Sie blickte ihn beschwörend an.

Einmal mehr faszinierte es ihn, daß ihr eines Auge braun war und das andere ein klares Grün zeigte. »Würde Sie das befriedigen?«

»Natürlich nicht. Deshalb helfen Sie mir, daß ich zu dem Geld komme. Ich brauche es, Doktor Günther, ich brauche es wirklich. Wenn man vorankommen will im Leben, braucht man eine Starthilfe. Sobald ich mein Praktikantinnenjahr hinter mir habe, will ich mich selbständig machen. Sie glauben doch nicht, daß ich die Ehe aufgebe, um mich statt dessen ein Leben lang für fremde Leute abzurackern?« Sie zerrte an ihren langen Handschuhen.

»Nein, das glaube ich nicht, Frau Stadelmann. Wie war's mit einem Kognak? Ich glaube, wir beide könnten einen brauchen.« Dr. Günther ging zum Schreibtisch, bückte sich, nahm eine Flasche Kognak und zwei Gläser heraus und brachte alles in die Sitzecke. »Ich verstehe Ihren Standpunkt sogar. Sie haben Ihre Ehe als Sklaverei empfunden, und jetzt wollen Sie frei sein.«

»Stimmt. Aber frei sein kann man nicht ohne Geld.«

Dr. Günther stellte die beiden Gläser auf den Tisch, der schon Spuren von Alkoholrändern zeigte, und schenkte ein. »So sollten wir aber nicht vor Gericht argumentieren. Richter sind meistens Männer. Denen geht es wider den Strich, eine Frau zu unterstützen, die auf ihre Selbständigkeit pocht. Geschickter ist es, wenn wir an ihr gutes Herz und ihren Beschützerinstinkt appellieren. Eine kleine hilflose Frau, von ihrem Mann betrogen ... Vertrauensgrundlage der Ehe zerstört ... Steht vor dem Nichts und möchte wenigstens ihre Zukunft sichern. Wir werden die Überschreibung der Witwenpension auf Ihre Person verlangen, und wir haben eine große Chance, damit durchzukommen.«

»Das haben Sie mir schon einmal vorgeschlagen, und das will ich nicht!« Martina setzte ihr Glas hart auf den Tisch. »Was soll ich denn mit einer Pension, wenn ich alt und grau bin?!«

»Sagen Sie das nicht. Eine Pension kann man immer gebrauchen.«

»Aber ich brauche Geld, und zwar bald.«

»Wir können Ihren Mann nicht zwingen, da er sich nicht überzeugen lassen will. Wir können nur das Erreichbare herausholen. Und ich verspreche Ihnen, das werde ich tun.«

»Und wie soll ich zu meinem Startkapital kommen?«

»Das ist eine andere Frage. Ich könnte mir vorstellen, daß eine Frau wie Sie doch einen Gönner finden sollte.«

Martina stand auf. »Nein, danke. Ich habe nicht die Absicht, meinen Mann gegen einen Gönner auszutauschen. Aber ich werd's schon irgendwie schaffen.«

»Davon bin ich überzeugt.« Er trat einen Schritt näher auf sie zu. »Wissen Sie eigentlich, daß ich Sie bewundere?«

Sie hatte eine kecke Antwort schon auf der Zunge – er sah es am Funkeln ihrer Augen. Dann aber besann sie sich und sagte lächelnd: »Das ist lieb von Ihnen, Herr Doktor. Tun Sie für mich, was Sie können!«

Helmut Stadelmann war wütend. Es grauste ihm davor, den Abend im Kreis seiner sich ihm immer mehr entfremdenden Familie zu verbringen. Er hatte das Bedürfnis sich auszusprechen, und die einzige Person, von der er hoffen konnte, daß sie Verständnis für ihn aufbringen würde, war Susi Dinkler.

Seine Mutter würde nur wieder mit den alten Vorwürfen kommen. »Warum hast du sie denn auch geheiratet ... gleich gesagt ... ist keine Frau für dich ... mußte ja so kommen ...«

Sein Vater hätte, schweigend an seiner Pfeife nuckelnd, nur zugehört und sich jeden Kommentars enthalten. Aber allzu deutlich hätte Helmut gespürt, was er dachte: daß er, Helmut, ein Schlappschwanz sei, nicht fähig, eine Frau zu beherrschen. Als Vater von fünf Kindern, der seine Familie immer mit Erfolg unter dem Daumen gehalten hatte, konnte er ja gar nicht anders denken. Außerdem hatte er seit jeher eine Schwäche für Martina, die hübscheste seiner Schwiegertöchter, gehabt.

Mit den Kollegen konnte er überhaupt nicht darüber reden. Zwar war er allgemein beliebt, ein Mann, der den richtigen Ton zu anderen Männern fand. Man nahm es ihm nicht einmal übel, daß es ihm gelungen war, in die gehobene Beamtenlaufbahn einzutreten und es zum Oberinspektor zu bringen. Jeder hatte den Eindruck, daß ihm das zustand. Er war kein Streber, der nach unten trat, kein Karrieremacher, der zur obersten Spitze der Pyramide strebte, im Gegenteil, er verrichtete seine Arbeit bedachtsam, zuverlässig und gewissenhaft, war kollegial, hatte Verständnis für seine Untergebenen. Man mochte ihn.

Aber obwohl er mit vielen Männern Kontakt hatte, hatte er doch keinen wirklichen Freund, mit dem er über sein Privatleben hätte sprechen können. Vielleicht hätte – entgegen seiner Annahme – der eine oder andere Kollege sogar Verständnis für ihn aufgebracht. Schließlich konnte kaum einem von ihnen häuslicher Ärger fremd sein. Doch Helmut schreckte bei der bloßen Vorstellung eines solchen Gespräches zurück. Er gab es sich nicht zu, aber er fühlte sich durch Martinas Verlangen nach einer Scheidung lächerlich gemacht. Jeder, der davon erfuhr, mußte glauben, so meinte er, daß seine Qualitäten als Mann zu wünschen übrigließen. Jeder, so fürchtete er, würde sich ein Lächeln verkneifen müssen.

Warum verließ eine Frau einen Mann, bei dem sie es gut hatte? Für Helmut waren nur zwei Gründe denkbar: Weil sie einen anderen kennengelernt hatte – das traf für Martina nicht zu. Blieb nur noch: weil sie unbefriedigt war.

Er war völlig unfähig, Martinas Drang zur Entfaltung und zur Selbständigkeit zu begreifen. Daß sie darauf bestanden hatte, sich in der Kosmetikschule einzuschreiben, hatte er als typisch weibliche Laune aufgefaßt, der er widerstrebend nachgegeben hatte. Aus einer Laune heraus ließ man sich aber doch nicht scheiden. Es mußte mehr dahinterstecken. Aber was?

Während ihm Fragen und Gedanken durch den Kopf schössen, stürmte Helmut die Friedrich-Ebert-Straße hinunter und stoppte erst vor der Drogerie Zitzelsberger, in der Susi Dinkler arbeitete. Er blickte durch die spiegelnde Schaufensterscheibe und entdeckte Susi, wie sie, sehr adrett im weißen Kittel, das blonde Haar, das im Licht der Lampen schimmerte, brav im Nakken zusammengebunden, eine Kundin bediente. Sie hatte keinen

Blick für ihn und hätte ihn, der auf der dunklen Straße stand, auch gar nicht sehen können. Aber er wartete darauf wie auf ein Wunder.

Nur wenige Minuten dauerte das Spiel. Dann überfiel ihn die Angst, entdeckt zu werden. Er kam sich vor wie ein Junge, der etwas Verbotenes tat. Rasch ließ er die Augen über bunte, aufeinander gestapelte Schachteln mit Abführtabletten und Vitaminpräparaten, über Flaschen mit einem Herzstärkungsmittel und ein bewegliches Schaustück gleiten, als könnte er sich so ein Alibi geben, wandte sich dann rasch ab und ging bis zur Hauptpost zurück.

Aus einer Telefonzelle rief er die Drogerie an – er kannte die Nummer auswendig – und verlangte Susi zu sprechen.

Sie meldete sich wenig später mit einem gehauchten: »Ja?«

Er wußte, sie konnte nicht frei sprechen, der Apparat stand gleich neben der Kasse. »Sehen wir uns später?« fragte er, ohne seinen Namen zu nennen.

»Warte mal ...« Gewohnheitsmäßig tat sie erst so, als müßte sie überlegen, ob sie heute abend auch frei sei, fügte aber nach einer winzigen Pause hastig hinzu: »Doch, das geht.«

»Dann erwarte ich dich. Wie immer.«

»Ich werde mich beeilen.«

Er legte auf und fühlte sich schon wohler. Es tat gut zu wissen, daß es wenigstens einen Menschen gab, der keinen Grund hatte, an seiner Männlichkeit zu zweifeln, eine Frau, die ihm keinen Widerstand entgegensetzte, sondern glücklich war über jedes Wort, das er an sie richtete, jedes Lächeln, das er ihr gönnte.

Bis halb acht – früher konnte sie nicht fertig sein – blieb noch viel Zeit. Er kehrte zuerst in die eheliche Wohnung zurück, wo Martina dabei war, den Tisch zu decken, und versuchte sie mit einem kurzem »Ich esse auswärts« zu verletzen.

»Viel Spaß«, entgegnete sie nur und zeigte ihm mit jenem gewissen Lächeln an, daß sie ihn durchschaute.

Er hatte vorgehabt, sich auf keinen Fall provozieren zu lassen, aber er hielt es nicht durch. »Du brauchst gar nicht so überheblich zu grinsen!« fuhr er sie an.

»Tu ich das? Entschuldige, es war nicht meine Absicht!« behauptete sie, nach wie vor lächelnd.

Unbeherrscht warf er die Wohnungstür ins Schloß.

Im Hinterhof parkte sein VW. Er warf sich auf den Sitz und kurvte Richtung Stadtpark. Im Burghotel trank er ein Glas Bier und gönnte sich einen Schnaps. Um sich die Zeit zu vertreiben, las er einige Zeitungen.

Er war kein politisch denkender Mensch. 1939 war er zwölf Jahre gewesen, alt genug, um die Schrecken des Zweiten Weltkriegs bewußt mitzuerleben, gegen dessen Ende er noch eingezogen worden war. Jetzt wollte er nur noch seine persönliche Ruhe haben und darüber hinaus Frieden auf der ganzen Welt. Daß dies nicht möglich zu sein schien, daß die Konstellationen sich dauernd änderten, störte ihn. Der Freiheitsdrang der vielen, vor allem der afrikanischen Völker beunruhigte ihn.

Er war froh, als es endlich soweit war, daß er Susi Dinkler erwarten durfte. Er zahlte, zog seinen Dufflecoat über und ging die wenigen Schritte zum Stadtpark hinüber. Seit Martina auf Scheidung drang, wagte er nicht mehr, sich mit Susi in der Öffentlichkeit zu treffen.

Es war ungewöhnlich warm für einen Februartag. Dort, wo das Licht der Laternen auf die Baumkronen fiel, ließ sich deutlich erkennen, daß die alten Ulmen schon frisches Grün trieben. Unruhig begann Helmut auf und ab zu wandern, bis er Susi Dinkler bemerkte.

Sie ging eilig, mit kleinen Schritten, und als sie sich von ihm erkannt sah, begann sie sogar zu laufen. Das blonde Haar trug sie jetzt offen, es wehte um ihr helles Gesicht, und als sie ihn erreichte, warf sie sich ihm mit einem kleinen atemlosen Laut an die Brust.

Er hatte es nicht verhindern können, packte sie aber sofort bei den Schultern und schob sie von sich fort. »Nicht doch, Susi, du weißt ...«

»Als wenn es jetzt noch darauf ankäme!«

Er schüttelte sie leicht. »Wir müssen vorsichtig sein.«

»Weshalb?«

»Benimm dich nicht wie ein Kind! Das kann ich nicht leiden. Solange die Scheidung läuft, dürfen wir nicht miteinander gesehen werden. Das wäre doch nur Wasser auf Martinas Mühlen.«

»Aber die weiß doch sowieso Bescheid!«

»Kein Grund, sie unnötig zu reizen.«

»Du sprichst von ihr, als wenn sie ein Raubtier wäre.«

Er lachte rauh. »Das trifft nicht weit daneben.«

»Gab's wieder Ärger?«

»Ärger ist leicht untertrieben.« Er ging voraus zu seinem Auto, schloß auf, setzte sich ans Steuer und öffnete die Beifahrertür von innen.

»Erzähl schon! Ich habe dir den ganzen Nachmittag Däumchen gehalten.«

Sie dachte gar nicht daran ihn zu fragen, wohin er mit ihr fahren wollte, und das gefiel ihm. Anders als Martina war sie bereit, sich voll und ganz seinen Wünschen unterzuordnen.

»Sie besteht auf einer Abfindung.« Er zündete und gab Gas. »Behauptet, sie hätte zehn Jahre lang für nichts gearbeitet, und will Geld sehen.«

Susi Dinkler schwieg; sie wußte aus Erfahrung, daß man, wenn man mit Helmut zurechtkommen wollte, besser daran tat, seine Gedanken hin und wieder für sich zu behalten.

»Und was sagt dein Anwalt dazu?«

»Der? Daß sie mich zwar auf Unterhalt, niemals aber auf eine einmalige Abfindung verklagen kann.«

»Na also!«

»Na also, na also!« äffte er sie nach. »Du machst es dir verdammt einfach.«

Sie zuckte zusammen und legte ihm dann versöhnlich die Hand auf den Arm. »Sei mir nicht böse, Helmut, aber ich verstehe nicht recht … Ich kenne mich ja in solchen Dingen nicht aus.«

Er atmete tief durch. »Wenn ich ihr nachgebe«, erklärte er in dozierendem Ton, »geht die Scheidung sang- und klanglos über die Bühne, und ich muß dir sagen, ich bin inzwischen soweit, daß ich mir nichts sehnlicher wünsche.«

»Sie hat dich sehr gequält.«

»Kann man wohl sagen.«

Sie beobachtete sein Profil, das im Ungewissen Licht der Laternen, mit vorgeschobenem Kinn, die Zähne aufeinandergebissen, so daß die Wangenmuskeln sich spannten, männlicher denn je wirkte. »Und wenn du ihr nicht nachgibst?« fragte sie vorsichtig.

»Dann will sie den ganzen Dreck aufwühlen. Das mit dir und mir zur Sprache bringen.«

Es verletzte sie, daß er, was sie und ihn miteinander verband, mit »Dreck« bezeichnete, aber in diesem Moment wagte sie nicht zu protestieren. »Das wäre unangenehm«, meinte sie nur.

Er warf ihr einen kurzen Seitenblick zu. »Mehr sagst du nicht?«

Susi hob die schmalen Schultern und ließ sie wieder fallen. »Ich weiß ja nicht, was du von mir erwartest.«

»Du wärst also bereit, es durchzustehen?«

»Ja. Ja, Helmut. Wenn man mal von konventionellen Vorstellungen absieht, besteht ja kein Grund sich zu schämen. Ich hab's getan, weil ich dich liebe.«

»Bravo.« Er tätschelte ihr Knie. »Du bist mein braves Häschen. Ich bin froh, daß ich gleich mit dir darüber gesprochen habe. Jetzt sieht die Welt für mich schon wieder anders aus.«

»Du weißt doch, daß ich durch dick und dünn zu dir halte.«

»Wunderbar. Ich hab eine Idee. Wir fahren zum ›Storchennest‹ nach Götterswickerhamm und bleiben die Nacht. Mitten in der Woche kriegen wir bestimmt ein Zimmer.«

»Aber ich habe kein Nachtzeug mit. Und meine Mutter weiß nicht Bescheid.«

»Die rufen wir von unterwegs an und erzählen ihr irgendwas. Mehr als eine Zahnbürste brauchst du nicht, und die sollten wir ja wohl auf treiben können.«

Susi war so glücklich darüber, daß ihm anscheinend immer noch an ihr lag – seit Martina sie überrascht hatte, hatten sie sich nur noch selten gesehen –, daß sie auf jeden Einspruch verzichtete. Und das, obwohl sie wußte, daß ihre Mutter sehr mißtrauisch war und sich nicht leicht mit einer Ausrede abspeisen ließ.

»Wie du willst.«

»Sag das nicht wie ein Opferlamm. Wenn du dich nicht freust ...«

»Doch, Helmut, ich freue mich unbändig.«

»Dann ist es ja gut.« Seine Stimme klang gönnerhaft.

Aber sie merkte es nicht. »Aber zahlen wirst du müssen, nicht wahr?« fragte sie.

Er verstand sofort, wovon sie sprach. »Was hast du gedacht? Es wird ein teurer Spaß werden.«

»Tut mir leid«, sagte sie schuldbewußt.

»Das läßt sich nun mal nicht ändern. Zum Glück ist Martina jung und gesund, ehrgeizig auch – man kann also erwarten, daß sie über kurz oder lang selber verdient, und wenn das nicht klappt, wird sie bestimmt wieder heiraten.«

»Und dann brauchst du nicht mehr zu zahlen?«

»Natürlich nicht. Nur für die Kinder.«

Sie hatten jetzt die Peripherie von Dinslaken hinter sich gelassen, und er fädelte sich auf die B 8 ein, die nach Norden führte.

»Allerdings ...«, begann er, ließ den Satz aber dann in der Schwebe.

Sie wurde hellhörig. »Allerdings ... was?« fragte sie.

»Doktor Brocksieper meint, mit dem Anspruch auf Witwenrente könnte sie womöglich durchkommen. Falls es ihr gelingt, die Richter einzuwickeln.«

»Ich verstehe nicht.«

»Das ist doch ganz einfach. Normalerweise, wenn der geschiedene Mann gestorben ist, hören die Unterhaltszahlungen auf.«

»Das weiß ich.«

»Na, siehst du. Aber ich bin Beamter, und nach meinem Tod bekäme meine Frau eine ganz schöne Pension.«

»Die Frau, mit der du dann verheiratet bist!«

»Eben nicht. Wenn es Martina gelingt, sich diese Pension überschreiben zu lassen, dann kriegte sie sie, und meine nachmalige Frau guckt in die Röhre.«

»Das ist aber doch ungerecht!«

»Ganz meine Meinung. Aber Brocksieper meint, wenn sie ihre Karten nur richtig ausspielt, dann kriegt sie es durch.«

Susi schwieg minutenlang, dann meinte sie: »Das sieht aber Martina gar nicht ähnlich.«

»Ihr Anwalt wird ihr dazu geraten haben.«

»Aber warum? Warum? Wenn sie selbständig werden will ... und das will sie, da bin ich sicher – wozu dann eine Witwenpension?!«

»Damit hat sie ein Druckmittel gegen mich in der Hand, du Dummchen.«

Wieder dachte Susi angestrengt nach. »Also will sie im Grunde gar nicht die Pension, sondern die Abfindung?«

»Du hast es erfaßt.«

»Ja, aber dann …« Susi stockte, es verließ sie der Mut weiterzusprechen.

»Was?«

»Ich meine – bitte, Helmut, ich will mich nicht in deine Angelegenheiten mischen –, aber wenn wir mal annehmen, deine Witwe bekäme eine Pension von tausend Mark monatlich und würde dich zehn Jahre überleben, das ist ganz normal, dann wären das hundertzwanzigtausend Mark. Also kämst du doch bei der Abfindung viel besser weg.«

Er betrachtete sie mit gerunzelter Stirn. »Also bist du auch dafür?«

»Rein rechnerisch gesehen, Helmut.«

Er lachte zornig auf. »Rein rechnerisch gesehen will sie mich natürlich reinlegen. Schön, ich zahle ihr die Abfindung. Sie richtet sich 'ne elegante Wohnung für das Geld ein und sagt, sie kann leider nicht verdienen, weil sie ein schwaches Herz oder Claudia 'nen Pieps hat. Ausreden lassen sich immer finden.«

Susi richtete sich auf und wurde lebhaft. »Du glaubst also, daß Martina auf deine Kosten leben möchte! Dabei hast du eben noch gesagt, sie würde sicher bald ihr Geld selbst verdienen wollen! Es war ihr immer ekelhaft, dich um Wirtschaftsgeld bitten zu müssen, sozusagen dauernd mit geöffneten Händen vor dir zu stehen. Gehaßt hat sie das. Darum ist sie ja auch auf die Kosmetikschule gegangen. Um ihr eigenes Geld zu verdienen. Um mitzuverdienen.«

»Bloßes Gerede.«

»Von Martina? Nein, bestimmt nicht. Ihr war das ganz ernst. Deshalb will sie ja auch die Abfindung haben. Damit sie nicht mehr von deinem Geld abhängig ist. Sie wollte dein Geld nicht, als sie dich noch liebte – jetzt würde es ihr doppelt gräßlich sein.«

Helmut bog nach links ein, zum Rhein hin. »Na schön, nehmen wir mal an, du hättest recht. Schließlich bist du ja jahrelang ihre beste Freundin gewesen und mußt sie ziemlich gut kennen.«

Susi steckte den Hieb schweigend ein.

»Aber was, wenn sie mit meinem Geld einen Betrieb eröffnet? Und macht pleite? Dann hat sie erst kassiert, und ich muß doch wieder zahlen.«

»Du wärst der letzte, an den sie sich in so einer Situation wenden würde.« Susi sah, wie sein Gesicht sich noch mehr verkrampfte, und fügte rasch hinzu: »Ich wollte dich nicht beleidigen, wirklich nicht. Ich dachte nur, dir wäre an der Wahrheit gelegen.«

Helmut sagte nichts. Das Ortsschild von Götterswickerhamm tauchte vor ihnen auf und dann auch die Lichter der kleinen Ortschaft zwischen Rhein und Ache.

»Du findest also, ich sollte zahlen?« fragte er endlich.

»Es ist dein Geld.«

»Ich hab's ja gar nicht.«

»Aber du könntest es dir beschaffen?«

»Ja.«

Danach wechselte Susi bewußt das Thema. Sie sah sich schon als künftige Frau Stadelmann, und es ärgerte sie, daß sie ihre Witwenpension an Martina abtreten sollte. Aber gerade weil sie sehr persönlich an Helmuts Entscheidung interessiert war, wagte sie nicht, weiter darüber zu reden. Er sollte nicht merken, daß sie damit rechnete, seine zweite Frau zu werden, noch weniger, daß sie schon über ihre künftige Ehe hinaus an seinen Tod dachte. Deshalb hielt sie den Mund und dachte sich ihr Teil, entschlossen, bei passender Gelegenheit noch einmal nachzustoßen.

Sie verbrachten die Nacht, eine sehr leidenschaftliche Nacht, im Hotel »Zum Storchennest«, und Helmut, der lange keine Frau mehr gehabt hatte, war in bester Form.

Obwohl Susi sehr entspannt war, verlor sie ihr Ziel keine Sekunde aus den Augen.

Wenige Tage später – es war ein Sonntagmorgen, und Martina hatte die Kinder zur Kirche geschickt – erklärte Helmut seiner Frau, daß er sich durchgerungen habe, sich nach ihren Bedingungen scheiden zu lassen.

»Stimmt das auch?« fragte sie ungläubig. »Oder ist das eine Falle?«

Er saß noch bei einer letzten Tasse Kaffee und einer Zigarette, während sie sich schon ihre Schürze vorgebunden hatte und dabei war, die Wohnung aufzuräumen.

»Was für eine Falle könnte ich dir schon noch stellen?« fragte er mit hochgezogenen Augenbrauen.

Sie setzte sich, das Staubtuch in der Hand, ihm gegenüber an den Frühstückstisch. »Du willst mir das Geld also tatsächlich zahlen?«

»Ja«, sagte er schlicht.

»Und woher nimmst du es?«

»Wieso interessiert dich das auf einmal? Vorher hast du doch nicht danach gefragt.«

»Auch wieder wahr.« Zu ihrer Überraschung spürte Martina nichts von der freudigen Erleichterung, die ihrer Meinung nach dem Anlaß entsprochen hätte. Plötzlich war es ihr, als wollte Helmut sie ganz gerne loswerden – wenn er sogar noch bereit war, ihr Geld hinterherzuwerfen.

Aber sie ließ sich ihre Verwirrung nicht anmerken. »Jedenfalls bin ich sehr froh darüber. Dann kann die Scheidung also ohne weiteres über die Bühne gehen. Eine reine Formsache.« Sie wollte aufstehen.

Er packte sie beim Handgelenk. »Habe ich nicht wenigstens einen kleinen Dank verdient?«

»Danke, Helmut.«

»Du mußt zugeben, daß ich mich in dieser Sache höchst anständig benommen habe.«

Sie hatte eine boshafte Antwort wie »Es blieb dir wohl auch nichts anderes übrig« schon auf der Zunge, unterdrückte sie aber und sagte statt dessen: »Zugegeben.«

»Wie wär's dann mit einem Kuß?«

Sie betrachtete ihn kritisch. Er sah, in einem schief zugeknöpften Baumwollpyjama, der seine behaarte Brust freigab, den Hausmantel achtlos übergezogen, sehr männlich aus.

»Du bist unrasiert«, stellte sie fest.

»Na wennschon.« Es gelang ihm, sie auf seinen Schoß zu ziehen. »Martina«, sagte er eindringlich, »findest du nicht auch, daß du das Spiel jetzt weit genug getrieben hast?«

»Es ist kein Spiel, Helmut.«

»Wollen wir nicht endlich den ganzen Unsinn lassen? Wir sind doch Mann und Frau … Wir haben uns immer gut verstanden.«

»Ich habe dich verstanden, Helmut. Einigermaßen jedenfalls. Du mich nie.«

»Mach dich nicht interessant!«

»Da siehst du! Sobald ich dir zu erklären versuche, daß ich nicht so bin, wie du mich sehen willst, magst du nichts hören. Nein, wir passen nicht zusammen, Helmut. Was du suchst, ist ein gefügiges Weibchen, das dir das Essen kocht und das Bett wärmt. Sonst nichts.«

»Denk an die Kinder!«

Für ihn unerwartet riß sie sich mit einem Ruck los und kam auf die Füße. »Die Kinder werden es bei mir sehr gut haben! Sie werden aufleben, wenn sie nicht mehr unter unseren Spannungen leiden müssen. Wenn sie endlich ein harmonisches Zuhause haben!«

Ohne daß sie es sich zugab, genoß sie es, daß er sich doch noch einmal um sie bemühte; sie kam sich nicht länger wie ein abgenutztes Möbelstück vor, das man beiseite schob, weil man es nicht mehr brauchte, für das man sogar noch zahlte, nur damit es endlich fortgeschafft wurde. Ihre Augen funkelten, ihre Wangen hatten sich gerötet.

Er betrachtete sie nachdenklich. »Wenn ich nur wüßte, was du wirklich vorhast!«

Am Nachmittag fuhr Martina nach Essen. Ihre Großmutter feierte 67. Geburtstag.

Immer, wenn Martina das große, um die Jahrhundertwende gebaute Mietshaus betrat, das, abgesehen von den Löchern, die einige Granatsplitter in die Fassade gerissen hatten, vom Krieg verschont geblieben war, überfiel sie ein seltsames Gefühl, eine Mischung von Wehmut und Beklemmung. Hier, in der Wohnung im fünften Stock mit ihren Parkettböden und den hohen, stuckverzierten Decken, hatte sie, nachdem sie und ihre Mutter ausgebombt worden waren, den größten Teil ihrer Kindheit verlebt, hier hatte sie auch die Nachricht empfangen, daß ihr Vater gefallen war.

Sie stieg die endlosen Treppen hinauf und drückte auf den Klingelknopf unter dem Messingschild, auf dem in schwarzen Buchstaben »Alexandra Wülfing« stand. Die Großmutter öffnete selber, eine magere, zierliche Frau, die in keiner Weise dem Großmutterbild vergangener Tage entsprach. Sie trug das Haar hübsch frisiert und braun gefärbt, hatte Lippen und Nägel rot gefärbt und blickte Martina aus lebhaften braunen Vogelaugen an – auch ihr kleiner Kopf mit dem zurückweichenden Kinn und der leicht gekrümmten Nase hatte etwas Vogelhaftes.

»Willkommen, Kind! Die schönen Blumen!«

Martina hatte die Nelken ausgewickelt und drückte einen Kuß auf die harte, nach Puder riechende Wange.

»Aber wo sind die Kinder?«

Martina war auf diese Frage vorbereitet und antwortete rasch: »Ich habe sie diesmal zu Hause gelassen, damit wir in Ruhe miteinander plaudern können.«

»Das ist aber schade! Ich hatte mich so auf sie gefreut!«

Martina zwang sich zu einem Lächeln. »Sei doch ehrlich, Großma! Erst freust du dich immer, aber nach fünf Minuten gehen sie dir auf die Nerven.«

»Das macht nichts. Ich will trotzdem meine kleine Freude haben. Was habe ich denn sonst noch vom Leben?«

»Eine ganze Menge, Großma!« Martina hängte ihren Regenmantel an der Garderobe auf. »Ich sehe, Mutter ist schon da! Ich will ihr gleich ...«

Frau Wülfing hielt sie am Arm zurück. »Und wo ist dein Mann?«

»Auch nicht mitgekommen. Ich werde dir gleich erklären ...«

»Darum möchte ich aber auch gebeten haben! Wenn ihr euch schon das Jahr über nicht um mich kümmert ...«

»Das ist nicht wahr, Großma!«

»... dann will ich euch wenigstens an meinem Festtag um mich haben!«

»Das verstehe ich ja, Großma. Aber du wirst dich mit dem Verlust deines Schwiegerenkels, oder wie man das nennt, abfinden müssen.« Martina hatte nicht so mit der Tür ins Haus platzen wollen, aber jetzt hielt sie es für das beste, die Eröffnung rasch hinter sich zu bringen.

»Ist ihm etwas passiert?!« Die alte Dame war nicht etwa erschrocken; ihre Vogelaugen funkelten vor Neugier.

»Ich lasse mich von ihm scheiden. Das ist ihm passiert!«

»Oh, ihr habt euch gezankt?«

»So würde ich es nicht nennen, Großma. Es ist ernst.«

»Also habe ich doch recht gehabt!« Die alte Dame triumphierte. »Wer hat immer gesagt, Martina, dieser Prolet paßt nicht zu dir?!«

»Gesagt hast du es, Großma, aber ein Prolet ist er dennoch nicht. Er ist ...«

Sie redete weiter, versuchte die Sachlage klarzustellen, aber Frau Wülfing hörte ihr schon nicht mehr zu. Mit klopfenden Absätzen eilte sie den Gang entlang und öffnete die letzte Tür links, die zum Wohnzimmer führte.

»Stellt euch vor, Kinder«, hörte Martina sie rufen, »die Kleine will sich scheiden lassen!«

Martina nahm sich Zeit. Es war ihr ganz lieb, daß die erste Aufregung schon verebbt sein würde, bevor sie ihrer Mutter und ihrem Stiefvater entgegentrat. Prüfend musterte sie sich im Garderobenspiegel. Sie trug ein Wollkleid, rot mit weiten Fledermausärmeln, dazu einen breitrandigen schwarzen Hut, ein Aufzug, der ihr etwas Dramatisches gab. Das Gesicht hatte sie sich sehr sorgfältig zurechtgemacht. Vielleicht hätte sie etwas mehr Make-up auflegen sollen, stellte sie kritisch fest, aber andererseits paßte die Blässe ganz gut zu ihrer Situation.

»Ich hab's ihnen gesagt!« Die Großmutter kam, die Nelken noch immer in der Hand, aus dem Wohnzimmer getrippelt. »Bitte, erzähl nichts, bevor ich wieder zurück bin! Ich will nur rasch diese Blumen ins Wasser ...«

»Aber das kann doch ich tun, Großma!«

»Nein, nein, nichts da! Du weißt ja nicht, welche Vase paßt! Geh nur hinein. Ich komme gleich nach.«

Martina klemmte sich ihre schwarze Handtasche fester unter den Arm und machte sich auf den Weg durch den langen Gang. Das Wohnzimmer war genauso, wie sie es in Erinnerung gehabt hatte, vollgestopft mit schwarzen, reich geschnitzten Möbeln, schweren Sesseln und Brokatdecken. Nur das Radio und ein Beistelltisch waren modern, das heißt, sie entstammten den fünfziger Jahren.

»Tag, ihr Lieben«, grüßte sie mit gespielter Unbefangenheit.

Ihre Mutter, eine Frau mit einem runden, schlaffen Gesicht, kleinem, verzogenem Mund und übergroßen grauen Augen, deren Blick sie selber für »seelenvoll« hielt – andere, weniger wohlmeinende Menschen nannten ihn »Basedowsch« –, saß auf dem mit rotem Brokat bezogenen Sofa. Daneben ihr zweiter Mann, Kurt Handschuhmacher, kurzbeinig, glatzköpfig und kompakt. Martina hatte nie herausbekommen, warum ihre anspruchsvolle und empfindliche Mutter ihn genommen hatte: Weil er als Generalvertreter einer Limonadenfirma sehr gut verdiente, weil sie endlich von der Vormundschaft ihrer Mutter loskommen oder weil sie ihrer Tochter nicht nachstehen wollte? Daß es sich um Liebe oder auch nur um echte Zuneigung – jedenfalls von ihrer Seite aus – handeln könnte, hatte sie sich nie vorstellen können.

Kurt Handschuhmacher unternahm den Versuch, sich aus dem tiefen Polster des Sofas zu erheben, was ihm mit seinen kurzen Beinen nicht gleich gelang.

»Ach, bleib doch sitzen«, sagte Martina rasch, umkreiste das Sofa – vor den beiden stand der runde, schon gedeckte Kaffeetisch –, beugte sich von hinten zu ihrer Mutter und gab ihr einen Kuß. »Gut siehst du aus, Mutti!«

»Findest du? Aber ich fühle mich gar nicht wohl. Seit einiger Zeit habe ich so ein Zittern. Doktor Riemenschneider sagt …«

Martina, abgestumpft von ständig neuen Krankheitsgeschichten, hörte gar nicht hin.

Freundschaftlich legte sie ihrem Stiefvater die Hand auf die Schulter. »Wie geht's, Kurt?«

»Nicht schlecht, nein, wirklich nicht schlecht«, erklärte Kurt Handschuhmacher in einem Ton, als müsse er sich für seine gute Gesundheit entschuldigen.

Martina stellte rasch drei Gedecke zusammen und räumte sie auf das Büffet. Sie fand es bezeichnend, daß ihre Mutter es nicht einmal für nötig hielt, sich nach Claudia und Stefan zu erkundigen.

»Gehst du immer noch in diese … in deine Kosmetikschule?« fragte Frau Handschuhmacher und ließ wieder einmal durchblikken, daß sie Martinas Vorhaben für nichts als einen Spleen hielt, dessen Sinnlosigkeit sie früher oder später selber erkennen würde.

»Ich stehe kurz vor dem Abschluß.« Martina war froh, das sagen zu können.

»Ach, wahrhaftig?«

»Hast du schon Pläne für die Zukunft?« fragte Kurt Handschuhmacher. Er war nur dem Namen nach ihr Stiefvater, hatte niemals erzieherische Gewalt über sie ausgeübt, da ihre Mutter ihn erst geheiratet hatte, als sie selber schon aus dem Haus war.

»Ich will mich selbständig machen.«

»Von was denn?« fragte ihre Mutter. »Du reflektierst doch hoffentlich nicht darauf, daß Kurt dir …«

»Nein. Sei ganz beruhigt, Mutti. Ich rechne in keiner Weise mit der Unterstützung meiner Familie.« Sie nahm im Sessel neben ihrer Mutter Platz.

»Das ist sehr klug von dir.« Die alte Frau Wülfing war hereingekommen und hatte ihre letzten Worte aufgefangen; sie stellte die heiße Kaffeekanne auf den Tisch. »Du bist schließlich ein erwachsener Mensch.«

»Danke, Großma.« Martina tat, als nähme sie die Bemerkung als Kompliment.

»Bitte, greift zu«, mahnte die Großmutter, »laßt euch nicht bedienen.« Sie wies auf die hübsch dekorierte Schwarzwälder Kirschtorte auf der Mitte des Tisches. »Natürlich habe ich sie nicht selbst gebacken. Das wäre eine reichlich unproduktive Arbeit, wo es in Essen so großartige Konditoreien gibt.«

»Richtig, Großma«, sagte Martina. »Kaufst du immer noch in der Limbecker Straße?« Sie tat ihrer Mutter, die sich zierte, und Kurt Handschuhmacher, der dankend annahm, je ein Stück mit der silbernen Tortenschaufel auf den Teller und bediente sich selber.

Die alte Frau Wülfing schenkte Kaffee ein, und eine Weile waren alle damit beschäftigt, sich Sahne und Zucker zu reichen, umzurühren und zu probieren. Gabeln und Löffel klirrten.

Dann nahm Kurt Handschuhmacher, der langsam, aber gründlich dachte, das angeschnittene Thema wieder auf. »Vielleicht könntest du einen Kredit bekommen?«

»Du willst doch wohl nicht für sie bürgen?« fragte seine Frau sofort. »Denk an deinen sogenannten Freund ...«

»Reg dich nicht auf, Mutti«, sagte Martina, »du scheinst eine geradezu panische Angst zu haben, daß ich was von euch wollen könnte. Aber daran habe ich keinen Augenblick gedacht, jedenfalls nicht in finanzieller Hinsicht. Allerdings wäre es mir eine große Beruhigung zu wissen, daß du oder Großma die Kinder ... nur vorübergehend ...«

»Ausgeschlossen!« Jetzt war es Kurt Handschuhmacher, der energisch wurde – Martina hatte den Eindruck, daß seine Frau ihn unter dem Tisch angestoßen hatte. »Dazu ist der Gesundheitszustand deiner Mutter viel zu labil. Ihre Nerven ...«

»Und was mich betrifft«, erklärte die alte Frau Wülfing mit Nachdruck, »so erfreue ich mich zwar, zum Glück, bester Gesundheit ... vielleicht, weil ich mich nicht so viel mit ihr beschäftige wie du, meine liebe Hertha, aber ich denke gar nicht daran, mit zwei ungezogenen Blagen ...«

»So solltest du Stefan und Claudia wirklich nicht nennen!« protestierte Martina.

»Ich nenne sie, wie ich will! Und wenn sie die am besten erzogenen und unproblematischsten Kinder der Welt wären, würde ich sie nicht haben wollen. Ich bin froh, daß ich endlich tun und lassen kann, was ich will: aufstehen, wann es mir beliebt, essen, wenn ich Appetit habe, schlafen gehen, wenn ich müde bin, nach Hause kommen, wann ich Lust habe. Deine Kinder, liebe Martina, würden mir schrecklich im Wege sein.«

»Ich verstehe auch gar nicht«, sagte Martinas Mutter, während sie ein Stück Torte auf dem Kuchengäbelchen balancierte, »warum du dich scheiden lassen mußt.« Ohne eine Antwort abzuwarten, steckte sie den Bissen in den Mund.

»Erst hast du es nicht verstanden, warum ich Helmut geheiratet habe ...«

»Eben. Das eine ist so unnötig wie das andere.«

»Ich habe dich immer vor diesem Problem gewarnt«, erklärte die alte Frau Wülfing genüßlich. »Er paßt nicht zu dir, und er paßt nicht in unsere Familie ...«

»Wenn du wenigstens dein Abitur gemacht hättest!« klagte die Mutter. »Armes Kind, jetzt stehst du da, ohne Beruf ...«

»Solltest du vergessen haben, daß ich mitten in der Ausbildung zur Kosmetikerin stecke?«

»Kosmetikerin! Das ist schon was!«

»Jedenfalls ein Beruf, mit dem ich mich selbst ernähren kann.« Jetzt wurde Martina hitzig. »Etwas, das dir in deinem ganzen Leben nicht gelungen ist.«

»Wozu auch? Schließlich bin ich eine Frau!«

»Du solltest bedenken«, sagte ihr Mann, »daß die Handlungsfähigkeit deiner Mutter durch ihre schwache Gesundheit immer sehr beschränkt war.«

Martina funkelte ihn an. »Verlaß dich nicht zu sehr darauf, Kurt! Sie ist zäh! Zäh genug, dich zu überleben!«

»Bitte, zankt euch nicht«, mischte sich die alte Frau Wülfing ein. »Das gehört sich nicht, an meinem Geburtstag schon gar nicht. Erzähl uns lieber, Martina, wie es zu dieser Scheidung gekommen ist.«

Als Martina schwieg, antwortete sie sich selber: »Er hat eine andere kennengelernt! Kränk dich nicht darüber, so etwas soll vorkommen. Aber daß er sich deswegen gleich scheiden lassen muß. Konntest du ihm das nicht ausreden?«

Martina betupfte sich die Lippen mit der Serviette und nahm einen Schluck Kaffee, bevor sie sprach. »Du siehst die Dinge falsch, Großma. Ich bin es, die die Scheidung will.«

»Aber warum?« fragte ihre Mutter. »Er verdient doch ganz gut. Und dann seine Pension ...«

»Weil ich mich mit ihm gelangweilt habe, wenn ihr es genau wissen wollt. Und ich sehe nicht ein, warum ich mich mein ganzes Leben langweilen soll, nur um später an eine Pension zu kommen.«

Alle blickten sie an, die Großmutter mit leichter Belustigung, die Mutter entsetzt und Kurt Handschuhmacher nachdenklich, als bemühe er sich, diese Mitteilung ganz ernsthaft zu verarbeiten.

»Ich erwarte nicht, daß ihr es versteht«, sagte Martina, »sondern nur, daß ihr es zur Kenntnis nehmt. Ich für mein Teil habe begriffen, daß ich weder seelische noch praktische Unterstützung von euch erwarten kann. Damit, finde ich, sollte das Thema erledigt sein.«

Als immer noch niemand sich äußerte, sagte sie: »Ich nehme mir noch ein Stück Torte, sie ist wirklich großartig. So gut hättest du die gar nicht backen können, Großma.«

Anfang März bekam Martina in ihrer Scheidungssache einen Sühnetermin beim Amtsgericht Dinslaken. Sie nahm ihn nicht wahr, sondern ließ sich von ihrem Anwalt entschuldigen.

Tatsächlich steckte sie bis über die Ohren in Arbeit. Die theoretischen und praktischen Prüfungen in der Kosmetikschule hatten gerade begonnen. Sie dauerten eine volle Woche. Für Martina, der das Lernen schwerer gefallen war als mancher jüngeren Kollegin – sie hatte ihren Kopf lange Jahre überhaupt nicht anzustrengen brauchen –, war es eine schreckliche Zeit. Nachts konnte sie nicht mehr schlafen und tags brachte sie kaum einen Bissen herunter. Die Prüfungsangst hatte sie wie ein Fieber erfaßt.

Natürlich hatten weder ihr Mann noch ihre Kinder Verständnis für ihre Situation, und das machte es für sie noch schwerer. Claudia und Stefan hatten so etwas noch nie mitgemacht, und Helmut, dessen eigener Aufstieg über zahlreiche Kurse und Prüfungen gegangen war, wollte nicht wahrhaben, daß seine Frau imstande war, etwas auch nur vergleichsweise Ähnliches zu schaffen.

In den praxisbezogenen Fächern – präparative, pflegende und dekorative und regenerierende Kosmetik, Massage, Ganzheitskosmetik und Warenkunde – fühlte Martina sich ziemlich sicher, aber die Prüfungen in Physiologie, Anatomie, Chemie und Physik waren ein Alptraum für sie. Erst gegen Ende der Woche ging es ihr besser. Obwohl keine Einzelnoten bekanntgegeben wurden, entnahm Martina dem Auftreten der Lehrkräfte ihr gegenüber, daß sie gut abgeschnitten hatte. Im Gespräch mit Dr. Opitz, einem freundlichen alten Hautarzt, gelang es ihr sogar mit ihren Kenntnissen zu glänzen.

Am Samstagvormittag wurden dann in einer kleinen Feierstunde die Diplome verteilt. Martina wäre am liebsten bis zur Decke gesprungen vor Erleichterung; sie hatte mit Auszeichnung bestanden.

Eine kleine Gruppe von Schülerinnen, darunter die besten, blieb nach der offiziellen Feier noch beisammen, um sich im »Café Bierhoff« bei Likör, Kaffee, Torten und Sekt gegenseitig zu ihren Erfolgen zu beglückwünschen und die gewaltige Spannung abzureagieren. Irene Klose und Martina versprachen einander, den Kontakt aufrechtzuerhalten.

Als Martina, noch sehr »aufgedreht«, nach Hause kam, saß ihre Schwiegermutter mit Helmut und den Kindern am gedeckten Tisch, als ob sie dort hingehöre; eine untersetzte Frau, die sich auf ihr mehr als schlicht frisiertes Haar und die abgearbeiteten Hände etwas zugute hielt.

»Ich habe schon mal das Essen warmgemacht«, sagte sie vorwurfsvoll. »Deine Leute hatten Hunger.«

»Eine sehr gute Idee!« Martina wollte sich die Laune nicht verderben lassen; sie beugte sich zu ihrer Schwiegermutter, um sie zu küssen.

Anna Stadelmanns Gesicht wich vor ihr zurück. »Du hast doch nicht etwa getrunken?!«

»Doch. Hab' ich!« Martina lachte und küßte Stefan und Claudia nacheinander. »Ihr könnt mir gratulieren, Kinder – und auch du, Helmut. Ich habe die Prüfung bestanden. Mit Auszeichnung.«

»Wat für 'ne Prüfung?« fragte die Schwiegermutter.

»Die Kosmetikprüfung«, soufflierte Helmut. »Du weißt doch!«

»Kosmetik? Da hast du aber auch was Warmes.«

Martina zog das Dokument aus ihrer Kollegtasche. »Damit kann ich Geld verdienen, Schwiegermutter!«

»Und wofür hast du dat nötig? Du hast einen guten Mann und ...«

Helmut mischte sich ein. »Wollen wir dieses Thema doch lieber auf später vertagen.«

Martina holte sich Teller und Besteck und setzte sich zu ihrer Familie an den Tisch. Sie versuchte, ein harmloses Gespräch mit der Schwiegermutter in Gang zu bringen. Aber es gelang ihr nicht. Anna Stadelmann blieb abwehrend.

Das war eigentlich immer so gewesen. Martina hatte ihre Schwiegermutter, die so anders war als ihre eigene Mutter, nämlich eine tüchtige, zupackende Frau, von Anfang an sehr geschätzt. Aber es war ihr nicht gelungen, ihre Sympathie, noch weniger ihre Achtung zu erringen. Martina wußte, daß es nicht ihre Schuld war. Anna Stadelmann hatte sich für ihren Sohn eine andere Frau gewünscht. Es hatte sie gestört und gegen Martina eingenommen, daß sie heiraten mußten, als ein Kind unterwegs war. Sie hatte es nie verwunden, daß Martina damals noch nichts vom Haushalt verstanden, mehr vielleicht noch, daß sie nur eine spärliche Aussteuer und gar keine Mitgift in die Ehe gebracht hatte. Ihre Hübschheit, ihr Geschick, sich zurechtzumachen und sich aus billigen Stoffen selber elegante Kleidung zu schneidern, waren in ihren Augen bedeutungslose, eher verdächtige Talente.

Das alles ging Martina durch den Kopf, während sie, immer stiller werdend, die Mutter ihres Mannes beobachtete. Sicher war Anna Stadelmann nicht dafür verantwortlich, daß ihre Ehe gescheitert war – und doch: wäre Helmut nicht so sehr ihr Sohn gewesen, hätte sie eine größere Chance gehabt. Die Schwiegermutter verkörperte all das, was sie an ihrem Mann so reizte: Selbstgerechtigkeit, Uneinsichtigkeit, Sturheit, eine Lebensauffassung, die sich nur aus Vorurteilen zusammensetzte.

Kaum war das Essen vorüber und der Tisch abgedeckt, wurden die Kinder in ihr Zimmer geschickt.

»Ich koche uns noch rasch eine Tasse Kaffee«, erbot sich Martina, obwohl sie wußte, daß sie nicht einmal das ihrer Schwiegermutter recht machen konnte; nahm sie das normale Maß an Kaffeepulver, war er für Anna Stadelmann zu schwach, gab sie etwas mehr dazu, so galt sie als Verschwenderin.

»Ich weiß schon, über was ihr reden wollt!« platzte Claudia heraus.

Martina, die gerade die Tür erreicht hatte, drehte sich überrascht um. Claudia stand in starrer, verkrampfter Haltung, das spitze Kinn weit vorgeschoben, die Fäuste geballt. »Über die Scheidung.«

»Kann schon sein.« Martina trat zu ihr und legte ihr die Hand auf die Schulter. »Aber nun komm schon.«

Claudia wich einen Schritt zurück. »Aber ich lasse mich nicht verschaukeln!« rief sie wild. »Ich lasse mir meinen Vati nicht nehmen!«

Martina stand bestürzt vor diesem Ausbruch.

»Er gehört mir!« schrie Claudia.

»Mach mal die Augen zu, dann siehst du, wat dir gehört«, sagte Anna Stadelmann.

Ernüchtert ließ Claudia sich aus dem Zimmer schieben.

Im Hinausgehen hörte Martina ihre Schwiegermutter sagen: »Ihr habt den Kindern zuviel eigenen Willen gelassen.«

Als sie mit dem Kaffeetablett wieder zurückkam, brach die Unterhaltung jäh ab. Martina spürte, daß Mutter und Sohn über sie hergezogen waren, aber es machte ihr nichts aus.

»Dat ist aber fix gegangen«, sagte Anna Stadelmann. »Hast du Pulverkaffee gemacht?«

»Nein, ich habe gefiltert.«

»Wenn man das Wasser zu schnell durchgießt, dann wird dat nichts.«

Martina schenkte ein. »Probier doch erst mal.«

Anna Stadelmann tat es. »Na ja«, sagte sie nur, und das konnte man auslegen, wie man wollte.

Helmut hatte sich eine Zigarette angezündet. Martina setzte sich. Die Schwiegermutter rührte in ihrer Tasse. Niemand sagte ein Wort.

Martina haßte dieses dumpfe Schweigen, in dem die beiden sich wohl zu befinden schienen. Aber sie wollte nicht noch eine Abfuhr riskieren, und so schwieg sie ebenfalls. Auch dachte sie, es sei Sache der Besucherin, den Grund ihres Kommens mitzuteilen.

»So ist dat also«, sagte Anna Stadelmann endlich. »Du willst Schluß machen. Hast du dir dat auch gut überlegt?«

»Ja«, erklärte Martina mit fester Stimme. »Und es ist unnütz, noch ein Wort darüber zu verlieren.«

»Wenn dir dat man nicht eines Tages leid tun wird.«

»Warten wir's ab.«

»Gepaßt«, sagte Anna Stadelmann, »hast du ja nie zu meinem Helmut.«

Martina stand auf und nahm ihre Tasse Kaffee.

»Was ist los?« fragte Helmut.

»Ich habe keine Lust, mir das anzuhören.«

»Nimmst du es meiner Mutter übel, daß sie deine Kurzschlußhandlung nicht versteht?«

»Ich nehme es ihr gar nicht übel. Aber zum Glück sind wir über das Stadium der gegenseitigen Vorwürfe hinaus. Ihr könnt besser auf mich schimpfen, wenn ihr allein seid.«

»Wer will denn auf dich schimpfen?« fragte Anna Stadelmann mit gespielter Arglosigkeit. »Komm, setz dich wieder! Helmut hat ganz recht: ich versteh's nur nicht. Wie man seinen Mann verlassen kann ... wie man so einen Mann verlassen kann, er war doch immer ein guter Junge. Du hättest ihn eben nicht allein lassen dürfen.«

»Womit wir wieder beim Anfang angelangt wären.« Resigniert schloß Martina für Sekunden die Augen.

»Ich hab's ja bloß gut gemeint«, verteidigte sich die Schwiegermutter.

»Kann schon sein, aber ich pfeife auf deine gute Meinung. Als ich sie gebraucht hätte, war sie nicht da. Gib lieber zu, daß du mich nie gemocht hast. Also solltest du doch froh sein, daß du mich endlich loswirst, und ich wette, du bist es auch!«

»Bin ich nicht.«

»Das sagst du jetzt bloß, damit du dir hinterher keine Vorwürfe zu machen brauchst. Ich kenne dich. – ›Zum Glück brauche ich mir keine Vorwürfe zu machen‹, das ist doch deine Lieblingsredensart.«

Helmut drückte seine Zigarette aus. »Habt ihr nun genug aufeinander herumgehackt?«

»Reichlich«, stimmte Martina zu. »Von mir aus können wir die Sitzung beenden.«

Jetzt endlich entschloß sich Anna Stadelmann, die Katze aus dem Sack zu lassen. »Ich bin bloß gekommen, um ... Also ich meine, wenn dir die Kinder im Weg sind, ich könnte sie zu uns nehmen. Nur für eine Weile. Vater wäre auch einverstanden. Du hättest es dann doch leichter. Wenigstens für den Anfang.«

»Danke«, sagte Martina. »Das ist sehr lieb von euch.«

Sie erkannte an, daß die Schwiegereltern bereit waren, diese Last auf sich zu nehmen, auch wenn sie es nicht ihr, sondern Helmut zuliebe taten. Selbstverständlich lief diese Aktion darauf hinaus, doch irgendwie, wenn auch hintenherum, das Sorgerecht für die Kinder zu erlangen. Zumindest aber würden sie gegen die eigene Mutter aufgehetzt werden.

»Wann bringst du sie?« fragte Anna Stadelmann und spielte mit dem Kaffeelöffel.

»Gar nicht. Ich werde schon allein mit ihnen zurechtkommen.«

»Wie stellst du dir dat vor? Wenn du auf Arbeit gehst ...«

Martina fiel ihr ins Wort. »Das ist meine Sorge, Schwiegermutter. Du solltest dich gar nicht damit belasten. Möchtest du noch eine Tasse Kaffee? Nein? Schade. Aber ich weiß, wir haben dich schon zu lange aufgehalten. Mach es gut.«

»So hättest du nicht mit ihr umspringen müssen«, sagte Helmut, als seine Mutter nach einem, wie Martina fand, übertriebenen Abschied von den Kindern gegangen war.

»Doch, ich mußte«, erwiderte sie mit einem Lächeln, bei dem ihre Augen ganz ernst blieben. »Ich mußte mich wehren. Ich habe mich ihr gegenüber immer wehren müssen.«

»Ich habe nie gemerkt, daß sie dich angegriffen hat.«

»Nein, du nicht. Das glaube ich dir.«

Mit stummer Mißbilligung wandte er sich ab und zog seinen Mantel an. Martina blieb mit den Kindern allein zurück. Die Freude über die bestandene Prüfung war plötzlich schal geworden.

Schon vor dem Abschluß in der Kosmetikschule hatte Martina begonnen, sich nach einer Stellung umzusehen. Bevor sie selber ein Institut eröffnen konnte, mußte sie mindestens ein Jahr als Praktikantin arbeiten. Es war wichtig für sie, an einem Institut unterzukommen, das nicht nur einen guten Namen hatte, sondern ihr, der Anfängerin, auch Gelegenheit bot, möglichst viele verschiedene Behandlungen durchzuführen.

Das Kosmetik-Institut Heerdegen, auf der stillen Seite der Königsallee gelegen, war ein Betrieb, in dem sie gern gearbeitet hätte. Dort hatte sie sich auch schon vorgestellt und war wohlwollend in Betracht gezogen worden. Aber erst jetzt, da sie ihr Diplom in der Tasche hatte, konnte sie sich mit Nachdruck um eine Anstellung bemühen.

Guten Mutes fuhr sie am Montag in der Frühe nach Düsseldorf. Über die nahe Zukunft brauchte sie sich keine Sorgen zu machen. Als Praktikantin unterzukommen war, das wußte sie, kein Problem. Erst später, als ausgebildete Fachkraft mit entsprechenden Gehaltsansprüchen, würde es schwieriger werden; auch deshalb war sie fest entschlossen, sich so bald wie möglich selbständig zu machen.

Das Kosmetik-Institut Heerdegen erstreckte sich über alle Stockwerke eines schmalen alten Hauses aus der Gründerzeit, das vormals eine Privatvilla gewesen war und mit seiner eindrucksvollen Sandsteinfassade immer noch so gewirkt hätte, wenn nicht die Schilder des Instituts in den Fenstern gestanden hätten. Innen war es umgebaut worden, nur die schöne geschwungene Treppe in der Eingangshalle hatte man stehen lassen; sie gab dem Institut eine besondere Atmosphäre. In dieser Halle konnten die Kunden warten, lesen und sich – vor oder auch nach der Behandlung – eine Erfrischung gönnen; Tee, Kaffee und viele Arten von nichtalkoholischen Getränken.

Bei ihrem ersten Besuch hatte Martina diese Halle betreten, war aber von der jungen Dame in der Anmeldung belehrt worden, daß sie, wie die Angestellten des Hauses, den Lieferanteneingang zu benutzen hatte. Dieser zweite Eingang, ein Überbleibsel aus der »guten alten Zeit«, lag einige Stufen unterhalb der Straße und führte in das Souterrain, in dem die Küche, die Büros und auch die Aufenthalts- und Garderobenräume für das Personal untergebracht waren.

Auf Martinas Klingeln öffnete sich die schmale Tür mit dem vergitterten Fenster. Sie betrat einen langen, künstlich beleuchteten Gang, der bis zur Hinterseite des Hauses führte. Im Gegensatz zur Eleganz der oberen Räume gab es hier nur ein paar schäbig gewordene Korbsessel.

Martina meldete sich an und machte sich auf langes Warten gefaßt, aber schon wenige Minuten später wurde sie hereingerufen. Eine Sekretärin führte sie durch das Vorzimmer in das Chefbüro, einen hübschen, quadratischen Raum, der Licht aus einem hochliegenden, vergitterten Fenster erhielt. Das Zimmer war zweckmäßig und sehr einfach eingerichtet. Es war augenscheinlich, daß die Chefin hier niemals Kundinnen zu empfangen pflegte. Frau Heerdegen saß hinter ihrem großen Schreibtisch und blickte Martina mit leicht zusammengekniffenen Augen prüfend an. »Frau Martina Stadelmann ...«

»Ja, das bin ich.« Martina unterstellte nicht, daß Frau Heerdegen sich an sie erinnerte, sondern nahm eher an, daß die Sekretärin ihr den Namen genannt hatte.

»Bitte, setzen Sie sich.«

Bevor Martina dieser Aufforderung nachkam, zog sie ihr Diplom aus der Kollegtasche und legte es Frau Heerdegen vor. Sie fühlte sich in ihrem Etuikleid aus grün-braunem Glencheckstoff und dem dazugehörigen dreiviertellangen Mantel mit dreiviertellangen Ärmeln und breiten Aufschlägen sehr sicher. Ihren rechten Handschuh hatte sie ausgezogen und hielt ihn in der linken Hand.

Frau Heerdegen betrachtete das Diplom. Sie mochte Mitte Vierzig sein, eine Frau mit sehr gepflegtem, aber teigig wirkendem Gesicht. »Sehr schön. Sie haben es also geschafft. Wann können Sie bei uns anfangen?«

»Nach Ostern, Frau Heerdegen. Ich muß mich erst nach einer Wohnung in Düsseldorf umsehen.«

»Sie sind nicht von hier?«

»Nein, aus Dinslaken.«

»Das ist ja nicht allzu weit.«

»Ich bin täglich zur Schule gefahren. Aber jetzt möchte ich doch hier wohnen, und es wird nicht einfach sein, eine passende Wohnung zu finden. Der Umzug ...« Martina hielt es nicht für zweckmäßig, von ihren Kindern und ihrer Scheidung zu sprechen.

»Na schön. Nach Ostern also.« Frau Heerdegen reichte ihr das Diplom zurück. »Zu den üblichen Bedingungen. Dreihundert Mark brutto.«

»Einverstanden.«

»Ich hoffe, es stört Sie nicht, wenn wir Sie Martina nennen.«

»Nein, gar nicht.«

»Ich sehe Sie dann am zweiten Mai. Vergessen Sie nicht, sich eine Lohnsteuerkarte zu besorgen.«

Martina fühlte sich entlassen und stand auf.

»Sie sind nicht mehr jung«, erklärte Frau Heerdegen überraschend.

Was selten geschah – Martina schoß das Blut ins Gesicht. »Ich bin siebenundzwanzig.«

»Das meine ich ja. Es bleibt Ihnen wenig Zeit.«

»Aber wieso denn? Das verstehe ich nicht!«

»Eine Kosmetikerin kann nur Erfolg haben, solange sie selber jung und attraktiv wirkt. Alle Kenntnisse und alle erworbenen Fähigkeiten nutzen ihr nichts mehr, wenn sie nicht ihr eigenes Aushängeschild sein kann. Sehen Sie mich an. Ich bin fünfundvierzig und gehöre schon zum alten Eisen.«

»Das muß aber doch nicht sein!«

»Ja, bleiben Sie nur dabei. So werden Sie auch Ihre Kundinnen überzeugen können. Sie werden noch früh genug lernen, daß man mit allen kosmetischen Tricks das Altern doch nicht verhindern kann.«

»Warum sagen Sie mir das?«

»Damit Sie mit Ihrem Pfunde wuchern.«

Jetzt konnte Martina wieder lächeln. »Danke, Frau Heerdegen. Genau das habe ich vor.«

Als Martina nach Hause kam, fand sie einen Brief des Landgerichts auf dem Garderobentisch. Da sie bei der Lektüre weder gestört noch beobachtet werden wollte, verzog sie sich damit ins Bad und schloß die Tür hinter sich ab. Auf dem Rand der Wanne sitzend, noch im Mantel, riß sie den blauen Umschlag auf, entnahm ihm eine Kopie und las:

Nichtöffentl. Sitzung *Dinslaken, den 15.3.1960*
der 2. Zivilkammer
des Landgerichts
R 70/60

Anwesend: GRat Wohnsdorf

als Einzelrichter: Justizang. Schuler

In Sachen

Martina Stadelmann, geb. Schmitz, in Dinslaken, Neustr. 11 a
Klägerin,
Proz.-Bev.: RA Dr. Günther, als U. d. G.

gegen

Helmut Stadelmann, Oberpostinspektor, Dinslaken, Neustr. 11 a
Beklagten
Proz.-Bev.: RA Dr. Brocksieper

erschienen bei Aufruf

1. für die Klägerin RA. Dr. Günther
2. für den Beklagten RA. Dr. Brocksieper.

Die Parteien schließen folgende

Vereinbarung:

1. Für den Fall, daß die Ehe aus Alleinverschulden des Beklagten geschieden werden sollte, zahlt der Beklagte an die Klägerin eine einmalige Abfindung von 36 000,– DM, und zwar am 1.5.1960. Der Beklagte übernimmt die Kosten der Vereinbarung.

Martina stieß einen tiefen Seufzer der Befriedigung aus, studierte den Passus dann noch einmal, bevor sie weiterging.

2. Für den Unterhalt der beiden Kinder Claudia Stadelmann, geb. am 10.7.1951, und Stefan Stadelmann, geb. am 15.6.1952, die bei der Mutter bleiben sollen, zahlt der Beklagte monatlich je 200,– DM.

Na, immerhin, dachte Martina.

Für die Dauer von drei Jahren ist der Beklagte nicht berechtigt, gem. § 323 ZPO eine Abänderung zu begehren.

Der Beklagte übernimmt die Kosten der Vereinbarung. Der Proz.-Bev. der Klägerin erklärt, daß er sich in seinem Vortrag lediglich darauf beschränke, daß der Beklagte ehewidrige Beziehungen zu Fräulein Dinkler in Dinslaken unterhält. Die Sache wird an die Kammer abgegeben. Termin vor der Kammer wird anberaumt auf den 30.3.1960, 11 Uhr.

gez. Wohnsdorf *gez. Schuler*

Martina ließ das Blatt sinken. Das war der Sieg. Sie hatte es geschafft. Langsam erhob sie sich, streckte sich und blickte lange in den Spiegel. Ihr Gesicht mit den schmalen, jetzt vor Erregung leicht geröteten Wangen unter dem hochgetürmten Haar war attraktiv. Die verschiedenfarbenen Augen, über die sie sich lange geärgert und mit denen sie sich inzwischen abgefunden hatte, gaben ihm etwas Geheimnisvolles. Die Haut war glatt und makellos, ohne vergrößerte Poren, Unreinheiten oder Fältchen.

Nein, Frau Heerdegen konnte ihr nicht bange machen. Sie hatte mindestens noch gute zehn Jahre vor sich. Und dann?

Unsinnig, jetzt schon darüber nachzudenken.

Den Nachmittag verbrachte Martina mit den Kindern. Sie prüfte ihr Schulwissen, erkundigte sich, wie wohl die Zeugnisse ausfallen würden, und regte sie an, von ihren Erlebnissen und Problemen zu erzählen.

Über die Scheidung sprach sie nicht. Sie hatte es vorgehabt, brachte es dann aber doch nicht über die Lippen. Die Kinder stellten keinerlei Fragen, und ihr schien der Zeitpunkt nicht gekommen.

Einmal sagte sie beiläufig: »Wenn wir dann erst in Düsseldorf wohnen …«

Claudia parierte sofort: »Ich komme nicht mit nach Düsseldorf!«

Martina wollte sich nicht mit ihrer Tochter streiten und zog es vor, das Thema zu wechseln.

Helmut kam pünktlich, kurz nach sechs, nach Hause. Sein Gesicht war verschlossen wie meist in der letzten Zeit.

»Ich habe einen Brief vom Landgericht bekommen«, berichtete Martina.

»Ich auch. Die Post kam, kurz nachdem du fort warst.«

»Ach so.« Martina gab sich einen Ruck. »Ich möchte dir danken, Helmut. Für dein großzügiges Entgegenkommen.«

Sein Gesicht erhellte sich nicht. »So könnte man es auch nennen. Tatsächlich hast du mir kaum eine Wahl gelassen.«

»Ich danke dir trotzdem. Es war sehr anständig von dir.«

Er knurrte nur.

»Übrigens habe ich heute eine Stellung gefunden.«

»Gratuliere.« Sein Ton drückte völlige Interesselosigkeit aus.

»Gehst du zum Termin?« Aufgekratzt durch die Ereignisse des Tages, hätte Martina gern ein Gespräch in Gang gebracht.

»Wozu?«

»Auch wieder wahr. Doktor Günther meint, es sei nicht nötig.«

Allein durch seine verschlossene Miene brachte Helmut es fertig, Martina und die Kinder zum Schweigen zu bringen. Es gab Hackbraten mit Spinat, ein Gericht, das er liebte; heute aß er, als wenn es Häcksel wäre.

Martina ließ sich ihre gute Laune nicht nehmen. Es war ihr gelungen, ihrem Leben eine neue Richtung zu geben, und sie war stolz auf sich.

Die Wohnungsfrage zu lösen, erwies sich als schwierig. Zwar wurde an allen Ecken und Enden von Düsseldorf gebaut, aber die Nachfrage nach Wohnungen war entschieden größer als das Angebot. Es war üblich geworden, schon dann zu vermieten, wenn gerade erst das Fundament des neuen Gebäudes betoniert war, ja, manchmal sogar noch früher, wenn das Vorhaben erst auf dem Papier stand.

Martina aber brauchte ihre Wohnung sofort. Nach Ostern begann das neue Schuljahr, der beste Termin also, die Kinder umzuschulen. Aber keine der beziehbaren Wohnungen entsprach ihren Ansprüchen. Sie durfte nicht teuer sein, denn sie würden, jedenfalls im ersten Jahr, sparsam leben müssen. Und sie mußte aus drei Räumen bestehen und verkehrsgünstig liegen.

So gewissenhaft Martina auch die Inserate der Tageszeitungen, nicht nur am Wochenende, studierte, so unermüdlich sie straßauf und straßab lief – sie fand nichts, was ihren Vorstellungen entsprochen hätte.

Schon faßte sie die Möglichkeit ins Auge, in Dinslaken zu bleiben und noch ein weiteres Jahr täglich hin und her zu fahren. Sich selber hätte sie das zugemutet, nicht aber Claudia und Stefan. Außerdem hatte sie mit Helmut ausgemacht, daß er, der in Dinslaken blieb, die Wohnung behalten sollte.

Ausgerechnet am 1. April erhielt Martina die Scheidungsurkunde. Diesmal schmeckte der Sieg bitter. Sie wußte immer noch nicht, wo sie wohnen sollte.

»Wann wirst du räumen?« fragte Helmut.

Martina wagte nicht, ihn zu bitten, sie noch wohnen zu lassen. Das wäre ihr, nachdem sie sich in jedem Punkt gegen ihn durchgesetzt hatte, unfair erschienen.

»So bald wie möglich«, sagte sie nur.

»Wann ist ›bald‹?«

»Hast du es denn so eilig, mich loszuwerden?«

»Ehrlich gestanden, ja.«

»Du kannst es wohl nicht abwarten, bis du wieder verheiratet bist?«

»Ich und wieder heiraten? Den Teufel werde ich tun.«

»Kennt Susi deine Einstellung?«

»Das ist nicht dein Problem.«

»Du hast recht«, gab Martina zu.

»Also, wann ziehst du aus?«

Martina konnte und wollte sich nicht festlegen lassen. »Du weißt, daß ich Tag für Tag auf Wohnungssuche bin. Ich bleibe bestimmt nicht eine Minute länger als nötig.«

»Ich mache dir einen Vorschlag zur Güte«, sagte er. »Ich werde solange zu meiner Mutter ziehen.«

»Das ist wirklich hochanständig von dir!«

»Ich tue es in meinem eigenen Interesse. Es besteht ja jetzt wirklich kein Grund mehr, mir von dir auf den Nerven herumtrampeln zu lassen.«

»Daß du so zarte Nerven hast, habe ich nie geahnt.«

»Ich ziehe also aus. Aber spätestens am nächsten Ersten will ich die Wohnung für mich haben.«

»Ich werde sehen, was ich tun kann.«

Martina half ihm beim Kofferpacken.

Als er sich von den Kindern verabschiedete, wurde er plötzlich weich.

»Mach's gut, mein Junge!« Er fuhr Stefan mit ungewohnter Zärtlichkeit durch das weiche braune Haar.

Claudia klammerte sich an ihn. »Wo willst du hin, Vati?«

»Ich muß fort, mein Liebling.« Seine Stimme klang rauh, als müsse er mit den Tränen kämpfen. »Aber wir sehen uns bald wieder ... Am Samstag bei den Großeltern, ja?« Rasch wandte er sich ab und verließ die Wohnung, ein großer Mann, die Schultern gebeugt durch die Last der Koffer.

»Das verzeih' ich dir nie, Mutti!« rief Claudia aufgebracht.

»Jetzt hör mich mal an ...«

»Du hast Vati aus dem Haus getrieben!«

»Aber ich habe doch gar nicht ...«

»Doch hast du! Meinst du, ich bin blind und taub? Du warst gemein zu Vati ... oh, so gemein!« Sie rannte ins Kinderzimmer und knallte die Tür hinter sich zu.

Martina sah ihren kleinen Sohn an. »Bist du auch böse auf mich?«

»Nö. Er hat ja doch nie mit mir gespielt.«

Martina nahm den Jungen in die Arme. »Wir beide müssen jetzt ganz fest zusammenhalten, hörst du?«

»Klar, Mutti«, versicherte er, aber er befreite sich rasch, denn er mochte keine Zärtlichkeiten.

Die Wohnungsfrage löste sich dann durch einen glücklichen Zufall. Martina telefonierte eines Abends mit Irene Klose und erzählte ihr von ihren Sorgen. Dabei hatte sie den Eindruck, daß Irene nur mit halbem Ohr hinhörte, denn sie stand im Banne eigener Erlebnisse; sie war ebenfalls im Kosmetik-Institut Heerdegen angenommen worden und hatte die Stellung bereits angetreten. Natürlich interessierte sich Martina für ihren Bericht über die ersten aufregenden Tage, aber sie legte den Hörer doch mit einem Gefühl der Enttäuschung auf.

Es schien ihr jetzt, als habe sie falsch geplant. Sie hätte sich gleich im Januar, im Moment, da sie die Scheidung einleitete, nach einer Wohnung in Düsseldorf umsehen müssen.

Martina sah nur noch eine einzige Möglichkeit, aus der Notlage herauszukommen: wie seinerzeit ihre eigene Mutter nach dem Tod ihres Mannes zur Großmutter nach Essen zu ziehen. Die Wohnung der alten Dame war groß genug, sie alle aufzunehmen, und wahrscheinlich würde sie sogar froh sein, Gesellschaft zu haben. Aber – und darüber machte Martina sich keine Illusionen – die Großmutter würde darauf bestehen, daß Martina zu Hause blieb, sich um ihre Kinder und darüber hinaus um den ganzen Haushalt kümmerte. Von einer beruflichen und persönlichen Entfaltung konnte dann keine Rede mehr sein. Das war schlimm, und dennoch sah Martina keine Alternative, so sehr sie sich auch das Hirn zermarterte. Sie klammerte sich an den Gedanken, daß es ja nur vorübergehend wäre, aber sie war realistisch genug, sich nichts vorzumachen. Aus Erfahrung wußte sie, daß die Lösung von der Großmutter mindestens so schwierig sein würde wie die aus ihrer Ehe. Die alte Dame konnte, wenn es um ihre Bequemlichkeit und ihren Eigennutz ging, sehr trickreich sein.

Unterschlupf bei der Großmutter zu suchen – das kam einer Niederlage gleich, und Helmut würde sich ins Fäustchen lachen.

Unruhig ging Martina hin und her. Sie drehte die Radiomusik lauter, um ihre Einsamkeit zu übertönen. Die Kinder schliefen schon. Sie fühlte sich sehr allein.

»Cindy, oh, Cindy, dein Herz wird einsam sein …« sang Margot Eskens, »… der Mann, den du geliebt, ließ dich allein …« Martina hatte diesen Schlager, als er vor zwei Jahren aufkam, sehr gern gemocht; er war ihr tagelang nicht aus dem Kopf gegangen. Aber jetzt wollte sie ihn plötzlich nicht mehr hören. Sie stellte das Radio ab.

In diesem Augenblick klingelte das Telefon. Martina meldete sich.

»Ich bin's nur noch mal, Martina«, sagte Irene Klose. »Du, ich hab' dich doch vorhin richtig verstanden? Du suchst eine Wohnung in Düsseldorf?«

»Ja, und wie!«

»Da wüßt' ich was. Zwar nicht berauschend elegant, aber brauchbar. Drei Zimmer, Küche und Bad.«

»Wo?«

»Hier in Benrath. In der Börchemerstraße. Die geht von der Schloßallee ab, und von dort fährt der Achter direkt in die Stadt.«

»Ist das nicht eine ziemlich teure Gegend?«

»Die Gegend schon, aber die Wohnung nicht. Es ist eigentlich keine Wohnung, sondern mehr ein Häuschen.«

»Das klingt ja phantastisch.«

»Stell's dir nicht zu feudal vor!« warnte Irene. »Es gehört einem Ehepaar Gardener. Die haben es sich selber aus Trümmersteinen ganz hinten in ihrem Garten erbaut, als ihr richtiges Haus ausgebombt war. Jetzt wohnen sie wieder vorne, und zwei junge Leute, Studenten, haben sich das kleine Haus renoviert. Die sind aber inzwischen mit ihrem Studium fertig und haben als Assistenzärzte Zimmer in ihren Krankenhäusern. Sie wollen das Häuschen loswerden.«

»Das dürfte ihnen doch nicht schwerfallen.«

»Bis jetzt- jedenfalls bis vor ein paar Tagen – hat es noch nicht geklappt.«

»Also hat die Sache einen Haken«, schloß Martina.

»Stimmt. Sie verlangen fünf Mille verlorenen Baukostenzuschuß. Sie sagen, so viel hätten sie in das Häuschen inklusive ihrer Arbeit gesteckt. Das mag sogar stimmen, bloß – es ist eben doch nur ein Provisorium. Ewig kann es da auch nicht stehen bleiben.«

»Irene«, bat Martina, »würdest du mir einen ganz großen Gefallen tun? Würdest du diese Gardeners anrufen ...«

»... ob das Häuschen noch zu haben ist?« fiel Irene ihr ins Wort. »Mach ich sofort.«

»Halt, leg noch nicht auf! Frag sie auch, ob sie tatsächlich planen, das Häuschen abzureißen ... und wenn, wann.«

»Dieses Jahr bestimmt noch nicht, denn sonst würden sie es ja nicht nochmals vermieten.«

»Frag trotzdem. Ich warte auf deinen Anruf.«

»Du würdest das Geld also zahlen?«

»Das wäre mir die Sache wert.«

Es dauerte eine gute Stunde, bis Irene zurückrief – eine Stunde des Bangens für Martina, in der sie sich aber doch schon wieder neuen Zukunftsträumen hingab.

»Ja?« fragte sie atemlos.

»Es steht günstig!« rief Irene. »Erst mal: das Häuschen ist noch nicht vermietet. Zweitens: die Gardeners möchten es zwar gerne niederreißen, können es sich aber vorläufig noch nicht erlauben. Sie brauchen die Miete.«

»Wie hoch ist die?«

»Zweihundertundfünfzig monatlich.«

Martina rechnete. »Das ginge.«

»Heizung ist natürlich nicht drin. Nur Öfen.«

»Wasser und Elektrizität?«

»Ja. Aber weder Keller noch Speicher. Die Wäsche kannst du rückwärts im Garten aufhängen.«

»Du, Irene, ich komme gleich morgen raus und sehe mir die Sache an.«

»Leider werde ich nicht da sein, ich muß ja zu Heerdegen. An deiner Stelle würde ich selber mit Gardeners einen Termin ausmachen. Ich gebe dir die Nummer. Die können dann auch die jungen Ärzte, oder wenigstens einen von beiden, herbeilocken.«

»Du ahnst nicht, wie dankbar ich dir bin, Irene!«

»Unsinn. Es hätte mir schon viel eher einfallen sollen. Ich freue mich doch auch, wenn du in meine Nähe ziehst.«

Es war inzwischen zehn Uhr vorbei, und Martina scheute sich, die ihr unbekannten Gardeners jetzt noch anzurufen. Aber die in Aussicht stehende Wohnung war für sie so wichtig und die Angst, sie könnte ihr entgehen, so groß, daß sie ihre Hemmungen überwand.

Frau Gardener, die an den Apparat kam, zeigte sich nicht überrascht, aber auch nicht interessiert. Sie gab sich betont gleichgültig, so daß Martina, obwohl sie kaum über Menschenkenntnis verfügte, den Eindruck gewann, ihr liege sogar sehr viel an der Vermietung des Häuschens.

Die beiden Frauen verabredeten sich für den nächsten Vormittag um elf. Martina war überpünktlich und hatte so Gelegenheit, die Börchemerstraße einige Male auf und ab zu gehen, weil sie nicht zu früh vorsprechen wollte.

Das wiederaufgebaute Haus war ein zweistöckiger Bau, gut proportioniert, aber noch unverputzt. Es kostete Martina Überwindung, das niedere Vorgartentor zu öffnen, an dem Haus vorbei und nach hinten in den Garten zu gehen. Aber sie sagte sich, sie habe schließlich guten Grund, sich das Häuschen vorher wenigstens von außen einmal anzusehen.

Es erwies sich als ein sehr bescheidener rechteckiger Bau mit flachem Dach, sichtlich ohne Architekt und Baumeister errichtet. Dennoch gefiel es Martina auf den ersten Blick. Gerade seine Schlichtheit tat es ihr an. Zudem lag es, umgeben von grünenden Büschen und Bäumen, am Ende eines großen, reichlich verwilderten Gartens.

Es war ein sonniger Frühlingstag, der Himmel über der Stadt am Rhein spannte sich blau, und Flieder, Jasmin und der junge Kastanienbaum hatten schon dicke Knospen.

Auf der Rückseite fand Martina den Platz mit den gespannten Wäscheleinen, von dem Irene gesprochen hatte, und dahinter kam, teilweise von Sträuchern verborgen, die Mauer zum Nebengrundstück zum Vorschein. Hier würden die Kinder spielen können, ohne die Gardeners zu stören.

Martinas Entschluß stand fest: sie wollte das kleine Haus haben. Entschlossen klingelte sie an der Tür des Haupthauses.

Es stellte sich heraus, daß sie mit ihrem Wunsch sozusagen offene Türen einrannte. Die beiden Ärzte – der eine, ein Dr. Scholz, traf kurz nach Martina ein – hatten für das Haus einen siebenjährigen Mietvertrag geschlossen, es aber nur zwei Jahre benutzt. Sie wollten aus dem Vertrag aussteigen, aber nicht, ohne die fünftausend Mark kassiert zu haben, die sie hineingesteckt hatten. Die Gardeners waren nicht in der Lage, ihnen das Geld zu geben, und, da sie für den Wiederaufbau des Vorderhauses eine beachtliche Hypothek hatten aufnehmen müssen, auch auf die Mieteinnahmen angewiesen. Sie befürchteten, die Ärzte würden, seit sie das Haus nicht mehr bewohnten, nur noch unwillig und unregelmäßig zahlen.

Diese Zusammenhänge erfuhr Martina teils im Gespräch, teils auch reimte sie sie sich nur zusammen. Wäre sie erfahrener gewesen und hätte selber nicht so unter Druck gestanden, hätte sie den Baukostenzuschuß hinunterfeilschen können. So aber war sie nur zu froh, daß sie ohne weiteres in den Mietvertrag der beiden Ärzte einsteigen konnte. Klugerweise hatte sie eine Kopie der finanziellen Vereinbarung mit ihrem geschiedenen Mann eingesteckt und konnte so glaubhaft machen, daß sie die verlangte Summe Anfang des nächsten Monats würde zahlen können.

Nun aber wollte Martina das Häuschen erst einmal besichtigen. Dr. Scholz und Frau Gardener begleiteten sie durch den Garten zu ihrem neuen Heim. Die Hausherrin war eine ruhige, sehr nüchterne Frau Anfang Vierzig. Ihr Mann arbeitete im nahen Reisholz bei der Böhme-Chemie. Sie hatten erwachsene Kinder; eine verheiratete Tochter wohnte mit Mann und Baby bei ihnen.

Diese Informationen nahm Martina nur am Rande auf; sie brannte darauf, ihre zukünftige Bleibe von innen zu sehen. Es war für sie ein großer Moment, als sie die weiß gestrichene Holztür aufschloß. Dr. Scholz folgte ihr dicht auf dem Fuß, knipste Licht an und stieß die Fensterläden auf.

Die Zimmer waren in guter Verfassung. Tapeten, Bodenbelag und Anstrich waren in Ordnung, das gelb gekachelte Bad machte sogar einen fast luxuriösen Eindruck. Dennoch spürte man auf Schritt und Tritt, daß das Häuschen nicht für die Ewigkeit gebaut war. Martina hatte geradezu den Eindruck, daß die Wände bebten, als sie durch die Räume lief. Aber das störte sie nicht. Sie war von allem begeistert: von dem gebohnerten Holzbohlenboden und den phantasievollen Blümchentapeten. Auch daß einige Wände nicht recht-, sondern spitz- oder stumpfwinkelig zueinander standen, entzückte sie.

Das Haus war nicht ganz leer. Im größten Raum, dem ehemaligen Wohnzimmer, das Martina im Geist gleich für sich selber beschlagnahmte, stand ein großes, selbstgezimmertes Regal, und in der Küche gab es ein altes, leuchtend rot gestrichenes Küchenbüffet, einen wackligen Tisch und drei Stühle.

»Im Preis inbegriffen«, erklärte Dr. Scholz mit großzügiger Geste. »Sie können das Zeug natürlich auch wegwerfen, wir haben es selber aus dem Sperrmüll gezogen.«

»Es wäre schade drum«, stellte Martina fest.

Da Dr. Scholz sah, wieviel Freude Martina an dem kleinen Haus hatte, raffte er sich zu einem weiteren Entgegenkommen auf. »Die Vorhänge und Gardinen haben wir abgenommen«, sagte er, »aber eigentlich können wir doch nichts damit anfangen. Wenn Sie sie haben wollen ...«

»Oh, ja, gerne«, erklärte Martina, »sie werden mir bestimmt gefallen.« Sie schenkte ihm ein Lächeln. »Ich habe schon gemerkt, daß Sie und Ihr Freund einen ausgezeichneten Geschmack haben.«

Dr. Scholz blickte sich mit leichter Wehmut um. »Wir hatten es wirklich sehr hübsch hier.«

Martina fand ihn sympathisch. Sie hätte ihm gern gesagt, daß er sie – mit oder ohne Freund – gern besuchen dürfe. Aber sie traute sich nicht. Sie hatte Angst, er könnte es als aufdringlich auffassen, Angst auch, Frau Gardener könnte einen falschen Eindruck von ihr gewinnen. Später sollte sie das bedauern, im Augenblick aber war sie ganz erfüllt von dem Glück, für sich und ihre Kinder eine Bleibe gefunden zu haben.

Sie gingen ins Haupthaus zurück. Der Mietvertrag wurde mit der Klausel geschlossen, daß er erst dann volle Gültigkeit haben würde, wenn Martina den Baukostenzuschuß hinterlegt hätte. Dr. Scholz war auch für seinen Kollegen zeichnungsberechtigt.

Martina rief gleich vom nächsten Postamt ihren geschiedenen Mann an.

»Gratuliere«, sagte er trocken.

»Das wäre doch ein Grund zum Feiern!«

»Aber nicht mit mir.«

»Warum bist du so unfreundlich?«

Auf diese Frage erhielt sie keine Antwort.

»Wir müssen die Möbel noch aufteilen«, erinnerte sie ihn.

»Teilen?« spottete er bitter. »Wie großzügig von dir! Ich dachte, ich bekäme das, was du nicht mehr brauchen kannst.«

»Du hältst mich wohl für sehr raffgierig?«

»Du bist die raffgierigste Person, die ich kenne.«

Friedfertig sagte sie: »Vielleicht stimmt das sogar. Ich lasse mir wirklich nicht gern die Butter vom Brot nehmen. Aber was die Möbel angeht, da hast du Glück. Ich kann nicht allzu viel in Düsseldorf verwenden.«

»Wieso nicht?«

»Die Wohnung ist ganz anders. Also schau mal vorbei. Möglichst bald, bitte. Ich möchte den Umzug so rasch wie möglich hinter mich bringen. Das ist doch auch in deinem Interesse.«

Helmut kam noch am gleichen Abend, von den Kindern stürmisch begrüßt, und die Geschiedenen einigten sich diesmal ohne Schwierigkeiten. Martina überließ Helmut die Einrichtung der Küche, das Doppelschlafzimmer und, wenn auch mit einigem Bedauern, die Wohnwand. Auch auf den nierenförmigen Tisch verzichtete sie. Mitnehmen wollte sie nur das Mobiliar aus dem Kinderzimmer, Teppiche, Sessel, die Couch und die Stehlampe, auch Wäsche, Geschirr, Töpfe und Bücher. Es würde ein kleiner Umzug werden.

»Eigentlich«, sagte sie, »brauche ich gar keine Spedition dazu. Mit einem Kombiwagen müßte es zu schaffen sein.« Als er schwieg, legte sie mit einer Geste ungewohnter Zärtlichkeit ihre Hand auf die seine. »Wenn mir einer dabei helfen würde.«

»Ja, das kann schon sein«, erklärte er ungerührt.

Sie blickte ihn beschwörend an. »Helmut, bitte, willst du es nicht tun? Wir könnten es Sonntag machen.«

»Du meinst, daß ich da nichts Besseres vorhabe?«

»Was Nützlicheres bestimmt nicht. Du warst doch sonst immer so fürs Sparen.«

»Ja, aber nicht zugunsten anderer.«

»Es ist doch dein Geld, Helmut, es kommt von dir. Du wirst doch nicht wollen, daß ich es für nichts und wieder nichts verplempere?« Da er immer noch nicht auf ihren Wunsch einging, fügte sie drängend hinzu: »Denk doch auch mal daran, daß jetzt verschiedene Anschaffungen für den neuen Haushalt auf mich zukommen, und das nur, weil ich bei der Teilung so großzügig war.«

»Du bist gut!« rief er. »Für wie blöd hältst du mich eigentlich?! Du hättest doch am liebsten alles mitgenommen, wenn du es nur hättest verwenden können.«

»Oh, ich hätte ja die Wohnwand zum Beispiel – sie ist noch so gut wie neu – auch für mich beanspruchen und dann verkaufen können. Der Umzug wäre dabei schon für mich herausgesprungen.«

»Das wäre gegen die Abmachung gewesen!«

»Du hättest es ja gar nicht zu merken brauchen.«

»Deine Logik ist wieder mal überwältigend. Ich gebe mich geschlagen.«

»Du machst es also? Oh, Helmut, das ist wirklich lieb von dir! Du besorgst das Auto, ja? Für die Kosten und das Benzin komme ich natürlich auf.« Sie lief in die Küche, holte eine Flasche kaltes Bier aus dem Eisschrank und schenkte ihm, um ihn bei guter Laune zu halten, noch einmal nach. »Da ist übrigens noch etwas ...«

»Ja?«

»Ich brauche jetzt das Geld.«

»Sobald du wirklich hier raus bist.«

»Also gut. Ich werde noch diese Woche in Düsseldorf ein Konto eröffnen. Wahrscheinlich bei der Dresdner Bank, die hat eine Filiale ganz in der Nähe von Heerdegen. Du kannst es mir dann überweisen.«

Mit diesem Vorschlag zeigte er sich einverstanden.

Bald darauf ging er ins Kinderzimmer, um sich zu verabschieden. Stefan nahm den Kuß, den er ihm auf die Wange drückte, gelassen hin, aber Claudia regte sich wieder sehr auf.

»Geh nicht weg, Vati, geh nicht weg!« Sie klammerte sich wie eine Verzweifelte an ihn. »Warum mußt du denn immer weggehen?!«

»Schon gut, schon gut, Kleines.« Von ihrem Überschwang eher unangenehm berührt, streichelte er ihr über das glatte blonde Haar. »Wir sehen uns ja schon am Sonntag wieder.«

»Ist das wahr?«

»Ja. Ich bringe eure Sachen nach Düsseldorf.«

»Aber ich will nicht nach Düsseldorf!«

Er löste ihre mageren Ärmchen von seinem Hals. »Darüber sprichst du am besten mit deiner Mutter.«

Martina brachte ihren geschiedenen Mann zur Wohnungstür. Sie hielt Claudia fest, damit sie ihm nicht nachlief, obwohl sie nicht annahm, daß sie das ernstlich vorhatte.

»Mach um Himmels willen nicht so ein Theater!« mahnte sie. »Was soll denn das?«

»Aber ich will nicht, daß Vati weggeht ... ich will es nicht!«

»Beruhige dich, bitte! Das ist doch alles halb so schlimm!«

»Für dich vielleicht! Aber nicht für mich!« Claudias Gesicht war verzerrt vor Schmerz und naß vor Tränen.

Martina ärgerte sich über sich selber, weil sie wieder einmal mehr denken mußte, wie schade es war, daß das kleine Mädchen so sehr nach ihrem Vater geriet und nichts von ihr mitbekommen hatte. Immerhin sprach sie es nicht aus. »Weißt du was«, schlug sie vor, »ich glaube, wir müssen uns wirklich mal zusammensetzen und in Ruhe miteinander reden. Ich werde euch einen Kakao kochen, ja?«

»Prima, Mutti!« rief Stefan begeistert, während Claudia, für die das Beruhigungsgetränk eigentlich gedacht war, weiter schluchzte, als habe sie gar nichts gehört.

Martina schickte die Kinder in ihr Zimmer und versprach, ihnen den Kakao ans Bett zu bringen. »Wie gut, daß ihr aus diesem Kabuff herauskommt«, sagte sie, als sie das Tablett hereintrug, »in Düsseldorf kriegt endlich jeder ein Zimmer für sich allein.«

»Aber ich will nicht nach Düsseldorf!« Claudia hatte das kleine, noch unausgebildete Kinn trotzig vorgeschoben.

»Du fängst an, dich zu wiederholen.« Sie stellte das Tablett auf den rechteckigen Tisch, an dem die Geschwister, einander gegenüber sitzend, ihre Schularbeiten zu machen pflegten.

Stefan, in einem ausgewachsenen Schlafanzug und in Pantoffeln, war zu ihr gelaufen und schnupperte erwartungsvoll.

Martina schenkte ihm eine Tasse ein und trug die andere Tasse dann auf dem Tablett zu Claudia.

Das Mädchen, das blonde Haar für die Nacht zu Zöpfen geflochten, sah in dem Hemdchen, das ihre Magerkeit noch betonte, sehr kindlich und sehr verletzlich aus.

Martina stellte ihr das Tablett auf den Schoß und setzte sich zu ihr auf den Bettrand. Sie wußte, daß sie das Gespräch mit ihren Kindern nun endlich hinter sich bringen mußte, aber es fiel ihr schwer, die rechten Worte zu finden.

»Grundsätzlich, Claudia«, sagte sie, »verstehe ich natürlich – glaub nicht, daß ich das nicht verstehe! –, daß unsere Scheidung euch vor Probleme stellt.«

»Warum mußtest du das tun, Mutti? Warum?« rief Claudia anklagend, und schon wieder begannen die Tränen zu laufen.

»Weil euer Vater mich nicht mehr liebhat, weil er eine andere Frau liebt«, sagte Martina und kam sich bei dieser Erklärung sehr verloren vor.

Claudia starrte sie ganz entgeistert an, aber wenigstens versiegten ihre Tränen. »Aber ... darf man das denn? Ein Mann darf doch nur eine Frau haben.«

»Ganz richtig. Deshalb steht ja auch das Gesetz auf meiner Seite.«

»Na, siehste«, ließ Stefan sich vom Tisch her vernehmen, »habe ich dir doch immer gesagt, daß Vati 'ne Freundin hat. Aber du hast's nicht glauben wollen.«

»Hat er dich denn gar nicht mehr lieb, Mutti?«

»Nein, Kind, er hat mich nicht mehr lieb. Und ich wollte nicht mit einem Mann zusammenleben, der sich nichts mehr aus mir macht.«

»Aber er ist mein Vater! Und *mich* hat er lieb! Das weiß ich!«

»Gewiß hat er dich lieb. Auch Stefan natürlich. Und daran wird sich auch nichts ändern. Aber Vati und ich sind nun einmal geschieden, das ist eine Tatsache.«

Claudia schwieg.

»Trink deinen Kakao, bevor er kalt wird.«

»Kann ich noch was haben?« fragte Stefan.

»Es ist noch ein Rest in der Kanne.«

Claudia trank in kleinen Schlucken.

»So ist es nun mal, Schätzchen«, sagte Martina. »Schlimm für dich, ich weiß. Aber es hat auch seine guten Seiten. In Düsseldorf kriegen wir ein kleines Haus mit einem Stück Garten, in dem ihr spielen könnt ...«

»Nicht schlecht!« Stefan fuhr sich mit der Zunge über die Lippen.

»Ich will nicht nach Düsseldorf!«

»Du wirst es müssen, Liebling. Weil du bei mir bleiben mußt. Oder würdest du lieber in ein Internat gehen? Das glaube ich nicht. Ganz davon abgesehen, daß dein Vater kaum das Geld dafür aufbringen könnte.«

»Ich will bei Vati bleiben.«

»Will Vati, daß wir nach Düsseldorf ziehen?« Stefan begann die Tasse auszulecken.

»Ja. Auch. Es wäre auch für ihn nicht angenehm, wenn wir uns auf Schritt und Tritt begegnen würden. Das wäre aber in einer kleinen Stadt wie Dinslaken unausweichlich.«

»Wahrscheinlich«, sagte Stefan genüßlich, »will er jetzt seine Freundin fein ausführen, und da war's ihm peinlich, wenn wir ihn auf der Straße grüßen. ›Sag mal, was sind denn das für Kinder?‹ würde die vielleicht fragen, und was soll er dann ...«

Zuerst war Martina amüsiert gewesen – es kam selten genug vor, daß Stefan Phantasie entwickelte –, dann versuchte sie seinen Redefluß zu unterbrechen. »Na, na! Nun übertreibst du aber! Er würde euch doch nie ...«

In diesem Augenblick flog Claudias Tasse quer durch den Raum und knallte, einen guten Meter neben Stefans Kopf, an die Wand.

Der Junge hatte sich nicht einmal geduckt. »Zielen muß gelernt sein!« sagte er nur.

»Ein Segen, daß jeder bald sein eigenes Zimmer hat«, meinte Martina. Sie stand auf, um sich den Schaden zu besehen; die Tasse war noch nicht leer gewesen und hatte einen kräftigen braunen Spritzer auf der Tapete hinterlassen. »Ein schönes Andenken für deinen Vater. Hol mal schnell Besen und Kehrblech. Ich hoffe, du hast jetzt genügend Dampf abgelassen.«

Claudia sagte nichts, aber als Martina ein wenig später den Arm um sie legte, machte sie sich abwehrend steif. Martina hatte das Gefühl, daß diese so lange aufgeschobene Aussprache nichts geändert hatte.

Noch zweimal in dieser Woche fuhr Martina nach Düsseldorf-Benrath. Sie scheuerte die Böden ihres kleinen Hauses, putzte die Fenster und hängte Vorhänge und Gardinen auf.

Stefan begleitete sie, und wenn er ihr auch keine Hilfe war, so gab es ihm doch Gelegenheit, sich in der neuen Umgebung zurechtzufinden. Claudia weigerte sich mitzukommen, und Martina beließ es dabei. Aber sie bestimmte das zweitschönste Zimmer im Haus für ihre Tochter, einen hellen, fast quadratischen Raum. Mit dem duftenden Jasminstrauch vor dem Fenster, so dachte sie, mußte jedes Mädchen sich wohl fühlen.

Auf ein Wohnzimmer wollte sie verzichten. Jeder von ihnen, Claudia, Stefan und sie selber, sollte sein eigenes Zimmer haben, zum Wohnen und zum Schlafen, sie selber natürlich das größte, das mit dem selbstgebastelten Regal, das ihr schon bei der ersten Besichtigung so gut gefallen hatte. Essen wollte man in der Küche.

Stefan gefiel das Häuschen, und als er dann noch entdeckte, daß in dem Haus hinter der hohen Gartenmauer ein Junge in seinem Alter wohnte, Dieter Schwarzenbach, schienen für ihn alle Probleme gelöst.

Martina war sehr erleichtert, denn mehr als ein schwieriges Kind wäre für sie, gerade in der augenblicklichen Situation, zuviel gewesen.

Beide, Mutter und Sohn, schilderten Claudia das neue Heim, auch den nahegelegenen schönen Schloßpark und das Rheinufer, in leuchtenden Farben, aber Claudia blieb ablehnend, auch noch am Sonntagmorgen, als der Vater kam.

Martina hatte die Koffer gepackt, sich ein paar Kisten und Holzwolle besorgt, und so war die Wohnung schon am Abend zuvor kahl geworden. Jetzt aber, als Helmut die Teppiche zusammenrollte, Stehlampe, Sessel und Couch nacheinander im Lieferwagen verschwanden, wurde es sogar Stefan bänglich zumute.

»Ich glaube, ich kann heute doch nicht verreisen«, sagte er, und seine Stimme klang belegt.

Martina musterte ihn. Er war sehr blaß, und seine braunen Augen wirkten unnatürlich schwarz.

»Ist dir nicht gut?« fragte sie erschrocken.

»Mein Bauch tut weh.« Stefan preßte die Hände vor den Magen.

»Ausgerechnet jetzt!« rief Martina, ärgerte sich aber gleich darauf über ihren Mangel an Mitgefühl. »Paß mal auf«, sagte sie, »dann legst du dich erst mal in Vaters Bett, und ich bringe dir eine Wärmflasche.«

»Und ich muß nicht weg?«

»Ach, Stefan, du bist doch kein Baby mehr. Natürlich müssen wir weg, das ist beschlossene Sache. Und du weißt, wie hübsch wir es in Düsseldorf haben werden.«

»Schon«, gab Stefan zu und sah sich in der trostlos leeren Wohnung um. »Aber hier sind wir doch zu Hause.« Er spürte, daß ein Abschnitt seines Lebens unwiderruflich zu Ende ging.

Martina strich ihm durch die braunen Locken. »Wir werden es uns schon gemütlich machen.«

Sie wollte Stefan im Lieferwagen mit Helmut nach Düsseldorf schicken, dabei hätte er sich die Wärmflasche vor den Bauch halten können, aber Claudia weigerte sich entschieden, die Mutter im Zug zu begleiten. »Nein, das tue ich nicht«, erklärte sie und stampfte mit dem Fuß auf. »Entweder fahre ich mit Vati oder gar nicht.«

»Aber Stefan ist krank! Nimm doch mal Rücksicht!«

»So krank wie der bin ich schon lange.«

»Komm, komm, Kleines«, mischte Helmut sich ein, »sei vernünftig.«

»Aber ich bin vernünftig! Vernünftiger als ihr! Warum soll ich überhaupt mit nach Düsseldorf? Ich bleibe ja doch nicht da. Nimm ihn ruhig mit, Vati! Ich warte hier auf dich.«

»Du mußt verrückt sein«, rief Martina, »du bildest dir doch nicht im Ernst ein, du kannst bei deinem Vater bleiben? Du hast hier ja nicht einmal mehr ein Bett!«

»Du wirst es schon sehen.«

Martina gab nach. Die Auseinandersetzung fand vor dem Haus auf der Straße statt. Sie wollte den Nachbarn nicht zum Abschied noch eine Sondervorstellung des Familientheaters geben. »Na schön, fahr mit Vati«, sagte sie. »Bis später dann.« Sie packte Stefan bei der Hand und zog ihn, ohne die Abfahrt des Autos abzuwarten, in Richtung Bahnhof mit sich.

An der Ecke Friedrich-Ebert-Straße passierte es dann: ohne Vorwarnung erbrach sich Stefan auf dem Bürgersteig. Das hastig verschlungene Frühstück kam wieder zum Vorschein.

»Auch das noch!« rief Martina.

In der Damentoilette des Bahnhofs wusch sie ihm das Gesicht und ließ ihn sich den Mund ausspülen.

»Hättest du's nicht noch bis hierher halten können?«

»Hab's versucht, aber es ging nicht.«

Martina rang sich ein Lächeln ab. »Schon gut, Knüsel, du warst sehr tapfer. Bloß – du mußt verstehen ... ich bin eben auch ein bißchen nervös heute.«

»Schon kapiert, Mutti.« Vertrauensvoll griff er nach ihrer Hand. Sein Gesicht hatte wieder Farbe bekommen, und als der Zug in den Hauptbahnhof Düsseldorf einfuhr, bekannte er: »Weißt du, was, Mutti? Ich hab' einen furchtbaren Hunger!«

»Ich auch!« bekannte Martina. »Wenn wir erst zu Hause sind ... nein, ich weiß was Besseres. Wir steigen am Graf-Adolf-Platz aus und suchen uns ein schönes Café auf der Königsallee.«

»Au ja!« rief Stefan erfreut, fügte aber gleich darauf hinzu: »Aber die anderen? Was werden die sich denken?«

»Die wissen ja gar nicht, welchen Zug wir erwischt haben. Sollen sie ruhig auf uns warten oder schon anfangen auszupacken. Vati hat ja den Schlüssel.«

So kam es, daß Mutter und Sohn im »Café Hemesath«, das angesichts des schönen Frühlingstages schon Tische und Stühle ins Freie gestellt hatte, bei Bohnenkaffee, Kakao, Torte und Schlagsahne ihren Einzug in Düsseldorf feierten.

Wie zu erwarten war, zeigten weder Helmut noch Claudia Begeisterung für das kleine Haus in der Börchemerstraße, obwohl es sich bei Sonnenschein und Blütenduft von seiner besten Seite präsentierte. Helmut klopfte gegen die Wände und meinte nur: »Na, du mußt es ja wissen.«

Claudia hatte ihr muffigstes Gesicht aufgesetzt, stieß mit der Fußspitze gegen Kisten und Koffer und machte keine Anstalten mit anzupacken. Als Martina sie dann doch unvorsichtigerweise einmal fragte, wie es ihr gefalle, antwortete sie: »Drittklassig. Hier bleibe ich auf keinen Fall!«

Martina hatte zuviel zu tun, um sie weiter zu beachten; alle Kisten, Kartons, Koffer und Möbelstücke mußten durch den Garten zu dem Häuschen getragen werden.

Als die Ladefläche des Lieferwagens leer war, klopfte Helmut an die Haustür. »So, das war's. Ich fahre jetzt zurück.«

»Schon?« fragte Martina enttäuscht. »Willst du mir denn nicht helfen ...«

Er ließ sie nicht zu Ende sprechen. »Dazu mußt du dir schon einen anderen Trottel suchen.«

»Ich dachte, wir würden noch zusammen essen.«

»Du wolltest doch deine große Freiheit haben. Jetzt hast du sie. Ich habe dir vorausgesagt, daß dir dabei noch angst und bange werden würde.«

»Das nun doch nicht!« Sie lachte ihm ins Gesicht. »Bloß weil ich deinen starken Arm ganz gerne noch ausgenützt hätte, brauchst du dir nicht einzubilden, daß ich ohne dich nicht leben kann.«

Er konnte nicht verbergen, daß er sich ärgerte. »Also dann ... Mach's gut, Knüsel.« Er beugte sich zu seinem Sohn, unschlüssig, ob in dieser Situation ein Kuß angebracht war oder nicht.

»Tschüs, Vati.« Stefan blickte ihm fest in die Augen.

»Und Claudia ... Wo ist Claudia?«

Allen dreien fiel jetzt auf, daß sie Claudia längere Zeit nicht gesehen hatten. Sie liefen durchs Haus und riefen nach ihr.

Dann trafen sie sich wieder vor der Haustür; keiner hatte das Mädchen gefunden.

»Wo mag sie bloß stecken?« fragte Martina besorgt.

»Wo denn schon«, meinte Stefan, »im Auto natürlich.«

»Wieso natürlich?«

»Weil sie doch wieder mit nach Dinslaken will.«

»Brav, Knüsel«, lobte Helmut, »eine logische Kombination!«

Sie liefen, Stefan voraus, zur Straße. Im Führerhaus war Claudia nicht, aber Stefan blickte gleich in den Laderaum, der noch nicht verschlossen war, und rief: »Komm raus, du bist entdeckt!«

Da kam sie tatsächlich zum Vorschein – sie hatte sich hinter eine der leeren Kisten gehockt, die Martina nur geliehen hatte und die Helmut gleich wieder nach Dinslaken mitnehmen wollte. Sie richtete sich auf, verschränkte die Arme über der Brust und erklärte: »Wenn ich nicht mit Vati darf, reiße ich aus!«

»Das werden wir ja sehen!« Martina wollte auf die Ladefläche klettern.

Helmut hielt sie zurück. »Moment mal!«

»Laß mich!«

»Nein, nein!« Er zog sie außer Hörweite der Kinder. »Mir scheint, deine Tochter hat genauso viel Energie wie du.«

»Ach was! Sie ist einfach bockig.«

»Ja, so könnte man's auch nennen. Aber die redet nicht nur davon, die reißt wirklich aus, verlaß dich drauf.«

»Dann hole ich sie eben wieder zurück.«

»Du bist imstande! Aber willst du dir das wirklich antun?«

»Hast du einen besseren Vorschlag?«

Er blickte an ihr vorbei. »Vielleicht sollte ich sie wirklich mit nach Hause nehmen.«

»Du!?«

»Warum nicht? Schließlich bin ich immer noch der Vater, auch wenn du jetzt das Sorgerecht hast.«

Martina dachte blitzschnell nach. Wider Willen fand sie Helmuts überraschenden Vorschlag verlockend. Es würde ihr manches erleichtern, wenn sie das widerspenstige Kind, wenigstens vorübergehend, los sein würde. »Ja, könntest du sie denn überhaupt brauchen?«

»Zumindest würde sie mir nicht im Wege sein.«

»Ich weiß nicht ...«, Martina zögerte noch, »ob das richtig wäre.«

»Wäre sie vor Gericht gefragt worden, hätte sie sich bestimmt für mich entschieden.«

»Das kann schon sein.«

»Na also. Gib dir einen Ruck.«

»Jetzt hat sie ja nicht mal mehr ihre Sachen in Dinslaken.«

»Die Koffer sind ja noch nicht ausgepackt. Und vorübergehend kann ich sie ja im anderen Bett schlafen lassen.« Jetzt sah er sie an und faßte sie sogar bei den Schultern. »Martina, warum machst du Schwierigkeiten? Es kann dir doch unmöglich daran liegen, Claudia bei dir zu behalten – in der Geistesverfassung, in der sie sich befindet.«

»Sie wird sich schon wieder fangen.«

»Wenn, dann tut sie's auch bei mir, und du ersparst dir einen Haufen Ärger. Außerdem wollen wir uns ja sowieso alle vierzehn Tage treffen. Dann kannst du dich von ihrer jeweiligen Gemütslage überzeugen.«

Martina klopfte sich mit der geballten Faust gegen das Kinn. »Das möchte ich dann nicht.«

»Aber wir hatten abgemacht ...«

»... daß du die Kinder alle vierzehn Tage sehen darfst, ja, ich weiß. Ich habe aber nur zugestimmt, weil es so üblich ist. Ich find's nicht gut, wenn die alten Wunden immer wieder aufgerissen werden.«

»Davon hast du aber nie was gesagt!«

»Weil es keinen Zweck gehabt hätte. Aber jetzt ...« Sie blickte ihn beschwörend an. »Ich gebe dir Claudia mit, wenn du mir Stefan läßt. Ganz. Ohne Besuche.«

»Auch nicht in den Ferien?«

»Das ist was anderes. Aber nicht diese ewige Hinundherreißerei.«

»Einverstanden.«

Sie reichten sich die Hände und fühlten sich beide von einer Belastung befreit.

Als sie zum Lieferwagen zurückkamen, war auch Stefan in den Laderaum geklettert. Er neckte seine Schwester, indem er sie immer wieder leicht boxte und auswich, bevor sie ihn fassen konnte.

»Hör auf damit, Knüsel!« sagte Martina. »Es ist dir gelungen, deinen Kopf durchzusetzen, Claudia! Du darfst mit Vati nach Dinslaken zurück.«

Zu ihrer Überraschung reagierte Claudia gar nicht erfreut, sondern eher erschrocken.

»Ich allein?« fragte sie.

»Wer sonst? Stefan gefällt's in Düsseldorf, und ich muß hier arbeiten.« Nach einer kleinen Pause fügte sie hinzu: »Hör mal, wenn du es dir natürlich anders überlegt hast ... Dann will ich aber keine Drohungen mehr hören.«

Claudia schob das kleine Kinn vor. »Ich bleibe bei Vati.«

»Also komm. Dann wollen wir deine Sachen holen.«

Claudia schüttelte den Kopf und verschränkte die Hände hinter dem Rücken.

»Sie denkt, du willst sie nur runterlocken«, erklärte Stefan. »Sie denkt, das ist 'ne Falle.«

»Dann gebe ich Vati deinen Koffer.« Martina blieb vor dem Laderaum stehen. »Willst du mir nicht wenigstens zum Abschied einen Kuß geben?«

Claudia rührte sich nicht von der Stelle, und Martina verstand, daß sie auch jetzt wieder einen Trick witterte.

»Mach's gut, alte Ziege!« Stefan gab der Schwester einen freundlichen Rippenstoß, bevor er vom Auto sprang.

»Ja, mach's gut, Liebling, vertrag dich mit Vati! Und wenn es nicht so klappen sollte ... Du weißt, dein Zimmer hier steht immer für dich bereit.«

Martina wandte sich rasch ab; es war ihr bewußt geworden, wieviel sie hatte zerschlagen müssen, um sich ein neues Leben aufzubauen.

Stefan fest an der Hand haltend und ohne sich noch einmal umzuschauen, schritt sie auf ihr neues Heim zu.

Die nächsten Tage verbrachte Martina damit, ihr Haus so wohnlich wie möglich zu gestalten.

Auf der Bank erfuhr sie, daß Helmut ihr die Abfindung tatsächlich überwiesen hatte. Sie besaß 36 000,– DM und fühlte sich reich. Jetzt konnte sie Dr. Scholz den Baukostenzuschuß überweisen und sich auch einige Einrichtungsgegenstände kaufen, die ihr noch fehlten: einen Tisch für ihr Wohnzimmer, einen Schreibtisch für Stefan und ein Radio, denn den alten Apparat hatte sie Helmut überlassen.

Das Einrichten und Einkaufen machte Spaß, und als Ostern kam, hatte Martina alles so, wie sie es haben wollte: sehr einfach und etwas provisorisch zwar, aber hübsch.

Ostern war das erste Fest, das sie ohne ihren Mann und ihre Tochter feierte. Sie hatte es sich sehr fröhlich vorgestellt, und es fing auch ganz vergnügt an. Ganz früh war sie aufgestanden, um die bunten Eier für Stefan im Garten zu verstecken, und sie suchten sie später unter großem Hallo. Danach frühstückten sie ausgiebig, mit Eiern und selbstgebackenem Napfkuchen, brachten die Küche in Ordnung, legten die Betten aus und unternahmen anschließend einen langen Spaziergang, quer durch den Park des Benrather Schlosses und dann am Rhein entlang. Wieder zu Hause, machte Martina sich daran, das Mittagessen zu bereiten. Statt des früher üblichen Bratens gab es panierte Schnitzel und Kartoffelsalat, Stefans Lieblingsgericht, und zum Nachtisch Eis. Sie waren noch dabei, die Küche aufzuräumen, als Dieter Schwarzenbachs roter Schopf oben auf der Mauer zum Nachbargrundstück erschien.

»Komm rüber, Stefan!« rief er durch das weit offene Küchenfenster. »Wir wollen Eierlaufen!«

Martina ließ den Jungen nicht gerne gehen; sie hatte sich den Ostersonntag mit ihm so schön ausgemalt. »Möchtest du denn gern?« fragte sie zögernd.

»Wenn du lieber willst, daß ich bei dir bleibe …«, entgegnete Stefan höflich. Aber es war ihm anzusehen, wie schwer es ihm fiel.

Martina überwand sich. »Aber nein … warum denn?«

Daß Stefan ihr daraufhin einen raschen Kuß gab, zeigte ihr deutlicher, als es ein Wort vermocht hätte, wie froh er war, davonzukommen. Das tat weh, aber sie wußte, daß dieser Schmerz mütterlicher Egoismus war und ließ ihn sich nicht anmerken. »Klettere nicht über die Mauer!« rief sie ihm nach. »Nicht in deinen guten Sachen, hörst du? Lauf außen rum.«

Dann war sie allein. Sie filterte zwei Tassen Kaffee, stellte sich den alten Liegestuhl – auch ein Überbleibsel der Vorbesitzer – auf einen Platz in der Sonne, nahm ein Buch in die Hand und machte es sich gemütlich. Sie konnte sich kaum erinnern, daß sie am hellen Tag einmal Zeit für sich selber gehabt hatte. Aber sie konnte nichts Rechtes damit anfangen. Zwar war sie nicht unglücklich, dazu war das Bewußtsein, vor einem neuen Anfang zu stehen, doch zu stark, aber sie fühlte sich sehr allein. Vom Nachbargrundstück klangen fröhliche Stimmen herüber; Stefan amüsierte sich prächtig ohne sie. Claudia hatte auf das Zusammenleben mit ihr sogar ganz verzichtet. Es gab niemanden, der sie brauchte.

Sonst hatte sie die Osterfeiertage immer im Kreis der Familie verlebt. Am Sonntag waren sie zu den Schwiegereltern, am Montag nach Essen gefahren. Ohne Spannungen und Reibereien war das allerdings nie abgegangen, und mehr als einmal hatte sie den Alltag, an dem Helmut tagsüber außer Haus war, herbeigesehnt.

Wünschte sie sich also in die Familie zurück? Bestimmt nicht. Sie hätte ja auch mit Stefan ihre Mutter und Großmutter besuchen können, aber dazu hatte sie keine Lust gehabt. Was war es also dann? Sie fühlte sich isoliert. Frau Gardener hatte ihr zwar einen kurzen Besuch gemacht, ohne jedoch anzudeuten, daß sie einen nachbarschaftlichen Verkehr wünschte. Irene Klose hatte sich, seit sie eingezogen war, noch nicht gemeldet und war sicher froh, endlich mal Zeit für ihren Mann zu haben. Sonst kannte sie niemanden hier. Von Dr. Scholz hatte sie nicht einmal die

Adresse. Sie hätte auch niemals den Mut gefunden, ihn einfach anzurufen.

Sollte sie die Nummern der jungen Frauen durchgehen, mit denen sie auf der Kosmetikschule gewesen war? Das wäre doch läppisch! Mit keiner von ihnen stand sie so gut, daß ihr tatsächlich etwas an ihrer Gesellschaft gelegen hätte.

Alleinsein, das erkannte Martina, mußte man lernen, wenn man sich aus den familiären Bindungen gelöst hatte, um seinen eigenen Weg zu gehen.

Als sie ihren Kaffee getrunken hatte, legte sie das Buch zur Seite und stand auf. Es war ihr eingefallen, daß sie sich einen Stoff für ein Sommerkleid gekauft hatte. Zwar hatte sie nicht vorgehabt, sich ausgerechnet Ostern damit zu befassen, aber jetzt hatte sie plötzlich Lust dazu.

Sie trug den Küchentisch ins Freie, holte Stoff und Schnittmusterbogen und machte sich ans Zuschneiden. Dabei verflog das Gefühl von Einsamkeit sehr rasch, und als Stefan nach Hause kam, fand er seine Mutter, fröhlich trällernd, an der Nähmaschine.

Auch Helmut Stadelmann benutzte den Ostersonntag zum Werken, wenn auch nicht allein und nicht in so guter Laune wie seine geschiedene Frau.

Eigentlich hatte er für die Feiertage ganz andere Pläne gehabt. Claudia hatte er schon am Karfreitagabend zu seiner Mutter bringen wollen, wo sie inmitten einer großen Verwandtschaft bestimmt eine fröhliche Zeit gehabt hätte. Aber das Kind hatte sich energisch geweigert, ohne ihn bei der Großmutter zu bleiben, und hatte ihm eine ihrer inzwischen schon berühmt gewordenen Szenen »hingelegt«. So war auch sein anderes Vorhaben, mit Susi Dinkler nach Holland zu fahren, geplatzt.

Susi hatte es mit Verständnis aufgenommen. »Ich finde Claudias Verhalten ganz natürlich. Sie leidet eben unter eurer Scheidung. Jetzt klammert sie sich an dich, aus Angst, dich auch noch zu verlieren.«

Sie war es auch gewesen, die Claudia einen hübschen Schrank und ein Bett gebracht hatte, großzügige Geschenke, über die Claudia jedoch alles andere als erfreut gewesen war, denn sie ahnte, was Susi damit bezweckte: sie aus dem ehelichen Doppelbett herauszutreiben.

Claudia hatte sich neben ihrem Vater sehr wohl gefühlt und wollte sich nicht ohne Widerstand von diesem Platz vertreiben lassen. Um ihr den Auszug ins eigene Zimmer schmackhaft zu machen, waren sie nun alle drei dabei, das ehemalige Kinderzimmer neu zu tapezieren, wobei Claudia mehr im Weg stand als daß sie selber Hand anlegte. Die alte Tapete hatten sie schon am Freitag abgelöst.

»Wart's nur ab, Claudia«, behauptete Susi fröhlich, »das wird ein ganz, ganz süßes Mädchenzimmer!«

»Als wenn ich eins brauchte«, murrte Claudia.

»Jeder Mensch braucht einen Raum, wo er mit sich selber allein sein kann!« Susi, in ihrem ältesten weißen Kittel, eine Mütze aus Zeitungspapier auf dem blonden Haar, war dabei, einen Teil der Wand so gleichmäßig wie möglich mit Kleister zu bestreichen.

Helmut bestrich die Wand dort, wo Susi nicht mehr hinauflangen konnte; den Kleisterkübel hatte er ganz fachmännisch auf ein Brett gestellt, das auf den Sprossen seiner und einer anderen Leiter stand.

Claudia schlängelte sich an ihn heran. »Es ist nicht so, daß ich mich nicht über ein eigenes Zimmer freue, bloß ... ich hab' noch nie allein geschlafen, weißt du.«

»Du wirst dich schon daran gewöhnen.«

»Immer wache ich nachts auf, und dann ist es schön, wenn jemand da ist.«

»In den letzten Nächten hast du wie ein Murmeltier geschlafen.«

»Stimmt nicht. Immer hab' ich gehört, wie du nach Hause gekommen bist.«

Helmut und Susi hatten eine Bahn mit Kleister bestrichen. Jetzt reichte Susi ihm eine zugeschnittene Tapetenrolle, die er behutsam oben an der Leiste anlegte, so daß sie mit der Längsseite genau an die Kante der schon tapezierten Fläche stieß. Beide bemühten sich, die Tapete glattzustreichen; Helmut bearbeitete sie mit dem Plastikroller von oben nach unten, um alle Luftbläschen zu vertreiben.

Claudia sah ihnen zu und überlegte. Es hatte keinen Zweck, weiter gegen ihre Ausquartierung zu protestieren. Damit brachte sie den Vater bloß gegen sich auf. Und sie wollte doch, daß er wütend auf Susi wurde. Sie mußte Susi dazu bringen, daß sie sich daneben benahm. Aber das war sehr schwer. Die Mutter zu reizen, war immer einfach gewesen. Die wurde schnell wütend und schnell wieder friedlich. Aber Susi Dinkler war immer gleichbleibend freundlich zu ihr, zum Vater, zu allen Leuten. Vielleicht lernte man das, wenn man den ganzen Tag hinter dem Ladentisch stand. Aber deshalb fand Claudia sie nicht netter. Sie roch ihr zu sehr nach Parfüm, und außerdem, stellte sie erbarmungslos fest, war ihr Haar gefärbt. Claudia hatte Susi Dinkler niemals besonders gemocht, aber sie hatte sich bisher nie um sie zu kümmern brauchen. Aber nachdem die Mutter ausgezogen war, war Susi plötzlich aufgetaucht und hatte so getan, als gehöre sie zum Vater. Dabei war sie früher einmal Mutters beste Freundin gewesen.

Claudia schlenderte durch das Zimmer und kletterte auf eine der Leitern. Ihr Vater wurde aufmerksam. »Was soll denn das?«

»Will bloß mal sehen, ob die Tapete auch keine Blasen wirft.«

»Das habe ich schon kontrolliert. Komm runter. Sonst passiert noch was.«

»Was soll schon passieren?« Noch während sie fragte, wußte Claudia die Antwort: der Vater hatte Angst, das Brett, auf dem der Kleistertopf stand, könnte ins Wackeln geraten.

Unbeirrt kletterte sie weiter und stieg von der Leiter auf das Brett.

»Also wirklich, Claudia!« sagte der Vater.

»Ich balanciere ja bloß!«

»Wir sind hier nicht auf dem Spielplatz. Komm runter.«

Claudia markierte mit weit ausgebreiteten Armen eine Seiltänzerin und näherte sich dem Kleistertopf.

»Toll kannst du das!« bewunderte Susi sie. »Aber jetzt ist es genug, ja?« Während sie noch sprach, spurtete sie vor, um den Topf festzuhalten.

Beide erreichten ihn fast gleichzeitig – Susi mit der Hand und Claudia mit dem Fuß. Kein Kriminalist hätte nachträglich zu erklären vermocht, wie es passiert war: der Topf kippte um, die zähe Masse schwappte und ergoß sich vor Susi, die gerade noch zurückspringen konnte, auf den Fußboden und spritzte gegen ihre Beine. Der Topf klatschte hinterdrein.

Claudia schrie: »Sie sind schuld! Sie sind schuld! Ich war's nicht, Vati, sie ist selber schuld!«

»Zum Donnerwetter, warum mußtest du denn auch ...!?« brüllte Helmut.

Claudia brach in Tränen aus und lief, hoch auf dem Brett, zu ihm hin. »Ich war's ja gar nicht, Vati! Sie hat's getan!«

Susi Dinkler behielt die Fassung. »Ganz gleich, wer's nun getan hat, so schlimm ist es ja gar nicht!« Sie stellte den Topf auf und versuchte mit dem Kehrblech so viel wie möglich von dem herausgelaufenen Inhalt hineinzuschaufeln. »Ein Kleisterpott, was ist das schon! Wenn's nicht mehr reicht, dann rühren wir eben neuen an.«

Claudia warf sich schluchzend in die Arme ihres Vaters.

»Paß bloß auf!« warnte er. »Beinahe hättest du mich auch noch umgeworfen.« Er packte sie um die Taille und setzte sie auf den Boden. »Wenn du schon nicht helfen willst, dann laß uns lieber allein.«

Sie klammerte sich an seine Beine. »Aber, Vati, ich sage dir doch ... ich habe nicht ...«

»Hau ab! Du hast genug angerichtet!«

Sein Ton war so böse, daß Claudia aufgab. Mit hängendem Kopf, die mageren Schultern gesenkt, zog sie ab.

»Das arme Ding!« hörte sie Susi hinter sich sagen. »Sie tut mir ja so leid!«

Claudia wußte, daß sie diese Schlacht verloren hatte.

Ein paar Tage später war das Zimmer bewohnbar, die Decke war gestrichen, die Wände waren neu tapeziert. Susi Dinkler hatte hübsche rosa Vorhänge für das Fenster genäht. Die neuen – alt gekauften – Möbel standen an ihrem Platz, und nur noch der abgewetzte Teppich erinnerte an das ehemalige Kinderzimmer.

Susi Dinkler erzählte Claudia immer wieder, wie hübsch sie es hier hatte und wie viele kleine Mädchen sie um ein eigenes Zimmer, ein solches Zimmer, beneiden würden.

Claudia bedankte sich höflich, wenn auch freudlos. Am Abend ließ sie sich brav schlafen schicken. Aber mitten in der Nacht erschien sie im ehemaligen Elternzimmer, lautlos und barfuß. Ihr Vater, der gerade im Begriff gewesen war, einzuschlafen, wurde wieder wach. »Was ist los?« fragte er ungehalten und tastete nach dem Wecker auf seinem Nachttisch. »Es ist zwölf vorbei! Du solltest längst schlafen!«

»Hab' ich ja auch, Vati«, sagte sie kläglich. »Aber ich habe einen so scheußlichen, schrecklichen Traum gehabt.«

»Einen Traum … na und? Du weißt doch, daß ein Traum nichts zu bedeuten hat.«

»Ich habe Angst, Vati!«

In dem schwachen Licht, das aus der Diele in das Schlafzimmer fiel, sah er nur die Umrisse ihrer dünnen Gestalt in dem zu kurz gewordenen Nachthemdchen. Er hätte sie gern tröstend in die Arme genommen, aber er wußte, wenn er einmal nachgab, würde sie unter diesem oder einem anderen Vorwand immer wieder zu ihm kommen, und das durfte nicht sein. Wenn er seine Frau schon verloren hatte, wollte er wenigstens seine Freiheit genießen und sich nicht von einem kleinen Mädchen beherrschen lassen.

»Kein Grund zur Angst«, erklärte er nüchtern. »Die Wohnungstür ist abgeschlossen, die Sicherheitskette liegt vor, es kann nichts passieren.«

»Darf ich nicht trotzdem zu dir ins Bett kommen? Nur für ein paar Minuten? Bis ich mich beruhigt habe?« Sie zitterte.

»Beruhige dich lieber in deinem eigenen Bett.« Er drehte sich zur Seite. »Ich möchte schlafen.«

»Aber ich würde dich doch nicht stören! Ich würde … ganz still sein … mich gar nicht rühren …«

»Sei so gut und verschwinde! Ich muß morgen früh raus und brauche meinen Schlaf!«

»Vati, bitte!«

»Ab in die Klappe! Oder muß ich dir erst ein paar hinten drauf geben?!«

»Also gut. Wenn du es verlangst.« Claudias Stimme klang eingeschnappt. »Aber ich werde kein Auge zutun.«

»Macht nichts. Hauptsache, du störst mich nicht.«

»Du bist gemein, Vati … richtig gemein!« rief Claudia, zog sich aber in Richtung Tür zurück.

»Wenn du nicht in Null Komma nichts draußen bist, kann ich noch viel gemeiner werden!«

»Ich hab' dich überhaupt nicht mehr lieb!« Claudia warf ihre Zöpfe in den Nacken und stolzierte davon, blieb aber nach wenigen Schritten wieder stehen. »Könnten wir nicht wenigstens die Türen auflassen, Vati? Meine und deine? Damit ich mich nicht so zu fürchten brauche?«

»Kommt gar nicht in Frage. Die Türen bleiben zu. Schlaf gut, Liebes.«

»Du auch.« Claudia seufzte tief, trat in die kleine Diele hinaus und zog die Tür hinter sich zu, ohne sie ganz zu schließen.

»Richtig zumachen!« rief der Vater ihr nach.

Endlich schnappte das Schloß ein. Aber jetzt konnte Helmut nicht wieder einschlafen. Er überlegte, ob er nicht doch zu hart gewesen war. Claudia war der einzige Mensch, der wirklich zu ihm gehalten hatte. Außer Susi Dinkler natürlich. Aber mit Susi war das etwas anderes. Die wollte etwas von ihm, wenn sie es auch nicht aussprach. Susi wollte ihn heiraten, soviel war sonnenklar. Aber das kam gar nicht in Frage. Seine Erfahrung mit der Ehe hatte ihm genügt, und er hatte teuer genug dafür bezahlen müssen und mußte es immer noch. Nein, eine Wiederheirat war ausgeschlossen. Er würde mit Claudia alleinbleiben.

Warum war er dann so grob zu ihr gewesen? Nur Susis wegen. Susi hatte ihm in den Ohren gelegen, wie wichtig es wäre, daß Claudia sich daran gewöhnte, allein zu schlafen. Aber so viel lag ihm ja gar nicht an Susi, weniger jedenfalls als an seiner Tochter.

Helmut stand auf, schlüpfte in seine Pantoffeln und tapste zu Claudias Zimmer. »Ich bin's!« rief er leise, damit sie nicht erschrak.

Doch Claudia hörte ihn gar nicht. Obwohl er Licht gemacht hatte, schlief sie tief und fest, mit trotzig zusammengepreßten Lippen und den Spuren getrockneter Tränen auf den Wangen.

Helmut stand an ihrem Bett und betrachtete sie lange. Es war schwierig, das Leben mit seiner kleinen Tochter. Aber sie würden schon miteinander auskommen. Susi Dinkler sollte es jedenfalls nicht gelingen, sich zwischen sie zu schieben.

Auch Stefan, der sich so leicht in Düsseldorf eingelebt hatte, litt unter der Scheidung der Eltern. Eines Nachts hörte Martina ihn laut schreien. Sie war noch auf gewesen und hatte gelesen. Alarmiert lief sie in sein Zimmer.

»Vati! Vati!« schrie er und schlug mit den Armen um sich; sein Gesicht war sehr rot.

Martina beugte sich über ihn und packte ihn bei den Schultern. »Stefan, bitte, komm zu dir! Stefan, wach auf!«

Aber es dauerte eine ganze Weile, bis er in die Wirklichkeit zurückfand. »Was ist?« fragte er und blickte Martina aus verschlafenen braunen Augen an, erschrak dann und rief: »Brennt's wo?«

»Nein, nein, du hast nur schlecht geträumt.«

»Ich!?«

»Natürlich du. Du hast geschrien. Deshalb habe ich dich ja geweckt.«

Sie legte ihm die Hand auf die Stirn und war erleichtert, als sie feststellte, daß er kein Fieber hatte.

»Ich hab' geschrien? Na so was!«

»Du mußt etwas sehr Schlimmes geträumt haben, Knüsel. Erinnerst du dich nicht mehr?«

»Nö.«

Sekundenlang war Martina erleichtert, dann aber dachte sie, es sei wohl besser, die Ängste des Unterbewußtseins ans Licht zu bringen. »Jedenfalls hast du nach Vati gerufen«, erklärte sie mit Überwindung und beobachtete ihn dabei aus den Augenwinkeln.

Stefan zeigte sich nicht beeindruckt. »Komisch«, sagte er nur.

»Denkst du oft an Vati?« fragte sie. »Ich meine, hast du Sehnsucht nach ihm?«

»Weiß ich nicht.«

»Aber, Knüsel, das mußt du doch wissen.«

»Hab' noch nicht darüber nachgedacht.«

»Dann tu's jetzt mal. Mir zuliebe.«

»Na ja.« Stefan legte in der Anstrengung des Nachdenkens die Stirn in waagerechte Falten. »Ein Mann im Haus, das hat schon was für sich. Aber sonst … Ohne Vati ist es friedlicher, nicht?«

»Und denkst du nicht manchmal, daß ich schuld bin, daß alles so gekommen ist?« Sie fuhr ihm zärtlich mit den Fingern durch die braunen wirren Locken.

Ausnahmsweise ließ er es ohne Widerstand zu. »Du läßt dir eben nichts gefallen.« Es schwang ein kleiner Stolz in seinen Worten.

Martina küßte ihn rasch auf die Stirn. »Du bist ein lieber Kerl, Knüsel! Paß auf, jetzt mach ich dir noch rasch ein Glas Milch warm. Mit Zucker.«

»Kakao!« verlangte Stefan.

»Von mir aus auch Kakao! Und dann schläfst du wieder. Diesmal möglichst ohne dumme Sachen zu träumen.«

»Mach ich! Nur ...«

»Was?«

»... ich hab' plötzlich so ein hohles Gefühl im Bauch! Könnte ich nicht vielleicht noch ein Butterbrot kriegen?«

Martina lachte. »Genehmigt!«

Später, als sie an seinem Bett saß und zusah, wie er mit gutem Appetit die nächtliche Mahlzeit verschlang, fragte sie: »Und was ist mit Claudia? Vermißt du sie sehr?«

»Ach die!« erwiderte er mit vollem Mund. »Die kommt sowieso zurück.«

»Wie kommst du darauf?« fragte Martina.

»Na, wenn du's nicht mit Vati ausgehalten hast, dann die doch erst recht nicht.«

»Du bist mir schon einer!«

»Wenn's doch wahr ist!«

»Wollen wir hoffen, daß du recht behältst. Du weißt, wie oft ich mich über sie geärgert habe. Aber sie fehlt mir sehr.«

»Wir könnten ihr ja mal wieder schreiben.«

»Du, das machen wir. Gleich morgen. Und wir beide, wir wollen ganz fest zusammenhalten, ja?«

»Klar, Mutti. Ehrensache.«

Er blickte sie so treuherzig an, daß sie ihn am liebsten in die Arme genommen und abgeküßt hätte. Aber sie wußte: zuviel Überschwang würde ihr gutes Verhältnis nur belasten. So sagte sie, als sie ihm das Tablett abnahm, nur ganz trocken: »Jetzt sei so freundlich und putz dir nochmals die Zähne, ja? Sonst war das die letzte Abendmahlzeit, die ich dir serviert habe!«

»Das hat gutgetan.« Stefan rieb sich wohlig den Magen. »Weißt du was, Mutti, du könntest mich jede Nacht wecken und mir was zum Futtern bringen. Überhaupt komisch, daß die Menschen nachts nicht verhungern.«

»Sehr komisch. Aber jetzt marsch!«

Er sprang vergnügt aus dem Bett. »Ich muß sowieso noch mal!«

Während Martina ihrem Sohn das Bettzeug richtete, dachte sie, wie dankbar sie doch sein mußte, daß er so unkompliziert war.

Martina hatte ursprünglich vorgehabt, den Jungen in einem Tagesheim unterzubringen, aber seine Freundschaft mit Dieter Schwarzenbach brachte sie auf eine andere Idee.

Die Schwarzenbachs wohnten im Erdgeschoß eines nach dem Krieg neu errichteten Mietshauses in der Calvinstraße und hatten, abgesehen von einem Teppichklopfplatz, der allen Mitbewohnern zur Benutzung freistand, den großen Garten für sich zur Verfügung. Herr Schwarzenbach arbeitete bei Henkel, und seine junge Frau war durch drei Kinder – Dieter war das älteste – ans Haus gebunden. Sie war gerne bereit, Stefan tagsüber, bis Martina nach Hause kam, zu betreuen, um so mehr, als sie sich dadurch ein Taschengeld verdiente. Martina nahm an, daß sie seine Verpflegung vom Haushaltsgeld abknapsen und den Betrag, den sie als Entgelt für Stefans Betreuung erhielt, für Sonderausgaben beiseitelegen würde. Es war für alle, für Martina, Frau Schwarzenbach und die beiden Jungen, eine zufriedenstellende Regelung.

Martina hatte den Kopf frei für ihre Arbeit. Allerdings erwies sich ihre Tätigkeit im Kosmetik-Institut Heerdegen als eine Enttäuschung. Die Praktikantinnen bekamen stets die unbeliebtesten Arbeiten, so etwa die Akne-Behandlungen bei pubertären Jugendlichen, zugeschoben, Behandlungen, die schwierig und unangenehm waren; zudem gaben die jungen Leute, die kaum die Behandlungskosten erschwingen konnten, keine Trinkgelder. Ansonsten wurden die Praktikantinnen zur Assistenz von erfahrenen Kosmetikerinnen abgestellt, die dann das Trinkgeld für sich kassierten.

Schon Irene Klose hatte sie darauf hingewiesen, aber Martina hatte es nicht glauben wollen. Sie hatte sich eingebildet, durch ihre Persönlichkeit und ihr Auftreten die Arbeitsbedingungen bessern zu können, war überzeugt gewesen, daß sich bald die interessantesten Kunden um sie reißen würden. Bald stellte sich heraus, daß sie an diese Leute gar nicht herankam; ihr wurde höchstens Laufkundschaft zugewiesen.

Aber sie ließ sich nicht entmutigen, sondern bemühte sich, ein freundliches Lächeln auf den Lippen, ihr Bestes zu geben. Wie man ihr auf der Kosmetikschule eingeprägt hatte, versuchte sie es nicht bei der berufsmäßigen Höflichkeit bewenden zu lassen, sondern einen persönlichen Kontakt mit den Kunden herzustellen, indem sie echtes Interesse für ihre Probleme zeigte.

Als Frau Heerdegen sie einige Wochen nach Antritt ihrer Stellung zu sich zitierte, hoffte sie, schon angenehm aufgefallen zu sein.

Aber was die Chefin ihr zu sagen hatte, war alles eher als ein Lob. »Sie arbeiten zu langsam, Martina.«

Martina konnte ihre Enttäuschung nicht verbergen.

»Sie haben, um nur ein Beispiel zu nennen, gestern zwei Stunden für eine Akne gebraucht.«

Martina machte den Rücken steif. »Ich wußte nicht, daß wir mit der Stoppuhr kontrolliert werden.«

»Nicht mit der Stoppuhr, aber Kontrolle muß schon sein«, gab Frau Heerdegen, nicht einmal unfreundlich, zu. »Um ehrlich zu sein, ich begreife diese Bummelei nicht. Sie hatten doch ein ausgezeichnetes Zeugnis.«

»Ich bummele wirklich nicht, Frau Heerdegen, ich gebe mir nur Mühe. Dieser Teenager gestern, sehen Sie, der war wirklich arm dran. Voller Komplexe. Ich mußte das Mädchen doch seelisch aufrichten. Und es war auch nicht so einfach, ihr zu erklären, was sie selber für ihre Haut tun kann.«

»Damit sie nur nicht wieder zu uns kommt! Sehr gescheit von Ihnen.«

»Die wäre sowieso kein zweites Mal gekommen, Frau Heerdegen. Sie ist Gymnasiastin und hat für die Behandlung sparen müssen.«

»Na schön. Unterstellen wir mal, Sie haben uns keine Kundin vergrault. Aber Sie haben zuviel Zeit vertan. Auch als Praktikantin, und gerade als Praktikantin, müssen Sie rentabel arbeiten. Rentabel für das Unternehmen, damit wir uns richtig verstehen.«

»Ich verdiene weniger als eine Putzfrau«, platzte Martina heraus.

»Es hindert Sie niemand, als Putzfrau zu arbeiten, wenn Sie diesen Beruf vorziehen«, erklärte Frau Heerdegen mit gleichbleibender Freundlichkeit. »Solange Sie als Kosmetikerin bei uns sind, muß ich Sie bitten, die vorgeschriebenen Behandlungszeiten nicht zu überziehen. Das war's.« Damit war Martina entlassen.

Sie war wütend.

Es war Mittagszeit, und als sie den Aufenthaltsraum der Angestellten betrat, richteten sich neugierige Blicke auf sie.

»Oje«, sagte Irene Klose mitfühlend. »Hat's was gegeben?«

»Kann man wohl sagen. Warte, ich hol« mir ein Cola, dann erzähl ich's dir.«

Der Aufenthaltsraum war groß und, im Gegensatz zu den oberen Stockwerken, mit Holztischen und Stühlen denkbar einfach eingerichtet. Das Licht der hochgelegenen Kellerfenster reichte nicht aus, ihn zu erhellen, und die Neonlampen ließen die Gesichter der jungen Frauen fahl erscheinen. An der Längsseite gab es eine Reihe schmaler Spinde, in denen sie ihre Garderobe und ihre Handtaschen einschließen konnten. Vor Martinas Zeit war hier unten auch Essen ausgegeben worden, aber da die meisten Frauen aus Sorge um ihre schlanke Linie sich mit einem Apfel oder einem Stück trockenem Brot zu begnügen pflegten, war dieser Service wieder eingestellt worden. Jetzt gab es nur noch Automaten, die heiße oder kalte Getränke lieferten.

Als Martina sich mit einem Pappbecher voll Cola zu Irene Klose setzte, legte sie gleich los und schilderte den Vorfall, ohne ein Blatt vor den Mund zu nehmen. »Das hat man also davon, wenn man seine Arbeit ernst nimmt«, schloß sie, immer noch zornig.

»Ja, es ist ziemlich schwierig, pünktlich fertig zu werden«, stimmte Irene ihr vorsichtig zu.

»Schwierig! Was heißt hier schwierig? Manchmal ist es ganz und gar unmöglich. Soll ich etwa eine alte Tante, die sich bei mir ausweinen will, mitten im Wort unterbrechen und sagen: Das mag ja alles hochinteressant sein, aber jetzt habe ich leider keine Zeit mehr für Sie?«

»In so eine Situation kann man schon einmal kommen.«

»Aber ich nicht! Verlaß dich drauf. Die Heerdegen kann mich doch mal! Für die paar Piepen, die die uns zahlt, bin ich allemal noch schnell genug.«

»Sie wird dich nicht übernehmen, wenn dein Praktikantinnenjahr abgelaufen ist.«

»Braucht sie auch gar nicht! Hast du vergessen, daß ich mich selbständig machen will?!«

Eine Frau, die mit dem Rücken zu Martina und Irene gesessen hatte, drehte sich zu ihnen um. »Was wollen Sie?«

»Mich selbständig machen. Was ist daran so sonderbar?«

Die Frau stand auf. »Darf ich mich zu Ihnen setzen?« Sie war eine vollschlanke, sehr gepflegte Erscheinung, mit einem harten, glatten Gesicht und sorgfältig geschminkten, sehr schönen braunen Augen. »Karla Moll«, stellte sie sich vor.

Auch Martina und Irene nannten ihre Namen.

Es war bei Heerdegen nicht die Regel, daß die fertig ausgebildeten Kosmetikerinnen sich zu den Praktikantinnen setzten. Sie pflegten trotz einer gewissen zur Schau gestellten Kameraderie auf Abstand Wert zu legen. So reagierten Martina und Irene überrascht, aber auch erfreut.

Karla Moll brachte in der linken Hand einen Aschenbecher, in der rechten eine brennende Zigarette mit. »Sie sind nicht die erste, die so was vorhat«, bemerkte sie.

»Das kann ich mir denken«, erwiderte Martina. »Wer will schon ständig für fremde Leute arbeiten?«

»Aber dann kommt es doch nicht dazu«, behauptete Karla Moll. »Die einen heiraten, und die anderen verlieren den Mumm.«

»Verheiratet war ich schon, und soviel Mumm, wie ich hab', kann ich gar nicht verlieren.«

»Haben Sie denn auch Geld?«

»Ja«, antwortete Martina vorsichtig.

»Na dann: herzlichen Glückwunsch.«

»Vielen Dank.«

»Nur eins verstehe ich nicht ...« Karla Moll klopfte die Asche ab. »... wenn Sie wirklich so entschlossen sind – worauf warten Sie dann noch?«

»Weil ich erst noch mein Praktikantinnenjahr hinter mich bringen muß.«

»Aber Sie können sich doch einfach eine ausgebildete Kosmetikerin nehmen, und auf deren Namen ...«

»Ich möchte nicht gleich mit Personal anfangen, und ein Geschäft auf einen fremden Namen ist auch nicht das, was ich mir vorstelle.«

»Ah, ja.« Karla Moll blickte Martina unverhohlen prüfend an. »Vielleicht sollten wir uns aber doch nochmals darüber unterhalten. Ich möchte nämlich auch gern hier raus.«

»Sie meinen, Sie wollen den Namen – und ich soll das Geld hergeben? Also sehr verlockend finde ich das nicht«, sagte Martina ehrlich.

»Ich bin auch nicht ganz unbetucht. Aber, wie gesagt, darüber müßten wir uns mal in Ruhe unterhalten.«

»Besuchen Sie mich doch bei mir zu Hause«, schlug Martina spontan vor. »Ich wohne in der Börchemerstraße ...«

»In Benrath? Das trifft sich. Ich auch.«

Die beiden Frauen verabredeten sich für den Samstagabend.

»Du, laß dich bloß nicht ausnehmen«, warnte Irene, als sie später nebeneinander über die Hintertreppe in die Behandlungsräume eilten.

»Ich doch nicht.«

»Diese Moll sieht mir ziemlich hartgesotten aus.«

»Na wennschon. Bin ich auch.«

»Bist du gar nicht. Sei bloß vorsichtig!«

»Warum kommst du nicht auch? Du könntest mich beraten. Überhaupt ... mach doch mit!«

Irene Klose schüttelte den Kopf. »Für mich ist das nichts. Zuviel Verantwortung. Warum sollte ich mir das antun?!«

»Um endlich richtig zu verdienen.«

»Das brauche ich nicht.«

»Ach ja, entschuldige schon, ich vergaß, daß du mit einem Medizinmann verheiratet bist. Aber komm doch wenigstens Samstagabend.«

»Geht nicht. Leider. Da muß ich mich um besagten Medizinmann kümmern.«

Martina sagte nichts dazu, aber einmal mehr wurde ihr klar, daß eine Freundschaft mit einer Frau, die so »schwer verheiratet« ist, eine unbefriedigende Angelegenheit bleiben muß. Sie war sehr froh, daß Karla Moll sie angesprochen hatte. Wenn auch aus einem gemeinsamen Unternehmen wahrscheinlich nichts werden würde, so hatte sie doch wenigstens einen Menschen kennengelernt, dessen Ziele und Pläne den ihren ähnlich waren.

Stefan war ein wenig enttäuscht, als Martina ihm von dem bevorstehenden Besuch erzählte, denn der Abend gehörte normalerweise ihm. Aber einsichtig wie er war, verzichtete er darauf zu maunzen. Als Entschädigung durfte er der Mutter beim Plätzchenbacken helfen. Karla Moll war der erste Gast in diesem Heim; Martina gab sich Mühe, sie so nett wie möglich zu empfangen.

Sie erschien in einem eleganten braunen Breitschwanzmantel, ein Kleidungsstück, das eigentlich nicht recht in die Jahreszeit paßte. Aber Martina begriff, daß ihr daran lag, den Pelz vorzuführen. Karla Moll war eine wirklich sehr attraktive Frau, einige

Jahre älter als Martina, aber was ihr an Jugend fehlte, ersetzte sie durch Schick und Haltung.

»Romantisch haben Sie's hier«, stellte sie beim Eintritt in das kleine Haus fest.

»Ja, nicht wahr? Uns gefällt's auch. Das ist mein kleiner Sohn.«

»So einen großen Jungen hätte ich Ihnen gar nicht zugetraut.« Stefan musterte Karla Moll aufmerksam aus offenen braunen Augen. Sie legte ihren Pelz ab, unter dem ein schwarzes, mit großen Blumenbuketts gemustertes Leinenkleid zum Vorschein kam, das etwas zu anspruchsvoll für einen Besuch bei einer Kollegin war und eher auf eine Sommernachtsparty gepaßt hätte. Aber es stand Karla Moll ausgezeichnet. Martina stellte fest, daß sie in ihren eigenen Kleidern viel besser zur Geltung kam als in den im Kosmetik-Institut üblichen weißen Kitteln, für die sie nicht mehr jung und auch nicht mehr dünn genug war.

»Ein süßes Kleid«, sagte sie.

»Ich trag's jetzt auf. Es hat mir mal gut gestanden, als ich das Haar blond trug, aber seit ich mich für braun entschieden habe ...« Sie fuhr sich mit der Hand in die aufgetürmten Locken.

Martina lächelte. »Ist dieser Entschluß endgültig?«

»Das natürlich nicht. Aber eine Weile werde ich wohl dabei bleiben. Es ist so lästig, seine ganze Garderobe umstellen zu müssen.«

»Ich find's blöd«, erklärte Stefan.

Karla Moll löste ihren Blick vom Garderobenspiegel und wandte sich zu ihm. »Was?«

»Sich die Haare zu färben.«

»Sei nicht vorlaut, Knüsel«, mahnte Martina. »Davon verstehst du nichts.«

»Männer tun so was nie.«

»Sagen wir lieber selten«, sagte Karla Moll. »Aber du hast keine Ahnung, was die Männer sonst alles anstellen, um schön zu sein.«

»Richtige Männer nicht.«

»Vielleicht hast du sogar recht«, räumte Karla Moll ein, »aber dann ist mir in meinem ganzen Leben noch kein richtiger Mann begegnet.«

»Mir schon.« Martina dachte an Helmut.

»Wirklich?« fragte Karla Moll ungläubig. »Dann würde ich ihn an Ihrer Stelle mit Klauen und Zähnen verteidigen.«

»Man merkt, daß Sie mit solch einem Kaliber tatsächlich noch nie was zu tun gehabt haben, sonst wüßten Sie, wie schwierig so einer im Umgang ist. Schwierig und ermüdend. Hol eine Flasche Wein aus dem Kühlschrank, Knüsel. Sie trinken doch ein Glas mit mir?«

»Gerne. Aber vorher hätte ich gern einen Kleinen zum Aufwärmen.« Karla Moll zündete sich, noch in der Garderobe stehend, eine Zigarette an, wobei sie ihre große Krokodilledertasche geschickt unter den Arm klemmte.

»Einen Kognak?«

»Darf auch ein ganz gewöhnlicher Klarer sein. Es kommt mir nur auf die Prozente an.«

Martina führte die Besucherin in ihr großes, gemütliches Zimmer, in dem alle Lichter brannten.

»Hoppla, das gefällt mir!« sagte Karla Moll. »Sie haben Geschmack!«

»Kann schon sein, aber das meiste hier habe ich von meinen Vorgängern übernommen ... die geblümten Tapeten, die schönen gelben Vorhänge, das Bücherregal. Und ich glaube, das ist es, was den Raum prägt, nicht meine dürftige Couch und nicht der alte Sessel. Ich kann mir schönere Dinge denken, aber ich möchte mein Geld zusammenhalten.«

Sie stellte die Kognakflasche und zwei Gläser auf den Tisch mit der rechteckigen Glasplatte, ihre Neuerwerbung, und schenkte ein.

»Beneidenswert, wenn Sie das können!« Karla Moll streifte die Asche in eine kleine Schale.

»Können Sie das nicht?« fragte Martina. »Ich dachte ...«

»Ich habe kein Geld auf der Bank. Nicht in dem Sinne. Aber ich weiß, wie ich es bekommen könnte.« Karla Moll leerte ihr Glas. »So, jetzt ist mir besser.«

»Noch eins?«– »Nein, danke.«

Stefan brachte den Wein, den er, stolz auf seine Geschicklichkeit, vor den Augen der Frauen entkorkte. Danach schickte ihn Martina mit einem Teller voll Plätzchen in sein Zimmer, weil sie spürte, daß ein ernsthaftes Gespräch in seiner Gegenwart nicht in Gang kommen würde.

»Ein lieber kleiner Kerl ist das«, sagte Karla Moll. »Gerät er nach seinem Vater?«

»Eher nach mir. Sein Vater ist groß, kräftig, blond ...«

»Aha. Der männliche Mann!«

Martina hatte sich aus Höflichkeit auch einen Kognak eingeschenkt, nur um daran zu nippen. Nun, da der Wein an die Reihe kam, wußte sie nicht, ob sie den Kognak stehenlassen oder austrinken sollte, und entschied sich endlich dafür, zu trinken. Die Tränen stiegen ihr in die Augen, sie mußte husten.

»Sie sind's nicht gewohnt, wie?« stellte Karla Moll fest.

»Nein, so scharfe Sachen trink' ich nicht oft.«

»Dann sind Sie noch nicht lange allein.«

»Was hat das damit zu tun?«

»Sie werden schon sehen. Ganz ohne kann man die langen einsamen Abende und Wochenenden nicht rumkriegen.«

»Ich habe immer was zu tun.«

»Mal sehen, wie lange das dauert.«

Sie plauderten, tranken Wein, knabberten Plätzchen, und Karla Moll steckte sich eine Zigarette nach der anderen an. Martina, die lange keine rechte Gesellschaft mehr gehabt hatte, genoß das Zusammensein, aber sie kam nicht mehr auf ihren Plan, sich selbständig zu machen, zurück. Die andere sollte nicht den Eindruck gewinnen, daß Martina auf sie angewiesen war und sie zum Mitmachen drängen wollte. Andererseits war sie sich auch gar nicht sicher, ob Karla Moll, deren Ansichten sich in manchen Punkten von den ihren doch sehr unterschieden, die richtige Geschäftspartnerin für sie sein würde.

Stefan hatte schon gute Nacht gesagt, um endgültig ins Bett zu verschwinden, als Karla Moll selber auf das Thema zu sprechen kam.

»Wie groß stellen Sie sich denn Ihr eigenes Kosmetik-Institut vor, Frau Stadelmann? Und wieviel müßte man, Ihrer Meinung nach, da investieren?«

»Darüber habe ich mir oft genug Gedanken gemacht. Warten Sie mal!« Sie ging in die Küche hinüber und holte ihr Notizbuch; da sie keinen Schreibtisch besaß, pflegte sie alle schriftlichen Arbeiten am Küchentisch zu erledigen. »Also zu Ihrer ersten Frage: so klein wie möglich. Vergrößern kann man später immer noch. Erst wenn der Laden richtig läuft, würde ich eine Angestellte dazunehmen.«

»Aber man kann es doch genausogut zu zweit machen?«

»Eher noch besser. Es ist nur so, daß ich Angst habe, ein Gehalt mit all den Soziallasten würde, jedenfalls zu Anfang, den ganzen Verdienst aufbrauchen.«

»Ach, mir kommt's gar nicht drauf an, möglichst schnell viel Geld zu verdienen«, erklärte Karla Moll. »Vorläufig bin ich ja noch versorgt. Es müßte was für die Zukunft sein.«

»Wenn Sie's so sehen ...«

»Ja. Jetzt aber mal genau: wieviel Geld müßte jede von uns zuschießen?«

»Das kommt vor allem auf die Miete an. Und ob wir einen Baukostenzuschuß zahlen müssen. Es wird überhaupt nicht leicht sein, was Passendes zu finden. Das habe ich gemerkt, als ich auf Wohnungssuche war.«

»Rechnen wir mal mit einem Baukostenzuschuß von zehntausend Mark.«

»Das könnte hinkommen. Wir brauchen mindestens zwei große Räume mit einer Toilette und zumindest einer Kochnische, wo wir Kräutertees für Kompressen und so weiter bereiten können. Natürlich sollten wir Pflegeserien auf biologischer Grundlage nehmen ...«

»Stopp, stopp! Wieso bloß zwei Räume? Das ist doch viel zuwenig.«

»Nein, sie müssen nur beide groß genug sein. Das eine Zimmer wird gleichzeitig als Warte- und Verkaufsraum eingerichtet. Möglichst geschmackvoll, ich denke an englische Stilmöbel. Es muß schon was hermachen.«

»Das haut wieder ins Geld.«

»Läßt sich nicht ändern. Der Arbeitsraum wird in drei Kabinen eingeteilt, eine für Pediküre, zwei für Behandlungen. In eine sollten wir, wenn es irgend möglich ist, noch eine Massagebank stellen. Hier nehmen wir weiße, sachliche Möbel und bunte Vorhänge zwischen den einzelnen Kabinen. Und praktische Behandlungsstühle. Dann natürlich noch gute Instrumente zur Pediküre und Maniküre. Fahrbare Assistenztische und Kompressenwärmer, vielleicht auch fahrbare Schüsselständer ... na, Sie wissen doch besser als ich, was man unbedingt braucht. Ein Elektrogerät zum Entfernen von Warzen, Fibromen und Pigmentflecken. Eine Höhensonne können wir uns vorläufig sparen.«

»Und wie hoch würde das kommen?«

»Man braucht ja nicht unbedingt brandneue Sachen zu nehmen. Ich hatte vor, bei Versteigerungen aufzupassen – auch für die Einrichtung des Warteraums. Man muß sich eben umtun. Ja, und dann brauchen wir auch noch große Regale für den Vorbereitungsraum, in dem wir die Kräuter und Fette, die Grundstoffe für Packungen und Masken und auch die Kabinettware unterbringen.«

»Also doch noch einen dritten Raum!«

»Nein, nein, ich habe mir das so gedacht, daß ich ein zentrales Vorbereitungszimmer einrichte. Das ist dann der Teil des Arbeitsraums, von dem die Kabinen abgetrennt werden.«

»Sie haben den ganzen Plan anscheinend schon fix und fertig.«

»Ja.« Martina klopfte sich mit dem Knöchel gegen die Stirn. »Hier in meinem Schädel ist alles perfekt. Und ich werd's auch eines Tages machen. Mit Ihnen oder ohne Sie.«

»Schon lieber mit mir. Ich bin allmählich tief beeindruckt. Haben Sie sich auch schon für eine Pflegeserie entschieden?«

»Für zwei. Beide auf biologischer Grundlage. Erst einmal die von der Firma Akon, die ist preiswert und gut, und dann ›teint claire‹, für Kunden, die sich einbilden, alles, was nicht teuer ist, kann auch nicht gut sein. Für den Grundbedarf müssen wir etwa drei Mille zahlen. Mit Kabinettware und zum Verkauf. Wenn wir genug übrig haben, blättern wir sie gleich hin und kriegen dann drei Prozent Skonto.«

»Aber für all das Zeug brauchte man doch ein Lager«, meinte Karla Moll.

»Ganz richtig. Aber das ist keine anspruchsvolle Sache. Ein Stück Speicher oder Keller gehört ja zu jedem Geschäft. Soll ich noch eine Flasche Wein aufmachen?«

»Ja, bitte. Ich bin ganz in der Stimmung, mich ein bißchen ansäuseln zu lassen. Wissen Sie, Martina ... ich darf Sie doch so nennen?«

»Aber sicher ... Karla.«

»Sehen Sie, Martina, seit Jahren habe ich den Wunsch, ein eigenes Institut aufzumachen. Aber alles war immer mehr eine – wie soll ich sagen? – eine Phantasievorstellung. So real wie Sie habe ich die Sache nie durchdacht.«

»Na, ich kaue auch schon recht lange daran herum.« Martina stand auf, um eine zweite Flasche aus dem Kühlschrank zu holen.

Sie nahm die übervolle Kupferschale mit und leerte die Kippen in den Mülleimer. Auf dem Rückweg sah sie bei Stefan herein. Der Junge war noch wach. Er saß inmitten seiner sämtlichen Comics im Bett.

»Ist die immer noch da?« fragte er.

»Das kann dich doch nicht stören.«

»Ich wollt's bloß wissen.«

»Mach nicht mehr zu lange, du.«

»Hoffentlich laßt ihr mir noch ein paar Plätzchen übrig.«

»Wohl kaum.«

»Habe ich mir doch gedacht! Die sieht so aus, als wenn sie tüchtig was wegfressen kann.«

Martina lachte. »Reg dich nicht auf, Knüsel. Wir backen morgen einfach neue. Oder Kuchen.«

»Au ja, Mutti.«

Als sie wieder in ihr Zimmer kam, hatte Karla Moll sich eine neue Zigarette angesteckt. »Ich rechne hin, ich rechne her, aber den Betrag, den jede von uns zahlen müßte, kann ich nicht rauskriegen.«

Martina hatte auch schon darüber nachgedacht. »Sagen wir zwanzigtausend. Das müßte reichen.«

»Zwanzigtausend?« Karla Moll schien erleichtert. »Die könnte ich auftreiben.«

»Wie denn? Entschuldigen Sie, ich möchte natürlich nicht neugierig sein ...«

»Dürfen Sie ruhig. Wenn wir miteinander arbeiten wollen, müssen wir doch auch etwas über uns wissen. Außerdem ist so was heutzutage ja keine Schande mehr. Ich habe einen reichen Freund ... was heißt hier reich, gut betucht ist er eben. Er hat eine Schraubenfabrik in Ennepetal, und er ist ganz verrückt nach mir. Er würde mich auch aushaken, ehrlich. Das wäre ihm sogar lieber, damit ich immer für ihn da wäre, wenn er mal zwischendurch ein Stündchen Zeit hat. Er hat oft in Düsseldorf zu tun, wissen Sie.«

»Aha«, sagte Martina und kam sich ein bißchen spießig vor.

»Jetzt fragen Sie sich wahrscheinlich, warum er mich nicht heiratet«, fuhr Karla Moll fort, »das hat er mir nämlich versprochen. Bloß bringt er's nicht fertig, sich von seiner Alten scheiden zu lassen. Immer erzählt er mir, daß die's sowieso nicht mehr lange macht. Aber wenn doch? Was dann? Über die Wechseljahre ist sie raus. Wenn ihm vorher was passiert, wie stehe ich da? Bei seiner Autoraserei könnte das leicht möglich sein. Ich brauche eine Versorgung.«

»Das verstehe ich schon.«

»Deshalb werde ich verlangen, daß er die zwanzig Mille ausspuckt.«

»Na dann: viel Glück.«

»Sie würden mich doch als Teilhaberin nehmen ... oder?«

Martina zögerte mit der Antwort. Die Sache mit dem Freund mißfiel ihr – nicht aus moralischen Gründen, sondern weil sie lieber eine Teilhaberin gehabt hätte, die es mit der Arbeit und dem Aufbau so ernst meinte wie sie selber. Andererseits wußte sie, daß Karla Moll tüchtig in ihrem Fach war, sonst hätte sie sich gar nicht bei Heerdegen halten können, und wenn sie mit ihr zusammen ein Geschäft gründete, würde sie schneller zur Selbständigkeit kommen und sich auch finanziell leichter tun.

»Sie haben Bedenken?«

»Nein«, sagte Martina, die Karla nicht verletzen wollte. »Nur ... So was muß gut überlegt sein.«

»Da haben Sie recht. Wir müssen uns alles ganz genau austüfteln. Und dann muß ich ja auch erst einmal die Piepen haben. Ich wollte es nur ganz prinzipiell wissen.«

»Prinzipiell ja«, sagte Martina.

»Das freut mich, freut mich ehrlich.« Karla leerte durstig ihr Glas. »Wenn man in ein gewisses Alter kommt, dann kotzt es einen nämlich an, abhängig zu sein.«

»Das kotzt mich jetzt schon an.«

Die beiden Frauen redeten noch eine Weile her und hin und hatten das Gefühl, sich immer besser zu verstehen. Als Karla dann endlich gegangen war, öffnete Martina sämtliche Fenster, um den Zigarettenrauch abziehen zu lassen, räumte die leere Flasche, den Teller, auf dem das Gebäck gelegen hatte, und die Gläser in die Küche und wischte den Glastisch feucht ab.

Stefan war anscheinend längst zwischen seinen Comic Strips eingeschlafen. Sie sammelte die Hefte ein und löschte das Licht. Dann stand sie noch eine Weile im Garten und sah zum Himmel hinauf. Die ideale Partnerin war Karla Moll sicher nicht, aber immerhin würde sie mit ihrer Hilfe der Verwirklichung ihrer

Pläne ein ganzes Stück näher kommen. Das war Grund genug, sich zu freuen.

Helmut Stadelmann und Susi Dinkler waren an diesem Samstagabend zusammen im Kino gewesen, hatten im Restaurant des Burghotels ein paar Biere und Schnäpse gekippt und saßen jetzt im VW auf dem Parkplatz und knutschten. Atemlos machte Susi sich frei. »Weißt du was?« fragte sie und mußte kichern. »Ich komme mir direkt wieder wie ein Backfisch vor.«

»Du findest das wohl noch komisch?« fragte er ärgerlich.

»Soll ich etwa darüber weinen? Wir können es ja doch nicht ändern.« Indem Ungewissen Licht der einige Meter weit entfernten Laterne schimmerte ihr blondes Haar. Ihr Gesicht war nicht mehr als ein weißer Fleck.

»Du scheinst zu vergessen, daß ich ein erwachsener Mann bin. Viel zu alt für Liebe im Auto.«

»Sag das nicht! Du hast ...«

»Hör endlich auf, dich über mich lustig zu machen!«

»Aber das wollte ich doch gar nicht! Ganz bestimmt nicht! Du kriegst in letzter Zeit aber auch jedes Wort in den verkehrten Hals.«

»Weil unsere ganze Situation verkehrt ist.«

Susi war das Lachen vergangen. »Bin ich daran schuld?« fauchte sie.

»Nein«, mußte er zugeben.

»Dann freu dich doch, daß ich es mit Humor nehme.«

Darauf sagte er nichts mehr, rückte aber ein Stückchen von ihr ab und zündete sich eine Zigarette an.

Susi zupfte sich Rock und Bluse zurecht. »Ist denn da wirklich nichts zu machen?« fragte sie. »Kannst du sie wirklich nicht dazu bewegen, mal ein Wochenende bei ihrer Mutter zu verbringen?«

Er schüttelte den Kopf.

»Und bei ihrer Großmutter?«

»Noch weniger.« Nach einer kleinen Pause fügte er hinzu: »Sie ist schwer geschockt, weißt du. Ganz durcheinander.«

»Und schlecht erzogen. Bitte, versteh mich nicht falsch, das ist natürlich nicht deine Schuld. Martina hat ja nie was von Erziehung verstanden und sich im letzten Jahr ja auch kaum noch um die Kinder gekümmert.« Ohne böse auf Martina zu sein – welchen Grund hätte sie dazu auch haben können –, nutzte sie jede

Gelegenheit zu einem Seitenhieb, denn sie wußte, daß er das gerne hörte.

»Ich weiß«, sagte er jetzt nur, »das kann ich nicht in ein paar Wochen nachholen.«

»Das verlangt auch niemand von dir.«

Er seufzte tief auf, nahm die Zigarette in die linke Hand und legte ihr den freien Arm um die Schultern. »Du bist mein gutes, geduldiges Mädchen.«

Beinahe hätte sie ihm entgegnet, daß auch ihre Geduld begrenzt sei, aber sie hielt es für klüger zu schweigen.

»Ob wir es nicht doch mal riskieren sollten?«

Sie verstand sofort. »In der Wohnung, wo sie herumgeistert? Nein! Da bin ich einmal erwischt worden, das genügt mir.«

»Ich brauche bloß abzuschließen. Und außerdem ... mit Martina war das etwas anderes. Sie hatte ein Recht auf meine Treue, aber Claudia ... Sie kann doch wirklich nicht von mir verlangen, daß ich wie ein Mönch lebe.« Er zerdrückte die Zigarette im Aschenbecher und steckte den Startschlüssel in das Zündschloß. »Los, fahren wir!«

»Helmut«, sagte sie, »ich glaube, das ist der falsche Weg. Wir sollten es lieber ... offiziell mit uns machen.«

»So schnell geht das alles nicht.«

»Ich habe ja nicht an eine offizielle Verlobung gedacht, sondern nur, daß du ihr sagst, wie wir zueinander stehen. Wenn du sie erst dahin bringst, unsere Verbindung als eine Tatsache zu akzeptieren ...«

»Das wird sie schon. Früher oder später. Nicht gerade heute. Es ist ja schon Mitternacht vorbei. Sie schläft bestimmt längst.«

Susi wagte nicht, ihm zu widersprechen. Ihr wäre sehr viel mehr an einem Eheversprechen als an einer Liebesnacht gelegen, aber sie wußte, daß sie ihn das nicht merken lassen durfte, denn es hätte seine ohnehin angeschlagene männliche Eitelkeit noch mehr verletzt. Sie mußte ihn in dem Glauben lassen, daß sie verrückt nach ihm war und bereit, jedes Risiko für ihn einzugehen.

Claudia schlief tatsächlich, als Helmut leise und auf Zehenspitzen – sie hatten sich schon vor der Wohnungstür die Schuhe ausgezogen – in ihr Zimmer trat. Das blonde Haar war zur Nacht zu einem einzigen dicken Zopf geflochten, der ihr über der schmalen Schulter hing, und auch im Schlaf wirkte ihr Gesicht nicht gelöst, sondern ernst und sehr entschlossen. Er wagte nicht sie anzurühren, um sie nicht zu wecken, und zog sich so lautlos, wie er gekommen war, zurück.

Susi hatte ihre Jacke an die Flurgarderobe gehängt. Er nahm sie vom Bügel und warf sie im Schlafzimmer über einen Stuhl. Nur mit Mühe verbiß sie sich eine Bemerkung. Er schloß die Tür ab und begann sich auszuziehen.

»Ich muß aufs Klo«, flüsterte sie.

»Auch das noch! Hättest du nicht früher daran denken können?«

»Wann denn? Vorhin auf der Straße, als dir diese glorreiche Idee kam?«

»Wir hätten zum Restaurant zurückfahren können.«

»Das hätte auch nichts genutzt. Ein bißchen muß ich mich schon frisch machen, bevor ... Der Typ, der ungewaschen ins Bett steigt, bin ich nun mal nicht. Das solltest du eigentlich wissen.«

»Es gibt Ausnahmesituationen.«

Susi merkte, daß sie im Begriff war, Helmut die Laune zu verderben, und wechselte den Ton. »Ich werde auch ganz, ganz leise sein. Sie wird schon nichts merken, das verspreche ich dir.«

Möglichst geräuschlos drehte sie den Schlüssel im Schloß und huschte ins Bad hinüber. Dort wischte sie sich den Lippenstift ab, spülte den Mund, zog sich aus und wusch sich – nicht unter fließendem Wasser, sondern in der Wanne, die sie leise gefüllt hatte, indem sie die Brause laufen ließ. Dann schlüpfte sie in Helmuts rot-blau gestreiften Bademantel, der am Haken hinter der Tür gehangen hatte, raffte ihre Kleidungsstücke zusammen und lief ins Schlafzimmer zurück.

Helmut lag schon ausgezogen im Bett und rauchte eine Zigarette. »Das dauert«, sagte er.

Sie war nahe daran, ihm zurückzugeben, daß es auch nichts geschadet hätte, wenn er mit Wasser und Seife in Berührung gekommen wäre. Aber sie sagte nur mit erzwungenem Lächeln: »Jetzt bin ich da!« Sorgfältig legte sie Rock, Bluse, Strümpfe und Unterwäsche auf den Stuhl, ließ, während sie zu ihm lief, den Bademantel von sich gleiten und warf sich nackt in seine Arme.

Helmut drückte die Zigarette aus und wandte sich ihr zu. Er war kein Freund zärtlicher Vorspiele und brauchte sie auch nicht. So begnügte er sich mit einem leidenschaftlichen Kuß und war schon über ihr. Sie klammerte sich an seine Schultern und stöhnte mit geschlossenen Augen.

In diesem Augenblick wurde an der Klinke gerüttelt. Sie merkten es nicht.

Erst als Claudia von draußen rief: »Vati! Vati! Was ist passiert?« wurden sie aufmerksam.

Helmut hielt in der Bewegung inne. »Gar nichts! Ab in die Klappe mit dir!«

»Aber du hast dich eingeschlossen!«

Susi Dinkler wollte etwas sagen, aber er legte ihr rasch die Hand über den Mund. »Ich habe schon geschlafen«, knurrte er und nahm die rhythmischen Bewegungen wieder auf, vorsichtig, damit das Bett nicht knarrte.

»Laß mich rein«, flehte Claudia, »ich hab' Angst! Es ... es waren Geräusche in der Wohnung!«

Er antwortete nicht mehr, sondern konzentrierte sich nur noch darauf, rasch zum Ziel zu kommen.

»Vati! Vati! Laß mich rein!« schrie Claudia.

Er hatte den Höhepunkt erreicht, lag sekundenlang schwer über Susi, während Claudia mit den Fäusten gegen die Tür donnerte.

»Verdammt!« brüllte er und richtete sich auf. »Was fällt dir ein?« Fast ohne Stimme flüsterte er Susi zu: »Versteck dich! Rasch!« – »Wo denn?«

»Im Schrank von mir aus! Nur rasch!« Er sprang aus dem Bett, zog den Bademantel über und lief zur Tür. Das Licht der Flurlampe fiel ins Zimmer. »Du unverschämte Krabbe!«

Susi öffnete den Schrank, der seit Martinas Auszug zu mehr als der Hälfte leer stand, und kletterte hinein. Er wollte aufschließen, als sein Blick auf Susis Kleider fiel. Mit einem Satz war er, laut fluchend, beim Stuhl, packte sie zusammen und stopfte sie hinter Susi in den Schrank, las die Schuhe auf und drückte sie ihr in die Hand, bevor er die Zimmertür aufschloß.

Claudia stand barfuß und tränenüberströmt vor ihm; ihr blondes Haar hatte sich gelöst und fiel ihr als zerzauste Mähne auf die Schultern. Sie wollte sich in seine Arme werfen, aber er hielt sie auf Abstand.

»Verdammt, was sind das für Geschichten!?« brüllte er sie an. »Kann ein Mann, der die ganze Woche hart gearbeitet hat, nicht einmal am Samstagabend seine Ruhe haben?!«

»Glaub mir, Vati, ich hab' was gehört. Einbrecher! Du mußt nachsehen!«

»Einen Dreck werde ich. Einbrecher! Dir ist wohl nicht gut! Was soll denn bei uns noch zu klauen sein, nachdem deine Mutter alles, was ein bißchen wertvoll war, abgeschleppt hat!?« Er trat beiseite, um Claudia den Blick in das Schlafzimmer freizugeben.

Nur eines der Ehebetten war bezogen und auch nur dieses eine zerwühlt. Nichts deutete darauf hin, daß eine zweite Person im Raum gewesen war.

»Es ist doch jemand da«, behauptete Claudia, »ich habe es deutlichgehört. Vielleicht ein Verrückter! Bitte, Vati, sieh nach!«

»Na schön, wenn es dich beruhigt.«

Er packte sie bei der Hand und zog sie in die kleine Diele hinaus. Nacheinander inspizierten sie das Bad, das Wohnzimmer, die Küche und Claudias eigenes Reich, wobei er es so weit trieb, sich zu bücken und unter das Bett zu schauen.

»Niemand da! Gib zu, daß du dir wieder mal was zurechtgesponnen hast, junge Dame!«

»Wir haben dein Schlafzimmer noch nicht durchsucht!« erklärte sie und blickte ihn fest, fast herausfordernd an.

»Jetzt schlägt's dreizehn! Du weißt doch, daß ich abgeschlossen hatte!«

»Warum?«

»Weil ich ungestört schlafen wollte! Weil ich hoffte, du würdest wenigstens vor einer abgeschlossenen Tür Respekt haben. Findest du dein Verhalten eigentlich richtig, Claudia?«

»Ich hab' was gehört«, beharrte Claudia.

»Na wennschon. Vielleicht habe ich Radio gespielt.«

»Das war kein Radio.«

»Vielleicht habe ich mit mir selber gesprochen. Oder im Schlaf geredet. Jedenfalls ist es unmöglich, wie du dich aufführst. Stell dir vor, ich brächte mal ein paar Freunde mit nach Hause …«

»Hast du nie getan!«

»Weil es deiner Mutter nicht gepaßt hätte. Jetzt könnte ich es doch tun. Oder paßt es dir etwa auch nicht?«

Claudia preßte die gefalteten Hände auf die Brust. »Von mir aus darfst du alles tun, was dir Freude macht.«

»Gut, daß ich das weiß. Dann werde ich jetzt ins Schlafzimmer zurückgehen, die Tür hinter mir abschließen ...«

»Nein, nein, tu das nicht!« schrie sie. »Bitte, nicht, Vati! Ich hasse verschlossene Türen! Wahrscheinlich leide ich ... es gibt eine Krankheit, ich habe mal gehört ...«

»Du bist quietschgesund und gehst jetzt in deine Falle.« Er hob sie hoch und setzte sie in ihr Bett. »Ich will keinen Ton mehr von dir hören.«

»Aber schließ nicht ab ... bitte, bitte nicht! Ich ... ich würde wahnsinnig!« Sie kniete sich hoch und klammerte sich an ihn.

»Weil du es bist, schließe ich also nicht ab«, sagte er böse und ergeben, »aber ich muß schon sagen, das Zusammenleben mit dir ...«

Er ging in die Diele, zog die Tür hinter sich ins Schloß, hörte, wie Claudia sie öffnete, noch ehe er das Schlafzimmer erreicht hatte, trat ein und lehnte sich gegen die Tür; Schweiß stand ihm auf der Stirn; er war wütend.

»Darf ich rauskommen?« flüsterte Susi.

»Sei still!« fauchte er grob.

Susi lugte aus dem Schrank. »Du bist doch allein!«

»Sie schläft noch nicht.«

Ohne ein weiteres Wort kletterte Susi aus dem Schrank und begann sich anzuziehen. Helmut waren Frauen nach dem Geschlechtsakt auch unter normalen Umständen lästig; in der jetzigen Situation hätte er Susi am liebsten aus dem Fenster geworfen und ihre Kleider hinterher. Es war ihr Glück, daß die Wohnung nicht im Erdgeschoß lag, oder auch ihr Unglück, denn dann hätte sie hinausklettern können. So aber mußten sie beide eine gute halbe Stunde warten, er an der Tür stehend, rauchend, sie auf dem Stuhl sitzend, bis sie sich zu rühren wagte. Endlich öffnete er leise die Tür.

»Vati!« rief Claudia sofort.

»Schlaf!« brüllte er zurück und schloß die Tür wieder.

Susi holte tief Atem. »Wenn du glaubst, daß ich mir das bieten lasse ...«

»Sei still!«

»Warum bist du so verbohrt, Helmut«, flüsterte sie, »warum? Bring doch Claudia zu ihrer Mutter, der ist sie zugesprochen ...«

»Claudia will nicht, das weißt du genau.«

»Seit wann haben Kinder was zu wollen? Gib sie nach Düsseldorf, es ist ja nur zu ihrem Besten. Laß Martina sich mit ihr herumschlagen. Du hast das doch gar nicht nötig.«

Er schwieg.

»Helmut! Wir könnten so glücklich miteinander sein.«

»Sie wird schon wieder vernünftig werden.«

»Wenn du ihr nicht einmal zu sagen wagst, daß du mich liebst?!«

»So kurz nach der Scheidung«, unbehaglich bewegte er die breiten Schultern. »Ich finde einfach, das gehört sich nicht.«

»Aber mich, dich und das Kind einer solchen Situation auszusetzen, das gehört sich, wie?« Sie stand auf und funkelte ihn in einer Art an, die ihm ganz neu war. »Ich will jetzt gehen. Und wenn dir nicht bald eine Lösung für dieses ... dies Problem einfällt: für immer. Laß mich raus!«

»Moment! Ich gehe jetzt zu Claudia rüber und rede noch einmal mit ihr. Inzwischen kannst du die Wohnung verlassen. Aber hübsch leise, verstanden?« Ohne ein weiteres Wort verließ er sie.

Ein paar Minuten wartete sie, dann schlich sie, die Schuhe in der Hand, durch die schwach beleuchtete Diele. Das Bewußtsein der erlittenen Demütigung war so stark, daß sie sich plötzlich Luft machen mußte.

Ganz bewußt schlug sie die Wohnungstür mit aller Kraft hinter sich zu und genoß den gewaltigen Krach mit Befriedigung. Mochte Helmut sich ausdenken, welche Erklärung er seiner Tochter dafür bieten sollte.

Martina und Karla Moll sahen sich oft. Wenn ihr Freund sie nicht gerade besuchte, wußte Karla wenig mit sich anzufangen und kam zu Martina, besonders an den Wochenenden, an denen er sich seiner Frau widmen mußte. Martina war froh, daß sie einen Gesprächspartner hatte, aber sie achtete darauf, daß auch Stefan zu seinem Recht kam; auf keinen Fall sollte er sich als unbedeutendes, vielleicht sogar lästiges Anhängsel fühlen.

Sie war gerne mit Karla zusammen, schon deshalb, weil sie sich ihr überlegen fühlen konnte. Die Freundin war älter als sie, ganze sieben Jahre, wie sie bald herausbrachte. Karla war es noch nie gelungen, einen Mann zum Standesamt zu bringen, und im Gegensatz zu Martina, die stolz war, ihre Freiheit errungen zu haben, hätte Karla sie lieber heute als morgen aufgegeben. Das einzige, was sie im Leben geschafft hatte, war – einmal abgesehen von ihrer Ausbildung als Kosmetikerin –, sich einen reichen Freund zu angeln, und dieser Freund war auch ihr bevorzugtes Gesprächsthema. Vorläufig langweilte es Martina noch nicht.

Noch immer war Karla Feuer und Flamme für den Plan, ein eigenes Kosmetik-Institut zu gründen, aber es gelang ihr doch nicht so leicht, wie sie sich vorgestellt hatte, das Geld flüssig zu machen.

»Zu blöd«, sagte sie einmal. »Wenn ich mir nicht gerade zu Weihnachten diese Musiktruhe gewünscht hätte! Jetzt bildet er sich ein, mein Konto an Geschenken damit schon überzogen zu haben. Eine Musiktruhe! Dabei habe ich sie nur gewollt, weil mir damals nichts Besseres einfiel. Hätte ich dich da schon gekannt …« Die beiden Frauen waren bald zum vertraulichen Du übergegangen.

»Macht nichts«, meinte Martina, »wir haben Zeit.«

»Du vielleicht! Aber wenn ich nicht bald was auf die Beine stelle, habe ich den Anschluß endgültig verpaßt.«

Martina mochte ihr nicht widersprechen, dachte aber auch nicht daran, ihre Befürchtungen zu bestätigen. »Soll ich vielleicht mal mit ihm sprechen?« schlug sie vor.

»Du?« Karla musterte sie, die sorgfältig ausrasierten Augenbrauen hochgezogen. »Nein, doch lieber nicht.«

»Ich kann ganz überzeugend wirken.«

»Gerade deshalb.«

Martina fuhr hoch. »Was soll das heißen?«

»Das verstehst du ganz genau.«

»Du bildest dir doch nicht etwa ein, daß ich mich für einen ältlichen verheirateten Mann interessieren könnte …«

»Er ist fünfzig Jahre.«

»Na eben. Ich habe dir bloß helfen wollen. Wenn nicht, auch gut. Ich brauche sein Geld bestimmt nicht.«

»Aber mein Diplom.« Karla legte den Arm um Martinas Schulter. »Nun sei nicht gleich eingeschnappt. Es ist doch nur ein

Kompliment für dich, wenn ich Angst habe, du könntest meinem Süßen gefährlich werden.«

»Schönes Kompliment. Du traust mir zu, einer Freundin den Freund wegzuschnappen.«

»Das täte doch jede«, sagte Karla nüchtern. »Jetzt sei mal ehrlich, Martina, wenn du einen kennenlerntest, der dir hundertprozentig gefiele, würdest du da irgendwelche Rücksichten nehmen? Das glaube ich dir einfach nicht. Liebe geht vor Freundschaft. Das habe ich hundertmal beobachten können.«

»Das wäre ja ein Trauerspiel.«

»Es kommt doch auch tagtäglich vor, daß jemand seinen besten Freund mit dessen Frau betrügt. Nur hängt man es selten an die große Glocke.«

»Du scheinst dir seiner Liebe nicht sehr sicher zu sein.«

Karlas Antwort entwaffnete sie. »Wie könnte ich das bei einem Verhältnis, das schon mehr als fünf Jahre läuft?« gab Karla offen zu. »Ich werde nicht jünger, und er wird nicht potenter ... na also. Den Rest kannst du dir zusammenreimen.«

Martina begriff, daß Karlas Situation noch weniger erfreulich war als die einer langjährig verheirateten Ehefrau, und doch forderte sie oft den Neid der Kolleginnen heraus. Martina nahm sich fest vor, nie wieder eine Begegnung mit ihrem Freund vorzuschlagen.

Aber dann kam es doch dazu, und ganz ohne Martinas Zutun.

Etwa eine Woche später – sie saßen im Erholungsraum des Kosmetik-Instituts bei ihrer kleinen Zwischenmahlzeit – fragte Karla: »Du, kann ich am Donnerstagabend mal bei dir vorbeikommen? Mit meinem Süßen!«

Martina lachte. »Wenn dir das nicht zu gefährlich ist.«

»Es führt kein Weg daran vorbei. Er hat's zur Bedingung gemacht. Er will wissen, wem er sein kostbares Geld anvertraut.«

»Doch dir!«

»Das habe ich ihm auch klarzumachen versucht. Aber er will sichergehen.«

»Prinzipiell ist er aber bereit zu zahlen?«

»Ungern. Aber ich habe ihn derart bekniet ... Jetzt kommt es ganz darauf an, was du für einen Eindruck auf ihn machst.«

»Ich werde mir die größte Mühe geben, vertrauenswürdig und seriös zu wirken, ohne jedoch meinen weiblichen Charme spielen zu lassen. Ist's recht so?«

»Mach dich nur über mich lustig! Aber ich wäre dir wirklich dankbar, wenn du dich zurückhalten würdest.«

»Schon versprochen.«

Martina bereitete für den entscheidenden Abend alles sorgfältig vor. Sie richtete eine Platte mit belegten Broten her – den Aufschnitt hatte sie im Delikatessengeschäft Elfers auf der Graf-Adolf-Straße erstanden –, füllte Schälchen mit sauren Gurken und Oliven und brühte, noch bevor die Gäste kamen, Tee auf, den sie dann in eine vorgewärmte Kanne siebte, so daß er nicht bitter werden konnte.

Sie hatte ein strenges, am Hals hochgeschlossenes und langärmeliges Hemdblusenkleid gewählt und weniger Make-up benutzt als gewöhnlich, hatte sogar auf den Lippenstift verzichtet.

Aber es sollte sich dann rasch herausstellen, daß diese Vorsicht ganz überflüssig war. Sie mißfiel Ernst Großkopf, Karlas Freund, vom ersten Augenblick an.

Er war ein schwerer Mann, der sie an ihren Stiefvater erinnerte, wenn er sich auch in Erziehung und Charakter wesentlich von ihm unterschied. Kurt Handschuhmacher war, jedenfalls im Privatleben, geschäftlich mochte er anders sein, gutmütig, besorgt, ja weich. Eine gewisse Weichheit zeigte auch Ernst Großkopf, aber sie war anderer Art. Er war, einziger Sohn seiner Eltern, von Kindheit an verwöhnt und bis heute gewohnt, daß man ihm jeden Wunsch erfüllte. Martinas Selbständigkeit irritierte ihn, ihr Selbstbewußtsein störte ihn. Frauen, wie er sie liebte, mußten zwar attraktiv sein, aber attraktiv nur als Dekoration ihres Begleiters: hilflose kleine Kätzchen, die den Mann umschmeichelten und sich vor ihm duckten – oder doch wenigstens so taten.

Martina spürte seine Ablehnung sofort, und sie war fast froh darüber, denn es entgiftete die Atmosphäre. Mit Erfolg bekämpfte sie die Versuchung, sich anders zu geben als sie war, sondern trat statt dessen ganz sachlich und nüchtern, ganz als Geschäftsfrau auf.

Ihr selber gefiel Ernst Großkopf nicht schlecht. Er war ein stattlicher Mann, sehr gepflegt, mit manikürten Nägeln, sorgfältig gebürstetem Haar und glatten Wangen, die er sich sicher zweimal am Tag rasierte. Seine Schuhe waren spitz, vermutlich ein italienisches Fabrikat, auch die blau-rosa gemusterte Seidenkrawatte schien italienischer Herkunft zu sein; er trug sie zu dunkelgrauem Anzug mit Weste und weißem Hemd. Die gestärkten Manschetten mit den schweren Knöpfen aus Silber und Lapislazuli lugten ein Stück aus den Ärmeln vor.

Es waren alle diese Einzelheiten, die Martina Eindruck machten und sich zu einem Bild zusammenfügten. Ernst Großkopf gehörte offenbar einer höheren Gesellschaftsschicht an. Ein Hauch von »großer Welt« ging von ihm aus, wenn er auch in dem etwas schwerfällig wirkenden westfälischen Tonfall sprach und seine Rede mit dem immer wiederkehrenden Wörtchen »woll« unterstrich.

Die erste halbe Stunde war er sehr schweigsam. Das provisorische Heim, in dem Martina lebte, war kaum nach seinem Geschmack. Er sprach es zwar nicht aus, aber sein Schweigen, als Karla fragte: »Hat sie es nicht reizend hier?!«, sprach Bände.

Zunächst lehnte er sogar den kleinen Imbiß ab, den Martina vorbereitet hatte. Aber dann, als sich die beiden Frauen bedienten, ohne ihn weiter zu drängen, griff er doch zu, aß langsam und mit Behagen, verstieg sich sogar dazu, den Tee zu loben. »Warum kannst du nicht solchen Tee kochen!?« fragte er Karla.

Sie lachte. »Seit wann trinkst du Tee?«

»Hin und wieder gerne mal. Wenn er gut ist.«

»Mit einem Schuß Kognak schmeckt er noch besser.«

Martina holte die Flasche, alle ließen sich einschenken. Sie glaubte schon, der Bann sei gebrochen, aber da hatte sie sich geirrt. Ernst Großkopf nahm sie gründlich ins Examen.

»Sie sind also geschieden?« fragte er, ohne sie anzusehen.

»Aber das habe ich dir doch alles erzählt!« rief Karla.

»Ich möchte es von Frau Stadelmann selber hören.« Er wischte sich die Finger an der Serviette ab.

»Ja. Ich bin geschieden. Schuldlos.«

»Kinder?«

»Ein Junge und ein Mädchen.«

»Beide bei Ihnen?«

»Nein. Meine Tochter hat es vorgezogen, vorläufig bei ihrem Vater zu bleiben.«

So ging es weiter. Ernst Großkopf fragte nach allem, was er ohnehin schon von Karla über Martina erfahren hatte – wahrscheinlich wollte er nur prüfen, ob sie glaubwürdig war, denn tiefer bohrte er nicht. Dennoch war es eine unangenehme Prozedur, die Martina, ohne den Versuch zu machen, sich besser darzustellen als sie war, über sich ergehen ließ.

Dabei half ihr das Bewußtsein, daß sie sehr viel mehr über ihn wußte, als er je über sie erfahren würde, denn Karlas Bedürfnis, sich auszusprechen, war riesengroß, während es sie selber immer Überwindung kostete, anderen Menschen einen Einblick in ihr Privatleben zu geben.

Martina wußte, daß Ernst Großkopf aus einer Industriellenfamilie stammte und, außer privaten Verwicklungen, nie Sorgen gekannt hatte. Nach dem Abitur hatte er das Studium der Volkswirtschaft begonnen, es aber schon nach zwei Semestern abgebrochen, als er sich in ein schönes Mädchen aus bester Familie verliebt hatte. Die Verbindung wurde von seinen wie ihren Eltern gern gesehen; mit einundzwanzig heiratete er und trat in die Firma ein. Die Ehe war glücklich, wie er heute zu behaupten pflegte, wodurch allerdings unerklärt blieb, warum er sich während dieser glücklichen Ehe mit seiner Sekretärin einlassen mußte. Als sie ihm gestand, daß sie ein Kind von ihm erwartete, zwang er sie, voll Entsetzen, die Affäre könnte ans Licht kommen, zur Abtreibung. Seine Frau erfuhr trotzdem davon und reichte sofort die Scheidung ein: es gelang ihm nicht, sie umzustimmen.

Vielleicht, dachte Karla, während er Martina verhörte, lag auch in dieser Parallele zwischen ihr und seiner ersten Frau ein Anlaß für seine Antipathie ihr gegenüber.

Wie Martina war Ernst Großkopfs Frau unversöhnlich geblieben, nur daß sie sich vom Gericht eine beträchtliche Unterhaltssumme hatte zusprechen lassen, die sie in schöner Regelmäßigkeit bei steigendem Lebensindex noch erhöhen ließ. An eine Wiederheirat dachte sie nicht – nur um sich an ihm zu rächen, wie er glaubte.

Die Ehe war kinderlos geblieben, und um endlich zu einem Erben zu kommen, heiratete er bei Kriegsausbruch seine vormalige Sekretärin. Aber es stellte sich heraus, daß bei der auf sein Betreiben vorgenommenen Schwangerschaftsunterbrechung gepfuscht worden war; er mußte erfahren, daß seine zweite Frau nie mehr Kinder bekommen konnte. Karla war nicht die erste, mit der er sie betrog, aber sie merkte es nicht oder gab vor, es nicht zu merken. So blieben ihm häusliche Szenen erspart, und er war dankbar dafür, so daß er nicht an Scheidung denken mochte. Außerdem hatte er ihr gegenüber auch wegen seines Verhaltens während ihrer Schwangerschaft ein schlechtes Gewissen, das er nie ganz loswerden konnte.

Das war das Leben des Ernst Großkopf, der jetzt über Martina zu Gericht zu sitzen wagte: ein Leben voller Halbheiten.

»Ich habe Sie gefragt, ob Sie bald wieder heiraten wollen! Was finden Sie daran so komisch?« fuhr er sie an.

»Oh!« Erst jetzt wurde ihr bewußt, daß sie gelächelt hatte. Sie lachte laut heraus. »Nichts ...oder alles. Dieses ganze Verhör! Was versprechen Sie sich eigentlich davon? Wenn Sie Auskünfte über mich haben wollen, dann beauftragen Sie doch eine Detektei. Auf diese Idee ist schon mein geschiedener Mann gekommen. Graben Sie ruhig in meiner Vergangenheit. Sie werden nichts zutage bringen.«

»Aber, Martina, nun sei doch nicht so empfindlich«, mischte Karla sich ein.

»Bin ich gar nicht. Ich find's nur komisch.« Sie stand auf, um den Tisch abzuräumen.

»Ich muß doch wissen, woll, wem ich mein Geld gebe«, verteidigte sich Ernst Großkopf.

»Aber Sie geben mir ja gar keins ... und ich brauche auch nichts von Ihnen. Ich habe selber Geld. Es ist Karla, die Sie unterstützen wollen.« Martina stellte die benutzten Teller und Tassen auf dem Tablett zusammen.

»Karla will das Geld in Ihr Unternehmen stecken, und da muß ich doch sicher sein ...«

Martina unterbrach ihn. »Es ist ein Risiko, zugegeben. Jedes Geschäft ist ein Risiko, in unserem Fall besonders, denn wir haben keine Erfahrungen. Ich setze alles ein, was ich besitze. Für Sie können diese zwanzigtausend doch nicht so lebenswichtig sein.«

»Es ist nicht meine Art, mein Geld zum Fenster hinauszuwerfen«, erwiderte er steif.

»Aber, Süßer, bitte ...« Karla legte ihm schmeichelnd die Hand auf den Arm.

»Wenn Sie so viele Vorbehalte haben, machen wir es eben anders«, schlug Martina vor, »wir warten, bis mein Praktikantinnenjahr abgelaufen ist. Ich eröffne das Institut allein. Nach ein, zwei Jahren wird sich erweisen, wie die Dinge laufen. Dann kannst du, Karla, immer noch und mit stark vermindertem Risiko bei mir einsteigen.«

»Wenn du mich dann noch haben willst!«

»Das soll keine Erpressung sein«, erklärte Martina rasch, »ich bin bereit, jetzt schon einen Vertrag mit dir zu machen. Daß du ... falls das Institut soundso viel monatlich bringt ...« Mit einer kleinen ironischen Verbeugung vor Herrn Großkopf fügte sie hinzu: »Den Betrag einzusetzen, überlasse ich Ihnen!« Sie blickte wieder Karla an. »... daß du also, falls gewisse Voraussetzungen gegeben sind, einsteigen kannst. Wir könnten dann zusammen vergrößern.« Sie nahm das Tablett und trug es hinaus.

»Was sagst du dazu?« hörte sie Ernst Großkopf fragen.

»Aber das ist doch unmöglich!« rief Karla. »Ich soll noch zwei, vielleicht sogar drei Jahre warten? Mich Tag für Tag bei Heerdegen abrackern?«

»Das brauchtest du ja nicht.«

»Ja, ich weiß, dir wäre es lieber, wenn ich in meiner Wohnung hocken und Däumchen drehen würde, immer bereit, wenn der gnädige Herr sich herabzulassen geruht. Aber das ist kein Leben für mich, Ernst, ich bin keine Kokotte.«

»Wer sagt denn so was?«

»Ich war's, wenn ich so ein Leben führte. Nein, damit kannst du mich nicht reizen. Und so großzügig, wie du glaubst, bist du ja auch nicht. Ich müßte dich um jeden Pfennig bitten.«

Martina zog die Küchentür hinter sich zu und gab den beiden Gelegenheit, ihre Auseinandersetzung ohne Zeugen auszutragen. Als sie zehn Minuten später wieder eintreten wollte, hörte sie Karla gerade sagen: »Und was soll aus mir werden, wenn dir etwas passiert? Schließ eine Lebensversicherung auf meinen Namen ab ...«

»Du weißt, daß das nicht geht.«

»Ja, ich weiß, du mußt die Nerven deiner lieben Frau auch über den Tod hinaus schonen!«

Martina überlegte, ob sie wieder verschwinden sollte, denn die beiden hatten sie noch nicht bemerkt, kam aber zu dem Schluß, daß dieser Streit wohl ein Repertoirestück von Karla und ihrem »Süßen« war, das sie in immer neuen Variationen zu wiederholen pflegten, ohne je zu einem befriedigenden Schluß zu kommen.

»Wenn Sie grundsätzlich gegen das Unternehmen sind, Herr Großkopf«, unterbrach sie die beiden, »dann hat es keinen Zweck, noch ein Wort darüber zu verlieren. Dann gehen wir jetzt lieber zum gemütlichen Teil über.«

»Wenn ich grundsätzlich dagegen wäre, säße ich jetzt gar nicht hier«, erwiderte er mit rotem Kopf.

»Danke. Dann darf ich Ihnen jetzt vielleicht mal die Unterlagen vorlegen, die ich zusammengestellt habe ...«

Das Kosmetik-Institut Karla Moll – so wollten es die beiden Frauen nennen, da Karla Geschäftsführerin sein mußte – hatte inzwischen das Stadium der hingekritzelten Notizen weit hinter sich gelassen. Martina hatte schon verschiedene Angebote eingeholt und Kalkulationen erstellt. Sie alle befanden sich, fein säuberlich getippt und eingelegt, in einem Schnellhefter, den sie jetzt vor Ernst Großkopf aufschlug.

Er zündete sich eine schwarze Zigarre an, während er sich daranmachte, die Papiere zu studieren.

»Wieviel kostet denn so eine kosmetische Behandlung?« fragte er nach einiger Zeit, ohne den Kopf zu heben.

»Eine Gesichtsmassage mit Packung zehn Mark.«

»Und wieviel davon kann man am Tag machen?«

»Das kommt darauf an, wieviel Kunden man hat.«

»Das meine ich nicht, und ich glaube, das wissen Sie ganz genau!« Jetzt sah er Martina von unten herauf an. »Ich habe mich mal kosmetisch behandeln lassen, und das hat über eine Stunde gedauert. Wenn Sie voll ausgelastet sind ... nehmen wir an, Sie können, während die Packung aufliegt, noch dies und jenes tun ... nehmen Sie also höchstens hundert Mark am Tag ein.«

»Na und?« rief Karla. »Das wäre für jede von uns über zweitausend Mark im Monat.«

»Du vergißt die Steuern und die laufenden Unkosten.«

»Herr Großkopf«, sagte Martina, »der Hauptverdienst liegt ja nicht im Entgelt für die Behandlungen, sondern im Verkauf. Man verkauft den Kunden die Kosmetikserien, mit denen man sie bearbeitet, und zwar mit einem Gewinn von fünfzig Prozent.«

Auf dieses Argument wußte er keine Antwort und wandte sich wieder den Unterlagen zu. »Kabinettware«, fragte er endlich, »was ist das?«

»Das sind die Cremes, die wir in großen Tiegeln zur Behandlung bekommen. Sie sind billiger und dürfen nicht an die Kunden verkauft werden.«

Er legte den Schnellhefter aus der Hand. »Ich sehe, Sie haben sich Gedanken gemacht, Sie gehen nicht unüberlegt an die Sache heran, Frau Stadelmann ...«

»Was ich dir gesagt habe!« rief Karla.

»Aber dennoch – was die Amortisation betrifft ...«

»Amortisation, du lieber Himmel! Soll das heißen, daß du das Geld in absehbarer Zeit wieder raushaben willst!?«

»Davon habe ich kein Wort gesagt«, erklärte er steif.

»Ich dachte, du wolltest mir helfen ... mir eine Chance geben, mich auf eigene Beine zu stellen.«

»Ich bin kein Geizhals, und ich wünsche auch nicht, daß du mich so hinstellst, woll, schon gar nicht vor anderen Leuten.«

»Das habe ich gar nicht getan.«

Er ging auf ihre Verteidigung nicht ein. »Aber es kommt mir so vor, als wenn diese Sache mit dem Kosmetik-Institut nur so ein Hirngespinst wäre ... das darf ich ja noch sagen, woll. Ein schöner Nerz oder ein Diamant sollten einer Frau doch lieber sein.«

Karla war für einen Augenblick sprachlos, und Martina spürte, daß der entscheidende Moment gekommen war.

»Soll das heißen, du willst ...?« fragte Karla mit weit aufgerissenen Augen. »Nein, nein, so lasse ich mich nicht fangen. Ich will aus dieser Unsicherheit heraus. Bitte, Süßer, bitte ...« Sie stand auf, lief zu ihm hin und setzte sich auf seinen Schoß. »Tu's für mich! Ich hätte dann ja auch viel mehr Zeit für dich!« Sie schmiegte sich an ihn.

Martina wußte nicht, wohin sie sehen sollte.

Auch Ernst Großkopf wurde verlegen und schob Karla von sich. »Also gut. Aber ich halte das Ganze nach wie vor für Unsinn.«

»Du gibst mir das Geld?«

»Unter Protest!«

»Danke! Süßer!« Karla küßte ihn auf den Mund. »Wenn ich dich nicht hätte ...«

»Ich hole eine Flasche Sekt«, erbot sich Martina.

Später, als die Gläser klangen, sagte sie: »Auf einen neuen Anfang!«

»Auf ein neues Leben!« rief Karla begeistert. »Es wird wundervoll werden!«

Beide Frauen glaubten fest daran.

Das neue Leben begann mit endlosen Laufereien. Sie hatten vorausgesehen, daß es nicht einfach sein würde, geeignete Räume zu finden, aber wie schwierig es tatsächlich war, merkten sie erst jetzt.

Sie brauchten für ihr Kosmetik-Institut kein Ladenlokal, sondern nur eine Wohnung, aber die Besitzer von Wohnhäusern wollten keine Kosmetik-Institute unter ihrem Dach haben, weil sie die Unruhe fürchteten, die die Kunden ins Haus brächten, und auch die überdurchschnittliche Beanspruchung des Treppenhauses.

Die Suche wurde noch dadurch erschwert, daß beide weiterhin bei Heerdegen arbeiteten, weil sie, bevor sie etwas Festes in der Hand hatten, nicht auf den Verdienst verzichten mochten. So blieb ihnen nichts anderes übrig, als nach Feierabend treppauf, treppab zu laufen. Aber immerhin war das Gebiet, das sie abgrasten, nicht weit gesteckt, denn beide waren entschlossen, in Benrath zu bleiben, weil sie hier ihre Wohnungen hatten. Außerdem gab es in diesem Stadtteil auch noch kein Kosmetik-Institut, so daß sie sich für ihr Unternehmen besondere Chancen ausrechneten.

Eines Freitagvormittags – Martina und Karla waren in der Straßenbahn auf ihrer täglichen Fahrt in die City – überflog Martina wieder einmal die Wohnungsinserate. Es war sehr voll, sie hatten keinen Sitzplatz bekommen, und es gehörte Kunstfertigkeit dazu, eine Zeitung zu lesen, ohne die anderen Fahrgäste zu belästigen.

»Da, hör mal, das ist die Annonce, die ich meine!« verkündete sie. »Soll ich sie dir vorlesen?«

»Nur zu.«

»Düsseldorf-Benrath. Schöne Altbauwohnung zu vermieten. Unterteilt. Auch für Praxis oder dergleichen geeignet.«

»Das klingt ja fabelhaft!« rief Karla. »Und wo ist das?«

»Das ist eben der Haken. Melanchthonstraße. Ziemlich ruhig da.«

»Aber das macht doch nichts, um so besser. Wer will schon Laufkundschaft? Wir werden inserieren.«

»Meinst du?«

»Aber sicher.«

»Dann gehen wir heute abend hin.«

»Ob es dann nicht vielleicht schon zu spät ist?«

»Du hast recht. Ich mach's sofort.« Martina begann sich zum Ausgang zu drängen.

»Und was erzähle ich im Geschäft?«

»Gar nichts. Das bringe ich selber in Ordnung.«

Die Bahn hielt an der Reisholzner Werft, und Martina sprang ab, überquerte die Straße und fuhr mit der nächsten Gegenbahn zurück.

Die Melanchthonstraße lag nahe der Dankeskirche und gegenüber einem kleinen Park, in der Tat ein wenig abseits. Die Häuser waren alt und standen in Gärten. Meist waren sie als Einfamilienhäuser gebaut und erst später unterteilt worden. Der Hausgarten von Nummer 17 hatte vor dem Krieg wohl ein Schmiedeeisengitter gehabt; jetzt war nur noch eine Steinumrandung übriggeblieben. Das Gebäude selber war gut erhalten. Martina durchquerte den Vorgarten und stieg die Stufen zu der überdachten Haustür hinauf. Die Namenschilder waren unterschiedlich groß. »Meyer, I. Stock« war in eine blank geputzte Metallplatte graviert. Nachdem sie geklingelt hatte, stellte Martina fest, daß die Haustür nicht verschlossen war. Sie drückte sie auf und betrat das düstere, aber saubere Treppenhaus und stieg zum ersten Stock hinauf.

Eine Dame öffnete ihr, sie war alt, das blond getönte Haar täuschte nicht darüber hinweg. Ihre Haut war zerknittert wie Seidenpapier und das Blau ihrer Augen verblaßt. Aber ihre Wangen glühten vor Erregung.

Martina grüßte freundlich. »Ich komme wegen der Wohnung.«

»Oh, das tut mir leid! Es ist schon jemand da.«

Bis zu dieser Minute war Martina sich gar nicht sicher gewesen, ob sie hier überhaupt an der richtigen Stelle war, jetzt war sie tief enttäuscht. »Sie haben schon abgeschlossen?«

»Nein, das nicht.«

»Dann werde ich warten.«

»Ganz wie Sie wollen.« Die Tür schlug ihr vor der Nase zu. Martina trat zum Fenster und blickte gedankenverloren auf die Straße hinaus. Sie brauchte nicht lange zu warten, dann ließ Frau Meyer einen großen Mann mit Brille aus der Wohnung und kam auf sie zu.

»Dem jungen Herrn Doktor war es zu teuer«, berichtete sie. »Es gibt Leute, die erwarten, alles geschenkt zu bekommen. Entschuldigen Sie, bitte, daß ich Sie hier draußen hab' stehen lassen. Ich hätte Sie natürlich hereinbitten sollen. Ich bin ein bißchen durcheinander, wissen Sie.«

»Das kann ich gut verstehen.« Martina schenkte ihr ein werbendes Lächeln und folgte ihr. »Ist es diese Wohnung?« fragte sie und sah sich um. Von einer ziemlich großen Diele gingen viele Türen ab; die Decke war hoch.

»Meine Wohnung, ja. Seit mein Mann gestorben ist, ist sie viel zu groß für mich. Meine Kinder wollen, daß ich sie aufgebe. Sie wohnen nicht in Düsseldorf und kommen auch nie zu Besuch … nicht, daß sie sich nicht um mich kümmern – aber ich fahre zu ihnen. Zu Weihnachten und so.«

»Wieviel Räume sind es denn?«

»Fünf. Und natürlich Küche, Toilette, Bad und Besenkammer.«

»Das ist zu groß für uns.«

»Ich will sie ja auch nicht alle aufgeben. Wissen Sie, ich habe mir gedacht … ich habe fast ein ganzes Leben hier gewohnt, was soll ich da auf meine alten Tage noch umziehen? Lieber gebe ich ein paar Räume ab.«

»Ach so.«

»Ich will die Wohnung unterteilen.« Frau Meyer blickte auf die Tageszeitung, die Martina immer noch unter den Arm geklemmt hatte. »So steht's ja auch im Inserat.«

»Wir brauchen mindestens zwei große Räume, eine Toilette und eine Kochnische, in der Packungen angesetzt werden können.«

»Wollen Sie eine Arztpraxis eröffnen?«

Martina lachte. »Da überschätzen Sie mich! Nein: ein kosmetisches Institut.«

»Auch nicht schlecht.« Frau Meyer hatte nichts daran auszusetzen. »Es wird ganz praktisch sein, so was im Haus zu haben.«

»Wenn wir uns einig werden, könnten Sie natürlich mit einem Sonderpreis rechnen.«

»Das Angebot nehme ich an. Jetzt wollen Sie sich sicher gern umsehen?«

»Sehr gerne.«

Frau Meyer öffnete eine Tür. »Über diese Toilette können Sie verfügen. Ich habe noch eine zweite im Bad. Sie müßte natürlich renoviert werden. Und von hier aus könnte man auch – nein, besser vom Bad aus – könnte man das Wasser verlegen, denn Wasser brauchen Sie ja sicher auch.«

»Natürlich.«

»Sie werden verstehen, daß ich die vorderen Räume selber behalten will; der Blick auf den Park ist wunderschön. Es bleiben aber drei hübsche Zimmer für Sie nach hinten heraus.«

Die Räume, in die Frau Meyer Martina führte, waren tatsächlich gut geschnitten, zwei sehr groß, das ehemalige Eheschlafzimmer und ein Kinderzimmer, zwischen den beiden lag ein Ankleidezimmer und daneben das Bad. Die Decken waren sehr hoch, die Fenster groß, aber die Aussicht auf die hier sehr nahe Rückfront der Häuser der Weststraße, die in einem spitzen Winkel auf die Melanchthonstraße zulief, war unschön.

»Man müßte alles mit künstlichem Licht machen«, meinte Martina nachdenklich. »Dieses Zimmer könnte der Verkaufsraum werden, das Ankleidezimmer Durchgang und Vorbereitungsraum. Auch die Kochnische käme da hinein.«

»Das Bad können Sie natürlich nicht benutzen, das behalte ich mir vor. Am liebsten wäre es mir, wenn Sie die Tür zumauern ließen. Nachdem die Leitungen gelegt sind, versteht sich.«

»Ich? Sie meinen, wir sollen den Umbau durchführen?«

» Selbstverständlich.«

Martina überschlug schnell, daß sie auf diese Weise wahrscheinlich billiger wegkäme als mit einem festen Baukostenzuschuß und außerdem alles ganz ihren Wünschen entsprechend einrichten könnte.

»Aber dürfen Sie denn überhaupt umbauen? Und weitervermieten?«

»Das Haus gehört mir.«

»Ja, dann ... Und an was für eine Miete haben Sie gedacht?«
»Tausend Mark.«
»Das ist aber ziemlich happig!« entfuhr es Martina.
»Sie brauchen die Räume ja nicht zu mieten, wenn es Ihnen zu teuer ist«, bemerkte die alte Dame zuckersüß.
»Da haben Sie recht. Ich werde es mir noch einmal überlegen. Und mit meiner Kollegin besprechen.«
»Ja, tun Sie das. Aber reservieren kann ich Ihnen die Räume natürlich nicht.«
»Auch nicht, wenn ich Ihnen eine Anzahlung gebe?«
Frau Meyer schüttelte den Kopf. »Wie stellen Sie sich das vor? Ich kann doch nicht ...« Es klingelte an der Wohnungstür. »Da kommt schon der nächste Interessent.«
Martina begriff, daß sie sich hier sofort entscheiden mußte. Die Lage der Wohnung war zwar nicht ideal, die Miete hoch, aber die Räumlichkeiten entsprachen immerhin nahezu ihren Wunschvorstellungen. Wenn sie bis zum Abend wartete, würden sie vergeben sein.
»Gut, ich bin einverstanden.« Sie lief Frau Meyer nach, die zur Tür wollte. »Sie können den Interessenten wegschicken.«
Sie wartete, bis die alte Dame zurückkam, und verspürte nun, da die Entscheidung gefallen war, eine angenehm prickelnde Erregung.
»Das war eine wirkliche Frau Doktor«, erklärte Frau Meyer mit Vorwurf in der Stimme, »eine sehr feine Dame.«
»Sie werden auch mit uns zufrieden sein«, versicherte Martina. »Wir wollen jetzt gleich den Mietvertrag aufsetzen, ja? Unterschreiben muß ihn zwar meine Kollegin, weil das Institut auf ihren Namen lauten soll.« Sie sah das aufflackernde Mißtrauen in den blassen Augen der Hausbesitzerin. »Aber ich kann Ihnen sofort einen Scheck über die erste Monatsmiete geben ...«
»Über drei, bitte«, verlangte Frau Meyer, »Sie werden verstehen, daß ich eine Sicherheit brauche.«
»Tausend Mark sind eine ganz schöne Sicherheit, finde ich.«
»Drei«, wiederholte die alte Dame.
Martina begriff, daß sich hinter ihrer hinfällig wirkenden Fassade ein sehr harter Kern verbarg. »Wenn Sie darauf bestehen ...«
Sie hatte ihre Handtasche geöffnet und ihr Scheckbuch herausgeholt – immer noch genoß sie, wenn sie einen Scheck aus-

füllte, das Bewußtsein, ein eigenes Konto zu besitzen, wie am ersten Tag.

Frau Meyer hielt den Scheck prüfend weit von sich, bevor sie »Danke« sagte. »Dann wollen wir also die Einzelheiten besprechen. Ich hoffe, Sie haben Zeit?«

»Und wenn ich sie nicht hätte, würde ich sie mir nehmen. Das ist nämlich ein sehr wichtiger Tag für mich. Können Sie sich vorstellen, wie es ist, wenn Wunschträume in Erfüllung gehen?«

Von der nächsten Telefonzelle aus rief Martina bei Heerdegen an, entschuldigte sich wegen einer Unpäßlichkeit und bat dann, Karla Moll sprechen zu dürfen. Auf die Gefahr hin, daß das Gespräch abgehört werden könnte, berichtete sie der Freundin von dem Mietvertrag, den sie eingegangen war. Karla war Feuer und Flamme.

Danach lag ein freies Wochenende vor Martina, denn es hatte für sie keinen Sinn, vor Dienstag bei Heerdegen zu erscheinen. Stefan war in der Schule und bei Schwarzenbachs gut aufgehoben, und so nutzte sie den noch vor ihr liegenden Vormittag, um von einem Installateur zum anderen zu laufen und ihre Aufträge für die Verlegung der Wasser- und Elektrizitätsleitungen in der Melanchthonstraße zu erteilen. Der Mietvertrag trat zwar erst am 1. August in Kraft, aber Frau Meyer hatte sich einverstanden erklärt, mit dem Umbau zu beginnen, sobald Martina jemanden für diese Arbeit gewonnen hatte.

Aber das war gar nicht so einfach, denn es wurde viel gebaut, und selbst Elektroinstallateure, die auch an einem kleinen Auftrag interessiert waren, mußten zugeben, daß sie erst im Herbst Zeit dafür finden würden. Das schien Martina zu spät, denn im Herbst wollte sie das Institut ja schon eröffnen. Obwohl sie all ihren Charme einsetzte, kam sie keinen Schritt weiter.

Sie hatte mit den nahegelegenen Geschäften begonnen und dann, zwangsläufig, den Kreis immer weiter gezogen. Endlich landete sie bei Hübner in Reisholz.

»Ich würde Ihnen gerne helfen, glauben Sie mir«, sagte das Fräulein im Büro, »aber vor Anfang Oktober haben wir keinen einzigen Mann frei.« Ein junger Mann im blauen Overall kam herein. »Moment mal, Herr Jakob!« bat das Bürofräulein.

»Ich brauche doch nur eine Wasserleitung vom Bad in das anliegende Zimmer und ein Spülbecken dazu«, erklärte Martina, »so eine Kleinigkeit müßte man doch irgendwie dazwischenschieben können.«

»Wenn wir erst mal anfangen dazwischenzuschieben«, sagte das Fräulein, »gerät unser ganzer Terminplan durcheinander.«

»Wegen einem Tag!?«

»Tut mir leid, selbst wenn ich es wollte. Es ist wirklich ausgeschlossen.«

Der junge Mann, er hatte kurz geschnittenes blondes Haar und ölverschmierte Finger, beobachtete belustigt die Szene.

»Auch dann, wenn ich Überpreise zahle?«

»Auch dann.«

»Ich sehe schon, jetzt sitzen Sie alle auf dem hohen Roß ...«, Martina stand auf, »... aber warten Sie's nur ab, es kann auch wieder anders kommen. Guten Tag.« Hocherhobenen Hauptes schritt sie zur Tür.

Draußen blieb sie stehen und mußte erst einmal tief Atem holen, um sich zu beruhigen. Sie wußte, daß es sinnlos gewesen war, ausfallend zu werden, aber irgendwie hatte sie ihrem aufgestauten Ärger Luft machen müssen. Niemals hätte sie gedacht, daß alle ihre Pläne an der Sturheit der Handwerker scheitern könnten – nun, nicht gerade scheitern, stellte sie selber richtig, denn aufgeben wollte sie noch lange nicht.

Der junge Mann im blauen Overall, den das Fräulein im Büro mit »Herr Jakob« angesprochen hatte, trat auf die Straße. »Ganz schön wütend, was?«

Martina zuckte zusammen. »Meinen Sie etwa mich?«

»Wen sonst?«

Martina hatte eine patzige Antwort schon auf der Zunge, als ihr gerade noch rechtzeitig einfiel, daß es nichts schaden konnte, sich mit diesem Fachmann gut zu stellen. »Sie müssen sich das nur mal ausdenken«, erklärte sie und blickte ihn beschwörend an, »jeder Monat, in dem ich die Räume nicht benutzen kann, kostet mich einen glatten Tausender.«

Herr Jakob pfiff durch die Zähne. »Scheint sich ja um eine piekfeine Bleibe zu handeln.«

»Es ist keine Wohnung. Ich meine, eine Wohnung ist es natürlich schon, aber wir, meine Freundin und ich, wollen ein

Kosmetik-Institut eröffnen. Dafür brauchen wir dringend einen Wasseranschluß. Den Strom zum Wasserkochen können wir schließlich auch aus der Steckdose zapfen.«

Herr Jakob schob den Ärmel zurück und blickte auf seine Uhr. »Hören Sie, Fräulein, kann ich Sie vielleicht irgendwo hinbringen?«

»Zum nächsten Installateur … in der Richtung!« Sie wies zur Stadt hin. »Die andere Seite habe ich schon abgeklappert.«

Er lachte. »Kommen Sie!«

Martina kletterte auf den hohen Sitz des Lieferwagens, der mit Namen und Telefonnummer des Besitzers deutlich gezeichnet war. »Wo, meinen Sie, könnte ich es jetzt noch versuchen?« fragte sie, als Herr Jakob sich neben sie setzte.

»Sie erwarten doch nicht etwa, daß ich Sie zur Konkurrenz fahre?« Herr Jakob wischte sich die Finger an einem Putzlumpen ab.

»Konkurrenz! Als wenn es so was noch gäbe!«

»Sagen Sie das nicht, Fräulein. Wenn's um große Aufträge geht, die was einbringen …« Er ließ den Motor an.

»Könnten Sie mir nicht einen Rat geben … bitte!« Sie legte ihm die Hand mit leichtem Druck auf den Arm und blickte ihn flehend an.

»Hm. Wo ist denn der Laden?«

»In Benrath. Ganz nahe. In der Melanchthonstraße.«

»Dann schlage ich vor, wir sehen uns die Bescherung jetzt gleich mal zusammen an.«

»Das wollen Sie wirklich?« Martina war ganz erschüttert. »Ja, haben Sie denn dazu Zeit?«

»Mittagspause«, erklärte er lakonisch.

»Das ist aber lieb von Ihnen.« Martina versuchte ihre Gedanken zu ordnen. »Sie meinen also, Sie können den Auftrag vielleicht doch übernehmen?«

»Nicht offiziell. Ich bin ja nicht Herr Hübner.«

»Ja, aber dann …«

»Noch nie was von Schwarzarbeit gehört?«

»Also, daß ich darauf nicht von selber gekommen bin! Aber woher hätte ich auch wissen sollen, wer so was macht?«

»So ziemlich jeder. Jetzt erzählen Sie mir mal genau, was in Ihrer Wohnung alles zu tun ist.«

Martina tat es.

»Dafür werden Sie schon eine kleine Kolonne brauchen«, entschied Herr Jakob, »sagen wir: drei oder fünf Mann. Aber nur keine Bange, die bringe ich Ihnen.«

»Und wann? Es wäre mir furchtbar wichtig, daß es schnell geht.«

»Sagen wir: nächstes Wochenende. Wir werden einfach einen anderen Kunden hängen lassen. Für eine schöne Frau tut man doch alles.«

Frau Meyer war sehr erstaunt, daß Martina, wenige Stunden nach dem ersten Gespräch, schon wieder bei ihr auftauchte. Aber da sie inzwischen bei der Bank gewesen und sich überzeugt hatte, daß der Scheck gedeckt war, gab sie sich liebenswürdig. »Sie schlagen ja ein Tempo an«, sagte sie nur.

Martina lachte. »Wozu unnötig Zeit verlieren? Das ist Herr Jakob. Er wird den Umbau leiten.«

»Ihr Vertrauen ehrt mich«, sagte Herr Jakob.

Frau Meyer wollte ihm die Hand geben, aber er reichte ihr nur das Gelenk, weil seine Hände, obwohl er sie abgewischt hatte, voll schwarzer Ölspuren waren.

Martina und Frau Meyer zeigten dem jungen Mann die Räume und besprachen, was zu tun war. Er maß die Türen, die zugemauert werden sollten, mit dem Zollstock und machte sich Notizen in ein zerfleddertes Buch, maß auch den Abstand zwischen der Wasserleitung im Bad und dem Platz für das Spülbecken. »Hier legen wir Kacheln«, entschied er, »ansonsten Kunststoffböden. Die Wände müssen neu tapeziert, Fensterrahmen und Bretter lackiert werden – wenn's was Richtiges werden soll.«

»Doch«, bestätigte Martina, »das soll es.«

»Da werden die Jungens mindestens zwei Wochenenden brauchen, denn das alte Zeug muß ja auch erst herunter, und das ist eine Sauarbeit.«

»Können die denn alles? Mauern? Tapezieren? Fliesenlegen?«

»Sie würden staunen, wenn Sie wüßten, was die alles fertig bringen.« Herr Jakob begann die Flächen auszumessen. »Natürlich müßten wir uns mal Mitte der Woche treffen, um das Material einzukaufen. Ich glaube, ich hab' da die günstigeren Quellen.«

»Wenn ich Sie nicht gefunden hätte!« rief Martina.

»Ich muß schon sagen, da haben Sie Glück gehabt«, bestätigte Frau Meyer, die schon bereute, daß sie den Umbau nicht selbst durchgeführt und am Baukostenzuschuß verdient hatte.

»Wie ich die junge Frau kenne«, wehrte Herr Jakob ab, »die hätte so und so einen gefunden, der ihr das Zeugs macht.«

Zum zweitenmal an diesem Tag schrieb Martina einen größeren Scheck aus, aber sie bedauerte es keine Sekunde; sie war überzeugt, ihr Geld nicht besser anlegen zu können.

Sie verabredeten sich für den Montag, Martinas freien Tag.

Ungeduldig erwartete Martina die Freundin an der Straßenbahnhaltestelle und kam sich selber ein wenig albern dabei vor. Wenn Karla sich mit ihrem Freund verabredet hatte oder er sie mit dem Auto von Heerdegen abholte, stand sie vergeblich hier und ließ sich herumstoßen.

Aber da war sie schon, sehr schick, in einem hellen Mantel aus Seidenpopeline, der ihre etwas füllige Figur vorteilhaft kaschierte. Heftig winkend lief Martina zu ihr hin.

»Na endlich! Ein Glück, daß ich dich erwischt habe!« Sie faßte die andere beim Arm, um sie mit sich zu ziehen.

»Ist denn was schief gelaufen?«

»Nein, gar nicht. Ganz im Gegenteil! Ich habe schon jemanden gefunden, der die Räume renoviert, Leitungen verlegt und so weiter. Du kannst dir nicht vorstellen, wie schwer das war! Aber ich hab's geschafft!«

Karla Moll warf ihr einen Seitenblick zu. »Du scheinst ja das reine Wunderkind zu sein.«

»Spotte nur!« Martina lachte unbekümmert. »Es war eine wahre Odyssee. Wollen wir gleich in die Melanchthonstraße gehen ... oder erst was essen?«

»Lieber gleich besichtigen.«

»Hab' ich's mir doch gedacht! Du mußt ja auch noch unterschreiben.«

»Und was für eine Firma übernimmt den Umbau?«

»Gar keine. Eine Kolonne. Die machen das alles in Schwarzarbeit.« Martina erzählte, wie sie Herrn Jakob kennengelernt und was sie mit ihm ausgemacht hatte. Aber Karla reagierte durchaus nicht begeistert. »Sag mal, war das nicht ziemlich leichtsinnig von dir? Einem Mann Geld zu geben, den du doch gar nicht kennst?«

»Mich legt man nicht rein«, wehrte Martina leichthin ab. »Der Herr Jakob ist ganz in Ordnung. Er hat auch schon alles ausgemessen und so.«

Karla blieb stehen. »Ihr habt also den ganzen Umbau schon besprochen?«

»Ja!«

»Und ohne mich zu fragen?«

Jetzt erst begriff Martina, worüber Karla sich ärgerte. »Ach du lieber Himmel«, rief sie, »du fühlst dich doch nicht etwa übergangen?«

Karlas Gesicht erhellte sich nicht. »Tu bloß nicht, als wenn ich kindisch wäre.«

»Du nicht, aber dein Ärger.«

»Ich möchte nicht wissen, wie du reagieren würdest, wenn ich etwas so Wichtiges einfach über deinen Kopf weg entscheiden würde!«

»Was hätte ich denn tun sollen!? Herrn Jakob hinhalten?! Ihm sagen: leider kann ich das nicht allein entscheiden, ich muß erst meine Mutti fragen?!«

»Deine Teilhaberin!« konterte Karla.

»Kommt doch aufs gleiche raus! Nein, Karla, das war nicht drin. Du mußt mir glauben. Wenn ich nicht sofort zugeschlagen hätte, wäre mir der Mensch auf Nimmerwiedersehen entschwunden.«

»Du übertreibst!«

»Zumindest hätten wir wer weiß wie lange warten müssen. Die arbeiten doch nur an Wochenenden. Jetzt lassen sie unseretwegen einen anderen Kunden hängen, das hat mir der Jakob selbst gesagt.«

»Du glaubst auch alles!«

»Weil ich am eigenen Leib erlebt habe, wie schwierig es ist, Handwerker zu bekommen! Bitte, Karla, bitte, sei nicht so! Ich dachte, du würdest dich freuen, daß ich alles so gut arrangiert habe.«

»Warten wir's erst mal ab, ob dieser Herr Jakob sich überhaupt noch mal blicken lassen wird.« Karla setzte sich wieder in Bewegung.

»Wenn nicht, trage ich den Schaden allein! Aber du wirst sehen, Karla, der kommt! Wir wollen am Montag Bodenbelag,

Tapeten und Farben aussuchen, da kommst du natürlich mit. Und ich verspreche dir, du wirst in allen Fragen das entscheidende Wort haben!«

Diese Aussicht besänftigte Karla, und als sie dann die für das Kosmetik-Institut vorgesehenen Räume besichtigte, wurde sie, genau wie Martina, von Zukunftsträumen mitgerissen. Nachher feierten sie den Vertragsabschluß bei einer Flasche Wein.

Aber Martina vergaß den Zwischenfall nicht. Er hatte ihr klargemacht, daß mit Karla nicht immer ganz leicht auszukommen sein würde, aber auch, daß sie ihren eigenen Schwung manchmal würde bremsen müssen.

Es kam dann aber doch so, daß Martina die Vorbereitungen zur Eröffnung des Kosmetik-Instituts fast allein treffen mußte. Am Montag – Herr Jakob war schon bei Martina, und zwar diesmal nicht im Overall, sondern in einem ganz zivilen Anzug, rief Karla in letzter Sekunde an und entschuldigte sich, weil sie Besuch hatte.

»Falls dein Herr Jakob also aufkreuzen sollte ...«

»Der ist schon hier!«

Karla wechselte den Ton. »Du, es tut mir ehrlich leid, aber ich kann meinen Süßen doch nicht einfach wegschicken.«

»Ich finde, unter diesen Umständen schon.«

»Nein, Martina, das ist ausgeschlossen.«

»Und wie stellst du dir das vor?« rief Martina. »Soll ich mir etwa Muster mitgeben lassen?«

»Nicht nötig. Ich verlasse mich ganz auf dich und deinen bewährten Geschmack.«

»Auf einmal!«

»Diesmal hast du mir ja auch eine Chance gegeben.«

Martina ärgerte sich über die mangelnde Verläßlichkeit ihrer Partnerin, aber davon abgesehen war es ihr ganz recht, alleine entscheiden zu können. Herr Jakob fuhr sie, diesmal im eigenen VW, zu einer Großhandlung. Sie wählte einen leuchtendblauen Kunststoffbelag für den Boden, blau-weiße Kacheln für die Kochnische, eine englische Tapete, rosa-weiß mit einem Bandmuster, das genau dem Blau des Bodens entsprach, und ein großes, modernes Spülbecken mit den entsprechenden Armaturen für kaltes und warmes Wasser. Da sie dafür weniger zahlen mußte, als sie gerechnet hatte, entschloß sie sich, auch noch ein neues kleines Waschbecken für die Toilette zu erstehen. Die war ein langer, altmodischer Schlauch, den sie unterteilen wollte; die eigentliche Toilette hinten – und vorne das Becken und ein großer Spiegel.

Nachher bedankte sie sich herzlich bei Herrn Jakob, lehnte aber seine Einladung, mit ihm auszugehen, freundlich ab. »Ich habe einen kleinen Sohn, um den ich mich kümmern muß.«

»Schade.«

»Es sollte Ihnen nicht leid tun, Herr Jakob, Sie hätten nämlich wenig Freude mit mir gehabt.«

»Das nehme ich Ihnen nicht ab.«

»Können Sie ruhig. Ich bin nämlich ein gebranntes Kind und momentan für einen Flirt nicht zu haben.«

Martina wußte, daß dies nicht die Wahrheit war. Sie hätte liebend gern einen Flirt gehabt, aber nicht gerade mit Herrn Jakob.

Karla war mit allem, was Martina ausgesucht hatte, einverstanden.

Die beiden Frauen kamen überein, daß Martina zum 1. August bei Heerdegen kündigen sollte. Karla erklärte sich bereit, die Hälfte des Verdienstausfalls zu übernehmen. Da Martina wesentlich weniger verdiente als die Kollegin, erschien das beiden die gegebene Lösung. Eine von ihnen, Martina, mußte sich jetzt mit ganzer Kraft den Vorbereitungen zur Eröffnung des eigenen Kosmetik-Instituts widmen.

Das traf sich für Martina besonders günstig, da die Kinder gerade Ferien hatten und sie sich doch mehr um Stefan kümmern konnte, als wenn sie jeden Tag in die Stadt hätte fahren müssen.

Helmut und auch seine Mutter hatten den Jungen zu sich eingeladen. Martina hätte den Besuch auch erlaubt, aber Stefan hatte keine Lust gehabt. Er wollte lieber bei seiner Mutter und den neuen Freunden bleiben; auch Dieter Schwarzenbach verreiste in den Ferien nicht.

Jetzt, da Martina übersah, daß sie Zeit für Ausflüge, Picknicks und Dampferfahrten haben würde, lud sie Claudia nach Düsseldorf ein. Helmut hätte seine Tochter gerne für ein paar Wochen losgehabt, aber sie weigerte sich, ihn zu verlassen. Jetzt, da sie Susi Dinkler vergrault hatte, ging sie ganz in der Rolle der kleinen Hausfrau auf.

So blieb die Familie bis auf ein langes gemeinsames Wochenende an der See, das für alle gleich unbehaglich wurde, weiterhin getrennt. Helmut und Martina stellten fest, daß sie trotz allen guten Willens nicht fähig waren, sachlich miteinander zu sprechen; die Wunden waren noch zu frisch. Claudias besitzergreifende Art, sich an den Vater zu werfen, ging beiden Eltern auf die Nerven. Ihre trotzig ablehnende Haltung verletzte Martina. Und daß Helmut versuchte, Stefan zu einem »richtigen Mann« zu erziehen, machte die Situation nicht besser. Zudem war Martina ganz erfüllt von den Gedanken an ihr Unternehmen, für das sie bei Helmut kein Interesse finden konnte.

So waren alle froh, als der Zeitpunkt der Trennung gekommen war, und auf der Rückfahrt in Helmuts altem VW wurden die Kinder geradezu übermütig vor Erleichterung.

Herr Jakob hielt Wort. Nach drei Wochenenden angespannter Arbeit übergab er Martina die renovierten und umgebauten Räume, und Martina konnte feststellen, daß alles sehr ordentlich ausgeführt worden war.

Sie putzte den ganzen Montag lang, und als Karla am nächsten Abend hereinschaute, verkündigte sie triumphierend: »Siehst du, ich habe also doch recht gehabt!«

»Wen wundert's! Ich weiß inzwischen, daß du unfehlbar bist!« spottete Karla, aber sie freute sich doch.

Martina hatte inzwischen Vorhänge und Gardinen genäht, die Trennwände für die einzelnen Kabinen und der große Schrank für das Vorbereitungszimmer sollten in den nächsten Tagen geliefert werden. Martina und Karla hatten sich nun doch entschlossen, für die Behandlung die neuesten und modernsten Geräte anzuschaffen. Alles, was ihnen gebraucht angeboten worden war, hatte ihren Erwartungen zu wenig entsprochen. Die Bestellungen waren längst aufgegeben.

Nur die Möblierung des Warte- und Verkaufsraums machte ihnen noch Sorgen. Martina wollte, daß er eine exklusive Note haben sollte, ihr schwebte eine antike Einrichtung vor. Aber so eifrig sie auch die Antiquitätengeschäfte durchstöberte, sie hatte nichts Passendes gefunden. Was ihr gefiel, war zu teuer, und was ihren finanziellen Möglichkeiten entsprach, schien ihr schäbig oder auch zu unbequem, denn die Kunden sollten sich, so wünschte sie es, schon beim Eintritt in das Kosmetik-Institut seelisch und körperlich entspannen können.

»Das ist doch 'ne fixe Idee von dir«, meinte Karla, »es gibt so prima moderne Sachen.«

»Kann sein, daß du recht hast«, gab Martina friedfertig zu, »aber laß mir noch ein paar Tage. Vor dem 15. September können wir so oder so nicht eröffnen, und bis dahin habe ich die Frage unter Garantie geklärt.«

Gleich am nächsten Morgen zog Martina wieder los.

Bei Wallrath in der Flingerstraße geriet sie an einen jungen Mann, der sie schon einmal bedient hatte. »Moment, ich weiß schon, was Sie suchen, gnädige Frau. Eine komplette Sitzgruppe, elegant, bequem – das war es doch? Oder haben Sie sie inzwischen schon woanders auf getrieben?«

»Nein.«

»Das habe ich mir gedacht. Mit Einzelstücken ist es leichter. Ich habe da zum Beispiel einen wunderschönen Schreibtisch, wenn ich Ihnen den mal zeigen darf. Louis seize. Eingelegte Arbeit.«

Martina machte keine Anstalten, ihm in den Hintergrund des Ladens zu folgen. »Das nutzt mir nichts.«

»Sagen Sie das nicht. So ein Stück gibt jeder Wohnung ... nun, ich möchte sagen, das gewisse Etwas. Und er ließe sich ohne weiteres mit modernen Möbeln kombinieren.«

»Nur, daß ich eben keinen Schreibtisch, sondern eine Sitzgarnitur brauche.«

»Tut mir leid.« Der junge Mann blickte ihr lächelnd in die Augen.

Erst in diesem Augenblick nahm Martina ihn als Persönlichkeit wahr. Er war sehr groß, schlank, hatte kastanienbraunes, rötlich schimmerndes, kurzes Haar, grüne Augen mit kleinen goldenen Pünktchen und eine sehr lässige, fast anmutig zu nennende Haltung. Martina spürte, daß sein Interesse an ihren Problemen echt war, und entschloß sich, mehr zu erzählen. »Die Möbel sind auch nicht für eine Wohnung bestimmt, sondern für den Warteraum eines kleinen Kosmetik-Instituts.«

»Ach so.« Er fuhr sich mit der schlanken Hand über das Haar. »Sind Sie Innenarchitektin?«

»Wie kommen Sie darauf?«

»Ich dachte, Sie suchten vielleicht für eine Kundin. Ich habe selber Innenarchitektur studiert, ein paar Semester, auch Kunstgeschichte, bevor ich hier gelandet bin.«

»Nein, ich bin Kosmetikerin. Eine Freundin und ich, wir sind dabei, ein Kosmetik-Institut zu eröffnen. Es ist so ziemlich alles perfekt, nur fehlen mir eben die Möbel für den Warteraum. Es soll etwas Besonderes sein, verstehen Sie. Etwas mit Atmosphäre.«

»Ich würde mir das sehr gern mal ansehen«, erklärte der junge Mann überraschend. »Den dafür vorgesehenen Raum, meine ich. Vielleicht käme mir dann eine Inspiration.«

»Das ist sehr nett von Ihnen, aber ein bißchen umständlich. Sie müßten nach Benrath rausfahren.«

»Warum nicht? Nach Feierabend habe ich jede Menge Zeit.« Er blickte ihr in die Augen.

Martina verspürte ein leichtes Prickeln und wußte nicht, ob sie es als angenehm oder störend empfinden sollte. »Ich kann Ihnen aber nicht versprechen ...«

»... daß wir ins Geschäft kommen? Das brauchen Sie auch gar nicht. Geben Sie mir einfach eine Chance, ja?«

Martina überlegte rasch. »Wenn Ihnen so viel daran liegt ... warum nicht.« Sie öffnete ihre weiße Handtasche und zog eine der Geschäftskarten heraus, die sie vorsorglich hatte drucken lassen. »Sie finden allerdings noch kein Schild am Haus«, erklärte sie.

Er drehte die Karte zwischen den Fingern. »Karla Moll ... das ist Ihr Name?«

»Nein, der meiner Freundin.«

»Hätte auch nicht zu Ihnen gepaßt, klingt so ... tragisch.« Mit einer leichten Verbeugung fügte er hinzu. »Ich heiße übrigens Robert Scheller ... aber meine Freunde nennen mich alle Bob.«

Sie reichte ihm die Hand. »Ich bin Martina Stadelmann.«

Daß er einen Handkuß andeutete, imponierte ihr.

»Bis heute abend also«, sagte er, »in der Melanchthonstraße. Ich werde mir erlauben, gegen acht da zu sein.«

Martina ahnte, daß Robert Scheller mit ihr allein zu sein hoffte, aber diesen Spaß mußte sie ihm verderben. Karla hätte es ihr bitter übel genommen, wenn sie sich, ohne ihr Wissen und ihre Zustimmung, mit jemandem in den künftigen Geschäftsräumen getroffen hätte; sie mußte eingeweiht werden. So rief sie Karla von der nächsten Telefonzelle aus bei Heerdegen an; solche Anrufe wurden zwar nicht gern gesehen, aber da auch Karla inzwischen gekündigt hatte, kam es nicht mehr darauf an.

»Ein junger Mann aus einem Antiquitätenladen?« wiederholte Karla skeptisch. »Du, wenn der uns bloß hinterher keine immense Rechnung serviert.«

»Das wird er bestimmt nicht.«

»Nachtigall, ick hör dir trapsen! Er hat's also auf dich abgesehen! Und du? Was ist mit dir? Ist das dein Fall?«

»Das zu behaupten wäre übertrieben.«

»Ein Glück. Für komplizierte Liebesgeschichten ist jetzt wirklich nicht der richtige Moment.«

»Wie kommst du darauf, daß sie kompliziert werden müßte?«

»Weil du ein komplizierter Charakter bist. Hat dir das noch nie jemand gesagt?«

Martina zog es vor, nicht weiter darauf einzugehen. »Bis heute abend also«, sagte sie nur und hängte ein.

Martina und Karla Moll waren vor acht Uhr in den Räumen ihres künftigen Kosmetik-Institutes, aber Robert Scheller ließ auf sich warten. Sie machten es sich in zwei modernen Behandlungsstühlen, Oberteil nach hinten geklappt, bequem und unterhielten sich.

Die Zeit verging. Martina mußte sich zusammennehmen, um nicht auf die Uhr zu sehen. Karla zündete sich eine Zigarette nach der anderen an. »Hör mal, der läßt aber auf sich warten!«

Martina zuckte die Achseln. »Es ist ein ganzes Stück aus der Altstadt hier heraus. Und dann der Verkehr …«

»Ach, erzähl mir nichts. Die Strecke bis Heerdegen ist auch nicht viel kürzer, und wir sind jeden Morgen pünktlich.«

»Stimmt«, gab Martina zu, »aber das ist doch kein Grund zur Aufregung.«

»Wer regt sich auf? Ich habe nur verdammt den Eindruck, daß dein Kavalier dich versetzt hat.«

»Glaube ich nicht.«

»Du hältst dich wohl für unwiderstehlich?«

Martina ließ sich nicht provozieren. »Es geht für ihn um ein Geschäft von mehreren tausend Mark«, erklärte sie ruhig. »Er will uns ja bestimmt nicht bloß einen Ratschlag geben, sondern die Möbel dann auch verkaufen. Wenn er sich das entgehen ließe, wäre er ein Idiot.«

»Vielleicht ist er das.«

Martina stand auf. »Ich mache dir einen Vorschlag, Karla.

Wenn es dir nicht paßt, hier zu warten, und ich kann das verstehen, denn es ist ja ein herrlicher Sommerabend – dann geh doch nach Hause!«

In diesem Augenblick klingelte es. Martina öffnete die Wohnungstür. Obwohl sie Robert Scheller erwartet hatte, war sie überrascht. Im Geschäft hatte er einen korrekten grauen Flanellanzug mit Weste getragen, jetzt erschien er in Blue jeans, einem am Hals offenen roten Hemd und darüber einem Blouson noir aus schwarzem Nappaleder. Er wirkte jung und verwegen, Martina kam sich in ihrem eleganten, selbstgenähten Sommerkleid spießig vor.

»Hallo«, sagte sie, »fast hätte ich Sie nicht wiedererkannt.«

Er grinste jungenhaft. »Ich hoffe, mein Räuberzivil stört Sie nicht.«

Sie ließ ihn eintreten und führte ihn in den Behandlungsraum. Als er Karla mit einem angedeuteten Handkuß begrüßte, der schlecht zu seiner Aufmachung paßte, stellte sie fest, daß seine Füße in hochhackigen Cowboystiefeln steckten.

Karla schenkte ihm einen schmelzenden Blick. »Ist ja reizend, daß Sie noch am Abend hier heraus gekommen sind. Setzen Sie sich doch. Zu schade, daß ich Ihnen nichts anzubieten habe … höchstens 'ne Zigarette, mögen Sie?« Sie schnippte ihm eine aus ihrem Päckchen entgegen und bediente sich selber.

»Danke, gnädige Frau!« Er gab ihr Feuer.

Martina unterbrach den Flirt. »Ich glaube, wir sollten Herrn Scheller nicht unnötig aufhalten …«

»Oh, ich habe Zeit«, beteuerte er.

Sie ging nicht darauf ein. »Wenn ich Ihnen jetzt den Warteraum zeigen darf …«

»Es ist der, durch den wir zuerst gekommen sind, ja?« Bob ließ sich gemächlich im dritten der Behandlungsstühle nieder und streckte die langen Beine aus. »Schöne Form, gefällt mir gut. Hübsche Tapete, englisch, nicht wahr?«

»Die haben wir mit besonderer Liebe ausgesucht«, behauptete Karla, die in Wahrheit nur zugestimmt hatte.

»Guter Geschmack. Nur – seien Sie mir nicht böse – die rosa Vorhänge wirken ein bißchen süßlich.«

»Siehst du, Martina!« rief Karla. »Habe ich dir nicht gesagt, daß Blau besser wäre?«

Martina gelang es, ihren Ärger zu verbergen. »Wir waren uns doch einig, oder nicht? Für den Behandlungsraum und das Vorbereitungszimmer blaue und blau-weiße zwischen den Kabinen, weil sich die Kunden hier ganz entspannen sollen. Draußen Rose, damit sie wieder Lust kriegen, sich ins feindliche Leben zu stürzen«, erklärte sie gelassen; sie war ostentativ an der Tür – genauer: im Türrahmen, denn sie hatten die Zwischentüren entfernen lassen – stehengeblieben.

Bob Scheller machte sofort einen Rückzieher. »Nicht schlecht«, sagte er anerkennend. »Wenn die Vorhänge aufgezogen sind, wird sich ja sowieso ein anderes Bild ergeben.«

»Sie werden nicht aufgezogen«, sagte Martina. »Der Ausblick ist deprimierend häßlich.«

»Aber das kann man doch ändern! Lassen Sie einfach Fotos auf die Maße der Fenster vergrößern … irgendwelche Fotos, die Ihnen gefallen, Landschaften am besten. Lassen Sie sie auf Sperrholz ziehen und stellen Sie sie hinein! Ich sage Ihnen, die Wirkung ist verblüffend … so schön kann ein echter Ausblick gar nicht sein.«

»Fabelhafte Idee!« rief Karla. »Das machen wir!«

»Und wie sollen wir lüften?« fragte Martina.

»Dafür nehmen Sie die Dinger einfach runter.«

»Im Warteraum könnte man das vielleicht probieren«, räumte Martina ein, »aber eigentlich, Herr Scheller, wollten Sie uns doch einen Ratschlag für die Möbel geben.«

»Dazu brauche ich Intuition.« Er grinste zu ihr hoch, und jetzt, im Licht der hellen Lampen, sah sie, daß sein Haar tatsächlich rot war.

»Was zu trinken, wie?« rief Karla. »Ich mache euch einen Vorschlag, Kinder. Verlassen wir diese ungastlichen Räume und gehen wir zu mir!«

»Und wie wird das Herrn Großkopf gefallen?« fragte Martina nicht ohne Bosheit.

Bob Scheller erhob sich. »Ist es weit?« fragte er. »Ich hab' mein Auto da.«

»Nein«, antwortete Karla, »gleich um die Ecke. In der Görresstraße. Sie können uns aber trotzdem gern fahren.«

Bob Schellers Auto war ein knallroter Karman Ghia, schon älteren Datums, aber sehr gepflegt. Karla okkupierte ohne weiteres den Platz neben dem Steuer, so daß Martina sich quer auf den schmalen Rücksitz klemmen mußte. Sie wäre lieber gelaufen, aber sie wollte nicht den Eindruck erwecken, eine Spielverderberin zu sein.

Sie kannte Karlas Wohnung: ein geräumiges Einzimmerappartement, die Kleiderschränke auf dem Flur, eine kleine Küche und ein schönes Bad. Eingerichtet war der große Raum mit einer Couch, die zum Schlafen ausgezogen wurde, einem niedrigen Tisch und mit Sesseln in einem fatal nachgeahmten Chippendale-Stil, einem Barschrank und einer ausladenden Musiktruhe, ebenfalls in verschnörkelter Chippendale-Imitation. Die kleine Wohnung wirkte nicht zuletzt durch die abgeschrägten Wände und das quadratische, hochgelegene Fenster anheimelnd, aber sie war kein Beweis guten Geschmacks. Martina war gespannt, was der junge Mann dazu sagen würde.

Als sie die fünf Treppen hochgekeucht waren – Karlas Wohnung lag im fünften Stock eines modernen Mietshauses –, sah sich Bob Scheller zwar kurz um, war aber zu gut erzogen, um sich kritisch zu äußern.

»Macht's euch gemütlich, Kinder!« rief Karla, »ich hole euch einen Klaren vom Eis! Sei so nett und mach das Fenster auf, Martina!«

Sie verschwand in Richtung Küche, während Martina auf die Couch stieg, um das Fenster zu öffnen. Bob trat hinter sie und legte seine Hände um ihre Hüften.

»Was soll das?« fragte sie nicht sehr unwillig.

»Nur damit Sie die Balance nicht verlieren!« Er lächelte zu ihr hinauf.

»Keine Bange. Ich bin schwindelfrei.«

Aber er hielt sie fest, und als sie von der Couch hopste, stand er so dicht vor ihr, daß sie ihm fast in die Arme fallen mußte. »Ich hoffe, ich störe nicht«, sagte Karla von der Tür her. Es klang ein wenig pikiert.

Martina wandte sich ihr zu, betont langsam, um nicht den Eindruck zu erwecken, in einer verfänglichen Situation erwischt worden zu sein. »Vielleicht hast du auch noch ein Bier?« fragte sie.

»Hol's dir nur selber, du bist ja hier so gut wie zu Hause.«

»Für mich auch«, bat Bob Scheller.

Als Martina mit einer Flasche und zwei Gläsern zurückkam, hörte sie Karla fragen: »Nun, wie gefällt Ihnen mein kleines Nest? Es müßte zwar noch einiges daran getan werden. Ein echter Orientteppich zum Beispiel ... Und die Stehlampe brauchte einen neuen Schirm.«

Martina wollte Bob Scheller eine Lüge ersparen. »Du darfst Herrn Scheller nicht überfordern, Karla«, mahnte sie. »Du weißt doch, er sucht einen Einfall für unseren Warteraum.«

Bob Scheller, das gefüllte Schnapsglas in der Hand, verbeugte sich vor ihr. »Danke, gnädige Frau.«

Karla stellte den Plattenspieler in der Musiktruhe ein; sie hatte zehn ihrer Lieblingsplatten auf den langen Stift gespießt, so daß sie sich, ohne weiteren Handgriff, nacheinander abspielen ließen.

Es tat Martina wohl, daß er sie so gut verstanden hatte. Helmut, mit dem sie doch rund zehn Jahre verheiratet gewesen war, wäre unfähig gewesen, den Ball mit so leichter Hand aufzufangen.

Sie tranken einander zu. Karla füllte die Schnapsgläser sofort wieder, und Martina goß Bier ein. Bob Scheller gab sich Mühe, die Damen zu unterhalten. Er wußte witzig und interessant von seiner Tätigkeit im Antiquitätenhandel zu erzählen, er verstand sich auch darauf, komische Typen derart treffend nachzuahmen, daß Martina und Karla aus dem Lachen nicht herauskamen.

»Sie hätten Schauspieler werden sollen!« rief Karla.

»Das ist gar nicht so abwegig«, gab er zu. »Ich hatte es mal ernsthaft vor, habe sogar Unterricht genommen ...«

»Ja – und?« fragte Martina.

Er zuckte die Schultern. »Man muß natürlich in der Provinz anfangen. Mit einer Gage von vierhundert Mark. Das war dann doch nichts für mich.«

»Es wäre ja nur der Beginn Ihrer Karriere gewesen.«

»Vielleicht.« Er blickte Martina lächelnd an. »Wahrscheinlich. Talent soll ich gehabt haben. Und auch vom Typ her wäre ich gut angekommen – sagte man mir. Sehr verwendbar.«

»Aber wenn Sie so große Chancen hatten, verstehe ich nicht …«, rief Karla.

»Ist doch höchst einfach. Selbst zwei Jahre in Hintertupfingen wären zuviel für mich gewesen … Außerdem fing ich damals gerade an, mich brennend für Medizin zu interessieren.«

»Und haben ein Studium begonnen?« fragte Martina.

Karla sah ihn mit offenem Mund an; ihr Blick war von den vielen Schnäpsen, die sie rasch hintereinander gekippt hatte, glasig geworden, und ihr Augen-Make-up begann sich aufzulösen.

»Nein. Zum Glück bin ich noch vorher drauf gekommen, daß es eine allzu langwierige Sache werden würde.«

»Und in welchem Beruf haben Sie sich noch nicht versucht?«

»Reden Sie bitte nicht wie meine Mutter!«

»Entschuldigen Sie.«

»Sie macht mir auch dauernd Vorwürfe, daß ich mich für nichts entschließen kann.«

»Aber das haben Sie doch getan!«

»Sie meinen den Antiquitätenhandel? Ja, momentan gefällt's mir noch, aber das will nicht heißen, daß ich für alle Ewigkeit dabei bleiben werde. Das Leben ist so kurz. Warum soll man nicht ausprobieren, was einem Spaß macht? Nennen Sie mir ein einziges Argument dagegen, das sticht.«

Martina dachte nach. »Das kann ich nicht«, gab sie zu, »solange Sie jung, gesund und unabhängig sind.«

»Eben das versuche ich auch meiner Mutter zu erklären!«

»Leben Sie mit ihr zusammen?«

»Da sei Gott vor! Aber sie hat eine penetrante Art, sich in meine Angelegenheiten zu mischen.«

Unvermittelt sprang Karla auf. »Eine Rumba!« rief sie. »Immer wenn ich Rumba höre, muß ich tanzen!« Sie griff Bob Scheller bei der Hand und versuchte ihn hochzuziehen.

»Entschuldigen Sie, bitte …« Er stand auf und küßte ihr die Hand. »Ich bedaure unendlich, aber ich verstehe mich nicht auf südamerikanische Tänze.«

»Oh, ich zeig's Ihnen, das lernen Sie ganz rasch!« Karla drängte sich an ihn.

»Karla, was fällt dir denn ein!« sagte Martina. »Du merkst doch, daß Herr Scheller nicht mag …«

»Oh, mögen tut er schon!« behauptete sie.

»Und zweitens, hier ist doch kaum Platz, sich umzudrehen! Wie willst du da tanzen? Und ausgerechnet Rumba.«

»Wir schieben einfach die Möbel ein bißchen beiseite.«

Bob Scheller hatte sich mit sanfter Gewalt von ihr befreit und war in Richtung Bad verschwunden.

»Komm, hilf mir doch, Martina«, verlangte Karla. »Wenn wir den Tisch ganz nach hinten schieben und die Sessel auf die Couch wuchten ...«

»... ist jede Gemütlichkeit beim Teufel.«

»Wie langweilig du bist, Martina! Eine richtige Schlafmütze.«

»Du kannst recht haben.« Martina markierte ein Gähnen. »Ich bin wirklich müde. Mach, was du willst. Ich verzieh mich.« Sie stand auf und reckte sich.

»Du kannst mich doch nicht mit diesem Menschen allein lassen!«

»Und warum nicht?«

»Wenn er nun frech wird?« In Karlas glasige Augen kam ein Funkeln.

»Das wäre doch genau das, auf was du es abgesehen hast.«

Martina wußte, daß der Zeitpunkt für eine Auseinandersetzung falsch gewählt war, wußte auch, daß die Freundin gar nicht mehr in der Verfassung war, Vorhaltungen vernünftig aufzunehmen, aber sie hatte sich zu sehr geärgert und war auch selber nicht mehr nüchtern genug, um den Mund zu halten. »Du hast doch den ganzen Abend versucht, dich ihm an den Hals zu werfen. Was denkst du dir eigentlich dabei?«

»Daß ich auch mal mit einem Mann ins Bett gehen möchte, mit dem es mir Spaß macht ... und nicht immer nur mit dem alten Pinsel! Ist das denn so unverständlich?«

»Nein. Die Frage ist nur, ob du es dir erlauben kannst. Ich denke mir, der alte Pinsel könnte verdammt rachsüchtig werden.«

»Das ist mir egal!«

»Hoffentlich denkst du morgen früh noch genauso. Also dann ... gute Nacht!«

Karla steckte sich eine Zigarette zwischen die Lippen und nahm einen tiefen Zug. »Martina ... Soll ich es wirklich tun?« Mit der linken Hand wedelte sie den Rauch von ihren tränenden Augen.

»Das ist dein Bier!« entgegnete Martina kalt. Dann wurde ihr klar, daß es gemein war, die Freundin in ein Abenteuer taumeln zu lassen, nur um schadenfroh zuzusehen, wie sie sich verstrickte. »Du würdest es bereuen.«

Karlas Stimme schlug um. »Du gönnst mir ja bloß nicht ...«, begann sie, verstummte aber mitten im Satz.

Bob Scheller war zurückgekommen. »Kleiner Stehkonvent?«

»Ich bin im Begriff aufzubrechen«, erklärte Martina.

Er versuchte nicht, sie aufzuhalten, sondern sagte sofort: »Ich bringe Sie natürlich.«

Martina vermied es, ihre Freundin anzusehen.

Scheller wandte sich Karla zu. »Es war ein reizender Abend. Ich habe Ihnen zu danken.«

Als sie nebeneinander die Treppe hinunterliefen, sagte er zu Martina: »Sie wären also wirklich grausam genug gewesen, mich dieser Verführerin allein zu überlassen?«

Martina lachte. »Ach, so schlimm ist sie gar nicht. Sie hat bloß zuviel getrunken. Im übrigen hat sie einen netten und sehr großzügigen Freund. Er ist Industrieller. Um die fünfzig.«

»Und natürlich verheiratet.«

»Ich glaube nicht, daß es das ist, was ihr so zusetzt, sondern ...«, erklärte Martina mit plötzlicher Hellsicht, »er ist so ein Paschatyp, verstehen Sie? Würde es liebend gern sehen, wenn sie ihm Pantoffeln und Zeitung auf allen vieren apportieren würde. Dabei muß ja jede Frau überschnappen. Jedenfalls von Zeit zu Zeit.«

Er lachte.

Sie traten auf die Straße. Die Nachtluft war lau und rein. Das tat gut nach der Hitze im fünften Stock und all dem Zigarettenqualm.

»Sehe ich aus wie einer, der auf solche Abenteuer aus ist?« Sein rotes Haar schimmerte im Licht der Laterne.

»Für Sie ist das Leben doch nur ein Spiel!«

»Aber der Einsatz muß sich lohnen.« Er legte seinen Arm um ihre Schultern. »Martina ...«

»Ich bitte Sie, lassen Sie mich los ... sofort! Sie kann uns von oben beobachten!«

Er gab sie frei, sagte aber: »Dafür müßte sie extra auf die Couch steigen und sich hinauslehnen ...«

»Na und? Eine eifersüchtige Frau ist bekanntlich zu ganz was anderem fähig.« Sie verbesserte sich: »Eifersüchtig ist wahrscheinlich übertrieben, aber neugierig ist sie bestimmt.«

Sie gingen die wenigen Schritte bis zu seinem Wagen, er stieg ein, öffnete von innen, und sie schlüpfte neben ihn. Es war ein gutes Gefühl, neben einem netten jungen Mann in einem flotten Sportwagen zu sitzen, und sie genoß es. Die kurze Fahrt war viel zu rasch zu Ende.

»Halt!« rief sie, als sie in die Börchemerstraße einbogen. »Hier wohne ich schon. Dort drüben bei dem Haus mit dem Gerüst.«

Er fand einen Parkplatz, blieb sitzen und blickte nachdenklich zu Gardeners Haus hinauf, das gerade seine Fassade bekam. »Hier also!«

Sie stieg aus.

In Sekundenschnelle kam er ihr nach. »Laufen Sie mir doch nicht weg!«

»Das war gar nicht meine Absicht.«

Er nahm sie in die Arme und küßte sie weich und zärtlich. Sie schloß die Augen, und es war ihr gleichgültig, daß sie unter der Laterne genau vor Gardeners Haus standen. Seine Küsse wurden leidenschaftlicher, und seine Hand tastete nach ihrem Busen.

»Nein«, sagte sie, »nein!« und bog den Kopf zur Seite. »Bitte nicht!«

»Warum denn nicht?« fragte er erstaunt.

»Wir kennen uns zuwenig.«

»Das ist ganz meine Meinung. Ich möchte dich kennenlernen. Ganz. Wie du bist.«

»Das geht nicht so schnell.« Sie löste sich von ihm und trat einen Schritt zurück.

»Wer hat es denn eilig? Wir haben doch Zeit, viel Zeit … eine ganze Nacht und noch viel mehr.«

»Nein, ich kann das nicht. Sei mir nicht böse, aber ich kann nicht.«

»Du willst nicht, heißt das.«

»Wenn du es so ausdrücken willst … ja.«

»Na dann … kann man nichts machen.« Er warf lächelnd die Hände hoch und ließ sie mit einer resignierenden Geste fallen.

Jähe Angst überfiel sie, daß dies das Ende ihrer Beziehung sein könnte, die doch so verheißungsvoll begonnen hatte. »Bob!« rief sie.

Er hatte sich halb abgewandt, drehte sich jetzt aber wieder zu ihr um. »Ja …?«

»Falls dir was wegen der Möbel einfallen sollte ...«

»... werde ich mich melden«, ergänzte er.

»Aber ich habe kein Telefon.«

»Du kannst ja gelegentlich im Geschäft nachfragen.«

Ihre Stimmung schlug um. »Verschwinde und laß dich nie wieder blicken!«

Er lachte, streckte den Arm aus und zog sie an sich. »Du bist ein seltsames Mädchen, das habe ich gleich gewußt, als ich dich zum erstenmal gesehen habe. Weißt du eigentlich, daß du verschiedenfarbige Augen hast? Das eine ist grün und das andere braun.« Er streichelte ihren Nacken, als wäre sie ein Kätzchen.

»Ich sehe jeden Tag in den Spiegel«, entgegnete sie immer noch zornig, aber schon ein wenig besänftigt.

»Du willst mich doch«, drängte er, »gib es zu.«

»Ich bin nicht mehr jung genug, mich Hals über Kopf in ein Abenteuer zu stürzen.«

»Aber genau das ist die richtige Art, wenn man etwas erleben will.«

»Vielleicht will ich das gar nicht. Ich stehe kurz davor, mich selbständig zu machen. Das ist eine wichtige Sache für mich. Ich weiß gar nicht, ob ich mir eine Liebelei überhaupt erlauben kann. Jedenfalls will ich es nicht jetzt und hier und mit umnebeltem Kopf entscheiden.«

»Du denkst zuviel, Liebling. Paß auf, du wirst dir mit deiner dummen Denkerei eines Tages noch alles kaputtmachen. Wer spricht denn von Liebelei! Gut möglich, daß es bei dem einen Mal bleibt. Ich weiß, ihr Frauen hört so was nicht gern, für euch muß es immer Liebe und Treue für die Ewigkeit sein. Aber wie könnte ich irgendwas versprechen, bevor ich weiß, wie wir zueinander passen.«

»Wenigstens bist du ehrlich.«

Er grinste. »Eine meiner wenigen positiven Eigenschaften.«

»Ich habe verstanden.«

»Und denkst: Nun schon gar nicht.«

Sie fuhr sich mit der Hand über die Stirn. »Ich bin im Augenblick gar nicht fähig zu denken, Bob. Aber eines kann ich dir versichern: auf eine feste Bindung lege ich bestimmt keinen Wert. Ich habe mir meine Freiheit so hart errungen, daß ich nicht bereit bin, sie wegen eines Mannes aufzugeben.«

»Dann sind wir uns also in noch einem Punkt einig. Na fabelhaft! Ich versichere dir, Liebling, auch wenn du im Bett ganz groß sein solltest, ich bin keine Klette. Ein Wort von dir oder ein Wink, und schon bist du mich los.«

»Sehr tröstlich.«

»Was für eine Garantie verlangst du jetzt noch?«

»Gar keine Garantie. Nur Zeit.«

»Ist das dein letztes Wort?«

»Mein allerletztes.«

»Dann wünsche ich dir eine gute Nacht.« Er legte die Hand unter ihr Kinn, küßte sie fest und kurz auf den Mund und ging zu seinem Auto.

Noch einmal wollte sie ihn nicht zurückrufen, aber sie blieb am Vorgartentor stehen.

Er setzte sich hinter das Steuer und knallte die Tür hinter sich zu. Dann kurbelte er das Fenster hinunter und rief ihr zu. »Bis morgen, Liebling!«

»Wann?« Nicht fähig, ihre Erleichterung zu verbergen, lief sie zu ihm hin.

»Um acht.«

Sie beugte den Kopf und küßte ihn durch das offene Fenster, richtete sich auf und winkte ihm zu, als er abfuhr.

Langsam ging sie durch den dunklen Garten auf ihr Häuschen zu. Obwohl sie vorgegeben hatte, beschwipst zu sein, war sie längst wieder stocknüchtern. Warum hatte sie Bob Scheller nicht mit zu sich genommen? Es hätte alles so einfach gemacht. Sie waren beide wunderbar in Stimmung gewesen. Vielleicht würde es nie wieder zwischen ihnen so sein.

Martina begriff, daß genau das einer der Gründe gewesen war, aus denen sie nein gesagt hatte. Sie war sich ihrer Sympathie für diesen etwas schillernden jungen Mann durchaus nicht sicher, und sie hatte Angst vor einer jähen Ernüchterung gehabt. Vor allem aber hatte sie die Art nicht gemocht, in der er mit ihr umsprang, gerade so, als könnte er sicher sein, daß sie genau auf ihn gewartet hätte. Das stimmte zwar in gewisser Hinsicht, mußte sie sich zugeben, denn seit Helmut war er der erste Mann, der auf sie Eindruck gemacht hatte. Trotzdem war es eine Unverschämtheit von ihm, sich das einzubilden. Womöglich hatte der gute Knabe an jedem Finger eine. Da sie ihn nicht liebte, dessen war sie sich sicher, hätte ihr das gleichgültig sein können, aber die Vorstellung, eine unter vielen zu sein, behagte ihr nicht.

Er hatte über sie verfügen wollen – ja, das war es –, und sie haßte es, über sich verfügen zu lassen.

Wenn sie ihn durch ihre Haltung abgeschreckt hatte, dann sollte es eben so sein. Leb wohl, Bob Scheller, und alles Gute für die Zukunft. Dann war es besser, Schluß zu machen, noch ehe es wirklich begonnen hatte.

Stefan gähnte am nächsten Morgen beim Frühstück. »Du bist aber gestern spät nach Hause gekommen«, sagte er und beobachtete sie unter seinen dichten dunklen Wimpern. »Ich habe noch auf dich gewartet.«

Martina schob ihm den Teller mit dem aufgeschnittenen Brötchen hin. »Das solltest du aber nicht. Ich hatte dir gesagt, daß ich nicht genau weiß, wann ich komme.«

»Aber so lange wie gestern bist du noch nie fortgeblieben.«

Martina rührte in ihrer Kaffeetasse. »Ich habe gestern sehr nette Leute kennengelernt. Wir sind dann noch zu Tante Karla gegangen und haben ein bißchen was getrunken.«

»Ach so.«

»Natürlich habe ich an dich gedacht und daß du hier ganz allein warst. Aber ich habe auch gedacht, du bist ein großer Junge und fürchtest dich nicht.«

»Tu ich auch gar nicht.«

»Na, siehst du. Genau wie du deine Freunde brauchst, brauche ich auch von Zeit zu Zeit Leute um mich.«

»Ja, sicher.« Stefan träufelte sich Honig auf die zweite Brötchenhälfte und leckte sich die Finger ab. »Erzähl mal von den Leuten. War der Mann mit den Möbeln auch dabei?«

»Wie kommst du darauf?« Sie fühlte sich durchschaut.

»Du hast mir doch erzählt, daß er zu euch in die Schönheitsbude kommen wollte.«

»Ach ja. Stimmt. Er war da, und er ist sehr nett. Er wird dir sicher auch gefallen.«

»Mir?!« Er riß die runden braunen Augen auf. »Warum sollte der mir gefallen? Ich hab' doch gar nichts mit dem zu tun.«

»Na, vielleicht kommt das noch. Ich habe nämlich ...« Martina stockte, es fiel ihr schwer, die richtigen Worte zu finden. »Ich habe ihn nämlich für heute abend eingeladen.« Hastig fügte sie hinzu: »Ich dachte, das wäre dir lieber, als wenn ich schon wieder ausgehe.«

»Muß ich dabei sein?«

»Ach was! Du sagst guten Abend und verziehst dich. Er fährt übrigens einen Karman Ghia.«

Jetzt zeigte Stefan Interesse. »So 'nen richtigen Sportflitzer?«

Sie nickte lächelnd. »Ja, und wenn wir uns bei ihm beliebt machen, nimmt er uns vielleicht mal mit.«

»Das wäre dufte!« Stefan sprang auf.

»Wo willst du hin? Wir sind ja noch nicht mit dem Frühstück fertig.«

»Ich schon.«

»Dann hast du trotzdem zu warten.«

»Ich will doch bloß ganz schnell zu Dieter, um ...« Unter dem Blick seiner Mutter verstummte er.

»Um ihm zu erzählen, daß heute jemand zu uns kommt, der einen Karman Ghia fährt?«

Er nickte.

»Tu das lieber nicht, Stefan.« Sie zog ihn auf seinen Stuhl zurück. »Ich bin jetzt eine alleinstehende Frau, das weißt du doch.«

»Geschieden.«

»Ja, geschieden. Das ist eine Situation, in der man ganz besonders auf seinen Ruf achten muß ... darauf, daß nicht zuviel über einen geredet wird. Weißt du, eine Frau wie ich, die ganz allein mit einem Jungen in einem Häuschen lebt, kommt leicht ins Gerede.« Sie schenkte Stefan den Rest Kakao ein.

Er blickte sie mit gerunzelter Stirn an. »Schlimme Sachen?«

»Ja.«

»Aber es ist doch nichts dabei, wenn uns ein Mann besucht, der einen Karman Ghia fährt?«

»Nein. Aber die Leute könnten es falsch auslegen.«

»Wer? Schwarzenbachs? Die sprechen überhaupt nicht über dich.«

»Wenn du dabei bist, sicher nicht. Die Leute sagen einem nicht ins Gesicht, was sie von einem denken, sondern sie reden hinter dem Rücken, und gerade das ist das Gemeine. Deshalb soll man ihnen so wenig wie möglich zu klatschen geben.«

Stefan nippte an seiner Tasse. »Ich darf also überhaupt nie erzählen, wenn du Besuch hast?«

»Das wäre wohl übertrieben. Aber stell dir vor, dieser Herr mit dem Karman Ghia – er heißt übrigens Scheller, ich habe gestern abend mit ihm Brüderschaft getrunken und nenne ihn Bob –, stell dir also vor, er kommt einmal und dann nie wieder, und du hast vorher so groß getönt, dann stehen wir doch dumm da. Vielleicht lerne ich bald jemanden anderen kennen, und du erzählst es auch gleich, und dann noch einen dritten, dann werden alle Leute denken, ich sei eine leichtsinnige Person, dabei war in Wirklichkeit alles ganz harmlos … Verstehst du das?«

»Nicht ganz. Warum kommen denn jetzt dauernd Männer?«

»Stefan! Jetzt stell dich bitte nicht dümmer als du bist! Davon habe ich kein Wort gesagt.«

»Doch. Hast du.«

»Ich versuche dir nur klarzumachen, daß du erst über Bob Scheller sprechen sollst, wenn wir wissen, ob wir uns wirklich mit ihm befreunden. Wenn wir sicher sind, daß er uns öfter mal besucht.«

»Du meinst, es könnte ihm bei uns nicht gefallen?«

»Ja, vielleicht. Vielleicht gefällt er mir auch heute schon nicht mehr so gut wie gestern. Vielleicht stellt sich heraus, daß wir uns nichts zu sagen haben. Vielleicht kriegen wir Streit. Bitte, Knüsel, zwing mich doch nicht, mir den Mund fusselig zu reden. Ich habe dich gebeten, über unseren Besuch vorläufig noch nicht zu sprechen. Tu einfach das, was ich dir sage, ohne lange Erklärungen zu erwarten, die du doch noch nicht verstehen kannst.«

»Na gut«, sagte Stefan gnädig, schluckte den Rest Kakao herunter und stand auf. »Kann ich jetzt gehen?«

»Von mir aus. Aber versprich mir, die Klappe zu halten, hörst du?«

»Drei Finger aufs Herz«, schwor er pathetisch und drückte die gekreuzten Finger dort auf sein verwaschenes rotes Hemd, wo er das Herz vermutete. »Ich werde schweigen wie ein Grab. Bei meiner Ehre. Hugh.«

»Na, dann lauf«, sagte sie und gab ihm einen zärtlichen kleinen Stoß in die Rippen.

Gewöhnlich pflegte Martina sich von Stefan beim Abwasch und beim Aufräumender Küche helfen zu lassen, auch hatte sie ihn daran gewöhnt, täglich sein Bett zu machen und sein Zimmer, so gut es ein neunjähriger Junge eben konnte, in Ordnung zu halten. Aber seit sie bei Heerdegen aufgehört hatte, hatte sie ihn von diesen Aufgaben vorübergehend entlastet. Wenn das Kosmetik-Institut erst eröffnet war, würde er wieder mit anpacken müssen, deshalb war sie froh, ihm noch ein paar schöne und sorglose Wochen gönnen zu können. Sie verpflegte ihn auch in dieser Zeit wieder ganz zu Hause.

So froh sie über seine Freundschaft mit Dieter war und darüber, daß er, wenn sie arbeitete, bei den Schwarzenbachs so gut untergebracht war, schien ihr dieser Umgang doch nicht ideal für ihren Sohn, da er zu Vergleichen anregte, in denen sein eigenes Zuhause schlecht wegkommen mußte. Die Schwarzenbachs waren eine intakte Familie, die Eltern stritten sich nie, wenigstens nicht in Hörweite der Kinder, die, und das störte Martina am meisten, auch nicht zur kleinsten Handreichung herangezogen wurden.

Gerade heute hätte sie Stefan gern bei sich gehabt, denn sie wollte einen gründlichen Hausputz vornehmen. Stefan wäre dabei ein guter Gesellschafter gewesen. Sie hatte ihn darum bitten wollen, aber er hatte es so eilig gehabt, daß sie darauf verzichtet hatte.

Sie trug einen alten weißen Kittel, hatte ein buntes Tuch um das Haar geschlungen, schleppte Matratze, Federkissen und Teppiche ins Freie und ließ auch im Haus kein Ding an seinem Platz. Zwar würde Bob Scheller das bißchen Staub, das sie aus den Ecken wirbelte, gar nicht aufgefallen sein, und das Haus würde, auch nach gründlichstem Putz, weiter ein Provisorium bleiben, aber sie hatte einfach Lust, sich wieder einmal richtig auszuarbeiten.

Als Stefan um die Mittagszeit nach Hause kam, war sie noch dabei, mit Wasser, Spiritus und Ledertuch die Fensterscheiben zu wischen. Im Wohnzimmer lief das Radio auf vollen Touren.

»Noch zwei Minuten«, rief sie Stefan zu, »dann bin ich fertig. Du kannst schon mal den Tisch decken.«

»Was gibt's denn?«

»Erbswurst.«

»Schreck laß nach! Da wäre ich besser bei Schwarzenbachs geblieben.«

»Dafür koche ich heute abend was Gutes.«

»Was denn?«

»Das müssen wir noch überlegen.«

Stefan tat Teller, Gläser und Besteck auf den Küchentisch und schnupperte gerade an der Suppe, als Martina in die Küche kam.

»Tu dir einen Stich Butter hinein«, riet sie, »dann rutscht es besser.« Sie schüttete das Spirituswasser in den Ausguß, zog die Gummihandschuhe ab und wusch sich die Hände.

Mit der Butter und einem Brötchen, das Martina im Backofen auf geröstet hatte, schmeckte es Stefan dann doch ganz gut, und gemeinsam berieten sie während des Essens, was es am Abend geben sollte. Martina widerstand der Versuchung, ein kompliziertes Gericht auf den Tisch zu bringen; sie wollte nicht übertreiben. Zudem waren es auch nicht ihre hausfraulichen Fähigkeiten, mit denen sie Bob Scheller imponieren wollte. Stefan plädierte für Torte, Kuchen, Pudding oder Gebäck. Martina mußte ihm klarmachen, daß das nicht das Richtige für den Abend war, zumal sie sicher Alkohol trinken würden.

»Dann mach doch wenigstens deine guten Käseplätzchen«, bat Stefan.

»Käse ist nicht schlecht«, gab Martina zu. »Wie war's mit Käseschinkentoast?«

Damit war er einverstanden.

Am Nachmittag ging Martina einkaufen. Sie besorgte die erforderlichen Zutaten, auch frischen Kopfsalat und eine Flasche französischen Rotwein. Den Tisch in der Küche deckte sie mit besonderer Liebe, stellte eine Kerze darauf und einen Strauß bunter Sommerastern, den sie im Garten gepflückt hatte.

Dann kam der wichtigste Punkt des Tagesprogramms: sie machte sich selber schön. Zuerst nahm sie ein Bad, wusch sich die Haare und drehte sie auf. Anschließend machte sie sich eine kleine Gesichtsmassage, manikürte sich die Hände und legte leuchtendroten Lack auf ihre aus beruflichen Gründen ziemlich kurzgehaltenen Fingernägel. Sie zupfte sich die Augenbrauen, zog einen Lidstrich und stand, wie so oft, vor dem Problem, welchen Lidschatten sie für ihre verschiedenfarbigen Augen wählen sollte. Als ihr Haar trocken war, frisierte sie es aus, toupierte Strähne für Strähne, bis es zu einer hohen Farah-Diba-Frisur aufgetürmt war.

Danach galt es zu überlegen, was sie anziehen sollte. Sie rechnete damit, daß Bob Scheller im gleichen Aufzug wie gestern erscheinen würde, aber sie hatte nichts, was einigermaßen dazu paßte. Sie pflegte in ihrer Garderobe die modisch-elegante Note und besaß nichts Sportlich-Legeres. Nachdem sie einige Zeit gegrübelt hatte, kam sie endlich zu der Erkenntnis, daß sie das Problem von einem falschen Gesichtspunkt betrachtet hatte. Warum sollte sie sich denn *ihm* anpassen? Wenn er wollte, konnte er sich ja nach ihrem Geschmack richten – oder es auch lassen. Wichtig war höchstens, daß ihre Kleidung richtig für die Gelegenheit war, für ein zwangloses kleines Beisammensein an einem schönen Sommerabend.

Martina entschied sich für ein im Hemdblusenstil geschnittenes, Kleid aus weißem Waffelpiké, mit breitem Gürtel, sehr weitem Rock und hochhackigen Sandalen. Schmuck trug sie nicht mehr, seit sie ihren Ehering abgelegt hatte.

Stefan kam nach Hause. »Mensch, hast du dich schick gemacht!« rief er beim Anblick seiner Mutter.

»Aber das ist doch nur ein ganz einfaches Kleid.«

»Ich wollte ja auch bloß sagen: du siehst prima aus!«

»Was ich von dir nicht behaupten kann! Marsch, ab in die Badewanne, und laß dich erst wieder blicken, wenn du blitzblank bist, einschließlich Hals, Ohren, Fingernägeln! Und, bitte, zieh ein anständiges Hemd und eine frische Hose an.«

»Na gut«, sagte er mit jenem gnädigen Ton, den Helmut nie hatte vertragen können, »wenn du Wert darauf legst.«

Stefan brauchte eine gute halbe Stunde, dann erschien er in einem weißen Hemd, kurzer grauer Flanellhose und mit feierlichem Gesicht. Er wirkte verändert, weil sein sonst immer leicht gelocktes braunes Haar beim Baden naß geworden war und ihm glatt am Kopf lag.

»Wann gibt es jetzt endlich Essen?« fragte er.

Sie nahm ein sauberes Küchenhandtuch aus dem Schrank und rubbelte ihm den Kopf trocken. »Nicht vor acht.«

»Au weia! Bis dahin bin ich verhungert.«

»Erzähl mir bloß nicht, daß du heute nachmittag keinen Kuchen gekriegt hast.«

»Doch. Aber das ist schon wieder so lange her.«

»Du kannst dir ja ein Brot machen.«

»Nee. So hungrig bin ich nun auch wieder nicht.«

Bis acht Uhr war es noch eine Stunde. Sie vertrieben sich die Zeit mit Mensch-ärgere-dich-nicht-Spielen und Sechsundsechzig in Stefans Zimmer; der Küchentisch war schon gedeckt, und in ihrem Zimmer wollte sie keine Unordnung haben. Aber es war nicht so vergnüglich wie sonst. Beide blickten immer wieder auf die Uhr – Stefan, weil er auf den Käsetoast, Martina, weil sie auf Bob Scheller wartete.

»Wie lange braucht das Zeug, bis es fertig ist?« fragte Stefan.

»Zwanzig Minuten.«

»Dann mußt du aber gleich anfangen.«

»Lieber nicht, Knüsel. Erst wenn der Gast da ist. Ich bin nicht sicher, ob er pünktlich sein wird.«

»Was! Unpünktlich auch noch! Und so was lädst du ein!«

Martina lachte. »Sei doch froh, daß du länger aufbleiben darfst.«

Aber ab acht Uhr begann sie unruhig zu werden. Sicher, er hatte sich gestern abend auch verspätet. Aber wenn er sie nun mißverstanden hatte, wenn er sie in der Melanchthonstraße und nicht hier suchte? Oder wenn er am Vorderhaus klingelte und niemand ihm öffnete?

Sie wußte, daß diese Überlegungen abwegig waren: er mußte wissen, daß sie ihn zu Hause und nicht in der »Schönheitsbude«, wie Stefan das Kosmetik-Institut respektlos nannte, erwartete, und er mußte auch den Weg zu ihr finden, denn am Gartentor hatte sie ein Emailleschild anbringen lassen mit ihrem Namen und dem Hinweis: »Gartenhaus«.

Es gab nur zwei stichhaltige Gründe dafür, daß er noch nicht hier war: er war unzuverlässig oder er hatte das Interesse an ihr schon verloren.

Zugleich mit dieser Einsicht wandelte sich Martinas Unruhe in Zorn; sie knallte die Karten auf den Tisch. »So, jetzt warten wir nicht länger! Jetzt gehe ich und stelle den Backofen an.«

»Na endlich!« rief Stefan begeistert.

»Das ist aber auch wirklich ungehörig!« Martina lief in die Küche. »Dem werde ich was erzählen.«

»Wenn er überhaupt noch kommt!«

Sie sah ihren kleinen Sohn an, aber sein Gesicht zeigte weder Spott noch Schadenfreude, auch kein Mitgefühl; er hatte seine Bemerkung ganz sachlich gemeint.

»Wenn er kommt«, stimmte sie zu. »Siehst du, wie recht ich hatte, dir ans Herz zu legen, niemandem was zu erzählen!?«

»Hab' ich auch nicht getan«, beteuerte er.

»Dein Glück.« Sie legte ihm den Arm um die Schultern. »Komm, gehen wir ein bißchen an die frische Luft.«

Sie traten in den Garten, der in der blauen Dämmerung des schwindenden Tages verzaubert wirkte. Nur entferntes Hupen von Autos oder das Quietschen von Bremsen verriet, daß sie sich mitten in einer Großstadt befanden. Sie spazierten auch durch jenen Teil des Gartens, den sie normalerweise mieden, um Gardeners nicht zu stören. Der Himmel war vom Dunst verhüllt, aber sie sahen den aufgehenden Mond, eine runde gelbe Scheibe.

»Die Amerikaner wollen da rauf«, sagte Stefan. »Meinst du, daß das geht?«

»Ehrlich gesagt, ich kann's mir nicht vorstellen.«

»Aber sie bauen jetzt in Texas ein Raumfahrtzentrum.«

»Hast du denn überhaupt eine Ahnung, wie weit der Mond entfernt ist?«

»Dreihundertfünfundachtzigtausend Kilometer. Das weiß doch jeder.«

»Ich zum Beispiel nicht.«

»Wenn ich mal groß bin«, sagte Stefan, »wandre ich nach Amerika aus.«

»Warum denn das?«

»Ich möchte schrecklich gern dabei sein.«

»Wenn eine Rakete zum Mond geschossen wird?«

»Mit drin sitzen möchte ich.«

»Du hast Ideen, Knüsel.« Sie lachte, aber sie war sehr stolz auf ihren kleinen Sohn.

Sie waren bis zum Gartentor gekommen. Unwillkürlich hielt Martina Ausschau.

Stefan merkte es. »Ist es sehr schlimm für dich, daß er nicht gekommen ist?«

»Nein, gar nicht!« behauptete sie.

Es war immer noch sehr warm, als sie sich zu Tisch setzten. Das kleine Haus, bei dessen Bau auf einen Speicher verzichtet worden war, nahm die Hitze voll auf und hielt sie lange fest. So aßen sie bei weit geöffneten Fenstern. Martina hatte eine dicke Honigkerze angezündet und Stefan einen kleinen Schuß Rotwein in sein Wasser gegeben. Sie aßen beide mit gutem Appetit. Martina war entschlossen, sich weder die Laune noch das gute Essen durch Bob Scheller verderben zu lassen.

»Ich ärgere mich nur über eins«, erklärte Stefan mit vollem Mund und gestikulierte mit seiner Gabel in der Luft – »wenn ich gewußt hätte, daß der Kerl gar nicht kommt, hätte ich mich nicht so gründlich zu waschen brauchen.«

Martina mußte hellauf lachen, und das schwemmte auch den letzten Rest von Kränkung aus ihrem Herzen.

»Hör auf!« rief Stefan in ihr Gelächter hinein. »Ich glaube, da kommt jemand!«

Jetzt hörte sie auch die Schritte, die sich näherten.

Bob Scheller steckte den Kopf ins Fenster hinein und sagte unbefangen: »Das riecht ja wunderbar! Ich hoffe, ihr habt mir noch was übrig gelassen.«

Ehe Martina sich eine passende Erwiderung ausdenken konnte, hatte er sich über das Fensterbrett geschwungen und stand in der Küche, wie gestern ganz in Schwarz gekleidet, nur daß er diesmal ein knallgrünes Hemd trug, wodurch das Rot seiner kurzgeschnittenen Haare noch unterstrichen wurde. Die Lederjacke hatte er über die Schultern gelegt.

»'n Abend, Martina«, sagte er und grinste auf sie herab. »Und das ist also dein Filius.« Er legte Stefan freundschaftlich die Hand auf die Schulter.

»Guten Abend, Bob!« Martina schenkte ihm ein Lächeln.

Der Junge betrachtete ihn kritisch.

»Na, steh schon auf«, mahnte Martina.

»Doch nicht meinetwegen«, wehrte Bob Scheller ab und blickte über den Tisch. »Was, kein Gedeck für mich? Ihr wollt mich also nicht mitessen lassen?«

»Ich habe es fortgenommen. Du kamst ja nicht.«

»Ich bin aufgehalten worden«, sagte er nur, als sei das Erklärung und Entschuldigung genug und setzte sich auf den dritten Stuhl.

Martina erkannte, daß der Zeitpunkt für eine Szene vertan war, und tatsächlich war ihr gar nicht mehr danach zumute, mit ihm zu schimpfen. »Trinkst du ein Glas Rotwein mit?« fragte sie, während sie Teller, Besteck und ein Glas vor ihn hinsetzte. »Oder möchtest du lieber Bier?«

»Wein!« Er küßte ihre Hand. »Weißt du, daß du eine phantastische Person bist?! Neunundneunzig von hundert Frauen hätten mir ein Mordstheater gemacht, du aber setzt dich einfach hin und ißt und trinkst und schüttelst dich vor Lachen.«

»Ich bin eben eine Frohnatur«, behauptete sie und mußte sich zurückhalten, ihm nicht über das dichte Haar zu streichen.

»Im Ernst: Worüber hast du vorhin so gelacht?«

Martina holte das heiße Backblech vom Herd und ließ einen Toast auf seinen Teller gleiten. »Iß jetzt erst einmal«, riet sie. »Die Dinger schmecken nicht mehr halb so gut, wenn sie ausgekühlt sind.«

»Willst du mir nicht sagen, worüber ihr gelacht habt?«

»Das ist ein Geheimnis«, sagte Stefan rasch.

»Etwa über mich?« fragte Bob Scheller.

Martina erkannte, daß seine Forschheit nicht ganz echt war. »Natürlich nicht!« rief sie. »Stefan hatte einen Witz gemacht, das ist alles. Bitte, nimm dir Salat!« Sie wartete, bis er sich bedient hatte, und hob dann ihr Glas. »Laß uns anstoßen! Auf gute Freundschaft, ja? Stefan, stoß mit uns an!«

»Stimmt es«, fragte Stefan, als sie getrunken hatten, »daß Sie einen Karman Ghia fahren?«

»Ja, tu ich. Du kannst ruhig du zu mir sagen.«

»Aber Sie sind doch ein Erwachsener.«

»Du und Onkel Bob«, schlug Martina vor.

»Den Onkel kannst du dir schenken, Stefan. Ich nehme doch an, die Freunde deiner Mutter sind auch deine Freunde.«

»Schon.« Stefan war sich noch nicht darüber klar, ob er diesen Mann mochte, der so unversehens in die Zweisamkeit mit seiner Mutter geplatzt war.

»Das schmeckt grandios«, sagte Bob Scheller zu Martina. Und zu Stefan: »Du interessierst dich für Autos?«

»Na klar.«

»Er ist technisch sehr begabt«, erläuterte Martina.

»Ich zeig dir meinen Flitzer gerne. Wir können auch mal zusammen ausfahren. Wir alle drei. Wenn es dir recht ist.«

»Natürlich. Mit Vergnügen.«

Stefan lehnte sich mit glänzenden Augen über den Tisch. »Darf Dieter auch mit?«

»Dein Freund? Von mir aus gerne.«

»Nein, Stefan, das ist unmöglich«, fuhr Martina dazwischen. »Es tut mir leid, wenn ich dich enttäuschen muß. Aber Bob hat tagsüber nur sonntags für uns Zeit, und sonntags darf Dieter nicht fort, weil da sein Vater zu Hause ist.« Noch während sie es sagte, sah sie ein neues Problem auf sich zukommen: Karla hatte es sich angewöhnt, ihre langen leeren Wochenenden mit ihr und Stefan zu verbringen, und es würde nicht leicht sein, sie auszubooten, ohne sie zu kränken. Aber sie wollte sich nicht die Stimmung verderben lassen und schob den Gedanken erst einmal von sich.

»Aber wir können doch wenigstens an Schwarzenbachs Haus vorbeifahren«, fragte Stefan, der es immer verstand, sich rasch zu trösten. »Damit er mich sieht.«

»Das läßt sich ohne weiteres machen.«

Sie aßen, tranken und plauderten, und Stefan, beeindruckt von Bob Schellers Lässigkeit, wurde immer zutraulicher. Erleichtert stellte Martina fest, daß von dieser Seite wenigstens keine Schwierigkeiten zu erwarten waren. Obwohl ihm allmählich die Augen zufielen, war es nicht leicht, ihn ins Bett zu kriegen. Er genoß es, ernst genommen zu werden, und das von dem glücklichen Besitzer eines Sportwagens.

»Ein prächtiges Kerlchen«, sagte Bob, nachdem Stefan sich endlich verabschiedet hatte.

»Du kannst es mit ihm.«

»Das dürfte nicht so schwierig sein.«

»Helmut hat nie den richtigen Ton ihm gegenüber gefunden.«

»Dein geschiedener Mann?« Bob Scheller zündete sich eine Zigarette an.

Martina nickte.

»Möchtest du über ihn sprechen?«

»Nein.« Sie war aufgestanden, um den Tisch abzuräumen.

Als er nach ihr griff, ließ sie sich auf seinen Schoß ziehen. Sie streckte die Hand nach seiner Zigarette aus.

»Ich denke, du rauchst nicht?«

»Ich will es mir nicht angewöhnen. Aber es gibt Stimmungen ...«

Er küßte sie in den Nacken. »Soll das heißen, du bist ›in the mood‹?«

Sie nahm einen Zug und machte sich dann von ihm frei. »Laß mich erst mal abräumen ... nein, keine Angst, ich mache keinen Abwasch. Ich kann es bloß nicht vertragen, wenn ich morgens in die Küche komme, ein solches Tohuwabohu vorzufinden.«

»Soll ich dir helfen?«

Sie wollte sein Angebot erst ablehnen, überlegte es sich aber anders. »Das wäre gar nicht übel.«

Es war das erste Mal in ihrem Leben, daß ein Mann ihr in der Küche zur Hand ging, und während sie das registrierte, kam ihr der Gedanke, daß ihre Ehe sich wahrscheinlich anders entwickelt haben würde, hätte sie nicht zu Anfang gar so bereitwillig die Rolle der dienenden Sklavin übernommen, nur immer in dem verliebten Wunsch, sich ihrem Mann unentbehrlich zu machen.

»Danke«, sagte sie, als sie fertig waren.

»Ist das alles?« fragte er und breitete die Arme aus.

»Was sonst noch?«

»Ich meine doch, jetzt hätte ich endlich einen anständigen Kuß verdient? Und, bitte, wisch dir das Zeug aus dem Gesicht.«

»Hast du was gegen Lippenstift?«

»Wenn ich eine Frau küssen will ... ja.«

Sie lächelte. »Ich mach dir einen Vorschlag zur Güte! Geh du in mein Zimmer und mach es dir bequem. Ich sehe inzwischen nach Stefan und entferne die letzten Reste von Farbe von meinen Lippen. Einverstanden?« Sie schlüpfte an ihm vorbei und wies, auf der kleinen Diele angekommen, mit dem Daumen zur richtigen Tür. »Da geht's rein.«

Stefan schlief schon und, wie meist, bei brennender Nachttischlampe. Aber er war so müde gewesen, daß er nicht einmal mehr seine geliebten Comics um sich ausgebreitet hatte. Martina gab ihm einen leichten Kuß auf die Stirn und knipste die Lampe aus.

Im Bad machte sie sich frisch. Sie ließ sich Zeit dabei, denn sie wollte überlegen, wie es nun weitergehen sollte. Bob Scheller gefiel ihr. Er war amüsant, kultiviert, hatte Humor; man konnte sich an seiner Seite sehen lassen. Aber er war unzuverlässig, darüber konnte sie sich nicht hinwegtäuschen, und hinter seiner zur Schau getragenen Sicherheit verbarg sich Empfindlichkeit, vielleicht sogar ein gestörtes Selbstgefühl. Sie wollte nicht noch einmal etwas Ähnliches erleben wie heute abend. Nein, es war besser, Abstand zu wahren – auch auf die Gefahr hin, daß sie ihn so nicht halten konnte.

Ein Tablett mit einer Flasche Sekt und zwei Gläsern balancierend, betrat sie ihr Zimmer und erstarrte.

Nur die Stehlampe brannte. Ihr Licht fiel auf Bob Schellers dunkelrotes Haar auf dem weißen Kopfkissen. Er hatte ihre Couch in ein Bett verwandelt und lag unter der Decke, splitternackt, wie ihr klar wurde, als sie seine Wäsche entdeckte, die er sehr ordentlich auf einen der Stühle geschichtet hatte. Seine Cowboystiefel mit den hohen Hacken standen, parallel ausgerichtet, davor.

»Na endlich«, sagte er unbekümmert. »Was bringst du da? Sekt? Sehr schön. Ich bin schon fast verdurstet.« Er streckte den nackten Arm unter der Decke hervor.

Es dauerte Sekunden, bis sie die Sprache wiederfand. »Was fällt dir ein …« stammelte sie.

»Aber, aber! Du hast mich doch aufgefordert, es mir bequem zu machen. Genau das habe ich getan.«

»Du wirst jetzt sofort aufstehen, dich anziehen und …«

Er schlug die Decke zurück, und sie sah seinen schmalhüftigen, wohlproportionierten, anmutigen Jünglingskörper.

»Nicht!« rief sie entsetzt.

Er lachte und bedeckte sich wieder. »Komm, komm«, sagte er schmeichelnd, wie man ein scheues Tier lockt, »nun sei doch nicht zimperlich. Was ist eigentlich los mit dir? Ich dachte, du wärst eine Frau, die weiß, was sie will.«

»Ja, aber doch nicht das.«

»Nicht das?« Er rollte sich zur Seite, stützte die Hand auf das Kinn und hatte in dieser Pose Ähnlichkeit mit einem Putto. »Soll das heißen, du hast mich hierher gelockt, mich mit Käsetoast vollgestopft, mit Rotwein animiert und willst jetzt nicht mit mir ins Bett gehen?«

»Nein, wirklich nicht.«

»Du hast es dir also anders überlegt?«

»Ja.«

Er sah sie ernsthaft an und sagte: »Schade. Wirklich schade. Aber da kann man nichts machen. Bilde dir bloß nicht ein, ich werde dich zu deinem Glück zwingen. Also gib mir die Flasche, du kannst sie ja doch nicht selber öffnen.«

Sie hatte erwartet, er würde tief gekränkt, vielleicht sogar zornig reagieren und war jetzt erleichtert, gleichzeitig aber auch ein wenig enttäuscht. »Willst du dich nicht vorher anziehen?«

»Warum denn? Ich fühle mich so sehr behaglich.«

»Aber ich nicht.«

»Es beunruhigt dich also?« Er lächelte. »Wenigstens etwas.«

»Bitte, Bob!«

»Nein«, sagte er entschieden, »ich ziehe mich an, wenn ich gehe, und dann bist du mich für immer los.«

»Das weiß ich, Bob.« Sie reichte ihm die Flasche und setzte sich zögernd in den Sessel. »Bitte, glaub nicht, daß ich dich hinhalten will … oder daß ich dich nicht mag … es ist nur so …«

»Du steckst bis über beide Ohren in bürgerlichen Vorurteilen.« Er hatte sich aufgerichtet, saß mit nacktem Oberkörper im Bett und hantierte mit der Flasche.

»Mag sein«, gab sie zu.

»Wenn ich dich bisher richtig verstanden habe, bist du stolz darauf, geschieden zu sein …« Er hatte den Sektpfropfen mit leichtem Plopp entfernt.

Hastig hielt sie ihm ein Glas hin, um die schäumende Flüssigkeit aufzufangen. »Ja.«

»Du hast deine Scheidung als einen Akt der Befreiung angesehen, und das war sie ja wohl auch. Du bist jetzt frei. Aber wozu, Martina?« Er verteilte den Sekt auf die beiden Gläser. »Was hast du mit deiner Freiheit angefangen?«

»Ich werde Geld verdienen.«

»Ist das alles, was du von dir verlangst? Und von deinem Leben? Keine Freunde, keine Liebe, keine Kunst? Kein Abenteuer, keine Träume und keine Taten?«

»Doch«, mußte sie zugeben.

»Aber du hast Angst, sei ehrlich, du hast Angst.« Er stellte die Flasche auf den gläsernen Tisch und nahm einen Schluck aus seinem Glas, ohne sie aus den Augen zu lassen. »Angst, etwas zu riskieren … Angst, verletzt zu werden. Aber ohne Risiko gibt es auch keinen Gewinn. Das ist überall so. Warum tust du nicht das, was du willst? Du bist frei, Martina, frei!«

Sie stürzte den Inhalt ihres Glases in einem Zug hinunter. Es war ihr so, als ob er recht hätte. Ja, sie hatte Angst, aber ihre Angst hatte andere Wurzeln. Außer mit Helmut war sie noch nie mit einem Mann zusammen gewesen, und während ihrer Ehe hatte sie nicht einmal mit diesem Gedanken gespielt. Jetzt hatte sie das Gefühl, sie müßte über die Hürde, ja, über ihren eigenen Schatten springen.

»Bitte«, sie hielt ihm ihr Glas hin.

»Nein, Liebling, nicht so.« Er nahm ihr das Glas aus der Hand und stellte es auf den Tisch. »Du willst dir doch nicht etwa Mut antrinken. Setz dich zu mir, komm.« Er zog sie zu sich auf die Bettkante, legte den Arm um ihre Schulter und drückte ihren Kopf an seine Brust. »So ist es besser … so. Entspann dich, Liebling. Ganz ruhig. Ich tu dir ja nichts.«

Sein Fleisch war glatt und fest, es roch sauber und gut. Zaghaft berührte Martina es mit den Lippen. Er streichelte ihren Nacken Sie hob ihr Gesicht, ihre Lippen trafen sich im Kuß. Plötzlich war die Sehnsucht wieder da, der ganz starke Wunsch, sich fallen zu lassen. Er spürte es.

»Zieh dein Kleid aus«, flüsterte er, »bevor wir es zerknittern … und komm zu mir!«

Als ihr Körper sich an seinen schmiegte, war es, als eröffnete sich ihr eine Dimension, die sie noch nie erlebt hatte. Er streichelte sie und bedeckte ihren Hals, ihre Brust mit kleinen sanften Küssen, bis sie glaubte, die Lust nicht länger ertragen zu können.

»Bitte, tu es«, keuchte sie, »tu es jetzt!«

Sie hatte nicht geglaubt, daß sich solche Lust noch steigern ließe, und doch war es so, als er in sie drang. Wie von rhythmisch anrollenden Wellen wurde sie fortgetragen, immer höher und höher hinauf, bis etwas in ihr zersprang und hinter ihren geschlossenen Lidern eine riesige gelbe Sonne explodierte. Nachher klammerte sie sich an ihn und konnte nicht verhindern, daß Tränen aus ihren Augen sprangen und seine Brust benetzten. »Ich bin so unendlich glücklich«, flüsterte sie, »du ahnst ja nicht, wie glücklich du mich gemacht hast.«

»Doch«, sagte er und streichelte ihren Rücken, »ich weiß es.«

Seine Selbstgefälligkeit ließ ihre Tränen versiegen. »Ich war so lange allein.«

Er küßte sie auf die Nasenspitze. »Verdirb es nicht, Liebling, du brauchst nichts zu erklären. Du bist eine wunderbare Frau, und wir werden noch viele wunderbare Stunden zusammen haben.«

Helmut Stadelmann und seine kleine Tochter besuchten gerne an Sonntagnachmittagen die Trabrennbahn am Bärenkamp. Das war ein Unternehmen, das ihnen beiden Spaß machte. Er ließ seinen

VW, den er morgens mit ihrer Hilfe gewaschen hatte, im Hof stehen, und Hand in Hand machten sie sich auf den Weg. Claudia versuchte, wie es ihre Art war, ein ernsthaftes Gespräch in Gang zu bringen, aber wenn sie dann die schöne Kastanienallee erreichten, in denen andere, bunt und sonntäglich gekleidete Menschen schon unterwegs waren, begann sie vor Aufregung zu hüpfen.

»Schneller, Vati, schneller … wir versäumen sonst noch den ersten Lauf!«

»Unsinn, Claudia. Du weißt, daß es nie vor vier beginnt.«

»Aber wir wollen zuerst doch noch die Pferdchen begucken!«

Es war ihr größtes Vergnügen, dabei zu sein, wenn die Pferde auf dem Platz vor den Ställen im Kreis geführt wurden, so daß man sie ganz nahe sehen, ja, manchmal sogar berühren konnte. Vorher kauften sie sich ein Programm und diskutierten über die Chancen der einzelnen Pferde und ihrer Jockeys. Claudia machte sich eifrig mit dem Bleistift Notizen. Nachher, beim eigentlichen Rennen, pflegte sie zu kontrollieren, ob ihre Tips richtig gewesen waren. Zwischendurch blickte sie immer wieder auf die zertrampelte Erde, in der Hoffnung, ein Geldstück zu finden, aber dieses Wunder war nur einmal geschehen, und da waren es fünfzig Pfennig gewesen, die gerade für ein Eis am Stiel gereicht hatten. Sie hätte viel darum gegeben, einmal richtig wetten zu dürfen. Doch dafür war ihr Vater nicht zu haben.

Am letzten Sonntag im August wagte sie wieder einmal einen Vorstoß. »Sieh dir die mal an!« rief sie begeistert. »Das braune Pferdchen da vorne … Suzy heißt sie, läuft im dritten Rennen und ist krasse Außenseiterin.«

»Du redest ja schon wie ein Profi.« Er zupfte sie an ihrem Pferdeschwanz.

Sie bewegte unwillig den Kopf. »Nein, ganz im Ernst …« Sie senkte die Stimme zu einem verschwörerischen Flüstern, damit keiner der Umstehenden den wertvollen Tip aufschnappen konnte. »Suzy macht das Rennen, ganz bestimmt.«

»Kann schon sein.«

»Ich weiß es, Vati! Sieh doch nur mal, wie sie die Ohren hochstellt! Das ist ein sicheres Zeichen.«

»Einverstanden. Kreuzen wir sie an.«

Claudia seufzte tief. »Ach, Vati, wenn ich doch nur einmal, ein einziges Mal richtig wetten könnte.«

»Du weißt, daß ich nichts davon halte.«

»Weil du knapp bei Kasse bist! Aber ich finde, gerade deshalb … wir könnten uns einen schönen Tag machen oder …«

»Nein. Ich setze mein schwer erarbeitetes Geld nicht aufs Spiel.« Er merkte selber, daß er übertrieben hatte und fügte hinzu: »Ich mag so was überhaupt nicht. Um Geld wetten, spielen … es ist irgendwie – unmoralisch.«

»Aber das tun doch alle! Und es ist doch auch erlaubt.«

»Mir sagt es nicht zu. Komm, hör schon auf damit. Wir haben doch auch so unseren Spaß.«

»Zwei Mark nur!« Sie blickte flehend zu ihm auf. »Du kannst es mir ja vom Taschengeld abziehen!«

»Nein!«

»Oh, Vati, wie kannst du nur so stur sein!« Ihre hellen Augen füllten sich mit Tränen.

»Du bist genau wie deine Mutter«, sagte er hart.

Claudia preßte die Lippen zusammen und wandte den Kopf beiseite, damit er nicht sehen sollte, wie sehr sie getroffen war.

Eine junge Dame, die neben ihnen stand, hatte das Gespräch mit angehört, ohne sich ihr Interesse anmerken zu lassen. Jetzt konnte sie sich doch nicht enthalten, einen Blick auf das zuckende Kindergesicht zu werfen. Spontan öffnete sie ihre Handtasche und zog einen Zehnmarkschein heraus.

»Hier«, sagte sie, »willst du?«

Schon streckte Claudia die Hand aus, aber bevor ihre Finger den Geldschein berührten, zuckten sie zurück, und ihr Gesicht wandte sich dem Vater zu. »Vati, darf ich?«

»Nein.« Als er feststellte, daß die junge Dame, braunhaarig, braunäugig und gut gewachsen, wenn auch etwas zu mollig, einen sehr appetitlichen Anblick bot, glätteten sich seine Züge, und er fügte in verbindlichem Ton hinzu: »Das war sicher sehr lieb von Ihnen gemeint …«

Die junge Dame lächelte ihn an. »Ich möchte der Kleinen eine Freude machen, ganz ohne Hintergedanken.«

»Glaube ich Ihnen gerne. Trotzdem kann ich Claudia nicht erlauben, von fremden Leuten Geld anzunehmen …«

Die junge Dame lächelte entwaffnend. »Inzwischen haben wir uns ja schon kennengelernt. Ich bin Renate Simons.«

Helmut Stadelmann hatte den Eindruck, sich jetzt seinerseits vorstellen zu müssen, und er tat es.

Sie reichte ihm die Hand. »Da sehen Sie, so einfach ist das. Jetzt werden Sie doch nichts mehr dagegen einzuwenden haben, daß Claudia …«

»Ich bin prinzipiell gegen Geldspiele, und ich möchte nicht, daß meine Tochter damit anfängt. Jedenfalls ist sie noch viel zu jung für so etwas.«

Renate Simons zögerte einen Augenblick und lenkte dann ein. »Doch, das kann ich verstehen. Ich mache dir einen anderen Vorschlag, Claudia. Ich wette für dich. Du wolltest auf Suzy setzen, ja?« Claudia nickte stumm. »Ich tu's für dich. Mal sehen, was dabei herauskommt.« Sie drängte sich durch die Umstehenden den Wettschaltern zu.

Helmut sah ihr nach.

»Eine aufdringliche Person«, sagte Claudia und hängte sich bei ihm ein.

»Sie wollte dir eine Freude machen.«

»Ich hasse Leute, die sich aufdrängen.«

Er lachte. »Ich wünschte, zu mir käme mal jemand und wollte mir einen Geldschein aufdrängen. Ich könnte es brauchen.«

»Warum hast du mich die zehn Mark dann nicht nehmen lassen?«

»Bloß, daß du sie verspielst? Dafür ist mir sogar anderer Leute Geld zu schade.«

»Aber dann hast du es doch zugelassen«, sagte sie, nicht ohne Genugtuung.

»Was hätte ich dagegen tun sollen? Das Fräulein ist schließlich sein eigener Herr. Hörst du, was die Lautsprecher sagen? Es wird gleich eingeläutet. Komm, beeilen wir uns.«

Sie hatten keinen Tribünensitz, sondern mußten sich, wie immer, einen Platz nahe der dicht umdrängten Laufbahn suchen. Das war ziemlich einfach für sie beide. Helmut, der groß genug war, über die meisten anderen Besucher hinwegsehen zu können, nahm Claudia auf seine Schultern. So konnten sie sich nahe dem Ziel aufstellen, wo es am interessantesten war.

Die Glocke ertönte, und die Pferde, angetrieben von ihren Jockeis, die in bunt bemalten und deutlich numerierten Sulkys saßen, trabten über das Oval der Rennbahn. Claudia trommelte ihrem Vater vor Spannung und Begeisterung auf den Schädel, bis er ihre Hände festhielt.

Am spannendsten war für sie beide heute natürlich das dritte Rennen. Schon im ersten Bogen setzte Suzy sich tatsächlich an die Spitze und blieb bis zum Einlauf vorne, immer wieder von anderen Pferden hart bedrängt.

»Ich wußte es, ich wußte es!« schrie Claudia. »Bitte, Vati, laß mich runter!« Sie rutschte zu Boden, und jetzt weinte sie doch.

»Was ist los mit dir?« fragte er erstaunt. »Du solltest dich doch freuen!«

»Überhaupt nicht«, schluchzte sie. »Das schöne Geld! Denk doch bloß, wenn ich gesetzt hätte!«

»Dann hätten wir jetzt ... warte mal!« Er las die Siegerquote ab, die jetzt auf der großen Anzeigetafel erschien. »Fünfzig Mark gehabt ... na, wennschon.«

»Das meine ich doch nicht!« rief sie weinend, »wir hätten viel setzen sollen ...mindestens hundert Mark oder tausend ...«

»Sei nicht verrückt. So etwas hätte ich nie getan. Was sind das für Ideen! Möchtest du wirklich einen Vater haben, der durch Wetten Geld macht? Dummchen! Spieler werden nie reich. Was sie an einem Tag gewinnen, verlieren sie am nächsten.«

Sie klammerte sich an ihn. »Ich möchte doch bloß, daß du von deinen Schulden runterkommst.«

»Das ist lieb von dir, aber damit werde ich schon alleine fertig.« Er sagte das in einem Ton, der keine weitere Diskussion zuließ.

Claudia putzte sich die Nase und bekannte: »Ich glaube, ich bin wirklich dumm.«

Dann läutete es zum nächsten Rennen, und er hob sie wieder auf seine Schultern.

Die weiteren Läufe waren auch noch interessant genug, aber spannender als der dritte konnte für Helmut Stadelmann und seine Tochter natürlich keiner mehr sein. Noch vor dem Ende machten sie sich auf den Heimweg, um dem großen Gedränge zuvorzukommen.

In der Nähe des Ausgangs kam Renate Simons auf sie zu; sie war ein wenig atemlos, wirkte aber trotz der Hitze sehr frisch in ihrem eleganten Rohseidenkostüm und den weißen Waschlederhandschuhen. »Ein Glück, daß ich Sie beide noch erwische«, sagte sie unbefangen. »Wir müssen unseren Gewinn teilen, Claudia.«

»Ganz und gar nicht«, wehrte Helmut Stadelmann entschieden ab, »es war Ihr Geld.«

Renate Simons hatte ihre Krokodilledertasche schon geöffnet und zog ein paar Scheine aus dem Portemonnaie. »Es war Claudias Tip.«

»Den hast du der Dame doch geschenkt, nicht wahr, Claudia?«

Claudia nickte stumm. Ihr Gesicht war verzerrt, denn sie war hin- und hergerissen von allzu verschiedenen Gefühlen: dem Wunsch, das Geld zu besitzen, Zorn auf den Vater, der ihr verbot, es anzunehmen, und Mißtrauen gegenüber der fremden Frau, die sich in ihr Leben drängte.

»Dann mache ich einen anderen Vorschlag«, erklärte Renate Simons mit unvermindert guter Laune, »wir gehen alle zusammen Kaffee trinken und sehen zu, wieviel wir dabei von dem Wettgewinn auf den Kopf hauen können.« Nur zu Helmut Stadelmann gewandt, fügte sie hinzu: »Ich wette sonst nämlich prinzipiell nicht, und so werden Sie verstehen, daß mir der unverhoffte Gewinn sozusagen auf den Nägeln brennt.«

»Dann spenden Sie's doch der Heilsarmee«, schlug Claudia nicht gerade freundlich vor.

Renate Simons lachte. »Das ist eine gute Idee. Aber erstens würde es nicht halb so viel Spaß machen, als es in Eis und Kuchen umzusetzen und dann ... Ich bin eben der Meinung, daß du einen Anteil daran verdient hast. Also wie ist es? Möchtest du? Oder wartet die Mutti zu Hause? Dann könnten wir anrufen und ...«

»Wir haben keine Mutti.«

»Ich bin geschieden«, setzte Helmut Stadelmann hinzu.

»Ach so.« Renate Simons' Lächeln wurde, wenn möglich, noch fröhlicher. »Dann steht einem kleinen Schmaus ja nichts im Wege. Es sei denn, Sie haben was Besseres vor. Wir könnten es ja auch vertragen.«

Claudia zupfte ihren Vater am Ärmel. »Wir wollten die amerikanischen Marken neu ordnen.«

»Bei der Hitze?« rief Renate Simons. »Nein, das wäre wirklich nicht das Richtige. Fahren wir doch lieber an den Rhein. Wie wäre es mit dem ›Café Winter‹? Da sitzt man schön schattig unter Bäumen.«

Immer mehr Besucher kamen von der Tribüne her. Sie standen im Weg und wurden gestoßen. Helmut Stadelmann begriff, daß er rasch zu einer Entscheidung kommen mußte, wenn er sich nicht lächerlich machen wollte.

»Einverstanden«, sagte er. »Aber ich habe mein Auto nicht da.«

»Das macht nichts. Meins steht auf dem Parkplatz. Himmel, wird's da drinnen jetzt heiß sein! Sie warten am besten da vorne an der Straße. Bis gleich also.«

»Warum mußtest du dich mit der Ziege einlassen!?« Claudia klammerte sich an den Arm des Vaters.

»Hast du denn keine Lust auf ein großes Eis?«

»Doch. Aber mit dir allein.«

»Mit mir allein würde das gar nicht in Frage kommen. Du weißt, wir müssen sparen.«

»Lieber bin ich ohne Eis mit dir allein«, sagte sie heftig.

»Ich konnte nicht ablehnen, ohne unhöflich zu sein. Sei friedlich und sieh das ein.« Er blickte auf sie herab. »Und setz gefälligst ein anderes Gesicht auf, wenn ich bitten darf. Ich muß mich sonst deinetwegen schämen.«

»Verlangst du etwa auch noch, daß ich grinse?«

»Zumindest will ich diese Schippe nicht mehr sehen.«

Renate Simons fuhr einen weißen offenen Sportwagen, der brandneu wirkte.

»Donnerwetter«, sagte Helmut beeindruckt, als sie neben ihnen am Straßenrand hielt.

Sie hatte sich einen türkisfarbenen Schal malerisch um das Haar drapiert und trug eine Sonnenbrille. »Was bewundern Sie?« fragte sie. »Die Karre oder die Fahrerin?« Sie lachte. »Überschätzen Sie uns nur nicht! Das Auto ist ein simpler VW, mit einer italienischen Karosserie aufgeputzt. Und ich habe es mir nicht etwa selber verdient, sondern es ist ein Geschenk meiner Eltern. Zum bestandenen Abitur.«

»Meinen Glückwunsch.«

»Ja, ich war sehr vorsichtig in der Wahl meiner Eltern.« Sie hatte die Tür von innen geöffnet. »Steigen Sie doch ein! Du, Claudia, setzt dich bitte nach hinten.«

Während der Fahrt plauderten Renate Simons und Helmut Stadelmann munter miteinander. Es gelang ihr, ihn, der gewöhnlich nur schwer Kontakt fand, aus sich heraus zu locken.

»Sie müssen mich vorhin für einen rechten Büffel gehalten haben«, meinte er.

»Aber wieso denn?«

»Doch, doch, geben Sie's nur zu. Ich bin mir auch genauso vorgekommen. Aber das kam einfach daher ... wenn Sie es als Entschuldigung nehmen wollen ...«

»Sie brauchen sich für nichts zu entschuldigen!«

»Ich bin's nicht gewohnt, von jungen Damen eingeladen zu werden.«

»Das kann ich mir vorstellen! Im allgemeinen lade ich mir nur flüchtig bekannte Herren auch nicht ein.«

Bewundernd betrachtete er ihr Profil mit der kurzen, geraden Nase und dem leicht geöffneten, entspannten Mund. »Das haben Sie bestimmt nicht nötig.«

»Es ist das erste Mal, daß ich allein am Bärenkamp war«, erzählte sie. »Während der Schulzeit war ich immer mit einer ganzen Clique unterwegs. Aber das hat sich jetzt geändert, und im Winter wird es noch stiller werden. Da sind die meisten anderen zum Studium fort.«

»Und Sie?«

»Ich arbeite in der Firma meines Vaters.«

Er glaubte eine gewisse Resignation aus ihrer Stimme zu hören. »Tut Ihnen das leid?« fragte er.

»Ich könnte mir was Lustigeres vorstellen. Andererseits ... ich kann meine Eltern verstehen, daß sie mich nicht weglassen wollen. Ja, nach Köln hätte ich gedurft. Jeden Tag hin und her. Aber dazu habe ich denn auch keine Lust. Und außerdem: studieren ... Wozu denn?«

»Um was zu lernen«, ließ Claudia sich vom Rücksitz vernehmen.

Renate Simons lachte. »Danke für den Hinweis. Aber ich habe in der Schule schon mehr gelernt, als ich je brauchen kann.«

»Das ist ein sehr vernünftiger Standpunkt«, behauptete er.

Sie warf ihm einen überraschten Seitenblick zu. »Meinen Sie das wirklich? Alle aus meiner Klasse tun so, als wäre ich doof.«

»Das sind Sie bestimmt nicht.« Impulsiv fügte er hinzu: »Ich hasse Frauen, die gescheiter sein wollen als die Männer.«

»Oha«, sagte sie daraufhin, »denken Sie dabei an Ihre Geschiedene?« Als er nicht antwortete, fragte sie: »Oder ist es indiskret, nach ihr zu fragen?«

»Das nicht. Aber ich könnte mir angenehmere Themen denken.«

»Das glaube ich«, gab sie zu, und begann wieder von sich selber zu erzählen.

Helmut erfuhr, daß ihr Vater eine Fabrik besaß, in der Taschenschirme hergestellt wurden. Sie war das einzige Kind – verwöhnt, aber streng gehalten, mit reichlich Taschengeld versehen, aber mit zeitlich begrenztem Ausgang.

»Das ist nicht weiter schlimm«, meinte sie, »denn in Dinslaken ist ja sowieso nicht viel los, und nach Düsseldorf komme ich nur alle Jubeljahre einmal.«

»Meine Mutti wohnt in Düsseldorf«, rief Claudia.

»So? Dann ist sie ja gar nicht weit weg.«

»Ich sehe sie nie mehr«, betonte Helmut. »Genausogut könnte sie auf dem Mond leben.«

»Aber du, Claudia, du besuchst sie doch sicher manchmal?«

»Nein.«

Renate Simons merkte, daß sie wieder einen empfindlichen Punkt berührt hatte und wechselte rasch das Thema. »Eigentlich wäre Betriebswirtschaft für mich das Gegebene gewesen. Aber, wie gesagt, immer an der Leine hätte ich keine Lust gehabt.«

Sie hatten das Stadtgebiet verlassen und fuhren jetzt über eine Bundesstraße. Sie führte durch weite Wiesenflächen, die unter der sengenden Sonne gelb geworden waren. Selbst jetzt noch, da der Tag sich neigte, hielten sich die schwarz-weißen Kühe vorwiegend im Schatten der Pappeln und Erlenbüsche auf.

»Dann sollen Sie später wohl den Betrieb übernehmen?« erkundigte sich Helmut.

»Oh, nein!« Renate Simons warf den Kopf in den Nacken. »Da kennen Sie meinen Vater schlecht! Der traut mir gar nichts zu. Eigentlich traut er niemandem was zu. Außer sich selber. Er denkt, wenn er nicht da ist, geht sofort alles drunter und drüber. Urlaub macht er nur, wenn wir Betriebsferien haben. Deshalb verreise ich fast immer nur mit meiner Mutter.«

»Sie sind wohl viel gereist?« fragte er, neidisch auf so viel Sorglosigkeit.

»Wir waren überall«, antwortete sie schlicht. »Paris, London, Rom, New York, wo man so hinfährt. Unsere Bildungsreisen, nennt mein Vater das. Dabei mache ich mir doch gar nichts aus Bildung.«

Der Rheindamm tauchte vor ihnen auf. Renate Simons bog auf eine Landstraße ab, die wenig später geradewegs ins Dorf führte. Niedrige alte Häuser duckten sich zu beiden Seiten. Das »Café Winter« paßte schlecht dazu. Es war in den Gründerjahren errichtet, ein pompöser Bau, der alle anderen überragte. Aber eine geräumige verglaste Veranda, von der aus man den blinkenden Strom und das gegenüberliegende flache Ufer sehen konnte, bot auch bei schlechtem Wetter einen angenehmen Aufenthalt.

Helmut, Renate Simons und Claudia fanden einen Tisch im Garten, der gerade frei geworden war. Besonders an Feiertagen fehlte es dem »Café Winter« nicht an auswärtigen Gästen. So saßen sie denn kühl im Schatten der alten Platanen, die regelmäßig oben beschnitten wurden, so daß ihre Kronen ausladend in die Breite wuchsen. Sie berieten über der Speisekarte, und als es ihnen gelungen war, die Kellnerin auf sich aufmerksam zu machen, bestellte Helmut für Claudia einen großen Früchteeisbecher, für Renate Simons und sich ein Roastbeef mit Kartoffelsalat. Er trank dazu ein Bier. Renate, die fahrtüchtig bleiben wollte, beschied sich mit einer Flasche Selterswasser.

Claudia löffelte ihr Eis mit Genuß, ohne sich an der Unterhaltung der Erwachsenen zu beteiligen, aber mit gespitzten Ohren, um sich kein Wort entgehen zu lassen. Sie hatte den riesigen Becher noch nicht zur Hälfte geleert, als sie unruhig hin und her zu rutschen begann.

Helmut wurde aufmerksam. »Was ist los mit dir? Kannst du nicht mal fünf Minuten still sitzen?«

Claudia versuchte es, aber es gelang ihr nicht.

»Ich glaube, du mußt auf die Toilette.«

»Ist ja nicht wahr!« behauptete Claudia, wurde aber über und über rot.

»Das ist doch kein Grund, sich zu genieren«, sagte ihr Vater. »Da hast du zwanzig Pfennige.«

Claudia ergriff das Geld, stand auf und entfernte sich mit Würde. Erst als sie glauben konnte, außer Sicht zu sein, begann sie zu rennen.

Renate Simons lachte.

»Sie ist ein schwieriges Kind«, erklärte Helmut und legte die Stirn in waagerechte Falten.

»Ich finde sie reizend«, behauptete das junge Mädchen.

Helmut schob den Teller von sich. »Würde es Sie sehr stören, wenn ich mir eine Zigarette anzünde?«

»Nein, gar nicht. Aber was ist? Schmeckt es Ihnen nicht? Das Roastbeef ist doch ausgezeichnet.«

»Schon. Aber mir ist nicht nach Essen zumute.«

»Kummer?«

»Nein. Kummer kann man es nicht nennen. Fräulein Simons … ich möchte Sie gerne wiedersehen.«

»Dem steht doch nichts im Wege.« Sie lachte.

»Es ist nur so« – er nahm einen Lungenzug – »ich kann überhaupt keine Ansprüche erfüllen! Und ein Mädchen wie Sie hat doch das Recht, hin und wieder mal ausgeführt zu werden. Wo sollten wir uns denn sonst auch treffen? Sie haben Claudia bisher noch von ihrer besten Seite erlebt.«

»Aber es gibt doch ganz billige Lokale! Und außerdem …«

»… haben Sie selber Geld, ich weiß. Renate, bitte, verstehen Sie doch: es wäre mir ganz unerträglich, von Ihnen eingeladen zu werden.«

»Das ist mir klar. Aber ich kann nicht glauben, daß es für uns kein Wiedersehen geben kann, bloß weil Sie knapp bei Kasse sind. Seien Sie doch ehrlich zu mir, bitte! Ich spüre, daß dahinter noch etwas anderes steckt.«

»Nein. Nichts.« Er nahm die Zigarette von der rechten in die linke Hand und begann mit der anderen unsichtbare Kreise auf die Tischplatte zu zeichnen. »Es ist einfach so: meine geschiedene Frau hat eine Abfindung von sechsunddreißigtausend Mark von mir verlangt …«

»Mutti brauchte das Geld!« Claudia war, ohne daß die beiden es bemerkt hatten, zurückgekehrt.

»Seit wann schlägst du dich auf die Seite deiner Mutter?« fragte Helmut scharf. Er wandte sich wieder Renate Simons zu. »Jedenfalls haben meine Eltern eine Hypothek auf ihr Haus aufnehmen müssen, und ich zahle monatlich ein Drittel meines Gehaltes, um so rasch wie möglich von Schulden und Zinsen herunter zu kommen. Dann gehen weitere zweihundert Mark allmonatlich als Unterhaltsbeihilfe für meinen Sohn an meine Frau, und von dem Rest können wir beide, Claudia und ich, knapp leben. Das ist die Situation.«

Renate Simons schaltete schnell. »Und wer macht den Haushalt?« fragte sie.

»Ich«, behauptete Claudia prompt.

»Tüchtig. Aber bist du damit nicht ein bißchen überfordert?«

»Wir machen es zusammen«, erklärte Helmut.

»Sie können kochen?«

»Na ja. Bratkartoffeln und Suppen aus der Tüte.«

»Und ich kann prima Rührei machen!« rief Claudia.

Renate Simons lachte. »Na ja, wenn einer von euch beiden doch mal Appetit auf ein richtiges Essen haben sollte, auf Königsberger Klopse oder Kohlrouladen, Buttermilchzwiebelsuppe oder Wiener Schnitzel ...«

»Mir läuft das Wasser im Mund zusammen«, gestand er.

»... dann rufen Sie mich an!« Sie holte eine Visitenkarte aus ihrer Handtasche und reichte sie ihm. »Hier ist meine Nummer. Ich komme dann und koche Ihnen was Gutes.«

Claudia sprang auf. »Wenn du das tust, Vati, dann ... dann ziehe ich aus!«

»Und wohin, wenn ich fragen darf?« fragte er kalt.

»Wenn es dich so aufregt, komme ich natürlich nicht, Claudia«, versprach Renate Simons rasch. »Ich wollte euch ja bloß ein bißchen helfen. Falls es dich beruhigt: ich habe bestimmt nicht die Absicht, dich bei deinem Vater zu verdrängen.«

»Das würden Sie auch gar nicht schaffen!« rief Claudia mit blitzenden Augen.

»Claudia«, sagte Helmut zornig, »du benimmst dich unglaublich schlecht. Was soll denn Fräulein Simons von dir denken? Entschuldige dich gefälligst, aber sofort!«

Jetzt mischte Renate Simons sich ein. »Bitte, Herr Stadelmann ... Claudia, streitet euch doch nicht meinetwegen. Claudia braucht sich wirklich nicht bei mir zu entschuldigen, sie hat es nicht so gemeint. Ich wollte Ihnen beiden helfen, aber vielleicht war es ein Fehler. Ich schlage vor, daß ich Sie jetzt in die Stadt zurückbringe.« Sie stand auf. »Einen Moment bitte, ich bin gleich wieder da.« Sie suchte die Kellnerin, um zu zahlen.

Helmut drückte seine Zigarette aus. »Du hast mich schön blamiert, Claudia. Hoffentlich weißt du das.«

Claudia hatte den Kopf zwischen die Schultern gezogen. »Ich mag nicht, wenn jemand sich aufdrängt.«

»Ja, ja, du hast ganz recht«, spottete er bitter. »Wir haben ja so viele Freunde und so viel zu bieten ... Und was ist schon so eine simple Fabrikantentochter!«

»Das ist auch so ein Quatsch, mit dem sie dich einwickeln wollte.«

»Claudia!« Er schlug mit der Faust auf den Tisch, daß die Teller tanzten. »Ein für allemal: ich lasse mir keine Vorschriften von dir machen, und du wirst dich, verdammt noch mal, meinen Freunden gegenüber anständig benehmen. Oder ich schicke dich zu deiner Mutter. Oder ist es überhaupt das, was du willst?«

»Nein«, sagte sie kleinlaut und senkte den Kopf noch tiefer.

»Dann reiß dich gefälligst zusammen. Hast du verstanden?«

»Ja, Vati.«

Renate Simons kam an den Tisch zurück. Auch wenn sie über den Ausgang dieses Ausflugs enttäuscht war, ließ sie es sich nicht anmerken. Sie wirkte frisch und gepflegt wie zu Beginn der Begegnung. »Wir können«, sagte sie. »Oder möchten Sie noch ein Bier, Herr Stadelmann?«

Er schüttelte stumm den Kopf.

»Hast du noch einen Wunsch, Claudia?«

»Nein, danke, Fräulein Simons«, sagte Claudia betont höflich.

Die Heimfahrt nach Dinslaken verlief schweigsam. Renate Simons war bemüht, sich unbefangen zu geben. Sie plauderte über das Wetter und machte einige Bemerkungen über die Landschaft und die Straßenverhältnisse. Aber sie fand weder bei Helmut noch bei Claudia ein Echo.

Vor dem Haus in der Neustraße setzte sie die beiden ab. Claudia kletterte eilig aus dem Auto und verschwand.

Helmut beugte sich zu Renate Simons und drückte kurz ihre Hand. »Wann kann ich Sie anrufen?«

»Jederzeit.« Ihr Lächeln war ein Versprechen.

»Kommst du endlich, Vati?« rief Claudia von der Haustür her und trat von einem Fuß auf den anderen.

»Auf bald, Renate!«

»Bis sehr bald.«

Er stieg aus und hätte ihr gerne noch nachgewinkt, traute sich aber nicht vor den Augen seiner Tochter und ärgerte sich über seine Schwäche. »Du kannst lange warten, bis ich dich noch einmal mitnehme«, sagte er wütend.

Sie trottete hinter ihm die Treppe hoch wie ein kleiner verprügelter Hund.

Das Kosmetik-Institut Karla Moll wurde, wie vorgesehen, am 15. September eröffnet. In den Düsseldorfer Nachrichten und der Rheinischen Post waren tagelang vorher Inserate erschienen. Lieferanten und andere Kaufleute, die hofften, mit den beiden jungen Frauen ins Geschäft zu kommen, hatten Blumenschalen geschickt.

Es war ein glücklicher Tag für Martina, wie überhaupt diese ganze erste Zeit im eigenen Betrieb für sie, beruflich und auch privat, eine glückliche war, wenn sie das auch später, in der Rückschau, anders sehen sollte.

Bob Scheller hatte Spannung und Spaß in ihr Leben gebracht. Sie verdankte ihm viel mehr als die Einrichtung des Warteraums, die er ihr noch vermittelt hatte: vollkommen stilecht kopierte englische Möbel, Queen-Anne-Stil, die in Italien hergestellt und von einem Freund Schellers nach Deutschland importiert wurden. Daß es sich nur um Imitationen handelte, hatte ihr zuerst gar nicht gepaßt, aber Bob hatte sie überzeugen können, daß echte Stilmöbel selten bequem und zudem kaum geeignet gewesen wären, eine ständig wechselnde Benutzung auszuhalten. Nachträglich gab sie ihm recht und war von den prächtigen Sesseln, Mahagoni und grünes Leder, begeistert. Aber Bob Schellers Hauptverdienst lag doch darin, daß er sie aus einer gewissen Erstarrung und Verkrampfung gelöst und wieder zur Frau gemacht hatte.

Ihr Privatleben war jetzt so, wie sie es sich immer gewünscht hatte. Bob Scheller war zu jeder Unternehmung bereit, und daß sie nicht öfter zusammen ausgingen, lag nicht an seinem guten Willen, sondern daran, daß sie beide knapp bei Kasse waren. Aber kostenlose Vergnügungen ließen sie sich nicht entgehen. So besuchten sie häufig Museen, Kunstausstellungen und Galerien, und Martina lernte viel von ihm. Er war ein guter Partner im Bett, ein amüsanter Unterhalter und ein verständnisvoller Kamerad für Stefan, wenn er nicht gerade an einer seiner – zu Beginn ihrer Beziehungen allerdings noch sehr seltenen – Depressionen litt. Daß sie ihm seine Unpünktlichkeit nicht abgewöhnen konnte, merkte sie schnell, und so versuchte sie sich damit abzufinden. Er hatte kein Zeitgefühl, und wenn er bei ihr war, konnte er sich nur schwer zum Aufbruch entschließen. So kam es, daß er häufig bei ihr übernachtete – nicht auf ihrer harten Couch, denn die war selbst für die verliebtesten Leute zu schmal, sondern in dem Zimmer, das Claudia zugedacht war. Martina weckte ihn dann erst, wenn Stefan morgens schon aus dem Haus war, und dann frühstückten sie gemütlich zusammen.

Ja, es war eine gute Zeit.

Auch der Konflikt mit Karla, den sie vorausgesehen hatte, löste sich leichter als gedacht. Als sie ihr zum zweitenmal gesagt hatte, daß sie auch dieses Wochenende keine Zeit für sie erübrigen könne, reagierte Karla empfindlich.

»Was ist los? Hast du etwa was gegen mich?«

»Nein, Karla, überhaupt nicht.«

»Aber dann ...«

»Kannst du dir das wirklich nicht vorstellen? Ich habe einen Freund.«

»Und da bin ich dir im Wege?!«

»Das fragst ausgerechnet du? Du willst mich doch auch nicht da haben, wenn dein Süßer bei dir ist.«

»Mich würdest du überhaupt nicht stören. Nur ihn.«

Martina schwieg einen Augenblick. »Das ist doch ungefähr das gleiche – findest du nicht auch?«

»Ich finde es abscheulich, daß man für seine Freundin keine Zeit mehr hat, sobald ein Mann aufkreuzt!« platzte Karla heraus.

»Da hast du eigentlich recht«, mußte Martina zugeben. »Paß auf, ich werd's schon einrichten.«

»Danke. Ein Opfer habe ich nicht von dir verlangt.«

Martina legte den Arm um Karlas Schulter, zog sie an sich und küßte sie auf die Wange. »Bitte, bitte, sei mir nicht böse, Karla, verdirb mir nicht den Spaß. Warte, bis die erste Verliebtheit vorbei ist ...«

»Ich gönne dir ja dein Vergnügen«, behauptete Karla. »Es ist bloß so ... Es war schön für mich, jemanden zu haben, mit dem ich meine Wochenenden totschlagen konnte, und nun ... Wer ist es denn?«

Martina erzählte es ihr, wenn auch ungern, denn sie wußte, daß Karla nicht darauf verzichten würde, immer wieder Anspielungen auf ihr Verhältnis mit Bob Scheller zu machen und neugierige Fragen zu stellen. Aber das mußte sie in Kauf nehmen, wenn sie die Freundin nicht verprellen wollte. Sie nahm sich fest vor, ihr in Zukunft wenigstens am Samstag oder am Sonntagnachmittag einige Stunden zu widmen.

Das Geschäft lief nur langsam an, aber es lief an. Jede neue Kundin, jeder Kunde wurde von den jungen Frauen als Geschenk des Himmels betrachtet und auch entsprechend behandelt. Besonders Martina, die ja noch nicht lange im Beruf stand, wandte ihren ganzen Charme und ihr bestes Können auf; sie setzte von vornherein für jede Behandlung zwanzig Minuten mehr Zeit an, als es bei Heerdegen üblich war, und das konnte sie sich auch gut und gern erlauben, denn wenn die Kunden auch kamen, so kamen sie doch spärlich. Es war sehr viel besser, sich ausgiebig und intensiv mit jedem einzelnen zu beschäftigen, als herumzusitzen und auf den nächsten Besuch oder wenigstens einen Anruf zu warten. Das Warten fiel Martina schwer, aber noch war es ein Warten voller Hoffnung.

Sie verdienten wenig in diesen ersten Wochen und Monaten – so wenig, daß sie nicht einmal davon hätten leben können, wenn sie nicht Rücklagen gehabt hätten. Dennoch war Martina glücklich in dem Gefühl, daß es mit ihrem Leben aufwärtsging.

Helmut Stadelmann und Renate Simons hatten sich wiedergesehen. Schon bei der nächsten Begegnung war es zu den ersten Küssen gekommen. Danach trafen sie sich Abend für Abend. Seit Helmut mit Susi Dinkler gebrochen hatte, war er fast immer zu Hause geblieben. Jetzt war das anders geworden. Er wartete nicht einmal mehr, bis Claudia eingeschlafen war, sondern pflegte, nachdem er sich umgezogen und frisch gemacht hatte, die Wohnung kurz nach acht zu verlassen. Claudia erzählte er, daß er an einem Fortbildungskurs teilnähme. Sie durchschaute ihn, wagte es aber nicht, ihn der Lüge zu bezichtigen.

Sie war in dieser Situation, der die wenigsten Ehefrauen gewachsen gewesen wären, völlig hilflos.

Zuerst hatte sie es mit Szenen versucht. »Vati, Vati, lieber Vati, bitte, bitte, laß mich nicht allein!«

Er war über ihr Flehen so hart hinweggegangen, daß sie sich nicht traute, es noch einmal zu versuchen, aus Angst, er könne sie zu ihrer Mutter schicken.

Einmal hatte sie, so schwer es ihr fiel, sich wach gehalten, bis er nach Hause kam. Sie hatte, in den Wohnzimmersessel gekuschelt, auf ihn gewartet; ein mitleiderregendes mageres kleines Mädchen in einem ausgewachsenen Nachthemd, das blonde Haar für die Nacht zu einem dicken Zopf geflochten. Die Tür stand offen und das Licht brannte, so daß ihm, als er die Wohnung betrat, sofort auffiel, daß etwas anders war als sonst.

»Was soll das?« fragte er, hin- und hergerissen zwischen Mitleid, schlechtem Gewissen und Zorn. »Warum bist du nicht in deinem Bett?«

»Ich konnte nicht schlafen«, behauptete sie mit ganz kleiner Stimme.

Er hob sie hoch, setzte sich selber und nahm sie auf seinen Schoß. »Es paßt dir nicht, daß ich abends noch fort muß, wie?«

Sie barg ihren Kopf an seiner Brust.

»Du glaubst doch nicht, daß ich dich gerne allein lasse – oder? Aber ich muß. Du weißt, ich habe große Schulden. Ich muß sehen, daß ich beruflich weiterkomme. Du darfst mir da keinen Stecken zwischen die Beine werfen.«

»Das will ich auch gar nicht.«

»Na, siehst du. Also sei vernünftig und mach mir nicht alles noch schwerer, als es so schon ist.«

Sie hätte ihm gerne geglaubt, aber sie roch, daß er Bier getrunken hatte, und auch einen Hauch von Renate Simons französischem Parfüm. Ihre Tränen begannen zu fließen und tropften auf sein Hemd.

»Das ist doch wirklich kein Grund zum Heulen!« sagte er.

»Es ist nur … ich bin so allein.« Es fiel ihr schwer, sich zu erklären. »Den ganzen Tag … und jetzt abends auch noch.«

Jetzt sagte er genau das, was sie befürchtet hatte. »Vielleicht wäre es doch besser, du würdest zu deiner Mutter ziehen. Hast du nicht selbst schon daran gedacht?«

»Du willst mich loshaben!« Sie stieß gegen seine Brust, befreite sich von seinem Griff und stand auf.

»Du weißt genau, daß von Anfang an nur daran gedacht war, dich vorübergehend bei mir zu lassen. Bis du dich daran gewöhnt hast, daß wir nicht mehr verheiratet sind.«

Dazu sagte sie kein Wort. Sie stand einfach da, mit verzerrtem Gesicht, und kämpfte mit den Tränen.

»Deine Mutter schreibt immer wieder, daß sie auf dich wartet. Und fragt jedesmal, wann du endlich kommst.«

»Aber ich will nicht.«

»Dann mußt du dich mit deinem Leben hier abfinden, so wie es nun einmal ist. Vielleicht wird ja auch alles bald ganz anders werden.«

»Bleibst du wieder bei mir?«

»Das kann schon sein.« Er nahm sich ein Herz und fügte hinzu: »Kann schon sein, daß wir bald wieder eine richtige kleine Familie sind ...«

Sie wußte, daß er damit nicht meinen konnte, daß ihre Mutter und Stefan zurückkämen, denn davon stand nichts in den Briefen aus Düsseldorf. Sie verstand sofort, auf was ihr Vater hinauswollte, aber sie weigerte sich, es wahrzuhaben oder auch nur anzuhören.

»Sei mir nicht böse, Vati«, sagte sie mit einem gequälten kleinen Lächeln, »aber ich bin plötzlich so furchtbar müde.«

»Das kommt davon, wenn man bis in die Nacht hinein aufbleibt, du dumme Liese.«

Sie lief zu ihm hin, schlang ihre dünnen Arme um seinen Hals, küßte ihn, ließ sich von ihm hochheben und in ihr Bett tragen. Aber sie wußte sehr wohl, daß diese flüchtige Zärtlichkeit nichts bedeutete. Was sie von Anfang an gefürchtet hatte, war geschehen: Renate Simons hatte sich zwischen sie und ihren Vater gedrängt.

Obwohl sie tatsächlich sehr müde war, konnte sie nicht einschlafen. Ihre hilflose Enttäuschung und ihre bohrende Eifersucht bereiteten ihr Schmerzen, die sie körperlich empfand. Das Herz tat ihr weh, und in ihrem Magen lag etwas wie ein dicker Klumpen.

Zum erstenmal glaubte sie ihre Mutter verstehen zu können. Sicher war ihr ganz ähnlich zumute gewesen, als sie entdecken mußte, daß er eine Freundin hatte. Aber warum hatte sie nur so zornig reagiert? Warum hatte sie nicht versucht, seine Liebe zurückzugewinnen? Er hatte sich doch versöhnen wollen. Vielleicht war sie zu sehr verletzt worden.

Sie selber war auch verletzt, und trotzdem – wenn er ihr nur versprochen hätte, daß alles wie früher werden sollte, sie hätte ihm sofort verziehen; sie hatte ihn ja so lieb.

Was konnte sie nur tun, um ihn zu halten? Um ihn von dieser eingebildeten Parfümstinkerin loszueisen? Über sie zu schimpfen, hatte keinen Zweck, das hatte sie schon herausgekriegt. Er gab ihr ja auch keinen Anlaß dazu, weil er so tat, als käme er gar nicht mehr mit ihr zusammen. Wie er so lügen konnte! Das hätte sie nie geglaubt.

Aber sie liebte ihn trotzdem, und sie wollte nicht in dieselben Fehler verfallen wie ihre Mutter. Sie würde ihm kein Theater mehr machen und ihn überhaupt nicht belasten, sondern ganz lieb und fröhlich zu ihm sein. Und ihn verwöhnen.

Während sie sich ausmalte, wie gemütlich es wieder bei ihnen werden sollte, fielen ihr dann endlich doch die Augen zu, und sie sank in einen tiefen Erschöpfungsschlaf.

Als Helmut Stadelmann seiner Tochter gegenüber von einer gemeinsamen Zukunft mit Renate Simons geredet hatte, war er weit entfernt davon gewesen, eine Heirat ernsthaft in Betracht zu ziehen. Er wußte genau, daß er dem verwöhnten jungen Mädchen nichts zu bieten hatte als einen Haufen Schulden. Zudem war er sich des Altersunterschiedes deutlich bewußt – nein, das stimmte nicht ganz, er mußte sich anstrengen, an die dreizehn Jahre zu denken, die sie trennten, tatsächlich fühlte er sich in ihrer Gegenwart wie ein verliebter Pennäler. Ihre Jugend steckte ihn an, und die Umstände, unter denen sie sich trafen, gaben ihrem Verhältnis den Charakter einer Schülerliebe.

Alles mußte heimlich geschehen, weder Claudia noch die Eltern von Renate durften davon erfahren, er hatte kein Geld, sie auszuführen, und da er nichts von ihr annehmen wollte, kamen sie im Stadtpark zusammen oder fuhren an den Rhein oder in die Testerberge, machten lange Spaziergänge über den Deich oder durch die Wälder, Hand in Hand und immer wieder stehenbleibend, um sich zu küssen. Es war eine romantische Liebe, und daß sie keine Zukunft hatte, machte sie für Helmut noch faszinierender.

Aber er war ein Mann und nicht bereit, sich auf die Dauer mit Küssen und zärtlichen Berührungen zu begnügen. Er wollte

Renate ganz besitzen, und Voraussetzung dafür war, daß er sie mit in seine Wohnung nehmen konnte. Deshalb seine Andeutung Claudia gegenüber. Er mochte Renate nicht Ähnliches zumuten, wie Susi Dinkler es erlebt hatte. Deshalb wollte er ihr, zumindest Claudia gegenüber, eine offizielle Funktion in seinem Leben einräumen.

Das war auf Anhieb nicht gelungen, aber er war nicht bereit aufzugeben.

Die Nächte im September waren warm gewesen, und auch der sanfte Herbstregen hatte Helmut und Renate nichts ausgemacht. Aber der November brachte eisigen Wind. Sie spazierten, eng aneinandergeschmiegt, durch den Stadtpark. Die kahlen Äste boten ihnen keinen Schutz. Nur dort, wo die Laternen brannten, gab es hier und da noch ein wenig Grün.

»Wie schnell der Sommer vergangen ist«, stellte sie fest.

»Frierst du, Liebling?« fragte er besorgt.

»Nein, gar nicht.« Sie trug einen hellgrauen Persianermantel und einen dazu passenden Pelzhut. »Ich bin dick genug angezogen.«

»Trotzdem ... Wo sollen wir hin, wenn es Winter wird?«

»Das klingt ja ganz melancholisch!« Sie lachte. »Uns bleiben ja immer noch die Autos ... Deins oder meins.«

»Ein schwacher Trost.«

»Dann habe ich einen besseren für dich: das nächste Frühjahr kommt bestimmt.«

Er blieb stehen, um sie zu küssen. »Meine kleine Optimistin.«

Sie erwiderte seine Küsse weich und voller Hingebung.

»Warum besuchst du mich nicht mal?« fragte er.

»Heimlich, still und leise? Nein, danke, das ist nichts für mich. Da käme ich mir vor wie – also nein, sei mir nicht böse.«

»Ganz offiziell, hatte ich gedacht«, erklärte er. »Sonntagnachmittags zu Kaffee und Kuchen.«

»Das würde deiner kleinen Prinzessin nicht passen!«

»Ich werde dich als meine Verlobte ausgeben.«

Sie wich vor ihm zurück, nur wenig, aber er merkte es doch.

»Hast du was dagegen?« fragte er.

»Warum nur ausgeben?« fragte sie.

»Renate!«

Sie wandte sich ab. »Und ich habe mir eingebildet, dir etwas zu bedeuten.«

Er packte sie und drehte sie zu sich um. »Aber das tust du doch auch!«

»Aber wohl nicht genug.«

»Du kennst meine Situation …«

»Ja, deine berühmten Schulden! Aber allmählich scheint mir, du benutzt sie, um dich dahinter zu verstecken. Sechsunddreißigtausend Mark … Was ist das schon!«

»Für mich jedenfalls eine ganze Menge.«

»Wenn du mich liebtest … wenn du mir erlauben würdest, dir zu helfen, wärst du in der Hälfte der Zeit davon runter. Ich verdiene ja auch! Und gar nicht schlecht.«

»Was hältst du von mir! Ich kann doch nicht zulassen, daß du dein Geld …«

»Wenn wir verheiratet sind, ist es unseres!«

Sekundenlang schwieg er, sprachlos vor Betroffenheit. »Ist das dein Ernst?« fragte er endlich heiser. »Spielst du tatsächlich mit dem Gedanken …«

»Für mich ist die Liebe kein Spiel, Liebster.«

Er faßte sie beim Arm und zog sie in den Lichtkegel der nächsten Laterne; er hatte das Bedürfnis, ihr Gesicht ganz deutlich zu sehen. »Und was, glaubst du, würden deine Eltern dazu sagen?«

»Sie würden entsetzt sein, das ist sicher. Enttäuscht, empört. Nicht, weil du kein Geld hast, sondern weil du geschieden bist.«

»Aber du würdest es ihnen antun wollen? Du würdest das über dich bringen?«

»Es geht um mein Leben und meine Liebe. Es gibt nichts Wichtigeres. Was können sie schon tun? Mich vor die Tür setzen. Und wenn schon. Zum Glück hab' ich Steno und Maschine gelernt. Ich kann auch in einem anderen Betrieb arbeiten.«

Er sah sie staunend an. »Ich hätte dir nie soviel Härte zugetraut.«

Sie lachte wieder, ihr reizendes, sorgloses Lachen. »Dramatisiere es nicht, Liebster. Ich kenne meine Eltern. Mit der Zeit werden sie sich auch wieder abregen. Zuerst meine Mutter. Sie wird uns heimlich besuchen kommen. Später Vati. Ein Schwiegersohn in der gehobenen Beamtenlaufbahn … das entspricht sicher nicht ganz seinen Wunschvorstellungen, aber er wird sich sagen, daß es auch schlimmer hätte kommen können. Wahrscheinlich wird er sogar ganz froh sein, daß du keine Ambitionen hast, in den Betrieb einzusteigen. Er hat vor, eine Aktiengesellschaft oder eine Stiftung oder so was daraus zu machen.«

»Du hast dir alles sehr gründlich überlegt«, sagte er, von ihrer Zielstrebigkeit beeindruckt und irritiert zugleich.

»Das wundert dich? Wenn man den richtigen Partner gefunden hat, dann denkt man doch darüber nach, wie es weitergehen soll. Wäre es dir denn gleichgültig, mich zu verlieren?«

»Natürlich nicht. Aber ich hatte nicht zu hoffen gewagt ...« Er unterbrach sich. »Bist du dir auch klar darüber, was du alles für eine Ehe mit mir aufgeben würdest? Dein komfortables Zuhause, die großen Reisen, die Geschenke, mit denen deine Eltern dich ...«

Sie legte ihm den Finger auf die Lippen. »Hör auf damit. Jetzt redest du genau wie mein Vater. Jetzt fällt es mir auf: du hast überhaupt eine gewisse Ähnlichkeit mit ihm. Ihr seid beide gleich stur. Eines Tages werdet ihr euch prächtig verstehen.«

»Und wenn deine Rechnung nicht aufgeht? Wenn deine Eltern auch später nicht bereit sind, unsere Heirat zu akzeptieren?«

»Dann haben wir eben Pech gehabt. Aber so wichtig ist das doch auch nicht. Hauptsache, wir haben uns lieb und wir bleiben zusammen. Das möchtest du doch auch. Oder rede ich dir etwas ein, das du gar nicht willst? Du mußt es mir jetzt ganz ehrlich sagen.«

»Ich wünsche mir nichts sehnlicher«, erklärte er sehr ernst. »Du hast mir wieder neue Hoffnung gegeben. Mein Leben war so leer geworden.«

»Trotz Claudia? Ich hatte den Eindruck, daß ihr beide euch prima verstanden habt. Bis ich kam.«

»Nein«, sagte er. »Vielleicht sah es so aus, aber es war nicht so. Sie ist noch ein Kind, ein kleines Mädchen. Sie versteht gar nichts. Und sie ist sehr schwierig.«

»Ich werde schon mit ihr fertig werden.«

Er zog sie aus dem Lichtkreis der Laterne und küßte sie. »Dir trau ich es zu.« Er ließ sie los. »Vielleicht wäre es sogar besser, wenn *du es* ihr sagen würdest ...«

»Nein, Liebster, das mußt du tun. Sag ihr, daß du dich mit mir verlobt hast. Daß wir heiraten wollen. Das wirst du doch fertig bringen.«

»Bestimmt. Nur nicht von heute auf morgen.«

»Wer hat das verlangt? Wir haben doch Zeit, viel Zeit ... jetzt, wo wir unser Ziel kennen.«

Am Nachmittag ging Claudia ins Wall-Kaufhaus, weil sie errechnet hatte, daß die Lebensmittel hier billiger waren als in den Einzelhandelsgeschäften, obwohl es bei den Kleinigkeiten, die sie einkaufte – Brot, Kartoffeln, Margarine, Brühwürfel, Tütensuppen, Malzkaffee und Eier –, nur um einen Unterschied von Pfennigbeträgen ging. Aber es war Claudia wichtig, so billig wie irgend möglich einzukaufen, nicht nur, weil sie dem Vater sparen helfen, sondern vor allem, weil sie es besser machen wollte als die Mutter. Sie hatte die Streitereien, die es zwischen den Eltern bei den allwöchentlichen Abrechnungen gegeben hatte, noch in häßlicher Erinnerung.

Es versteht sich, daß sie nicht das einzige Kind war, das sich ohne Begleitung Erwachsener im Wall-Kaufhaus aufhielt, aber sie unterschied sich deutlich von den anderen. Obwohl sie Zeit genug hatte, dachte sie nicht daran, müßig herumzuschlendern und Spielzeug oder Modeschmuck zu betrachten, sondern sie ergriff gleich am Eingang einen der Drahtkörbe und marschierte zielbewußt zur Lebensmittelabteilung, wo sie mit Bedacht ihre Auswahl traf. Ihr spitzes kleines Gesicht zeigte den Ausdruck einer mit Sorgen und Verantwortung überlasteten Hausfrau.

Dabei waren ihre Wünsche kindlich genug. Sie hätte so gern dem Vater etwas Besonderes vorgesetzt, vielleicht ein paar Scheiben von dem rosigen gekochten Schinken – nein, nicht daran zu denken, viel zu teuer. Eine Dose Ölsardinen im Sonderangebot zu 59 Pfennigen konnte sie sich gerade noch leisten.

Aber unmöglich konnte sie den Vater mit diesen Ölsardinen auch nur fünf Minuten länger als gewöhnlich ans Haus fesseln. Vielleicht fand er ihren Einkauf sogar verschwenderisch und würde enttäuscht von ihr sein.

Claudia kämpfte mit sich, ob sie die Dose auf den Stapel zurücklegen sollte, brachte es dann aber doch nicht über sich. Sie merkte, daß sie plötzlich selber einen wahren Heißhunger auf diese Sardinen spürte.

Auch Milchschokolade gab es im Sonderangebot, aber der Vater machte sich nichts aus Süßigkeiten. Also schon abgeschrieben. Was gab es, womit sie ihn überraschen konnte?

Suchend sah sie sich um und geriet an den Ständer mit Spirituosen. Whisky! Das war es, was der gutaussehende, braun gebrannte Mann auf den Plakaten an der Bretterwand trank! Und er sah dabei so glücklich und entspannt aus, hatte den freien Arm um eine blonde junge Frau gelegt, die sich an ihn schmiegte und zu ihm emporlächelte. Im Hintergrund brannte ein Kaminfeuer. Sie hatte das Plakat oft und ausgiebig betrachtet, weil es ihr gefiel. Und jetzt stand genau die gleiche Flasche vor ihr wie auf dem Bild. Deutsches Erzeugnis, 12,75 DM. Das wäre genau das Richtige für Vati! Aber sie hatte keine Möglichkeit, ihn zu kaufen.

In dieser Sekunde war es Claudia so, als müßte sie den Whisky einfach haben. Sie griff zu ohne nachzudenken, steckte die Flasche blitzschnell unter ihren Anorak, wo er im Bund der zu weit gewordenen Hose einen gewissen Halt fand.

Erst danach drehte sie sich um und stellte fest, daß niemand sie beobachtet hatte. Ohne zu zögern, aber auch ohne Hast ging sie zur Kasse, zeigte die Einkäufe in ihrem Drahtkorb vor, ließ die Beträge zusammenrechnen und zahlte, gepeinigt von der Angst, die Flasche könnte zu Boden fallen. Dennoch wagte sie nicht, sie mit der Hand zu halten, steckte nur den Bauch ein bißchen vor, um zu verhindern, daß sie durch eines ihrer Hosenbeine rutschte.

Erst als sie die Straße erreicht hatte, nahm sie die Plastiktüte mit den Einkäufen rasch in die linke Hand und hielt die Flasche mit der rechten über dem Magen fest. Auch jetzt noch wagte sie nicht, sie herauszuholen oder auch nur unter den Anorak zu greifen, weil sie fürchtete, daß sie einem Passanten auffallen könnte.

Als sie dann in der Sicherheit des heimischen Hausflurs ihre kostbare Beute endlich bergen konnte, zitterten ihr die Knie so sehr, daß sie sich auf die Treppenstufen setzen mußte. Das Herz schlug ihr heftig gegen die Rippen, aber sie empfand keine Schuld, sondern ein Triumphgefühl.

Die Unterhaltung zwischen Claudia und ihrem Vater war während des einfachen Essens mehr als gezwungen. Sie löffelten die Bohnensuppe, die Helmut am Tag zuvor mit Hilfe seiner Tochter gekocht hatte.

Claudia versuchte Konversation zu machen, lobte die Suppe, fragte, ob sie eine Flasche Bier aufmachen solle, erzählte kleine Erlebnisse aus der Schule, fragte nach seinen Wünschen zu Weihnachten – und erhielt immer nur brummige und zerstreute Antworten. Helmut war ganz mit dem Problem beschäftigt, wie er ihr seine Verlobung mit Renate beibringen sollte.

Kaum hatte er den Löffel aus der Hand gelegt, sagte er: »Hör mal, ich muß mit dir reden ...«

Sie sprang auf. »Laß mich erst abräumen ... bitte!« Ihre Wangen glühten.

»Von mir aus.« Er zündete sich eine Zigarette an und war, ohne es sich selber einzugestehen, für den kleinen Aufschub dankbar.

Es dauerte unverhältnismäßig lange, bis Claudia wieder ins Wohnzimmer kam, und dann trug sie ein Tablett vor sich her, das mit einem sauberen Geschirrtuch bedeckt war.

»Nanu!« sagte er. »Was soll denn das?«

»Eine Überraschung!« Claudia setzte das Tablett auf den Tisch und zog, wie ein Zauberkünstler, mit einer raschen Bewegung das Geschirrtuch fort; zum Vorschein kamen die Whiskyflasche, ein Glas und eine Schale mit Eiswürfeln.

Helmuts Augen leuchteten kurz auf – nur für den Bruchteil einer Sekunde, dann verfinsterten sich seine Züge. »Wo hast du das her?«

»Gekauft natürlich«, behauptete Claudia und spielte die Unbefangene.

»Du kannst das nicht gekauft haben. So eine Flasche kostet mindestens ...«

»Zwölf Mark fünfundsiebzig«, ergänzte sie rasch, »und ich habe sie doch gekauft. Von meinem Taschengeld.«

»Von fünfzig Pfennig in der Woche?«

»Ich habe eben gespart.«

»Du lügst!« Er erhob sich. »Du hast das Geld gestohlen!«

»Das ist nicht wahr!«

»Du hast mich mit dem Einkaufsgeld betrogen! Wie deine Mutter!«

»Nein!« schrie sie. »Nein!«

Er packte sie bei den mageren Schultern und schüttelte sie. »Wie willst du auf ehrliche Weise an zwölf Mark fünfundsiebzig kommen?! Erklär mir das! Aber ehrlich, wenn ich bitten darf. Komm mir bloß nicht damit, die Mutti hätte dir Geld geschickt oder du hättest es von der Oma geschenkt bekommen! Das kann ich nämlich nachprüfen ...«

»Ich wollte dir eine Freude machen, Vati, nur deshalb … Ich wollte, daß du es mal richtig gemütlich zu Hause hast …«

»Woher hattest du das Geld?«

»Ich hatte es ja gar nicht.«

Das brachte ihn aus der Fassung; er ließ sie los. »Nicht? Aber dann …«

»Ich habe die Flasche genommen.«

»Du willst sagen, du hast sie …geklaut? Meine eigene Tochter stiehlt?«

»Doch bloß deinetwegen, Vati.«

»Also, ich kann nur sagen … von mir hast du das nicht. In unserer Familie ist so etwas noch nie vorgekommen. Wir sind und waren ehrliche Leute. Nein, in unserer Familie hat es keine Verbrecher gegeben.«

»Aber, Vati … ich bin doch keine Verbrecherin!«

»Wie kann man einen Menschen denn sonst nennen, der fremdes Eigentum an sich nimmt? Einen Dieb! Wenn dir das besser gefällt …«

Das war zuviel. Claudia begriff gar nicht mehr, was für eine Lawine über sie hereinbrach. Ihre Tränen waren versiegt, sie starrte ihren Vater nur noch stumm, mit weit aufgerissenen Augen an.

»Wer weiß, wie oft du schon so etwas gemacht hast«, schimpfte er weiter. »Eine Tafel Schokolade hier, ein Päckchen Kaugummi da! Was mach ich jetzt nur? Eigentlich müßte ich dich zwingen, die Flasche zurückzubringen, ganz offiziell. Wo hast du sie her?«

Claudia brachte kein Wort heraus.

»Gib Antwort!« tobte er.

»Wall-Kaufhaus«, sagte sie mühsam; ihre Stimme war heiser, die Mundhöhle war ihr wie ausgetrocknet.

»Ja, ich müßte dich zwingen, den Whisky zurückzubringen, und wenn es nur um dich ginge, ich täte es … weiß Gott, ich tat's! Aber es geht in erster Linie um meinen Ruf, mein Ansehen als Beamter. Wie stehe ich denn da, wenn herauskommt, daß meine Tochter eine Diebin ist.« Er lief von einer Wand zur anderen. »In die Erziehungsanstalt kann ich dich auch nicht stecken. Da gehörten Kinder wie du nämlich hin, daß du es nur weißt! Aus dem gleichen Grund. Alles würde auf mich zurückfallen. Alles. Wenn das herauskäme …«

Trotz ihrer Verstörtheit sah Claudia ein, daß sie unrecht getan hatte. Nur begriff sie nicht, warum ihr Vater sich so aufführte. Er war doch ein erwachsener Mann, so stark und klug; er hätte doch Mittel und Wege finden müssen, die Dinge wieder in Ordnung zu bringen und sie und sich vor den Folgen ihrer Dummheit zu schützen, anstatt mit ihr herumzuschreien. Zwar hatte sie ihn im Streit mit der Mutter schon manchmal so erlebt, aber dann hatte sie immer ihr die Schuld gegeben – überzeugt, daß sie ihn mit ihrer flinken Zunge über die Maßen gereizt hatte. Aber fühlte er denn nicht, daß seine Tochter sich in den Diebstahl nur verstrickt hatte, weil sie ihm eine Freude hatte machen wollen?

Claudia war erschüttert, aber immer noch nicht bereit aufzugeben. »Bitte, verzeih mir, Vati«, bat sie. »Ich verspreche dir: Ich werde so etwas nie wieder tun.« Sie tat einen Schritt auf ihn zu – jetzt mußte er sie doch tröstend und schützend in die Arme nehmen!

Er dachte nicht daran. »Darauf kannst du dich verlassen«, erklärte er böse, »von nun an weht ein anderer Wind. Aus ist es mit der Verwöhnung. Ich habe dich immer für ein kluges, verantwortungsbewußtes Mädchen gehalten ...«

»Vater!« schrie sie. »Hör auf damit! Ich hab' dir ja gesagt, daß es mir leid tut. Was verlangst du sonst noch von mir?« Sie griff nach der Flasche. »Meinetwegen, ich bringe den Whisky zurück ...«

Er riß ihr die Flasche aus der Hand. »Du wirst nichts dergleichen tun. Ich will nicht, daß die Sache an die große Glocke kommt.«

»Ich stelle ihn heimlich wieder hin. So wie ich ihn genommen habe.«

»Das ist viel zu riskant.« Er tat die Flasche in ein Abteil der großen Wohnwand und schloß es ab. »Nein, an dem, was geschehen ist, läßt sich nichts ändern. Wir müssen an die Zukunft denken. Es wird höchste Zeit, daß wieder eine Frau ins Haus kommt, damit du nicht völlig verwahrlost. Ich wollte es nicht, aber du zwingst mich ja dazu.« Bei dieser faustdicken Lüge wagte er denn doch nicht, sie anzusehen und trat ans Fenster. »Ich werde heiraten.«

»Renate Simons etwa?«

»Sprich nicht in diesem Ton von einer Frau, die mir sehr viel bedeutet.«

»Aber das ist doch nicht wahr, Vati, das kann nicht wahr sein! Die ist doch einfach blöd.«

»Claudia! Du wirst dir gleich eine fangen ...«

»Sie hat dich eingewickelt mit ihrer Augenrollerei und ihrem Parfüm und ihrem albernen Getue. Sie hat es auf dich abgesehen gehabt, von Anfang an. Aber die kann Mutti doch nicht das Wasser reichen ... und außerdem ist sie viel zu jung für dich.«

Helmut lief rot an, er hob die Hand und holte aus, aber sie war auf der Hut. Sie duckte sich, und der Schlag ging ins Leere. Rasch sprang sie zurück und brachte sich hinter dem neuen Sessel – einem Beitrag Susi Dinklers zur häuslichen Gemütlichkeit – in Sicherheit.

Doch er bereute schon seine Heftigkeit und zwang sich zur Ruhe. »Renate kommt Sonntagnachmittag«, sagte er. »Wir werden miteinander Kaffee trinken, und du wirst lieb und nett zu ihr sein, wie es sich gehört.«

»Ich werde gar nicht da sein!« schrie Claudia.

»Das werden wir ja sehen.«

Ohne Gruß verließ Helmut Stadelmann das Zimmer, schnappte sich in der Garderobe Mantel und Hut und stürmte aus der Wohnung.

Claudia wußte, jetzt würde er sich wieder mit Renate Simons treffen. Sie war zu wütend, um traurig zu sein.

Bis zum Sonntag machte Claudia einen Plan nach dem anderen, wie sie ihrem Vater Renate Simons vermiesen oder sie aus dem Haus ekeln könnte. Sie hatte die abenteuerlichsten Ideen, aber jede barg die Gefahr, daß sie sich ins Unrecht setzen würde, und das wollte sie nicht riskieren.

Am Samstagabend, wieder einmal allein, war sie drauf und dran, in Düsseldorf anzurufen. Die Mutter hatte in ihrem letzten Brief geschrieben, daß sie hin und wieder auch am Wochenende arbeiten müsse, Kunden zuliebe, die sonst keine Zeit hatten. Vielleicht war sie also in ihrem Kosmetik-Institut, und dort hatte sie ja Telefon.

Aber was hätte das für einen Zweck gehabt? Der Mutter etwas vorjammern – das mochte sie nicht, den Vater verklagen, noch weniger, und auf einen Rat konnte sie auch nicht hoffen, denn die Mutter hatte es ja selber nie verstanden, den Vater richtig zu behandeln.

Nein, die Mutter konnte ihr auch nicht helfen. Claudia begriff, daß sie ganz auf sich gestellt war. Sie hatte keine Waffen, um gegen Renate Simons zu kämpfen. Es blieb ihr nichts anderes übrig, als sich ganz klein zu machen, so nett und höflich zu sein, wie sie es gerade noch über sich brachte – und darauf zu warten, daß die andere sich eine Blöße gab.

Lange konnte sie nicht einschlafen. Sie war noch wach, als Helmut Stadelmann zurückkam. Aber sie machte nicht mehr den Fehler, es sich anmerken zu lassen. Mit geschlossenen Augen und regelmäßigen Atemzügen heuchelte sie Schlaf, als er nach ihr sah.

Erst als er sachte die Tür von außen ins Schloß zog, sprang sie auf, preßte das Auge ans Schlüsselloch und lauschte. Er war allein – wenigstens war er allein nach Hause gekommen!

Beruhigt kletterte sie wieder ins Bett und schlief jetzt sehr schnell ein.

Der Eifer, mit dem Martina jede kosmetische Behandlung vornahm, wurde belohnt: fast jeder Kunde, der einmal bei ihr gewesen war, kam früher oder später wieder, die meisten sogar regelmäßig. Das freute sie und machte sie stolz. Aber es sicherte nicht ihre Existenz.

In den ersten Monaten hatte sie den Eindruck gehabt, die Zahl ihrer Kunden vermehre sich ständig, und das war auch der Fall gewesen. Aber dann trat ein Stillstand ein. Da halfen auch keine Inserate. Noch weigerte Martina sich, es einzusehen, aber es war einfach so, daß Karla und sie inzwischen alle Frauen und Männer für sich gewonnen hatten, die im Gebiet um die Melanchthonstraße für eine kosmetische Behandlung in Frage kamen. Die anderen, die zur Arbeit oder auch zum Einkaufen in die Innenstadt fuhren, ließen sich nach wie vor dort behandeln, weil es ihnen bequemer war.

Martina, die so fest an ihren Erfolg geglaubt hatte, war tief enttäuscht. Sie rechnete und rechnete und suchte nach einer Möglichkeit, das Glück auf ihre Seite zu zwingen.

Karla nahm es wesentlich gelassener auf. Sie sah in dem Kosmetik-Institut einen Besitz, der ihr, mindestens zur Hälfte, gehörte. Daß er ihr nicht genug einbrachte, störte sie nicht so sehr, da ihr Freund sie nach wie vor unterstützte. Er kam an drei Nachmittagen in der Woche zu ihr, und an diesen Nachmittagen und Abenden fiel Karla für das Geschäft aus. Martina ärgerte sich darüber.

»Vorläufig lebe ich ja noch von meinem Süßen«, verteidigte Karla sich achselzuckend. »Da muß ich mich ja wohl nach seinen Terminen richten. Wenn ich erst einmal unabhängig bin …«

»Aber das wirst du nie! Jedenfalls nicht, wenn du so weitermachst.«

Die beiden Frauen saßen in den schönen Mahagonisesseln im Vorraum des Instituts und warteten wieder einmal auf Kunden.

»Quatsch.« Karla zündete sich eine Zigarette an. »Es ist doch ganz egal, ob wir zu zweit Däumchen drehen oder eine für sich allein. Bis jetzt haben wir ja, Gott sei's geklagt, so wenig Kunden, daß wir es uns mit Leichtigkeit einteilen können.«

Martina wedelte den Rauch von sich. »Aber es ist nicht gerecht, daß ich drei Nachmittage in der Woche mehr arbeiten soll als du.«

»Dafür stelle ich mich freiwillig samstags und sonntags zur Verfügung.«

»Was nutzt das, wenn die Hauser – und nicht nur die Hauser – darauf besteht, von mir behandelt zu werden?«

Frau Hauser – Gerlinde Hauser – war eine Frau etwa in Karlas Alter. Sie arbeitete als Direktrice in einem Modesalon auf der »Kö« und hatte, wie einige andere berufstätige Frauen, auf deren Kundschaft die jungen Kosmetikerinnen angewiesen waren, nur am Wochenende Zeit.

»Deine eigene Schuld!« gab Karla ungerührt zurück. »Warum wirfst du dich auch auf jeden, der kommt, als wenn's ein besonderer Fall wäre? Klar, daß sie sich dann was einbilden. Aber das hältst du nicht durch, das wollte ich dir schon längst mal sagen. Du betreibst die Kosmetik, als ob's dein Hobby wäre. Wenn du erst mal begreifst, daß es sich um einen Beruf handelt, wirst du auch langsamer treten.«

Martina wurde böse. »Vielleicht ist es gerade umgekehrt.«

»Wie meinst du das?« Karla schnappte den Köder.

»Warum wechseln so viele Kundinnen von dir zu mir über? Nicht nur, weil du an den gewissen Nachmittagen unerreichbar bist, sondern …«

Karla fuhr hoch. »Nun sag bloß noch, ich sei keine gute Kosmetikerin!«

»Doch. Gut bist du. Sonst hätte ich mich gar nicht mit dir zusammengetan. Aber wenn man wirklich was erreichen will, muß man besser sein als die anderen.«

»Ganz schön eingebildet!«

»Karla, ich sag's ja nicht, um mich hervorzutun, ich will dir ja bloß klarmachen, wo wir stehen: Wenn ich mich nicht so ins Zeug legte, hätten wir noch weniger Kunden. Bleiben wir mal bei dem Beispiel Hauser. Die würde wie früher untertags mal zu Heerdegen rüberspringen, wenn ich ihr nicht das Gefühl gäbe, daß bei uns mehr für sie getan wird.«

Karla lachte.

»Was ist daran so komisch?« fragte Martina irritiert.

»Daß du sehr viel mehr tust als bei Heerdegen ... und trotzdem sehr viel weniger verdienst. Hast du schon mal darüber nachgedacht?« Sie drückte ihre Zigarette aus.

»Hör mal, ich habe gerade versucht, dir zu erklären ... aber wenn es dir nicht paßt, warum steigst du dann nicht aus? Zum nächstmöglichen Termin?«

Karla sprang auf. »Das könnte dir so passen. Ich soll dir mein Geschäft überlassen? Du bist wohl nicht bei Trost, mir so was vorzuschlagen?«

»Eine von uns könnte der Laden ernähren.«

»Die eine von uns könnte dann bloß ich sein. Auf meinen Namen läuft das Institut. Ich bin die ausgebildete Kosmetikerin und bin keinesfalls bereit aufzugeben.«

»Immerhin«, sagte Martina anerkennend.«

»Was heißt das ... immerhin?«

»Immerhin hast du Stehvermögen. Aber wie soll's dann weitergehen?«

Karla drehte sich vor dem hohen Spiegel, prüfte ihre Figur und zog den Gürtel ihres weißen Nylonkittels enger. »Ich sollte wirklich ein paar Pfund abnehmen«, stellte sie fest, und dann, in einem Atemzug zu Martina: »Du nimmst die Dinge zu schwer. Zugegeben, unsere Situation ist im Augenblick reichlich mies. Aber das ist doch kein Wunder. Jetzt vor Weihnachten geben die Leute ihr Geld für andere Dinge aus.«

»Und nach Weihnachten haben sie keins mehr.«

»Stimmt haargenau. Aber laß erst mal Frühling werden, laß sie ihre grauen verknitterten Gesichter in der hellen Sonne sehen … Dann werden sie in Scharen kommen!«

Das leuchtete Martina ein. »Es war gut, daß wir uns mal ausgesprochen haben«, sagte sie. »Du hast recht: es wäre gelacht, wenn wir zwei Schönen es nicht schaffen würden.«

Es klingelte an der Eingangstür. »Das wird die Lehrerin sein!« Martina betätigte den Drücker. »Die ist für fünfzehn Uhr eingetragen.«

Karla verzog sich rasch, um Tätigkeit vorzutäuschen, und als Martina die junge Studienrätin begrüßte, gab sie sich ganz heiter und entspannt.

»Guten Tag, Frau Doktor. Pünktlich auf die Minute, wie immer!«

Die Studienrätin erwiderte Martinas Lächeln. »Ehrlich gestanden, ich muß aufpassen, daß ich nicht zu früh komme. Sie ahnen nicht, wie ich mich jedesmal auf die Behandlung freue. Es ist so erholsam bei Ihnen. Und nachher fühlt man sich wie ein ganz neuer Mensch!«

Diese Worte waren dazu angetan, Martinas letzte Zweifel zu vertreiben, und mit Begeisterung stürzte sie sich in die Arbeit, die sie gelernt hatte.

Die Weihnachtsfeiertage verbrachten Martina und Stefan bei der alten Frau Wülfing in Essen. In früheren Jahren hatte Martina ihre Familie nur am ersten Feiertag, Helmuts Verwandtschaft am zweiten besucht, und am Heiligen Abend waren sie zu Hause geblieben.

Aber in diesem Jahr war sie froh über die Einladung der Großmutter. Bob Scheller hatte ihr verlegen klargemacht, daß er sich in dieser Zeit seiner Mutter widmen müsse, und es war ihr recht, ihm sagen zu können, daß sich das gut traf, weil sie auch nicht verfügbar war.

Daß er sich so nicht einbilden konnte, sie würde sich in Sehnsucht nach ihm verzehren, war einer der Gründe, warum sie gerne nach Essen fuhr. Der wichtigere: sie hoffte, Claudia dort zu begegnen. Zwar hatte sie von Helmut keine feste Zusage bekommen, rechnete aber doch damit, daß er sie wenigstens an einem der Nachmittage zur Familie der Mutter lassen würde. Deshalb hatte sie ihr Geschenk auch nicht abgeschickt.

Stefan sollte ein Paar Rollschuhe bekommen, die er sich dringend wünschte, weil Dieter Schwarzenbach auch welche hatte. Für Claudia hatte Martina aus einem hübschen blauen Wollstoff, den sie in der Restestube erstanden hatte, ein Kleid genäht. Da ihr dieses Geschenk aber zu praktisch-nüchtern erschien, hatte sie noch ein dickes Märchenbuch dazugelegt.

Die Feiertage verliefen, wie üblich, ziemlich langweilig und für Martina, auf die die beiden anderen Frauen den größten Teil der zusätzlichen Arbeit abschoben, anstrengend. Es gab zu schweres Essen, zuviel Getränke und zuwenig Gesprächsstoff. Zudem war das Wetter schlecht. Den Niederschlägen war oft nicht anzusehen, ob sie Regen bleiben oder Schnee werden wollten. Jedenfalls animierten sie nicht zum Spazierengehen. Stefan war nicht davon abzuhalten, seine Rollschuhe in dem langen Flur auszuprobieren und gab damit den Erwachsenen Anlaß zum Streit. Martina begann sich bald nach der Abgeschiedenheit ihres Gartenhäuschens zurückzusehnen, und Stefan fragte schon am ersten Tag: »Wann hauen wir endlich wieder ab?«

Claudia erschien unangemeldet am zweiten Feiertag, kurz vor dem Mittagessen.

Stefan hatte ihr die Tür geöffnet und schrie gleich durch die ganze Wohnung: »Claudia! Denkt euch, Leute, Claudia ist da!«

Martina stürzte als erste auf den Flur hinaus. Claudia schien ihr älter geworden, sehr gewachsen und erschreckend mager. Ohne das leiseste Lächeln begrüßte sie ihre Mutter. Aber sie ließ sich widerstandslos in die Arme nehmen und auf beide Wangen küssen.

Es stellte sich heraus, daß sie für alle selbstgemachte Geschenke mitgebracht hatte, je einen grün und rot gehäkelten Topflappen für die Frauen, einen aus Luftschlangen geformten, mit Wasserglas gehärteten Aschenbecher für Kurt Handschuhmacher, ihren Stiefgroßvater, und für Martina ein mit roten Blumen bemaltes Glas.

»Weißt du, ich hätte es lieber bunt bemalt«, erklärte sie ernsthaft, »aber das wäre zu teuer geworden.«

»So ist es sehr schön, Liebling«, lobte Martina, »und was hättest du auch mit den vielen Farbresten anfangen sollen?«

»Ja, eben.«

Für Stefan hatte sie Bücherstützen mit den Schuppen von Tannenzapfen beklebt, und obwohl Stefan nicht recht wußte, was er damit anfangen sollte, staunte er doch über ihre Handfertigkeit. Auch Großmutter und Urgroßmutter bewunderten Claudias Geschenke, und allmählich stieg ein feines Rot in die Wangen des kleinen Mädchens.

Sie aß wenig von dem Schmorbraten, den es an diesem Mittag gab, aber es schien ihr zu schmecken. Über das blaue Kleidchen freute sie sich und gab auch zu, daß sie es brauchen konnte. Die Länge hatte Martina richtig eingeschätzt, aber sie hatte nicht damit gerechnet, daß Claudia noch dünner geworden war. Sie versprach es gleich zu ändern und dann zu schicken. Von dem Buch war Claudia begeistert, wenn sie das auch nur schlecht zeigen konnte. Sie drückte es an die Brust und sah aus, als wollte sie am liebsten gleich mit dem Lesen anfangen. Aber das kam natürlich gar nicht in Frage, denn zuerst mußte die Küche gemacht und dann gleich wieder für Kaffee und Kuchen gedeckt werden. Später wurde, wie es seit jeher in der Familie bei solchen Festlichkeiten üblich war, Rommé gespielt. Die alte Frau Wülfing spielte es, wie immer, trickreich und schreckte auch vor einer kleinen Mogelei nicht zurück. Martina und Claudia zeigten Ehrgeiz und versuchten zu gewinnen, Martinas Mutter nahm es gleich persönlich, wenn sie eine Karte, die sie brauchen konnte, nicht bekam, Stefan war ungeschickt und hatte Anfängerglück, während es Kurt Handschuhmacher nichts ausmachte, die Rolle des Verlierers zu übernehmen.

Zu einem Gespräch mit Claudia kam Martina gar nicht. Sie hätte auch nicht recht gewußt, was sie mit ihr reden sollte. Es schien ihr falsch, sie nach ihrem Leben mit dem Vater auszufragen – obwohl sie spürte, daß Claudia bedrückt war. Sie konnte sich vorstellen, daß die beiden es nicht leicht miteinander hatten. Nur ganz zum Schluß, als Claudia erklärte, jetzt aufbrechen zu müssen, waren sie für wenige Minuten an der Garderobe allein. Martina half ihrer kleinen Tochter in das Mäntelchen.

»Jetzt sind wir so wenig zusammen gewesen«, stellte sie bedauernd fest. »Dabei hast du mir doch sicher viel zu erzählen.«

Claudia blickte sie nur stumm aus ihren blauen, hell bewimperten Augen an.

»Nicht wahr?« stieß Martina nach.

Claudia schüttelte stumm den Kopf.

»Wenn du zurück möchtest, Liebes«, sagte Martina, »dein Zimmer wartet auf dich, und ich wäre sehr glücklich.« Sie nahm das kleine Mädchen in die Arme und spürte, wie Claudias Lippen ihre Wange berührten.

Aber diese Bewegung war so flüchtig, daß sie sich auch getäuscht haben konnte.

Helmut Stadelmann war gereizt und übler Laune.

Claudia, die am meisten darunter zu leiden hatte, nahm es als gutes Zeichen. Anlaß für seine Verstimmung konnte nur Renate Simons sein. Wahrscheinlich, so hoffte Claudia, hatte er inzwischen selber erkannt, daß sie nicht zu ihm paßte und suchte nun nach einem Weg sie loszuwerden. Da sie das junge Mädchen kannte, wußte sie, daß das nicht einfach sein würde. Deshalb wartete sie nur auf einen Wink, um ihrem Vater zu helfen und Renate zu vergraulen.

Aber sie deutete die Situation falsch. Zwar hing Helmuts schlechte Laune mit Renate zusammen, aber nicht so, wie Claudia glaubte.

Helmut litt darunter, daß Renate, obwohl er sich inzwischen zu ihr als seiner künftigen Frau bekannt hatte, nicht bereit war, mit ihm zu schlafen.

»Doch nicht in euren Ehebetten!« hatte sie abgelehnt. »Da würde dich doch alles an deine Frau erinnern ... und an die andere, die eure Ehe kaputtgemacht hat.«

»Aber du hast gesagt, es macht dir nichts aus, mit mir in der gleichen Wohnung zu leben!«

»Als deine Frau, ja! Aber das ist doch etwas ganz anderes!«

Bei ihrer energischen Weigerung, die so gar nicht zu ihrem sorglosen Leben passen wollte, war ihm ein Verdacht gekommen. »Bist du etwa noch ... unberührt?«

»Ja«, hatte sie schlicht geantwortet. »Ich habe mich für den Mann meines Lebens aufbewahrt. Und deshalb mußt du auch verstehen, daß ich es das erste Mal ganz richtig haben möchte ... ganz schön.«

Wahrscheinlich hätte er sie dennoch weiter gedrängt, wenn Claudia nicht gewesen wäre. Seine Tochter gab sich in letzter Zeit sehr zahm, war nett und höflich Renate gegenüber. Aber er mißtraute ihrem lammfrommen Gehabe und spürte, daß sie noch lange nicht aufgegeben hatte. Noch zu gut waren ihm die Szenen in Erinnerung, die sie ihm damals, während seiner Affäre mit Susi Dinkler, gemacht hatte. Wenn es ihm wirklich gelang, Renate in sein Schlafzimmer zu bringen, ob tags oder nachts, würde Claudia sich etwas einfallen lassen, ihr Beisammensein zu stören. Genau das wollte er seiner jungen Verlobten nicht zumuten.

Aber er litt unter diesem Zustand, weil er, obwohl nicht besonders temperamentvoll, doch nicht gewohnt war, über längere Zeit Enthaltsamkeit zu üben. Das fiel ihm um so schwerer, als er wirklich ernsthaft verliebt war.

Noch etwas kam hinzu. Renate hatte ihn ihren Eltern vorgestellt, und sie hatten genauso reagiert, wie sie vorausgesagt hatte: mit äußerster Mißbilligung. Zwar waren sie ruhig und höflich gewesen, hatten ihm ein Glas Portwein angeboten und sich alles angehört, was er zu sagen hatte. Aber auf seine Bitte um die Hand ihrer Tochter hatten sie mit einem klaren Nein geantwortet.

»Natürlich können wir Renate nicht verbieten, Sie zu heiraten«, hatte Herr Simons, ein korpulenter kleiner Herr, der sich schwer mit dem Atmen tat, erklärt. »Im März ist sie einundzwanzig und kann tun und lassen, was sie will. Aber wenn sie Sie nimmt, darf sie ... und dürfen Sie ...« – er hatte mit dem ausgestreckten Zeigefinger in Helmuts Richtung gestochen – »auf keinerlei Unterstützung von unserer Seite rechnen. Renate bekommt eine Aussteuer, die steht ihr zu, aber mehr auch nicht. Überlegen Sie es sich also gut.«

»Das habe ich bereits getan«, hatte Helmut behauptet.

Aber es war ihm nicht ganz wohl dabei gewesen. Renate Simons war ein reizendes Mädchen, und er war verliebt in sie. Aber er war entschlossen gewesen, nicht wieder und schon gar nicht so bald zu heiraten. Der Gedanke war ihm nur gekommen, weil er sie für eine reiche Erbin gehalten hatte. Jetzt, da sich dies als falsch erwies – einem Mann wie ihrem Vater würde es mit der Hilfe gerissener Rechtsanwälte auch gelingen, ihr das Pflichtteil vorzuenthalten –, kamen ihm Bedenken. Er war sich nicht mehr klar darüber, ob er sie nun heiraten wollte oder nicht.

Wenn er mit ihr zusammen war, schien alles gut. In ihrer Gegenwart fühlte er sich wohl, und ihre leichte, heitere Art gab ihm keine Chance zu grübeln. Aber sobald er allein war, überfielen ihn Sorgen und ein steigendes Unbehagen. Er gab sich Mühe, es Claudia nicht entgelten zu lassen, aber es fiel ihm schwer, sich zusammenzunehmen.

Am Silvesterabend kam Renate Simons gegen acht Uhr. Sie war sehr elegant in einem langen Abendkleid aus weißem Wollgeorgette, denn Helmut und sie wollten später noch groß ausgehen. Zuerst aber sollte für Claudia eine Vorfeier des Jahreswechsels mit Bleigießen und Knallbonbons stattfinden. Das war Renates Idee gewesen, die sich sehr um die Freundschaft ihrer zukünftigen Stieftochter bemühte; sie hatte auch eine kleine Eisbombe zum Nachtisch mitgebracht.

Zuerst gab es Bratkartoffeln, Sülze und Bier, und Renate lobte Claudias Kochkünste. Die Eisbombe war sehr gut. Helmut machte sich nichts aus Süßem, aber Renate und Claudia aßen, bis sie nicht mehr konnten. Den Rest stellte Claudia in das Gefrierfach des Eisschranks.

»So, und jetzt wird Blei gegossen!« rief Claudia; sie war sehr aufgedreht an diesem Abend. »Aber das kannst du unmöglich in diesem Kleid!« Renate sah an sich herunter. »Du kriegst schwarze Flecke hinein, die nie mehr rausgehen«, warnte Claudia.

Renate lächelte ihr zu. »Danke, daß du mich darauf aufmerksam gemacht hast. Aber was soll ich denn sonst anziehen?«

»Einen Kittel von Mutti?« schlug Claudia vor. »Der ist zwar nicht mehr ganz gut ... aber wenn was damit passiert, können wir ihn einfach wegwerfen.« Sie lief ins Schlafzimmer, um den vergessenen Kittel aus dem Wäschefach zu holen.

Renate sah Helmut strahlend an. »Siehst du, wie gut wir uns schon verstehen!«

»Du bist eine Zauberin!« Er machte einen Schritt auf sie zu und wollte sie in die Arme nehmen.

Sie wehrte ab. »Doch nicht jetzt! Sie kann jeden Augenblick zurück sein.«

Da war Claudia auch schon wieder und stellte mit Genugtuung fest, daß zwischen Helmut und Renate ein Abstand von mehr als einem Meter war. Sie gab Renate den auseinandergefalteten Kittel.

»Danke! Wo ziehe ich mich nun um?«

»Am besten im Bad«, schlug Claudia vor, und Renate folgte ihr.

Helmut war der Gedanke unbehaglich, Renate gleich in einem Kleidungsstück von Martina sehen zu müssen, aber dann erinnerte an ihr auch im weißen Kittel nichts, aber auch gar nichts an Martina.

Claudia lief eifrig hin und her, deckte ein altes Wachstuch über den Tisch, holte eine Schüssel mit Wasser und stellte eine brennende Kerze im Halter dazu. »Jetzt kann's losgehen!«

»Sei mir nicht böse, aber ich glaube, ich muß mich erst mal stärken«, sagte Renate. »Habt ihr nicht was zu trinken im Haus?«

»Noch eine Flasche Bier?« fragte Claudia.

»Das wäre, glaube ich, nicht ganz das Richtige auf die Eisbombe.«

Helmut hatte sich eine Zigarette angesteckt. »Wie wär's mit Whisky?«

»Hast du welchen da?«

»Ich denke doch.« Helmut schloß das Fach in der Wohnwand auf, in das er seinerzeit den gestohlenen Whisky getan hatte, und nahm die Flasche heraus. »Sei so gut, Claudia, hol Eis und Gläser.«

Claudia hatte ihn fassungslos beobachtet. »Du willst ... du kannst doch nicht ... diesen Whisky trinken?!«

»Ist etwas damit nicht in Ordnung?«

Er reichte Renate die verschlossene Flasche.

»Deutscher Whisky«, stellte sie fest. »Aber immerhin. Wieso meinst du, daß er nicht genießbar ist, Claudia?«

»Ich meine nur ... ich will einfach sagen ... ich verstehe nicht ...« stotterte Claudia.

»Wenn du etwas zu sagen hast, dann tu es«, sagte der Vater grob, »vielleicht ist heute gerade der richtige Anlaß zum Geschichten erzählen. Also los, raus mit der Sprache!«

Aber Claudia brachte keinen Ton hervor; sie schämte sich zu sehr vor Renate.

»Also nicht ... dann um so besser«, sagte Helmut. »Hol endlich das Eis. Worauf wartest du noch?«

Benommen tat sie, was er verlangt hatte; sie ging in die Küche, füllte Eiswürfel aus dem Gefrierfach in eine Schale, gab einen Löffel dazu, stellte die Schale und zwei Gläser auf ein Tablett und trug alles hinein. Sie verstand ihren Vater nicht. Wollte er sich einen grausamen Spaß mit ihr machen, indem er die Flasche gerade indem Moment zum Vorschein brachte, da sie sich ein bißchen froh gefühlt hatte? Vielleicht wollte er sie vor Renate blamieren, wollte seiner Verlobten zeigen, was sie für einen Charakter hatte – aber so gemein konnte er doch nicht sein!

Erst als sie sah, wie er den Whisky mit sicherer Hand für sich und Renate eingoß, Eiswürfel dazutat und genüßlich trank, begriff Claudia die Wahrheit: er, der sich so aufgeregt hatte, als sie mit der gestohlenen Flasche ankam, fand nichts dabei, ihn sich jetzt, da die Gefahr einer Entdeckung nicht mehr drohte, schmecken zu lassen.

Als ihr das klar wurde, hatte sie die Achtung vor ihrem Vater verloren.

Es wurde neun Uhr, bis Helmut Stadelmann und Renate Simons aufbrachen. Der Whisky begann schon seine Wirkung zu tun. Sie mußten sich sehr zurückhalten in Claudias Gegenwart. »Eigentlich ist es dumm, daß wir gehen«, sagte Helmut, schon im Aufbruch.

»Aber wir wollten doch tanzen!«

»Das können wir hier auch.«

»Nein, nein laß uns gehen ... und außerdem muß Claudia jetzt schlafen! Sie sieht schon ganz müde aus. Gute Nacht, Liebes! Und einen guten Rutsch ins neue Jahr!«

»Das wünsche ich euch auch«, sagte Claudia und wich ihrem Vater aus, der sie an sich ziehen wollte.

Als die Tür hinter ihnen ins Schloß fiel, lief Claudia ins Wohnzimmer zurück und spähte durch das Fenster auf die Straße hinab. Sie wartete, bis sie die beiden unten entdeckte, die, Arm in Arm, Renate den Kopf an die Schulter des sehr viel größeren Mannes gelehnt, davonschritten.

»Pah!« sagte Claudia laut, rutschte von der Fensterbank und lief in ihr Zimmer. In einem mit blauem Sternchenpapier beklebten Pappschächtelchen in ihrem Nachttisch bewahrte sie ihre Ersparnisse auf. Sie brauchte nicht zu zählen, wieviel es war, sie wußte es bis auf den letzten Pfennig: 2 Mark und 78. 28 Pfennig waren ihr nach allen Weihnachtseinkäufen von ihrem gesparten Taschengeld noch übriggeblieben, und 2 Mark 50 hatte ihr die Großmutter zum Fest geschenkt. Für Claudia war das eine ganz beachtliche Summe, aber sie genügte nicht für eine Fahrkarte nach Düsseldorf. Mit der Straßenbahn wäre es billiger gewesen, aber die Fahrt dauerte endlos lang, das wußte Claudia.

Eine Sekunde lang dachte sie daran, dem Vater zu sagen, daß sie nicht mehr bei ihm leben, sondern zur Mutter ziehen wolle.

Er hätte sie bestimmt nicht zurückgehalten, sondern wäre, wie die Dinge nun einmal lagen, wahrscheinlich sogar froh gewesen, sie los zu sein. Aber sie konnte nicht bis morgen warten. Sie wollte fort, so schnell wie möglich.

Natürlich hätte sie sich einfach ein paar Mark aus der Einkaufskasse in der Kucke nehmen können, und auch daran dachte sie. Aber der Vater hatte sie schon einmal als Diebin beschimpft, und nie wieder wollte sie ihm Anlaß geben, so etwas von ihr zu denken.

Claudia zog Skihose und Stiefel an, einen dicken, von der Mutter gestrickten roten Pullover, schlüpfte in ihren Anorak, steckte ihr Geld in die Seitentasche und zog den Reißverschluß zu. Dann setzte sie sich die rote Strickmütze auf, die unter dem Kinn gebunden wurde und oben ein Loch hatte, durch das sie den Pferdeschwanz zog. Claudia war schon an der Wohnungstür, als ihr die Handschuhe einfielen. Vielleicht würde sie eine Weile warten müssen; es war besser, wenn sie ihre Fäustlinge anzog.

Claudia mußte sehr lange warten. Die B 8, nur einen Katzensprung von der Neustraße entfernt, auf der gewöhnlich lebhafter Verkehr herrschte, war heute nacht wie ausgestorben. Lastkraftwagen fuhren nicht in der Neujahrsnacht, und auch sonst schien niemand unterwegs zu sein. In der Ferne knallten schon die ersten Feuerwerkskörper.

Endlich ein Motorrad – aber aus der falschen Richtung.

Claudia stand frierend, mit hochgezogenen Schultern. Hier draußen, wo es keine Häuser mehr gab, pfiff der Wind. Ihre Füße waren wie Eisklumpen. Sie trampelte auf dem halb gefrorenen Boden.

Das Auto, das sich von der Straße her näherte, sah bedrohlich aus. Der eine Scheinwerfer leuchtete hell, der andere blinzelte nur trübe. Es kostete Claudia Überwindung, einen Schritt vorzutreten und die Hand zu heben.

Das Licht des hellen Scheinwerfers erfaßte sie, das Auto rollte weiter und an ihr vorbei. Claudia, die nicht damit gerechnet hatte, daß der Fahrer Zeit brauchte, um abzubremsen, war erstaunt, als es etwa zwanzig Meter weiter stehenblieb. Sie spurtete los.

Der Fahrer öffnete die Tür von innen und beugte sich heraus; er war ein junger Mann mit rundem, blassen Gesicht und Eulenaugen. »Du bist reichlich spät dran«, stellte er fest.

»Ich will nach Düsseldorf ... zu meiner Mutter!« Vor Aufregung sprach Claudia mit ganz hoher Stimme. »Bitte, nehmen Sie mich mit!«

»Und warum fährst du nicht mit dem Zug?«

»Ich hab' nicht soviel Geld.«

Der junge Mann betrachtete sie von oben bis unten. »Ja, was machen wir denn da? Ich fahre nämlich nicht bis Düsseldorf. Bloß nach Haus.«

Claudias Enttäuschung war riesengroß.

Der junge Mann kratzte sich die dicke Nase. »Aber ich könnte dich nach Walsum bringen. Zur Straßenbahnhaltestelle. Von da aus kommst du erst mal nach Duisburg. Für die Straßenbahn hast du doch wohl genug Geld?« Er streckte die Hand nach ihr aus. »Ich lege auch einen Fuffziger drauf!«

In diesem Augenblick überfiel Claudia jähe, instinktive Angst. Sie war sich der Gefahr nicht bewußt, aber sie fühlte, wie gewagt es war, sich zu einem wildfremden Mann ins Auto zu setzen, über den sie nichts wußte und dessen Absichten sie nicht kannte.

»Nein«, sagte sie und wich zurück. »Nein, danke.«

»Na hör mal! Dir ist wohl nicht gut? Du hast doch nicht etwa Angst vor mir?«

Sie drehte sich um und rannte davon, rannte, so schnell sie konnte, und hörte nicht auf zu rennen, bevor sie die erleuchteten Straßen der Stadt erreicht hatte.

Stefan hatte so lange gebettelt, daß ihm Martina schließlich erlaubt hatte, am letzten Tag des Jahres 1960 aufzubleiben, bis ihm die Augen zufielen. Mit dem Erfolg, daß er gegen elf Uhr noch putzmunter war.

Martina hatte zweimal Glühwein bereitet, von dem sie und Bob Scheller, der bei ihr zu Gast war, kräftig getrunken hatten; auch Stefan hatte ein wenig davon abbekommen. Im Radio war eine Silvesterparty im Gange. Sie ließen sich von der Tanzmusik, in die immer wieder kleine Spaße und Sketche gemischt wurden, unterhalten, während sie miteinander am Küchentisch eine jener endlos währenden Partien »Monopoly« austrugen.

Es war elf Uhr vorbei, als an der Haustür geklingelt und geklopft wurde.

»Wer mag das sein?« fragte Martina verblüfft.

»Mach auf und sieh nach, dann weißt du es!« riet Bob Scheller.

Sie zauste ihm das dichte rote Haar. »Eine fabelhafte Idee!«

Stefan hatte seinen Stuhl zurückgeschoben. »Ich geh schon!«

»Du bleibst hier«, entschied Martina. »Vergiß nicht, es ist mitten in der Nacht!«

Auch sie selber war vorsichtig und öffnete die Haustür nur spaltbreit. Frau Gardener, die Hausbesitzerin, stand draußen. Sie trug einen Fohlenmantel über einem Abendkleid, hatte gerötete Wangen und sah sehr ärgerlich aus.

»Guten Abend, Frau Gardener!« rief Martina. »Kommen Sie doch herein ...«

Aber sie blieb draußen stehen. »Ein Anruf für Sie!«

Martina, die die Telefonnummer der Hausbesitzerin ihrem Mann und ihrer Familie gegeben hatte, mit der Auflage, nur im Notfall davon Gebrauch zu machen, erschrak. »Es wird doch nichts passiert sein?«

»Wenn es ein Witz sein soll, wäre es wirklich übel«, sagte Frau Gardener. »Ich habe Ihrem Mann gesagt, daß Sie zurückrufen werden.« Sie drehte sich um und stampfte durch die dünne, knirschende Schneeschicht davon.

»Tut mir leid, daß Sie gestört worden sind!« rief Martina ihr nach, und dann, als Frau Gardener nicht reagierte, zog sie die Tür wieder zu und sagte laut: »Ziege!«

Als Bob Scheller und Stefan lachten, verteidigte sie sich: »Ist doch wahr! Noch nie ist für mich angerufen worden, und da hat sie sich so!«

»Wer war es denn?« wollte Bob Scheller wissen.

»Mein Geschiedener.« Martina schlüpfte schon in ihren schwarzen Wollmantel mit dem Fuchskragen. »Hoffentlich ist es nichts Schlimmes.«

»Ach wo!« behauptete Stefan. »Vater will dir bestimmt nur zum neuen Jahr gratulieren.«

Bob Scheller stand auf. »Soll ich dich begleiten?«

»Nicht nötig.« Martina nahm ihre Handtasche. »Ich lauf nur rasch zur nächsten Telefonzelle, dafür lohnt es sich nicht, den

Motor anzulassen. Spiel du solange für mich weiter, Stefan. Aber beschwindelt mich nicht!«

Martina rannte in die Nacht hinaus. Sie war sehr beunruhigt. Wenn sie sich auch einzureden versuchte, daß Stefan mit seiner Erklärung durchaus recht haben konnte, hatte der unerwartete Anruf sie doch in Panik versetzt.

So jagte sie durch den dunklen Garten, zur Straße hinaus und bis zur nächsten Ecke. Die Telefonzelle war hell erleuchtet und wirkte wie ein Ort der Zuflucht. Martina wählte, verwählte sich, merkte es noch rechtzeitig, drückte auf die Gabel, holte das Geld zurück, wiederholte den Vorgang.

Das Freizeichen ertönte ein einziges Mal, dann war Helmut schon am anderen Ende der Leitung.

»Ich bin's ... Martina«, meldete sie sich.

»Na, endlich! Ich komme fast um vor Sorge. Claudia ist fort.«

»Was!?«

»Ja, sie ist auf und davon. Ohne eine Nachricht. Sie hat auch nichts mitgenommen. Versuch jetzt bloß nicht, mir die Schuld in die Schuhe zu schieben! Wir hatten keinen Krach, gar nichts.«

»Irgendeinen Anlaß muß es doch gegeben haben.«

»Ich habe mich verlobt. Schon vor einiger Zeit. Claudia und Renate sind aber immer ganz gut miteinander zurechtgekommen ...«

»Ist jetzt ja auch egal, Helmut. Wir müssen sie finden. Seit wann ist sie fort?«

»Wir sind gegen neun Uhr aus dem Haus. Da war Claudia noch da. Wenn Renate nicht ihre Armbanduhr vermißt hätte – sie hat sie bei uns im Bad liegenlassen –, hätte ich es bis jetzt noch nicht gemerkt. Wir wollten Silvester feiern ...«

»Schon gut. Sie ist sicher nach Düsseldorf unterwegs ... was meinst du?«

»Ich kann mir nichts anderes vorstellen, obwohl ... Ich verstehe nicht, warum sie mir das nicht einfach gesagt hat. Ich hätte sie doch nicht mit Gewalt gehalten.«

»Weißt du, ob sie Geld hat?«

»Sehr wenig. Einen Augenblick, ich sehe mal nach ...«

Martina warf ein weiteres Fünfzigpfennigstück ein.

Sekunden später war Helmut wieder am Apparat. »In der Einkaufskasse fehlt nichts.«

»Könnte sie den Zug genommen haben?«

»Das wäre jedenfalls das gescheiteste gewesen.«

»Du, ich kümmere mich darum. Ob wir die Polizei verständigen sollten?«

»Die würden auch erst mal abwarten.«

»Also dann ... ein glückliches neues Jahr!«

»Ruf mich an, wenn sie bei dir auftaucht!«

»Ich dachte, ihr wolltet ausgehen?!«

»Unter diesen Umständen natürlich nicht. Ich werde Renate darüber informieren, was passiert ist.«

»Na, die wird sich freuen.« Martina hängte ein.

Während sie zurücklief, arbeitete sie im Kopf aus, was jetzt zu tun war. Eine glückliche Erregung hatte sie gepackt. Sie war in Sorge um ihre kleine Tochter, aber viel größer war die Freude darüber, daß sie sich so ostentativ von dem Vater abgewandt hatte und zu ihr zurückkam. So klang es auch ganz fröhlich, als sie in die Küche stürmte und rief: »Stellt euch vor, Claudia ist ausgekniffen! Sie kommt nach Hause.«

»Na, gratuliere«, sagte Bob Scheller.

Stefan war aufgesprungen. »Prima!«

»Wir müssen sehen, wie wir sie abfangen. Sie ist nach 9 aus Dinslaken fort. Wenn sie mit dem Zug gefahren wäre, müßte sie eigentlich schon hier sein. Aber vielleicht hatte sie nicht genug Geld.«

»Hast du den Fahrplan denn so genau im Kopf?« fragte Bob Scheller.

»Leider nicht. Es fragt sich ja auch, welchen Zug sie erwischt hat. Auf alle Fälle müssen wir zum Bahnhof. Du, Knüsel, hältst die Stellung – für den Fall, daß wir sie verpassen. Du kannst dich schon ausziehen und so weiter, aber schlaf bitte nicht ein. Und laß alle Lichter brennen. Komm, Bob.«

Bob Scheller erhob sich langsam. »Ich verstehe ja deine Aufregung, Martina. Aber wäre es nicht das vernünftigste, in aller Ruhe abzuwarten?«

»Würde deine Mutter das tun, wenn sie wüßte, daß du bei Nacht und Nebel unterwegs wärst?«

»Was ich von meiner Mutter denke, ist hinlänglich bekannt.«

»Also, komm schon, komm!« Sie beugte sich zu Stefan und fuhr ihm mit der Hand durch das weiche braune Haar. »Also mach's gut, Knüsel, und räum ein bißchen auf. Abwaschen brauchst du nicht, das machen wir morgen.« Sie hielt Bob Scheller die schwarze Nappalederjacke hin, sein Lieblingsstück auch im Winter, nur trug er jetzt noch einen dicken schwarzen Rollkragenpulli dazu.

Bevor sie das Haus verließen, tat Martina einen Blick in das für Claudia bestimmte Zimmer. Sie schlug die Bettdecke zurück, nahm Bob Schellers Pyjama heraus, fischte seine Pantoffeln unter der Couch hervor und wickelte alles in den seidenen Hausmantel, der hinter der Tür hing. »Da. Nimm mit!«

Er trat einen Schritt zurück. »Aber wieso denn?«

»Wenn Claudia hier wohnt, kannst du sowieso nicht mehr bei mir übernachten.«

»Soll das heißen, ich werde ausgebootet?«

»Quatsch. Wir müssen unsere Beziehungen nur neu organisieren, das ist alles.«

»So nennt man das also.« Er riß das Kleiderbündel an sich.

»Quatsch und nochmals Quatsch. Du solltest wissen, wieviel du mir bedeutest.«

»Aber deine Tochter geht dir vor.«

Sie tippte ihm mit dem Zeigefinger auf die Nase. »Benimm dich nicht wie ein kleiner Junge. Komm endlich.«

Martina ließ auch hier das Licht brennen. Auf ihrem Weg durch den Garten sollte Claudia ein helles Ziel vor Augen haben.

Als sie in seinem Wagen saßen, fragte Bob Scheller: »Es ist bald halb zwölf. Und wie soll es nun weitergehen?«

»Fahr erst mal los. Richtung Hauptbahnhof.«

Viele Fenster waren erleuchtet. Sektkorken, Feuerwerkskörper und Raketen knallten. Gruppen von lärmenden, angetrunkenen Menschen waren unterwegs.

»Ich stelle mich an die Straßenbahnhaltestelle«, bestimmte Martina, »es ist möglich, daß sie nicht genug Geld hat und mit der Bahn unterwegs ist.«

»Falls sie nicht überhaupt per Anhalter gefahren ist.«

Martina überhörte diese Bemerkung bewußt. »Du siehst mal nach der Ankunft der Züge aus Dinslaken und gehst auf den Bahnsteig. Das heißt, wenn es sich zeitlich gerade so ergibt. Sonst kommst du zu mir.«

»Ich kenne deine Tochter ja gar nicht.«

»In einer Nacht wie dieser werden wohl nicht viele dünne kleine Mädchen mit blondem Pferdeschwanz unterwegs sein.«

Er preßte die Lippen zusammen.

Sie begriff, daß sie ihn verletzt hatte – Ironie auf seine Kosten vertrug er nicht –, und rasch legte sie ihre Hand auf seinen Arm. »Entschuldige bitte, aber ich finde wirklich, du bist so umständlich. Oder stellst du dich nur so, weil dir die ganze Sache nicht paßt?«

Er ging nicht darauf ein. »Schön, ich werde sie erkennen. Aber sie hat keine Ahnung, wer ich bin. Wird sie denn so einfach mit mir kommen?«

»Du sagst ihr einfach, wer du bist. Ein guter Freund ihrer Mutter. Du nennst meinen Namen, erzählst von Stefan, von unserem Häuschen. Es wird ihr einleuchten, daß kein Fremder das wissen kann.«

»Na schön. Aber würdest du mir auch erklären, was das Ganze soll?«

»Verstehst du das wirklich nicht – oder willst du es nicht verstehen!? Ein neunjähriges Mädchen ... ganz allein in der Silvesternacht unterwegs! Todmüde! Sie ist sehr selbständig, ja, aber sie kennt sich in Düsseldorf gar nicht aus. Hat keine Ahnung, wie sie nach Benrath rauskommt. Es kann ihr sogar passieren, daß sie die letzte Bahn verpaßt. Es muß mir doch daran liegen, sie so früh wie möglich abzufangen.«

»Und wenn sie nun per Anhalter unterwegs ist?«

»Das fragtest du schon einmal«, sagte sie gereizt, »und ich habe es sehr gut verstanden. Dann können wir natürlich gar nichts machen. Nur beten. Ich bin dir für deine trostreichen Worte wirklich dankbar.«

Bis zum Hauptbahnhof fuhren sie schweigend. Als Bob Scheller sich, in den zweiten Gang schaltend, nach einem Parkplatz umsah, sagte Martina: »Laß mich bitte schon aussteigen.« Sie öffnete, noch bevor das Auto stand, die Tür und sprang, kaum daß er angehalten hatte, hinaus.

An der Straßenbahnhaltestelle stellte sie fest, daß die D vor wenigen Minuten eingetroffen war. Wenn Claudia tatsächlich mit der Straßenbahn von Dinslaken nach Düsseldorf unterwegs war, dann hätte sie in Duisburg in die D umsteigen müssen. Eine andere Möglichkeit gab es nicht. Rasch rechnete Martina nach.

Wahrscheinlich hatte Claudia gegen neun, kurz nach Helmut, das Haus verlassen. Die Fahrt mit der Straßenbahn dauerte etwas mehr als zwei Stunden – wenn man Pech mit dem Umsteigen hatte, vielleicht eine halbe Stunde mehr. Also war Claudia wahrscheinlich schon mit der vorigen Bahn, wenn

nicht noch früher, am Hauptbahnhof gewesen. Fast bereute Martina, daß sie in die Stadt gefahren war, aber für nichts in der Welt hätte sie das zugegeben.

Bob kam mit langen Schritten vom Bahnhof her auf sie zu. Selbst in dieser Situation fiel ihr auf, wie gut er aussah: langbeinig, schlank, schmalhüftig. Plötzlich empfand sie heiße Dankbarkeit, daß das Schicksal sie zusammengeführt hatte. Wieviel schlimmer wäre es für sie gewesen, jetzt allein zu sein.

»Bob ...« Mit einer abbittenden Bewegung streckte sie die Hand nach ihm aus. »Ich war vorhin ein bißchen grob zu dir. Sei mir nicht böse. Du mußt das verstehen. Ich bin furchtbar nervös.«

Sein Gesicht blieb mürrisch. Ohne auf ihren versöhnlichen Ton einzugehen, sagte er: »Ich habe mich erkundigt. Der nächste Zug kommt um null Uhr zwanzig.«

»Auf den brauchen wir nicht zu warten«, entschied Martina, wurde aber gleich darauf wieder unsicher. »Es sei denn, sie ist erst kurz bevor ihr Vater gekommen ist aus dem Haus gegangen. Was denkst du?«

»Sinnlose Spekulationen.«

Martina stieß einen tiefen Seufzer aus. »Ich wollte, ich wüßte mehr.« Ein eisiger Wind fegte über den Bahnhofsvorplatz. Sie schlug ihren Fuchspelz hoch, um ihre Ohren zu schützen.

»Also was ist?« fragte er ungeduldig. »Müssen wir uns wirklich hier die Beine in den Leib stehen?«

»Nein. Wir können in den Wartesaal gehen. Da ist es wenigstens warm.«

»Ich habe mir unsere Silvesterfeier auch schöner vorgestellt.«

»Meinst du, ich nicht?« Sie wollte die Fahrbahn überqueren. Er hielt sie zurück. »Hör mal, Martina, jetzt sei doch vernünftig! Laß uns nach Hause fahren und in Ruhe abwarten ...«

»In Ruhe? Kannst du mir verraten, wo ich diese Ruhe hernehmen soll?«

»Ich meine einfach ... zu Hause. Bei dir.« Er grinste anzüglich. »Da wird es mir schon gelingen, dich zu beruhigen.«

»Bildest du dir etwa ein, ich könnte an so etwas jetzt auch nur denken?«

Sein Grinsen wurde noch breiter. »Du hast es ja schon getan.«

Sie befreite sich aus seinem Griff. »Bob, ich muß dir ehrlich sagen … ich finde dein Verhalten einfach kindisch.« Ohne ihn zu beachten, ging sie auf den Eingang zum Hauptbahnhof zu. »Kindisch?« Er kam ihr nach. »Weil ich nicht nach deiner Pfeife tanze?«

»Tut mir leid, aber ich habe jetzt nicht den Nerv, mich mit dir zu zanken.«

»Ich auch nicht. Mein letztes Angebot: Du läßt dich von mir nach Hause fahren – oder von mir aus auch irgendwohin, wo was los ist …«

»Nein.« Sie bereute ihre Härte sofort und fügte rasch hinzu: »Bob, bitte, es handelt sich doch bloß um eine halbe Stunde! Ich will nur die nächste Straßenbahn und den Zug abwarten!«

»Es ist nicht irgendeine halbe Stunde, Martina … es ist die halbe Stunde des Jahreswechsels.«

»Ja, wir hatten zusammen feiern wollen, ich weiß. Die meisten Leute feiern jetzt. Aber bei Licht besehen – was ist schon ein Jahreswechsel? Was denn? Im Grunde doch ein willkürliches Datum!«

Mit wenigen Schritten hatte er sie überholt und verstellte ihr den Weg. »Entweder du kommst jetzt mit mir … oder ich fahre allein.«

»Das kannst du mir doch nicht antun«, sagte sie, tief erstaunt, denn an eine solche Möglichkeit hatte sie gar nicht gedacht.

»Doch. Ich kann und ich werde.«

Eine Weile sah sie ihn schweigend an. »Wenn du das wirklich für richtig hältst … Ich kann dich nicht davon abhalten.«

»Danke.« Er gab ihr den Weg frei und ging.

Martina war drauf und dran, ihm nachzulaufen, tat es dann aber doch nicht. Sie hatte begriffen, daß sie von ihm keine Unterstützung zu erwarten hatte. Da war es schon besser, ganz allein zu sein. Dennoch überfiel sie ein Gefühl der Verlassenheit.

Nur der Wartesaal zweiter Klasse war noch geöffnet, ein einfaches Restaurant, zu dem eine breite Treppe links von der Bahnhofshalle hinunterführte. Aber es gab Reisende, die um diese Zeit unterwegs waren. Sie warteten in dem großen, sehr hellen Raum, ohne sich anzusehen oder auch nur Notiz voneinander zu nehmen: ein Mann in grauem Raglanmantel, einen großen Koffer neben sich, ein anderer hatte die Arme auf den Tisch gelegt, das Gesicht darauf, und schlief, eine junge Frau schrieb eifrig in eine dicke Kladde, und ein alter, unrasierter Mann hatte offensichtlich nur Unterschlupf im Wartesaal gesucht.

Martina nahm die anderen flüchtig wahr, überlegte, woher sie kommen und wohin sie reisen mochten und wieso sie noch unterwegs waren. Auch sie suchte sich einen Tisch, so weit wie möglich von den anderen entfernt. Bei einem müden, glatzköpfigen Kellner bestellte sie einen Steinhäger und ein Altbier. Mit einem Blick auf die runde Uhr über der Theke stellte sie fest, daß die Zeiger auf die Zwölf zueilten. Aber hier unten wurde kein Sekt bestellt; niemand schien Lust zu haben, mit jemandem anzustoßen.

Das war also ihr Silvester, ihre erste Neujahrsnacht seit der Scheidung. Mutterseelenallein saß sie im Wartesaal. Selbstmitleid drohte sie zu überwältigen, aber sie bekämpfte es sofort.

Sie hatte ihr Leben selber in die Hände nehmen wollen, war so sicher gewesen, es erfolgreich zu schaffen – was war falsch gelaufen?

Sie wußte es nur zu gut. Sie hätte um Claudia kämpfen müssen, die ihr doch vom Gericht zugesprochen war und zu ihr gehörte. Statt dessen hatte sie ihre Tochter aufgegeben, weil es ihr zu unbequem gewesen war, sich mit ihr auseinanderzusetzen.

Jetzt präsentierte ihr das Schicksal die Rechnung: Claudia war ausgerissen, war mitten in der Nacht allein unterwegs, ein schutzloses kleines Mädchen, und wenn ihr etwas zustieß, trug sie, Martina, die Hauptschuld daran. Daß die großen geschäftlichen Erfolge auf sich warten ließen, war halb so schlimm, auch daß Bob Scheller sie hatte stehenlassen, war nicht das schlimmste. Wirklich schlimm war nur, daß sie als Mutter versagt hatte.

Martina verstand, daß nicht sie, sondern nur Claudia Mitleid verdient hatte. Claudia, das Opfer einer unglücklichen Ehe und unvernünftiger Eltern. Denn daß sie aus heiterem Himmel fortgelaufen war, hatte Martina keinen Moment geglaubt. Helmut hatte seine Fehler, das wußte niemand so gut wie sie. Es war damit zu rechnen gewesen, daß Claudia es früher oder später nicht mehr bei ihm aushaken würde.

Aber durfte sie denn annehmen, daß das Kind in ihrer Verzweiflung ausgerechnet zu ihr kam? Aus welchem Grund? Nur weil es sonst keinen Menschen gab, an den sie sich wenden konnte? Das stimmte ja gar nicht. Anna Stadelmann würde sie mit Vergnügen bei sich aufnehmen; für ihre ehemalige Schwiegermutter würde es einen Triumph bedeuten, wenn Claudia sich zu ihr flüchtete.

Aber würde sie das tun? Nein, das war wenig wahrscheinlich. Weder Claudia noch Stefan hatten sich, trotz des großen Gartens, sehr wohl bei den Großeltern gefühlt.

Wenn Claudia also nicht auf dem Weg nach Düsseldorf war, wohin sonst konnte sie sich gewendet haben? Martina mußte sich eingestehen, daß alles möglich war. Claudia hatte immer viel gelesen und neigte dazu, selbst die abenteuerlichsten Geschichten für bare Münze zu nehmen. Sie konnte also sehr wohl auf dem Weg nach Hamburg sein, um sich als Schiffsjunge anheuern zu lassen oder sich als blinder Passagier auf einen Ozeandampfer zu schmuggeln. Sie konnte ...

Martina mußte alle Kräfte zusammennehmen, um die Panik zu bekämpfen, die sie zu überwältigen drohte. Der Kellner stellte Bier und Schnaps vor sie hin. Sie kippte den Steinhäger und fühlte sich etwas besser.

Was immer Claudia vorhatte – im schlimmsten Fall würde die Polizei sie finden, versuchte sie sich zu überzeugen. Aber wie allein mußte sie sich fühlen in dieser Nacht, in der alle anderen Menschen fröhlich waren und nur sie ausgestoßen und auf der Flucht.

Es war zwölf geworden, ohne daß Martina es bemerkt hätte. Man spürte hier unten wenig davon, außer daß die Geräuschkulisse etwas farbiger geworden war und hier und da von einem besonders kräftigen Knall noch übertönt wurde.

»Na dann ... Prosit Neujahr!« Der Kellner sagte es laut, drehte sich, ein Bierglas in der Hand, seinen Gästen zu, fand aber kein Echo.

Martina hatte schon gezahlt. Als sie auf den Platz trat, läuteten noch immer die Glocken. Knallfrösche sprangen, angetrunkene Jugendliche randalierten. Ohne nach links oder rechts zu sehen, ging sie zur Haltestelle und wünschte, Bob Scheller wäre bei ihr.

Als die Straßenbahn hielt, war Martina überzeugt, vergeblich gewartet zu haben. Alles, was um sie herum geschah, schien den Stempel des Sinnlosen zu tragen. Es war, als wenn die Menschen mit dem Krach, den sie mutwillig verursachten, ihre geheimen Ängste übertönen wollten.

Martina blieb stehen, ein paar Schritte von der Straßenbahn entfernt, und beobachtete die Aussteigenden. Als sie das kleine Mädchen mit dem blonden Pferdeschwanz die Stufen herabklettern sah, glaubte sie zuerst, sich zu täuschen. Glaubte, es müsse zu der alten Frau gehören, die kurz vorher ausgestiegen war und sich jetzt nach ihr umsah. Aber sie spurtete trotzdem los, darauf gefaßt, eine furchtbare Enttäuschung zu erleben.

»Claudia!« rief sie heiser. »Claudia!«

Das Mädchen hob den Kopf und kam mit steifen Beinen auf sie zu. Es war ihre Tochter. »Mutti!« fragte sie erstaunt und leicht benommen. »Woher wußtest du?«

»Dein Vati hat mich angerufen …«

»Aber dem hatte ich es doch gar nicht gesagt.«

»Ich hab's ja auch nicht gewußt, Liebling!« Sie nahm das kleine Mädchen fest in die Arme. »Ich habe es nur gehofft … Ich wollte dich so schnell wie möglich finden. Bin ich froh, daß du da bist! Endlich! Komm, jetzt nehmen wir uns schnell ein Taxi.«

»Ist das nicht sehr teuer?« fragte Claudia mit gerunzelter Stirn.

»Ist doch egal, Liebes. Hauptsache, wir sind wieder beisammen. Ein frohes neues Jahr, Liebling … für uns alle beide.«

»Und für Stefan«, ergänzte Claudia ernsthaft.

»Für den natürlich auch! Der wartet zu Hause auf uns, der Ärmste. Er wird froh sein, wenn wir endlich kommen. Ich habe ihn nämlich gebeten, wach zu bleiben.«

Sofort meldete sich bei Claudia geschwisterliche Rivalität. »Das schafft er nie.«

»Wir werden ja sehen.«

Im Taxi kuschelte Claudia sich eng an ihre Mutter, und Martina überlegte, wie lange es her war, daß ihre Tochter sich so zutraulich ihr gegenüber gezeigt hatte. Auch vor der Scheidung war ihr Verhältnis sehr gespannt gewesen. Sie schwor sich, daß es von nun an anders werden sollte.

Claudia schien während der Fahrt zu schlafen, aber als Martina sie, nachdem sie den Fahrer entlohnt hatte, auf die Arme nehmen und durch den Garten tragen wollte, stellte sie sich energisch auf die eigenen Beine.

»Ich bin doch kein Baby mehr!«

»Entschuldige, ich dachte, du wärst müde.«

»So müde nun auch wieder nicht.«

Immerhin ließ sie sich von Martina an die Hand nehmen.

Ob Stefan wach geblieben war oder nicht, sollte für immer eine Streitfrage bleiben. Jedenfalls brannten alle Lichter in dem kleinen Haus, wie Martina es gewünscht hatte, und er trat ihnen, als sie, so lautlos wie möglich, die Tür aufgeschlossen hatte, in der kleinen Diele entgegen. Er war im Schlafanzug, über den er seinen knallroten Bademantel gezogen hatte, den Martina ihm aus einem Rest Frottierstoff genäht hatte. Schlaftrunken rieb er sich die Augen.

»Na endlich!« sagte er und gähnte.

»Gib zu, du hast gepennt!« rief Claudia herausfordernd.

»Ist überhaupt nicht wahr!« protestierte Stefan.

»Seid friedlich, Kinder. Ob Stefan eingenickt ist oder nicht, ist doch ganz egal ... wichtig ist nur, daß er wach genug gewesen wäre, um dir aufzumachen, wenn du allein gekommen wärst, Claudia.« Sie unterdrückte den Wunsch, Stefan zu loben, wie er es ihrer Meinung nach verdient hatte, weil sie Claudia nicht eifersüchtig machen wollte. »Aber jetzt rasch ab in die Klappe mit dir, Knüsel«, sagte sie nur. »Oder möchtest du noch etwas haben?«

»Kakao.«

»Sollst du kriegen, und du, Claudia, auch. Dich stecke ich nur zuerst in die Wanne.«

Martina lief hin und her, zog ihren Mantel aus, half Claudia aus dem Anorak, ließ Wasser in die Wanne, setzte Milch auf und überzog das Bett in Claudias Zimmer mit frischer Wäsche. Erst als beide Kinder, gut versorgt, in ihren Betten lagen, fühlte sie, wie erschöpft sie selber war, weniger durch das lange Aufbleiben als durch die aufregenden Ereignisse. In der Küche sah es ziemlich schlimm aus, aber sie beschloß, den Abwasch bis morgen warten zu lassen. Sie war schon dabei sich auszuziehen, als ihr einfiel, daß Helmut ja noch gar nicht Bescheid wußte. Bestürzt dachte sie, daß sie ihn spätestens, als sie aus dem Taxi stieg, hätte anrufen sollen, oder, besser noch, schon am Hauptbahnhof. Aber sie hatte überhaupt nicht mehr an ihn gedacht, und als sie sich jetzt bewußt wurde, daß er sich noch immer Sorgen machen mußte, überfiel sie das schlechte Gewissen.

Rasch zog sie sich wieder an, schlüpfte noch einmal in den Mantel und eilte, nachdem sie sich vergewissert hatte, daß Claudia und Stefan schliefen, in die Nacht hinaus, die jetzt noch kälter, aber immer noch nicht ruhig geworden war. Bei Gardeners waren die Fenster hell erleuchtet, aus anderen Wohnungen klangen Musik und Gelächter, und ein Liebespaar war, immer wieder stehenbleibend und sich küssend, anscheinend auf dem Heimweg von einer Party.

Das Freizeichen ertönte mehrfach, bis Helmut sich meldete, und auch dann schien seine Stimme von weit her zu kommen. Sein »Hallo« klang wie ein großes Gähnen.

»Entschuldige, daß ich so spät anrufe ...« bat sie.

Wieder ein Gähnen. »Wieviel Uhr ist es denn?«

»Hast du etwa geschlafen?«

»Zwei!« Martina wußte, daß er auf das Leuchtzifferblatt seiner Armbanduhr sah. »Da wird man doch wohl ...« Erst jetzt kam er richtig wieder zu sich. »Claudia!« rief er. »Wußte ich doch, daß da irgend etwas war!«

»Irgend etwas ist gut.«

»Spar dir deine verdammte Ironie. Was hätte ich denn tun sollen? Die ganze Nacht aufbleiben und aufs Telefon starren? Das hätte ihr doch auch nichts genutzt. Ich will dir mal was sagen: es besteht überhaupt kein Grund, den Fall zu dramatisieren. Wenn sie bis morgen früh nicht auftaucht, gehe ich eben zur Polizei ...«

Martina fiel ihm ins Wort. »Sie ist aufgetaucht, Helmut. Sie ist bei mir und in Sicherheit. Nur aus diesem Grund habe ich gewagt, deinen kostbaren Schlaf zu stören.«

Ohne ihm Gelegenheit zu einer Antwort zu geben, legte sie auf.

Auch am Neujahrstag mußte Martina arbeiten. Eine Dame der besten Benrather Gesellschaft hatte sie zu sich in ihre Villa bestellt, um sich nach der langen Nacht wieder schön und fit machen zu lassen. Martina erzählte es den Kindern bei einem späten, ausgiebigen Frühstück, das gleichzeitig das Mittagessen ersetzen sollte.

»Darf ich zu Dieter?« fragte Stefan sofort.

»Es wäre mir lieber, du bliebest bei Claudia. Ich finde es nicht schön, sie gleich am ersten Tag allein zu lassen.« Claudia sah ihre Mutter herausfordernd an. »Warum tust *du* es dann?«

»Weil ich muß. Das habe ich euch doch gerade erklärt.«

»Ich mag nicht immer angelogen werden«, erklärte Claudia mit kleiner brüchiger Stimme.

»Hat Vater ...?« fragte Martina erschrocken.

»Tu doch nicht so! Du doch auch! Kein Mensch arbeitet an einem Feiertag! Gib doch zu: du hast einen Freund!«

»Ja, das auch«, gab Martina zu. »Das heißt, ich hatte einen. Er hat sich gestern abend über mich geärgert, weil ich am Bahnhof auf dich warten wollte. Und womöglich wird er sich nicht mehr blicken lassen.«

Claudias Züge glätteten sich. »Ist das wahr?«

»Warum sollte ich es dir sonst erzählen?«

»Er heißt Bob Scheller«, sagte Stefan mit vollem Mund, »und fährt einen tollen Flitzer. Er ist überhaupt ganz nett, du wirst schon sehen.«

»Falls er sich wieder blicken läßt«, fügte Martina hinzu.

»Ach, der wird schon. Dem gefällt's doch ganz prächtig bei uns.«

Martina lächelte Claudia um Verständnis bittend an. »Also ich habe einen Freund, aber der besucht uns hier. Wenn ich mal abends oder feiertags arbeiten muß, hat das nichts damit zu tun. Das kommt einfach daher, daß unser Geschäft noch nicht so sehr gut läuft und wir uns keinen Auftrag entgehen lassen dürfen, auch wenn es manchmal recht unbequem ist. Glaubst du mir das?«

Claudia schwieg.

»Du kannst ja mitkommen«, sagte Martina.

»Und zusehen, wie du in irgendeinem Haus verschwindest?«

»Nein, ich nehme dich mit hinein. Ich werde sagen, du möchtest unbedingt einmal zusehen, wie deine Mutter arbeitet. Das wird der Kundin zwar nicht sehr recht sein und mir auch nicht. Aber wir müssen von Anfang an klarstellen, daß wir uns nicht gegenseitig belügen. Sonst würde ein Zusammenleben ... na ja – zumindest sehr schwierig werden.«

Claudia zerkrümelte ein Stück Stuten auf ihrem Teller. »Und dieser Freund? Was ist mit dem? Willst du ihn heiraten?«

»Ich denke nicht daran. Er ist viel zu jung … Er verdient nicht viel, und er ist, wie soll ich es sagen … ein ziemlicher Bruder Leichtfuß, einer, der immer dazu neigt, sich die Dinge zu leicht zu machen.«

»Wieso ist er dann dein Freund?«

»Weil ich ihn nicht heiraten will. Wenn man nicht unbedingt die Ehe zum Ziel hat, dann zählen andere Qualitäten.« Sie wurde ein bißchen rot, als sie das sagte. »Er ist intelligent, sehr gebildet, unterhaltsam …«

»Er ist ganz nett«, wiederholte Stefan abschließend.

Martina war erleichtert, daß das Thema Bob Scheller so schnell wieder vom Tisch gekommen war. Aber obwohl Claudia sich einsichtig zeigte und auch darauf verzichtete, Martina am Nachmittag zu der anspruchsvollen Kundin zu begleiten, begrüßte sie es doch auch, daß ihr Freund sich nicht sehen ließ. So blieb Martina Zeit, sich um die heimgekehrte Tochter zu kümmern und sie ihren Platz in der kleiner gewordenen Familie finden zu lassen.

Claudia schien sich bald ganz wohl zu fühlen, wenn sie auch über ihr Alter hinaus ernst wirkte und immer etwas nachdenklich war. Einmal nahm Stefan sie mit zu Schwarzenbachs, aber dort gefiel es ihr gar nicht. Sie, die es gewohnt war, im Haushalt mit anzufassen, störte es, wie die Schwarzenbachschen Kinder sich von ihrer Mutter bedienen ließen. Vielleicht brachte sie es auch einfach nicht mehr fertig, so kindlich sorglos zu sein wie die anderen.

Martina war froh darüber, die Abmachung mit Frau Schwarzenbach jetzt lösen zu können. Da Stefan und Claudia jetzt zu zweit waren, konnte man ihnen durchaus zumuten, sich mittags das vorgekochte Essen warm zu machen. Das bedeutete für Martina eine große finanzielle Erleichterung. Mit den vierhundert Mark, die sie jetzt von ihrem geschiedenen Mann für beide Kinder bekommen mußte und ihren Einnahmen im Kosmetik-Institut konnte sie wenigstens leben, ohne ihre Rücklagen angreifen zu müssen. Ihre finanzielle Lage war aber nicht entfernt so rosig, wie sie es erhofft hatte. Es ärgerte sie, daß sie auf das Geld für die Kinder so sehr angewiesen war, aber sie konnte es sich nicht erlauben, es auszuschlagen.

Helmut kam eines Abends und brachte alles, was Claudia in Dinslaken zurückgelassen hatte – Kleider, Wäsche, Bücher,

Spielzeug. Martina bemühte sich mit einigem Erfolg, einen unbefangenen Umgangston ihm gegenüber zu finden, aber beide Kinder gaben sich steif und zurückhaltend. Stefan beantwortete alle Fragen des Vaters, die sich, wie immer, ausschließlich auf seine schulischen Leistungen bezogen, nur knapp mit ja oder nein. Claudia brachte es nicht über sich, den Vater auch nur anzusehen. Sie zeigten sich erleichtert, als er sich wieder verabschiedete.

Martina nahm sie ins Gebet; sie hatte zu bügeln, die Kinder waren ihr in die Küche gefolgt. »Auch wenn ich mich von eurem Vater habe scheiden lassen, braucht ihr ihn doch nicht wie einen Schwerverbrecher zu behandeln. Es kommt eben vor, daß Menschen sich nicht mehr verstehen, ohne daß der eine oder der andere allein schuld hat.«

»Ich weiß ja bloß nicht, was ich mit ihm reden soll«, maulte Stefan.

»Du brauchtest ihm nur etwas ausführlichere Antworten zu geben.«

Claudias Gesicht wirkte verkniffen. »Hoffentlich kreuzt er nicht so bald wieder auf.«

»Bist du ihm so böse?« fragte Martina. Ihr war klar, daß es einen bestimmten Anlaß gegeben haben mußte, der das kleine Mädchen aus dem Haus getrieben hatte, aber sie hatte noch nicht mit ihr darüber gesprochen. Sie hielt es für besser abzuwarten, bis Claudia von sich aus bereit war, darüber zu sprechen. »Bist du ihm wirklich so böse?« wiederholte sie.

»Ziemlich.«

»Wundert mich gar nicht«, sagte Stefan.

Claudia vertiefte sich in ein Buch, das sie schon mindestens siebenmal gelesen hatte.

Martina stellte das Bügeleisen ab und drehte die Bluse so, daß jetzt die linke Vorderpartie auf dem Bügelbrett zu liegen kam. »Er hat mir erzählt, daß er sich wieder verheiraten will«, sagte sie in beiläufigem Ton und bügelte weiter. »Wie ist sie denn?«

»Eine angeberische Parfümstinkerin«, erklärte Claudia ohne aufzusehen.

Stefan schaukelte lachend auf dem Stuhl.

»Bist du ihretwegen fort?« fragte Martina vorsichtig.

»Nein.«

Die Antwort klang so abweisend schroff, daß Martina es für besser hielt, das Thema zu wechseln.

Da Bob Scheller die ganze Woche nichts von sich hören ließ, lud Martina für den Samstag Karla Moll ein. Zum letztenmal zündete sie die Kerzen des winzigen Weihnachtsbaums an und ließ ihn, als sie ausgebrannt waren, von den Kindern plündern. Sie hatte Plätzchen gebacken, Karla Moll eine Flasche Wein mitgebracht, Claudia und Stefan tranken Limonade, und alle waren guter Stimmung. Das Radio dröhnte.

»Hört mal, da singt doch einer!« rief Claudia plötzlich.

»Im Radio!« sagte Stefan.

»Nein. Es kommt von draußen.«

»Du spinnst wohl!«

Aber jetzt glaubte auch Martina etwas zu hören und stellte den Apparat leiser.

Alle lauschten.

Durch die dünnen Mauern drang der Gesang einer männlichen Stimme: »... heiliger König mit seinem Stern ... bringt gute Gaben ... habt mich doch gern ...«

»Die Heiligen Drei Könige!« rief Claudia. »Sie kommen zu uns!«

»Quatsch! Das ist bloß Bob«, sagte Stefan.

»Sprich nicht so zu deiner Schwester!« mahnte Martina.

»Wieso? Quatsch wird man wohl noch sagen dürfen.«

»Ein für allemal ... Aber es *ist* Bob!« Martina lief zur Haustür, riß sie auf – und da stand er wirklich, eine Krone aus Goldpapier auf dem roten Haar und einen Stern an einer langen Stange in der Hand.

Martina mußte lachen; die Enttäuschung und Verärgerung über sein Verhalten in der Neujahrsnacht schien plötzlich bedeutungslos. »Du bist schon ein Quatschkopf!«

»Siehst du, jetzt hast du es selber gesagt!« rief Stefan, der ihr nachgelaufen war.

»Es sollte aber keine Beleidigung sein!« Martina legte Bob beide Hände auf die Schultern und küßte ihn auf den Mund. »Willkommen, heiliger König! Hier wohnen aber nur ein paar Engel und nicht das Christkind!«

»Macht gar nichts. Ich bin ja auch kein heiliger König!«

»Und gute Gaben hast du auch nicht?« erkundigte sich Stefan.

»Doch. Aber die habe ich draußen im Auto. Da muß mir jemand abladen helfen.«

»Mach ich!«

Martina konnte ihren Sohn gerade noch packen. »Zieh dir erst deinen Anorak an! Und feste Schuhe, es ist kalt!«

Stefan verschwand im Haus, und Martina und Bob standen sich für Sekunden allein gegenüber.

»Du hättest ruhig mal anrufen können«, sagte er.

»Ich laufe niemandem nach.«

»Wenn dir wirklich was an mir läge ...«

»Tut es, Bob, das weißt du genau.«

»Aber dann ...«

»So viel kann mir an einem Mann gar nicht liegen, daß ich ihm nachliefe.«

»Bestie!« Er lachte, als er es sagte, aber seinen Augen war anzusehen, daß er es nicht so leichtnahm.

»Wenn du nur mit mir zanken willst, warum bist du dann gekommen?«

»Dreimal darfst du raten.«

Stefan stürmte aus dem Haus, die Strickmütze schief auf den braunen Locken. »Ich bin fertig! Können wir?«

Martina ging ins Zimmer zurück und erzählte Karla und Claudia, was passiert war.

»Dann kann ich ja wohl gehen«, sagte Karla.

»Bleib ruhig, bis die Kinder im Bett sind.«

»Sehr großzügig.«

Claudia verknotete sorgfältig einen Streifen Seidenpapier, mit dem sie die Lamettafäden zusammenband; sie sollten, wie der andere Baumschmuck auch, für das nächste Jahr aufgehoben werden.

»Was sind denn das für gute Gaben?« fragte Karla.

Martina zuckte die Achseln. »Wenn wir Glück haben, ein Korb mit Fressalien.«

»Und wenn wir Pech haben?«

»Vielleicht ...« Martina dachte nach. »... ein kahler Weihnachtsbaum. Bob hat manchmal skurrile Ideen. Du wirst schon sehen.«

Karla Moll lachte. »Du verstehst es, die Spannung anzuheizen.« Sie goß sich und Martina noch ein Glas ein.

»Nicht wahr? Ich bin selber schon ganz aufgeregt.«

Obwohl Martina sich gleichgültig gab, war sie doch neugierig, gerade weil sie Bob die verrücktesten Dinge zutraute. Sie wartete nicht ab, bis die vergoldeten Eicheln und Zapfen – sie hatte in diesem Jahr allen Baumschmuck mit Stefans Hilfe selbst gemacht – in dem Schuhkarton verstaut waren, sondern sagte schon nach wenigen Minuten: »Ich glaube, gleich müssen sie kommen!«, nahm Claudia bei der Hand und rannte mit ihr zur Haustür. Karla Moll folgte ihnen unaufgefordert.

Wenig später traten Bob Scheller und Stefan in den Lichtkreis, den die Lampe über der Haustür in den Garten warf. Sie trugen zwischen sich ein ovales, reichlich verschnörkeltes, weiß und golden gestrichenes Brett, dessen Sinn sie nicht sogleich verstand.

»Was ist das?« rief Karla Moll.

»Rokoko«, stellte Martina fest.

»Das gibt eine Eins für dich. Gut aufgepaßt in der Schule.« Bob stellte das Brett auf die hölzerne Terrasse.

»Es ist wunderschön«, sagte Martina. »Ein Wandschmuck?«

»Warte ab, bis du alles zusammen siehst!«

Schon liefen Bob Scheller und Stefan wieder davon, aber diesmal rannten die anderen mit – ohne sich Mäntel überzuziehen oder die Schuhe zu wechseln.

Als sie Bob Schellers Auto erreichten, hatten die beiden Männer gerade die restlichen Bretter ausgeladen – zwei lange schmale und ein ovales, das weniger ausladend war als das erste, aber ebenso hübsch verziert in Weiß und Gold.

Martina überfiel eine Ahnung. »Ein Bett?« fragte sie zweifelnd.

»Packt lieber mit an, damit wir alles auf einmal zum Haus bringen.«

Sie taten es, und als Martina dann die vier Bretter beieinander sah, erkannte sie, daß sie sich nicht geirrt hatte: im Viereck gegeneinandergestellt, ergaben sie ein Bett.

»Eine tolle Überraschung«, sagte sie unbehaglich. »Es ist ein echtes Stück, nicht wahr?«

Die anderen nahmen das Gestell wieder auseinander und schleppten die einzelnen Teile ins Haus.

»Goldecht. Gefällt es dir?«

»Ich finde es himmlisch.«

Er grinste. »Und auch breit genug. Nicht so eine schmale Marterbank wie deine Couch.«

Martina begriff die Absicht, die hinter diesem Geschenk steckte, und ihr Unbehagen wuchs. »Bob«, sagte sie, »ich danke dir. Es war sehr lieb von dir, daran zu denken.« Sie nahm ihm die Papierkrone vom Kopf. »Sobald ich das nötige Kleingeld verdiene, werde ich es richten lassen.«

»Was heißt das?«

»Daß zu einem Bett mehr gehört als ein Gestell«, erwiderte Karla Moll an Martinas Stelle. »Ein Federrahmen, eine Zwischendecke, Matratzen. Alles zusammen kostet schon ein paar hundert Mark. Und wahrscheinlich braucht Martina neue Wäsche auch noch dazu.«

Martina nahm Bob bei der Hand. »Komm erst mal rein und erhol dich von dem Schreck. Spendierst du ihm einen Kognak, Karla? Das ist meine Tochter Claudia. Ich habe dir viel von ihr erzählt.«

Bob begrüßte Claudia und Karla nachträglich, leerte sein Glas in einem Zug, ließ sich aber nicht ablenken. »Soll das heißen, daß du das Bett nicht aufstellen willst?« fragte er. »Mach mir nicht vor, daß das eine Sache des Geldes wäre. Du hast doch Rücklagen.«

»Die würde ich doch nicht für so was angreifen, für einen reinen Luxus.«

Er verlor die Haltung. »Und, was glaubst du, was ich dafür angegriffen habe?!«

»Nimm es wieder mit«, entgegnete Martina ruhig. »Ich habe kein Geschenk von dir gewollt, und schon gar nicht so eins. Nimm es mit und versuch, es wieder loszuschlagen. Das dürfte dir doch nicht schwerfallen.«

»Aber ich habe es dir geschenkt! Verstehst du ...geschenkt!«

»Kinder, seid mir nicht böse, wenn ich jetzt gehe«, ließ Karla Moll sich vernehmen, »ich habe noch 'ne Verabredung. Die Flasche laß ich euch da.«

»Danke, Karla.« Martina küßte die Freundin auf die Wange und brachte sie zur Tür.

»Der Knabe ist stocksauer«, flüsterte ihr Karla in der kleinen Diele zu. »Treib es nicht zu weit, sonst bist du ihn los.«

»Reflektierst du noch auf ihn?«

»Gott behüte. Der wäre mir viel zu anstrengend.«

Als Martina zurückkam, hörte sie Claudia lachen – es war Bob also sogar gelungen, das verbiesterte kleine Mädchen aufzuheitern. Martina freute sich darüber, und doch, in diesem Augenblick verstand sie, daß er so gut mit Kindern umgehen konnte, weil er selber noch nicht richtig erwachsen war – es vielleicht nie werden würde.

»Tatsächlich, ich bin gut einen Kilometer mit einem Brett vor dem Kopf gefahren ... sozusagen im Blindflug«, hörte sie ihn gerade sagen, als sie eintrat.

»Glaubst du das, Mutti?« rief Claudia. »Das geht doch gar nicht!«

»Und wie hast du das Brett dann wieder vom Kopf gekriegt?« wollte Stefan wissen.

»Nachdem ich das Auto zum Halten gebracht hatte. Dann konnte ich das Brett in beide Hände nehmen und wieder senkrecht hinstellen. Und ratet mal, wo ich gestoppt habe?«

Die Kinder paßten.

»Auf den Rheinwiesen?« schlug Martina vor.

»Ganz heiß! Ich fand mich auf dem Schloßufer wieder.«

»Da hätten Sie aber auch ganz schön im Rhein landen können«, meinte Claudia.

»Das hätte doch Bob nichts ausgemacht!« rief Stefan. »Der kann doch schwimmen.«

»Stimmt. Bloß um mein Wägelchen wäre es schade gewesen.«

Es war schon zehn Uhr vorbei, und Martina entschloß sich, das Geplauder zu unterbrechen, obwohl sie es gern mitangehört hatte. »Es tut mir leid, daß ich euch jetzt ins Bett schicken muß«, entschied sie. »Ihr könnt euch jeder noch ein paar Plätzchen nehmen, aber, bitte, das Zähneputzen nicht vergessen. Nach dem Knabbern!«

»Was wird mit dem Bäumchen?« fragte Claudia.

»Wir haben extra eins mit Wurzeln genommen«, erklärte Stefan wichtig, »damit wir es im Frühjahr in den Garten pflanzen können.«

»Und im nächsten Winter buddeln wir es dann wieder aus?«

Darauf wußte Stefan keine Antwort. Fragend sah er seine Mutter an.

»Bis zum nächsten Winter ist noch ein ganzes Jahr«, sagte Martina, »wir haben also Zeit genug, uns das genau zu überlegen.

Zieht jetzt bitte Leine, bevor ich die Geduld verliere. Ich komme nachher noch zu euch.«

Die beiden verabschiedeten sich zutraulich von Bob Scheller. Martina und Bob blieben allein zurück. Er hatte inzwischen mindestens zwei Gläser getrunken und gab sich gelöster.

»Und du hast mir erzählt, die Kleine sei schwierig!«

»Unterschätze sie nicht. Sie hat ihren eigenen Kopf. Immer gehabt. Und das, was sie mit ihrem Vater erlebt hat, hat sie noch kritischer gemacht.«

»Was hat sie denn erlebt?«

»Sie hat sich mir noch nicht anvertraut. Aber ich weiß, daß er eine Freundin hat. Oder auch Verlobte – wie weit das wirklich auf Heirat zugeht, kann ich nicht beurteilen. Jedenfalls muß es ihr furchtbar zugesetzt haben.«

»Wieso denn das?«

»Na, hör mal!« Martina setzte sich auf ihre Bettcouch und schlug die langen Beine übereinander. »Erst zerbricht die Ehe der Eltern – sie versucht, ihren Vater zu beschlagnahmen und muß dann zusehen, wie er ihr entgleitet ...«

»Du machst ja ein wahres Drama daraus.«

»Für Claudia war es bestimmt ein Drama. Wenn nicht eine Tragödie. Und deshalb – ich weiß, du hast es gut gemeint –, aber es ist unmöglich. Vorläufig kannst du nicht mehr hier übernachten. Ich kann es nicht verantworten, daß Claudia noch einmal verletzt wird.«

»Aber mich«, sagte er mit einem schiefen Lächeln, »mich verletzt du, ohne mit der Wimper zu zucken, ununterbrochen.«

»Du bist ein Mann.«

»Na und? Meinst du, Männer sind ohne jede Empfindung?«

»Im Gegenteil, aber sie sollten zu einer Einsicht fähig sein, die man von einem Kind nicht verlangen kann.«

»Auf hochdeutsch: du findest mein Verhalten wieder mal kindisch?«

»Ach, Bob!« Martina streckte die Hand nach ihm aus, um ihn zu sich auf die Couch zu ziehen, aber da er sich nicht von der Stelle rührte, stand sie selber auf und setzte sich auf seinen Schoß. »Wir lieben uns doch ... warum müssen wir da immer streiten?«

»Nicht ich. Du!«

»Ja, ja, ich geb's ja zu«, sagte sie weich, »ich bin eine schreckliche Person, und es ist nicht leicht, mit mir umzugehen. Bitte, verzeih mir noch einmal!« Ihre Finger wühlten in seinem dichten roten Haar.

»Was?« fragte er mißtrauisch.

»Ich habe mich nicht genug über dein Geschenk gefreut, ich weiß, ich habe mich dumm benommen, aber ich war so überrascht ... auf so etwas überhaupt nicht gefaßt.«

»Wenn du wüßtest, wie schwer so etwas zu bekommen ist!«

»Ich bin sehr glücklich darüber.« Sie küßte ihn hinter das Ohr. »Und damit du siehst, daß es mir ernst ist: ich werde das Bett montieren lassen. Diese olle Couch ist ja wirklich eine Zumutung – und für eine Frau, die einen so wundervollen Liebhaber hat, erst recht!«

»Bin ich das?« fragte er geschmeichelt und schon fast versöhnt. »Bin ich das wirklich?«

»Als wenn du das nicht wüßtest.«

Ihre Lippen fanden sich zu einem langen Kuß, und Martina spürte voll Beglückung, wie die Leidenschaft zwischen ihnen wieder aufzuflammen begann, eine Leidenschaft, die der Ärger des Alltags nicht zu ersticken vermochte. Er hob sie hoch und trug sie zur Couch. Sie dachte an die Kinder, denen sie noch nicht gute Nacht gesagt hatte. Aber ganz bewußt machte sie sich frei von allen Bedenken. Sie wollte nicht immer nur Mutter, sie wollte ganz Frau sein.

»Schließ die Tür ab«, bat sie ihn nur. »Aber leise!« Hastig zog sie sich aus.

Als seine weichen Hände sie streichelten, schloß sie die Augen und entschwebte in Gefilde, die frei waren von Ärger, Enttäuschungen, Komplikationen ...

Eine halbe Stunde später sah Martina, eilig wieder angezogen, nach ihren Kindern. Stefan schlief beim Schein der Nachttischlampe, mitten in seinen Comics. Aber Claudia war noch wach und sah mit prüfendem Blick zu ihr auf. Martina wußte, daß ihre Augen leuchteten und ihre Wangen gerötet waren; sie hoffte nur, daß ihre Tochter sich nichts dabei dachte. Unwillkürlich tasteten ihre Hände, ob sie die Bluse auch ordentlich in den Rock gesteckt hatte.

»Nun ist es aber höchste Zeit zu schlafen«, sagte sie leichthin. »Gute Nacht, Liebling.«

»Ist Bob noch da?«

» Er will gerade gehen.« Sie gab Claudia einen Kuß auf die Stirn. »Willst du ihn noch mal sehen?«

Claudia schüttelte stumm den Kopf.

»Wie gefällt er dir?«

»Er ist lustig.«

»Siehst du. Es ist viel wert, wenn man jemanden hat, der einen bei guter Laune hält.«

Martina löschte das Licht und verließ das Zimmer. Obwohl sie sich immer noch glücklich beschwingt fühlte, war sie doch erleichtert, daß Bob schon im Begriff war, sich seine Lederjacke anzuziehen.

»Wann sehen wir uns wieder?« fragte sie.

Er zog den Reißverschluß hoch. »Ich möchte mich jetzt noch nicht festlegen.«

Sie begriff, daß er sich nir interessant machte, und unterdrückte ein Lächeln. »Komm, wann du magst.« Sie legte die Hände auf seine Schultern und küßte ihn. »Du bist mir immer willkommen.«

»Nur bleib nicht zu lange«, äffte er sie nach.

Sie küßte ihn noch einmal. »Nimm's nicht persönlich. Wahrscheinlich leide ich mehr darunter als du«, log sie.

»Ist das wahr?«

»Sicher. Ich habe nur mehr Talent, mich in das Unvermeidliche zu fügen.«

Ihre gute Stimmung hielt an, als sie die Tür hinter ihm schloß. Beide Kinder schliefen unter ihrem Dach, mit Bob war es nicht zum Krach gekommen, alles würde sich einspielen. Das neue Jahr fing vielversprechend an. Für viele andere Menschen begann das Jahr 1961 mit Angst und Schrecken. Eine Eislawine in Peru vernichtete ganze Dörfer und tötete fast viertausend Menschen. Und das war nur eine von vielen Katastrophen, die sich zu Jahresbeginn ereigneten.

Von diesen Nachrichten wurden doch viele Menschen angerührt, und sensiblere Naturen, wie Martina, machten sich ihre Gedanken. Sie versuchte mit Bob darüber zu reden.

Er sagte nur: »Ohne Glück kann man gar nichts machen. Wußtest du das nicht?«

»Siehst du das nicht ein bißchen zu einfach?«

»Gar nicht. Unter Glück verstehe ich natürlich nicht nur den Zufall, sondern auch die Veranlagung, die Herkunft, die Wirtschaftslage und, wie du gesehen hast, auch die Natur, vielleicht sogar die Sterne. Wenn das alles zusammen stimmt, hast du Glück, wenn es irgendwo aushakt, gibt's ein Loch, in das du stürzen und dir das Genick brechen kannst.«

Nach dieser erschöpfenden Auskunft mochte er nicht mehr über das Thema sprechen.

Erst jetzt, da Claudia wieder bei ihr war, wurde es Martina bewußt, wie sehr sie ihre kleine Tochter vermißt hatte. Claudia, die früher ständig in Opposition gewesen war, hatte sich geändert. Mutter und Tochter verstanden sich besser. Es war, als wenn Helmut zwischen ihnen gestanden hätte.

Claudia und Stefan gerieten häufig aneinander, aber es handelte sich immer nur um die üblichen Reibereien zwischen Bruder und Schwester. Tatsächlich waren auch die beiden froh, wieder zusammen zu sein. Martina merkte es vor allem daran, daß Stefan sich nicht mehr so stark an die Schwarzenbachs anschloß.

Auf der neuen Schule kam Claudia, wie nicht anders zu erwarten gewesen war, sehr gut mit; ihr Versetzungszeugnis im März strotzte von Einsern und Zweiern, während Stefans Noten zwischen gut und befriedigend schwankten.

Dennoch war Claudia nicht mit sich zufrieden; sie bildete sich ein, in Dinslaken, wo die Lehrer sie länger kannten, besser abgeschnitten zu haben.

»Ehrgeiz ist gut«, meinte Martina dazu. »Aber man kann es auch übertreiben.«

»Claudia ist nun mal 'ne Streberin«, behauptete Stefan abfällig. Seine Schwester boxte nach ihm, ohne ihn zu treffen.

Helmut, der am frühen Ostermontag kam, um die Kinder abzuholen, brummte nur, als er das Zeugnis sah: »Sehr ordentlich.«

»Ein etwas herzlicheres Lob hätte sie schon verdient«, meinte Martina.

Sie hatten noch beim Frühstück in der Küche gesessen, als Helmut gekommen war. Essen wollte er nichts, er trank nur eine Tasse Kaffee und zündete sich eine Zigarette an.

»Hör mal«, sagte er, »ich muß mit dir sprechen.«

»Nur los, ich bin ganz Ohr.«

»Mit dir allein.«

Martina sah auf die Kinder, die noch nicht fertig waren. »Komm mit.«

Sie nahm ihre Tasse und ging voraus. Natürlich stach ihm das mächtige Rokokobett, das jetzt den einfachen Raum beherrschte, sofort in die Augen. Er blieb so jäh stehen, daß der Kaffee in seiner Tasse überschwappte. »Was ist denn das?«

»Ein Bett«, sagte sie gelassen. »Sieh mal, ich habe das hintere Seitenbrett rumgedreht und als Rückwand montieren lassen. So ist ein Sofa daraus geworden. Sehr eindrucksvoll, nicht wahr? Nachts schlafe ich darauf.«

»Eindrucksvoll kann man wohl sagen. Woher hast du das?«

»Bei einem Trödler gefunden und herrichten lassen.«

»Das kann doch nicht billig gewesen sein.«

»Nein. War's auch nicht.«

»Deine Geschäfte scheinen ja glänzend zu gehen.«

»Nicht so, wie ich es mir vorgestellt hatte.« Sie setzte sich, die Kaffeetasse balancierend, auf ihr Sofa. »Aber du wolltest doch sicher über was anderes mit mir sprechen?«

Er nahm ihr gegenüber in dem alten Sessel Platz. »Ja. Über Claudia. Sie ist anscheinend ziemlich gut in der Schule.«

»War sie doch immer.« Martina nahm einen Schluck und blickte wachsam über den Rand der Kaffeetasse zu ihm hin.

»Und sie scheint sich einzubilden, daß sie unbedingt eine höhere Schule besuchen müsse.«

»Das haben wir doch bisher alle als selbstverständlich vorausgesetzt.«

»Ich weiß. Aber die Verhältnisse haben sich geändert. Du solltest versuchen, ihr das klarzumachen. Durch die Scheidung bin ich finanziell mehr als angespannt.« Er zog den Aschbecher zu sich heran und streifte seine Zigarette ab.

»Durch Claudias Schulwechsel entstehen dir doch gar keine zusätzlichen Kosten.«

»Das ist nicht der springende Punkt«, sagte er nervös. »Die Frage ist doch die: lohnt sich eine höhere Schulbildung überhaupt für ein Mädchen? Hat sie sich bei dir gelohnt? Du hast dann ja doch schon vor dem Abitur geheiratet. Und Renate hat das Abitur, aber jetzt arbeitet sie in der Firma ihres Vaters, und das hätte sie ohne Abitur genausogut gekonnt.«

»Tut mir leid, Helmut, aber ich verstehe dich nicht.« Martina schüttelte den Kopf. »Claudia ist intelligent, sie lernt gerne, sie möchte aufs Gymnasium. Warum sollten wir sie für meine Dummheit oder den mangelnden Ehrgeiz deiner Renate büßen lassen? Du wirst mir doch zugeben, daß es auch Frauen gibt, die ein Studium mit Erfolg zum Abschluß gebracht haben.«

»Ein Studium! Soll das heißen, du willst sie sogar studieren lassen?!«

»Warum denn nicht?«

Helmut setzte seine Tasse auf und sprang hoch. »Ja, warum nicht, wenn man einen Trottel als Vater hat, der bis in die Puppen zahlen muß!«

»Mein Gott, jetzt verstehe ich erst.« Martina war ganz erschüttert. »Manchmal bin ich doch tatsächlich ein bißchen blöd. Du willst die Verpflichtungen deinen Kindern gegenüber so schnell wie möglich loswerden. Claudia soll die Volksschule besuchen, anschließend vielleicht noch eine Lehre machen – eine Zukunft als Hilfsarbeiterin hast du dir für sie ja wohl doch nicht vorgestellt? – und damit basta.«

»Ja, und tausendmal ja! Ich halte das für eine angemessene Ausbildung. Renate meint auch ...« Er stockte unter ihrem Blick.

»Ich will ehrlich sein, Helmut«, sagte Martina langsam, »es hat Momente gegeben, da habe ich mich gefragt, ob unsere Scheidung wirklich richtig war, der Kinder wegen. Aber jetzt weiß ich, daß du für sie als Vater so wenig ein Verlust bist wie für mich als Ehemann.«

»Aber auf mein Geld – da könnt ihr nicht verzichten!«

»Leider nein. Leider, leider nein. Aber ich verspreche dir, sobald ich nicht mehr darauf angewiesen bin, werde ich es dich wissen lassen. Das wird der schönste Moment in meinem Leben sein.«

Er setzte sich wieder. »Du bestehst also für Claudia auf der höheren Schule?«

»Ja. Jedenfalls denke ich nicht daran, sie ihr auszureden. Du kannst es ja versuchen, wenn du willst. Ich an deiner Stelle würde es aber nicht tun. Du würdest damit nur den letzten Rest Vertrauen, den sie vielleicht noch zu dir hat, verspielen.«

Jetzt war er doch betroffen. »Hat sie dir eigentlich erzählt, weshalb sie weggelaufen ist?«

»Nein. Vielleicht sagst du es mir?«

Er breitete die kräftigen Arme aus und ließ sie wieder sinken. »Ich habe bis heute keine Ahnung. Wegen Renate, nehme ich an.«

»Ach ja, Renate.« Martina bemühte sich um einen verständnisvollen Ton. »Sagtest du mir nicht, daß du mit ihr verlobt bist? Wie steht's mit der Heirat?«

»Bei meinen Schulden?«

»Nach Claudias Andeutungen hatte ich den Eindruck, daß sie Geld an den Füßen hat.«

»Sie ist ...« Helmut räusperte sich. »... aus wohlhabendem Haus.«

Martina wartete eine weitere Erklärung ab.

Sie kam auch, nach einer kleinen Pause: »Aber ihre Eltern sind gegen mich. Wegen der Scheidung. Sie wollen keinen geschiedenen Mann als Schwiegersohn. Sie versuchen ihr einzureden, ein Mann, der einmal versagt hat, wird auch mit einer anderen Frau nicht zurechtkommen.«

»Aha. Braucht sie die Einwilligung ihrer Eltern denn überhaupt?«

»Sie ist zwanzig. Mit Ach und Krach könnte man es also durchboxen. Aber gerade das will ich nicht. Ich möchte – nun eben, daß alles seine Ordnung hat.«

»Auf deutsch: du willst Renate, aber mit Geld.«

»Ein armes Mädchen zu heiraten, könnte ich mir, dank deiner Ansprüche, gar nicht erlauben.«

»Oh, je. Da ist also wieder die böse, böse Martina schuld.« Martina stand auf. »Ich glaube, du gehst jetzt besser, bevor mir die Tränen des Mitleids kommen. Ich hoffe nur, daß deine Renate dieses Spielchen nicht durchschaut.«

»Ich liebe sie.«

»Na, fabelhaft. Trotzdem sollten wir die Kinder jetzt nicht länger warten lassen. Ich wünsche euch einen schönen Tag.«

Als sie dann durch den frühlingsgrünen Garten abzogen, Helmut groß und breit vorneweg, Claudia mit steifem Nacken und Stefan pfeifend hinterher, sah Martina ihnen nach. Sie zweifelte sehr, daß sie einen schönen Tag zusammen haben würden, und ärgerte sich über sich selber, weil sie es ihnen gar nicht gönnte. Wie klein sie immer noch fühlte und dachte …

Martina hatte sich zwar damit abgefunden, daß Bob Scheller nie pünktlich war, aber als es an diesem Ostermontag elf Uhr wurde, ohne daß er erschien, begann sie sich, allen Vorsätzen zum Trotz, doch zu ärgern. Seit langem hatten sie sich beide auf diesen Tag, an dem die Kinder fort sein würden, gefreut.

Daß er sie jetzt stundenlang warten ließ, war eine grobe Unverschämtheit.

Sie war sicher, daß sie auch ohne ihn aus diesem Tag etwas hätte machen können. Aber nun war sie erst einmal zum Warten verdammt. Es schien ihr unsinnig, irgend etwas anzufangen, wenn er jeden Augenblick auftauchen konnte. Am liebsten wäre sie in die Stadt gefahren, um sich in der Galerie Wellensbach eine Ausstellung abstrakter Gemälde anzusehen. Sie war heute nur vormittags geöffnet, und wenn Bob nicht bald kam, würde es zu spät sein. Aber ihn vor der verschlossenen Tür stehen zu lassen, wagte sie denn doch nicht.

Karla war heute allein. Es wäre eine gute Gelegenheit gewesen, sich gründlich mit ihr zu beraten. Aber auch das war nun nicht mehr möglich.

Plötzlich hatte Martina genug. In der Schublade des Küchentischs lag eine Schiefertafel, auf der sie und die Kinder sich Nachrichten zu hinterlassen pflegten. Martina schrieb mit dem Griffel: »Bin bei Karla. Anruf genügt, ich komme sofort.«

Sie zog ihren Mantel über, einen Mantel aus leichter weißer Wolle, offen zu tragen, mit Schalrevers bis zum Saum, den sie sich eigens für Ostern genäht hatte, nahm ihre schon gepackte weiße Handtasche und verließ das Haus. Draußen schloß sie ab und lehnte die Schiefertafel, gut sichtbar, gegen die Tür.

Als sie den Garten durchquerte, in dessen Büschen und Bäumen sich seit einigen Tagen das Frühlingsgrün durchzusetzen begann, wurde ihr bewußt, daß sie wünschte, Bob würde bleiben, wo er war – zumindest bis sie sich mit Karla ausgesprochen hatte. Das, erkannte sie, war wichtiger als alles andere.

Während sie, fast im Laufschritt, durch die feiertäglich leeren Straßen ging, überdachte sie zum hundertsten Male die Lage: Trotz angestrengter Bemühungen war es ihnen nicht gelungen, den

Kundenkreis des Kosmetik-Instituts zu erweitern. Zwar war der Betrieb jetzt, im Frühjahr, etwas lebhafter, aber das kam nur daher, daß einige Kunden sich öfter behandeln ließen. Der Verkauf war völlig konstant geblieben. Martina und Karla verdienten immer noch nicht genug, um allein davon leben zu können. An eine Amortisierung ihrer Anschaffungen war, wie Ernst Großkopf vorausgesagt hatte, gar nicht zu denken. Es mußte etwas geschehen.

Martina mußte dreimal, mit dem gehörigen Höflichkeitsabstand, klingeln, bis der Summton des Drückers zu hören war und sie die Haustür öffnen konnte. Sie flog die fünf Treppen hoch und trommelte ungeduldig gegen die Tür.

Karla trug einen großgeblümten Hausmantel, hochhackige Pantoffeln an den Füßen, und das inzwischen blauschwarz gefärbte Haar hatte sie auf Lockenwickler gedreht. »Ach, du bist es«, sagte sie, ein Gähnen hinter der Hand verbergend.

»Wen hattest du sonst erwartet?«

»Dich bestimmt nicht. Hat er dich versetzt?«

»Du weißt doch, wie unpünktlich er ist, und da dachte ich, ich könnte die Zeit nutzen …«

»Komm schon rein.« Karla machte die Tür hinter ihr zu. »Ich hätte dich gern zum Essen eingeladen, aber ich bin erst beim Kaffee. Magst du eine Tasse mittrinken?«

»Gern.« Martina hängte ihren Mantel über einen Bügel in der kleinen Flurgarderobe.

Karla schlurfte in die Küche, Martina folgte ihr. Da die Küche, eher eine Kochnische, für zwei Personen zu klein war, blieb sie im Türrahmen stehen und sah zu, wie Karla, eine Zigarette im Mundwinkel, Kaffee aufbrühte. Karla verschmähte es grundsätzlich, den Kaffee zu filtern, sondern goß kochendheißes Wasser auf das Kaffeepulver in der vorgewärmten Kanne. Sie behauptete, daß diese Methode ergiebiger sei und der Kaffee so wesentlich besser schmecke, hatte aber Martina bisher nicht davon überzeugen können.

»Das ergibt drei Tassen. Wenn wir wollen, gießen wir frischen auf.« Sie stellte ein zweites Gedeck auf das kleine Tablett und reichte es Martina.

»Ist das alles, was du frühstückst?«

»Das und 'ne Zigarette. Ist bei meiner Figur …« – Karla patschte sich auf die Hüften – »… auch reichlich genug.« Martina trug das Tablett und deckte den niedrigen Kacheltisch. Auf der Musiktruhe stand unübersehbar der neue Fernseher, Ernst Großkopfs Geschenk.

»Gestern abend habe ich bis zum Sendeschluß in die Glotze geguckt«, berichtete Karla, die die Kaffeekanne hereintrug. »Die hatten ein tolles Programm, kann ich dir sagen. Dieser Peter Alexander! Du müßtest dir unbedingt auch so ein Ding anschaffen. Ich sage dir, das würde sich lohnen. Gestern abend zum Beispiel ...«

Martina unterbrach den Redefluß. »Karla, bitte ... wenn wir Zeit haben, kannst du mir das alles später noch erzählen, aber zuerst ...«

»Zeit haben – was heißt das? Mein Süßer kommt doch nie an einem Feiertag, das weißt du doch.«

»Natürlich. Sonst hätte ich ja gar nicht gewagt, dich so zu überfallen. Aber ich habe Bob hinterlassen, wo ich bin, verstehst du. Wir wollten es so schnell wie möglich hinter uns bringen.«

Martina hatte sich in einen der Chippendalesessel gesetzt, und Karla ließ sich auf der Couch nieder.

»Was?«

»Das Geschäftliche, Karla.«

»Ach so. Deshalb bist du also gekommen.« Karlas dunkle Augen verengten sich. »Aber das ist doch kein Gespräch für einen Ostermontag.«

»Es ist zu keinem Zeitpunkt ein angenehmes Gespräch. Wir müssen es trotzdem hinter uns bringen, Karla. Du weißt genausogut wie ich, wie die Dinge stehen: wir kommen nicht weiter.«

»Na und?« Karla zündete sich am Stummel ihrer aufgerauchten Zigarette eine neue an; ihr Gesicht war, ganz ohne Schminke, grau und um die Augen verquollen.

»Sag mal – interessiert dich das gar nicht?«

»Um ehrlich zu sein: nicht schon wieder und schon gar nicht am frühen Morgen. Wir quatschen doch sowieso über nichts anderes.«

»Ja, wir versuchen uns gegenseitig was vorzumachen. Aber gerade damit muß endlich Schluß sein. Es hat keinen Zweck, länger auf ein Wunder zu warten.«

Karla öffnete den Deckel der Kaffeekanne und blickte hinein. »Wir haben gerade erst eröffnet«, sagte sie. »Sei doch nicht so verdammt ungeduldig.«

»Gerade erst eröffnet?« rief Martina. »Dein Zeitgefühl scheint ziemlich durcheinander zu sein. Das ist jetzt mehr als sechs Monate her.«

»Na wenn schon! In dieser kurzen Zeit kannst du wirklich kein Wunder erwarten.«

Martina beugte sich vor. »Wunder, Karla, gibt es nie ... jedenfalls nicht im Geschäftsleben. Selbst das Glück kommt nicht von selber. Alles ist eine Kette von Ursachen und Wirkungen.

Wir müssen die Dinge endlich so sehen, wie sie sind. Es ist uns in knapp drei Monaten gelungen, einen kleinen Kundenstamm aufzubauen. So weit, so gut. Aber der wächst nicht weiter, und Laufkundschaft haben wir überhaupt nicht. Du verdienst jetzt, im eigenen Geschäft, weniger als bei Heerdegen – von dem Geld, das du in den Laden gesteckt hast, ganz zu schweigen.«

»Ist das etwa meine Schuld?« Karla hielt ein Sieb über Martinas Tasse und begann vorsichtig einzuschenken.

»Von Schuld kann hier überhaupt keine Rede sein. Karla, ich habe wirklich gründlich nachgedacht, glaub mir: der Grund ist die Lage des Instituts. Es liegt zu abseits. Niemand kommt je zufällig durch die Melanchthonstraße, und wer in der City zu tun hat – unsere Kundschaft besteht ja fast nur aus berufstätigen Frauen –, geht lieber dort zur Schönheitspflege.«

Karla blickte, die Kanne in der Hand, zu Martina auf. »Darf ich dich daran erinnern, wer die Räume gemietet hat?«

»Ich! Aber nicht ohne dein Einverständnis. Karla, bitte, es hat doch keinen Sinn, wenn wir uns jetzt gegenseitig Vorwürfe machen! Laß uns lieber überlegen, wie wir die Karre aus dem Dreck ziehen.«

»Wie ich dich kenne ...« Karla hatte sich selber eingegossen und stellte die Kanne wieder auf den Kacheltisch. »... hast du schon einen fix und fertig ausgearbeiteten Plan.«

»Nur eine Idee, Karla.« Martina nahm sich Sahne und Zucker. »Wir müssen aus der Melanchthonstraße raus. Möglichst ganz fort aus Benrath. Wir müssen uns Räumlichkeiten in der Innenstadt suchen, natürlich nicht gerade im Radius von Heerdegen, sondern dort, wo ein Kosmetik-Institut fehlt.«

»Das kostet Geld.«

»Halb so wild. Die Einrichtung haben wir ja schon, die können wir mitnehmen.«

»Und was wir in den Umbau gesteckt haben?«

»Müssen wir abschreiben.« Martina ergriff das Handgelenk der Freundin. »Karla, begreifst du denn nicht?! Wir haben keine andere Wahl.«

»Das kann ich beim besten Willen nicht einsehen.«

Martina zog ihre Hand zurück und seufzte. »Oh, Karla!«

»Du bist immer so ... so heftig, Martina. So unbedingt. Siehst alles immer rosenrot oder pechschwarz. Immer willst du deinen Willen durchsetzen.«

»Ach, Karla. Um meinen Willen geht es doch gar nicht, nur um das, was zweckmäßig ist. Wir müssen umziehen, glaub mir, das ist unsere einzige Chance.«

»In die City, ja? Das würde für uns beide bedeuten, daß wir täglich wieder fast zwei Stunden auf der Bahn hängen. Zwei Stunden, in denen wir uns strapazieren, aber nichts verdienen.«

»Wer sagt denn, daß wir auf die Dauer in Benrath wohnen bleiben müssen?«

»Du verlangst, daß ich hier ausziehe?« Karlas graues Gesicht bekam Farbe.

»Es war nur ein Vorschlag. Ich selber würde mich nach einer Wohnung in der Nähe der neuen Geschäftsräume umsehen. Aber ich habe ja auch die Kinder. Du bist nicht so angebunden.«

»Meinst du, ich will dauernd hin- und herfahren?«

»Dann zieh doch auch um! Du wolltest doch schon immer eine größere Wohnung. Und Ernst kann dich doch anderswo genausogut besuchen.«

»Nein, nein und nochmals nein!« Karla drückte ihre Zigarette aus. »Einmal habe ich mich von deinen Phantastereien anstecken lassen, aber jetzt ist es genug. Ich will behalten, was ich habe, und nichts aufs Spiel setzen. Ich könnte es auch gar nicht, selbst wenn ich wollte. Du hast noch Rücklagen, ich nicht. Ich müßte also wieder meinen Süßen bitten, und aus dem ist keine müde Mark mehr für das Geschäft herauszupressen, verlaß dich drauf.«

»Laß mich mit ihm reden!«

Das Telefon klingelte.

»Bildest du dir ein, auf dich würde er hören?« Karla zog den Apparat, der auf der Musiktruhe stand, näher zu sich heran und meldete sich. »Hallo, Bob! Ja, die ist bei mir! Komm doch einen Sprung rauf, wir sitzen gemütlich beim Kaffee ... nein? Einen

Kognak würde ich auch spendieren … na, dann nicht, wer nicht will, hat schon gehabt.« Sie legte auf. »Der hat, scheint's, Angst, ich würde ihn beißen.«

Martina stürzte den Inhalt ihrer Kaffeetasse hinunter, raffte die Handtasche an sich und stand auf. »Schönen Dank für alles, Karla.«

»Du hast's aber eilig! Der hat dich ganz schön an der Kandare, wie? Braucht bloß zu pfeifen, und schon tanzt du an.«

»Es liegt mir bloß nicht, jemanden warten zu lassen.«

»Aber er tut das immer.«

»Ja, leider. Es geht mir erheblich auf die Nerven, das kannst du mir glauben. Also tschüs dann. Und denk drüber nach … wir sprechen uns wieder.«

Martina zwang sich zu einem Lächeln und lief, ohne daß die Freundin sie begleitete, aus der Wohnung.

Bob räkelte sich auf der schmalen hölzernen Terrasse des Gartenhauses in einem klapprigen Liegestuhl. Martina war nahe daran, ihm zu sagen, daß er sich wenigstens heute etwas anderes hätte anziehen können als seine ewige schwarze Lederjacke, Jeans und Stiefel. Nur mit Mühe gelang es ihr, sich zu beherrschen. Sie wußte, daß eine derartige Bemerkung zu nichts geführt hätte. Wahrscheinlich hätte er ihr nur einmal mehr vorgeworfen, daß sie spießig sei und einen zu großen Wert auf Äußerlichkeiten lege.

Sie stritten sich häufig in der letzten Zeit.

So zwang sie sich ein Lächeln ab und rief: »Da bin ich schon, Schatz! Ich komme auf den Flügeln der Liebe herbeigeflogen.«

Er streckte die Hand nach ihr aus und wollte sie auf seinen Schoß ziehen. »Du hättest ruhig auf mich warten können.«

»Vorsicht! Der Liegestuhl kracht.« Sie leistete Widerstand und zog ihn auf die Beine.

Er nahm sie in die Arme und küßte sie, bedächtig und mit fordernder Leidenschaft. Es fiel ihr schwer, ihre Lippen von seinem Mund zu lösen.

»Nicht so hastig mit den jungen Pferden!« rief sie und drehte den Kopf von ihm weg. »Wenn ich erst mein Make-up erneuern muß, verlieren wir noch mehr Zeit.«

»Wir haben doch den ganzen Tag für uns.«

»Hätten wir – falls du ausnahmsweise einmal pünktlich gewesen wärst. Jetzt nur noch den halben. Die Galerie ist schon geschlossen. Was fangen wir an?«

»Ich schlage vor, du läßt mich erst einmal ins Haus.«

»Wozu? Ich dachte, wir fahren gleich los?« Lächelnd schüttelte er den Kopf. »Nicht?« fragte sie. »Aber ich dachte ...«

»Du denkst zuviel. Das ist ein schwerer Fehler, zumal wenn das Falsche dabei herauskommt.«

»Wir hatten doch verabredet ...«

»Sag lieber: du hattest vorgeschlagen. Ich hatte niemals auch nur eine Sekunde vor, mich mit diesen blöden Abstrakten zu befassen. Nicht an einem Tag wie heute, wo wir endlich mal das Revier für uns alleine haben.« Unter Martinas Blick wurde er unsicher. »Die Blagen sind doch hoffentlich fort?«

»Ja.«

»Dann nichts wie rein in die Buntkarierten!« Er nahm ihr die Handtasche ab, öffnete sie und begann nach ihren Schlüsseln zu suchen.

»Und wenn ich keine Lust dazu habe?«

»Nun werde man bloß nicht zickig.«

Er schloß auf, öffnete die Tür nach innen, trat ein und hielt sie Martina mit einer tiefen Verbeugung auf. Da sie keinen Streit heraufbeschwören wollte, blieb ihr nichts anderes übrig, als ihm zu folgen. Ihre Gereiztheit wuchs.

»Laß uns wenigstens erst was trinken«, bat sie, als er ihr aus dem Mantel half.

»Jugend ist Trunkenheit ohne Wein!« zitierte er grinsend.

»Ein Schluck von was Gutem wäre mir im Moment lieber als deine blühende Jugend.« Martina öffnete den kleinen Eisschrank in der Küche, weil ihr eingefallen war, daß sie dort einen Rest Steinhäger aufgehoben hatte.

»Schnaps?« fragte er mit übertriebener Mißbilligung. »So früh am Morgen?«

»Es ist Mittag«, verbesserte sie ihn, nahm sich ein Glas, schenkte sich ein – es war nicht mehr als ein Schluck – und trank aus. »Entschuldige, daß ich dir nichts anbiete. Aber jetzt ist mir besser.«

Sie war zu der Einsicht gekommen, daß Bob ihre Weigerung als verletzend empfinden mußte und daß es besser war, auf sein Spiel einzugehen.

»Du ahnst nicht, wie ich mich auf dich gefreut habe«, behauptete sie.

»Das merkt man dir an.«

»Sei nicht so empfindlich.« Sie strich ihm mit dem Zeigefinger über die Nase und küßte ihn dann auf den Mund.

Diesmal versuchte sie sich zu entspannen, um jenes Gefühl wiederzugewinnen, das sie früher in seiner Nähe empfunden hatte – es gelang ihr nicht.

»Komm«, sagte sie, »ich schlage rasch das Bett auf.«

Wenig später lagen sie nebeneinander nackt auf dem schönen Rokokobett in ihrem Zimmer. Seine zärtlichen Hände streichelten sie, seine Zungenspitze berührte sie.

Sie war bereit, sich von ihm lieben zu lassen, und hoffte bis zum letzten Moment auf ein Wunder. Aber auch sein Liebesspiel vermochte sie nicht zu entflammen; sie wurde nur ungeduldig und hoffte, es bald überstanden zu haben. Bob, der spürte, daß sie anders reagierte als sonst, nahm sich mehr Zeit als gewöhnlich.

»Komm schon ... komm endlich!« drängte sie und log: »Ich halt's nicht mehr aus!«

Aber auch dann blieb sie nüchtern, ganz sie selber, erhob sich nicht zum Höhenflug, sondern öffnete die Augen und sah ihn an, sah sein rot angelaufenes, verzerrtes, schwitzendes Gesicht mit den hellen Wimpern und fand ihn plötzlich häßlich. Rasch schloß sie die Augen, als wäre sie bei etwas Unrechtem ertappt worden, und stöhnte, um ihn glücklich zu machen.

Doch er spürte, noch in der eigenen Befriedigung, daß sie enttäuscht war. Als es vorbei war, langte er über sie auf den Glastisch, fand eine Zigarette und steckte sie sich an. Nach zwei, drei Zügen fragte er: »Was ist eigentlich los mit dir?«

Sie fand es richtiger, ihm nicht länger etwas vorzumachen. »Ich war nicht in Stimmung«, erklärte sie.

»Stimmung!« wiederholte er. »Früher warst du zu jeder Tag- und Nachtzeit in Stimmung!«

»Kann sein«, gab sie zu. »Aber ... ich kann es dir auch nicht erklären.«

»Ich habe dich enttäuscht!«

»Nein. Mit dir hat das gar nichts zu tun.«

Die Berührung seiner nackten, feuchten Haut war ihr unangenehm, sie löste sich von ihm und stand auf.

»Was soll das?« fragte er.

»Ich ziehe mich an. Du hast doch nicht etwa vor, den ganzen Tag im Bett zu bleiben?«

»Warum nicht?«

»Von mir aus. Dann mach ich uns was zu essen.«

»Und servierst es mir ans Bett? Du, so etwas habe ich mir schon lange mal gewünscht.«

Das kam so jungenhaft-ehrlich heraus, daß es Martina rührte. Es wurde ihr bewußt, daß er es nicht einfach mit ihr hatte. Sie lächelte ihm zu. »Fein, wenn du das willst, dann werde ich dich heute mal richtig verwöhnen.«

Martina hatte für alle Fälle eine kleine Mahlzeit vorbereitet. Die Spaghetti waren schon gekocht und abgeschreckt, sie mußte sie nur noch in heißem Wasser warm machen. Auch die Tomatensoße brauchte nur aufgewärmt zu werden. Dazu briet sie zwei Steaks kurz und knusprig von beiden Seiten in heißem Fett und richtete einen Kopf Salat an.

»Weißt du eigentlich, daß du mir so am besten gefällst?« Bob richtete sich in den Kissen auf, als sie hereinkam.

»Als Heimchen am häuslichen Herd?« fragte sie.

»Wenn du nicht so aufgedonnert bist.«

Martina sah an sich herunter. Sie hatte nur schnell einen Schlüpfer und darüber einen ihrer ausrangierten weißen Berufskittel angezogen. »So kann ich mich aber auch nur zu Hause sehen lassen«, stellte sie fest.

Sie aßen beide mit gutem Appetit – Martina hielt sich allerdings an ihr Steak und den Salat, während sie Bob die Spaghettis überließ – und leerten eine Flasche Rotwein dabei. Bob zeigte sich von seiner besten Seite. Doch Martina konnte nicht verbergen, daß sie mit den Gedanken nicht bei der Sache war.

»Was machst du für ein Gesicht?« fragte er plötzlich. »Bist du mir immer noch böse? Wegen einer einzigen mißratenen Nummer?«

»Nein. Und außerdem konntest du nichts dafür.« Martina saß mit niedergeschlagenen Augen da und stocherte mit ihrer Gabel im Salat. »Ich mach mir Sorgen, Bob.«

»Um uns?«

»Wegen des Geschäfts.«

»Ach so.« Bobs Gesicht zeigte einen Ausdruck von Ablehnung.

Martina merkte es nicht. »Es läuft alles verkehrt, Bob«, bekannte sie. »Ich will dich nicht mit Einzelheiten langweilen.«

»Anständig von dir.«

Jetzt blickte sie auf und begriff, daß er sich für das, was sie bewegte, überhaupt nicht interessierte. Sie hatte es schon früher begriffen, aber nie wahrhaben wollen. Sie hatte gewußt, daß Bob der falsche Partner für ein solches Gespräch war, und doch hatte sie sich nicht zurückhalten können, weil ihr Wunsch sich auszusprechen übergroß geworden war. »Entschuldige«, sagte sie tonlos.

»Du hättest diese Schönheitsbude nie aufmachen sollen«, tadelte er. »Es mußte ja ein Reinfall werden. Das war mir von Anfang an völlig klar.«

»Warum hast du mir dann nicht abgeraten?«

»Du hättest doch nicht auf mich gehört.«

»Kann schon sein.« Martina blickte angestrengt ins Leere. »Und es hilft mir jetzt auch nichts mehr.«

»Willst du meinen Rat hören?«

»Wenn du einen hast …«

»Den einzig richtigen: Macht Schluß!«

Martinas Gesicht rötete sich vor Überraschung. »Wie bitte?«

»Du hast ganz richtig gehört: Löst euren Laden auf!«

Martina starrte ihn an. »Wie stellst du dir das vor?«

»Ganz einfach. Kündigt und versucht euren Krempel loszuschlagen.«

»Du mußt nicht bei Trost sein.« Martina preßte die Lippen zusammen.

»Hätte ich mir ja denken können. Du willst die Wahrheit nicht einsehen. Aber mach dir nichts draus. Wer will das schon?«

Martina sprang auf. »Bob, ich bitte dich, denk doch mal nach! Karla und ich, jeder hat zwanzigtausend Mark in das Geschäft gesteckt, vierzigtausend Mark zusammen! Und was, glaubst du, könnten wir rausschlagen, wenn wir jetzt aufgeben würden? Höchstens fünftausend.«

»Schade drum. Aber lieber ein Ende mit Schrecken als ein Schrecken ohne Ende.«

»Eher würde ich mich bei lebendigem Leibe rösten lassen!«

»Sieht dir ganz ähnlich«, sagte Bob unbeeindruckt.

»Gott sei Dank!« rief sie emphatisch. »Gott sei Dank, daß ich nicht so bin wie du! Ich werde mich niemals damit begnügen, hier und da zu jobben ...«

»Ist es das, was du mir vorwirfst?«

»Ich werfe dir nichts anderes vor, als daß du zu keinem konstruktiven Gedanken fähig bist. Und jetzt raus aus dem Bett! Wenn du Kaffee haben willst, dann erscheine gefälligst in der Küche. Beim Abwasch kann ich dich auch brauchen.« Mit übertriebener Energie setzte Martina die benutzten Teller und Schüsseln auf das Tablett und warf klirrend das Besteck dazu.

»Das ist ja ein ganz neuer Ton«, stellte Bob fest, eher erstaunt als gekränkt.

»Genau der richtige Ton einem Mann gegenüber, der nicht imstande ist, das Leben ernst zu nehmen.«

Martina ergriff das Tablett und verließ das Zimmer. Seit ihrer Ehe war sie nicht mehr so aufgebracht gewesen. Bobs leichter Sinn war ihr schon immer ein Dorn im Auge gewesen, obwohl sie sich bemüht hatte, darüber hinwegzusehen. Daß er ihr aber kaltblütig riet, vierzigtausend Mark in den Wind zu schreiben, war denn doch zuviel.

Mehr noch machte es sie wütend, daß er offensichtlich von ihren Fähigkeiten als Geschäftsfrau überhaupt nichts hielt. Er traute ihr so wenig wie Helmut zu, daß sie Erfolg haben könnte, und das erbitterte sie so, daß es ihr gleichgültig gewesen wäre, wenn er das Haus ohne Abschied auf Nimmerwiedersehen verlassen hätte, ja, sie rechnete sogar damit.

Aber nur wenige Minuten nach ihr erschien er, völlig angezogen, und sagte grinsend: »Küchengehilfe Scheller meldet sich gehorsamst zum Dienst!« Sorgfältig krempelte er sich die Hemdsärmel auf.

»Na, dann mal ran!« Sie warf ihm ein Handtuch zu.

Scheinbar einträchtig machten sie sich an die Arbeit. Aber es kochte immer noch in ihr.

»Mach ein anderes Gesicht, meine Schöne!« Teller und Trokkentuch in den Händen, küßte er sie auf den Nacken.

»Ach, laß das!« Sie konnte, die Hände im Abwaschbecken, nur mit den Ellenbogen abwehren.

»Draußen scheint die Sonne und die Vögel tirilieren!«

»Kindskopf!«

»Vielleicht hast du recht. Vielleicht bin ich kein sehr ernsthafter Mensch. Ich nehme alles leicht, ganz bewußt, weil ich das für die beste Einstellung zu all den Plagen des Lebens halte. Du solltest eben in Zukunft keine Gespräche über dein verdammtes Institut mit mir führen.«

»Mit wem soll ich denn sonst darüber sprechen?!«

»Von mir aus mit Karla.«

»Aber verstehst du denn nicht …«

»Nein, ich verstehe wirklich nicht, warum du dir diesen Laden ans Bein gebunden hast, wo du es doch so viel einfacher haben könntest. Dein Praktikantinnenjahr ist um. Such dir eine Stellung in einem renommierten Geschäft, kassiere pünktlich dein Gehalt plus Trinkgeld und überlaß den anderen deine Sorgen.«

»Bob! Ich werde diesen Monat achtundzwanzig. Wie lange, glaubst du, kann ich als Angestellte in diesem Beruf arbeiten?«

»Aber du wirst doch sowieso nicht ewig dabei bleiben.« Er wurde unsicher. »Ich meine, du wirst doch früher oder später wieder heiraten wollen.«

»Bestimmt nicht.«

»Ach, Martina, das kommt dir jetzt bloß so vor. Hören wir auf, uns zu streiten, ja? Eines Tages wirst du bestimmt meine Frau.«

Martina war völlig überrascht, und sie konnte es nicht verbergen. »Deine … was?«

Er lachte. »Jetzt tu nur nicht so, als wenn du mich nicht verstündest.«

Martina versuchte sich zu fassen. »Aber Bob, von Heirat war zwischen uns doch nie die Rede.«

»Stimmt. Aber gib zu: gedacht haben wir beide schon daran.«

Er trat dicht vor sie, so daß sie gezwungen war, zu ihm aufzusehen, und sie blickte genau in die klaren Augen mit der leuchtend grünen Iris. Obwohl sie begriffen hatte, daß er nicht der richtige Mann für sie war, wollte sie ihn doch nicht verlieren, weil sie wußte, daß ihm die Einsamkeit folgen würde. Aber genauso wenig wollte sie, daß er ihre Beziehungen in einem falschen Licht sah.

»Ich nie, Bob«, erklärte sie beherrscht. »Aber nimm es nicht persönlich. Ich habe meine Scheidung nicht durchgekämpft, um mich gleich danach …«, sie stockte, weil sie beinahe gesagt hätte »an den ersten Besten«, »… an den nächsten Mann zu binden.«

»Du willst mich nicht heiraten!?« Er hob mit der Hand ihr Kinn und zwang sie, ihn anzusehen.

»Bestimmt nicht.« Sie lächelte in sein angespanntes Gesicht. »Aber anstatt uns über ungelegte Eier zu unterhalten, sollten wir lieber zusehen, daß wir fertig werden und ins Freie kommen.«

Er wich vor ihr zurück und warf wütend das Küchentuch auf den Boden. »Hältst du mich für einen Hampelmann?!«

»Natürlich nicht.« Sie tat einen raschen Schritt auf ihn zu, wandte sich dann aber ab und ging wieder zum Spülbecken. »Du bedeutest mir sehr viel, das weißt du.«

»Was bedeute ich dir?«

»Laß mich mal erst hier fertig werden«, erwiderte sie ausweichend, »du bringst mich ganz durcheinander. Wenn du darauf bestehst, werde ich nachher, beim Kaffee, versuchen ...«

»Du weißt also nicht, was ich dir bedeute!«

»Bob, bitte ...« Martina ließ das Wasser ab und rieb das Spülbecken blank. »Natürlich weiß ich es. Ich kann es nur nicht so auf Anhieb definieren.«

»Einen Dreck weißt du!«

Sie drehte sich um. »Gib mir bitte das Tuch.«

Unter ihrem Blick bückte er sich und hob das Trockentuch auf.

»Danke.« Sie nahm es ihm aus der Hand. »Du könntest schon mal Wasser aufstellen. Oder den Tisch decken, oder sonst etwas Produktives tun.«

Seine Stimmung schlug um. »Martina«, sagte er weich, »wahrscheinlich habe ich den falschen Moment gewählt ...«

»Es war die falsche Frage«, unterbrach sie ihn, füllte frisches Wasser in den Kessel, zündete das Gas an und stellte ihn auf den kleinen Herd.

Er ließ sich nicht mundtot machen. »Eine Heirat, Martina«, sagte er drängend, »würde alle unsere Probleme lösen. Wir würden nicht mehr Versteck spielen müssen ...«

»Das tun wir ohnehin nicht.«

»Doch. Vor den Kindern.«

»Und daran, glaubst du, würde sich durch eine Heirat etwas ändern? So einfach stellst du dir das vor? Sie sind in einem Alter, wo sie schon sehr viel verstehen und doch nicht genug. Ich könnte ihnen, verheiratet oder nicht, unmöglich Einblick in mein Liebesleben geben.«

»Aber dann könnten wir wenigstens nachts zusammen sein! Du siehst ja, was heute mittag passiert ist!« Er nahm die abgetrockneten Teller und stellte sie in den Schrank. »Wahrscheinlich lag es nur daran ...«

»Laß uns nicht mehr darüber sprechen. Bitte, Bob, das führt doch zu nichts.«

Er packte sie bei den Schultern. »Warum willst du mich nicht heiraten?«

»Weder dich noch einen anderen.«

»Du liebst mich nicht!«

»Ach, Bob«, sagte sie erschöpf t, »was man so Liebe nennt ...«

Er stieß sie so heftig von sich, daß sie beinahe das Gleichgewicht verloren hätte und gegen den Spültisch stieß, drehte sich auf dem Absatz – buchstäblich auf dem Absatz seines hochhackigen Cowboystiefels – um, verließ das Haus und knallte die Tür derart ins Schloß, daß die Wände bebten.

Bei seinem Abgang empfand Martina zu ihrer eigenen Überraschung nichts als Erleichterung.

Am zwölften April 1961 gelang es dem russischen Luftwaffenmajor Jurij Gagarin, als erster Mensch in das Weltall vorzudringen; in einer winzigen kugelrunden Raumkapsel umkreiste er einmal den Erdball, um dann im Fallschirm abzuspringen.

Stefan war ungeheuer begeistert und redete von nichts anderem.

»Schade, daß es kein Amerikaner war«, sagte Claudia. »Gerade jetzt, wo Kennedy Präsident geworden ist ...«

Martina hatte dem Gespräch der Kinder amüsiert zugehört. »Du scheinst ja gut orientiert zu sein«, bemerkte sie.

»Weißt du denn nicht, daß sie für Kennedy schwärmt?« fragte Stefan.

»Quatsch!« protestierte Claudia. »Er gefällt mir bloß.«

»So gut, daß du sein Foto an deinen Spiegel gesteckt hast.«

Martina gefiel es, daß Stefan und Claudia sich mit Ereignissen beschäftigten, die weit über den Rahmen ihrer eigenen kleinen Welt hinausgingen, und ermunterte sie, indem sie ihnen interessiert zuhörte, ihnen auch durch Fragen und Mitteilungen weiterhalf.

Fast beneidete sie die Kinder um ihre Aufgeschlossenheit und Lebhaftigkeit. Ihr selber gelang es nur mit Mühe, sich von den eigenen Sorgen zu lösen. Unentwegt dachte sie über die Situation ihres kleinen Unternehmens nach und machte Berechnungen für die Zukunft. Nur in einem Geschäftsviertel der Stadt konnte sie noch eine Chance sehen. Wieder einmal studierte sie gründlich die Inserate in den Tageszeitungen, nicht nur die der Wohnungsmakler, sondern auch die anderer Kosmetik-Institute, deren Lage sie auf einem Stadtplan eintrug, um einen möglichst günstigen Platz für einen neuen Anfang zu finden. Sie weinte Bob keine Träne nach. Sein Verhalten kam ihr wie das eines liebenswerten, aber durch und durch egoistischen Kindes vor. Sie hatte viel von ihm gelernt, wußte aber inzwischen, daß seine Kenntnisse, ob nun auf dem Gebiet der Architektur, der modernen oder alten Kunst, nur sehr oberflächlich waren, weil er sich ja nie ernsthaft mit einem bestimmten Problem befassen konnte. Sobald die Dinge schwierig zu werden begannen, pflegte er aufzugeben.

Heiraten wollte er sie, davon war sie überzeugt, nur aus Bequemlichkeit. Wenn er für sie und die Kinder hätte sorgen müssen, wäre er nie auf diese Idee gekommen.

Martina glaubte, daß er sich nie mehr bei ihr blicken lassen würde, und sie war froh darüber. Aber sie hatte ihn doch falsch eingeschätzt.

Am 17. April, ihrem Geburtstag, kam er am späten Nachmittag mit einem Riesenstrauß langstieliger roter Rosen in die Melanchthonstraße. Noch saß Kundschaft in den hellhörigen Kabinen, und so blieb Martina gar nichts anderes übrig, als sich freundlich und herzlich zu bedanken. Ausnahmsweise war er im korrekten grauen Anzug erschienen und wirkte sehr seriös.

»Ich hoffe, du hast dir für heute abend nichts vorgenommen«, sagte er fröhlich.

»Nur ein kleines Freß-Freß bei mir zu Hause.«

»Schade. Ich habe einen Tisch bei ›Müller und Fest‹ bestellt.«

Sie mußte über seine Bemühung lächeln, denn tatsächlich hatte er sie kaum je richtig ausgeführt, obwohl er wußte, daß sie Spaß daran gehabt hätte. »Den mußt du leider wieder abbestellen.«

Er mißverstand ihre Bemerkung – absichtlich, wie Martina annahm. »Also komm ich zu dir«, sagte er rasch. »Ich fahre gleich mal rüber und sehe nach dem Rechten. Dann brauchst du dich auch nicht wieder über meine Unpünktlichkeit zu beklagen.«

Dieses Anerbieten konnte sie nicht ablehnen, nicht hier und nicht mit einem Strauß roter Rosen in den Armen. »Du mußt mich jetzt, bitte, entschuldigen«, sagte sie nur, »ich habe eine Kundin.«

Ganz kurz war sie gerührt und erfreut gewesen, Bob wiederzusehen, aber schon jetzt fühlte sie sich durch ihn belastet. Sie hatte Karla zu sich eingeladen und, da ihr Geburtstag in die Woche fiel, auch ihren Freund. Sie hatte beabsichtigt, das Gespräch auf den von ihr geplanten Umzug in die Innenstadt zu bringen. Es war zwar, darüber war sie sich klar, ziemlich aussichtslos, Ernst Großkopf noch einmal zum Zahlen zu bewegen, aber sie wollte nichts unversucht lassen.

Bobs Anwesenheit machte das nun unmöglich. Vielleicht würde er sie, um sich wieder Liebkind bei ihr zu machen, bei ihrem Vorstoß unterstützen – darauf verlassen konnte sie sich aber nicht. Genauso möglich war es, daß er ihr in den Rücken fiel, und das durfte sie nicht riskieren.

So wurde über das Thema Kosmetik-Institut an diesem Abend nicht gesprochen, obwohl die Stimmung der Gäste sehr gut war und sich immer wieder Gelegenheit geboten hätte. Martina wagte es nicht, und sie nahm es Bob persönlich übel, daß sie es in seinem Beisein nicht wagen durfte.

Wie sie vorausgesehen hatte, war es schwer, ihn am Ende des Abends wieder loszuwerden. Martina hatte Karla, noch im Institut, gebeten, sie dabei zu unterstützen, und Karla, die wußte, wie es um die beiden stand, tat ihr Bestes.

»Kommen Sie, kommen Sie, Bob«, drängte sie, als sie und ihr Freund aufbrachen, »merken Sie denn nicht, daß Martina genug von uns hat? Für sie war es heute ein schwerer Arbeitstag, und morgen muß sie früh raus.«

»Ich möchte ihr nur noch in der Küche helfen.«

»Sehr lieb von dir, Bob, aber wirklich nicht nötig«, lehnte Martina ab. »Die Kinder haben das alles schon gemacht, und sie spülen mir morgen auch die paar Gläser. Du kannst wirklich unbesorgt gehen.«

Er zog ihre Hand an die Lippen und blickte ihr beschwörend in die Augen. »Darf ich nicht wenigstens noch eine letzte Zigarette bei dir rauchen?«

»Nein. Ihr habt genug gequalmt.« Sie drängte ihn in die Diele. »Seid leise, bitte!« flüsterte sie, küßte Karla auf die Wange und reichte Ernst Großkopf die Hand.

»Wann sehen wir uns wieder?« fragte Bob.

»Wie du gerade gehört hast, habe ich augenblicklich wahnsinnig viel zu tun. Aber ich werde mich bei dir melden.«

Martina war froh, als endlich alle draußen waren. Sie warf einen Blick in die Zimmer der Kinder, räumte auf, machte ihr Bett zurecht, öffnete die Fenster und ging ins Bad.

Als sie zurückkam, abgeschminkt und mit ausgebürstetem Haar, die Kleider über dem Arm und in einem einfachen hellgrünen Nachthemd, lag Bob Scheller in ihrem Bett. Er hatte sich eine rote Schleife um den Hals gebunden – eine Schleife, die vormals Ernst Großkopfs Geschenk, eine mächtige Pralinenschachtel, verziert hatte – und grinste sie vergnügt, wenn auch ein wenig unsicher an. Martina blieb auf der Schwelle stehen.

»Trau dich, meine Schöne!« rief er fröhlich. »Noch ein Geburtstagsgeschenk!«

Die Frage, wie er hereingekommen war, erübrigte sich. Er war durch den Garten zurückgegangen und durch eines der Fenster geklettert.

Martina wußte nicht, ob sie lachen oder böse werden sollte. Blitzschnell überlegte sie. Es gab keine Möglichkeit, ihn auf friedliche Art loszuwerden. Sie hätte ihn tödlich beleidigt, und das hatte er denn doch nicht verdient.

»Du bist ganz schön unverfroren«, sagte sie.

»Gib zu, daß du dich freust.«

Es lag etwas Flehendes in seiner Stimme, das sie rührte. Sie legte ihre Kleider über einen Stuhl, ging zu ihm hin und gab ihm einen Kuß. »Das weißt du doch«, log sie. »Wir wollen von jetzt an die dummen Streitereien lassen, ja?«

»Ich fange nie mehr an«, beteuerte er. »Ich schwöre es dir. Von jetzt an kannst du mit all deinen Sorgen zu mir kommen, ich werde immer pünktlich sein …«

Sie legte ihm die Finger auf die Lippen. »Erzähl mir nichts!«

Sie glaubte ihm kein Wort, und doch genoß sie den kurzen Rausch, der sie noch einmal mit ihm verband.

Wie Martina vorausgesehen hatte, ging es mit dem Kosmetik-Institut auch in den nächsten Monaten nicht aufwärts. Sie und die Kinder hätten von ihren Einkünften auch bei bescheidensten Ansprüchen nicht existieren können, wenn Helmut nicht regelmäßig für Stefan und Claudia gezahlt hätte.

Für Martina bedeutete das ein Ärgernis und eine ständige Demütigung. Immerhin gelang es ihr, Karla davon zu überzeugen, daß es so nicht weitergehen konnte. Sie besichtigten immer wieder einmal Geschäfts- und Wohnräume, aber an einen Abschluß konnten sie nicht denken. Dazu fehlte ihnen das Geld, und einen größeren Kredit aufzunehmen, wagten sie, gerade nach ihren ersten enttäuschenden Erfahrungen, nicht mehr. Auch Bob blieb ein Problem. Martina hatte sich dazu durchgerungen, ihn so zu nehmen, wie er war. Sie verzichtete darauf, ihn mit ihren Sorgen zu belasten, und fand sich mit seiner Unzuverlässigkeit klaglos ab. Aber es entging ihm nicht, daß sie sich innerlich von ihm distanzierte, und gerade das schien ihn anzuziehen. Immer wieder versuchte er sie zu einer Heirat zu drängen und wollte nicht einsehen, daß eine Eheschließung ihre Beziehungen zueinander höchstens noch verschlechtert hätte. Er war eifersüchtig auf ihre Kinder.

Martina war sich darüber klar, daß er sich, gerade weil sie sich nicht an ihn klammerte, so stark zu ihr hingezogen fühlte. Hätte er glauben dürfen, daß sie ihn brauchte und auf ihn baute, hätte er sie wahrscheinlich längst verlassen. Sie spürte, daß immer wieder andere Frauen in seinem Leben auftauchten. Dann ließ er sich tagelang, einmal sogar für eine ganze Woche, nicht bei ihr sehen. Sie hoffte schon, ihn los zu sein, aber immer wieder kehrte er zurück. Sie erinnerte sich, daß er ihr einmal, ganz zu Anfang ihrer Liebe, versichert hatte, er sei keine Klette – aber genau dazu entwickelte er sich jetzt.

Zum Glück machten die Kinder ihr keine Sorgen. Claudia, die nach Ostern in ein neusprachliches Gymnasium für Mädchen in Benrath eingetreten war, lernte mit Eifer – mit übertriebenem Eifer, wie Martina manchmal fand. Auch an Stefan gab es nichts Ernsthaftes auszusetzen.

Helmut hatte sich Ostern zum letztenmal blicken lassen. Martina nahm es ihm nicht übel. Sie wußte, daß das Zusammensein mit seinen Kindern kein Erfolg gewesen war. Er hatte genug mit seinen eigenen Problemen zu tun.

Anfang Juli rief er an und fragte Martina nach ihren Ferienplänen. Sie hatte keine. Er erbot sich, die Kinder nach Dinslaken zur Großmutter zu bringen, die sie eingeladen hatte. Aber da weder Stefan nach Claudia Lust dazu hatten, wurde nichts daraus.

In den Hochsommermonaten lief das Geschäft noch schlechter. Bei dem kleinen Kundenkreis machte es sich gleich bemerkbar, wenn jemand mit der Behandlung aussetzte.

Ernst Großkopfs Frau war verreist, und so nahm Karla die Gelegenheit wahr, in Urlaub zu gehen. Martina war sehr wohl imstande, den Betrieb allein aufrechtzuerhalten, wenn sie sich auch lieber mehr um die Kinder gekümmert hätte. Aber sie verabredeten, daß Karla im August Martina ablösen würde. Sie wollte zwar kein Geld für eine Ferienreise ausgeben, aber es gab auch in Benrath allerlei Möglichkeiten auszuspannen: Spaziergänge, Spiele, Dampferfahrten, Museenbesuche und eine schon lange versprochene Kinderparty.

Auch Karla war nicht weit gefahren, ihr Freund hatte eine Jagd im Sauerland mit einem dazugehörigen Holzhäuschen. Dort hatte er sie untergebracht. Tagsüber fuhr er in seinen Betrieb, und abends kehrte er zu ihr zurück. Sie spielten verheiratet. Martina konnte sich das nicht sehr aufregend vorstellen, denn die beiden kannten sich schon viele Jahre. Aber in der Einsicht, daß sie das nichts anging, hielt sie den Mund.

Eines Nachmittags rief Karla im Kosmetik-Institut an. Martina war überrascht und erfreut. »Hallo, wie geht's? Wie steht's? Ich nehme an, du hast dich schon prächtig erholt!«

Karla lachte. »Im Gegenteil, ich bin dauernd am Kochen und Putzen.«

»Falls du dich schon wieder in unsere Schönheitsbude zurücksehnen solltest ...«

»Nein, nein, so weit ist es denn doch noch nicht. Du, Martina, hättest du nicht Lust, mal zu uns rauszukommen? Sag nichts, laß mich erst ausreden! Wir geben Samstag eine Sommernachtsparty, und da wärst du uns sehr willkommen. Allerdings ohne Bob. Herren haben wir genug.«

Das Angebot klang verlockend. Martina überlegte. »Wie lange würde das dauern?«

»Kommt drauf an. Schlafen kannst du jedenfalls bei uns, und irgendwann im Laufe des Sonntags dampfst du dann wieder in Richtung Heimat.«

Martina blätterte im Terminkalender. »Am Samstag habe ich nur Frau Hauser, die könnte ich sicher auf den Sonntag verschieben.«

»Ja, tu das, unbedingt. Gegen zwei Uhr geht ein günstiger Zug, den habe ich auch genommen. Wir holen dich dann in Winterberg ab.«

»Geht in Ordnung«, sagte Martina, »ich freue mich.«

Sie freute sich wirklich. Eine Sommernachtsparty, das war doch mal was anderes, noch dazu ohne Bob, der im Zusammensein mit ihr zusehends seine gute Laune verlor. Martina dachte manchmal, daß es ihre Schuld war, aber dann sagte sie sich wieder, niemand könne von ihr verlangen, ihn um jeden Preis in guter Stimmung zu halten. In dem Maße, in dem er sich als labiler Charakter entpuppte, wurde sie seiner überdrüssig.

Die Kinder waren selbständig genug; die konnte sie ohne Skrupel für eine Nacht allein lassen.

Samstagmittag fuhr Martina, nachdem sie Stefan und Claudia mit tausend Ermahnungen bedacht hatte, erwartungsvoll los. Für die Reise hatte sie ein einfaches graues sportliches Kostüm gewählt, denn es war ein verhangener Tag. Aber das Kleid, das sie in ihrem Köfferchen hatte, war brandneu, aus fliederfarbener Seide, mit einem tiefen, raffiniert drapierten Dekollete. Sie war entschlossen, Eindruck zu machen und sich zu amüsieren.

Ernst Großkopf holte sie mit seinem Mercedes am Bahnhof von Winterberg ab. Karla war zu Hause geblieben, um die Vorbereitungen zur Party zu treffen. So kam es, daß Martina zum erstenmal allein mit ihm war, und sie mußte feststellen, daß es für sie nicht ganz einfach war, sich mit ihm zu unterhalten. So redete sie drauflos, ohne sich von seinen einsilbigen Antworten mundtot machen zu lassen, und war froh, als die Fahrt endete.

Die Jagdhütte lag sehr einsam, etwa dreihundert Meter von einem Einödhof entfernt, an drei Seiten von dichtem, kühlem Wald umgeben, mit Aussicht auf eine Lichtung. Die Wände und die kleine Terrasse waren aus dunklem, gebeiztem Holz gezimmert, alles war solide gebaut und sogar größer als das Gartenhäuschen, das Martina bewohnte. Eigentlich hätte das Fest auf der überdachten Terrasse stattfinden sollen, erklärte Karla, die in Shorts und Bluse Martina fast überschwenglich begrüßte, aber das Wetter war leider nicht danach. Sie zeigte ihrer Freundin mit einem Besitzerstolz, der ihr nicht ganz zustand, das Haus. Mittelpunkt war ein großer, niedriger Raum mit kleinen Fenstern. Fellbezogene Sessel gruppierten sich um einen gemauerten Kamin, die Wände waren geschmückt mit Jagdtrophäen. Auch die geräumige Küche hatte kleine Fenster, und da sie zum Wald hin lag, war sie, wenn das Licht nicht brannte, ziemlich dunkel. Das eheliche Schlafzimmer war mit Doppelbetten aus hellem Holz bestückt, das Bettzeug war, stilecht, mit rot-weiß gewürfelter Wäsche überzogen. Martina störte es, daß Karla, wenn Ernst Großkopfs Frau abwesend war, hier mit ihm schlief; sie äußerte aber nichts dazu, sondern fand ihre eigene Einstellung spießig. Es gab zwei Gästeschlafzimmer, jedes zweibettig und mit einem eigenen Bad verbunden; Karla erzählte, daß zum Haus eine ergiebige Quelle gehörte. Telefon und Elektrizität waren vom Einödhof herübergelegt worden. An ein Klärsystem war das Jagdhaus nicht angeschlossen, es besaß eine Senkgrube.

Martina hängte ihr Kleid aus, legte den Schlafanzug aufs Bett in dem Gästezimmer, das Karla ihr zugewiesen hatte, und verteilte ihre Toilettengegenstände im Bad, während Karla im Türrahmen stand und von der erholsamen Zeit schwärmte, die sie hier mit ihrem Freund verbracht hatte. Martina, die wußte, daß Karla sehr viel lieber – ob nun mit oder ohne Ernst Großkopf – in ein mondänes Bad gefahren wäre, schwieg dazu.

»Komm, ich leih dir eine Schürze«, sagte Karla, als Martina sich eingerichtet hatte, »du kannst mir gleich helfen.«

Das hatte Martina zwar nicht vorgehabt, entschloß sich aber mitzumachen. »Dann schon einen Kittel«, sagte sie, »ich will mir meine Sachen nicht schmutzig machen.«

»Moment mal.« Karla verschwand und kam wenig später mit einem weißen Kittel zurück.

Martina legte ihr Kostüm ab und schlüpfte hinein; der Kittel war ihr zu weit, und Karla sah es mit Neid.

»Zuerst möchte ich eigentlich gern eine Tasse Kaffee haben«, bat Martina.

»Die kannst du nebenbei trinken«, entschied Karla, während sie Pakete mit Wurst und Käse aus dem Eisschrank holte. »Wir müssen kalte Platten machen. Du hast ja gesehen, im Wohnzimmer ist kein Eßtisch, also muß alles in mundgerechte Stücke geschnitten und natürlich hübsch garniert werden. Eier habe ich schon gekocht, Gurken und Paprika sind auch da.«

»Hör mal, das artet ja in Arbeit aus!« protestierte Martina.

»Was hattest du gedacht?«

Martina setzte sich an den Tisch und öffnete ein Paket mit geschnittenem Landbrot. »Wieviel Leute kommen denn?«

»Heinz Brauer, ein guter Freund von meinem Süßen, macht in Schrauben und Fittingen, hat massig Geld. Dann Otto Schramm, gehört auch zu dem Klüngel, mit seiner Freundin.«

»Mehr nicht?«

»Dann sind wir sechs. Ich finde, das reicht.«

»Wenn sie nett sind.« Martina bestrich die Brote mit Butter und zerschnitt sie in sechs quadratische Stücke.

»Oh, das sind sie schon«, behauptete Karla. »Die Herren jedenfalls. Sehr reich und sehr nett und natürlich verheiratet.«

Sekundenlang hatte Martina den Eindruck, sich auf ein zweifelhaftes Abenteuer eingelassen zu haben. »Und die Frauen?« fragte sie.

»Keine Ahnung.« Karla belegte jedes Brotstück mit einer zu einem Kelch geformten Wurstscheibe und ordnete es auf einem Holzbrett an. »Ist ja auch uninteressant, nicht wahr? Die lernen wir doch nie kennen.«

»Ich finde das ein bißchen komisch.«

»Daß die sich abhängen lassen?« Karla wischte sich die Hände ab, holte zwei bunte Keramiktassen aus dem Schrank und tat in jede einen Löffel Pulverkaffee. »Mit denen brauchst du bestimmt kein Mitleid zu haben. Die vergnügen sich auf ihre Art … mit Bridge, beim Golf, vielleicht sogar mit einem Liebhaber. Erna, die von meinem Süßen, ist zur Zeit in Baden-Baden. Du denkst doch wohl nicht, die wird da Trübsal blasen?«

»Nein, aber wenn sie wüßten …«

»Sie wissen, verlaß dich drauf. Es ist ihnen bloß egal. Oder bildest du dir ein, daß einem noch wer weiß wieviel an einem Mann gelegen ist, mit dem man zwanzig Jahre verheiratet war? Hauptsache, man ist versorgt. Und eben – verheiratet. Die wären ja schön blöd, Krach zu machen und sich scheiden zu lassen. Was ist schon eine geschiedene Frau?« Das Wasser kochte, sie nahm den Kessel vom Herd und goß den Kaffee auf.

»Sieh mich an«, sagte Martina.

»Gerade du. Wenn du dir wenigstens saftige Alimente ausgehandelt hättest, dann ständest du heute anders da. Da müßtest du nicht schuften.«

Nicht zum erstenmal hatte Martina den Eindruck, daß sie und Karla nicht die gleiche Sprache sprachen.

»Aber ob mit Geld oder ohne«, fügte Karla noch hinzu, »als geschiedene Frau ist man ein Niemand, gesellschaftlich gesehen, meine ich.« Sie stellte eine Tasse vor Martina auf den Tisch.

»Danke«, sagte Martina, »du mußt es ja wissen.«

»Nicht, daß ich dich beleidigen wollte«, erklärte Karla rasch. »Versteh mich nicht falsch. Wenn man nicht mehr hundejung ist, steht man als unverheiratetes Mädchen genauso blöd da. Ich hab' dir also wirklich nichts voraus.«

»Das ist ja ungeheuer tröstlich.«

Sie arbeiteten Hand in Hand, flink und geschickt, so daß ihnen später noch Zeit genug blieb, sich für die Party schönzumachen.

Martina bummelte bewußt. Da sie nicht Gastgeberin war, schien es ihr am günstigsten, möglichst spät zu erscheinen. Sie ließ sich auch nicht dadurch aus der Ruhe bringen, daß Karla einige Male an ihre Zimmertür klopfte. Sie nahm ein ausgiebiges Bad, um den Küchengeruch loszuwerden, und machte sich dann mit großer Sorgfalt schön. Wieder einmal vor das Problem gestellt, wie sie ihre verschiedenfarbigen Augen schminken sollte, wählte sie diesmal einen dunkellila Lidschatten, der genau zu ihrem fliederfarbenen, in sich gemusterten Kleid paßte, dessen Stoff so hauchdünn war, daß sie den Saum mit einer Bleikette hatte beschweren müssen.

Als sie dann in den Spiegel blickte, konnte sie mit ihrer Erscheinung zufrieden sein. Der gerade Schnitt des Kleides betonte ihre schmalen Hüften, und das großzügige Dekollete gab ihre runden, von der Sonne gebräunten Schultern frei. Die mit einem kalten Rot nachgezogenen Lippen leuchteten, und ihre Haut war makellos.

Als sie das große Wohnzimmer betrat, in dem die anderen sich schon auf den Fellsesseln um das prasselnde Kaminfeuer gruppiert hatten, verstummten die Gespräche für einen Augenblick, den Martina ungeniert genoß. Sie stand einfach da und ließ sich anstarren.

Es war Karla, die den Bann brach. Sie sprang auf, nahm Martina bei der Hand und zog sie in den Raum. »Darf ich bekannt machen? Meine Freundin Martina … Heinz Brauer! Herr Schramm … und das ist Betty.«

Die Herren waren aufgestanden, außer Ernst Großkopf, der das Martina gegenüber anscheinend nicht für notwendig hielt. Martina reichte ihnen die Hand.

Heinz Brauer war sehr groß, breitschultrig, ein imposanter Mann mit einem mächtigen Haupt und klugen grauen Augen. Er beeindruckte Martina sofort, er schien einer jener Männer zu sein, die nicht nur Geld, sondern auch Macht besitzen. Sie hielt seinem Blick ruhig stand.

Otto Schramm verblaßte neben ihm. Er war lang und schlank, hatte einen blanken, fast quadratisch geformten Schädel und eine lange dünne Nase. Vermutlich war er ein gewiefter Kaufmann. Betty, seine Freundin, war Anfang zwanzig, nichtssagend hübsch, mit schulterlangem, silberblond gefärbtem Haar. Sie um turtelte Otto Schramm in einer Weise, die darauf schließen ließ, daß sie sich sehr viel von ihm erhoffte.

Schon bevor Martina hereingekommen war, hatte eine recht animierte Stimmung geherrscht. Jetzt drückte Karla auch ihr einen der eisgekühlten Martini-Cocktails in die Hand, die Ernst Großkopf selber gemixt hatte und die entsprechend stark waren. Der Alkohol tat seine Wirkung; alle redeten munter durcheinander. Martina entschloß sich, sehr langsam zu trinken, und war froh, daß Heinz Brauer sie zum Tanzen aufforderte. Es gab im Jagdhaus zwar keinen Plattenspieler, aber ein Radio, und Ernst Großkopf hatte Radio Luxemburg eingestellt, das Schlagermusik sendete.

Heinz Brauer tanzte sehr korrekt, hielt auf Abstand, redete wenig, sah Martina dabei aber auf vielsagende Art in die Augen.

Als sie wieder saßen, war Martina bemüht, ein Gespräch in Gang zu bringen. Sie fragte nach seinen Hobbys und erfuhr, daß er ein begeisterter Jäger war. Da er nun bei einem Thema angelangt war, das ihn interessierte, brauchte sie nur noch hier und da eine verständnisvolle Bemerkung oder eine kurze Frage einzuschalten, um ihn bei guter Laune zu halten.

Die leeren Cocktailgläser wurden abgeräumt. Karla brachte die Gurkenbowle herein. Herrn Brauer fiel es plötzlich ein, sich nach Martinas Interessen zu erkundigen. Aber als sie von ihren Galeriebesuchen erzählte, wußte er damit nichts anzufangen, und auch als sie bedauerte, nicht öfter ins Theater gehen zu können, fand das bei ihm kein Echo.

Sie half ihm, indem sie ihn fragte, ob er auch schon auf Großwildjagd gewesen sei, und da war er wieder ganz in seinem Element. Obwohl Martina sich eigentlich hätte langweilen müssen – für Jagdgeschichten interessierte sie sich überhaupt nicht –, verging ihr die Zeit im Fluge. Es wurde viel getrunken, die Atmosphäre war heiter und entspannt. Heinz Brauer tanzte noch einige Male mit ihr, und auch Otto Schramm und sogar Ernst Großkopf forderten sie auf. Es geschah nichts Interessantes, allmählich gingen die Herren dazu über, mehr oder weniger zweideutige Witze zu erzählen. Aber Martina genoß es, schön und begehrenswert zu sein, denn daß sie in diesem Kreis die attraktivste Frau war, daran bestand kein Zweifel.

Die hübsch dekorierten Platten waren rasch geplündert. Als die Bowle zu Ende ging, bot Karla wahlweise Bier und Kognak an. Martina holte sich ein Glas Milch aus dem Eisschrank. Um sich nicht lächerlich zu machen, trank sie es in der Küche aus.

Im Wohnraum knisterte nur noch ein einziger Scheit im Feuer. Betty und Otto Schramm waren verschwunden. Die anderen plauderten in gedämpftem Ton.

Martina hatte plötzlich keine Lust mehr, sich zu ihnen zu setzen. Sie ging durch das ihr zugewiesene Gästezimmer ins Bad, knipste das Licht an und prüfte ihr Aussehen. Der Lidschatten war zerronnen und hatte sich in der Falte verdickt. Sie entfernte ihn sorgfältig, um ihn zu erneuern. Als sie den Kopf hob, sah sie im Spiegel Heinz Brauer dicht hinter sich stehen. Er blickte sie an, ohne die Spur eines Lächelns.

»Nanu?« sagte Martina in möglichst unbefangenem Ton. »Sie haben sich wohl in der Tür geirrt?«

»Nein«, entgegnete er ruhig. »Ich finde, es wird Zeit schlafen zu gehen.«

Martina hatte kaum Platz, sich ihm zuzuwenden. »Dann also – gute Nacht!«

Er rührte sich nicht von der Stelle.

»Ich möchte Karla beim Aufräumen helfen«, sagte sie.

»Das wird nicht nötig sein.«

Martina zwang sich ein Lachen ab. »Das sagen Sie! Aber ich bin sicher, Karla wird mir böse sein, wenn ich mich drücke.«

»Keineswegs. Ich habe Sie bereits entschuldigt.« Er zog sich einen Schritt zurück. »Aber Sie dürfen das Bad gern als erste benutzen.«

»Als erste? Was soll das heißen?«

Er zog die dichten grauen Augenbrauen zusammen. »Es steht dir nicht, wenn du die Naive spielst, Mädchen. Dazu bist du denn doch nicht mehr jung genug.«

»Ich ahne nicht einmal, wovon Sie reden«, behauptete Martina, obwohl ihr gerade in diesem Augenblick die Situation klar wurde, in die sie geraten war.

»Wir teilen heute Bett und Bad miteinander, das ist alles.«

»Ich denke nicht daran!« rief Martina impulsiv.

»Mein liebes Kind, ich verlange ja nichts umsonst von dir. Ich werde selbstverständlich redlich bezahlen.«

»Ich glaube, Sie sind nicht ganz bei Trost ...«

Sein kaltes Gesicht verdüsterte sich noch mehr. »Wenn ich etwas hasse, dann Frauen, die sich interessant machen wollen. Ich weiß, daß du Geld brauchst. Vielleicht bin ich nicht sehr taktvoll gewesen. Aber ich hatte dich für ein vernünftiges erwachsenes Mädchen gehalten, das weiß, was gespielt wird. Wenn du unbedingt Komplimente hören willst: Du bist sehr schön, weißt dich zu benehmen, kannst zuhören. Das sind Eigenschaften, die man nicht bei jeder Frau findet. Wenn du auch im Bett anstellig bist, braucht es durchaus nicht bei diesem einen Mal zu bleiben. Ich habe sehr wenig Zeit, mich um Frauen zu kümmern. Deshalb wäre ich froh, wenn es zu einem Dauerabkommen zwischen uns käme. Oder sagen wir besser zu einem Abkommen über längere Zeit.«

»Sie müssen verrückt sein, mir so etwas vorzuschlagen.«

»Ich kenne deine Situation. Du willst dein Geschäft vergrößern ...«

»In eine bessere Gegend umziehen«, verbesserte Martina ihn unwillkürlich.

»Kommt auf das gleiche heraus. Du brauchst Geld. Wie wäre es, wenn ich dir die Geschichte finanzieren würde?«

Sekundenlang zögerte Martina. Dies war kein Angebot, das man, ohne zu überlegen, ablehnen konnte. Der Mann mißfiel ihr nicht. Was er von ihr verlangte, war nichts anderes, als was sie mit anderen ohne Entgelt getan hatte und sicher auch wieder tun würde. Wenn sie einschlug, war sie aller Sorgen ledig und würde ihre Pläne verwirklichen können.

»Na, komm schon, Mädchen.« Er packte sie bei den Schultern und zog sie an sich. »Ich wußte ja, du würdest vernünftig sein.«

»Nein«, sagte sie, »nein. Ich will nicht.« Sie bog den Oberkörper weit zurück. »Ich habe mich scheiden lassen, weil ich frei sein wollte. Bei Ihnen würde ich in eine noch viel größere Abhängigkeit geraten, und das ohne jede Sicherheit.«

»Aber darüber läßt sich doch reden.«

»Nein, ich will nicht. Lassen Sie mich los! Verdammt noch mal, Sie haben sich in mir geirrt! Ich bin keine Frau, die man einfach überfahren kann, die sich willenlos verkuppeln läßt.«

»Das werden wir ja noch sehen.« Er war schwer über ihr, ihr Kreuz wurde gegen den Rand des Waschbeckens gedrückt und schmerzte. Sie konnte seinem heißen, keuchenden Atem nicht ausweichen.

»Ich schreie!« drohte sie.

»Ja, mach nur!« Sein Lachen war grausam. »Schrei, so laut du willst. Es ist niemand da, der sich drum kümmern würde. Die sind alle ganz mit sich selbst beschäftigt!« Seine Lippen fanden mit einem saugenden, schmerzenden Kuß ihren Hals.

Sie schrie auf.

»Niemand darf ungestraft mit mir kokettieren.«

Sie spürte ihn hart an ihrem Leib. Der Platz, auf dem sie kämpften, war so eng, daß er ihr nichts tun konnte, aber eingeklemmt zwischen ihm und dem Waschbecken konnte sie sich auch nicht wehren. Er versuchte sie hochzuheben und fortzutragen, während sie verzweifelt zur Seite auswich, um den Rücken frei zu bekommen.

»Das Waschbecken bricht ab!« schrie sie.

Es knirschte tatsächlich. Er lockerte seinen Griff. Sie konnte einige Zentimeter zwischen sich und ihn bringen, hob das Knie und stieß ihn mit aller Kraft in die Hoden. Fast hätte sie dabei das Gleichgewicht verloren; sie konnte sich gerade noch am Badetuchhalter fangen.

Er stöhnte auf. »Biest!«

»Sie haben genau das bekommen, was Sie verdient haben«, sagte sie wütend. »Wagen Sie bloß nicht, mir noch einmal nahe zu kommen.«

Mit wenigen raschen Bewegungen fegte sie ihre Toilettenutensilien in die Frotteetasche, stürzte in das Zimmer, stopfte ihren Schlafanzug, den Rock ihres Kostüms und die Schuhe in ihren kleinen Koffer. Dabei bemerkte sie, daß auf dem anderen Bett ein Herrenschlafanzug lag, den Heinz Brauer oder Karla dorthin gelegt haben mußte.

Sie hätte sich gar nicht so zu beeilen brauchen, denn Heinz Brauer machte keine Anstalten sie zurückzuhalten. Er stöhnte noch immer. Aber sie nahm sich nicht einmal mehr die Zeit sich umzublicken.

Im Wohnraum roch es nach kaltem Rauch. Karla hatte sich nicht die Mühe gemacht, die Aschenbecher auszuleeren. Das Telefon stand auf einem Klappbrett in der getäfelten Wand.

Auf ein zellophaniertes Papier waren die wichtigsten Nummern getippt: Arzt, Polizei, Feuerwehr und, zu Martinas Erleichterung, auch der Taxiruf. Bevor sie die Nummer wählte, schlüpfte sie in ihre Jacke, es war kühl geworden.

Karla erschien auf der Schwelle, abgeschminkt, mit verquollenen Augen. »Du bist das?« fragte sie. »Was ist los?«

»Ich will fort.«

Karla wurde plötzlich hellwach. »Du hast doch nicht etwa Heinz Brauer beleidigt? Er ist ein enorm wichtiger Mann …«

»Ich habe nichts gegen ihn, auch wenn er sich verdammt danebenbenommen hat. Aber daran bist nur du schuld, Karla! Du hast ihm weisgemacht, daß ich leicht zu haben wäre …«

»Aber er ist doch nett! Und er hat Geld! Wie konnte ich ahnen …«

»Du hättest gar nichts zu ahnen brauchen. Wenn du mich schon verkuppeln wolltest, hättest du mit mir darüber sprechen müssen. Vorher, wohlverstanden!« Sie hatte die Vermittlung erreicht und sagte: »Hier das Jagdhaus von Ernst Großkopf … Sie wissen, wo das liegt? Um *so* besser. Ich brauche ein Auto nach Winterberg. Ja, jetzt gleich. Fabelhaft! Ich warte.« Sie legte den Hörer auf.

»Wir wären aus allem raus gewesen«, jammerte Karla, »und nun hast du es vermasselt. Was wird bloß mein Süßer sagen!«

»Das ist mir scheißegal. Du hast dich wie eine Idiotin benommen. Wie konntest du es wagen, über meinen Kopf weg zu entscheiden, mit wem ich ins Bett gehen soll!«

»Aber wäre das denn so schlimm gewesen? Schließlich bist du doch keine Jungfrau mehr …«

»So ähnlich habe ich das heute schon mal gehört. Du verstehst wieder mal nichts. Gar nichts. Ich habe nicht vor, mein Geld durch Prostitution zu verdienen. Wage es bloß nicht, mir auch noch Vorwürfe zu machen. Ich werde dir das nie verzeihen.«

»Aber ich habe es doch nur gut gemeint! Was soll Heinz Brauer bloß von uns denken!«

»Du kannst ja zu ihm reingehen und ihn trösten.« Martina marschierte an Karla vorbei zur Haustür, nahm die Kette ab, schob den Riegel zurück und trat ins Freie.

Hier draußen war die Luft klar, ein wenig feucht, und roch nach Tannen und Wald. Befreit atmete sie durch.

Am 13. August wurde das letzte Tor zwischen den beiden Teilen Deutschlands geschlossen; in einem handstreichartigen Unternehmen ließ die Regierung der DDR die Sektorengrenze in Berlin durch eine Mauer sperren.

Wie die meisten Bundesbürger war Martina entsetzt. »Stell dir das bloß mal vor, Bob«, sagte sie, »die lassen jetzt keinen mehr raus … keinen!«

Bob räkelte sich im Liegestuhl hinter dem Häuschen. »Was bleibt ihnen anderes übrig. Die wären sonst ausgeblutet.«

»Das mag ja sein …«

»Es ist so. Millionen Menschen sind denen weggelaufen. Besonders die Ärzte. Erst lassen sie sich eine kostspielige Ausbildung verpassen, und dann hauen sie ab.«

»Das weiß ich ja alles«, sagte Martina hitzig. »Aber das ändert doch nichts daran, daß das für die, die drüben bleiben müssen, furchtbar ist.«

»Vielleicht auch nicht. Vielleicht sind viele ganz gerne drüben. Die sozialen Maßnahmen sollen doch prima sein und überhaupt …«

»Wenn ich mir vorstelle, daß ich da leben müßte! Selbst wenn alles besser wäre als hier … aber eingesperrt sein, nicht raus können … das hielte ich nicht aus!«

»Brauchst du ja auch nicht. Du bist ja hier in unserem geliebten kapitalistischen Westen. Also genieße es.«

»Daß man mit dir über nichts reden kann!« Martina faltete die Tageszeitung zusammen und stand auf.

»Was tun wir denn anderes?«

Martina begriff, daß er sie nicht verstehen wollte, und gab auf.

Bis Karla aus dem Urlaub zurückkam, hatte Martina sich dazu durchgerungen, über den Zwischenfall im Jagdhaus hinwegzusehen; sie konnte wieder ohne Groll und in normalem Ton mit der Freundin reden. Aber jenes Erlebnis hatte sie doch zu der Überzeugung gebracht, daß Karla nicht die richtige Partnerin für sie war. Viele Eigenschaften, die sie schon früher an der Kollegin gestört hatten, wurden ihr jetzt unerträglich. Martina wußte noch nicht, was sie anfangen sollte, aber sie war fest entschlossen, sich von Karla zu trennen.

Sie konnte ihre eigenen Ferien, auf die sie sich so sehr gefreut hatte, nicht unbeschwert verleben, sondern war fast immer mit Überlegungen und Berechnungen für ihre Zukunft beschäftigt. Nur den Kindern zuliebe unternahm sie dies und jenes, obwohl sie wußte, daß es ihr unmöglich war, sich in dieser Situation zu entspannen. Das Schlimmste war, daß sie alles mit sich allein abmachen mußte. Claudia und Stefan waren zu jung, um sie mit ihren Problemen zu belasten, und Bob würde, das wußte sie aus Erfahrung, Interesse höchstens heucheln.

Die Kinder nahmen sie so, wie sie war, und verlangten nicht von ihr, was sie nicht geben konnte. Bob aber litt unter ihrer Angespanntheit und weil ihm klar war, daß er nicht im Mittelpunkt ihrer Gedanken und Gefühle stand.

Martina wollte so rasch wie möglich Klarheit schaffen. Deshalb nutzte sie den ersten Tag nach Karlas Urlaub zu einer Aussprache. Die Kunden waren gegangen, die beiden jungen Frauen hatten gelüftet und aufgeräumt, Karla wollte sich verabschieden.

»Bleibst du bitte noch einen Augenblick?« fragte Martina. »Oder hast du es eilig?«

»Wenn du meinst, daß mein Süßer auf mich wartet – nein. Aber ich habe Hunger.«

»Dann laß uns doch in die Pizzeria gehen«, schlug Martina vor.

Damit war Karla einverstanden. Die Pizzeria war ein neu eröffnetes Lokal an der Dankeskirche, aus dem sie sich auch manchmal mittags etwas holten. Das kleine Restaurant war einfach, aber freundlich eingerichtet. Tagsüber war es sehr hell, denn seine Schaufensterscheiben waren nur durch dünne Gardinen verhüllt. Abends waren die sonnengelben Vorhänge zugezogen, und so wirkte es gemütlicher. Auf den Tischen brannten Tropfkerzen in Chiantiflaschen, die leinenen Decken waren grobkariert und sauber. Im Hintergrund arbeitete ein dicker Koch am Holzkohlenfeuer.

Kaum daß sie saß, zündete Karla sich eine Zigarette an. »Also, was gibt's?«

»Ich habe über unser Geschäft nachgedacht.«

»Das tust du doch dauernd.«

»Es ist leider nötig. Paß mal auf, Karla, ich hab' noch einmal nachgerechnet ...«

»Schon wieder!«

»Ja, und zwar aus gegebenem Anlaß. Gerade in den letzten Wochen hat sich doch herausgestellt, daß eine von uns allein durchaus imstande ist, den Betrieb zu bewältigen.«

»Worauf willst du hinaus!?«

»Erst möchte ich wissen, ob du mir recht gibst.«

Lätitia, die freundliche junge Bedienung, unterbrach das Gespräch. Sie bestellten zwei Pizzas mit Salami, dazu einen halben Liter offenen Rotwein.

»Ja«, sagte Karla dann, »du könntest recht haben, aber das Geschäft war ja in der Urlaubszeit auch ganz besonders lahm.«

»Zugegeben. Trotzdem: Mit einer exakten Einteilung und natürlich entsprechenden Überstunden könnte eine von uns allein fertig werden.«

»Du weißt, daß ich auch für meinen Süßen dasein muß.«

»Ja, eben. Und deshalb möchte ich dir vorschlagen: zieh dich zurück.«

»Was?« Karla war fassungslos.

»Ich zahle dich aus«, erklärte Martina, »und mache das Geschäft alleine.«

»Aber ...«

Die Kellnerin brachte den Wein und schenkte ein.

»Aber«, wiederholte Karla, als sie wieder ungestört waren, »bisher hast du doch immer gepredigt, wir müßten umziehen … in eine Geschäftsgegend.«

»Ja, das schien mir bisher die einzige Möglichkeit zu sein. Inzwischen bin ich darauf gekommen, daß es auch anders geht.«

»Du hast aber doch immer gesagt, in der Melanchthonstraße kämen wir nie zu mehr Kundschaft!«

»Der Meinung bin ich nach wie vor. Aber ich allein könnte von den Einkünften existieren und wahrscheinlich sogar noch etwas herauswirtschaften, so viel, daß ich in ein, zwei Jahren einen kleinen Umzug finanzieren könnte, sagen wir mal zur Benrather oder Hildener Straße, möglichst nahe an eine Haltestelle und von dort aus … Aber das alles, Karla, soll deine Sorge nicht mehr sein. Du hast zwanzigtausend hineingesteckt und die bekommst du auf Heller und Pfennig von mir zurück. Da du inzwischen ja doch ein bißchen verdient hast, verlierst du nichts dabei.«

»Du hast das Geld ja gar nicht!«

»Ich werde einen Kredit aufnehmen.«

»Fein ausgedacht. Du willst mich also ausbooten.« Röte stieg Karla vom Hals her ins Gesicht.

»So könnte man es nennen«, gab Martina zu.

Die heißen Pizzas wurden serviert, und sie begann, scheinbar ganz unbekümmert, zu essen. »Sieh mal, Karla«, sagte sie, »es hat sich doch herausgestellt – wir wollen das Kind mal beim Namen nennen –, daß wir nicht allzu gut miteinander harmonieren. Ich gebe dir keine Schuld daran. Wahrscheinlich bin ich die Einzelgängerin. Schließlich ist ja meine Ehe schiefgegangen, mit Bob vertrage ich mich auch nicht … was Wunder, daß du nicht mit mir zurechtkommst.«

»Aber das stimmt ja gar nicht! Wir kommen sehr gut miteinander aus.«

»Das scheint dir nur so, weil du nicht gerade allzu feinfühlig bist.«

»Jetzt wirst du unverschämt!«

»Da siehst du! Nein, Karla, es hat doch keinen Sinn, wenn wir uns zanken.« Martina nahm einen Schluck Wein. »Laß uns lieber in aller Freundschaft auseinandergehen. Ich denke, wir haben beide aus unseren Fehlern gelernt. Du kannst dir mit dem Geld einen hübschen Nerz kaufen …«

»Aber ich will keinen Nerz! Ich will das Geschäft!«

Martina sagte mit vollem Mund: »Dann ohne mich.«

Karla starrte sie an. »Du willst aufgeben?«

»Was bleibt mir anderes übrig? Wenn du mir das Geschäft nicht abtreten willst, muß ich eben gehen. Du bist allein, und du hast deinen Freund. Aber ich bin darauf angewiesen, Geld zu verdienen. Im Gartenhaus kann ich nicht ewig wohnen, die Kinder werden größer und kosten mehr Geld. Ich kann so nicht weitermachen.«

»Aber ...«, sagte Karla und brachte kein weiteres Wort heraus.

Fast tat sie Martina leid, aber dann dachte sie daran, daß Karla ihr von Anfang an die meiste Arbeit zugeschoben und sich nie Gedanken darüber gemacht hatte, wie es weitergehen sollte. »Du mußt dich ja nicht jetzt entscheiden«, erklärte sie. »Sprich es mit deinem Freund durch. Wenn du das Geschäft allein hättest, könntest du ohne irgendeinen Zuschuß davon leben.«

»Aber wie könnte ich mich dann nachmittags freimachen?«

»Es findet sich bestimmt eine Kosmetikerin, eine verheiratete Frau, die bereit ist, an drei Tagen in der Woche für dich einzuspringen. Der brauchst du dann aber nur die entsprechenden Stunden zu zahlen und nicht, wie mit mir, zu teilen.«

»Das Ganze gefällt mir nicht.« Lustlos pickte Karla sich eine Olive aus der Pizza.

»Notwendigkeiten sind selten angenehm.«

»Ich weiß nicht, wie du dir das alles vorstellst. Ich kann doch unmöglich von heute auf morgen ...«

»Das verlangt ja auch niemand von dir. Ich kann ja auch nicht von heute auf morgen etwas Neues aufbauen. Ganz davon abgesehen, daß ich nicht einmal wüßte, was ich anfangen soll. Nein, Karla, die endgültige Lösung hat Zeit. Wir sollten nur so bald wie möglich zu einer Entscheidung kommen. Du hast die Wahl: entweder du überläßt mir das Geschäft oder du zahlst mich aus.«

Martina war sich durchaus bewußt, daß sie im Gespräch mit Karla nicht ehrlich gewesen war. Tatsächlich lag ihr nichts daran, das Kosmetik-Institut allein weiterzuführen, sondern sie wollte ausbezahlt werden. Aber sie hatte mit ihrer Taktik verhüten wollen, daß Karla auf die Idee käme, das Institut sei wertlos oder doch schon nicht mehr so viel wert, wie sie hineingesteckt hatten. Sie wußte, daß es noch eines langen Tauziehens bedurfte – zwischen ihr und Karla einerseits, Karla und Ernst Großkopf andererseits –, bis sie ihr Geld wiederbekam. Aber immerhin war jetzt der Anfang gemacht. Sie konnte damit rechnen, am Ende doch Siegerin zu bleiben, denn Karla hing sehr an ihrem Geschäft, das ihr die Illusion der Unabhängigkeit verschaffte.

Wieder konnte Martina beginnen, neue Pläne zu schmieden. Sie wollte, wenn alles klappte, aus Düsseldorf weg. Bob Scheller mit seinen ewigen Eifersuchtsszenen, seiner Unzuverlässigkeit und seinen Launen war ihr längst lästig geworden. Aber sie konnte nicht so hart zu ihm sein, wie es notwendig gewesen wäre, um ihn loszuwerden, weil er mit Selbstmord drohte. Martina traute ihm zu, daß er eines Tages Ernst machen würde, wenn auch nur, um sie und vielleicht noch seine Mutter zu ärgern, und sie wollte seinen Tod doch nicht auf ihr Gewissen nehmen. Hier konnte nur noch eine räumliche Entfernung helfen.

In der Vorweihnachtszeit rief Helmut im Institut an und fragte, ob er sie an einem der Adventssonntage besuchen könnte. Sie war erstaunt, daß er es so feierlich machte, doch dann kam er damit heraus, daß er ihr gerne seine Verlobte vorstellen wollte.

»Ich möchte, daß du sie kennenlernst«, erklärte er etwas verlegen. »Schon wegen der Kinder.«

»Es wird also ernst?«

»Wir wollen vor Ostern heiraten. Ihre Eltern … nun ich hab' sie überzeugen können, daß man einen Fehler nicht unbedingt wiederholen muß, vielleicht haben sie aber auch nur vor Renates Dickkopf kapituliert.«

»Jedenfalls kann man dir wohl gratulieren.«

»Ja, das kann man. Ich bin sehr glücklich.«

Diese Wendung der Dinge versetzte Martina, gegen alle Vernunft, doch einen kleinen Schlag. Es verletzte ihre Eitelkeit. Sie hatte es nicht für möglich gehalten, daß sie so leicht zu ersetzen war.

Als sie dann kamen, mußte sie sich eingestehen, daß Renate reizend war, apart und gepflegt wie sie selber, nur, unübersehbar, fast zehn Jahre jünger. Ihr ganzes Wesen strahlte eine weiche Liebenswürdigkeit aus, wie sie nur Menschen besitzen, die vom Schicksal verwöhnt worden sind und nie wirkliche Kämpfe und Sorgen gekannt hatten.

Sie brachten Geschenke mit, übertrieben großzügige Geschenke, wie Martina fand. Sie selber bekam ein neues Radio, Stefan erhielt einen Fußballkickertisch, für Claudia wurde ein Fahrrad besorgt. Es war Martina peinlich, das um so mehr, als sie selber kein Geschenk für ihren geschiedenen Mann vorbereitet hatte. Es war zwischen ihr und Helmut schon seit Jahren nicht mehr üblich gewesen, sich zum Fest etwas zu schenken.

Stefan bedankte sich hell begeistert, Claudia kühl zurückhaltend – es sollte sich bald zeigen, daß sie das Rad nicht ein einziges Mal besteigen würde. Es war vielmehr Martina, die, als sie einsah, daß ihre Tochter sich nicht umstimmen ließ, an schönen Tagen damit in die Melanchthonstraße und zurück fuhr.

Aber jetzt, an diesem dritten Adventssonntag, zerbrach sie sich den Kopf, wie sie der jungen und verwöhnten Braut ihres geschiedenen Mannes eine Freude machen konnte, denn sie wollte sich und die Kinder nicht wie Bettler beschenken lassen.

Der Zufall kam ihr zu Hilfe. Renate bewunderte sehr einen bunt gemusterten Rollkragenpullover, den Martina nach eigenem Entwurf für ihre Tochter gearbeitet hatte. Martina nahm sich vor, gleich morgen Wolle zu besorgen und für Renate ein ähnliches Stück zu stricken, auf die Gefahr hin, daß sie damit nicht bis Weihnachten fertig würde. Das war zumindest etwas, was man in keinem Laden kaufen konnte.

Renate plauderte munter. »Wir wollen noch vor Ostern heiraten«, erzählte sie, »vorläufig ziehen wir in die alte Wohnung in die Neustraße. Wir lassen gar nicht viel richten. Meine Eltern werden uns ein Haus bauen. In Hiesfeld. Das Grundstück haben wir schon.«

»Na, wunderbar«, sagte Martina.

»Sobald wir verheiratet sind, werden die Kinder hoffentlich öfter kommen. Für Helmut allein war das alles ein bißchen schwierig. Aber in Zukunft ... Ihr werdet uns doch besuchen, ihr beiden?«

»Warum nicht?« erwiderte Stefan, den Mund voll selbstgebakkener Plätzchen. Claudia schwieg.

»Selbstverständlich können euch die Kinder jederzeit besuchen«, versprach Martina, »wann immer es sich ergibt.« Aber es war ihr nicht wohl bei der Vorstellung, daß sie zwischen ihr und ihrem Vater hin- und hergerissen und von der jungen Stiefmutter, die es sich ja erlauben konnte, über die Maßen verwöhnt werden sollten.

Doch sie ließ sich ihr Unbehagen nicht anmerken, machte ein fröhliches Gesicht und wartete mit Kaffee, Weihnachtsstollen und Kognak auf. Sie mußte noch dankbar sein, daß Helmut sich, wie immer, nur oberflächlich nach ihrem Befinden und dem Geschäftsgang erkundigte, so daß ihr eine faustdicke Lüge oder ein Aufdecken ihrer prekären Lage erspart blieb.

Martina war froh, als es überstanden war.

Nach diesem Besuch festigte sich in Martina die Idee, Düsseldorf, ja das Land Nordrhein-Westfalen überhaupt zu verlassen und anderswo ganz neu anzufangen. Das schien ihr auch die beste Möglichkeit, Bob loszuwerden, der ihr mit seinen Launen immer mehr auf die Nerven fiel.

Düsseldorf hatte ihr kein Glück gebracht.

Noch wußte sie nicht wohin – da gab der Zufall ihr einen Wink.

Gerlinde Hauser, eine ihrer treuesten Kundinnen, Direktrice in einem Modesalon auf der Königsallee, hatte im November ihren Mann durch einen Verkehrsunfall verloren. Er war drei Jahre jünger gewesen als sie selber, und sie hatte in der eifersüchtigen Angst gelebt, daß er sie um einer anderen willen verlassen könnte. Daß der Tod ihn ihr entreißen würde – daran hatte sie keine Sekunde gedacht. Martina hatte sich alle Mühe gegeben, sie nicht nur äußerlich zu verschönen, sondern auch seelisch aufzurichten.

Es machte ihr nichts aus, daß Frau Hauser immer nur abends oder am Wochenende zur Behandlung kommen konnte. Man mußte ihr in ihrer Situation mehr bieten als den üblichen Service. Aber es ärgerte sie natürlich, daß Karla, die weniger arbeitete als sie selber, dennoch genauso viel verdiente.

An einem kalten Abend im Januar erwartete sie wieder einmal Gerlinde Hauser. Karla hatte mitgeholfen aufzuräumen und war dann gegangen. Martina riß für einige Minuten alle Fenster auf, um den Zigarettenrauch hinauszulassen.

Das war auch etwas, was sie an Karla störte – und nicht nur sie; es gab auch Kundinnen, die sich darüber beklagten: daß sie das Rauchen nicht lassen konnte. Während der Behandlung durfte sie sich das nicht erlauben, aber in jeder Pause griff sie sofort zur Zigarette, und der Geruch setzte sich in ihren Kitteln, ihren Haaren, ihrer Haut fest.

Martina war nicht kleinlich, aber sie nahm sich fest vor, wenn sie die Episode Karla überwunden hatte, nie wieder mit einer Raucherin zusammen zu arbeiten. Nikotin und Schönheitspflege vertrugen sich nicht miteinander.

Als Gerlinde Hauser kam, waren alle Räume gelüftet. Martina hatte in einer der Kabinen alle Reinigungsmittel auf dem Assistenztisch bereitgestellt. Watte war zu handlichen Tupfern von 3 bis 5 Zentimetern zurechtgeschnitten und in einen verschließbaren Glasbehälter gelegt.

Gerlinde Hauser wirkte abgespannt. Sie trug Schwarz, was ihr zu der hellen Haut, dem feinen blonden Haar und den grauen Augen sehr gut stand. Sie war sehr schlank und hatte nach dem Tod ihres Mannes noch abgenommen. Während der Begrüßung half Martina ihr aus dem schwarzen Persianer.

»Es tut mir so leid, daß Sie meinetwegen so lange arbeiten müssen«, beteuerte die Kundin.

Martina lächelte. »Sie brauchen sich nicht zu entschuldigen, Frau Hauser ...« Sie half ihr auch aus der schwarzen, eng taillierten Jacke und hängte sie sorgfältig über einen Bügel. »Langsam sollten Sie doch wissen, wie gerne ich Sie behandle.«

»Ach, Martina, Sie sind ein Schatz!« Mit einem Seufzer der Erleichterung streckte Gerlinde Hauser sich in dem Behandlungsstuhl aus.

Martina hüllte sie bis zum Brustansatz in ein gewärmtes Tuch. Mit wenigen geschickten Griffen legte sie ihr die Binde um den Kopf, die das Haar schützen sollte, kreuzte sie über der Stirn und befestigte sie seitlich mit einer Verbandsklammer. Gerlinde Hauser hatte eine feine trockene Haut, zu deren Reinigung eine Emulsion aus wenig öl und viel Wasser angebracht war. Martina schüttete sich ein wenig Reinigungsmilch in den linken Handteller, um sie anzuwärmen. Dann begann sie, erst die Stirn, dann Wangen, Kinn und Hals mit beiden Händen in zarten, rhythmischen Schwüngen zu reinigen.

»Tut das gut!« sagte Gerlinde Hauser. »Wissen Sie eigentlich, warum ich nicht zu Ihrer Kollegin gehe? Sie gibt sich ja alle Mühe, aber sie hat harte Hände.«

Martina, die sich selber gelegentlich von Karla behandeln ließ, mußte ihr stillschweigend recht geben.

»Auf alle Fälle hat sie sehr viel mehr Erfahrung als ich«, erklärte sie.

Sie legte das Teintpapier mit einer Öffnung für die Nase sanft auf das Gesicht der Kundin, drückte leicht an, hob es dann vorsichtig nach oben ab. Den Rest der Reinigungsmilch entfernte sie mit einem frischen Tuch.

»Das einzige, was ich vermissen werde, Martina, sind Sie«, sagte Gerlinde Hauser mit einem kleinen Seufzer, der sowohl Befriedigung als auch Bedauern ausdrücken konnte.

Martina war betroffen, aber beherrscht genug, ohne eine Sekunde des Zögerns weiter zu arbeiten. Sie legte Gerlinde Hauser die warme Kompresse über das Kinn und führte sie, links und rechts an der Nase vorbei, zur Stirn hoch. Erst als sie sie abgenommen hatte, fragte sie: »Sie wollen fort, Frau Hauser?«

»Ja. Etwas ganz Neues anfangen. Ich bin fest entschlossen.« Sie richtete sich auf, um Martina Gelegenheit zu geben, Nacken und Rückenpartie ebenfalls zu reinigen.

»Klingt gut«, meinte Martina. »Haben Sie schon eine neue Stellung?«

»Ich werde mich selbständig machen. Ihnen kann ich es ja sagen, Martina: die Versicherung meines Mannes hat mir hunderttausend Mark ausgezahlt. Jetzt kann ich mir einen Wunschtraum erfüllen. Schrecklich, daß es auf diese Art geschehen muß. Eine eigene Boutique.«

»Fabelhafte Idee. Boutiquen sind momentan up to date.«

»Ja, eben.«

»Und wo, wenn ich fragen darf?«

»In München. Für so was kommt doch überhaupt nur München in Frage.«

»Ich beneide Sie«, sagte Martina ehrlich. »Aber jetzt, bitte, ganz entspannen.« Martina hatte auf die gereinigte Haut ein Gleitmittel aufgetragen und begann mit einer einleitenden Streichmassage. »Sie wissen, wie wichtig das ist.«

Martina spürte, wie Gerlinde Hausers Verkrampfung unter ihren Händen sich löste. Mit geschlossenen Augen lag sie da, während Martina eine halbe Stunde lang konzentriert arbeitete. Sie führte jeden Massagegriff etwa drei- bis viermal durch und achtete darauf, daß auf jede Anregung eine Beruhigung folgte. Sie endete mit der Behandlung des Halses, die sie besonders wichtig nahm, weil sich hier das Alter einer Frau am ehesten verrät.

Gerlinde Hausers Haut war jetzt rosig und warm, der Wassergehalt hatte zugenommen, dadurch war der Tugor verbessert. Die Poren waren geöffnet. Während der Behandlung hatte Martina geplaudert, aber nur angenehme, nette, erfreuliche Dinge gesagt, die keiner Antwort bedurften. »Wunderschön sehen Sie aus«, sagte sie jetzt, »niemand würde Ihnen mehr als Mitte Zwanzig geben!«

Gerlinde Hauser lächelte. »Schmeichlerin!«

Martina hatte schon begonnen, die Haut von dem Gleitmittel zu reinigen. »Wünschen Sie eine Maske?«

»Heute bitte nicht. Ich bin doch zu aufgeregt.«

»Das sollten Sie jetzt aber nicht mehr sein.« Martina umwickelte einen Patter mit frischer Watte, die sie mit einem adstringierenden Mittel befeuchtete.

»Es ist eine angenehme Aufregung. Wenn man ein Ziel hat ...«

»Das verstehe ich gut.« Mit leichten, kurzen Schlägen des Patters brachte Martina das Adstringens in die Haut. »Eine Boutique in München ... am liebsten würde ich mitmachen.«

»Warum tun Sie es nicht?«

»Würden Sie mich denn als Partnerin nehmen?«

»Aber sicher.« Gerlinde Hauser lächelte. »Schon weil ich dann meine Lieblingskosmetikerin immer zur Verfügung hätte.«

Jetzt ließ Martina doch für einen Augenblick den Patter sinken. »Sie stellen sich also eine Kombination vor? Boutique und Kosmetik-Institut? Jeder, der zur Kosmetik will, muß durch die Boutique ... und wer in die Boutique kommt, findet Hinweise auf das Kosmetik-Institut im gleichen Stockwerk?«

»Die Idee kommt von Ihnen«, stellte Gerlinde Hauser fest.

Martina hatte sich wieder gefangen und massierte, um die Haut vor Witterungseinflüssen zu schützen und den Talg wieder zu ersetzen, eine Nährcreme ein. »Tatsache ist«, erzählte sie, »daß auch ich mich verändern möchte. Ich habe mit meiner Kollegin schon darüber gesprochen. Es ist nur eine Frage der Zeit, wann ich hier aussteigen kann.«

Gerlinde Hauser richtete sich auf. »Ist das Ihr Ernst? Sie würden wirklich mit nach München kommen?«

»Ich wäre nur zu froh.«

Gerlinde Hauser sprang mit einer bei ihr ganz ungewöhnlichen Impulsivität auf. »Martina, das ist ja wunderbar!«

»Allerdings ... Ich habe zwar etwas Geld, aber an Ihre Hunderttausend kann ich natürlich nicht tippen, Frau Hauser. Ich müßte einen Kredit aufnehmen.«

»Das ist doch alles nur zweitrangig! Wenn wir uns grundsätzlich einig sind, wenn wir wissen, was wir wollen ... Es ist herrlich, daß Sie mitziehen, Martina, denn, ehrlich gestanden, ich hatte doch immer wieder Angst vor der eigenen Courage. Ich bin nicht ganz so selbständig, wie ich tue.«

»Das verstehe ich, Frau Hauser. Zu zweit ist alles leichter.«

»Stimmt, halb so schwer. Aber bitte sagen Sie nicht Frau Hauser zu mir, Martina, nennen Sie mich Gerlinde. Wir wollen Partnerinnen sein und Freundinnen.«

Damit begann eine neue glückliche Zeit des Planens. Martina zweifelte nicht daran, daß Karla das Geld, das sie in das Kosmetik-Institut eingebracht hatte, von Ernst Großkopf zugeschossen bekommen würde; sie mußte nur geduldig und hartnäckig bleiben. Wie Martina vorausgesehen hatte, fand sich auch eine junge Ehefrau in Düsseldorf-Benrath, die Kosmetikerin gelernt hatte und gerne bereit war, hier und da einzuspringen, um ihr Taschengeld aufzubessern. Sie übernahm jetzt schon hin und wieder Kunden, wenn Martina mit Gerlinde in Sachen Mode unterwegs war.

Anfang März fuhren sie zusammen nach München, um sich nach geeigneten Räumlichkeiten umzusehen. Auf keinen Fall wollte Martina wieder den gleichen Fehler machen wie mit ihrem ersten Geschäft. Es mußte, dazu war sie fest entschlossen, in einer guten Geschäftslage im Herzen der Stadt liegen, auch wenn es noch so teuer war. Wenn man nicht großzügig investierte – das hatte sie erkannt –, war auch nicht groß zu verdienen.

Sie rannten sich die Hacken ab, ohne Augen für die Schönheit der Stadt zu haben, denn jeder Tag in der kleinen Pension am Wittelsbacher Platz kostete sie bares Geld, das sie vielleicht später von der Steuer würden absetzen können. Erst einmal aber mußte es verdient sein.

Es sollte sich herausstellen, daß sie sich alle diese Fahrten und Laufereien hätten sparen können, denn das Glück kam ihnen von selbst entgegen. Die Pensionsinhaberin, eine Frau Schäffer, der sie nach ein paar Tagen von ihrem Vorhaben erzählten, kannte einen alten Münchner, Herrn Karl Hübner, der ein Haus in der Ainmillerstraße besaß, nur wenige Schritte entfernt von der Ecke Leopoldstraße, also in günstigster Lage in Schwabing. Herr Hübner hatte dort seine Wohnung und ein Geschäft für Berufskleidung, das ihm aber, seit dem Tod seiner Frau und weil er selber, wegen seines Alters und seiner Diabetes, nicht mehr voll einsatzfähig war, kaum noch etwas einbrachte, zumal er sich auch auf fremde Arbeitskräfte verlassen mußte. Frau Schäffer wußte, daß er das Geschäft aufgeben, das Haus vermieten oder verkaufen wollte, aber er hatte noch keinen Schritt in dieser Richtung getan, da er sehr mißtrauisch war und alle Makler für Gauner hielt. Auf ihre Empfehlung hin war er bereit, Martina und Gerlinde Hauser am nächsten Morgen zu empfangen.

Mit dem Geschäft, so wie es jetzt geführt wurde, das sahen sie gleich, war nicht viel los. Die Auslage war wenig verlockend, die Modelle der Kittel und Schürzen hatten keinen Schmiß, die großen amerikanischen Jeansmarken fehlten vollkommen, und die Verkäuferinnen wirkten lustlos.

Herr Hübner führte sie durch das Geschäft in seine kleine Wohnung hinter dem Laden. Der Raum war düster, unordentlich und mehr als bescheiden eingerichtet. Martina und Gerlinde Hauser waren erstaunt, daß ein Mann, der doch immerhin Besitzer eines wertvollen Hauses war, so beengt lebte.

Er merkte es. »Früher, da hab' ich oben gewohnt, in der sogenannten Beletage, verstehen Sie. Aber jetzt schaff ich die Treppen nimmer.« Er wischte einen Stoß alter Zeitungen von einem ausgewetzten Sessel.

»Und wer wohnt jetzt da?« fragte Martina.

»Niemand.«

»Das Haus steht also praktisch leer?« fragte Martina ungläubig.

»Nein«, sagte der alte Herr. »Nur die Wohnung, die meine Frau und ich hatten. Die in der zweiten Etage. In der ersten haben wir jetzt das Lager, das war früher hier unten, und im Atelier wohnt ein Maler. Gegen den habe ich Räumungsklage eingereicht, weil er schon seit mehr als einem halben Jahr keine Miete mehr gezahlt hat, der Teifi, der verflixte.«

Sie überließen Herrn Hübner seinen Sessel, Martina nahm auf einem wackeligen Stuhl, Gerlinde Hauser auf der mit einer türkischen Decke belegten Couch Platz. Ein von beiden Seiten sehr vorsichtig geführtes Gespräch kam in Gang. Die Frauen erzählten von ihren Plänen, bemüht, ihn nicht merken zu lassen, wie brennend sie an diesem Haus interessiert waren. Der alte Herr wiederum tat so, als habe er an eine Veränderung seines Lebens noch gar nicht gedacht.

»Das Geschäft scheint nicht sehr lebhaft zu gehen«, wagte Martina endlich einen Vorstoß.

»Was braucht man schon in meinem Alter«, gab Herr Hübner zurück. »Für mich langt's.«

Gerlinde Hauser beugte sich vor. »Aber wenn Sie das Haus vermieten würden, könnten Sie die gleichen Einkünfte haben, vielleicht sogar noch mehr, und das, ohne einen Finger zu rühren.«

»Ein alter Baum wie ich läßt sich nicht mehr verpflanzen.«

Gerlinde Hauser schenkte ihm ein hübsches Lächeln. »Spielen Sie doch nicht immer auf Ihr Alter an! Sie sind doch ein Mann in den besten Jahren.«

»Oh, mei!« Er schmunzelte, nicht ohne Selbstgefälligkeit. »Wenn das meine Alte gehört hätte.«

»Außerdem«, sagte Martina, »wir wollen Sie ja nicht verdrängen. Sie könnten ruhig hier unten wohnen bleiben. Da ließe sich schon eine Lösung finden.«

»Und wir könnten nach Ihnen sehen«, fügte Gerlinde Hauser hinzu. »Sie wären nicht mehr allein.«

Herr Hübner war nachdenklich geworden. »Sie wollen mich also nicht raushaben?«

»Nein, bestimmt nicht«, versprach Martina. »Im Gegenteil, wir wollen ja auch hier wohnen. Ich habe zwei Kinder, da ist man gern so nah wie möglich am Arbeitsplatz.«

»Ja, mei, wie haben Sie sich das alles denn vorgestellt?«

»Zuerst müßten wir das Haus natürlich mal besichtigen.«

Herr Hübner kratzte sich mit dem stumpfen Ende eines Kugelschreibers hinter dem Ohr. Er hatte kurzgeschnittenes graues Haar, und auch sein gezwirbelter Schnurrbart, einziges Anzeichen von Eitelkeit, war ergraut. Sein rundes Gesicht wirkte erschlafft; an der sehr ordentlichen, aber altmodischen Kleidung – er trug eine Weste zum dunkelblauen Anzug mit Fischgrätmuster, über die eine silberne Uhrkette hing, und sein gestreiftes Hemd hatte einen weiß gestärkten Kragen – war zu sehen, daß er früher einige Kilo schwerer gewesen war, denn alles schlotterte ihm am Leib. »Wieviel würden S' denn zahlen?«

»Reich sind wir nicht«, antwortete Martina rasch. »Aber Sie sagten ja eben selber, daß Sie nicht viel brauchten.«

»Sie sind ja eine ganz Raffinierte!«

»Es müßte für Sie doch angenehm sein, daß Frauen mit Ihnen im Haus wohnen«, suggerierte Gerlinde Hauser. »Wenn Sie mal ein Wehwehchen haben oder so. Das muß doch geradezu unheimlich sein, hier ganz allein zu schlafen. Der Maler da oben kümmert sich doch bestimmt nicht um Sie.«

»Der? Der kommt mir nicht zu Gesicht, der Spruchbeitl, der!«

Martina kam ein Einfall. »Und Sie haben keine Verwandten, die sich um Sie kümmern könnten?«

»Ah, da schau her, jetzt woll'n S'mich also doch abschieben ... zu meiner Frau Schwester gar, der Krampfhenna!«

»Nein, nein«, wehrte Martina ab, »daran habe ich gar nicht gedacht! Ich wollte etwas ganz anderes wissen: Ob Sie Erben haben, Herr Hübner?«

»Ist Ihre Schwester Ihre einzige lebende Verwandte?« hakte Gerlinde Hauser nach.

»Da wäre noch mein Neffe, der Sepp, der Baazi.«

»Kinder haben Sie also keine?« vergewisserte sich Martina. »Naa.«

Die beiden Frauen sahen sich an, und Martina gab Gerlinde Hauser, deren Blondheit Herrn Hübner besonders gut zu gefallen schien – vielleicht war es aber auch die Tatsache, daß er wie sie verwitwet war –, ein Zeichen.

»Haben Sie niemals daran gedacht, das Haus auf Leibrente zu verkaufen?« fragte Gerlinde Hauser sanft. »Dann hätten Sie bis an Ihr Lebensende ausgesorgt.«

»Sie brauchten sich auch um die Instandhaltung des Hauses nicht mehr zu kümmern, das müßten wir übernehmen«, fügte Martina hinzu. »Und für uns wäre es, ehrlich gestanden, natürlich von großem Reiz zu wissen, daß das Haus uns gehört, daß das, was wir reinstecken, nicht verloren ist, denn reinstecken müßten wir natürlich eine Menge.«

»Ja, ich glaube auch«, stimmte Gerlinde eifrig zu, »das wäre die Lösung. Was meinen Sie dazu, Herr Hübner?«

»Sie wollen mir das Haus also abluchsen ... nein, nein, entschuldigen brauchen Sie sich nicht. Haben ist besser als kriegen, das hat schon mein Vater gesagt. Wieviel wollen Sie mir denn zahlen – für die sogenannte Leibrente?«

Martina hatte es schon durchgerechnet. »Dreitausend im Monat, damit kämen Sie nicht nur aus, davon könnten Sie noch sparen. Sie sind jetzt, sagen wir, achtundfünfzig Jahre alt ...«

»Dreiundsechzig«, verbesserte Herr Hübner.

»Tatsächlich? Hätte ich nicht gedacht«, schwindelte Martina. »Trotzdem kann man damit rechnen, daß Sie noch gute zwanzig Jahre leben. Dann hätten Sie für das Haus eine Summe von siebenhundertzwanzigtausend Mark bekommen. Ich finde, das wäre angemessen.«

»Und wenn ich keine zwanzig mehr mache?«

»Aber, Herr Hübner«, sagte Gerlinde, »so wie Sie aussehen! Was sagt denn der Doktor?«

Nun war es so, daß Herrn Hübners Arzt tatsächlich zu sagen pflegte: »Nur keine Sorge, Herr Hübner, Sie machen es gut und gern noch zwanzig Jahre, wenn Sie sich ein bißchen halten.«

Deshalb ging der alte Herr auf dieses Thema gar nicht ein, sondern er sagte nur: »Und wenn Sie nun mitsamt Ihrer Kosmetik und Boutique pleite gehen?«

»Sobald wir die Leibrente nicht mehr zahlen können, fällt das Haus selbstverständlich in Ihren Besitz zurück«, erklärte Martina. »Wir werden eine entsprechende Klausel in den Vertrag einfügen.«

»Auch daß Sie lebenslängliches Wohnrecht hier haben.«

Martina merkte, daß der alte Herr nahe daran war, anzubeißen, und sagte rasch: »Aber zuerst müssen wir das Haus besichtigen. Es steht ja noch gar nicht fest, ob es überhaupt unseren Anforderungen entspricht.«

Gerlinde stand auf. »Ja, können wir?«

Sie besichtigten das Haus vom Keller bis hinauf zur Atelierwohnung, wo ihnen der junge Kunstmaler mürrisch und widerwillig öffnete. »Ja, ja, ich zieh schon aus, Sie alter Halsabschneider«, sagte er zu Herrn Hübner. »Spätestens in ein paar Wochen sind Sie mich los.« Es klang wie Musik in Martinas und Gerlindes Ohren.

Das Haus war solide gebaut und in gutem Zustand, wenn man einmal davon absehen wollte, daß die frühere Wohnung Herrn Hübners seit Monaten nicht mehr geputzt worden war. Es war genau das, was sie suchten, aber sie zeigten es nicht, stellten nur Fragen, und Martina machte sich Notizen.

»Ja, das war's dann!« Herr Hübner wollte sie wieder in sein Zimmer führen.

Aber Martina hielt Gerlinde Hauser, die ihm schon folgen wollte, zurück. »Seien Sie uns nicht böse, Herr Hübner, aber meine Freundin und ich, wir möchten uns doch erst noch gerne miteinander besprechen, bevor wir Ihnen eine bindende Antwort geben.«

»Ja«, stimmte Gerlinde zu und blickte ihm in die Augen. »Vielleicht dürfen wir noch einmal mit einem Architekten wiederkommen. Wir müssen ja auch genau wissen, wieviel der Umbau kosten würde. Wenn wir uns übernehmen, ist weder Ihnen noch uns damit gedient.«

Der alte Herr, zu seiner Überraschung enttäuscht, erklärte sich einverstanden. Sein Geschäft schien ihm unfreundlicher und dunkler denn je, nachdem die beiden schönen jungen Frauen gegangen waren.

Sobald sie um die Ecke waren, brachen Martina und Gerlinde Hauser in Jubel aus. Sie hatten genau das Haus gefunden, das sie sich erträumt hatten, und sie würden viel weniger dafür ausgeben müssen, als sie sich errechnet hatten – und eines Tages würde es ihr Eigentum sein.

»So habe ich mich schon lange nicht mehr gefreut«, gestand Gerlinde Hauser atemlos.

Es war ein warmer Vorfrühlingstag, einer jener seltenen Tage, in denen die Luft noch kühl ist, aber die Sonne schon Kraft hat. Ein Caféwirt auf der Leopoldstraße hatte es gewagt, die weißen Tische und Stühle auf den Bürgersteig zu stellen, und Martina und Gerlinde nutzten die Gelegenheit, sich mit Kaffee und Kuchen zu erfrischen. Die kleine Mahlzeit sollte das Mittagessen ersetzen. Da saßen sie nun, die Gesichter der Sonne zugewandt, besprachen die Einzelheiten und fühlten sich großartig. Das Abenteuer, in das sie sich gestürzt hatten, ließ sich gut an.

Da sie niemanden in München kannten, beschlossen sie, Frau Schaffer auch nach einem Architekten zu befragen. Gemächlich schlenderten sie die Leopoldstraße zurück, durch das Siegestor und an der Universität vorbei zum Wittelsbacher Platz, aber auch jetzt noch hatten sie kaum Augen für die breite Prachtstraße, die Scharen von Studenten und die modebewußten Schwabinger Typen, sondern waren mit ihren Gedanken noch immer bei den Einzelheiten des Umbaus. Dennoch empfanden beide an diesem herrlichen Tag, daß es schön sein mußte, hier zu leben.

Das Glück blieb ihnen weiter treu. Frau Schäffer kannte einen jungen Architekten, Hans Hinterseer, der als Student bei ihr gewohnt und sich gerade erst selbständig gemacht hatte. Er würde, so versicherte sie, auch für einen kleinen Auftrag dankbar sein und auch im Preis entgegenkommend. In Gegenwart von Martina und Gerlinde Hauser rief sie ihn an, dann erklärte Martina ihm in groben Zügen, um was es ging, und fragte, ob und wann sie ihn aufsuchen könnten.

»Wissen Sie was«, sagte er, »treffen wir uns lieber in der Stadt. Erstens habe ich mein Büro in Geiselgasteig, das ist ziemlich weit draußen, und zweitens sieht es bei mir auch noch nicht viel besser aus als auf einer Baustelle. Meine Frau ist den ganzen Tag dabei, Mörtel zusammenzukehren und Farbspritzer von den Fenstern zu kratzen.«

»Vielleicht ist es überhaupt richtiger, wenn Sie sich zuerst einmal das Haus in der Ainmillerstraße ansehen«, schlug Martina vor, »dann könnten wir gleich konkreter über alles reden. Wann würde es Ihnen passen? Wir haben es ziemlich eilig.«

»Morgen nachmittag?«

»Das wird sicher gehen. Allerdings ist Herr Hübner ein alter Herr, der sicher ein Mittagsschläfchen macht. Sagen wir um drei. Für den Termin werden wir Sie anmelden. Wenn es nicht klappt, telefonieren wir nochmals. Und wo treffen wir uns danach?«

»Hier in der Pension«, soufflierte Frau Schäffer.

Der Architekt war einverstanden. Herr Hübner, den sie anschließend anriefen, war bereit, Herrn Hinterseer zur verabredeten Zeit zu empfangen. Martina und Gerlinde nahmen es als ein gutes Zeichen.

Hans Hinterseer war ein großer, gutaussehender junger Mann, aber für Martinas Geschmack zu jung und zu jung verheiratet. Gerlinde Hausers Interesse am anderen Geschlecht war nach dem Tod ihres Mannes noch nicht wieder erwacht. Frau Schäffer begrüßte ihn mit leicht überschwenglicher Mütterlichkeit.

Sie setzten sich alle zusammen in das Frühstückszimmer der Pension, das jetzt, am späten Nachmittag, von den Gästen nicht benutzt wurde. Mit Ungeduld warteten Martina und Gerlinde, bis Frau Schäffer und Hans Hinterseer mit ihren privaten gegenseitigen Erkundigungen und Erinnerungen an gemeinsame Bekannte fertig waren.

Endlich konnte Martina die Frage anbringen, die ihr auf der Zunge brannte: »Nun? Was halten Sie also von dem Haus?«

»Es müßte natürlich eine Menge dran getan werden«, antwortete der Architekt ausweichend.

»Das wissen wir. Die Frage ist nur, ob sich der Umbau lohnt.«

»Das bestimmt. Oder anders gesagt: abbruchreif ist es nicht.«

»Sie können einen ja sehr ermutigen«, sagte Martina, merkte aber sofort, daß sie ihre Ironie an den etwas sturen jungen Mann verschwendet hatte.

»Würden Sie es für einen guten Kauf halten?« fragte Gerlinde Hauser.

»Kommt drauf an, was der alte Knabe dafür verlangt.«

»Eine Leibrente. Dreitausend pro Monat.«

Hans Hinterseer pfiff durch die Zähne. »Das hätten Sie dann aber billig geschossen!«

Martina freute sich über dieses Urteil – und ärgerte sich gleichzeitig, weil sie nicht in den Verdacht geraten wollte, Herrn Hübner übervorteilt zu haben. »Wenn er über neunzig wird, zahlen wir eine gute Million.«

»Andererseits müßten Sie allein für die Miete mindestens drei Mille monatlich zahlen.«

»Sie vergessen nur«, erklärte Martina kalt, »daß dann der Vermieter für den Erhalt des Hauses weiter verantwortlich bliebe und daß er wohl kaum jemanden finden würde, der verrückt genug ist, sein gutes Geld in ein Haus zu stecken, das ihm niemals gehören wird.«

Jetzt, zum erstenmal, lächelte der junge Mann sie an. »Wir reden aneinander vorbei, Frau Stadelmann. Ich bin weit davon entfernt, Sie kritisieren zu wollen. Alles, was ich sagen möchte, ist, daß ich das für einen sehr günstigen Abschluß hielte.«

»Vergessen Sie auch nicht, daß Herr Hübner sein Zimmer im Erdgeschoß behalten will.«

»Schon gut, schon gut«, winkte der Architekt ab.

Aber Martina war noch nicht bereit, das Thema fallenzulassen; sie fürchtete, daß Hans Hinterseer oder auch Frau Schäffer, die mit Herrn Hübner ja persönlich gut bekannt waren, diesem nahelegen würden, mehr aus dem Verkauf des Hauses herauszuholen. »Außerdem könnten wir nicht mehr aufbringen«, behauptete sie mit Entschiedenheit, »beim besten Willen nicht. Wenn der Verkauf nicht zu diesen Bedingungen über die Bühne geht, müßten wir leider das Projekt fallenlassen.«

»Wollen Sie mir jetzt nicht erst einmal schildern, was Sie mit dem Haus eigentlich vorhaben?«

Das taten Martina und Gerlinde mit Eifer. Im Erdgeschoß, in den jetzigen Verkaufsräumen, sollte die Boutique entstehen, im ersten Stock mußten die Voraussetzungen für das Kosmetik-Institut geschaffen werden. Beide Geschäfte dachten sie sich mit einer Wendeltreppe verbunden. Der Hauseingang konnte ihrer Meinung nach bleiben, wie er war, und auch die alte Treppe, die bis hinauf zum Atelier führte; sie sollte als Aufgang für sie selber und auch für die Angestellten dienen. In den zweiten Stock wollte Martina mit ihren Kindern ziehen. Sie legte Wert darauf, daß die große alte Küche völlig modernisiert wurde, denn sie hatte vor, später einmal, wenn das Geschäft in Gang gekommen war, hier eine eigene Pflegeserie herzustellen. Gerlinde Hauser würde die Atelierwohnung übernehmen. Auch die Fassade mußte gestrichen werden, rosa und weiß, um als Blickfang zu dienen.

Der Architekt machte sich Notizen. »Ich verstehe schon, was Sie sich vorstellen«, erklärte er. »Ich werde Ihnen jetzt zuerst mal eine Skizze entwerfen, dann Kostenvoranschläge einholen ...«

»Wie teuer wird's wohl werden?« erkundigte sich Gerlinde Hauser.

»Das kann ich Ihnen so nicht sagen.«

»Über den Daumen gepeilt«, drängte Martina.

»Auch das nicht.«

»Dann will ich Ihnen mal was sagen«, erklärte Martina, »es darf nicht mehr als vierzigtausend Mark kosten.«

»Ausgeschlossen.«

»Aber mehr haben wir nicht. Sie müssen sich eben was einfallen lassen.«

Hans Hinterseer zeigte keine große Freude mehr an dem Auftrag. Aber das beeindruckte Martina nicht. »Wenn Sie nicht wollen, müssen wir uns eben nach jemand anderem umsehen.«

»Das habe ich nicht gesagt. Aber ich werde sehr scharf kalkulieren müssen.«

Martina lächelte ihn freundlich an. »Genau das ist es, worauf wir Wert legen.«

Die beiden jungen Frauen waren voll freudiger Aufregung. Bis der Kaufvertrag mit Herrn Hübner endlich unter Dach und Fach war, konnten beide kaum ein Auge zutun. Bis zum letzten Moment befürchtete Martina, daß noch etwas dazwischenkommen könnte. Aber alles lief glatt. Nachdem Herr Hübner sich zu einem Entschluß durchgerungen hatte, ließ er sich durch nichts mehr davon abbringen. Zur Feier des Vertragsabschlusses luden sie Frau Schäffer zu einer Flasche Sekt ein.

So hart Martina vorher mit dem Architekten verhandelt hatte – sie hatte nicht sofort eine Hypothek auf das Haus nehmen oder sich bei Gerlinde Hauser verschulden wollen –, so großzügig war sie jetzt dem alten Herrn gegenüber. Sie bot ihm an, auch sein unteres Zimmer zu renovieren und eine Kochnische und eine Dusche einzubauen. Herr Hübner wollte zuerst nicht recht und witterte einen Trick. Er hatte sich schon so sehr an die Primitivität seiner Behausung gewöhnt und war bereits nahe dem Zustand der Verwahrlosung, dem alte Menschen, wenn sie keinen Sinn mehr im Leben sehen, leicht verfallen, so daß er lieber alles lassen wollte, wie es war.

Aber Martina gelang es, ihn zu überreden. »Wir möchten, daß Sie es so nett und gemütlich wie möglich haben, denn sonst könnten wir Sie ja nie mal auf ein Gläschen Wein besuchen.«

Das zog. Herr Hübner behauptete zwar: »Ich trink nie nicht an Wein, sondern höchstens a Bier.« Aber die Aussicht, von den beiden hübschen jungen Frauen besucht zu werden, wirkte doch belebend, und so willigte er in die Renovierung ein.

»Wunderbar«, freute sich Martina. »Sie werden sehen, Sie werden sich viel, viel wohler fühlen.«

Später sagte Gerlinde Hauser zu ihr: »War das nicht ein bißchen übertrieben?«

»Nein«, widersprach Martina, »ich könnte es nicht ertragen, wenn ich wüßte, daß der alte Mann da unten wie in einem Loch haust.«

»Das verstehe ich schon, aber woher willst du das Geld nehmen?«

»Ich verzichte vorläufig auf meine moderne Küche. Nein, nein, das ist gar kein so großes Opfer, wie du es dir vorstellst. Die Küche, wie ich sie brauche, ist in den Vierzigtausend sowieso nicht drin, das habe ich schon überschlagen. Da verzichte ich lieber vorläufig ganz und warte, bis wir Geld eingenommen haben. Ich muß mir ja überhaupt auch erst einmal einen Ruf erwerben, ehe ich den Leuten meine eigene Pflegeserie andrehen kann.«

Bevor Martina und Gerlinde Hauser nach Düsseldorf zurückfuhren, besichtigten sie zusammen mit Herrn Hübner dessen frühere Wohnung im dritten Stock, die bald ihre eigene sein würde. Der alte Herr hatte alles genauso gelassen, wie es beim Tod seiner Frau gewesen war. Anfangs mochte er noch oben geschlafen und hier auch gegessen haben, dann hatte er sich immer mehr nach unten zurückgezogen und die Räume schließlich monatelang nicht mehr betreten. Alles war dick verstaubt, und es roch dumpfig, weil die Fenster nicht mehr geöffnet worden waren, aber Martina entdeckte ein paar schöne alte Möbel.

Sie überredete Herrn Hübner, sich sein früheres Bett, dessen Matratzen noch tadellos waren, als Sofa umarbeiten zu lassen und es statt der Couch nach unten zu stellen, suchte ihm dazu den besten Teppich aus, einen schönen Sessel und einen geschnitzten Schrank. Diese Möbel, zusammen mit dem kleinen Clubtisch, der schon unten stand, würden Herrn Hübners Heim wieder ansehnlich machen. Sie versprach, mit ihm zusammen Stoff einzukaufen und neue Gardinen und Vorhänge zu nähen.

Gerlinde Hauser hatte inzwischen die Wäschebestände seiner Frau durchgesehen, eine Idee, auf die er von sich aus gar nicht gekommen wäre. Es stellte sich heraus, daß noch genügend heile, ja unbenutzte Stücke vorhanden waren. Auch der Bestand an

Hand- und Frottiertüchern war ausreichend. Herr Hübner, dem das alles nicht mehr wichtig erschienen war, brummelte vor sich hin, weil es ihm peinlich war, sich mit ein paar alten Fetzen begnügt zu haben.

Gemeinsam trugen die beiden jungen Frauen ihm die Wäsche hinunter, Martina maß aus, ob die Möbelstücke, die sie für ihn ausgesucht hatten, auch tatsächlich in das Zimmer paßten.

Dann liefen sie wieder nach oben, wo Herr Hübner unter alten Büchern wühlte. »Und was mache ich jetzt mit dem anderen Gelump?« fragte er.

»Gelump würde ich das nicht nennen«, widersprach Martina. »Dieser ovale Tisch ist doch sehr schön, auch die Stühle ... Biedermeier, nicht wahr?«

»Kann schon sein.«

»Die würde ich mir gerne von Ihnen leihen, bis ich besser bei Kasse bin.«

»Können Sie haben.«

»Fein. Dann nehme ich auch noch die Vitrine. Ich habe zwar vorläufig noch nichts hineinzutun, aber sie gefällt mir.«

»Kriegen Sie auch, und was drin ist dazu.«

Martina trat näher und besah sich den Inhalt; es waren keine Kostbarkeiten, aber hübsche alte Porzellanfigürchen von Meißen, Augarten und Nymphenburg. »Die sind sehr lieb, aber ich wäre doch zu bänglich, daß mir etwas kaputtgehen könnte – mir oder den Kindern.«

»Ich schenk sie Eahna.« Herr Hübner sagte es, ohne Martina anzusehen. »Ich schenk Eahna dös ganze Gelump.«

»Ist das wirklich wahr? Danke, Herr Hübner!«

Herr Hübner sah Gerlinde an. »Suchen Sie Eahna ruhig auch etwas aus, Frau Hauser.«

»Nein, danke«, wehrte Gerlinde ab, »sehr lieb von Ihnen, aber ich habe ohnehin schon zuviel Möbel. Ich werde mich ganz modern einrichten.«

»Dann werden wir die Stücke, die wir behalten wollen, jetzt kennzeichnen«, schlug die praktische Martina vor. »Sicher haben Sie Klebstoff und Papier unten im Büro. Wir kleben Zettel an, und für alles andere lassen Sie sich ein Angebot von einem Trödler machen.«

Begeistert schilderte Martina den Kindern das Haus in München-Schwabing und erzählte von ihren Plänen. Aber sie fand kein Echo.

»Was!?« rief Stefan entsetzt. »Wir sollen aus Benrath weg? Und was wird dann aus unserem schönen Häuschen?«

»Gerade wo ich mich eingelebt habe!« stimmte Claudia ein.

Martina mußte ihnen klarmachen, daß sie in Benrath auf keinen Fall hätten bleiben können, weil sie hier nicht genug verdienen konnte. Das sahen Stefan und Claudia auch ein, aber nicht, warum sie zugleich die Wohnung wechseln sollten. Daß die Anfahrt in die Innenstadt für Martina zu lang sein würde, wollten sie nicht gelten lassen. Nur unter Protest fügten sie sich in das Unvermeidliche.

Karla war geradezu schockiert; sie begriff nicht, wie Martina so viel investieren konnte. »Vierzigtausend Mark für den Umbau und dreitausend jeden Monat an den alten Herrn ... da reichst du doch vorne und hinten nicht!«

»Wir brauchen ja nicht alles auf einmal zu zahlen«, erklärte ihr Martina ungerührt. »Und Herr Hübner bekommt seine Leibrente auch erst dann, wenn er sein Geschäft aufgelöst, den Maler oben vor die Tür gesetzt hat und der Umbau beginnen kann.«

»Trotzdem ... das schaffst du nicht! Du hast dir da einen viel zu großen Happen abgebissen.«

»Wir haben ja das Haus. Auf das können wir jederzeit Geld aufnehmen.«

Karla schüttelte den Kopf. »Das wird ein Reinfall«, unkte sie.

Martinas unternehmerischer Mut imponierte ihr aber doch so sehr, daß sie jetzt alle ihre Energie zusammennahm, um das Geld zur Ablösung von Martinas Anteil aus Ernst Großkopf herauszuholen.

Sie hatte ein Argument in der Hand. »Martina ist total plemplem«, behauptete sie, »absolut größenwahnsinnig. Wenn ich mit der zusammenbliebe, würde sie sich bestimmt was einfallen lassen, womit sie unser Geschäft ruiniert. Ich muß sie auszahlen. Wenn du mir nicht hilfst, muß ich mir das Geld anderswo leihen.«

Wenige Tage später konnte sie Martina versichern, daß sie ihr Geld bekam. Martina hatte zwar ohnehin fest damit gerechnet, war jetzt aber doch sehr erleichtert. Bis Ende Juli wollte sie weiter mit Karla zusammenarbeiten, die Übersiedlung sollte auch diesmal in den großen Ferien stattfinden, damit das neue Geschäft am 1. September eröffnet werden konnte.

Es sollte *»Boutique Martina«* heißen, auf diesen Namen hatten sich Gerlinde Hauser und Martina geeinigt, mit dem Untertitel »Moden mit Kosmetik-Institut«. Die beiden Frauen, verbunden durch Vorfreude gemeinsamer Pläne, waren sich auch persönlich sehr nahegekommen und duzten sich jetzt.

Bob wurde weiß, als Martina ihm von ihrem Vorhaben erzählte. »Du willst mich also verlassen«, sagte er, wütend und verstört.

»Mußt du denn immer alles so persönlich nehmen!« fuhr sie ihn an. »Das hat doch mit dir gar nichts zu tun. Ich ziehe um, das ist alles.«

»Und warum erfahre ich das erst jetzt!?«

»Weil ich nicht sicher war, ob es klappen würde. Und überhaupt … seit wann interessierst du dich für meinen Beruf?«

»Ich interessiere mich für dich!«

Es folgte eine jener endlosen quälenden Streitereien, die Martina haßte, weil sie so sinnlos waren und immer auf die gleiche Weise endeten: daß sie mit ihm ins Bett ging. Diesmal hatte sie so wenig Lust, daß er sie fast vergewaltigen mußte.

»Gib zu, daß du ohne mich gar nicht leben kannst«, versuchte er ihr einzureden.

»Mit dir noch weniger«, gab sie kühl zurück.

»Danke. Ich nehme das zur Kenntnis.« Er stieg aus dem Bett und begann sich anzuziehen.

Trotz ihres Zorns war ihr bewußt, wie hübsch er aussah, mit seinem schlanken Körper und der glatten Haut und den langen Beinen und dem kleinen Popo. Und nicht zum erstenmal fragte sie sich, ob es nicht auch an ihr gelegen hatte, daß es mit ihm so schiefgelaufen war.

»Komm her!« Sie streckte die Hand nach ihm aus.

Ihr veränderter Ton ließ ihn aufhorchen.

»Wir müssen ja nicht im Bösen auseinandergehen. Düsseldorf und München sind nur eine Flugstunde voneinander entfernt. Wir können uns besuchen … oder auch mal zusammen verreisen.«

»So? Können wir das?« wiederholte er höhnisch. »Wenn du glaubst, daß du mich zum Hampelmann machen kannst, hast du dich geschnitten.«

Grußlos verließ er sie.

Das Zerwürfnis mit Bob, das Murren ihrer Kinder und Karlas dick aufgetragene Skepsis vermochten nicht Martinas Begeisterung zu dämpfen. Hans Hinterseer schickte die ersten Skizzen, die von ihr und Gerlinde Hauser bis in alle Einzelheiten diskutiert wurden.

Die Boutique sollte »old fashioned« ausgestattet werden, mit alten Dekostoffen, Samt und Kugellampen, ein bißchen flohmarktmäßig. Eine schwarz gestrichene, mit Messingknöpfen verzierte Wendeltreppe sollte aus der Mitte des Ladens in den Warteraum des Kosmetik-Instituts im ersten Stock führen. Dort würde, nach hinten, ein Lagerraum für die Boutique abgezweigt werden, dann blieb noch Platz genug für vier Kabinen, ein Massagebett und den Vorbereitungsraum. Aus Sparsamkeitsgründen entschloß Martina sich, vorerst nur zwei der Kabinen einzurichten, denn sie wollte ja, wenigstens zu Anfang, allein arbeiten. Gerlinde Hauser erklärte sich bereit, die Kasse für die Kosmetik mit zu übernehmen, Martina wollte die Buchhaltung für beide Abteilungen führen.

Als Gerlinde Hauser sich auf ihre erste Einkaufstour begab, fühlte Martina sich geradezu vereinsamt. Die Partnerin fehlte ihr nicht nur, weil sie jetzt niemanden mehr hatte, der sich für ihre Pläne begeisterte, sondern sie hatte sich auch menschlich sehr an Gerlinde gewöhnt, wenn sie auch ein bißchen zu oft von ihrem verstorbenen Mann und ihrer Ehe sprach. Martina hatte kein Bedürfnis, über ihre Vergangenheit zu reden; für sie galt nur die Zukunft.

Gerade in dieser Situation traf sie die Tatsache, daß ihre Menstruation nicht eingetreten war, wie ein Schlag. Sie rechnete wieder und wieder und kam doch immer nur zu dem Ergebnis: Sie war schon vierzehn Tage über die Zeit.

Eine Schwangerschaft würde ihr einen Strich durch all ihre schönen Pläne machen. Peinlich war es ihr durchaus nicht, als geschiedene Frau Mutter zu werden. Aber sie würde bei der Eröffnung der »Boutique Martina« im achten Monat sein. Unmöglich. Selbst wenn das Kind schon da war, würde sie mindestens vier Wochen nicht arbeiten können, und auch dann nur mit halber Kraft, denn stundenlanges Stehen ist anstrengend. Martina erinnerte sich nur zu gut; nach der Geburt von Claudia und Stefan, als sie die ersten Male wieder in der Küche tätig gewesen war, hatte sie ein Gefühl gehabt, als hingen ihr Bleigewichte an den Beinen.

Was sollte sie jetzt tun? Die Eröffnung der Boutique verschieben? Das konnte sie sich finanziell nicht leisten. Bob verständigen? Aber was sollte das nutzen? Nach den letzten Auseinandersetzungen würde er vielleicht nicht einmal mehr bereit sein, das Kind anzuerkennen. Das war eine schlimme Unterstellung, sie wußte es, aber sie traute Bob inzwischen fast jede Gemeinheit zu, wenn er sie nur dadurch verletzen konnte. Noch schlimmer würde es sein, wenn er ihre Schwangerschaft zum Anlaß nahm, erneut auf eine Ehe zu drängen. Mit Bob Scheller verheiratet zu sein, war das letzte, was sie sich wünschte.

Martinas Verstand sagte ihr, daß in ihrer Situation nur eine Schwangerschaftsunterbrechung in Frage kam. Aber ihr Gefühl bäumte sich dagegen auf.

Bedenkenlos hatte sie ihre Ehe gelöst, um endlich zu sich selber zu finden. Sie wußte längst, daß die Kinder es waren, die für ihre Freiheit die Zeche bezahlen mußten, erkannte auch, daß Claudias und Stefans Wunsch, hier in Benrath zu bleiben, wo sie inzwischen Fuß gefaßt hatten, durchaus berechtigt war. Doch fand sie, daß sie ihnen einen Umzug nach München immerhin noch zumuten konnte. Aber daß jetzt einem Ungeborenen der Weg ins Leben verstellt werden sollte, das schien ihr zuviel. Martina spürte zum erstenmal ganz hart, daß ihr als Frau Grenzen gesetzt waren, die für einen Mann eben doch nicht galten.

Tagelang grübelte sie über das Problem nach, ohne zu einem Entschluß zu gelangen. Es wäre ihr nicht schwergefallen, einen Arzt zu finden, der illegale Unterbrechungen durchführte. Als Kosmetikerin erfuhr man viel. Eine ihrer Kundinnen war in der gleichen Situation gewesen und hatte sich für eine Abtreibung entschieden. Von ihr hätte sie eine Adresse erfahren können.

Martina wußte sich keinen Rat. Immer deutlicher wurde ihr, daß sie das Kind wegmachen lassen mußte, aber sie konnte ihren inneren Widerstand nicht überwinden.

Dann aber setzte, unvermittelt und besonders heftig, ihre Menstruation wieder ein. Sie konnte nicht feststellen, ob eine Frucht mit abging, und es war ihr auch nicht wichtig. Sie hatte kein Kind haben wollen, nicht in dieser Situation und nicht von einem Vater wie Bob Scheller, der selber noch so unreif war.

Ihre Erleichterung war grenzenlos.

Stefan und Claudia, die nicht begriffen, was sie so bedrückt hatte, waren erleichtert, sie wieder bei guter Laune zu sehen. Ein bißchen hatten sie sich die Schuld an ihrer Verstimmung gegeben und hatten, ohne daß die Mutter, die ganz mit sich selber beschäftigt gewesen war, es gemerkt hatte, ihre Einstellung geändert. Jetzt, als Martina wieder optimistischer ins Leben blickte, wurde ihr bewußt, daß die Kinder aufgehört hatten, mürrisch und kurz angebunden zu sein, und auch das war eine Freude.

Eines hatte Martina aus diesem Ereignis gelernt: so etwas durfte ihr nicht noch einmal passieren. Sie nahm das Geschehene zum Anlaß, mit Bob endgültig Schluß zu machen.

Als er sie das nächste Mal besuchte – er kam, wie immer, völlig unangemeldet, und diesmal nach einer Pause von drei Wochen – ließ sie ihn nicht ins Haus.

»Was fällt dir ein?!« herrschte sie ihn an, ohne Rücksicht auf die Kinder zu nehmen, die schon in ihren Betten lagen. »Glaubst du wirklich, daß ich mich so von dir behandeln lasse?!«

Sein leicht schuldbewußtes, jungenhaftes Grinsen erstarb.

»Aber, Liebling …«

Sie knallte ihm die Tür vor der Nase zu.

Natürlich klingelte er Sturm. Aber als sie sich nicht mehr rührte, zog er es vor zu gehen. Die Hände in den Taschen seiner Jeans, vor sich hin pfeifend, um Gleichgültigkeit und Überlegenheit zu demonstrieren, schlenderte er fort und verschwand im nächtlichen Garten.

Martina schaute zu den Kindern hinein. Stefan schlief tief und fest, ein entspanntes Lächeln um den geöffneten Mund.

Aber Claudia war wach und blickte der Mutter entgegen; ihre Augen wirkten sehr groß und sehr dunkel in dem schwachen Licht, das aus der kleinen Diele in ihr Zimmer fiel.

»Tut mir leid, daß ich so laut war.« Martina setzte sich zu ihrer Tochter auf den Bettrand.

»Ich finde es gut, daß du mit Bob Schluß gemacht hast«, erklärte Claudia überraschend.

»Ja, wirklich? Ich dachte, du mochtest ihn ganz gern.«

»Es ging so.«

»Sag mal, Claudia …« – Martina versuchte, die nächtliche Zweisamkeit zu einem vertraulichen Gespräch zu nutzen –

»... erzähl mir doch mal, warum du damals von Vati weg bist. Bloß wegen Renate? Ich kann mir nicht vorstellen, daß die häßlich zu dir war.«

»Das hatte mit Renate gar nichts zu tun.«

»Nicht?«

»Nein.«

»Was war es dann?«

»Ich möchte nicht drüber reden.«

»Ja, dann ...« Martina gab ihrer Tochter einen Kuß und stand auf.

»Vater«, brach es plötzlich aus Claudia heraus. »Er hat sich einfach – schäbig benommen.«

»Armer Schatz.«

»Ich habe mich so für ihn schämen müssen.«

»So etwas gibt es«, sagte Martina vorsichtig. »Wenn man jemanden liebt, muß man auch das ertragen.«

»Hast du ihn denn noch lieb?«

»Nein.«

»Und Bob auch nicht?«

»Nein, Claudia. Aber zwischen Männern und Frauen ist das sehr oft so. Die Liebe kommt und geht. Aber zwischen Kindern und Eltern ist das doch ein dauerhafteres Gefühl.« Schon während Martina es aussprach, kamen ihr Bedenken, ob das, was sie ihrer Tochter klarzumachen versuchte, sich tatsächlich so verhielt.

»Ich weiß nicht, ob ich Vater noch lieb habe«, sagte Claudia, »jedenfalls – ich könnte mir nichts mehr von ihm befehlen lassen.«

»Komisch, daß du das sagst«, meinte Martina nachdenklich. »Wenn ich's mir überlege: mir ist es mit deinem Vater und mit Bob genauso gegangen. Erst war die Achtung weg und dann auch die Liebe.«

Claudia rutschte tiefer unter ihre Decke. »Später werde ich dir mal alles erzählen. Aber eigentlich ist es jetzt nicht mehr wichtig. Ich bin ja bei dir.«

Dieses schlichte Bekenntnis rührte Martina so sehr, daß sie beinahe noch einmal zurückgegangen und Claudia in die Arme genommen hätte. Aber das kleine Mädchen hatte die Augen schon geschlossen und war im Einschlafen. Deshalb verließ Martina auf Zehenspitzen das Zimmer und zog die Tür leise hinter sich ins Schloß.

Eine gute Woche vor Ostern, an einem Freitag, dem 13., heirateten Helmut Stadelmann und Renate Simons. Die Kinder waren zur Hochzeit herzlich und dringend eingeladen worden, und Martina sah keinen Grund, sie zurückzuhalten, um so weniger, als jetzt, kurz vor den Osterferien und den Jahreszeugnissen, in der Schule nicht mehr viel zu versäumen war.

Stefan freute sich in Erwartung von Kuchen und Festmahl, Claudia mußte erst überzeugt werden, daß der Vater und seine junge Frau es als Beleidigung empfinden würden, wenn sie nicht kam.

Am frühen Morgen brachte Martina die beiden zum Zug. Stefan trug einen braunen Samtanzug, den er nicht mochte – das sei doch »was für Babys« –, darunter ein gerüschtes Hemd. Martina fand ihren Sohn mit den glänzenden braunen Augen, dem leicht gelockten braunen Haar und der klaren Haut bezaubernd und konnte ihren Stolz nur schwer verbergen.

Auch Claudias Kleid, hellblau und von der Mutter selbst genäht, war gerüscht, aber, anstatt sie weicher zu machen, wirkte sie darin nur noch kantiger. Ihr farbloses Gesichtchen war so mürrisch verzogen, daß es fast häßlich aussah, und das glatte, frisch gewaschene Haar machte es nicht hübscher.

Martina sah keinen Anlaß für ein Hochzeitsgeschenk, und so hatte sie Stefan nur einen Strauß weißer Rosen mitgegeben, die er der Braut überreichen sollte. Nachdem sie die beiden mit vielen guten Ermahnungen entlassen hatte, eilte sie ins Kosmetik-Institut.

Am Abend kehrten die Kinder heim, blaß und gar nicht vergnügt. Stefan hatte zuviel gegessen und getrunken und im Zug gespuckt; sein schöner Samtanzug mußte zur Reinigung.

Claudia sagte düster: »Das sind Leute! Die haben uns wie die armen Verwandten behandelt.«

»Was wir in den Augen der Simons ja auch wohl sind«, meinte Martina.

»Ich möchte nie mehr dahin.«

»Mußt du ja auch nicht mehr … wenn wir erst in München sind.«

Mit solchen Hinweisen gelang es Martina, Claudia den Umzug allmählich schmackhaft zu machen. Aber schon tauchte ein neues Problem auf. Im Rheinland pflegte das neue Schuljahr nach Ostern zu beginnen, in Bayern im Herbst, nach den großen

Ferien. Das bedeutete für Claudia und Stefan, daß sie in München entweder ein halbes Jahr überspringen oder sich zurückversetzen lassen mußten.

Stefan nahm das nicht weiter tragisch, im Gegenteil, er fand es gut. »Dann kann ich jetzt erst einmal ein bißchen Gymnasium üben, und im Herbst geht's richtig los.«

Claudia weinte fast. »Aber wenn wir uns zurückversetzen lassen, verlieren wir so viel!«

»Ist doch wurscht.«

Beide hatten gute Versetzungszeugnisse, was bei Claudia mehr besagte als bei Stefan, der noch auf die Grundschule ging.

»Ich finde auch, wir sollten uns nicht aufregen«, sagte Martina. »Ein Jahr mehr oder weniger ... das spielt doch im Leben gar keine Rolle.«

»Für mich schon!« beharrte Claudia.

»Auf alle Fälle haben wir noch viel Zeit, uns den Kopf zu zerbrechen. «

Sie nutzte die letzten Monate in Düsseldorf, während Gerlinde auf der Reise war und für die Boutique orderte, um einen Fahrkurs zu absolvieren. Zwar war in absehbarer Zeit nicht daran zu denken, daß sie sich einen eigenen Wagen leisten konnte, aber sie fand, ein moderner Mensch müsse autofahren können. Sie hatte es schon früher lernen wollen und nur darauf verzichtet, um nicht einen neuen Streitpunkt in ihre Ehe zu bringen. Schon nach zehn Fahrstunden machte sie ihre Prüfung und fühlte sich danach um ein ganzes Stück gewachsen.

Bob Scheller ließ sich nicht mehr blicken; Martina vermißte ihn nicht. Sie hatte sehr viel zu tun in dieser Zeit. Ihr schwierigstes Problem war es, Leute zu finden, die in ihren Mietvertrag einstiegen, der im Herbst noch eine Laufzeit von drei Jahren hatte. Da sie immer noch jeden Pfennig umdrehte, bevor sie ihn ausgab, verzichtete sie auf ein Inserat und sprach statt dessen alle Menschen, mit denen sie zusammenkam, darauf an.

Endlich waren es die Gardeners selber, die sie mit einem Aspiranten auf das Haus bekannt machten, einem jungen Kollegen von Herrn Gardener, dessen Freundin ein Kind bekam und der ganz schnell heiraten wollte.

Martina verlangte, wie ihre Vorgänger, einen verlorenen Baukostenzuschuß von fünftausend D-Mark.

»Das ist aber ziemlich hart«, meinte Frau Gardener, »finden Sie nicht auch?«

»Nein«, erklärte Martina mit fester Stimme, »das Haus ist jetzt in einem tadellosen Zustand, und inzwischen ist nichts billiger geworden. Unter fünftausend kann ich es nicht hergeben.«

»Und das für nur drei Jahre!«

»Niemand zwingt Sie ja, es nach drei Jahren abreißen zu lassen«, entgegnete Martina kalt. »Wenn Sie Ihren Freunden entgegenkommen wollen, dann geben Sie ihnen doch einen längeren Vertrag. Es liegt nur an Ihnen.«

Martina bekam das Geld, und sie war froh darüber. Sie hatte es bitter nötig.

Die letzten Monate in Düsseldorf waren eine Zeit des Abschiednehmens und des Aufbruchs. Obwohl Martina nach wie vor bei Karla Moll arbeitete, war sie mit ihren Gedanken längst schon in München. Der Kunstmaler war mit Sack und Pack aus der Atelierwohnung in der Ainmillerstraße gezogen, Herr Hübner hatte sein Geschäft liquidiert und Hans Hinterseer hatte mit dem Umbau begonnen. Nur zu gern hätte sie Gerlinde Hauser begleitet, die alle zwei Wochen nach Süddeutschland flog, um sich vom Fortschritt der Renovierung zu überzeugen. Aber sie wollte keinen Arbeitstag versäumen und jede nicht unbedingt nötige Ausgabe vermeiden. So ließ sie denn Gerlinde alleine fliegen und bestürmte sie nach der Rückkehr mit Fragen.

Zwar wußte Martina, daß diese Lösung nicht gerecht war – sie hätte sich zumindest an den Reisekosten beteiligen müssen –, aber Gerlinde war so viel besser betucht als sie selber, daß sie sich kein schlechtes Gewissen daraus machte. Gerlinde Hauser hatte ihre Stellung auf der Kö längst aufgegeben, um beweglicher zu sein.

Martina fuhr mit den Kindern nach Duisburg, um sich von ihrer Familie zu verabschieden. Der Geburtstag ihrer Mutter bot eine gute Gelegenheit dazu. Wie sie erwartet hatte, stießen ihre Pläne auf Unverständnis und Mißbilligung. Ihre Mutter wollte überhaupt nichts davon hören, sie bekam Kopfschmerzen, sobald sie begriff, um was es ging, mußte eine Tablette nehmen und sich hinlegen.

Die alte Frau Wülfing erklärte: »Bilde dir bloß nicht ein, daß du von mir was zu erwarten hast, wenn es schiefgeht.«

»Damit rechne ich ganz bestimmt nicht«, erwiderte Martina liebenswürdig.

Kurt Handschuhmacher erbot sich, alle Kalkulationen mit ihr noch einmal sorgfältig durchzugehen, und war gekränkt, als Martina ihm klarmachte, daß das sinnlos war, weil es für sie kein Zurück mehr gab.

Martina ließ sich ihre Unternehmungslust und gute Laune nicht vermiesen. Eines Tages, dessen war sie sich sicher, würde sie allen beweisen, wie recht sie mit ihrem Entschluß gehabt hatte.

Für den nächsten Sonntag bat sie Helmut zu sich; sie schrieb ihm, daß sie ihn in einer »dringenden Angelegenheit« sprechen müßte. Dennoch kam er nicht allein, sondern in Begleitung seiner jungen Frau, die ihn anhimmelte. Martina verbarg, daß ihre Anwesenheit sie störte, und kam rasch zur Sache.

Helmut lief rot an. »Du hast ein Haus gekauft? Auf Leibrente? Ja, bist du denn wahnsinnig? Wie stellst du dir das vor? Wie willst du das Geld überhaupt aufbringen?«

»Bitte, bitte, Liebling, reg dich nicht auf!« flehte Renate und klammerte sich an seinen Arm.

Er schüttelte sie ab. »Ich verlange eine Erklärung!«

»Du hast überhaupt nichts zu verlangen«, erwiderte Martina kalt. »Ich brauche weder deine Erlaubnis noch dein Geld. Ich hatte nur gehofft, daß man vernünftig mit dir reden könnte.«»Vernünftig!« schnaubte er. »Ausgerechnet du redest von Vernunft!«

»Könnten Sie das alles nicht doch noch rückgängig machen?« fragte Renate.

»Nein. Das steht auch gar nicht zur Debatte.«

»Du kannst dir doch nicht einfach erlauben, jedes Risiko einzugehen«, grollte er. »Zum Schluß bin dann ich es, der für dich einspringen muß.«

»Nur keine Sorge. Diesen Tag wirst du nicht erleben. Noch ein Täßchen Kaffee, Renate?«

»Nein, danke!« lehnte Renate ab. »Wenn Sie Helmuts Hilfe nicht brauchen«, fragte sie, und es war ihr anzumerken, daß sie sich sehr klug vorkam, »warum beunruhigen Sie ihn überhaupt mit der Geschichte?«

»Wegen der Besuchsregelung.« Martina blickte ihr in die Augen.

Renate senkte den Blick. »Ach so. Stimmt. Daran habe ich im Augenblick gar nicht gedacht.«

»Du hast ja nicht sehr viel Gebrauch davon gemacht, Helmut, aber ich finde doch, daß wir darüber sprechen sollten. Wenn wir in München wohnen, kannst du die Kinder nicht, wann immer es dir einfällt, mal für eine Stunde sehen. Deshalb wollte ich dir vorschlagen, daß du sie in Zukunft in den Sommerferien einlädst.« Um kein Mißverständnis aufkommen zu lassen, fügte sie rasch hinzu: »Nicht in diesen Ferien natürlich. Die müssen sie benützen, um sich in München einzuleben.«

»Hör auf, so seidenweich zu reden«, fuhr er sie an. »Hältst du mich für so blöd, nicht zu merken, daß du mich wieder mal vor vollendete Tatsachen stellst?!«

Martina lächelte freundlich. »Wir wollen uns doch nicht streiten, Helmut. Warum denn auch, wo wir doch nicht mehr verheiratet sind.«

Helmut verließ sie grollend, und Renates hübsches Gesichtchen drückte seine Mißbilligung noch verstärkt aus.

Martina lachte ihnen nach.

Gerlinde hatte darauf gedrängt, daß die Atelierwohnung in der Ainmillerstraße zuerst fertiggestellt wurde; so konnte sie schon Mitte Juli nach München übersiedeln.

Martina, die ihr Häuschen zum 1. August räumen mußte, folgte ihr vierzehn Tage später. Um den Umzug so billig wie möglich durchzuführen, hatte sie sich einen VW-Bus geliehen, den sie selber fahren wollte. Claudia und Stefan halfen ihr am Abend zuvor beim Ausräumen und Einladen. Selbst die Betten wurden schon auseinandergenommen; für diese letzte Nacht in Düsseldorf wollten sie sich mit den Matratzen begnügen.

Im Gegensatz zu ihren Vorgängern nahm Martina alles mit, was nicht niet- und nagelfest war, auch die einfachen alten Küchenmöbel, die sie vorgefunden hatte, und auch die Vorhänge. Sie sah keinen Anlaß, irgend etwas zu verschenken.

Sie waren fast fertig, als Karla erschien, eine Flasche Sekt unter dem Arm, um Abschied zu feiern. Nicht ohne leise Wehmut verfrachtete Martina erst noch ihr Barockbett mit Karlas Hilfe im Laderaum, während die Kinder die Matratzen in die Küche schleiften.

Dort hockten sie sich dann noch zusammen, tranken lauwarmen Sekt aus einem Pappbecher und bekämpften trübe Gedanken. Zwischen ihnen auf dem blanken Bretterboden stand eine Kerze; Martina hatte auch die Lampen abmontiert und eingepackt. Für Claudia und Stefan opferte Martina je eine Flasche Limonade aus dem Verpflegungskorb.

»Du wirst mir sehr fehlen, Martina«, behauptete Karla.

Martina glaubte es ihr, wollte aber keine Sentimentalität aufkommen lassen. »Tröste dich, Karla. Immerhin hast du jetzt ein Kosmetik-Institut, von dem du leben kannst. Falls dein Süßer mal ausfällt.«

»Ich kann dir sagen, daß ich ihn jetzt jederzeit vor die Tür setzen könnte. Das ist ein Gefühl wie Weihnachten!«

»So schön wie hier werden wir's nie wieder haben«, klagte Stefan. »Und einen Freund wie Dieter gibt's auch nicht noch einmal.«

Martina fuhr ihm tröstend durch das weiche Haar. »Wart's nur ab! Ich wette, spätestens in einem halben Jahr verschwendest du keinen Gedanken mehr an Benrath.«

»Wenn ich es bloß schaffe!« sagte Claudia und dachte dabei an das halbe Schuljahr, das sie unbedingt überspringen wollte.

»Wir werden es wunderschön haben, ganz bestimmt«, versprach Martina. »Und du kommst uns dann mal besuchen, ja, Karla?« Auch sie war nicht ganz so unternehmungslustig wie sonst an diesem Abend, denn sie hatte sich in dem kleinen Haus, indem sie so viel erlebt hatte, wohl gefühlt, und der Abschied fiel ihr schwerer, als sie erwartet hatte.

Als Karla ging, küßte Martina sie mit echter Herzlichkeit.

Es wurde eine unruhige Nacht, und alle waren froh, als sie vorbei war. Beim ersten Morgengrauen stand Martina auf; sie brauchte die Kinder nicht einmal zu wecken. Nach einem schnellen Frühstück, zu dem Martina für alle Tee gekocht hatte, wurden die letzten Habseligkeiten, Matratzen, Waschzeug und Wasserkessel, im Transporter verstaut, und dann ging es los. Claudia und Stefan klemmten sich, eng aneinandergedrückt, vorn auf den Platz neben ihre Mutter; da sie beide sehr schmal waren, machte es keine Schwierigkeiten.

Zuerst fühlte sich Martina etwas unsicher am Steuer. Aber da sie auf einem VW gelernt hatte und die Schaltung genau wie im

Personenwagen funktionierte, kannte sie sich bald aus. Vor allem mußte sie daran denken, daß der Bus nicht so schnell fuhr wie der Käfer und sehr viel langsamer beschleunigte. Als sie startete, war noch kaum Verkehr auf den Straßen, und das war gut so. Nach einer knappen Stunde war es Martina, als sei sie es seit Jahren gewöhnt, hinter dem Steuer eines Transporters zu sitzen.

Claudia und Stefan sahen mit einer ganz neuartigen Bewunderung zu ihrer Mutter auf. Autofahren, das war bisher immer Privileg des Vaters gewesen. Daß die Mutter kein gewöhnliches Personenauto, sondern einen schwer beladenen Kleinbus fuhr, verschaffte ihr nur noch mehr Respekt.

Unvermittelt wurden sie ganz vergnügt und begannen Lieder zu singen, die sie in der Schule gelernt hatten, auch neue und alte Schlager. Die populäre »Zuckerpuppe aus der Bauchtanzgruppe« hatte es Stefan besonders angetan, bis Martina bat: »Könntest du nicht mal eine andere Platte auflegen, Knüsel?« Stefan verstummte.

»Komisch«, meinte Claudia nachdenklich, »eigentlich wollte ich doch gar nicht nach München, und jetzt kommt's mir plötzlich furchtbar aufregend vor. Warum eigentlich?«

»Es ist wie 'ne Auswanderung«, behauptete Stefan, »weißt du, wie früher die Leute mit Sack und Pack ins Zwischendeck verfrachtet worden sind. Das Schiff macht los, die Heimat rückt in immer weitere Ferne. Jetzt gibt's nur noch die Zukunft für uns.«

»Du wirst ja direkt poetisch«, stellte Martina fest.

»Laß dich von dem doch nicht bluffen«, widersprach Claudia. »Das hat er bestimmt irgendwo gelesen.«

»Klar, hab' ich auch. Fast alles, was ich weiß, habe ich wo gelesen. Was soll ich denn schon selbst erlebt haben?«

»Du hast die Stimmung sehr gut getroffen, Stefan«, sagte Martina. »Wir haben alle Brücken hinter uns abgebrochen und fangen was ganz Neues an. Natürlich hat man ein bißchen Angst vor der Zukunft, aber es ist doch aufregend, und Aufregungen machen Spaß.«

Kurz vor Würzburg hielten sie auf einem Rastplatz, um sich die Füße zu vertreten und den Picknickkorb, den Martina sorgfältig vorbereitet hatte, zu plündern.

Eine halbe Stunde später ging es weiter, und um zwei Uhr nachmittags erreichten sie die Peripherie von München. Die

Fahrt in die Innenstadt war für Martina das anstrengendste Stück der Reise, zumal sie sich nicht auskannte und jetzt doch schon nicht mehr taufrisch war. Aber sie schaffte es, wenn ihr auch, als sie in der Ainmillerstraße ausstieg, die Knie zitterten. Sie nahm Claudia und Stefan rechts und links bei der Hand und zog sie ein paar Schritte zurück. »Seht mal!« rief sie. »Das ist jetzt unser neues Zuhause!«

Aber es gelang ihr nicht, die Kinder mit der eigenen Begeisterung anzustecken. Das alte Haus mit der noch unverputzten Fassade und den blinden Fenstern im Erdgeschoß und ersten Stock sagte ihnen nichts, während Martina es schon so sah, wie es sein würde: rosa gestrichen, mit weißen Blenden und der elegant verschnörkelten Aufschrift: »Boutique Martina«. Im Erdgeschoß darunter: »Moden«, im ersten Stock: »Kosmetik-Institut«.

»Wartet nur ab!« rief sie. »Es wird eine Wucht!«

An diesem Tag mußte Martina zuerst einmal froh sein, daß Gerlinde Hauser dafür gesorgt hatte, daß die Wohnung geputzt wurde. Frau Baumann, die Zugehfrau, war noch im Bad beschäftigt und gleich bereit, mit anzupacken und die Möbel nach oben zu schleppen und aufzustellen. Claudia und Stefan waren, erschöpft von der unruhigen Nacht und der langen Fahrt, zu einer echten Hilfe nicht mehr fähig, auch erwies es sich als schwieriger, die Möbel, Kisten und Koffer die enge, geschwungene Treppe hinaufzuschaffen, als sie vom Gartenhaus auf die Straße zu bringen. Martina war dankbar, daß Hans Hinterseer, der zu einer Inspektion des Umbaus erschien, ihr einen Hilfsarbeiter zur Verfügung stellte.

So stand nach zwei knappen Stunden alles an seinem Platz, und Martina konnte den VW-Bus zu der Münchner Filiale des Autoverleihs fahren und dort abliefern. Gerlinde Hauser hatte für Martina und die Kinder eine kräftige Brotzeit, wie sie es, sehr schnell münchnerisch geworden, nannte, vorbereitet. Alle langten kräftig zu, und danach machte Martina sich daran, die Schränke einzuräumen. Claudia und Stefan schickte sie früh zu Bett.

Als Martina am Abend Schluß machte, konnte sie mit ihrer Arbeit zufrieden sein. Die Zimmer der Kinder waren etwas größer als in Düsseldorf und genauso eingerichtet, die Fenster waren höher. Da sie zum Hof hinaus lagen, entschloß sich Martina, die alten Vorhänge zusammenzustückeln und bei ihnen aufzuhängen. Sie selber hatte jetzt ein kleines Schlafzimmer, in dem gerade Platz für das Rokokobett und den Kleiderschrank war, dazu aber ein Wohnzimmer, das für sie und die Kinder zum Mittelpunkt werden sollte. Hier gab es zwei Sitzecken, die niedrige kleine Garnitur, die sie aus Düsseldorf mitgebracht hatte, und den großen Biedermeiertisch mit den hohen Stühlen, an dem sie bei feierlichen Anlässen essen und jederzeit spielen konnten. Die wackligen alten Küchenmöbel wirkten in dem großen, hohen Raum, in dem sie jetzt standen, ziemlich verloren. Aber Martina störte sich nicht daran. Sie war entschlossen, die Küche aus den ersten Überschüssen modernisieren zu lassen.

Das breite, nach hinten ausladende Haus bot im zweiten Stock noch Platz für das Lager des Kosmetik-Instituts; in einem langen Schlauchzimmer mußten nur noch die entsprechenden Regale eingebaut werden. Natürlich wäre alles bequemer gewesen, wenn man auch noch die kleine Wohnung des alten Herrn Hübner zur Verfügung gehabt hätte. Aber Martina verbot sich diesen Gedanken sofort, denn es widerstrebte ihr, auf den Tod eines Menschen zu spekulieren. Von Gerlinde hatte sie erfahren, daß er während der Zeit des Umbaus ans Mittelmeer, nach Lignano, geflüchtet war. Mit dreitausend Mark Leibrente konnte er sich das ja erlauben, dachte Martina, und es wurde ihr siedendheiß bei der Vorstellung, daß sie das Geld nun Monat für Monat aufbringen mußten.

Am nächsten Morgen maß sie die großen Vorderfenster aus; für sie mußten neue Gardinen und Vorhänge genäht werden, denn die Vorderansicht des renovierten Hauses mußte die Leute ansprechen. Gerlinde hatte ihr gesagt, daß man Stoffe am besten in der Nähe des Marienplatzes bekommen könnte.

Martina wollte die Kinder mitnehmen. Aber beide lehnten ab. Stefan wollte lieber erst einmal die Nachbarschaft durchforschen, und Claudia erklärte, sie müsse lernen.

Martina wollte sie davon abbringen. »An so einem strahlenden Tag!« sagte sie. »Bist du denn gar nicht neugierig auf deine neue Heimat?«

»Nein«, erklärte Claudia kurz angebunden. Martina gab es auf.

Eigentlich hatte sie vorgehabt, sich bis zur Eröffnung des Geschäftes viel Zeit für die Kinder zu nehmen, aber dazu kam es nicht. Es blieb ja nicht nur beim Vorhangnähen. In den Geschäftsräumen waren inzwischen die groben Arbeiten erledigt, der Durchbruch durch die Decke war ausgeführt worden, und die Boutique mit dem zukünftigen Kosmetik-Institut, genau wie Martina es sich vorgestellt hatte.

Aber gerade jetzt, wo es an die letzten Fragen der Ausstattung ging, an die Wahl der Tapeten, Teppichböden und Lampen, kamen der Architekt und die beiden Frauen immer wieder zu Beratungen zusammen, mußten sie immer wieder gelieferte Ware begutachten und hier und da auch noch Änderungen vornehmen.

Selbst wenn Martina einmal nichts zu tun hatte, war ihr Kopf nicht frei für die Kinder. So war sie erleichtert, daß Stefan sich selbständig machte. Er kaufte sich sogar einen Stadtplan und begann die Gegend fast systematisch abzugrasen: zuerst

Schwabing, dann das Stadtviertel jenseits des Siegestores bis zur Feldherrnhalle und weiter bis zum Marienplatz, zum Sendlinger Tor und zum Hauptbahnhof. Es dauerte fast zwei Wochen, bis er das Deutsche Museum entdeckte; danach zog es ihn trotz der hochsommerlichen Hitze Tag für Tag dorthin, und zu Hause wußte er von technischen Wunderdingen zu berichten.

»Jetzt bist du also froh, daß wir nach München gezogen sind«, sagte Martina.

»Ja, wenn Dieter auch mitgekommen wäre!«

»Wir können ihn ja irgendwann mal einladen«, schlug Martina vor.

»Würdest du das tun?« fragte Stefan begeistert. »Wirklich?«

Martina versprach es, froh, daß Stefan sich so schnell angepaßt hatte.

Für ihr Geschäft konnte sie ihn jedoch nicht interessieren, genauso wenig wie Claudia. Auch als die Boutique schon eingerichtet war, sehr stilvoll mit weißen Kugellampen, Straußenfedern und viel schwarzem Samt, waren sie kaum bereit, auch nur einen Blick hineinzuwerfen. Die exquisiten Modelle, die Gerlinde in London und Paris geordert hatte, ließen Claudia ganz kalt, obwohl sie doch, ein Mädchen von zwölf Jahren, allmählich ein Auge für modische Dinge hätte haben können. Das Kosmetik-Institut, das Stefan immer noch ihre »Schönheitsbude« nannte, hielt sie ohnedies für »Mumpitz«.

»Damit willst du den Leuten doch nur das Geld aus der Nase ziehen«, erklärte sie verächtlich. »Ich glaube nicht, daß irgendwer jünger wird, bloß weil er sich von dir mit Fett einschmieren läßt.«

»Das habe ich auch nie behauptet«, stellte Martina richtig. »Jünger werden kann niemand, wohl aber jünger aussehen.«

Claudia zuckte die schmalen Schultern.

»Und gegen eine Akne kann ich bestimmt sehr viel ausrichten!« In ihrer Gereiztheit hätte Martina beinahe hinzugefügt, daß Claudia das vielleicht eines Tages am eigenen Leibe erfahren würde.

Persönlich meldete sie Ende August beide an ihren neuen Schulen an. Claudia kam ins Giselagymnasium am Arcisplatz, und die Schulleiterin erlaubte ihr, den Sprung in die siebte Klasse zu wagen. Stefan hatte einen etwas längeren Schulweg; er kam in das Oskar-von-Miller-Gymnasium in der Siegfried-Straße und war zufrieden, die fünfte Klasse noch einmal zu beginnen. Obwohl Martina selber es so gewünscht hatte, war sie jetzt doch nicht ganz zufrieden mit ihm. Sie hätte ihn doch gern etwas ehrgeiziger gesehen.

Die Eröffnung der »Boutique Martina« fand, wie vorgesehen, am 1. September statt, nachdem in letzter Minute der ganze Teppichboden hatte ausgetauscht werden müssen, weil sich die Faser, aus der er gewebt war, als elektrisierend erwiesen hatte. Er hatte Tücher und Blusen an sich gezogen und Gerlinde, als sie die Modelle einräumte, leichte Schläge versetzt. Fast hatten die beiden Frauen an mißgünstige Kobolde geglaubt, bis sie dem wahren Täter auf die Spur gekommen waren.

Der Teppichboden war teuer gewesen, und Martina hatte gedroht, Hersteller und Händler, die sie nicht auf dessen irritierende Eigenschaften aufmerksam gemacht hatten, zu verklagen. Sie war zu ihrem Recht gekommen, man hatte im Erdgeschoß den Boden neu belegt – freilich erst in letzter Minute, so daß die ersten Gäste erschienen, während die Handwerker gerade fertig wurden.

Aber es ging alles gut. Gerlinde und Martina hatten zur Eröffnung selber ein Kaltes Büffet hergerichtet, das zwei Vorteile gegenüber den üblichen Angeboten hatte: es war originell und wesentlich preisgünstiger. Martina hatte dafür gesorgt, daß Berichte über die neue Boutique schon vor ihrer Eröffnung in sämtlichen Münchner Zeitungen standen. Gleichzeitig hatten die Lieferanten in großen Inseraten auf ihre Leistung und die »Boutique Martina« aufmerksam gemacht.

Gerlinde war es gelungen, den Kolumnisten der »Münchner Abendzeitung« kennenzulernen und von ihm Adressen aller jener Baroninnen und Grafen, Playboys, Schauspielerinnen und Sänger und Playgirls zu erhalten, ohne deren Anwesenheit eine solche Geschäftseröffnung in München nicht zur Kenntnis genommen wurde. Jeder einzelne war mit dem Hinweis auf exklusive Modelle und ausreichend Speise und Trank eingeladen worden, und es kamen so viele, daß man sich gegenseitig fast auf die Füße trat.

Aus den versteckten Lautsprechern der Stereoanlage erklang heißer Jazz, und die Stimmung war, wie die »Abendzeitung« am nächsten Tag berichtete, riesengroß.

Die »Boutique Martina« war »in«. Schon am Nachmittag kamen die ersten Kundinnen, und am nächsten Tag wurden es noch mehr. Gerlinde schickte auch Hinweise über Einkäufe berühmter Schauspielerinnen an die »Abendzeitung«, die sie in der Rubrik »Ganz privat« veröffentlichte.

Der Betrieb im Kosmetik-Institut lief wesentlich langsamer an. Aber es war wie schon in Benrath: wer sich einmal von Martina hatte behandeln lassen, und sei es nur aus Neugier oder aus Langeweile, kam meistens wieder. Martina schrieb es ihrem Glück zu. Tatsächlich besaß sie die sympathische Ausstrahlung einer optimistischen jungen Frau, die auf Männer und Frauen mit Problemen gleich anziehend wirkte. Während sie in ihrem Privatleben oft zu fordernd und zu energisch war, hielt sie sich den Kunden gegenüber ganz zurück, vermittelte ihnen ein Gefühl von Geborgensein und Verstandenwerden. Die Hautprobleme, mit denen man zu ihr kam, waren oft nicht mehr als ein Vorwand. Im Behandlungsstuhl hingestreckt, konnte man sich unter Martinas leichten Fingern wunderbar entspannen und neue Kraft für die Anforderungen des Lebens schöpfen.

Überdies ging Martinas Rechnung auf. Hier in Schwabing war endlich das Einzugsgebiet für ein Kosmetik-Institut groß genug. Es fanden Menschen zu ihr, die in diesem Stadtteil arbeiteten, und die anderen, die hier lebten – Frauen, die in Schwabing einkauften, und Ausländer, die auf der Durchreise waren.

Obwohl sie auch hier Termine am Wochenende annahm, wenn es sich um Stammkundschaft handelte, war sie bald allein dem Betrieb nicht mehr gewachsen; sich auch nur fünf Minuten länger als vorgesehen mit einem Kunden zu beschäftigen, war längst nicht mehr möglich. Sie mußte eine zweite Kraft einstellen.

Auf Martinas Annonce hin meldeten sich Kosmetikerinnen genug, aber keine – die meisten waren noch sehr jung – entsprach Martinas Vorstellungen. Sie versuchte es beim Arbeitsamt und bekam eine reizende junge Frau vermittelt, Isolde Schulz, vierundzwanzig Jahre alt. Sie stammte aus Österreich, hatte einen jungen Mann geheiratet, der mit dem Studium nicht fertig wurde, und da die Schwiegermutter ihre beiden Kinder betreute, wollte sie in den Beruf zurück, um Geld zu verdienen. Isolde Schulz hatte etwas Fröhliches, Mütterliches an sich, das die Kundinnen ansprechen würde, wie Martina hoffte.

Isolde Schulz wurde eingestellt, und sie erfüllte Martinas Erwartungen.

Zu Beginn des Herbstes war der alte Herr Hübner zurückgekehrt, braungebrannt und geradezu verjüngt. Er brummelte ein bißchen; man hätte sich mit seiner Wohnung im Erdgeschoß – sie war renoviert, frisch gestrichen, mit Brause und Toilette versehen worden – nicht soviel Umstände machen sollen, war aber doch hoch zufrieden.

Martina und Gerlinde hielten ihr Versprechen; sie schauten öfter zu ihm herein und luden ihn auch manchmal, besonders am Wochenende, zu einer Mahlzeit ein. Er revanchierte sich, indem er den Telefondienst übernahm, wenn beide gleichzeitig weg waren.

Martina war sicher, daß ihr Leben nun endlich in der richtigen Bahn lief.

Trotz der gewaltigen Anstrengung des Starts ihres neuen Unternehmens merkte Martina doch, daß Claudia immer dünner, ihr Gesichtchen immer spitzer und der Mund geradezu verkniffen wurde. Aber sie wußte nicht, wie sie ihr helfen sollte. Selbst wenn sie ihr einen besonderen Leckerbissen zuschob, kaute Claudia darauf herum, als wäre es Häcksel, und das Ende vom Lied war immer, daß Stefan den größeren Teil verschlang.

»Ich finde, du übertreibst mit deiner Lernerei«, sagte Martina einmal, als sie entdeckte, daß Claudia noch abends im Bett Englisch büffelte.

»Ach du! Du hast ja keine Ahnung!« gab Claudia heftig zurück und rollte sich ohne Gute-Nacht-Gruß zur Seite.

Mitte Dezember erklärte sie beim Mittagessen mit niedergeschlagenen Augen: »Übrigens, Mutti, Frau Pauli möchte dich sprechen.«

»Deine Klassenlehrerin!« schrie Stefan. »Au weia, du hast was ausgefressen!«

»Hab' ich nicht!«

Martina, die dabei war, den Kindern Spiegeleier auf die Teller zu tun, hatte in der Bewegung innegehalten: »Meinst du, sie hat einen besonderen Grund?«

»Weiß ich doch nicht.«

»Na ja, wir werden sehen.« Martina verteilte Spiegeleier und Bratkartoffeln aus zwei Pfannen, Spinat aus dem Kochtopf – sie aßen alltags, wie früher in Benrath, stets in der Küche, denn Martina wollte es sich und den Kindern so einfach wie möglich machen.

»Wahrscheinlich hat sie einen Sechser geschrieben«, behauptete Stefan.

»Nein!« gab Claudia wütend zurück.

»Hör auf, deine Schwester zu ärgern«, mahnte Martina. »Du hast es leicht genug in der Schule. Für dich ist ja alles nur Wiederholung.«

»Na und?«

Martina hielt es für richtig, seine Frechheit zu überhören. »Erwartet mich deine Lehrerin denn an einem bestimmten Termin?«

»Sie hat donnerstags Sprechstunde. Zwischen Viertel vor elf und halb zwölf.«

»Sag ihr, ich werde kommen.«

Natürlich wußte Martina, daß eine Aufforderung, in die Sprechstunde einer Lehrerin zu kommen, nur in Ausnahmefällen etwas Gutes bedeutete. Dennoch war sie nicht wirklich besorgt. Claudia war immer so tüchtig gewesen, und sie hatte auch in der letzten Zeit so fleißig gearbeitet, daß Martina sich ernsthafte Schwierigkeiten nicht vorstellen konnte. Deshalb machte sie sich zwei Tage später ganz gelassen auf den Weg.

Um einen möglichst soliden Eindruck zu machen, hatte sie nur wenig Make-up aufgelegt und sogar die Lidschatten entfernt. Sie trug ihren neuen, schmal geschnittenen Kamelhaarmantel, darunter einen selbstgenähten, leicht ausgestellten Bahnenrock in Beige und einen braunen Pullover.

Um elf Uhr traf sie im Giselagymnasium ein und fragte sich bis zum Sprechzimmer durch. Sie klopfte an und wurde gebeten, noch zu warten; eine andere Mutter war vor ihr an die Reihe gekommen.

Seltsamerweise war ihr jetzt bänglich zumute. Der Schulgeruch, ein Gemisch aus Kreide, ungelüfteten Mänteln, Scheuerlappen und Bohnermitteln, hatte Erinnerungen an ihre eigene Schulzeit erweckt.

Frau Pauli wirkte sympathisch; sie trug ebenfalls Rock und Pullover, hatte kurz geschnittenes Haar und war nur wenig älter als Martina. Sie kam sogleich zur Sache.

»Claudia ist ein sehr fleißiges und gewissenhaftes Mädchen ...«

»Ja, nicht wahr?« stimmte ihr Martina, schon ein wenig erleichtert, zu.

»Ich wollte, es gäbe mehr von ihrer Art. Allerdings ...« Frau Pauli blickte Martina lächelnd in die Augen. »... der Kontakt zu ihren Mitschülerinnen läßt zu wünschen übrig.«

»Ist es das, weswegen Sie mich haben kommen lassen?«

»Eigentlich nicht. Sie stammen aus Norddeutschland?«

Martina hatte den Eindruck, daß Frau Pauli Norddeutschland sagte und Preußen meinte. »Aus Düsseldorf«, stellte sie richtig, da sie annahm, daß Dinslaken für die Lehrerin kein Begriff war.

»Nun ja, da sind gewisse – Anpassungsschwierigkeiten nur verständlich. Deshalb würde ich mir an Ihrer Stelle keine Sorgen machen.«

»Worüber denn?«

Frau Pauli lächelte unentwegt. »Sehen Sie, Claudia hat in ihrer ersten Mathematikarbeit in diesem Schuljahr eine Fünf geschrieben.«

»Aber das ist verständlich. Sie hat übersprungen.«

»Ja, ich weiß, und ich muß ehrlich sagen ... Sicher, ich verstehe, daß Sie Ihre Tochter nicht gern ein ganzes Jahr länger die Schulbank drücken lassen möchten ...«

»Darf ich das gleich mal aufklären«, fiel ihr Martina ins Wort, »ich war von Anfang an gegen die Überspringerei. Es war Claudias eigener Wille, und sie hat ihren Kopf durchgesetzt.«

»Ach so ist das.« Für Sekunden erlosch Frau Paulis Lächeln, um gleich wieder aufzustrahlen. »Ja, sie ist ehrgeizig. Den Eindruck macht sie. Ich hatte, wenn ich ehrlich sein will, gedacht, daß eine noch ehrgeizigere Mutter dahintersteckte.«

»Nein«, sagte Martina. »Oder doch: natürlich bin ich ehrgeizig. Auch für meine Kinder. Ich habe Claudia auch immer für eine gute Schülerin gehalten. Aber sie mußte sich immer Mühe geben. Ihr fliegt nichts zu, sie hat nichts – Geniales, wenn ich es mal so ausdrücken darf. Deshalb habe ich von Anfang an gefürchtet, daß ihr im besten Fall durch das ausgelassene halbe Schuljahr große Lücken bleiben würden.«

»Stimmt. Und im schlimmsten Fall schafft sie es überhaupt nicht.«

Martina schwieg, um die andere reden zu lassen.

»Als ich ihr die Arbeit mit dem Fünfer aushändigte, reagierte sie ungewöhnlich. Niemand freut sich über eine schlechte Note, aber noch nie habe ich eine Schülerin so betroffen, so entsetzt gesehen. Deshalb ...« Frau Pauli sprach nicht weiter. »Wie ist sie denn in den anderen Fächern?«

»Sie kommt mit, das heißt, sie beherrscht den Stoff, der gerade durchgenommen wird. Daß die Lücken vorhanden sind, von denen Sie eben sprachen, ist sicher. Aber das wird sich wohl erst später einmal auswirken. Möglicherweise auch nicht.«

»Also ist Mathematik ihre einzige Schwäche?«

»Auch Englisch. Da macht sich das fehlende halbe Jahr natürlich besonders bemerkbar. Grammatik. In Englisch steht sie auf einer knappen, sehr knappen Vier.«

»Arme Claudia.«

»Ja, es ist bedauerlich«, stimmte Frau Pauli lächelnd zu. »Noch bedauerlicher ist allerdings, daß sie in ihrer letzten, der zweiten Mathematikarbeit einen glatten Sechser geschrieben hat. Es stimmt nichts, aber auch gar nichts darin. Sie hat sich total verfahren.«

»Könnte man nicht mit Nachhilfestunden ...?«

»Ich habe mir gedacht, daß Sie auf diese Idee kommen würden. Ja, man könnte mit Nachhilfestunden Claudia in die nächste Klasse bringen. Bis zum Ende des Schuljahrs ist ja noch viel

Zeit. Jedenfalls kommt uns das jetzt so vor. Aber es würde einer ungeheuren Anstrengung bedürfen, und sicher, daß es klappt, kann man keineswegs sein.«

Dazu sagte Martina nichts, weil sie plötzlich fürchtete, ihre Stimme nicht mehr in der Gewalt zu haben. Sie empfand unendliches Mitleid für Claudia und Haß auf diese unverbindlich lächelnde Lehrerin, die es dabei vielleicht doch nur gut meinte.

»Sie wäre damit auch noch gar nicht aus dem Schneider«, fuhr Frau Pauli fort. »Sie würde auch in den nächsten Jahren wie ein Schwerarbeiter schuften müssen.«

»Claudia hat mir nichts von diesen Schwierigkeiten erzählt«, brachte Martina mühsam hervor.

»Weil sie nicht imstande ist, ihre Lage richtig zu beurteilen. Die letzte Mathematikarbeit habe ich noch gar nicht ausgegeben. Claudias wegen. Sie ist ein Mädchen, das etwas – etwas sehr Unvernünftiges tun könnte. Ich möchte nicht schuld an einem Unheil sein.«

»Dann soll ich es ihr also sagen?«

»Ich wäre Ihnen dankbar. Sie sollte gleich nach Weihnachten in die sechste Klasse umsteigen. Ein freiwilliges Umsteigen gilt nicht als Sitzenbleiben. Da sie keine Freundinnen in ihrer jetzigen Klasse gewonnen hat, sollte ihr das um so leichter fallen.«

»Leicht?« Martina spürte zu ihrem großen Ärger, wie ihr Tränen in die Augen stiegen.

»Nun ja. Claudia paßt ja auch altersmäßig sehr gut in die Sechste. Sie wissen sicher, daß viele Kinder erst nach dem fünften Grundschuljahr aufs Gymnasium kommen. So würde sie auch in dieser Hinsicht in der Sechsten genau richtig liegen.« Frau Pauli erhob sich und erklärte strahlend: »Und mich wäre sie damit auch los.«

Benommen ergriff Martina die ihr entgegengestreckte Hand. »Ich habe eine Bitte«, sagte sie. »Kann ich Claudia jetzt gleich mit nach Hause nehmen? Ich weiß, sie hat jetzt noch eine Stunde, aber darauf kommt es doch auch nicht mehr an.«

»Ich werde ihr Bescheid sagen.«

Bevor noch die Pause eingeläutet wurde, rief Martina vom Pedell aus im Kosmetik-Institut an und bat Isolde Schulz, die beiden Kundinnen, die sie an diesem Vormittag noch hatte behandeln wollen, zu benachrichtigen und die Termine zu verlegen, notfalls auf den heutigen Abend. Verabredungen nicht einzuhalten, war etwas, was Martina äußerst ungern tat, aber in diesem Fall mußte alles andere hinter Claudias Problem zurückstehen.

Dann kam Claudia, und es fiel Martina einmal mehr auf, wie dünn und blaß sie war. Mit der schweren Schultasche in der Hand, die ihre rechte Schulter herunterzog, sah sie beinahe verwachsen aus. Ihre blauen Augen blickten verstört, weil sie das Unheil, das auf sie zukam, schon ahnte, wenn sie es auch noch nicht wahrhaben wollte. Die Mutter war in der Sprechstunde gewesen, und jetzt durfte sie eine Stunde früher nach Hause gehen; Claudia war nicht dumm genug, zwei und zwei nicht zusammenrechnen zu können.

Martina lächelte ihr ermutigend zu. »Mein Liebling.« Sie wollte ihr die Schultasche aus der Hand nehmen.

»Laß doch«, wehrte Claudia ab, »ich kann sehr gut ...«

»Ich weiß, daß du sie tragen kannst, aber heute möchte ich sie mal übernehmen, ja?« Martina nahm ihr die Tasche fort. »Verdammt schwer, was man euch Kindern zumutet.«

»Der Atlas ist drin.«

»Ach so. Freust du dich, daß du eine Stunde frei bekommen hast?«

»Warum?«

»Na, es ist doch immer fein ...«

Claudia fiel ihr ins Wort. »Warum ich frei bekommen habe, will ich wissen.«

»Weil ich Frau Pauli darum gebeten habe.«

Nebeneinander traten sie auf die Straße, der Himmel hing tief, und es hatte in großen Flocken zu schneien begonnen.

»Sieh nur, wie hübsch!« rief Martina. »Der erste Schnee ... das ist bestimmt ein gutes Zeichen.«

»Glaubst du an so was?«

»Na klar. An gute Zeichen immer.«

»Du warst bei Frau Pauli ...«

»Das weißt du doch, und ich werde dir auch gleich berichten, was sie mir gesagt hat. Aber erst suchen wir uns mal einen ganz gemütlichen Platz.«

»Ich brauche keinen gemütlichen Platz«, entgegnete Claudia verächtlich.

»Aber ich.«

Sie erreichten den Kurfürstenplatz.

»Du, da vorne ist ein ganz ansprechendes Café«, sagte Martina. »Warst du da schon mal?«

»Wieso?«

»Es liegt doch auf deinem Schulweg.«

»Ich gebe kein Geld für so was aus.«

»Ich normalerweise auch nicht. Aber heute machen wir mal eine Ausnahme. Komm.« Sie schob Claudia vor sich her in den jetzt in der Schneedämmerung etwas düster wirkenden Raum. Eine Gruppe größerer Mädchen hockte flüsternd und kichernd beieinander. Sonst waren keine Gäste zu sehen. In dem Glasaufbau der Theke standen angeschnittene Torten.

»Such dir ein Stück Kuchen aus.«

»Ich hab' keinen Hunger.«

»Kuchen kann man doch auch ohne Hunger essen.«

»So kurz vor Mittag?«

Martina gab es auf. Sie dirigierte Claudia zu einem Tisch, der von dem der Teenager so weit wie möglich entfernt war, stellte die Mappe auf einen Stuhl und zog ihren Mantel aus.

»Eine Tasse Kakao«, bestellte sie bei der jungen Serviererin – Kakao, das wußte sie, mochte Claudia immer –, »und für mich Kaffee.«

»Nun rede schon«, drängte Claudia, kaum daß sie sich aus ihrem Anorak gepellt hatte.

»Liebling«, sagte Martina und legte ihre warme große Hand auf Claudias dünne kalte, »es tut mir ja so leid für dich ... so schrecklich leid.«

»Das ist nicht wahr!« rief Claudia und zog ihre Hand zurück. »Du freust dich, daß ich es nicht geschafft habe! Du hast es ja von Anfang an gewußt, du hast es gewollt!« Sie zitterte, aber sie weinte nicht.

»Warum sollte ich so etwas wohl wollen? Denk mal nach, Claudia ... du bist doch ein kluges Mädchen ...«

»Bin ich nicht! Ich bin dumm, strohdumm! Ich verstehe überhaupt nichts mehr! Am liebsten möchte ich zurück ...«

»Wohin zurück? Etwa zu deinem Vater?«

»Das sagst du jetzt bloß, um mich zu ärgern.«

»Nein, ich verstehe dich wirklich nicht.«

Die Serviererin brachte die gewünschten Getränke.

Claudia nahm auf ihre Anwesenheit keine Rücksicht, sondern sagte laut und verzweifelt: »Zurück auf die Grundschule! Zu mehr reicht's bei mir doch nicht!«

»Du mußt verrückt sein! Frau Pauli sagt ...«

»Frau Pauli! Frau Pauli! Die dämliche Ziege! Die mochte mich doch von Anfang an nicht leiden.«

»Schon möglich. Deshalb ist es um so erstaunlicher, daß sie dich für ein sehr intelligentes Mädchen hält.«

Einen Augenblick starrte Claudia ihre Mutter mit offenem Mund an. »Hat sie das wirklich gesagt?«

»Ja. Daß du bei allen neuen Stoffen an der Spitze liegst. Nur, sagt sie, dir fehlt eben dieses halbe Jahr. Und außerdem wärt ihr sowieso in Düsseldorf in manchen Fächern zwar voraus, in anderen aber zurück gewesen. Sie hat sogar gesagt, daß du es mit Nachhilfestunden vielleicht bis zum Abitur schaffen würdest, aber es wäre eine einzige Plage für dich.«

»Dann will ich das«, erklärte Claudia entschieden, »bis zum Abitur durchhalten.«

»Nein«, erwiderte Martina mit der gleichen Bestimmtheit, »das kommt nicht in Frage. Weißt du, wie deine letzte Mathematikarbeit ausgefallen ist?«

»Da habe ich einen Fünfer geschrieben.«

»Die meine ich nicht, sondern die andere, die du noch nicht wiederbekommen hast.«

»Da war ich besser.«

»Oh, Claudia. Du hast also noch nicht einmal gemerkt, daß du Mist gebaut hast. Einen glatten Sechser. Du hast dich total verfranst, sagt Frau Pauli.«

Claudias gespanntes Gesichtchen schien noch einen Schein blasser zu werden. »So was kann jedem mal passieren.«

»Sicher. Aber in Englisch stehst du auch wacklig. Claudia, bitte, nimm Vernunft an. Wenn du jetzt zurücktrittst, gilt das nicht als sitzengeblieben.«

»Ich kann nicht«, sagte Claudia gequält, »ich kann nicht.«

»Und warum denn nicht? Eine neue Freundin hast du in deiner Klasse ja auch noch nicht gefunden.«

»Verstehst du das denn nicht, Mutti? Ich könnte es einfach nicht ertragen.«

»Was?«

»Mich auslachen zu lassen.«

»Aber, Claudia, Liebling, ich bitte dich! Wer wird dich schon auslachen? Stefan? Der hat es gerade nötig! Verlaß dich darauf, dem werde ich den Mund verbieten. Und mit denen aus deiner Klasse hast du dann gar nichts mehr zu tun. Du bist ihnen bestimmt auch nicht so wichtig, daß sie dich auslachen würden. Und in die Sechste, in die du jetzt kommst, sind viele erst in der Fünften übergetreten, hat mir Frau Pauli gesagt, die meisten sind so alt wie du.«

»Nein, nein«, sagte Claudia verbissen.

Martina rührte nachdenklich in ihrer Tasse. »Tatsächlich, Claudia, solltest du dem Schicksal für diesen Schlag – denn ein Schlag ist es ja wohl für dich – dankbar sein.«

»Dankbar!?« Claudia stieß in der Erregung an den Tisch, ihr Kakao schwappte über. »Wieso dankbar?«

»Weil du dadurch etwas sehr Wichtiges lernen kannst, etwas, das jeder Mensch früher oder später lernen muß, wenn er nicht krank werden und kaputtgehen will. Man muß lernen, mit Anstand zuzugeben, daß man etwas noch nicht kann.« Martina sagte es sehr langsam und nachdrücklich. »Und das ist genau das, was dir so wahnsinnig schwerfällt.«

Claudia sagte nichts. Sie blickte durch das große Fenster auf den Schnee, der draußen herabschwebte.

»Kein Leben kann nur aus Erfolgen bestehen«, fuhr sie fort. »Selbst der glücklichste und tüchtigste Mensch muß Niederlagen einstecken. Anders geht es nicht.«

Claudia rührte sich nicht.

»Denk mal, was ich habe einstecken müssen«, sagte Martina. »Eine Scheidung ist immer eine Blamage, besonders für die Frau. Egal, wie es dazu gekommen ist: in den Augen der Welt ist es eine Niederlage, und im Grunde ist es das ja auch. Man hat etwas angefangen und dann doch nicht geschafft. Und Düsseldorf war auch ein Reinfall.«

»Das hast du bisher nie zugegeben.«

»Ich hab's nicht an die große Glocke gehängt, wollte es gerade deinem Vater nicht auf die Nase binden, stimmt. Aber ich selber bin mir völlig klar darüber, und darauf kommt es jetzt auch bei dir an, Claudia. Du darfst dir nicht vormachen, Frau Pauli sei schuld oder sogar ich. Du solltest dir nicht einmal einreden, du habest nur Pech gehabt. Versuch die Sache ganz klar zu sehen: du hast dich übernommen. Du wolltest etwas ganz Besonderes leisten, und dazu haben deine Kräfte nicht ausgereicht. Tatsächlich ist das natürlich gar nicht peinlich. Es ist nicht mal peinlich, wenn man unter ganz normalen Umständen das Klassenziel nicht erreicht. Man muß nur die richtige Einstellung dazu gewinnen.«

Zu Martinas unendlicher Erleichterung trank Claudia einen Schluck Kakao.

»Schmeckt er?« fragte sie.

Claudia tauchte mit brauner Oberlippe aus der Tasse. »Prima.«

»Wenn du nach Weihnachten in die sechste Klasse zurückgehst, hast du die Chance, eine der Besten zu werden. Du bist den anderen dann von Anfang an ein riesiges Stück voraus.«

»Ist das nicht eigentlich unfair?«

»So geht's nun mal im Leben. Es war ja auch unfair, daß du in München nicht einfach da anfangen konntest, wo du in Düsseldorf aufgehört hast, nicht wahr?« Martina streichelte Claudias Hand. »Nimm's nicht tragisch, Liebling. Das ist die Sache bestimmt nicht wert.«

»Und was wird Vati dazu sagen?«

»Der braucht es vorläufig nicht zu erfahren.«

»Falls Stefan die Klappe halten kann.«

»Ihr seht Vati ja vorläufig nicht. Erst in den nächsten Sommerferien. Und bis dahin ist die Geschichte schon alt.«

Aber es sollte anders kommen.

Helmut Stadelmann hatte in der Woche zwischen Weihnachten und Neujahr Urlaub bekommen, und da die Feiertage in diesem Jahr 1962 für Arbeitnehmer besonders günstig lagen – der Heilige Abend fiel auf einen Montag –, hatte er beschlossen, mit seiner jungen Frau nach Garmisch-Partenkirchen zu fahren.

Martina erhielt ein Telegramm. Das Paar beabsichtige, seine Reise in München zu unterbrechen, um zwischen seiner Ankunft auf dem Flughafen München-Riem und der Weiterfahrt mit dem Zug nach Garmisch ein paar Stunden mit ihr und den Kindern zu verbringen.

Martinas Gefühle waren gemischt, aber es gab keinen Vorwand, unter dem sie hätte absagen können; am Samstagmittag hatte sie Zeit zu haben, zumal für eine so wichtige Begegnung. So bereitete sie denn ein gutbürgerliches Essen vor, wie Helmut es liebte: Bouillon mit Einlage, Braten, Gemüse und zum Nachtisch Flammeri. Ihre Geschenke und die der Kinder waren längst nach Dinslaken abgegangen; Helmut und Renate würden sie vorfinden, wenn sie von ihrem Urlaub zurückkehrten.

Sie fuhren kurz vor eins mit dem Taxi vor. Die Kinder waren gerade erst aus der Schule gekommen; Martina hatte sie zum Händewaschen ins Bad geschickt. Renate sah reizend aus in ihrem grauen Persianermantel mit dazu passendem Hütchen, und Martina mußte wieder feststellen, daß Helmut mit ihr einen guten Fang gemacht hatte. Aber es kränkte sie nicht mehr. Helmut war von ihren neuen Lebensumständen beeindruckt. »Das ist also das Haus?« fragte er.

»Gefällt es dir?«

Statt zu antworten, sagte er: »Daß du dir so was leisten kannst!«

Ihr Lächeln änderte sich nicht um eine Nuance. »Da staunst du, was?«

»Ihr habt es auf Leibrente gekauft, nicht wahr? Wieviel müßt ihr denn dafür zahlen?«

»Aber, Helmut, wir haben uns wer weiß wie lange nicht gesehen, und du interessierst dich nur für Geschäfte – für mein Geschäft, was dich überdies nichts angeht. Erzählt doch lieber mal von euch. Ihr seht gut aus, alle beide.«

Währenddessen hatte sie ihre Gäste in das große Wohnzimmer geführt. Helmut pfiff durch die Zähne. Der hohe Raum mit der alten Stuckdecke war wirklich sehr schön. Martina hatte für die Wände weiße Rauhfasertapete gewählt, die man später, wie ihr der Tapezierer versichert hatte, weiß überstreichen konnte. Die glänzend polierten Mahagonimöbel hoben sich effektvoll davon ab; der große ovale Tisch, der schon zum Essen gedeckt war, die geschwungenen Stühle und die Eckvitrine mit den kostbar wirkenden Porzellanfigürchen. Auf dem Boden lag ein rot und gelb gemusterter moderner Teppich, das einzige größere neue Stück, das Martina sich gegönnt hatte, und das Rot der Vorhänge entsprach genau dem des Teppichs und harmonisierte darüber hinaus mit dem rosa Anstrich des Hauses. Dazwischen bauschten sich die blendendweißen Gardinen.

»Wirklich sehr hübsch, Martina«, sagte Renate. »Wir richten uns zwar ganz anders ein, aber hübsch finde ich es trotzdem.«

»Damit ihr euch keine falschen Vorstellungen macht«, stellte Martina klar, »die alten Möbel habe ich ganz billig, sozusagen umsonst bekommen.« Sie wies auf die kleine Sitzecke, in der alles noch an Dinslaken und Düsseldorf erinnerte. »Einen Augenblick bitte, ich habe uns einen Martini-Cocktail gemixt.«

Sie holte die Gläser aus dem Gefrierfach ihres kleinen Eisschranks in der Küche, stellte sie auf ein Tablett, mahnte die Kinder im Vorbeigehen, sich zu beeilen, und eilte zu ihren Gästen zurück.

»Wenn du nur nicht eines Tages gewaltig aufs Kreuz fällst ...«, sagte Helmut, als er sein Glas nahm.

Martina lächelte fröhlich. »Dank für den hübschen Trinkspruch.«

Danach war es Renate, die die Unterhaltung fast allein bestritt.

Martina warf hin und wieder ein Wort ein. Helmut rauchte und blickte düster. Alle waren froh, als die Kinder kamen, beide in Skihosen und Pullovern. Martina hatte sie sich absichtlich nicht »fein machen« lassen, sie hatten nur die Schuhe gewechselt und sich gewaschen. Trotzdem oder gerade deshalb wirkten sie sehr nett: Stefan mit seinen braunen kurzen Locken und den runden braunen Augen, und Claudia, der das blonde Haar schimmernd auf die Schultern hing; seit die Entscheidung mit der Schule gefallen war, wirkte ihr Gesicht etwas gelöster, ja, Martina kam es so vor, als habe es sich sogar schon ein wenig gerundet.

»Die Geschenke!« rief Renate nach der ersten Begrüßung. »Die hätte ich ja beinahe vergessen!« Sie sprang auf und lief in die Garderobe, wo sie ihre Koffer abgestellt hatten. Wenig später kam sie mit weihnachtlich eingepackten Päckchen zurück. »Diesmal ist die Bescherung bescheidener ausgefallen«, sagte sie, fast entschuldigend, zu Martina gewandt. »Sie werden verstehen, das neue Haus macht viele Ausgaben.«

»Es ist uns viel lieber so«, erklärte Martina wahrheitsgemäß.

Die Geschenke waren so phantasielos gewählt, daß nur Helmut sie ausgesucht haben konnte. Alle drei bekamen je ein Buch, Claudia ein »Jahrbuch für Mädchen«, Stefan eins, das sich mit technischen Fragen befaßte, und Martina einen Roman, dazu für jeden ein Paar Handschuhe. Sie bedankten sich höflich, und Martina erzählte Renate, daß sie ihr ein italienisches Modellkleid aus der Boutique geschickt hatte, das ihr für sie besonders gefallen hatte.

»Schade, daß ihr nicht in München lebt!« sagte sie, ohne es zu meinen, und fügte hinzu: »Sie müßten mal zur Geschäftszeit kommen, Renate, dann könnten Sie unten bei meiner Freundin zum Sonderpreis einkaufen.«

»Das täte ich gern!« rief Renate. »Vielleicht auf der Rückreise?« Sie sah Helmut bittend an, erhielt aber nur ein unwilliges Brummen als Antwort. »Du hast vollkommen recht«, sagte sie rasch und fast abbittend, »ich habe wirklich genug anzuziehen, und wir müssen unser Geld jetzt zusammenhalten.«

Martina wurde bewußt, wie angenehm es war, nicht mehr einen Mann um Geld bitten zu müssen, selbst wenn man mit dem Pfennig rechnen mußte. Sie entschuldigte sich, weil sie sich um das Essen kümmern wollte.

»Ich helfe Ihnen!« erbot sich Renate.

Martina wollte schon ablehnen, da wurde ihr klar, daß Renate ihrem Mann Gelegenheit geben wollte, mit seinen Kindern allein zu sein.

Als die beiden Frauen gegangen waren, entstand im Wohnzimmer eine lähmende Pause.

»Ihr seid ganz hübsch gewachsen«, stellte Helmut fest, um irgend etwas zu sagen.

»Wie es so üblich ist«, stimmte Stefan zu.

Helmut witterte eine Frechheit und sah ihn mißtrauisch an, aber Stefans Gesicht war eitel Freundlichkeit.

»Und wie ist es mit der Schule?«

»Prima«, antwortete Stefan.

»Noten?«

»Jede Menge.«

Jetzt wurde Helmut ärgerlich. »Hör mal, was sind denn das für Antworten? Ich will wissen, was für Zensuren ihr bekommen habt.«

»Weiß schon«, entgegnete Stefan unbekümmert. »Aber die habe ich doch nicht alle im Kopf.«

»Habt ihr denn keine Zeugnisse bekommen?«

»Die kriegen wir hier in Bayern erst im Februar.«

»Ach so.«

»Aber du brauchst dir wirklich keine Sorgen zu machen, Vati«, erklärte Stefan großmütig. »Was die hier können, kann ich noch lange.«

»Na, hoffentlich. Und was ist mit dir, Claudia?«

Das Mädchen hatte mit einem Ausdruck dagestanden, als gehe sie das Gespräch nicht das geringste an.

Jetzt zuckte sie die schmalen Schultern. »Was soll schon mit mir sein.«

»Claudia ist …«, entfuhr es Stefan, aber er sprach nicht zu Ende, sondern schlug sich mit der Hand auf den Mund.

»Was ist sie?« fragte Helmut.

»Nichts, gar nichts«, behauptete Stefan mit gespielter Unschuld. »Ich weiß gar nicht mehr, was ich sagen wollte.«

Aber sein Vater war hellhörig geworden. »Jetzt mal heraus mit der Wahrheit, junge Dame«, drängte er. »Wie steht's mit deinen Leistungen?«

Martina, die, gefolgt von Renate, mit der Suppenterrine hereinkam, wollte ihre Tochter retten. »Laßt uns doch lieber über andere Dinge sprechen«, schlug sie vor. »Ihr seid so kurz hier und …«

»Also gibt es in der Schule unangenehme Überraschungen?«

»Sei mir nicht böse, Helmut, aber ich finde, daß dich das gar nichts mehr angeht.« Martina stellte die Terrine heftiger auf den Tisch, als es nötig gewesen wäre. »Ich habe das Sorgerecht, und ich kümmere mich auch um die schulischen Angelegenheiten. Hör doch auf, uns allen die Stimmung zu verderben. Kommt, setzt euch zu Tisch.«

»Ich will jetzt endlich wissen …«

»Sprich nicht in diesem Ton mit mir! Wir sind nicht mehr verheiratet! Die Zeiten sind vorbei, wo du mich schikanieren konntest.«

»Jetzt erlaube mal«, mischte Renate sich ein, »Helmut ist wirklich kein Mensch, der irgend jemanden schikaniert, und wenn er sich Gedanken wegen der Schulleistungen seiner Kinder macht …«

»Bitte hört auf, euch meinetwegen zu zanken.« Claudia war einen Schritt vorgetreten, was ihrer Aussage etwas Dramatisches gab. »Du kannst es genausogut wissen, Vater. Ich habe mich blamiert.« Ihr helles Gesichtchen war hochrot angelaufen, aber ihre blauen Augen blieben trocken.

»Was hast du?«

Martina wollte schon an Stelle ihrer Tochter antworten, hielt sich aber gerade noch zurück, weil sie begriff, daß sie diesen Kampf besser allein ausfechten sollte.

»Ich habe mich überschätzt«, erklärte Claudia mit fester Stimme. »Ich wollte ein halbes Schuljahr überspringen, aber das hat nicht geklappt. Ich gehe nach Weihnachten zurück in eine tiefere Klasse.«

»Das heißt also auf gut deutsch: du bist sitzengeblieben.«

»Nein. Ich gehe einfach zurück.« Zornig fügte sie hinzu: »Es ist ziemlich schwer, jemandem etwas zu erklären, der keine Ahnung hat.«

»Sie bleibt nicht sitzen, Helmut«, sagte Martina mit Nachdruck. »Sie kommt jetzt in die Klasse, in die sie gehört. Sie überspringt nur nicht. Stefan hat das gar nicht erst versucht, sie steht also keinesfalls schlechter als er.«

Helmut schüttelte den Kopf. »Ihr könnt mir erzählen, was ihr wollt, die Sache gefällt mir nicht.«

»Es ist nicht Claudias Schuld. Wenn wir nicht umgezogen wären …«

»Ja … wenn! Ich verstehe bis heute nicht, warum das sein mußte, Martina!«

»Wirklich nicht? Immer noch nicht! Nachdem du das hier gesehen hast? Aber Helmut, da kann ich nur mit Claudia sagen: Es ist sehr schwer, jemandem etwas zu erklären, der keine Ahnung hat. Fast glaube ich, daß du einfach nichts verstehen willst.«

Sie hatte die Suppe ausgeteilt, und alle setzten sich zu Tisch. Martina, die sich ärgerte, weil sie ausfallend geworden war, zwang sich einen sachlichen Ton anzuschlagen. »Weißt du, Helmut, ich habe hier in München einen fünffach so hohen Umsatz wie in Benrath.«

»Dafür werden aber auch die Unkosten entsprechend höher sein.«

»Höher ja, aber nicht entsprechend. Ich fange endlich an zu verdienen. Aber ich glaube, das ist kein Thema zwischen uns, und schon gar nicht bei Tisch.«

Schweigend löffelten alle weiter. Renate versuchte zu retten, was zu retten war, sie lobte die Suppe, später den Braten, ließ sich von Martina erzählen, wie sie ihn zubereitete, und erzählte von dem neuen Haus, das die Eltern ihr gebaut hatten, wie schön es gelegen sei und wie sie es einrichten wollte. Martina ging auf ihren Ton ein. Aber nach einer Weile, als Renate merkte, daß Helmut nicht mehr reden wollte, verstummte auch sie, und Martina war es jetzt, die allein sprach.

Es wurde, trotz des guten Essens, eine unerquickliche Mahlzeit. Erst beim Karamelflammeri, Helmuts Lieblingssüßspeise, taute er auf. »Das muß man dir lassen, Martina, Pudding kannst du kochen, das hast du immer gekonnt.«

»Danke für die Blumen, Helmut, aber wenn dies das einzige an mir ist, was du zu schätzen weißt, ist es doch ziemlich wenig. Ich hoffe von Herzen, du hast mehr Glück mit deiner zweiten Frau.«

So trennte man sich später immerhin friedlich, wenn auch beide Parteien froh waren, die familiäre Begegnung überstanden zu haben.

Die Feiertage verliefen ohne Zwischenfall. Zum Heiligen Abend hatte Martina den alten Herrn Hübner und Gerlinde Hauser eingeladen, so daß sie, zusammen mit den Kindern, eine Pseudofamilie bildeten. Martina verstand es, keine Sentimentalität aufkommen zu lassen, und war auch bemüht, die Backerei und Braterei möglichst einzuschränken, nicht nur, weil sie unnütze Arbeit haßte, sondern vor allem, weil sie und Gerlinde figurbewußt leben mußten. Zwei Kilo Hüftspeck zuviel in der Weihnachtszeit hätte beide vierzehn Tage strenge Diät gekostet.

Silvester feierte Martina am frühen Abend mit den Kindern und ging dann gegen zehn zu Bett. Gerade um die Jahreswende gab es für sie besonders viel Arbeit im Kosmetik-Institut. Kundinnen wollten noch am 31. schön und am darauffolgenden Tag wieder fit gemacht werden, und Martina war noch lange nicht soweit, daß sie auf solche Extrastunden hätte verzichten können. Isolde Schulz konnte sie das nicht zumuten.

Das neue Jahr begann gut. Der Fasching dauerte bis Ende Februar und brachte Martina viel Arbeit. Martina und Gerlinde ermutigten sich gegenseitig, einen der zahlreichen Bälle zu besuchen. In sehr hübschen selbstgenähten Kostümen, Martina verkleidete sich als Teufel, Gerlinde Hauser als Engel, gingen sie aus. Aber ihre Erwartungen erfüllten sich nicht. Zwar lernten sie zwei

Herren kennen, die aber gleich nach dem Beginn des Flirts nicht mehr tanzen, sondern in den Ecken sitzen und knutschen wollten, um sie dann so bald wie möglich nach Hause zu bringen. Sie waren froh, als sie die beiden abgeschüttelt hatten. Damit aber war der Abend verdorben. Später konnten sie über das kleine Abenteuer nur noch lachen.

Beruflich brachte das Jahr 1963 einen Aufstieg. Die Rechnung der beiden Frauen ging auf. Viele, die nur in die Boutique traten, um sich ein neues Kleid, einen Pullover, einen Schal zu kaufen, kamen zu dem Entschluß, sich zu einer Behandlung im Kosmetik-Institut anzumelden, wenn sie die Hinweisschilder sahen.

Auch andersherum klappte es. Jede Kundin, die beschwingt und sich verjüngt fühlend die Wendeltreppe aus dem Kosmetik-Institut herunterstieg, mußte zwangsläufig durch die Boutique, in der der Wunsch, sich nun auch neu einzukleiden, angeheizt wurde.

Für Martina hatte die Kombination Kosmetik-Institut und Boutique nur einen Nachteil: sie schloß Herren als Kunden nahezu völlig aus. Es stellte sich aber bald heraus, daß viele Frauen gerade das als angenehm empfanden. Sie genossen die rein weibliche Atmosphäre, die die Entspannung noch begünstigte, und waren froh, bei Martina nicht Gefahr zu laufen, unversehens einem Mann zu begegnen, womöglich noch einem Bekannten.

Martina verstand es, die Pflegeserien, die sie immer noch von den gleichen Firmen bezog, gut zu verkaufen, besonders »Teint clair«, die teurere, ging sehr gut, und der Verdienst war entsprechend.

Es war ganz einfach, den Kundinnen die Präparate einzureden. Die Frauen griffen fast von selber zu den Pflegeserien, mit denen sie von Martina behandelt wurden, und in Fällen, wo es eines Anstoßes bedurfte, gab Martina ihn. Wenn eine Kundin auf ein anderes Präparat eingeschworen war, hatte Martina eine besondere Methode.

»Oh, ja«, pflegte sie zu sagen. » ›Revlon‹ ist eine sehr gute Marke, gar kein Zweifel, nur ...« Eine bedeutungsvolle kleine Pause, in der meist eine Zwischenfrage erfolgte. Dann ging es weiter: »Die meisten Markenpräparate sind gut auf ihre Weise. Es kommt aber immer darauf an, das eine zu finden, das speziell für die eigene Haut am besten ist. Sehen Sie doch mal in den Spiegel! ›Teint clair‹ ist für Ihre Haut wie geschaffen. Die blüht ja geradezu.«

»Sie meinen also, ich soll ›Teint clair‹ versuchen?«

»Zumindest die Nachtcreme. Unbedingt. Sie können natürlich damit warten, bis Sie Ihr altes Präparat aufgebraucht haben. Allerdings ...«

Kaum eine Kundin wartete, und wenn sie erst einmal bei der Nachtcreme von »Teint clair« eingestiegen war, griff sie früher oder später auch zur Tagescreme, zur Reinigungsmilch, zur Lotion, der Spezialcreme für den Hals und der für die Augenpartien, und natürlich bezog sie die Serie durch Martina. Das war das Geschäft.

Entschieden rentabler würde es werden, wenn Martina eines Tages soweit war, daß sie eine eigene Serie herstellen und verkaufen konnte. Wie man Cremes anrührte, hatte sie schon auf der Kosmetikschule gelernt, von daher besaß sie auch die entsprechenden Rezepte. Aber damit beginnen konnte sie erst, wenn die Küche modernisiert war, denn sie wollte sich und den Kindern nicht zumuten, zwischen Kosmetiktiegeln zu essen. Andererseits mußte der Zeitpunkt des ersten Vorstoßes gut überlegt sein. Voraussetzung dafür, daß sie ihre selbst hergestellten Präparate loswurde, war das Vertrauen einer Stammkundschaft. Ihr Name, der auch der ihrer Pflegeserie werden sollte, mußte eine gewisse Zugkraft bekommen.

Aber auch so konnte sie zufrieden sein. Es fiel den beiden Frauen nicht schwer, die Leibrente an Herrn Hübner monatlich auszuzahlen, um so weniger, da sie den Betrag zum größten Teil von der Steuer absetzen konnten. Zum erstenmal in ihrem Leben konnte Martina von selbst verdientem Geld existieren; sie wäre sogar imstande gewesen, Claudia und Stefan aus eigener Kraft durchzubringen. Mehr als einmal war sie nahe daran, es Helmut zu schreiben. Aber dann tat sie es doch nicht. Sie war zu sehr Geschäftsfrau geworden, als daß sie wegen einer einzigen großen Geste auf ein sicheres, steuerfreies monatliches Geld hätte verzichten wollen.

An den Kindern hatte sie Freude. Claudia, die sich so sehr vor dem Abstieg in die sechste Klasse gefürchtet hatte, lebte, nachdem der Schritt getan worden war, merkbar auf. Sie fand auch eine Freundin, ein rundliches kleines Mädchen namens Annemie, einzige Tochter eines Studienrats, und die beiden lernten – und kicherten um die Wette.

Auch Stefan begann sich einzuleben. Zwar fand er keinen solchen Freund wie Dieter Schwarzenbach, dafür aber Zugang zu einer Clique von Jungen in seiner Klasse, und Martina war das fast lieber. Zu Ostern lud sie, wie versprochen, Dieter Schwarzenbach ein. Stefan und Dieter verstanden sich immer noch gut, waren aber nicht mehr, wie früher, ein Herz und eine Seele.

Stefan und Claudia brachten zu Beginn der großen Ferien gute Zeugnisse nach Hause. Claudia, die fleißige, übertraf allerdings ihren Bruder. Wo er Zweier hatte, standen bei ihr Einser; nur in Mathematik war es umgekehrt. Martina war nicht enttäuscht, daß Stefan seiner Schwester nachstand. Sie hielt schulische Leistungen nicht unbedingt für einen Gradmesser der Intelligenz und fand Claudia strebsam, Stefan dagegen faul und hochbegabt.

»Fein gemacht, Knüsel!« lobte sie ihn.

Er verzog das Gesicht, als habe er in eine Zitrone gebissen. »Sag das doch nicht!«

Martina verstand ihn nicht.

»Nenn mich nicht ›Knüsel‹!« bat er.

»Warum denn nicht? Findest du dich zu groß für einen Kosenamen?«

»Das nicht. Aber ›Knüsel‹ klingt so rheinisch.«

Erst jetzt wurde Martina bewußt, daß die Kinder den rheinischen Tonfall immer mehr ablegten und bayerische Ausdrücke und Redewendungen in ihre Sprache aufgenommen hatten. »Ja, bist du denn kein Rheinländer?«

»Jetzt sind wir Münchner«, entgegnete Stefan, »oder etwa nicht?«

Sein Opportunismus störte Martina etwas, aber sie mochte ihm keinen Vorwurf daraus machen. Sie selber war es ja gewesen, die München als Wahlheimat für sich und die Kinder bestimmt hatte, also konnte sie sich nur freuen, daß Stefan sich so gut anpaßte.

»Na, dann sollte ich dich wohl am besten in einer Lederhose nach Dinslaken schicken, Knü…«

»Au ja! Und Claudia im Dirndl!« Stefan fand die Vorstellung komisch.

»Ich denk ja gar nicht daran! Es ist schließlich kein Fasching!« protestierte Claudia.

Martina wunderte sich, wie rasch auch für sie der altvertraute »Karneval« zum Fasching geworden war.

Wenige Tage später brachte sie die beiden, mit gediegenem Gepäck und zahllosen guten Ratschlägen ausgestattet, zur Bahn. Sie folgten der wiederholt ausgesprochenen Einladung ihres Vaters und seiner jungen Frau, die, wie sie schrieben, in ihrem neuen Haus reichlich Platz für die Kinder hatten. Der Abschied für lange vier Wochen tat Martina weh, aber der Urlaub war ihnen zu gönnen, wie ihr die Zeit des Alleinseins.

Martina und Gerlinde hatten beschlossen, keine Ferien zu machen. Zwar rechneten sie damit, daß das Geschäft im Hochsommer nicht so florieren würde wie in den kühleren Monaten, aber etwas würde doch zu verdienen sein, denn jetzt kamen Fremde in die Stadt. Martina hatte nur Isolde Schulz Urlaub gegeben, den sie dazu nutzte, mit ihren Kindern ans Mittelmeer zu reisen. So kam es, daß sie in diesem heißen Sommer, ganz allein im Geschäft, noch mehr zu tun hatte als gewöhnlich. Zu allem Überfluß erkrankte Gerlinde Hauser an einer eitrigen Mandelentzündung; sie fiel dadurch nicht nur in der Boutique aus, sondern beanspruchte auch Martinas Pflege.

Als sie endlich wieder auf den Beinen war, fühlte Martina sich urlaubsreif. Sie hätte gute Lust gehabt, über das Wochenende zu verreisen, zog es dann aber vor, sich einmal gründlich auszuschlafen. Sie stellte das Telefon auf Auftragsdienst, blieb achtzehn Stunden im Bett und war danach wieder fit.

Anfang September holte Martina die Kinder von der Bahn ab. Beide waren gut erholt, man sah ihnen an, daß sie sich viel in der freien Luft aufgehalten hatten.

Stefan war begeistert von dem modernen Haus, in dem der Vater jetzt mit seiner jungen Frau lebte: es lag in der besten Wohngegend Dinslakens, mitten in einem großen Garten. Schon auf der Heimfahrt im Taxi redete er dauernd davon. »Also wirklich, Mutti, so etwas hast du noch nicht gesehen!«

Martina dachte daran, daß Helmut sich diesen Luxus nur gestatten konnte, weil seine Schwiegereltern ihn bezahlten. »Eines Tages werden wir auch in einem Haus mit Garten wohnen«, sagte sie.

»Aber wann?«

»Wenn ich genug verdiene.«

Stefan seufzte beziehungsvoll.

Claudia, die bisher sehr still gewesen war, erzählte: »Sie haben einen Fernseher.«

»Ja«, bestätigte Stefan, »das ist wirklich das Größte! Wann kriegen wir endlich einen?«

Martina hatte selber schon überlegt, ob sie sich einen Fernsehapparat zulegen sollte. Aber jetzt sagte sie: »Zuerst brauchen wir eine neue Küche.«

»Warum, Mutti? Mir genügt die alte.«

»Dir ja, das glaube ich dir. Aber ich brauche eine Küche, in der ich auch für das Institut arbeiten kann. Du kannst doch so fabelhaft rechnen, also rechne mal nach. Was ist wichtiger: eine Küche, die Geld einbringt, oder ein Fernseher, der nur kostet?«

Claudia, die neben dem Fahrer saß, wandte sich um. »Wir können doch bei Tante Gerlinde gucken.«

»Aber nur, wenn die da ist, und immer nur, was sie auch will!«

»Hör auf, rumzumotzen, Stefan«, sagte Martina. »Wenn es dir bei mir nicht mehr paßt, dann kannst du ja nach Dinslaken zu deinem Vater ziehen, in das wunder-wunderschöne Haus mit Fernseher.«

»Die würden ihn glatt nehmen«, bemerkte Claudia, nicht ohne Bosheit, »wo er doch so gut mit Renate kann.«

»Na und? Ist da was bei? Ich bin nun mal nicht wie du, sondern ein friedlicher Mensch.«

Martina war betroffen, aber sie ließ es sich nicht anmerken.

»Hört auf, euch zu streiten«, sagte sie nur, »das ist die Sache nicht wert. Renate ist eine sehr liebe junge Frau, und ich kann es durchaus verstehen, daß Stefan gut mit ihr auskommt.«

»Lieb!« stieß Claudia verächtlich hervor. »Zum Kotzen ist sie! Wie sie Vati um den Bart geht! Und nie ein Widerwort!«

»Gerade das gefällt mir«, behauptete Stefan. »Ein richtiger Mann braucht eben so was.«

»Wenn das stimmt, war ich wirklich nicht die Richtige für euren Vater«, sagte Martina.

»Na ja, du warst manchmal ziemlich … na ja, kratzbürstig.«

»Das sagst ausgerechnet du!« rief Claudia. »Du hast dich doch mit Vati noch nie verstanden! Auch diesmal nicht. Renate hat doch nur dauernd mit uns zusammengesteckt, weil er sich nicht um uns gekümmert hat. Er ist genau wie früher, und da kann sie für ihn braten und brutzeln wie verrückt und zweimal am Tag Staub putzen – er wird sich doch nicht ändern.«

»Vielleicht will sie das gar nicht«, trumpfte Stefan auf.

Aber da waren sie auch schon vor ihrem Haus in der Ainmillerstraße angekommen.

Martina ließ den Fahrer halten. »Ich glaube, ich muß mich bei Ihnen entschuldigen«, sagte sie, als sie ihm das Fahrgeld gab. »Wir waren ziemlich lebhaft.«

»Macht doch nichts«, erklärte er, »Sie haben nette Kinder.« Dabei sah er ihr vielsagend in die Augen. »Soll ich Ihnen die Koffer hochbringen?«

Martina hätte das Angebot gern angenommen, aber sie fürchtete, er könne sich mehr davon versprechen als nur ein Trinkgeld. »Nein, danke, das machen wir schon selbst«, erklärte sie.

»Ich bin Student!« Er war ein hochgewachsener, männlich aussehender Mann Mitte zwanzig.

»Danke, kein Bedarf«, wehrte sie lächelnd ab.

Als sie sich dem Haus zuwandte, spürte sie seinen Blick im Rücken, und sie gestand sich, daß seine Bewunderung ihr durchaus nicht mißfiel.

Aber noch einmal eine Eskapade wie die mit Bob wollte sie sich nicht leisten.

In Sachen Liebe hatte sich, seit sie in München war, nichts getan. Martina hatte sich auch nicht darum bemüht. Zwar kam es zuweilen vor, daß sie eine unbestimmte Sehnsucht empfand, manchmal auch den Wunsch nach männlicher Begleitung, aber dann brauchte sie nur an Helmut oder Bob zu denken, und schon war sie ernüchtert. Aus ihrer Ehe und ihrem Verhältnis hatten sich so viele Schwierigkeiten und Mißhelligkeiten ergeben – nein, das wollte sie nicht noch einmal durchmachen. Sie hätte jetzt auch gar nicht mehr die Zeit oder die Kraft dazu gehabt.

So verhielt sie sich ablehnend, wenn sich ihr ein Mann näherte, und gab sich nicht einmal die Mühe herauszubringen, welche Absichten er verfolgte.

Mit ihrem Kosmetik-Institut, den immer noch notwendigen Über- und Extrastunden, der Buchhaltung für die Boutique, dem Haushalt und den Kindern war ihr Leben ausgefüllt.

Im Oktober legte sich Gerlinde Hauser in die Schwabinger Klinik, um sich die Mandeln entfernen zu lassen. Martina richtete es so ein, daß sie sie jeden Tag wenigstens für eine Viertelstunde besuchte, brachte einmal auch Blumen für eine alte Frau, Frau Liebner, mit, die das Zimmer mit Gerlinde teilte. Frau Liebners Freude war erschütternd. Sie erzählte, daß ihr Sohn tödlich verunglückt war, die Tochter nach Amerika geheiratet hatte und sie jetzt ganz allein auf der Welt stand.

Martina besuchte Frau Liebner weiter, auch als Gerlinde schon entlassen war. Von der Oberschwester erfuhr sie, daß viele alte, kranke Menschen keine Angehörigen mehr hatten, die sich um sie kümmerten, und sie spielte mit dem Gedanken, solchen Patienten wenigstens alle vierzehn Tage einen Sonntag zu opfern. Aber es blieb dann doch nur beim Planen. Es war Martina zeitlich und kräftemäßig nicht möglich, noch mehr auf sich zu laden.

Am Abend des 24. November waren Martina und Gerlinde Hauser zusammen im Kino. Sie wollten sich »Das Schweigen« von Ingmar Bergman ansehen, ein Film, über dessen realistische erotische Szenen viel gesprochen wurde.

Mitten in der Vorstellung wurde die Leinwand dunkel, und im Saal ging das Licht an. Das überraschte Publikum pfiff und buhte. Der Geschäftsführer, ein kleiner Mann in einem grauen Anzug, trat auf die Bühne und gebot Schweigen.

»Bitte«, rief er mit einer beschwörenden Handbewegung. »Bitte! Es ist etwas Entsetzliches geschehen!«

Diese Worte wirkten so alarmierend, daß sofortige Stille eintrat.

Martina dachte, ein Feuer sei ausgebrochen.

»John F. Kennedy ist ermordet worden«, sagte der kleine Mann vor der Leinwand und hatte seine Stimme kaum noch in der Gewalt. Das Publikum reagierte betroffen.

»In Texas ... ein Attentat auf den Präsidenten ...« Der Geschäftsführer kämpfte um Fassung. »Sie werden verstehen, daß wir die Vorstellung jetzt abbrechen. Gehen Sie bitte nach Hause. Im Radio und im Fernsehen werden Sie Einzelheiten erfahren. Wir zahlen Ihnen das Eintrittsgeld an der Kasse zurück.«

Die Menge war so bestürzt, daß nur wenige zur Kasse gingen.

Die Kinder schliefen schon, als Martina nach Hause kam; sie war erleichtert, denn sie hätte jetzt nicht mit ihnen über das schreckliche Ereignis sprechen können.

Gerlinde wartete in ihrer Atelierwohnung auf Martina. Bei einer Flasche Aquavit saßen sie bis Mitternacht vor dem Fernseher, um Einzelheiten über das Attentat zu erfahren.

Der Präsident war im offenen Wagen bei einer Fahrt durch die texanische Stadt Dallas erschossen worden. Blutüberströmt war er zusammengebrochen. Seine Frau Jacqueline hatte fassungslos um Hilfe geschrien, ein Sicherheitsbeamter war auf das fahrende Auto gesprungen. Aber jede Hilfe kam zu spät. Am nächsten Morgen mußte Martina ihren Kindern davon erzählen. Sie wollten es nicht glauben. Sie hatten in John F. Kennedy einen strahlenden Helden gesehen, der mit den Waffen der Vernunft alle Probleme dieser Welt lösen konnte. Noch im Frühjahr war er in Berlin gewesen. Millionen hatten ihm zugejubelt, als er bekannt hatte: »Ich bin ein Berliner!«

Stefan weinte, und Martina fand keine Worte ihn zu trösten. Sie, die den Krieg und das Dritte Reich nur als Kind erlebt hatte, glaubte fest an die Werte der freien Welt. Für sie war auch die Bundesrepublik ein Land der unbegrenzten Möglichkeiten geworden. Nun kam ihr zum erstenmal der Gedanke, daß die Demokratie eine Staatsform ist, die sich auf den guten Willen aller Mitbürger stützt und nur funktionsfähig ist, wenn alle ihre Spielregeln anerkennen.

»Es war ein Geisteskranker«, versuchte sie Stefan und sich selber zu beruhigen, »ein Verrückter. Gegen so etwas kann man sich eben nicht schützen.«

»Wenn er bloß nicht im offenen Wagen gefahren wäre!« sagte Claudia.

Aber wenige Tage später, als der mutmaßliche Attentäter Lee Harvey Oswald von dem Nachtklubbesitzer Jack Ruby erschossen wurde – vor den Augen von Millionen Fernsehzuschauern –, bekam der Tod des Präsidenten noch einen anderen, viel schlimmeren Aspekt. Auch später sollte es der US-Justiz nicht gelingen, diesen Mord völlig aufzuklären, und nie wollten die Gerüchte verstummen, daß eine Verschwörung den Täter kaltblütig als Werkzeug benutzt hatte.

Noch im November sollte Gerlinde, wie jedes Jahr, nach London fliegen, um die internen Modenschauen der großen Firmen zu besuchen und für die Boutique zu ordern. Aber sie zeigte wenig Lust.

»Was ist nur los mit dir?« fragte Martina. »Ich an deiner Stelle würde liebend gern losbrausen.«

»Dann tu's doch«, sagte Gerlinde.

Die beiden Frauen saßen nach Feierabend in Gerlindes großem, schön geschnittenem Atelierraum, den sie, entgegen ihrer damaligen Ankündigung, so meinte Martina, allzu konservativ eingerichtet hatte. Doch sie sprach nie darüber, weil Gerlinde vielleicht nur aus Sparsamkeitsgründen in ihren alten Möbeln aus Düsseldorf lebte, und sah auch ein, daß ihr Kritik an der privaten Lebensweise ihrer Teilhaberin nicht zustand.

»Ist das dein Ernst?« fragte sie überrascht.

Stockend bekannte Gerlinde Farbe. Sie hatte einen Mann kennengelernt – Einzelheiten wollte sie nicht erzählen –, der ihr Eindruck gemacht hatte. Noch stand sie ganz am Anfang einer erwünschten Beziehung und fürchtete, durch eine Trennung das zart geknüpfte Netz zu zerreißen.

»Könntest du mir diese Reise nicht abnehmen?« fragte sie.

Der Vorschlag reizte Martina, aber sie hatte Bedenken.

»Nun tu nicht so, als verstündest du nicht genug von Mode, gerade du!« drängte Gerlinde. »Du schaffst das spielend. Und wieviel du von jeder Größe ordern mußt, das kannst du aus den Bestellungen vom Vorjahr ersehen, und auch in welchem Rahmen sich die Preise halten sollten.«

»Schön und gut«, sagte Martina. »Aber mit Hin- und Rückflug würde ich doch mindestens fünf Tage brauchen, und Isolde schafft es nicht alleine.«

»Du mußt eben eine zusätzliche Kraft einstellen.«

»So auf die Schnelle?«

»Zum 1. Dezember. In der ersten Dezemberwoche ist London immer noch drin.«

Martina wäre gern nach London geflogen, aber sie wußte nicht, wie sie es arrangieren sollte. Ihr Kosmetik-Institut lief gut, weil sie und Isolde Schulz die Fähigkeit besaßen, guten Kontakt zu den Kundinnen zu finden. Es hatte sich bezahlt gemacht, daß sie seinerzeit bei der Wahl ihrer Mitarbeiterin sehr bedachtsam vorgegangen war. Wenn sie jetzt die erste beste Aushilfskraft einstellte, lief sie Gefahr, gute Kundinnen zu vergrämen.

»Ich fürchte, Gerlinde, es geht nicht«, stellte sie fest.

»Na, überleg dir's noch einmal«, bat Gerlinde. »Ich wäre dir wirklich sehr dankbar.«

In der Nacht haderte Martina mit ihrem Schicksal.

Sie fragte sich, was sie denn von ihrem Leben hatte. Das Geschäft ging gut, und sie verdiente Geld. Aber sie war derart angebunden, daß sie sich nichts gönnen konnte. Seit sie berufstätig war, hatte sie nicht die kleinste Reise unternommen, und ihr gesellschaftlicher Umgang war sehr bescheiden; er beschränkte sich auf den alten Herrn Hübner und Frau Liebner. Jetzt bot sich die Chance einer Auslandsreise, noch dazu auf Spesen, und sie konnte sie nicht nützen, weil die Arbeit im Institut vorgehen mußte.

Martina tröstete sich mit dem Gedanken, daß sie auf dem richtigen Weg war und daß irgendwann der Zeitpunkt kommen würde, da sie aus ihrer Freiheit etwas machen konnte.

Aber sie sprach mit Isolde Schulz darüber.

»Oh, da wüßte ich jemand«, sagte die junge Frau, »eine gute Freundin von mir. Wir sind zusammen auf der Kosmetikschule gewesen. Sie hat bis vor einem Jahr gearbeitet.«

»Und dann?«

»Ja, das ist eine traurige Geschichte.« Isolde legte ihr rundes rosiges Gesicht in ernsthafte Falten. »Sie hat aufgehört, weil ein Baby unterwegs war. Aber dann wurde es eine Fehlgeburt, und noch dazu hat ihr der Arzt gesagt, daß sie keine Kinder mehr haben kann. Seitdem sitzt sie zu Hause und bläst Trübsal.«

»Und wovon lebt sie?«

»Sie hat einen sehr gut verdienenden Mann. Er ist Ingenieur bei Siemens. Und er meint auch, sie solle sich eine Beschäftigung suchen. Nur damit sie auf andere Gedanken kommt. Wenn ich ihr sage, daß wir sie dringend brauchen ...«

»Aber nur vorübergehend, Isolde!«

»Das ist gerade das Richtige! Sich auf längere Zeit zu verpflichten, dazu hat sie wahrscheinlich gar nicht den Mumm. Aber wenn ich ihr sage, daß es – wie lange?«

»Höchstens vierzehn Tage.«

»Also nur für vierzehn Tage – da muß sie doch zusagen! Was verliert sie schon dabei?«

»Wenn sie bloß nicht auf den Gedanken kommt, den Kundinnen ihre traurige Geschichte zu erzählen.«

»Ach nein, so ist sie nicht. Sie ist wirklich sehr nett. Ich gehe gleich heute abend zu ihr.« Nach einem Moment des Überlegens fügte sie hinzu: »Aber lassen Sie sich bitte nicht anmerken, daß ich Ihnen erzählt habe … Sie wissen schon, was.«

»Ja, das wird wohl besser sein«, stimmte Martina zu.

Isoldes Freundin Alice Kramer stellte sich am nächsten Morgen vor. Martina fand sie auf den ersten Blick sympathisch, wenn es sie auch ein klein wenig störte, daß Alice Kramer ungewöhnlich hübsch war, hübscher als sie selber. Sie hatte tiefblaue, fast violette Augen und schwarzes, in der Mitte gescheiteltes Haar, eine Frisur, die sich nur eine Frau mit sehr ebenmäßigem Gesicht erlauben kann. Obwohl sie sich heiter und beherrscht gab, konnte sie über eine Spur von Melancholie nicht hinwegtäuschen, doch das gab ihrem Wesen einen besonderen Reiz.

Martina führte sie in eine gerade unbenutzte Kabine und bat sie Platz zu nehmen. Bewußt verzichtete sie auf die routinemäßigen Fragen, mit denen sie sonst Ausbildung und Können getestet hatte, sondern sagte spontan: »Ich bin froh, daß Sie für mich einspringen wollen, Frau Kramer! Können Sie gleich anfangen?«

»Ja, gerne.«

»Dann erwarte ich Sie beziehungsweise Isolde, denn ich bin dann schon unterwegs nach London, am zweiten Dezember. Isolde wird Ihnen, sobald sie frei ist, auch gleich alles zeigen. Wenn Sie von Montag, den 2., bis Samstag, den 14., bei mir arbeiten könnten, wäre mir sehr geholfen. Wir haben samstags bis Mittag und sonst bis sieben Uhr geöffnet. Extrastunden brauchen Sie, während ich weg bin, nicht anzunehmen. Ich zahle Ihnen einen halben Monatslohn. Haben Sie eine Steuerkarte?«

»Ich habe das letzte Jahr nicht gearbeitet.«

»Dann ist das hinfällig. Also abgemacht. Ich bin sicher, daß Sie und Isolde gut zurechtkommen. Sie sind ja Freundinnen, nicht wahr?«

»Isolde ist meine beste Freundin.«

»Dann wünsche ich Ihnen viel Spaß. Das wichtigste für mich, Frau Kramer, ist nicht, daß während meiner Abwesenheit die Kasse besonders kräftig klingelt, sondern daß keine meiner Kundinnen vergrätzt wird. Isolde wird Ihnen morgens jeweils die Karteikarten der Kundinnen heraussuchen. Aus denen können Sie die Art der üblichen Behandlung, Hautbeschaffenheit, eventuelle Allergien und so weiter entnehmen. Über persönliche Eigenheiten wird Ihnen Isolde berichten. Sie weiß Bescheid.«

»Soll ich, wenn eine neue Kundin kommt, auch eine Karteikarte anlegen?«

Martina freute sich über die intelligente Frage. »Ja, unbedingt. Ich bin sicher, Frau Kramer, Sie werden alles richtig machen.« Sie erhob sich aus dem Behandlungsstuhl, in dem sie es sich bequem gemacht hatte.

Auch Alice stand auf. »Und ich bin froh, daß ich bei Ihnen arbeiten darf. Isolde ist so gern bei Ihnen.«

»Das freut mich zu hören. Wir kommen wirklich sehr gut miteinander aus.«

Die beiden Frauen reichten sich die Hände, und als Alice Kramer die Wendeltreppe zur Boutique hinunter verschwand, hatte Martina die gute Gewißheit, daß wieder ein Problem gelöst war.

Jetzt konnte es Martina nicht früh genug losgehen; sie wurde vom Reisefieber gepackt. Am liebsten wäre sie am 1. Advent geflogen, aber den pflegte sie mit vorweihnachtlichen Bäckereien zu feiern. Sie wollte den Kindern den Spaß nicht verderben, wollte auch nicht Herrn Hübner und Frau Liebner, die sie vor einiger Zeit eingeladen hatte, wieder ausladen.

»Du bist ja so aufgedreht, Mutti«, sagte Claudia, als die Gäste gegangen waren. »Was ist bloß los mit dir?«

»Kinder, stellt euch doch vor, ich fliege morgen nach London! Begreift ihr denn nicht, wie sehr ich mich freue?«

»Doch, schon«, sagte Stefan, »aber das ist doch immer noch kein Grund, verrückt zu spielen.«

Nicht zum erstenmal hatte Martina das Gefühl, jünger zu sein als ihre Kinder.

London wirkte auf Martina überwältigend. Als sie zum erstenmal am Trafalgar Square stand und von den Stufen der Nationalgalerie auf den riesigen Platz mit dem unübersehbaren Menschengewimmel um die Nelsonsäule und das jetzt winterlich-leere Springbrunnen-Becken blickte, auf den für sie gänzlich unübersichtlichen und dennoch reibungslos ablaufenden Verkehr mit den zweistöckigen roten Bussen und den vielen Oldtimern, da war ihr, als sei sie zum erstenmal in ihrem Leben in einer richtigen Großstadt. Noch nie hatte sie so verschiedene

Menschen gesehen, Menschen aller Rassen und aller Klassen, manche höchst korrekt angezogen im dunklen Paletot, mit Bowler und Regenschirm, andere in den abenteuerlichsten Kostümierungen. Dennoch gingen alle aneinander vorbei, ohne ein Zeichen der Verwunderung, ja ohne einander auch nur zu beachten.

Martina hätte stundenlang durch die Straßen schlendern mögen. Aber sie war ja nicht als Touristin gekommen, sondern sie mußte arbeiten. Gerlinde hatte ihr die Adressen der Firmen mitgegeben, bei denen sie bisher geordert hatte. Martina nahm sich nicht die Zeit, das übersichtliche System der Untergrundbahnen zu studieren oder die richtige Bushaltestelle ausfindig zu machen, sondern sie nahm sich jeweils ein Taxi, mit dem sie schnell und sicher das gewünschte Ziel erreichte.

Die Modenschauen für die Einkäufer fanden in Hotels, auf Theaterbühnen oder auch auf Verkaufsetagen statt. Martina eilte von einer zur anderen, aber unter den vielen hübschen Kollektionen war keine, die sie begeistern konnte. Alles erschien ihr zu konventionell und unterschied sich nur im Detail von der bisherigen Mode. Sie war unsicher und wäre froh gewesen, Gerlinde zur Seite zu haben. Sie war mehr mit sich selber unzufrieden als mit den englischen Modeschöpfern und Herstellern, und doch führten ihre kritischen Überlegungen sie immer wieder zu der Einsicht, daß sie alle Modelle, die hier angeboten wurden, auch in Deutschland erstehen konnte, und zwar für weniger Geld. Das Beunruhigende war nur, daß sie mit ihrer Meinung allein zu stehen schien, denn die anderen in- und ausländischen Einkäufer orderten, wenn auch mit Zurückhaltung.

Dann, bei einer Modenschau, die ganz unter dem Motto »Damenhaftigkeit« stand – immer wieder gebrauchte die Direktrice, die die Modelle vorstellte und Erklärungen zum Material und den möglichen Farbvarianten gab, das Wörtchen »ladylike« –, erklärte eine Frau, die in Martinas Nachbarschaft saß, mit Nachdruck: »Das ist doch alles kalter Kaffee!« Sie steckte ihren Schreiber in die Hülse ihres ledernen Notizbuches und stand auf.

Ohne zu überlegen folgte ihr Martina, während die Modenschau weiterging; möglicherweise hatte nur sie die überdeutliche deutsche Kritik verstanden. Im Vorraum holte sie die Frau ein. »Entschuldigen Sie bitte …«

»Na, was denn?« Die Einkäuferin wandte sich Martina zu; sie trug ein Tweedkostüm mit hochgeschlossener Hemdbluse und hatte kurzgeschnittenes weißes Haar. »Sie haben mir doch nichts getan!«

Martina lachte. »Ich halte Sie auf!«

»Weniger als die da drinnen mit ihrem lady-liken Getue.«

»Sie finden es also auch nicht gut?«

»Ganz und gar nicht.«

»Gott sei Dank.«

»Ich verstehe Sie nicht ...«

»Ich fürchtete schon, mit mir wäre was nicht in Ordnung. Seit Tagen führe ich mir eine Kollektion nach der anderen zu Gemüte und kann mich für keine begeistern.«

»Waren Sie schon bei Mary Quant?«

»Nie gehört.«

»Die hat als einzige den Trend erkannt.« Mit einer Spur von Mißtrauen, als hätte sie schon zuviel verraten, fügte sie hinzu: »Für wen kaufen Sie denn ein?«

»Für eine Münchner Boutique.«

Diese Auskunft wirkte beruhigend; mit einer gefährlichen Konkurrenz hatte sie es also nicht zu tun. »Da liegen Sie bei der Quant genau richtig. Ich gebe Ihnen die Adresse.« Die resolute Dame kritzelte die Vorführzeiten auf die Rückseite einer Visitenkarte und reichte sie Martina. »Ich ordere für ein Berliner Kaufhaus. Da kann ich nicht ganz so, wie ich will. Sie wissen ja, wie das ist. Die modebewußten jungen Dinger erobern die Spitze, und die träge Masse folgt mit erheblichem Abstand. Wir müssen auch den Muttis was bieten. Aber wenn ich für eine Boutique unterwegs wäre, dann gab's für mich nur Mary Quant und nochmals Mary Quant.«

»Was macht sie denn so Besonderes?«

»Sie befreit die Frau.«

»Wie das?«

»Sie hat die Röcke über dem Knie gekappt. Nichts baumelt mehr um die Beine. Na, Sie werden schon sehen.«

Martina half ihr in einen braunen Bibermantel. »Na, jedenfalls vielen Dank für den Tip.«

Die andere, die mit guten Ratschlägen anscheinend häufig schlechte Erfahrungen gemacht hatte, erwiderte mit einem leichten Kopf nicken zum Abschied: »Na, hoffentlich halten Sie sich auch daran.«

Später gestand sich Martina, daß sie dieser Frau, deren Namen sie nicht einmal kannte, viel zu verdanken hatte. Nicht nur, daß sie sie auf Mary Quant hingewiesen hatte – sie hatte sie auch ermutigt zu ordern.

Wäre Martina durch einen Zufall in eine von Mary Quants Modevorführungen geraten, hätte sie völlig unbeeinflußt diese geradegeschnittenen, bunten kniefreien Kleidchen gesehen – sie hätte wahrscheinlich nicht den Mut gehabt zu bestellen. Der Eindruck war zunächst zu atemberaubend, als daß sie sich diese kecken Modelle auf den Straßen von München vorstellen konnte.

Aber der Rat der erfahrenen Einkäuferin gab ihr Mut. Sie orderte die gesamte Kollektion, ohne sich Gedanken darüber zu machen, was Gerlinde davon halten würde.

Martina hatte sich vom Portier des »De Vere Hotels« in Kensington, wo sie wohnte, Karten für ihre Londoner Abende besorgen lassen. Einmal hatte sie im Mermaid Theatre ein Stück von Bernard Shaw besucht und feststellen müssen, daß sie, obwohl sie sich normalerweise sehr gut englisch verständigen konnte, bei den endlosen Dialogen sprachlich nicht mitkam. In der Royal Opera war es ihr schon besser ergangen, denn sie konnte sich an den Inhaltsangaben im Programmheft orientieren. Aber in jedem Fall bereiteten ihr diese Ausflüge ins Kulturleben Freude; es war allein schon nett, einmal unter so viele, zum Teil festlich, zum Teil salopp gekleidete Menschen zu kommen, die prickelnde Spannung vor dem Aufgehen des Vorhangs zu spüren und in den Pausen die anderen Besucher zu beobachten.

Am letzten Abend ihres Aufenthalts in London hatte sie eine Karte für das Sadler's-Wells-Ballett bekommen. Der Portier versicherte ihr, daß die Truppe im Coliseum auftrat; der Taxichauffeur fuhr sie auch dorthin, und erst an der Kasse stellte sie fest, daß hier ein Theaterstück gespielt wurde. Der Kassierer erklärte ihr dann, und es dauerte, da sie nervös geworden war, reichlich lange, bis sie es verstand, daß die Sadler's-Wells-Truppe augenblicklich im eigentlichen Sadler's-Wells-Theatre zu sehen war.

Martina gelang es, ein anderes Taxi zu erwischen. Das Coliseum war zentral, ganz in der Nähe von Piccadilly gelegen, und sie wurde nun endlich zur richtigen Adresse gebracht.

Das Ballett, eine sehr moderne Aufführung, hatte schon begonnen, als sie eintraf. Aber man ließ sie dennoch ein, und es wurde ein besonders eindrucksvoller Abend.

Die Vorstellung endete nach zehn Uhr, und als Martina auf der Straße stand, wurde ihr bewußt, daß sie keine Ahnung hatte, wo sie sich befand. Ein paar Taxen kamen, waren schnell besetzt und fuhren weiter. Gegenüber hielt ein Bus, aber Martina wußte nicht einmal, in welche Richtung sie fahren mußte. Gewöhnlich pflegte sie sich, bevor sie das Hotel verließ, mit Hilfe eines Planes über die Lage ihres Ziels und auch über die nächstgelegene Untergrundstation zu vergewissern, aber heute war ihr das, da sie die Irrfahrt nicht hatte voraussehen können, unmöglich gewesen.

So kam es, daß sie sich in winterlicher Kälte und Dunkelheit auf einer breiten, verlassen wirkenden, schlecht beleuchteten Straße wiederfand und keine Ahnung hatte, was sie jetzt tun sollte.

Nur wenige Theaterbesucher hielten sich noch vor dem schon verdunkelten Haus auf. Martina sprach eine Dame mit Tochter an, die auch in der Vorstellung gewesen waren. Aber die beiden verstanden sie nicht, waren wahrscheinlich ebenfalls Ausländerinnen.

Hätte sie die Richtung gekannt, wäre sie losmarschiert – allerdings hätte sie, um vom Sadler's-Wells-Theatre nach Kensington zu gelangen, halb London durchqueren müssen, wie sie am nächsten Tag feststellte.

Endlich kam ein freies Taxi. Martina stürzte darauf los, aber im gleichen Augenblick hatte es auch ein großer, breitschultriger Mann erreicht.

»Excuse me, but I need it!« rief Martina.

»I need it too«, entgegnete der Mann wenig galant, um dann, als er Martinas verzweifelten Gesichtsausdruck bemerkte, hinzuzufügen: »Are you english?«

»No, I am german.«

»Na, dann werden wir uns als Landsleute sicher einigen können!« sagte der Mann gemütlich. »Wohin wollen Sie denn?«

»Nach Kensington. Ich wohne im De Vere Hotel.«

»Ich ganz in der Nähe.« Er ließ Martina einsteigen und rief einem jungen Mädchen zu, das Martina bisher nicht beachtet hatte: »Komm, Vera! Steig ein!« Er selber setzte sich neben den Fahrer.

Unterwegs erfuhr Martina, daß das Mädchen ein Jahr in London verbrachte, um ihr Englisch zu vervollkommnen; sie schien von Haus aus Geld zu haben, denn sie arbeitete nicht als Au-pair-Mädchen, sondern wohnte in einer kleinen möblierten Wohnung und besuchte täglich eine Sprachschule. Der Mann hieß Joachim Velbert und war bei ihr zu Besuch.

»Ich sammle Material«, erklärte er.

Martina konnte sich nichts darunter vorstellen.

Als das Taxi vor dem Hotel hielt, hatte Martina den Wunsch, die beiden nicht sofort wieder aus den Augen zu verlieren.

»Wollen wir nicht noch einen Schluck zusammen trinken?« fragte sie.

»Immer«, erklärte Joachim Velbert prompt.

Sie teilten sich die Kosten der Taxifahrt und stiegen aus. Das Hotel hatte zwar keine Bar, aber einen sehr gemütlichen Aufenthaltsraum, in dem man auch um diese Stunde noch Getränke bestellen konnte. Alle einigten sich auf schottischen Whisky, obwohl er durchaus nicht billiger war als in Deutschland.

Martina erkannte, daß die beiden, was schon ihre Stimmen hatten vermuten lassen, sympathische Menschen waren. Mit fachmännischem Blick stellte sie fest, daß Vera kein Objekt für eine Kosmetikerin war; ihre Haut war heil und sehr rein, die Brauen waren tadellos gezupft, und die straffe Hals- und Kinnpartie verriet, daß sie nicht älter als zwanzig war. Joachim Velbert war breitschultrig, hatte einen Bauchansatz, der ihm etwas Gemütliches gab, eine große Nase, feste Lippen und einen runden, glatten, von einem dichten Haarkranz umgebenen Schädel. Er mochte Anfang vierzig sein.

Das kleine nächtliche Abenteuer hatte alle drei einander nahegebracht; sie sprachen miteinander wie Menschen, die jahrelang getrennt gewesen waren, sich aber gut kannten.

Martina erzählte von ihren Einkäufen und daß sie morgen zurückfliegen wollte. »Es tut mir nur leid, daß ich so gut wie gar nichts von der Stadt gesehen habe«, gestand sie.

»Warum hängen Sie nicht noch einen Tag dran?« fragte Joachim Velbert.

Martina überlegte. »Ja, warum eigentlich nicht?« wiederholte sie. Das Kosmetik-Institut war mit Isolde und Alice Kramer gut besetzt, und die Kinder konnten ohne weiteres eine Woche für sich selber sorgen. Sie hatte keinen Grund, umgehend zurückzuhetzen. Bisher hatte sie sich ja noch nicht einmal Zeit genommen, Ansichtskarten zu schreiben – an ihren geschiedenen Mann, an Mutter und Großmutter, an Karla Moll und noch einige andere Bekannte von früher, die sie um ihren Ausflug nach London beneiden würden.

»Also abgemacht!« sagte Joachim Velbert. »Sie lassen Ihr Ticket umbuchen, und ich zeige Ihnen morgen London.«

»Eine gute Idee«, stimmte Vera zu, »dann kann ich endlich mal wieder meine Nase in die Bücher stecken.«

»Sie kommen nicht mit?« fragte Martina erstaunt; bis zu diesem Augenblick hatte sie die beiden für liiert gehalten.

»Besten Dank«, wehrte Vera ab, »ich habe ihm schon zur Genüge Material sammeln geholfen.«

»Aber morgen sammle ich gar nicht, morgen amüsier ich mich bloß.«

»Was ist das eigentlich für ein Material, von dem Sie immer reden?« fragte Martina.

»Material für ein Buch natürlich«, erklärte Vera.

Martinas Augen weiteten sich. »Sie schreiben Bücher?«

Vera lachte. »Das geschieht dir recht, Jochen.«

»Müßte ich Sie kennen?« fragte Martina erschrocken.

»Eigentlich ja«, bestätigte Jochen Velbert ohne falsche Bescheidenheit.

»Zumindest dem Namen nach«, fügte Vera hinzu, »er ist ein bekannter Romanschriftsteller.«

»Das tut mir leid«, entschuldigte sich Martina. »Aber ich komme einfach nicht zum Lesen. Die letzten Jahre habe ich nur geschuftet. Erst mußte ich meine Ehe mit meiner beruflichen Ausbildung auf einen Nenner bringen, und dann mußte ich mir eine eigene Existenz aufbauen.«

»Lassen Sie nur«, wehrte Joachim Velbert ab. »Ich liebe ja Menschen, die keine Bücher lesen! Die sind immer noch tausendmal besser als diejenigen, die sich einbilden, über alles mitreden und urteilen zu müssen, nur weil sie lesen und schreiben gelernt haben.«

»Nett, daß Sie das sagen, Herr Velbert. Aber ich glaube doch, ich habe viel versäumt. Das ist mir gerade in den letzten Tagen klargeworden. Es gibt ein paar Dinge, die das Leben schön machen, und dazu gehören, glaube ich, auch die Bücher.«

»Ach, manche vermissen sie gar nicht.«

»Ja, ich weiß. Mein Geschiedener hätte nie etwas anderes als ein Fachbuch in die Hand genommen. Aber ich werd's nachholen. Ich bin wild entschlossen, mein Leben zu ändern.«

Er zwinkerte ihr freundschaftlich zu. »Sie sind eine bemerkenswerte Frau.«

Am nächsten Morgen holte er sie gegen elf Uhr ab. Sie kamen überein, sich den Besuch der vielen, ganz in der Nähe liegenden Museen zu schenken. Er zeigte ihr nur das scheußlich-schöne Albert Memorial, das Queen Victoria im Zuckerbäckerstil ihrer Zeit zum Gedenken an den geliebten Prinzgemahl hatte errichten lassen. Dann schlenderten sie durch den winterlich kahlen Hyde-Park und beobachteten, wie eingemummte Kinder auf der Serpentine, dem langgestreckten, jetzt zugefrorenen See, Schlittschuh liefen, eine Szene, die Martina an Charles Dickens erinnerte.

»Also doch nicht ganz unbelesen!« neckte er sie.

Beim Triumphbogen Marble Arch nahmen sie ein Taxi und ließen sich zum Themseufer fahren. »London kann man nicht an einem Tag bewältigen«, erklärte Joachim Velbert. »Und da ich ein ausgesprochener Egoist bin, will ich mir das herauspicken, was ich selber längere Zeit nicht mehr gesehen habe. Buckingham-Palast, Westminsterabtei und so weiter können Sie auch ein andermal ohne mich ansehen.«

Martina gab ihm recht, denn in den Bezirk Temple zwischen Fleet Street und Victoria Embankment wäre sie ohne ihn wohl kaum geraten. Das stille Viertel mit seinen alten roten Backsteinhäuschen imponierte ihr. Besonders die Temple Church, die aus dem 13. Jahrhundert stammende runde Kirche, gefiel ihr ungemein. Joachim Velbert erzählte ihr, daß sie nach dem Ersten Kreuzzug entstanden war und an die Jerusalemer Grabeskirche erinnern sollte.

Auch St. Bartholomew-the-Great, die älteste Londoner Kirche mit ihrem rein romanischen Innenraum, interessierte Martina sehr. Aber dann wollte sie doch den Tower sehen. »Halten Sie mich ruhig für eine typische Touristin«, sagte sie, »denn ich bin's.

Ich bin das erste Mal in London und möchte die Dinge sehen, über die ich schon so viel gehört habe.«

Er warf einen Blick auf seine Armbanduhr, und sofort fürchtete sie, er würde sich verabschieden. Sie ärgerte sich über sich selber. Die Gegenwart dieses kultivierten, sympathischen Mannes bedeutete ihr doch viel mehr als der ganze Tower mit allem Zubehör. Aber jetzt konnte sie nicht mehr zurück.

»Einverstanden«, erklärte er zu ihrer Erleichterung. »Aber erst suchen wir uns ein Restaurant, wo wir einen Happen zu uns nehmen können.«

Sie schlenderten weiter. Martina war fasziniert von den typischen Londoner Straßen, in denen ganze Züge lang ein Haus dem anderen glich. Das gab dem Stadtbild, besonders dann, wenn es sich um die schmalen alten Häuser mit den weißen Treppen handelte, den Eindruck architektonischer Geschlossenheit. In den Vorstädten allerdings, wo sich ein häßliches Haus an das andere reiht, wirkte die Gleichförmigkeit geradezu trostlos.

»Diese Art zu bauen und zu wohnen«, erklärte Joachim Velbert, »hat sehr viel mit dem Charakter des Engländers zu tun. Sie wissen ja, my home is my castle, das haben wir schon in der Schule gelernt. Ein richtiger Engländer will ein Haus für sich allein haben, eine Wohnung genügt da nicht. Er will aber auch um keinen Preis auffallen oder sich als etwas Besonderes darstellen, und deshalb muß sein Haus genauso sein wie das seiner Nachbarn ... höchstens einen andersfarbigen Türanstrich gönnt er sich.«

»Oder einen Rosenstrauch im Vorgarten«, ergänzte Martina.

»Richtig beobachtet.«

»Wissen Sie, seit ich London kenne, kommt es mir vor, als hätte ich bisher in einem Dorf gelebt«, bekannte sie.

»Nun, München ist doch eine schöne Stadt. Und schließlich auch eine Großstadt. Aber sie hat eine andere Vergangenheit als London. Vor hundert Jahren war München die Residenz eines süddeutschen Königreiches, aber London war der Mittelpunkt eines weltweiten Imperiums, und das spürt man auch heute noch an allen Ecken und Enden.«

»In London könnte ich leben.«

»Wer nicht? Aber gemütlicher ist es doch in München. Ich lebe übrigens ganz in der Nähe, in Westerndorf.«

»Das kenne ich nicht.«

»Brauchen Sie auch nicht. Es ist, wie sein Name sagt, ein Dorf. Die nächste Stadt ist Rosenheim. Ich habe da von einem aufgelassenen Bauernhof das Haus gekauft.«

Sie aßen zu Mittag in einem alten Londoner Lokal. Er hatte sie nicht in eines der Spezialitätenrestaurants nach Soho führen wollen, weil er es für richtiger fand, daß sie die Küche des Landes kennenlernte. Bisher hatte sie immer nur im Hotel gesessen oder sich von den auf den Modenschauen servierten Häppchen ernährt, aber in »The Brown Owl« gab es Roastbeef mit Apfelsoße, und Martina mußte zugeben, daß die englische Küche sehr viel besser war als ihr Ruf. Auch der Kaffee, den sie zum Abschluß zu sich nahmen, war gut.

Am Nachmittag besichtigten sie den Tower. Martina bestaunte die mittelalterlich gekleideten Wärter, die sogenannten Beefeater, die Kanonen und besonders die Raben, die an großen Knochen knabberten. Der Tradition zufolge – früher waren ihnen die im Tower umgebrachten politischen Gefangenen zum Fraß vorgeworfen worden – wurden sie immer noch mit Fleisch gefüttert …

Später trennten sie sich, denn Martina wollte in dem weltberühmten »Harrod's« noch Mitbringsel für ihre Kinder einkaufen. Joachim Velbert besorgte Karten für den Film »Tom Jones«, den sie sich am Abend ansehen wollten.

Als er gegangen war, fühlte sich Martina plötzlich verlassen. Sie ärgerte sich über sich selber, weil ein fremder Mensch so schnell in ihrem Leben Bedeutung gewonnen hatte, ein Mensch zudem, der ganz sicher nicht frei war.

Ihre Vermutung wurde bestätigt, als Vera sie nach dem Film noch auf einen Sprung zu sich bat. Sie wohnte in einem der schmalen, altenglischen Häuser in Kensington, wo man, sobald man die Haustür öffnet, mitten im Wohnzimmer steht. Das Häuschen, das Vera möbliert und sicher nicht billig gemietet hatte, besaß Stil.

Martina erkannte bald, daß Joachim Velbert und das Mädchen Vera sehr vertraut miteinander und eben wohl doch liiert waren. Aber sie hatten einen Umgangston, der Martina nicht ausschloß, sondern einbezog.

Gegen elf Uhr begleitete Joachim Velbert sie ins Hotel zurück.

Vor der Schwingtür küßte er sie überraschend auf den Mund. »Ich laß von mir hören, Mädchen.«

Ehe sie sich noch von ihrer Überraschung erholt hatte, war er schon im Dunkel verschwunden.

Martinas Herz klopfte heftig, sie mußte sich mit Gewalt zur Vernunft bringen. Joachim Velbert war ein Fremder, der flüchtig ihren Weg gekreuzt hatte. Es war lächerlich, einem Gefühl nachzugeben, das keine Erfüllung finden konnte. Außerdem, sagte sie sich, war sie auch gar nicht wirklich verliebt. Er war ein attraktiver Mann, zugegeben, aber gar nicht ihr Typ.

Dennoch lag sie noch lange wach und dachte darüber nach, warum der Tag mit ihm einer der schönsten in ihrem Leben gewesen war. Sie hatte mit ihm reden können. Seit Jahren war er der erste Mensch, mit dem sie über andere Dinge hatte sprechen können als über Kinder, Beruf oder Geld.

Schmerzhaft spürte sie die Leere ihres bisherigen Lebens und nahm sich fest vor, daß es anders werden sollte.

In München hatte es während Martinas Abwesenheit keine Schwierigkeiten gegeben, weder mit den Kindern noch im Geschäft. Aber Gerlinde verstand es, ihre gute Laune gleich zu dämpfen. Als sie bald nach ihrer Ankunft, es war ein Sonntag, zu ihr hinauflief, um ihr zu erzählen, wie prächtig sie geordert hatte, setzte Gerlinde ein schulmeisterliches Gesicht auf.

»Ich erinnere mich nicht, daß ich dir die Adresse einer Mary Quant gegeben habe.«

»Hast du auch nicht, Gerlinde. Aber wenn ich dir doch sage, ihre Entwürfe sind der letzte Schrei! Kniefrei, denk doch bloß mal.«

»Das nimmt uns doch kein Mensch ab.«

»Ganz bestimmt, Gerlinde. Die Sachen sind bezaubernd. Du weißt doch, daß du dich auf mich und meinen Geschmack verlassen kannst.«

»Ich hatte es angenommen.«

»Um Himmels willen, mach nicht so ein Gesicht! Komm mit runter, ich koche uns einen Kaffee.«

»Jedenfalls«, sagte Gerlinde, »bin ich froh, daß so etwas nicht wieder vorkommen wird.«

»Was soll das heißen?«

»Daß ich in Zukunft wieder selbst zu fahren gedenke.«

Die Enttäuschung war für Martina wie eine kalte Dusche, dennoch dachte sie sofort auch an Gerlinde. »Ist es aus?«

»Es hat gar nicht richtig angefangen.«

»Mach dir nichts draus«, tröstete Martina. »Wenn er nicht angebissen hat, war er auch nicht der Richtige.«

»Ich frage mich bloß, ob überhaupt noch mal der Richtige kommt.«

»Ich würde jedenfalls nicht drauf warten. Es ist besser, man macht sich ganz unabhängig von den Männern.« Martina dachte an Joachim Velbert. »Und auch von solchen Wünschen und Hoffnungen.«

»Du hast gut reden.«

Martina verstand nicht, was die Freundin damit meinte, denn Gerlinde hatte immerhin eine einigermaßen glückliche, sie selber eine enttäuschende Ehe hinter sich, aber sie verzichtete
darauf, das zu genau zu erkunden. Sie begriff, daß Gerlinde tief deprimiert und keinen logischen Argumenten zugänglich war.

Alice Kramer, die am nächsten Morgen pünktlich im Kosmetik-Institut erschien, wirkte geradezu aufgeblüht. »Ich muß Ihnen sehr danken, Frau Stadelmann«, erklärte sie, »anscheinend ist Arbeit genau das, was mir in der letzten Zeit gefehlt hat. Ich habe mich entschlossen, wieder in den Beruf zurückzukehren.«

»Haben Sie sich schon irgendwo beworben? Nein? Dann warten Sie bitte damit. Ich muß einmal ganz genau durchrechnen, ob ich Sie nicht selber behalten kann.«

»Das wäre natürlich das Höchste.«

Martina rechnete. Das Kosmetik-Institut hatte ihr bis jetzt so viel eingebracht, daß sie und die Kinder gut davon leben konnten, aber es hatte sie viel zuviel Zeit gekostet. Wenn sie Alice Kramer einstellte, würde etwa ein Tausender pro Monat dabei draufgehen. Sie konnte noch eine Kabine mehr einrichten. Bei fünf Kabinen mit drei Kosmetikerinnen würde sie Zeit gewinnen. Sie brauchte dann nur noch die wichtigsten Fälle und die Stunden außerhalb der regulären Arbeitszeit zu übernehmen, würde mehr Muße für ihre Kinder und für sich selber haben.

Aber um Alices Gehalt wieder hereinzubekommen, mußte sie in der Verwirklichung ihrer Pläne einen Schritt weiter gehen. Sie mußte die Küche umbauen und mit der Herstellung eigener Präparate beginnen. Martina spürte, daß jetzt oder nie der Zeitpunkt gekommen war.

Am nächsten Morgen bot sie Alice ab 1. Januar eine feste Anstellung, die die junge Frau hocherfreut annahm. Martina bestellte sofort einen Küchenfachmann und besprach mit ihm, wie sie sich den Umbau vorgestellt hatte. Schweren Herzens trennte sie sich von den alten, rot angestrichenen Möbeln, die sie im Düsseldorfer Gartenhaus vorgefunden und seitdem behalten hatte; sie und die Kinder hatten manche fröhliche Stunde mit ihnen verbracht. Jetzt schaffte sie einen Tisch mit ausziehbarer Platte an, an dem gerade drei, notfalls vier Personen sitzen sollten, moderne Schränke, einen besonders großen Eisschrank für die Ingredienzien der Cremes und moderne Mixgeräte. Martina bestand darauf, daß der Umbau noch vor Weihnachten durchgeführt wurde, denn wenn sie sich einmal zu etwas entschlossen hatte, konnte es ihr nicht schnell genug gehen.

Am Abend setzte sie sich hin und schrieb auf, was sie für die Herstellung der verschiedenen Cremes brauchte, und schickte den Auftrag an die Firma Meyer und Co., chemisch-pharmazeutische Erzeugnisse. Es freute sie, wieder einmal etwas Neues beginnen zu können.

Die neue Küche stand noch vor Weihnachten, und obwohl statt des einen Schrankes alle Wände mit Regalen bestückt waren, und zu dem kleinen ein großer Eisschrank zur Aufbewahrung der Cremes gekommen war, wirkte der Raum jetzt heller und auch größer. Alle Vorderflächen waren mit hellblauem Kunststoff beschichtet, und neben dem Herd gab es eine genügend große Abstellplatte aus Schiefer. Martina gefiel es sehr. Die Kinder trauerten den alten Möbeln nach und sagten: »Na ja.«

Sobald die Ingredienzien für die Cremes eintrafen, machte Martina sich ans Wiegen und Mixen. Zuerst stellte sie eine Massagecreme zum eigenen Gebrauch her, dann eine Nachtcreme für normale, eine für trockene und eine für fettige Haut, Tagescremes, Reinigungsmilch und Lotions folgten. Bewußt verzichtete sie auf jede Parfümierung.

Die fertigen Präparate füllte sie in weiße Kunststoffdosen. Lieber hätte sie Porzellan genommen, aber das hätte sich auf den Preis geschlagen oder, anders herum, ihren Verdienst geschmälert.

Danach schrieb sie eigenhändig mit schwarzer Tinte die Etiketten – »Martina-Nachtcreme«, »Martina-Tagescreme« und so weiter – und klebte sie auf die Töpfchen, die jetzt vertrauenswürdig großmütterlich wirkten. Die Präparate bewahrte sie, nach den verschiedenen Hauttypen geordnet, im Eisschrank auf; sie wußte nicht, wie lange es dauern würde, bis sie sie an die Frau gebracht haben würde.

Die erste Kundin, an der nicht so sehr das neue Präparat, sondern seine Verkäuflichkeit ausprobiert wurde, war Renate Lorenzoni, eine namhafte Opernsängerin, die, wenn sie in München war, regelmäßig zweimal in der Woche Martina aufsuchte. Sie fürchtete, daß ihre gesunde, eher derbe Haut durch die Bühnenschminke ruiniert werden könnte. Renate Lorenzoni war eine temperamentvolle, schwarzhaarige Frau, die ihre vierzig Pfund Übergewicht mit Gelassenheit, sogar mit einem gewissen Stolz trug, weil sie der Überzeugung war, daß sie für ihr Stimmvolumen unerläßlich seien.

Nachdem Martina ihre Haut gründlich gereinigt hatte und eine entquellende und adstringierende Puderpackung hatte wirken lassen, begann sie mit der Massage. »Merken Sie etwas, Frau Lorenzoni?« fragte sie nach einer Weile.

»Ich fühle mich wohl bei Ihnen. Wie immer.«

»Ich verwende eine andere Creme zur Massage.«

»Aber wieso denn? Die andere war doch ...«

»Ausgezeichnet. Ich kann sie immer noch mit gutem Gewissen empfehlen. Aber Ihnen, als einer meiner liebsten Kundinnen, wollte ich etwas Besonderes gönnen. Sie wissen sicher, daß ich mir meine Cremes seit eh und je selber herstelle.« Martina, deren klare glatte Haut ihre beste Reklame war, kam die Verkaufslüge leicht über die Lippen.

»Nein, das habe ich nicht gewußt.«

»Ich dachte, ich hätt's Ihnen erzählt. Sehen Sie, als Kosmetikerin kriegt man leicht ein gewisses Mißtrauen gegen die handelsüblichen Präparate. Bei denen weiß man nie, was wirklich drin ist, nicht wahr?«

»Das stimmt.«

»Und deshalb mache ich mir meine Hautpflegemittel selber. Das kostet zwar einige Arbeit, und ich könnte nicht einmal behaupten, daß sie wirklich besser sind. Der entscheidende Unterschied ist aber, daß ich genau weiß, aus was sie bestehen, denn ich habe sie ja selber gemacht.« Martina ließ die Fingerkuppen auf den Wangen der Sängerin tanzen. »Jetzt bin ich dazu übergegangen, auch die Massagecremes für meine Kundinnen selbst herzustellen. Die sind was besonders Gutes. Ich nehme Weizenkeime und Avokadoöl dazu, die enthalten die Vitamine A, B, E und G, Hormone, Lecithin und Cholesterin ...«

Unwillkürlich betastete Frau Lorenzoni sich das Gesicht. »Ja, ich merk's.«

»Sie werden sehen, wie gut Ihnen das tun wird.«

»Ich spüre schon die Wirkung.«

»Wenn Sie mögen, Frau Lorenzoni – aber wirklich nur, wenn Sie mögen –, stelle ich Ihnen eine eigene Pflegeserie zusammen, die genau auf Ihren Hauttyp abgestimmt ist.«

»Würden Sie das wirklich für mich tun?« Frau Lorenzoni ließ begeistert ihre großen schwarzen Augen kullern. »Martina, Sie sind ein Schatz!«

»Ich werde mich gleich in den nächsten Tagen daranmachen, Sie haben ja sicher noch einen kleinen Vorrat von den Industrieprodukten.«

Aber von denen wollte Renate Lorenzoni nichts mehr wissen. Jetzt, da sie überzeugt war, daß es für ihre Haut etwas Besseres gab als die bisher benutzten Präparate, wollte sie so schnell wie möglich damit versorgt werden.

Martina versprach es ihr für den nächsten Tag. Tatsächlich brauchte sie die entsprechenden Tiegel nur zusätzlich zu beschriften: »Frau Lorenzoni spezial«. – Das machte sich gut und brachte sie auf die Idee, die Cremes nicht nach dem entsprechenden Hauttyp, also etwa für trockene, fettige oder empfindliche Haut zu bezeichnen. Das hatte ihr von Anfang an nicht gepaßt, deshalb auch hatte sie die Kennzeichnung vorerst weggelassen und die Tiegel nur entsprechend geordnet. Jetzt entschloß sie sich, es auch in Zukunft so zu halten und jede Serie mit dem Namen der Kundin zu beschriften, die sie benötigte. Das gab den selbst hergestellten Pflegeserien eine ganz besonders exklusive Note.

Frau Lorenzoni war begeistert; sie zahlte gern noch etwas mehr als für ihr früheres auch nicht eben billiges Präparat. Wenn erst alle Kundinnen des Kosmetik-Instituts auf »Martinas Spezialcremes« geeicht waren, würde es ein großes Geschäft werden, denn die Herstellungskosten betrugen nur einen Bruchteil dessen, was sie für den Einkauf der fertigen Präparate hatte zahlen müssen.

Da sie selber ihre beste Verkäuferin war, verstärkte sie noch den persönlichen Kontakt mit den Kundinnen. Dazu brauchte sie sie jetzt nicht mehr selber zu behandeln. Sie betrat die Kabinen, während Isolde oder Alice an der Arbeit waren, und bat darum, die Haut der Kundin unter der Lupe betrachten zu dürfen- ein Vorgang, der stets beeindruckte. Danach fragte sie die Kosmetikerinnen, was für ein Präparat sie empfohlen hatten, nicht, um sie zu kritisieren, sondern um sie zu loben, denn das Vertrauensverhältnis zwischen der Kundin und der Kosmetikerin sollte ja möglichst noch gestärkt werden. Erst dann begann Martina das eigentliche Verkaufsgespräch.

Sie erzählte, daß sie sich ihre eigenen Cremes herstellte und auch schon verschiedene besonders gute Kundinnen mit eigens für sie hergestellten Pflegeserien versorgt habe.

Sie hatte fast immer Erfolg; die Kundinnen begannen – eilig die einen, zögernd die anderen – sich auf die »Martina-Spezialcremes« einzustellen.

Mitte Januar rief Joachim Velbert an.

Martina hatte zwar noch oft an ihn gedacht, aber nicht zu hoffen gewagt, daß er sein Versprechen wahr machen und sich melden würde. So fragte sie, völlig überrascht: »Wer, bitte?«

»Nun erzählen Sie mir bloß nicht, daß Sie sich nicht mehr erinnern können.« Er wiederholte seinen Namen.

»Herr Velbert, ja, natürlich!« rief Martina. »Ich freue mich!«

»Fein. Dann wollen wir gleich eine Verabredung treffen.«

»Leider bin ich tagsüber schwer beschäftigt«, sagte Martina, die noch mitten im Kampf um die Durchsetzung ihrer Pflegeserie stand.

»Ich auch. Wie wär's dann mit heute abend?«

»Ja, gut. Holen Sie mich ab?«

»Das ist ein bißchen viel verlangt. Ich bin ja nicht in München und gedenke auch nicht dorthin zu fahren. Kommen Sie lieber zu mir nach Westerndorf.«

»Ich habe kein Auto.«

»Macht nichts. So ungefähr jede Stunde geht ein Zug nach Rosenheim. Ich sehe gleich mal im Fahrplan nach und suche Ihnen einen raus. Ich erwarte Sie dann am Bahnhof.«

Martina zögerte. »Das klingt aber ziemlich umständlich.«

»Umständlicher als die Reise nach London ist es auch nicht. Da habe ich schon einen netten Eilzug. Abfahrt 18 Uhr 18.«

»Das ist für mich zu früh.«

»Dann nehmen wir den nächsten. Neunzehn Uhr fünfundzwanzig. Und bringen Sie Ihr Köfferchen mit. Sie bleiben natürlich über Nacht, sonst lohnt es sich wirklich nicht. Also, Mädchen, bis heute abend.« Er hängte ein.

Martina wußte nicht, was sie von dieser Einladung halten sollte, und ärgerte sich, daß sie eine so unklare Verabredung eingegangen war. Hatte er das mit der Übernachtung harmlos gemeint, überlegte sie, oder wollte er mit ihr ins Bett gehen? Schon griff sie zum Telefonhörer, um sich von der Auskunft seine Nummer geben zu lassen. Dann wurde ihr klar, daß sie eine solche Frage doch nicht stellen konnte, und legte wieder auf.

Ihre Vorfreude auf ein Wiedersehen mit Joachim Velbert wurde durch tiefe Unzufriedenheit mit sich selber gedämpft. Es war ihr bewußt, daß sie nicht wie eine erwachsene Frau, sondern wie ein unreifes Mädchen reagiert hatte. Die eigentliche Frage bestand doch darin, ob sie mit ihm schlafen wollte oder nicht. Wenn sie es vorhatte, würde sie ihn auch dazu bringen, und wenn nicht, konnte ihr nichts passieren.

Als Martina in Rosenheim aus dem Zug stieg, trieb ein eisiger Wind Schneeflocken durch das Licht der großen Lampen.

Joachim Velbert erwartete sie auf dem Bahnsteig. Er hatte den Kragen seines pelzgefütterten Mantels hochgeschlagen und eine rote Zipfelmütze bis tief über die Ohren gezogen. Sie lief auf ihn zu, und er zog sie mit großer Selbstverständlichkeit an seine breite Brust und küßte sie auf den Mund.

»Braves Mädchen«, sagte er, »fein, daß du gekommen bist.« Er schob seine Hand unter ihren Arm, machte aber keine Anstalten, ihr den Koffer abzunehmen.

Sofort fühlte sie sich vertraut mit ihm. »Falls ich öfter zu dir rauskommen sollte, werde ich mir wohl doch ein Auto zulegen müssen.«

»Ich hoffe es.«

»Was denn nun?«

»Beides.«

Sie lachten, und der Wind schien mit einemmal nur noch halb so kalt.

Joachim Velbert fuhr einen alten englischen Rover, dessen Äußeres leicht ramponiert war; aber das Geräusch seines Motors klang vertrauenerweckend. Martina machte eine Bemerkung darüber.

»Den fahre ich schon zehn Jahre, und so, wie der gebaut ist, schafft er es auch noch die nächsten zehn«, erklärte er zufrieden. Schnee wirbelte im Licht der Scheinwerfer. Sie merkte, daß das Fahren ihn anstrengte, und schwieg, um ihn nicht abzulenken.

Nach einiger Zeit fiel es ihm auf. »Kannst ruhig reden, Mädchen«, ermunterte er sie, »ich höre schon zu.« Als sie nicht gleich einen Anfang wußte, fragte er: »Na, wie ist es dir ergangen? Hast du inzwischen dein Leben geändert?«

»Ich bin noch dabei.« Sie berichtete ihm von der innerbetrieblichen Umstellung, die sie gerade vornahm.

»Dann bist du die ›Boutique Martina‹, die immer so viel Reklame macht?« fragte er mit einem raschen Seitenblick.

»Eine Freundin und ich. Reklame machen wir schon. Das gehört zum Handwerk.«

»Na, fabelhaft.«

»Das alles läuft natürlich darauf hinaus, daß ich mehr Zeit für mein Privatleben gewinne.«

»Zum Bumsen?« fragte er und lachte.

Sie wurde rot und kam sich albern vor, aber noch nie hatte jemand so unverblümt mit ihr gesprochen. »Überhaupt nicht«, wehrte sie ab. »Sondern zum Lesen … vor allem von Joachim Velberts Romanen. Oder um ins Theater zu gehen, ins Konzert, in die Oper.«

»Das sind doch alles alte Hüte. Außer den Velbert-Romanen natürlich. Jedesmal, wenn ich ins Theater gehen will, geben sie ›Don Carlos‹. Nichts gegen ›Don Carlos‹, aber den habe ich schon als Kind gesehen.«

»Du willst mich bloß aufziehen«, sagte sie. Er schmunzelte.

Sie ließen die Stadt hinter sich und fuhren auf der Bundesstraße 15 in südlicher Richtung. Es schneite immer noch, aber auf den Straßen war gestreut. Zu beiden Seiten waren Schneewälle aufgetürmt.

»Wohnst du in den Bergen?« fragte sie.

»Nein. Bloß mit Sicht auf dieselben. Natürlich auch nur, wenn der Himmel klar ist.«

Das Bauernhaus, in dem Joachim Velbert lebte, lag etwa einen Kilometer vom Dorf entfernt; es hatte zu einem Einödhof gehört. Hier lag der Schnee noch weiß und unberührt, und über der Haustür schaukelte eine Lampe. Aber sie war auch, außer den Scheinwerfern, das einzige Licht, das weit und breit zu sehen war.

»Ist es nicht schrecklich einsam hier?« fragte Martina.

»Sag lieber: es ist ruhig. Gerade so habe ich es gerne, und wenn es mir wirklich einmal zu still wird, lade ich mir jemanden ein.« Joachim Velbert öffnete die Tür der Scheune, die in eine Garage umgewandelt worden war.

»Du wohnst hier ganz allein?«

»So ist es. Eine Frau aus dem Dorf kommt zum Putzen, und kochen tu ich selber.« Martina wollte aussteigen. »Bleib ruhig sitzen«, sagte er, »ich fahre dich rein.«

Die Scheune war so geräumig, daß gut und gern zwei Autos Platz gehabt hätten. Eine Tür führte in das Haus, das klein war und windschief vor Alter. Die Bodenschwellen waren ausgetreten. Doch die Stube, in die er sie führte, wirkte außerordentlich gemütlich. Die Wände waren bis zur Höhe der Tür holzgetäfelt, und an der Decke waren die schweren, vom Alter gedunkelten Balken zu sehen. Ein grüner Kachelofen strahlte Wärme aus.

Joachim Velbert zog seinen Mantel aus und hängte ihn neben dem Ofen auf. »Komm, leg ab, mach's dir gemütlich. Ich kümmere mich inzwischen ums Essen.«

Sie erbot sich, ihm zu helfen. Er lehnte dankend ab.

Der alte hölzerne Bauerntisch war schon mit bunten Leinensets bedeckt. Er stand in dem Eck, das die Ofenbank bildete, zwei Stühle waren darunter geschoben. Außerdem gab es noch zwei schwere, urväterlich wirkende Backensessel. Anscheinend pflegte Joachim Velbert in diesem Zimmer auch zu arbeiten, denn auf der breiten Fensterbank stapelten sich Bücher. Martina nahm einige zur Hand. Es waren Reisebeschreibungen und Sachbücher militärischen Inhalts.

»Wo hast du denn dein Manuskript?« fragte sie, als er, ein beladenes Tablett balancierend, wieder hereinkam.

»Dachte ich es mir doch, daß du eine neugierige Person bist.«

»Ich interessiere mich für deine Arbeit.«

»Laß das gefälligst bleiben. Ich liebe es nicht, wenn irgend jemand außer dem Lektor meines Verlages die Nase hineinsteckt. Wenn du ein Buch von mir lesen willst, kannst du dir eins kaufen.«

»Sehr liebenswürdig.«

»Na schön, weil du es bist, werde ich dir eins schenken. Mit Widmung. Aber solange ich ein Werk noch in der Mache habe, ist es tabu.«

»Aye, aye, Sir«, sagte sie.

Er grinste.

Martina schnupperte an der dickbauchigen Suppenschüssel, die er auf den Tisch gestellt hatte. »Riecht nach Knoblauch.«

»Ich hoffe, du magst Knoblauch?«

»Ich mag.«

»Dein Glück. Komm, setz dich!« Er schöpfte die Suppe und goß sie in die vorgewärmten Teller, auf deren Boden dicke, überbackene Brotschnitten lagen.

Sie probierten gleichzeitig. »Wunderbar!« sagte sie. »Etwas Ähnliches habe ich noch nie gegessen.«

»Provenzalische Knoblauchsuppe«, erklärte er. »Ein ganz einfaches Essen, aber das Beste, was es bei dieser Kälte geben kann.«

»Und wie wird die gemacht?«

»Man kocht Wasser mit Knoblauch, Salbeiblättern, Pfeffer, Salz und etwas Öl.«

»Das klingt wirklich höchst einfach, aber wenn ich es versuche, kommt bestimmt nicht das gleiche dabei heraus.«

Nach der Suppe gab es eine köstlich duftende Lammschulter, die Joachim Velbert in der Kasserolle auf den Tisch brachte. Schon ihr Anblick war ein Genuß. Knusprig braun und glänzend lag sie zwischen gebräunten Zwiebelscheiben und Kartoffeln.

»Frag mich jetzt nur nicht, ob ich Lamm mag«, sagte Martina. »Ich liebe es, besonders wenn es mich so anlacht. Und damit habe ich hoffentlich den nächsten Test bestanden.«

Er schmunzelte. »Ich fühle mich durchschaut.« Er spießte die Lammkeule mit der Tranchiergabel auf, legte sie auf ein Brett und begann sie fachmännisch zu zerlegen. Das schönste Stück tat er auf Martinas vorgewärmten Teller und gab mit einem großen

Löffel Zwiebeln, Kartoffeln und die duftende Sauce dazu. »Fang schon an, es schmeckt um so besser, je heißer es ist.«

»Wunderbar!« sagte Martina mit vollem Mund. »Verrätst du mir das Rezept?«

Er setzte sich erst, als er die Gläser mit dem auf Zimmerwärme temperierten französischen Landwein gefüllt hatte. »Lammschulter nach Bäckerinnen-Art«, erklärte er. »Die Lammschulter wird zuerst schön braun von allen Seiten angebraten, dann kommen die Zwiebeln und Kartoffeln dazu, und alles wird im Rohr fertig gebraten.«

»Die Bäckerinnen scheinen was von der guten Küche verstanden zu haben!«

Er trank ihr zu. »Ich freue mich, daß es dir schmeckt. Um die Wahrheit zu sagen: ich mache mir nichts aus diesen superschlanken Mädchen, die sich dauernd kasteien.«

»Und was ist mit Vera?« Sie errötete unter seinem Blick und fügte hinzu: »Ich meine, die ist doch superschlank ... schlanker als ich.«

»Die ißt trotzdem gerne. Aber ich glaube nicht, daß es das ist, was du hören wolltest.«

»Stimmt«, gab Martina zu, und es fiel ihr schwer. »Ich möchte wissen, wie ihr zueinander steht.«

»Vera ist in London ... und du bist hier.«

»Das ist für mich keine Antwort.«

Er hatte sich einen Happen in den Mund geschoben und kaute genüßlich.

»Wir sind befreundet«, sagte er dann. »Das dürfte dir kaum entgangen sein.«

»Wie befreundet?«

»Wie es zwischen einer Frau und einem Mann üblich ist. Wir treiben es auch miteinander, das ist doch klar.«

»Das habe ich mir gedacht. Was ich wirklich wissen will, ist, ob es sich um was Ernstes handelt.«

»Freundschaft ist immer was Ernstes.«

»Seid ihr verlobt?«

»Aha, jetzt ist die Katze aus dem Sack.« In seinen hellen Augen funkelte es belustigt. »Aber in diesem Punkt kann ich dich völlig beruhigen. Ich will nicht heiraten. Weder Vera noch sonst irgendeine Frau. Warum sollte ich auch?«

»Aus Liebe.«

»Ja, so sagt man. Aber sieh dich doch mal um. Die Ehe ist der sicherste Weg, eine Liebe zu zerstören. Du solltest das eigentlich wissen.«

»Helmut war nicht der richtige Mann für mich.«

»Für dich gibt es keinen richtigen. Du liebst deine Selbständigkeit doch genauso wie ich. Gerade das gefällt mir ja an dir.«

Sie sah ihn an, wie er mit einem Stück Weißbrot die würzige braune Sauce von seinem Teller wischte, und sie spürte, daß er ihr, obwohl sie ihn erst so kurze Zeit kannte, doch schon sehr viel bedeutete.

»Was für ein blödes Gespräch«, sagte sie, »du hast völlig recht. Auch ich habe nicht im entferntesten die Absicht, mich wieder zu verheiraten. Ich weiß gar nicht, wie wir darauf gekommen sind.«

»Du warst eifersüchtig auf Vera.«

»Eifersüchtig? Nein.«

»Brauchst du auch nicht zu sein. Vera ist im Vergleich zu dir eine Eintagsfliege in meinem Leben. Das habe ich sofort gewußt.«

Sie verstand, daß das nach seinen Maßstäben einer Liebeserklärung gleichkam.

Später erlaubte er ihr abzuräumen. Die Küche war sauber und sehr praktisch eingerichtet. Es fiel ihr schwer, das Geschirr nicht zu spülen, sondern nur ins Becken zu stellen, aber sie wußte, sie würde nur einen falschen Ton in ihre Beziehungen bringen, wenn sie sich als Hausfrau aufspielte. Den Abwasch konnte seine Putzfrau morgen besorgen.

Als sie zurückkam, hatte er es sich in einem der beiden Bakkensessel bequem gemacht und war dabei, sich eine Pfeife zu stopfen.

»Bleiben wir beim Rotwein?« fragte er. »Oder möchtest du lieber was Stärkeres?«

»Mir ist es ganz recht so.« Sie setzte sich ihm gegenüber. »Ich fühle mich herrlich. Wie seit langem nicht. So – entspannt.«

»Ja, das sind die Freuden des Landlebens.«

»Nein, ich glaube, es liegt an dir.«

»Vielleicht. Ich muß mich von Zeit zu Zeit ganz und gar entspannen, um wieder richtig arbeiten zu können.« Er hielt sich ein brennendes Streichholz an den schräg geneigten Pfeifenkopf.

»Was wird das für ein Buch, an dem du zur Zeit arbeitest? Oder ist es etwa auch verboten, danach zu fragen?«

Er winkte ab und gab erst Antwort, als die Pfeife brannte. »Doch, fragen darf man. Es wird ein Spionageroman mit politischem Hintergrund. Ein ganz schönes Stück Arbeit.«

»Und wie lange wirst du dazu brauchen?«

»Noch habe ich gar nicht angefangen. Noch keine Zeile geschrieben, meine ich. Es soll im Herbst '66 herauskommen. Mal sehen, ob ich es schaffe.«

»Aber bis dahin sind es ja noch drei Jahre! Wovon willst du die ganze Zeit leben?«

Er schmunzelte. »Lieb, daß du dir Sorgen um mich machst. Aber das ist verdammt unnötig. Erstens habe ich laufend Einnahmen aus meinen früheren Büchern, und zweitens zahlt mein Verleger mir monatlich Vorschuß für das neue.« Er wedelte sich den Pfeifenrauch von den Augen. »Und da ich für mich und nur für mich zu sorgen habe, brauche ich nicht viel.«

»Vielleicht wird es ein Bestseller.«

»Das wäre das letzte, was ich mir wünschen würde.«

»Aber mit einem Bestseller verdient man doch sehr viel Geld!«

Er blickte sie prüfend über seine Pfeife hinweg an. »Geld ist dir wohl sehr, sehr wichtig?«

»Natürlich!«

»Dir gibt Geld ein Gefühl von Selbstbestätigung. Ich brauche das nicht. Ich finde Selbstbestätigung in meiner Arbeit, in der Anerkennung, die sie findet … und natürlich auch im Bett.« Er grinste.

»Das mit der Selbstbestätigung leuchtet mir nicht ein«, widersprach sie. »Du siehst mich viel zu kompliziert. Ich muß Geld verdienen, um das tun zu können, was ich wirklich will.«

»Und was ist das?«

So direkt gefragt, wußte sie nicht gleich eine Antwort.

»Laß nur«, sagte er, »ich wollte dich nicht in Verlegenheit bringen. Aber es ist ganz gut, wenn man von Zeit zu Zeit mal über sich nachdenkt. Sonst wird man leicht eingleisig.«

»Du meinst, man muß hin und wieder die Weichen neu stellen? Dabei bin ich gerade.«

»Na dann – auf deinen Erfolg!«

Die Stunden verrannen, und Martina merkte es gar nicht. Im Kachelofen knackten die trockenen Scheite, knisterte das Feuer. Schon fühlte sie sich bei Joachim Velbert zu Hause. Erst seit sie ihn kannte, wußte sie, wie sehr ihr bisher ein Mensch gefehlt hatte, mit dem sie über alles, nicht nur über die praktischen Seiten des Lebens, sprechen konnte. Er erzählte ihr, was er nach ihrer Abreise in London noch erlebt hatte.

»Schon?« fragte sie, als er endlich vorschlug schlafen zu gehen.

»Ich nehme an, du willst morgen früh raus. Wann mußt du denn in deinem Geschäft sein?«

»Zehn Uhr wird ausnahmsweise mal genügen.«

»Dann müssen wir doch immerhin den Zug 8 Uhr 49 erreichen. Das heißt: wenn wir gemütlich frühstücken wollen, müssen wir schon um sieben Uhr aufstehen.«

»Au weia!«

»Na, siehst du.« Joachim Velbert reckte sich gähnend. »Jetzt ist das Problem, wo du schlafen willst. Ich habe dir oben ein Bett beziehen lassen und eigenhändig eine Wärmflasche hineingelegt. Aber ansonsten ist es ungeheizt.«

»Und die Alternative?« fragte sie.

»Du schläfst bei mir. Mein Schlafzimmer wird von diesem Ungetüm eines Kachelofens mitgeheizt.«

»Dann schlafe ich bei dir«, erklärte sie spontan.

Er schmunzelte.

»Nicht nur wegen der Wärme«, fügte sie rasch hinzu.

»Du brauchst dich nicht zu entschuldigen, darauf hatte ich es ja abgesehen.«

Er nahm sie in die Arme und küßte sie ausgiebig, gab ihr dann einen leichten Schlag auf den Po. »Jetzt aber dalli! Oder wollen wir es hier auf der Ofenbank versuchen? Das wäre mal was anderes.«

»Doch lieber nicht!«

Joachim Velberts Schlafzimmer war einfach, aber bequem und nicht in bäuerlichem Stil ausgestattet. In der Mitte stand ein überbreites Bett, dessen Rahmen aus schwarzem Eisen geschmiedet und mit Messingknöpfen verziert war.

Hier erwartete Martina ihn später in einem hellgrünen Shorty aus Batist, das sie in London erstanden hatte; sie wartete ohne

Beklommenheit, während sie ihn im Wasser platschen hörte. Auch für ihr intimes Zusammensein und das Vorspiel nahm er sich Zeit. Er zelebrierte es als ein erfahrener Genießer. Für Martina war es die Erfüllung.

»Ich bin sehr glücklich«, sagte sie.

Er zog ihren Kopf an seine Brust. »Das will ich hoffen.«

In seinen Armen schlief sie ein.

Im März wurden die Schaufenster für das Frühjahr umdekoriert. Zwar war der Himmel über München noch grau, und sogar Reste schmutzigen Schneematsches fanden sich noch im Rinnstein und in einigen Ecken. Dennoch war die Frühjahrssaison unwiderruflich da.

Stöhnend und voll böser Vorahnungen packte Gerlinde Hauser Mary Quants Minimode aus. »Wer wird denn wagen, so etwas zu tragen?«

»Ich zum Beispiel«, erklärte Martina und suchte sich gleich zwei Modelle aus; eins in Apfelgrün, eins in Zitronengelb. Vergnügt drehte sie sich vor dem großen Spiegel. »Sehe ich nicht Jahre jünger aus?« Sie trug das Haar längst nicht mehr toupiert und hatte sich vor wenigen Tagen eine Kurzhaarfrisur schneiden lassen.

»Du hast ja auch tadellose Beine.«

»Ja, nicht wahr? Und jetzt kann ich sie endlich zeigen.«

»Du kannst doch nicht eine Moderichtung verfechten, nur weil sie dir zufällig steht!«

»Tu ich ja gar nicht, im Gegenteil: ich bin eine normale Frau, und deshalb setze ich darauf, daß das, was mir gefällt, auch bei den anderen Anklang finden wird. Du und deine Verkäuferinnen sollten jetzt ab sofort auch Mini tragen.«

»Nein!«

»Aber ja doch. Nur so könnt ihr eure Kundinnen überzeugen. Ich werde Alice und Isolde auch in minikurze Kittel stecken ... Eine gute Idee! Weiße Kittel, den für Isolde mit blauem, für Alice mit rotem Besatz. Ich glaube, die nähe ich selber, das ist einfacher, als daß ich mir die Füße ablaufe und dann doch nicht das finde, was ich mir vorstelle.«

Martina setzte ihre Idee in die Tat um, und Isolde und Alice, beide schlank und hübsch mit schmalen Knien, sahen in ihren

Minikitteln zum Anbeißen aus. Manche Kundin, die auf dem Weg von der Boutique zum Kosmetik-Institut noch den Kopf über die neue Mode geschüttelt hatte, dachte schon anders darüber, wenn sie wieder herunterkam.

Immer mehr Kundinnen verlangten nach den minikurzen Röcken, und im April stand es fest: Mary Quants Modeidee hatte sich durchgesetzt. Die Boutique war völlig ausverkauft, und an Nachschub aus London war nicht zu denken.

Martina konnte sich die Gelegenheit nicht entgehen lassen, die Modelle zu kopieren. Sie kaufte Stoffe beim Großhandel, schnitt reihenweise zu und setzte sich an die Nähmaschine. Claudia mußte helfen, ob sie wollte oder nicht. Martina arbeitete bis tief in die Nächte hinein. Selbst für Joachim Velbert hatte sie in diesen Wochen kaum noch Zeit.

Die Kleider, die sie herstellte, waren weder im Schnitt noch in der Qualität von den Modellen zu unterscheiden, nur mit der Herkunft stimmte es nicht mehr; sie wurden Gerlinde Hauser aus den Händen gerissen. Sie war trotz allem nicht ganz glücklich über diese Entwicklung, die ihr zeigte, daß sie für den nächsten Herbst falsch, nämlich zu konventionell geordert hatte.

Aus Überzeugung und zum Selbstschutz bestand sie darauf, daß die Minimode nur ein Strohfeuer sei, das sich gerade diesen einen Sommer halten würde. Vorsichtshalber war sie aber doch bemüht, Minikleider auch für den Herbst und Winter heranzuschaffen, was schon nicht mehr einfach war.

Aber das war nicht Martinas Problem. Sie hatte für ihre Extraarbeit ein paar tausend Mark kassieren können, die sie in einem Auto anlegte. Sie erstand einen grasgrünen VW, und als sie am nächsten Sonntag mit ihren Kindern zum Chiemsee fuhr, fühlte sie sich als Frau, die es geschafft hat.

Sie verbrachten einen sonnigen Tag am Wasser, freuten sich am Anblick der vielen Segelboote und machten selber eine Fahrt im gemieteten Elektroboot.

Als es abends zurück nach München ging, konnte ihnen auch der Stau, in den sie kurz nach dem Irschenberg gerieten, die Freude an dem neuen Auto nicht verderben. Claudia und Stefan waren stolz auf den Erfolg der Mutter, und ihre Anerkennung tat Martina gut.

Martina entschloß sich, Joachim Velbert mit ihrem neuen Auto zu überraschen. Ohne vorher mit ihm zu telefonieren, fuhr sie am Dienstagabend nach Westerndorf hinaus, im Kofferraum einen Korb voll guter Dinge.

Stefan und Claudia hatte sie, wie immer, gesagt, daß sie eine Bekannte besuche. Sie war nicht ganz überzeugt, daß sie es glaubten. Jedenfalls erhoben sie keine Einwände, und dazu hätten sie auch, fand Martina, kein Recht gehabt, denn sie besuchte ihren Freund nur einmal, höchstens zweimal in der Woche, und am Samstag und Sonntag war sie immer zu Hause und für die Kinder da. Und doch: eigentlich hatte sie die Kinder nie belügen wollen ...

Es war ein warmer Maiabend. Martina brauste mit offenem Schiebedach – dies und ein eingebautes Radio waren die einzigen Extras, die sie sich geleistet hatte – die Autobahn in Richtung Rosenheim dahin. Der Wind zauste in ihrem Haar, und aus dem Radio dröhnte das »Yeah, Yeah, Yeah« der Beatles. Sie war voll Vorfreude.

Als das Bauernhaus Joachim Velberts vor ihr auftauchte, begann ihr Herz schneller zu klopfen. Sie hatte es inzwischen lieben gelernt, dieses kleine alte Haus, weiß gekalkt und mit einem schön geschnitzten dunkelgebeizten Balkon an der Vorderfront, in dessen Kästen jetzt die Geranien blühten.

Laut hupend fuhr sie vor.

Aber Joachim Velbert, der, mit Sandalen an den bloßen Füßen, in einer Cordsamthose mit einem alten Rollkragenpullover in der Tür erschien, begrüßte sie nicht mit der erwarteten Begeisterung. Er hielt sie sogar mit ausgestrecktem Arm von sich fern, als sie ihn küssen wollte, und blickte sie mit einer ganz ungewohnten Strenge an.

»Hör mal, so was darfst du nie wieder tun!«

»Was denn?« fragte sie, verständnislos und so enttäuscht, daß ihr fast die Tränen kamen.

»Lärm machen.«

»Entschuldige schon.« Sie entwand sich seinem Griff. »Entschuldige, daß ich deine heilige Ruhe gestört habe.«

»Das ist genau das, was ich nicht vertrage. Und außerdem, da wir nun mal beim Thema sind: ich liebe absolut keine Überraschungen.«

»Ich dachte, du würdest dich freuen.«

»Nein.«

»Dann kann ich ja wieder fahren.«

»Nachdem du mich erst aus der Arbeit gerissen hast?! Glaubst du, ich könnte mich jetzt einfach wieder hinsetzen?«

»Kannst du nicht?«

»Nein. Ich müßte an dich denken. Und wahrscheinlich würde es mir schon in fünf Minuten leid tun, daß ich dich habe gehen lassen.« Endlich begann wieder das vertraute Schmunzeln um seine Mundwinkel zu zucken.

»Ich habe mir wirklich nichts Böses dabei gedacht, Joachim«, verteidigte sie sich.

»Das weiß ich ja. Du hast gar nichts dabei gedacht, und das ist eben das Schlimme. Stell dir nur vor, ich wäre nicht allein gewesen.«

»Hätte das sein können?«

»Ja«, bekannte er, ohne den Blick zu senken. »Mach nie wieder solche Sachen. Wir sind doch erwachsene Menschen und brauchen uns nicht gegenseitig ins Gehege zu kommen. Wenn du mich sehen willst, ruf vorher an, ich mache es ja auch so. Und ich verspreche dir, ich werde immer Zeit für dich finden.«

»Schon gut. Du hast ja recht«, sagte sie unglücklich.

Er legte ihr den Arm um die Schultern. »Wie würde es dir denn passen, wenn ich unangemeldet bei dir auftauchte?«

»Das könntest du jederzeit!« entgegnete sie hitzig.

»Könnte ich das wirklich? Denk mal nach. Hast du schon mit deinen Kindern über mich gesprochen? Und würde es dir gefallen, wenn du gerade eine Kundin unter deinen schönen Händen hättest?«

»Jedenfalls würdest du nie Gefahr laufen, einen Kerl bei mir zu finden.«

»Das ehrt mich, denn es zeigt mir, daß du doch ganz zufrieden mit dem bist, was ich dir biete. Außerdem bist du auch keine Frau, die sich mit irgendwelchen Kerlen einläßt, sowenig wie ich mich mit einer Schlampe. Aber das schließt nicht aus, daß du auch mal Lust nach Abwechslung haben könntest. Dafür gäbe es eine Menge Gründe.«

»Nein«, protestierte sie, »nein, nein, niemals!«

»Doch, Martina. Und wenn es soweit ist, Martina, dann denke daran, daß du mir nicht treu sein mußt. Warum auch? Du gehörst nicht mir, du gehörst nur dir selber.«

»Liegt dir so wenig an mir?« fragte sie leise.

»Sei nicht dumm, Martina. Wenn du mir gleichgültig wärst, würde ich mir dann die Mühe machen, so viele Worte zu verlieren? Aber es gibt Dinge, die irgendwann mal geklärt werden müssen. Das ist also hiermit geschehen. Jetzt laß mich mal dein Auto sehen. Ein VW. Sehr vernünftig.«

Sie schluckte ihre Enttäuschung hinunter. »Du siehst, daß Geld auch ganz nützlich sein kann.«

»Habe ich nie geleugnet. Ich freue mich, Martina.«

»Daß du mich nicht mehr vom Zug abholen mußt?«

»Darüber auch. Du weißt, ich bin ein bequemer Mensch und lege Wert darauf, mir das Leben so angenehm wie möglich zu machen.«

»Wenigstens bist du ehrlich.«

Er grinste. »Das habe ich schon öfter zu hören bekommen.« Er fuhr mit der Hand in die Hosentasche, zog ein Schlüsselbund heraus und warf es ihr zu. »Jetzt fahr deinen Grashüpfer mal in die Scheune, und ich werde inzwischen mein Manuskript wegräumen. Zu essen kann ich dir allerdings nur wenig bieten.«

Martina öffnete den Kofferraum und holte den Korb heraus, in dem eine lange Stange Weißbrot steckte, zwei Flaschen Rose und verschiedene Delikatessen. »Ich habe eingekauft.«

»Das klingt schon besser.« Er steckte seine große Nase zwischen das Obst. »Daraus läßt sich was machen.«

Trotz der kalten Dusche, die er ihr verpaßt hatte, gelang es ihr, wie immer, sich bei ihm zu entspannen. Nach einer leckeren kleinen Mahlzeit und ein, zwei Gläsern Wein war es ihr, als habe er mit allem recht, und sie sei es, die einen großen Fehler gemacht hatte.

In dieser Nacht liebten sie sich leidenschaftlicher denn je.

1964 wurde ein gutes Jahr für Martina, privat und auch beruflich.

Die Kinder, jetzt zwölf und dreizehn Jahre alt, hatten sich angepaßt. Martina hatte selten Schwierigkeiten mit ihnen.

Manchmal ärgerte sie sich über Claudias Unliebenswürdigkeit, manchmal über Stefans Phlegma. Es gab Auseinandersetzungen, die ausgetragen werden mußten, aber Sorgen, wirkliche Sorgen machten ihr die Kinder nicht. Beide waren gut in der Schule, Claudia entwickelte immer noch besonderen Ehrgeiz, und beide erfüllten sie ihre Pflichten im Haushalt ohne zu murren. Martina nahm das nicht als selbstverständlich hin, sondern erkannte es an, indem sie ihnen mehr Freiheiten gewährte, als man Kindern dieses Alters im allgemeinen zugesteht.

Ein großer Kreis von gleichaltrigen Jungen und Mädchen fand sich in Martinas Wohnung in der Ainmillerstraße zusammen, wo es keine Mutter gab, die über Schmutzspuren auf dem Boden schimpfte oder ständig die Aufsicht führte, und wo der Eisschrank immer mit Cola und Eis gefüllt war und Obst in Körben zum Zugreifen einlud. Hier halfen sie sich gegenseitig bei den Schulaufgaben, hörten Radio und Platten in großer Lautstärke und schwärmten gemeinsam für die Beatles. Sie versuchten auch selber Musik zu machen, aber das gelang ihnen nie so recht, schon deshalb, weil sie nicht die richtige Ausdauer hatten.

Um es den Beatles wenigstens auf andere Weise gleichzutun, ging Stefan nicht mehr zum Friseur. Martina ließ ihn gewähren, wenn es sie auch irritierte, daß er mit seinem »Pilzkopf« und dem hübschen, großäugigen Gesicht recht mädchenhaft wirkte. Aber sie mußte zugeben, daß es ihm gut stand.

Auch Claudia hatte inzwischen die Frisur geändert. Der Pony war verschwunden, sie trug das lange blonde Haar jetzt mit einem Mittelscheitel. »Die Nullachtfünfzehn-Frisur«, wie Stefan es geringschätzig nannte.

»Bildest du dir etwa ein, dein Haar wäre was Besonderes!?« fauchte sie zurück. »Alle lassen es doch wachsen.«

Tatsächlich war Stefans leicht gelocktes Haar von Natur schön; er hatte es von seiner Mutter geerbt, ein warmes glänzendes Braun. Martina hatte, als er es wachsen ließ, zur Bedingung gemacht, daß er es regelmäßig wusch, und er hielt sich daran.

Als sie die Kinder Anfang August zum Bahnhof brachte, diesmal im eigenen Auto, war sie sehr stolz auf die beiden. Immer wenn sie zu ihrem Vater fuhren, betrachtete Martina sie mit besonders kritischen Augen, aber sie fand nichts an ihnen auszusetzen.

Mit den üblichen Ermahnungen und Grüßen an alle Verwandten, die Großmutter in Essen und die Großeltern in Dinslaken, die Urgroßmutter, die Onkel und die Stiefmutter, begleitete sie Claudia und Stefan zum Zug und winkte ihnen nach, bis er aus der Bahnhofshalle verschwunden war.

Der Abschied tat nicht weh, denn in diesem Jahr hatte sie sich, das erste Mal seit ihrer Scheidung, selber einen Urlaub von vierzehn Tagen bewilligt. Die zweite Augusthälfte wollte Isolde mit Mann und Kindern in die Ferien fahren; Alice aber verreiste lieber im Herbst, wenn die Hauptreisezeit vorbei war.

Martina war es gleichgültig, daß halb Deutschland zur Zeit unterwegs war. Joachim Velbert hatte sie zu sich eingeladen; und selbst wenn es in Westerndorf Sommergäste gab, auf seinem abseits gelegenen Bauernhof war es immer ruhig.

Martina freute sich unendlich, mit dem Mann, den sie liebte, mehr als nur einen Abend und eine Nacht zusammen sein zu können. Da sie ihren eigenen Koffer schon gepackt hatte, fuhr sie geradewegs vom Bahnhof, quer durch München, zur Autobahn, nicht ohne auf halbem Weg bei »Feinkost Käfer« haltzumachen und einzukaufen.

Diesmal wurde sie erwartet. Joachim Velbert saß Pfeife rauchend auf der Hausbank. Als Martina vorfuhr, erhob er sich und öffnete das Scheunentor, so daß sie nicht auszusteigen brauchte.

»Na endlich«, sagte er zur Begrüßung; er wirkte, braungebrannt, in einem offenen, leuchtendblauen Hemd, sehr männlich und vital.

Lachend warf sie sich an seine Brust. »Jetzt sag nur, daß du die Minuten gezählt hast!«

»Habe ich!«

»Dann hast du hoffentlich mit eingerechnet, daß ich noch bei Käfer war.«

»Warst du? Feine Idee. Es ist schon was, wenn man eine gut verdienende Freundin hat.« Er nahm ihr den Korb mit den Lebensmitteln ab und ließ sie, wie üblich, ihren Koffer selber tragen.

Da sie inzwischen seine Empfindlichkeiten kannte, erbot sie sich, die Lebensmittel selber wegzuräumen. »Du wirst doch sicher arbeiten wollen.«

»An einem Tag wie diesem? Niemals!« erklärte er pathetisch.

»Du mußt mir aber sofort sagen, wenn ich dich störe.«

»Worauf du dich verlassen kannst. Komm, jetzt zeige ich dir erst einmal dein Zimmer.«

Nur mit Mühe gelang es Martina, sich ihre Enttäuschung nicht anmerken zu lassen; sie hatte fest damit gerechnet, bei ihm zu schlafen.

Er führte sie eine ausgetretene Treppe in den ersten Stock hinauf, öffnete eine Tür und ließ sie ein sonniges Zimmer betreten. Es war sehr einfach, aber hübsch eingerichtet; es gab ein altes Bauernbett, auf dessen Kopfstück ein dickbäuchiger kleiner Engel gemalt war, einen bunt bemalten Bauernschrank, einen Holztisch mit zwei Stühlen und ein Waschbecken. Auf dem Boden lag ein Fleckerlteppich.

»Hoffentlich gefällt's dir«, sagte er mit Besitzerstolz. »Vom Fenster aus hast du den Blick auf die Berge. Aber geh nicht auf den Balkon. Du könntest durchkrachen.«

»Warum läßt du ihn nicht reparieren?«

»Er ist über hundert Jahre alt, ein Museumsstück, und ich möchte nicht, daß daran herumgepfuscht wird. Also dann, richte dich ein. Ich erwarte dich unten.«

Martina blieb länger oben, als sie zum Auspacken gebraucht hätte. Sie mußte über sich und Joachim Velbert nachdenken. Es war ihr unverständlich, warum er sie abschob. Zwar war sie es gewesen, die ihm nahegelegt hatte, sie einzuladen, aber er hätte es doch nicht zu tun brauchen, wenn er sie nicht bei sich haben wollte. Sie war gekränkt und verwirrt.

Eine Weile spielte sie sogar mit dem Gedanken, sofort wieder abzufahren. Aber dann sah sie ein, daß es unvernünftig gewesen wäre, aus gekränktem Stolz zu handeln. Selbst wenn er sie den ganzen Urlaub über nicht einmal anrührte, so war es für sie doch schöner, bei ihm zu sein, als allein in einem Hotel, ganz davon zu schweigen, daß sie in der Hauptsaison wohl kaum ein freies Zimmer finden würde.

Trotz des bitteren Anfangs wurde es dann doch noch ein wunderschöner Tag. Sie gingen zusammen spazieren, lagen auf alten Liegestühlen im verwilderten Obstgarten und redeten, redeten, redeten miteinander. Am Abend aßen sie beim Kerzenlicht den frischen Hummer, den Martina mitgebracht und gekocht hatte. Joachim Velbert tischte ihn mit verschiedenen delikaten Salaten und einer köstlichen Sauce auf.

Zu Martinas großer Erleichterung – sie hatte schon befürchtet, er könnte sie nicht mehr begehren – gingen sie später auch zusammen ins Bett, in Joachim Velberts großes, bequemes Bett aus schwarzem Schmiedeeisen. Sie liebten sich sehr leidenschaftlich.

Es kostete Martina Überwindung, ihn zu verlassen. Sie machte Anstalten, sich zu erheben, und wartete darauf, daß er sie zurückhalten würde. Aber er murmelte nur: »Du kannst morgen so lange schlafen, wie du magst«, und rollte sich zur Seite. Sie konnte nicht länger an sich halten. »Wäre es wirklich so schlimm, wenn ich heute nacht bei dir bleiben würde?«

»Ja.«

»Warum? Sag mir bloß, warum? Ich verstehe dich nicht.«

»Es ist bequemer so für uns beide.«

»Wir haben doch immer sehr bequem hier zusammen geschlafen.«

»Das war aber auch nur für eine Nacht.«

»Wo ist da der Unterschied?«

Jetzt sah er sie an. »Es tut mir leid, daß du so unverständig bist. Ich dachte, du wärst keine Frau wie alle anderen.«

Unter seinem Blick wurde sie unsicher. »Das habe ich nie behauptet.«

»Du bist es auch nicht. Du bist überhaupt keine Ausnahme. Ihr müßt immer alles kaputtmachen.«

»Verdammt!« rief sie. »Was mache ich denn kaputt, nur weil ich bei dir schlafen möchte?«

»Du drängst dich auf. Du bist unsensibel. Verstehst nicht mal einen Wink mit dem Zaunpfahl.«

»Nein, ich verstehe es wirklich nicht!« rief sie.

»Dann will ich es dir erklären: ich will nur mit dir schlafen, wenn ich Lust dazu habe. Bitte, laß mich jetzt mal reden, du hast es so gewollt! Ja, ja, ich weiß, du würdest mich nicht dazu zwingen. Vielleicht würdest du nicht einmal versuchen, mich zu verführen, obwohl … na, das sei dahingestellt. Aber dein Dasein, dein Vorhandensein hier in meinem Schlafzimmer, in meinem Bett, halbnackt in einem aufreizenden Hemdchen wäre an sich schon eine Aufforderung an mich, der ich nachkommen müßte.«

»Unsinn!«

»Es ist so!« behauptete er sehr entschieden. »Und dann würde ich mit dir schlafen, obwohl ich keine Lust dazu hätte, und es würde denn auch dementsprechend werden. Meine Unzufriedenheit mit mir selber würde ich auf dich übertragen, deine körperliche Nähe würde bald abstoßend auf mich wirken. Und je intensiver ich mich bemühen würde, dich loszuwerden, desto heftiger würdest du dich an mich klammern.«

»Das ist nicht wahr!«

»Bisher hast du dich in jeder Beziehung verhalten wie alle anderen Frauen, die mir gefallen haben. Warum solltest du anders reagieren, wenn es zu Ende geht?«

Sie stieg aus dem Bett und raffte ihre Sachen zusammen. »Du liebst mich nicht!«

»Habe ich auch nie behauptet!«

Wütend stürzte sie zur Tür, blieb aber sofort stehen, als er ihren Namen rief.

»Weißt du, was der Unterschied zwischen uns beiden ist?« fragte er.

»Da gibt es wohl mehr als einen.«

Er lachte. »Stimmt. Aber ich meine nicht den hübschen kleinen, der dir jetzt schon wieder im Kopf herumspukt, sondern etwas ganz anderes. Ich versuche das, was ich unsere Freundschaft nenne, unsere Beziehungen, unsere Gemeinsamkeit, unser Glück, ja, von mir aus auch unsere Liebe, verdammt nochmal ... ich versuche unsere Liebe zu hegen und zu pflegen und zu erhalten. Während du feste dabei bist, alles zu zerstören.«

Schlagartig kam ihr die Erleuchtung. »Du hast recht!« rief sie entgeistert. »Du hast wirklich recht!« Sie lief zu ihm hin, warf sich vor dem Bett auf die Knie und barg ihren Kopf an seiner Brust. »Du hast recht, Joachim. Bitte verzeih mir!«

»Ist ja schon gut.« Er zottelte mit bärenhafter Zärtlichkeit an ihren Haaren. »Du bist eben noch sehr jung und dumm. Das vergißt man manchmal. Aber nun sieh zu, daß du in deine Federn kommst, ja? Zu den Dingen, die ich hasse, gehören nächtliche Auseinandersetzungen. Auch der Schlaf ist ein Geschenk, das man nicht selbstverständlich hinnehmen sollte ...ach was, ich kann jetzt sowieso nicht mehr einschlafen! Hol mal die Kognakflasche; trinken wir noch ein Glas zusammen.«

So endete der erste Abend denn doch noch friedlich, und es folgte eine ungetrübte Woche. Sie glaubte, sich noch nie so gut erholt zu haben; sicher war, daß sie noch nie zuvor einen Urlaub so sehr verdient hatte.

Am Samstagnachmittag rief Martina in Dinslaken an. Zuerst sprach sie ein paar Worte mit ihrem geschiedenen Mann, dann bat sie die Kinder an den Apparat. Sie erwartete, mit fröhlichem Geschwätz überschüttet zu werden, statt dessen waren beide, Claudia und auch Stefan, seltsam wortkarg.

»Was ist denn los mit euch?« fragte sie. »Ist irgend etwas nicht in Ordnung?«

»Doch.«

»Brauche ich mir keine Sorgen zu machen?«

»Bestimmt nicht.«

Aber sie machte sich doch Gedanken und sprach mit Joachim Velbert darüber.

»Typisch Muttertier«, neckte er sie.

»Du hast gut reden! Wenn du Kinder hättest ...«

»Habe ich aber nicht.«

»Also kannst du dir auch nicht vorstellen ...«

Er unterbrach sie. »Doch, Martina. Es ist nicht schwer zu begreifen, daß man sich Sorgen um Menschen macht, die man liebt. Aber deine Kinder sind keiner wirklichen Gefahr oder irgend einer Not ausgesetzt. Sie sind doch bei ihrem Vater, und der ist, soviel ich weiß, ein ehrenwerter Mann. Oder ist er es nicht? Jetzt erst fällt mir auf – du hast mir eigentlich recht wenig von eurer Ehe erzählt.«

»Ich wollte dich nicht damit belästigen.«

»Wie schlecht du mich kennst! Ich bin von Haus aus ein neugieriger Mensch, und als Schriftsteller muß ich es sein. Wo nähme ich denn sonst meine Stoffe her, wenn ich nicht zuhören könnte!«

Martina lachte. »Mein Leben ist bestimmt kein Roman.« Aber sie erzählte ihm dann doch allerlei aus den vergangenen Jahren, und das erleichterte sie ungeheuer.

Noch eine wunderbare Woche mit Joachim Velbert verging. Zwar hatte er wieder begonnen, an seinem Buch zu arbeiten, und er mußte dabei in seinem Zimmer allein sein. Aber Martina genoß es trotzdem. Sie lag dann im Garten, gerade so weit von ihm entfernt, daß sie noch das Klappern seiner Reiseschreibmaschine hören konnte, und las. Joachim Velbert hatte ein Zimmer im oberen Stock als Bibliothek eingerichtet. Vom Boden bis zur Decke waren Regale gezogen. Martina durfte sich nehmen, was sie wollte, ließ sich jedoch lieber von ihm beraten.

Die Frau aus dem Dorf, sie hieß Marei, kam täglich, räumte auf, putzte und wusch ab, wenn sie es auch jetzt, während der Erntezeit, meist sehr eilig hatte, wieder fortzukommen, weil sie zu Hause helfen mußte. Sie war eine hagere Person, so um die Fünfzig, und war als ledige Schwester auf dem Hof ihres verheirateten Bruders geblieben.

So war Martina ganz ohne Arbeit, denn auch die Kocherei ließ Joachim Velbert sich nicht nehmen. Immer kam er vor dem Essen mit einem Aperitif zu ihr in den Garten und verkündete, wann die Mahlzeit fertig sein würde.

»Weißt du eigentlich, daß du einen wunderbaren Ehemann abgeben würdest?« fragte Martina einmal spontan und hatte sofort das Gefühl, etwas Falsches gesagt zu haben.

Aber er lächelte nur. »Schon möglich.« Vorsichtig, um ihn nicht zum Zusammenbruch zu bringen, ließ er sich in den zweiten Liegestuhl sinken.

Martina wagte sich weiter vor. »Warst du wirklich nie verheiratet?«

»Doch.«

»Das habe ich gar nicht gewußt!«

»Ich binde es nicht gleich jedem auf die Nase. Meine Ehe ist annulliert worden.«

»Wie denn das?« Martina blickte ihn über den Rand ihres Glases hinweg an.

»Auf Betreiben meiner Frau. Sie wollte sich wieder verheiraten, katholisch, und deshalb war's ihr wichtig. Sie konnte nachweisen, daß ich nie ernsthaft bereit gewesen war, die ehelichen Verpflichtungen auf mich zu nehmen.«

»Das paßt zu dir!« stellte sie fest.

Er schmunzelte. »Allmählich fängst du an, mich zu kennen.«

»Erzähl mir mehr«, bat sie.

»Die Geschichte meiner Ehe ist kurz. Ich war dreiundzwanzig, als ich heiratete, sie zwanzig, und ich war, wie du dir vorstellen kannst, irrsinnig verliebt. Wir hatten eine schöne Zeit zusammen. Es war wirklich ein ungetrübtes Glück. Bis mir eines Tages bewußt wurde, daß sie aufgehört hatte zu arbeiten. Sie war Journalistin, freie Mitarbeiterin an verschiedenen Zeitungen. Ein tüchtiges Mädchen. Bis zu unserer Heirat.«

»Dann gab es also Krach?«

»Überhaupt nicht. Ich sprach nur einmal mit ihr darüber. In aller Ruhe. Machte ihr klar, daß ich mir die Ehe so nicht vorgestellt hatte und daß ich sie verlassen würde, wenn sie sich nicht beschäftigte. Sie glaubte mir nicht, lachte mich nur aus.«

»Und?«

»Und dann bin ich gegangen.«

»Einfach so?«

»Einfach so.«

»Und du bist heute noch stolz darauf?«

»Stimmt genau. Ich habe mich nicht ausbeuten lassen. Und das ist auch wieder ein Argument gegen die Ehe. Daß sie zu leicht eine Ausbeutung des einen Partners durch den anderen oder auch zu einer wechselseitigen Ausbeutung wird.«

»Dann ist es keine Ausbeutung mehr, sondern gegenseitige Hilfe.«

»Wir sehen die Dinge aus einem verschiedenen Blickwinkel.« Sanft fuhr er mit dem Zeigefinger vom Knöchel hinauf über ihre langen schlanken Beine, die von der Sonne tief gebräunt waren.

Sie hielt seine Hand fest. »Ich will dich nicht heiraten ...«

»Willst du das wirklich nicht?«

»Nein«, beteuerte sie heftiger, als es notwendig gewesen wäre. »Aber wenn du es eines Tages wünschen würdest, könntest du unbesorgt sein. Ich würde nie mein Institut aufgeben.«

»Aber vielleicht würde ich als Mann einer gutsituierten Geschäftsfrau die Lust am Schreiben verlieren?«

»Das kann ich mir nicht vorstellen.«

»Sag das nicht. Es könnte mich sehr wohl frustrieren, wenn du mit deinen Salben und Tränklein mehr verdienst als ich mit den Werken meiner Phantasie. Aber lassen wir das Thema lieber fallen. Es könnte uns den Appetit verderben, und das wäre doch schade.«

Martina hätte noch vieles sagen mögen, aber sie war klug genug, den Mund zu halten.

Am nächsten Freitagvormittag hatte Martina es sich gerade im Garten bequem gemacht, als sie im Haus das Telefon schrillen hörte.

Das war ungewöhnlich, denn Joachim Velbert, der ein Tagesarbeiter war, hatte Freunde und Verleger dazu erzogen, ihn erst nach vier anzurufen.

Da erschien er auch schon am Fenster und brüllte: »Telefon für dich! Deine Tochter!«

Martina erhob sich so schnell wie möglich und stürzte ins Haus. Joachim Velbert gab ihr den Hörer in die Hand.

»Claudia?« rief Martina atemlos.

»Sei nicht böse, Mutti ...«, Claudias Stimme klang sehr hell, aber auch sehr bestimmt, »... wir halten's hier nicht länger aus. Wir kommen nach Hause.«

Martina war bestürzt. »Aber ... nun hör doch mal ...«

»Wir wollen dir auch gar keine Umstände machen. Wir holen uns den Wohnungsschlüssel bei Tante Gerlinde und ...«

»Was ist denn eigentlich passiert?«

»Das erzählen wir dir alles. Jetzt haben wir keine Zeit. Wir müssen doch den Zug erwischen.«

»Und euer Vater? Ist er denn einverstanden?«

»Wir haben gewartet, bis er weg ist. Renate ist gerade einkaufen.«

»Aber ihr müßt doch wenigstens eine Nachricht hinterlassen!«

»Haben wir schon getan. Wir haben einen Brief geschrieben. Tschau, Mutti! Das Taxi ist gerade gekommen. Bis bald.«

»Claudia!« rief Martina noch.

Aber da hatte ihre Tochter schon aufgelegt.

Joachim Velbert saß schweigend da. Aber an der nervösen Art, wie er die Papiere auf dem Tisch vor sich ordnete, merkte sie, daß er sich gestört fühlte.

»Ich muß nach Hause«, sagte sie.

»Habe ich mir schon gedacht.«

»Schade. Es war so schön bei dir. Und nun verlieren wir ein ganzes Wochenende.«

»Das läßt sich nachholen.«

»Hoffentlich.« Sie beugte sich nieder und küßte ihn auf den Mund. »Ich verabschiede mich schon hier von dir. Du brauchst mich nicht zu begleiten.«

»Sehr rücksichtsvoll.« Er gab ihr einen zärtlichen Klaps auf den Po und wandte sich wieder seiner Schreibmaschine zu.

Martina lief in den Garten zurück, klappte ihren Liegestuhl zusammen und nahm das Buch auf, in dem sie gelesen hatte. Sie hätte es gern mit nach München genommen, aber sie traute sich nicht, Joachim deswegen noch einmal zu stören. So brachte sie es an seinen Platz in die Bibliothek zurück.

Es wurde ihr bewußt, was für ein egozentrischer Mensch er doch war. Er hatte den Anruf aus Dinslaken nur als Belästigung empfunden, hatte sich weder bemüßigt gefühlt zu fragen, was geschehen war, noch sie zum Bleiben zu bitten.

Eigentlich hätte sie ja gar nicht so rasch aufbrechen müssen, denn bis die Kinder in München ankamen, würden noch gut und gerne neun Stunden vergehen. Sie hätten also wenigstens noch zusammen Mittag essen können. Aber nicht einmal das hatte er ihr vorgeschlagen.

Martina nahm sich vor, sich in Zukunft, wenigstens innerlich, von ihm zu distanzieren. Aber schon als sie am Steuer ihres Autos in Richtung München unterwegs war, wußte sie, daß sie es nicht fertigbringen würde. Später einmal vielleicht, jetzt noch nicht.

Als der D-Zug aus Duisburg in die Halle einlief, stand Martina auf dem Bahnsteig und erwartete ihre Kinder. Es dauerte eine Weile, bis sie sich entdeckt hatten. Dann ließen Claudia und Stefan ihr Gepäck stehen, rannten auf die Mutter zu und begrüßten sie so stürmisch, wie sie es nicht von ihnen gewohnt war.

»Du lieber Himmel, was ist denn los mit euch?« rief sie. »War es denn so schrecklich bei Vater? Stefan, was hast du denn mit deinem Haar gemacht?«

Stefans lange Pracht war ab, das dunkelbraune Haar kringelte sich jetzt in kurzen Locken um den hübschen Kopf.

»Das war Vater! Er hat mich zum Friseur geschleppt! Er hat mich gezwungen!«

»Wie findest du das?« fragte Claudia empört.

»Brutal!« Martina legte ihrem Sohn die Hand auf die Schulter. »Aber nimm's nicht tragisch, es wächst ja wieder!«

»Aber bis dahin? Ich kann mich ja nicht mehr auf der Straße sehen lassen!« Er war den Tränen nahe.

»Na, so schlimm ist es doch auch nicht.«

»Ist es! Alle werden mich auslachen!«

Martina kam ein Gedanke. »Wie war's, wenn du mit Isolde und ihrer Familie ans Meer fahren würdest? Die Kinder sind zwar jünger als du, aber ...«

»Das würdest du wirklich erlauben?«

»Sicher. Ich würde auch dich mitschicken, Claudia, aber ich fürchte, das wird zuviel. Ein Bett läßt sich immer noch aufstellen, aber zwei …«

Claudia kniff die hellen Augen zusammen. »Willst du uns loswerden?«

»Überhaupt nicht.«

»Aber da war doch ein Mann?«

»Stimmt. Ich war bei einem Freund.« Martina begann das Gepäck einzusammeln und stapelte es auf einen Karren. »Aber ab Montag hätte ich sowieso wieder angefangen zu arbeiten. Ich bin froh, wenn du dann zu Hause bist.«

»Was ist das für ein Freund?«

»Ich werde es euch erzählen. Aber nicht hier auf dem Bahnhof. Jetzt schiebt mal gefälligst.«

Glücklicherweise hatte Martina einen Parkplatz in der Nähe des Ausgangs gefunden. Sie hoben das Gepäck in den Kofferraum, stellten die eiserne Karre an den Straßenrand und fuhren los.

»Also … sag schon!« bohrte Claudia weiter.

Martina winkte ab; sie konnte nicht sprechen, weil sie sich auf den sehr lebhaften Verkehr konzentrieren mußte. Das Einbiegen nach links fiel ihr immer noch schwer. Erst als sie die Meiserstraße erreicht hatte, die geradewegs nach Schwabing führte, begann sie von Joachim Velbert zu erzählen.

»Der Schriftsteller?« fragte Claudia beeindruckt. »Tatsächlich *der* Schriftsteller?«

»Hast du etwa schon was von ihm gelesen?«

»Das nicht.«

»Ich gebe dir ein Buch von ihm.«

»Können wir ihn auch kennenlernen?«

»Wenn er mal Zeit hat, werde ich ihn zum Kaffee einladen. Aber jetzt seid ihr dran. Was war in Dinslaken?«

Stefan, der hinten saß, war durch den Verlust seiner Mähne so betroffen, daß er nur hin und wieder etwas dazwischen brummte, während Claudia lebhaft erzählte.

Martina erfuhr, daß Renate ein Kind erwartete und daß die Schwangerschaft sie empfindlich und reizbar gemacht hatte. Helmut zeigte wenig Verständnis für ihren Zustand und zog sich, wie es seine Art war, immer mehr in sich selber und zu seinen

Briefmarken zurück, wodurch er bei Renate Szenen und Tränen heraufbeschwor.

»Es war wirklich furchtbar … ganz furchtbar«, sagte Claudia. »Du kannst es dir nicht vorstellen.«

»Doch, das kann ich«, erklärte Martina.

»Ich will nie mehr dahin!«

»Aber wenn das Kind erst da ist …«

»Nie mehr«, verlangte auch Stefan und fuhr sich mit einer verzweifelten Gebärde in sein gestutztes Haar.

Martina dachte nach. »Das müßt ihr auch nicht«, entschied sie.

»Wirklich nicht?« rief Claudia. »Du schickst uns nicht mehr nach Dinslaken?«

»Ich werde eurem Vater schreiben, daß er euch hier in München besuchen kann, wenn er euch sehen will. Das ist zwar gegen unsere Abmachung, aber er hatte auch kein Recht, Stefan zum Friseur zu schleppen.«

»Aber kann er nicht versuchen, über das Gericht …?« fragte Claudia und ließ den Rest des Satzes in der Luft hängen.

»Versuchen kann er es. Aber das würde eine umständliche Geschichte, und selbst wenn er recht bekommt, woran ich zweifle, könnte ich immer noch in die nächste Instanz gehen. Aber ich denke mir, jeder Richter wird einsehen, daß ihr keine kleinen Kinder seid, die man gegen ihren Willen durch die Gegend schicken kann.«

Mit einer ganz ungewohnten Geste der Zärtlichkeit legte Claudia ihre Hand auf Martinas Schulter. »Weißt du, Mutti, manchmal finde ich dich direkt bewundernswert.«

Martina lächelte ihr zu. »Danke.«

Noch am gleichen Abend sprach sie mit Isolde Schulz, die gern bereit war, Stefan mit nach Grado zu nehmen; Martina machte sich sofort daran, seine Sachen für die Reise ans Mittelmeer zu richten. Danach verbrachte sie eine unruhige Nacht, denn sie wußte, daß sie ihrem geschiedenen Mann die Besuche der Kinder nicht nehmen konnte, solange er noch finanziell für sie sorgte – obwohl sie, nach deren Erzählungen, sicher war, daß sie ihm tatsächlich nicht sehr viel bedeuteten.

Es fiel ihr bitter schwer, sich zu dem Entschluß durchzuringen, auf seine Alimente zu verzichten. Aber als sie es getan hatte, fühlte sie sich unendlich erleichtert. Wenn ihr auch das

Geld entging, so machte der Zuwachs an Selbstachtung das mehr als wett.

Im September besuchte Joachim Martina zum erstenmal in der Ainmillerstraße, und zwar zu einem kleinen Abendessen. Anschließend wollten sie zur Premiere einer englischen Komödie in die Kammerspiele gehen.

Er sprach kameradschaftlich mit den Kindern, behandelte sie wie kleine Erwachsene, ohne den Versuch, sich bei ihnen beliebt zu machen. Claudia und Stefan fanden ihn imponierend, und er sah auch sehr gut aus in seinem gut sitzenden Smoking. Auch Martina hatte sich besonders schön gemacht in einem minikurzen schwarzen Samtkleid, das zudem noch ihre glatten Schultern freigab.

»Hoffentlich rutschst du da nicht heraus«, neckte er sie, aber seine Blicke verrieten ihr, daß sie ihm gefiel.

»Wie könnte ich denn?«

»Je nachdem. Oben oder unten.«

Joachim war im Auto nach München gekommen, aber sie nahmen ein Taxi zu den Kammerspielen, weil sie anschließend einen Tisch in Gistels Weinlokal »Die Kanne« reserviert hatten.

»Wie findest du Stefan und Claudia?« fragte sie auf der Fahrt zur Maximilianstraße.

»Von Kindern verstehe ich leider nichts.«

»Gefallen sie dir nicht?« fragte sie enttäuscht.

»Das will ich nicht sagen. Die Kleine hat was los. Die wird mal richtig.«

»Claudia?« fragte Martina verblüfft; in ihren Augen war ihre Tochter nichts anderes als ein unscheinbares dünnes Ding.

»Ganz richtig.«

»Sie hat doch nur ihre Bücher im Kopf.«

»Das wird sich schon noch ändern. Verlaß dich drauf.«

Martina war betroffen. Nie hatte sie daran gedacht, daß man in Claudia etwas anderes sehen könnte als ein Kind. Joachim aber hatte die werdende Frau erkannt.

»Vorläufig ist es jedenfalls noch lange nicht soweit«, sagte sie unsicher.

Er lachte. »Ein Trost für dich, was?«

»Überhaupt nicht! Warum sollte ich denn Claudia keine Erfolge gönnen!?« verteidigte Martina sich heftig.

»Könntest du es wirklich ertragen, in ihrem Schatten zu stehen?«

»Dahin wird es nie kommen.«

»Warten wir's ab.«

»Ach, hör auf damit. Du willst mich ja nur ärgern.«

Obwohl Joachim sich noch weiter über Claudias Reize verbreitete, über ihre langen geraden Beine, die schönen Augen und die kleine Nase, ging Martina nicht mehr auf das Thema ein. Sie hüllte sich in Schweigen, denn sie wollte sich nicht provozieren lassen. Ohnehin waren ihre Beziehungen zu ihm gerade etwas getrübt.

Es hatte Martina geärgert, daß Joachim im Hotel »Drei Löwen« abgestiegen war, statt sie, wie sie es erwartet hatte, zu bitten, bei ihr übernachten zu dürfen. Sie hätte es ihm zwar nur ungern erlaubt, aber sie fand, er hätte ihr zumindest Gelegenheit geben müssen, es ihm abzuschlagen. Statt dessen hatte er sie dahin gebracht, ihn zu fragen, warum er denn nicht bei ihr schlafen wollte, und hatte sich seine Erklärung anhören müssen, daß er keine Neigung zum Familienleben habe und nicht bereit sei, ihretwegen seine Gewohnheiten zu ändern; bisher sei er immer, wenn er in München war, im »Drei Löwen« gewesen, und so solle es auch in Zukunft bleiben.

Diese Niederlage hatte sie noch nicht ganz verkraftet; sie dämpfte ihre gute Laune und ihre Erwartungen.

Aber dann wurde es doch noch ein interessanter Abend, denn in der Pause und nachher bei Gistel machte Joachim sie mit Persönlichkeiten aus dem gesellschaftlichen Leben der Stadt bekannt. Martina fühlte sich sehr glücklich.

Und am nächsten Tag stand in der »Abendzeitung«: »Joachim Velbert erschien mit einer neuen Begleiterin, der schönen Martina Stadelmann (›Boutique Martina‹), in einem hinreißenden schwarzen Cocktailkleid, Modell Balanciaga.«

Martina hätte jubeln mögen vor Freude. Jeder, der heute die »Abendzeitung« las, mußte auf ihren Namen stoßen. Das konnte sich auch geschäftlich auswirken. Sie konnte es sich nicht versagen, die Notiz an ihre Großmutter, die alte Frau Wülfing, zu schicken, die sie bestimmt der Mutter und dem Stiefvater zeigen würde. Liebend gern hätte sie sie auch Helmut und Renate zukommen lassen, aber sie wollte sich nicht lächerlich machen.

Claudia aber, die den Zeitungsausschnitt, ohne sich etwas zu vergeben, einem Brief an den Vater hätte beilegen können, weigerte sich.

»Ich habe gar nicht vor, ihm zu schreiben«, sagte sie. »Und warum auch? Bloß, daß er liest, daß du mit Joachim Velbert gehst? Oder daß du ein Modellkleid getragen hast? Oder daß der Reporter dich hinreißend schön findet? Das ist ja albern. Vater weiß doch, wie du aussiehst.« Claudia war nicht zu überreden. »Wenn du Vater so gern ärgerst, hättest du mit ihm verheiratet bleiben sollen«, behauptete sie. »Jetzt ist das doch ganz sinnlos.«

Der gutmütige Stefan wäre bereit, die Notiz beizulegen, wenn er seinen monatlichen Pflichtbrief nicht schon geschrieben und abgeschickt hätte.

So also mußte Martina den Wunsch, vor ihrem geschiedenen Mann und seiner neuen Frau zu glänzen, aufgeben, und schon am nächsten Tag verstand sie selber nicht mehr, warum ihr das überhaupt so wichtig erschienen war.

Tatsächlich hatte ihre Erwähnung in der »Abendzeitung« eine andere, sehr erfreuliche Folge. Viele Kundinnen hatten sie gelesen, und nicht nur das: neue Anmeldungen kamen in auffälliger Zahl. Martina mußte wieder stark mitarbeiten, um Isolde und Alice zu entlasten, und als der Zustrom anhielt, mußte sie sich sogar entschließen, eine dritte Mitarbeiterin einzustellen.

Der Winter 1965/66, ja, das ganze Jahr 1966 wurde ein Erfolg für Martina, geschäftlich, gesellschaftlich und privat.

Das Kosmetik-Institut florierte, und nicht nur das: immer mehr und immer neue Kundinnen kamen, nicht, um behandelt zu werden, sondern um Martinas selbst hergestellte Pflegeserien zu erstehen, sei es, daß sie durch Werbung auf sie aufmerksam geworden waren, sei es, daß sie die Cremes bei einer Freundin gesehen hatten. Martina hatte ihre Mitarbeiterinnen angewiesen, immer eine kurze Hautanalyse durchzuführen, bevor sie an Laufkundinnen verkauften, besonders aber nach Allergien zu forschen, denn einen Mißerfolg, der womöglich zu Aufsehen oder gar zu einem Prozeß geführt hätte, konnte und wollte sie sich nicht erlauben.

Sie selber bediente, seit sie noch eine vierte Kraft eingestellt hatte, kaum noch, ließ sich aber regelmäßig in den Kabinen blikken; sie wußte, daß ihr Name, ihr Aussehen und ihr Auftreten sich vorteilhaft auf das Geschäft auswirkten.

Die meiste Zeit aber stand sie in ihrer Küche und produzierte Cremes, eine Arbeit, die, nachdem das abenteuerliche Stadium der ersten Versuche überwunden war, immer langweiliger wurde. Die einzige Befriedigung, die sie dabei empfand, war die, sich auszurechnen, wie wenig sie die Ingredienzien kosteten und wieviel das fertige Präparat einbringen würde. Nur selten kam sie dazu, für sich oder Claudia etwas zu schneidern. Das hätte sich auch kaum noch gelohnt, da sie sich alles, was sie brauchte, zum Einkaufspreis aus der Boutique holen konnte. Aber Martina behielt die Gewohnheit bei, die Wochenenden mit den Kindern zu verbringen.

Als Joachim Velbert sie einmal deswegen neckte, erwiderte sie:

»Solange sie noch Wert darauf legen, mit mir zusammen zu sein, möchte ich es weiter so halten. Sie haben wenig genug von ihren Eltern.«

Tatsächlich zeigte Claudia, obwohl sie inzwischen fünfzehn geworden war, noch keine Neigung, auf Partys zu gehen. Der Ton, den sie Jungen gegenüber anschlug, war nicht anders als der, in dem sie mit Stefan sprach, und das konnte nicht anziehend wirken.

Ein- bis zweimal in der Woche fuhr Martina nach Westerndorf hinaus, gleichgültig, ob die Sonne schien, ob es regnete, stürmte oder schneite. Es war immer wieder schön, mit Joachim zusammen zu sein, wenn es auch, je länger ihre Beziehungen dauerten, immer öfter zu Reibereien kam. In Augenblicken der Besinnung gab sich Martina zu, daß sie selber schuld daran war. Er hatte sich nicht geändert, aber gerade das war es, was an ihren Nerven zerrte. Joachim blieb er selber und weigerte sich, ihre Beziehungen enger zu gestalten. So gut sie sich auch verstanden, blieb doch alles zwischen ihnen unverbindlich.

Martina fühlte sich wohl in seinem kleinen Haus, und sie hätte keinen einzigen dieser Besuche missen mögen. Aber sie wäre auch öfter mit ihm ausgegangen, und nicht nur, um ihren Namen in der »Abendzeitung« lesen zu können. Doch Joachim lehnte es ab, mehr als einmal im Monat in die Stadt zu kommen, und dann pickte er sich immer nur das interessanteste Ereignis heraus und lehnte alle anderen Einladungen ab.

Sie verstand ihn nicht, und es irritierte sie noch mehr, daß er nie darauf drängte, ein Wochenende mit ihr zu verbringen oder sie auf eine seiner Reisen mitzunehmen. Dabei wäre sie gar nicht bereit gewesen, ihre Kinder Samstag/Sonntag allein zu lassen. Und sie war auch beruflich noch nicht so abgesichert, daß sie das Geschäft immer mal wieder für zehn Tage hätte sich selbst überlassen können.

Tatsächlich fiel es ihr ohnehin schwer, sich immer wieder für ihn freizumachen, denn sie hatte ja noch andere Verpflichtungen: Gerlinde, die nicht nur Partnerin, sondern auch Freundin war, verlangte, daß sie sich ihr auch privat widmete, der alte Herr Hübner, den sie nicht vernachlässigen durfte, auch Frau Liebner, die sich von Zeit zu Zeit meldete, und Renate Lorenzoni, die ihr Karten für die Oper schenkte und beleidigt gewesen wäre, wenn Martina sie nicht benutzt hätte.

Dies alles sagte sie sich selber – und auch, daß sie gar keinen Grund hatte, sich an Joachim Velbert zu klammern. Dennoch tat sie es, gegen Vernunft und besseres Wissen. Es verletzte ihr Selbstgefühl, daß er nicht darum kämpfte, sie ganz für sich zu gewinnen, das mußte ja nicht unbedingt eine Ehe sein.

Obwohl sie allen Grund gehabt hätte, glücklich zu sein, war sie es nicht. Eine nagende Unruhe beherrschte sie. Es ging ihr gut, aber sie wollte mehr, immer noch mehr – mehr Liebe und Aufmerksamkeit, als Joachim ihr geben konnte, mehr gesellschaftlichen Erfolg, als es ihrer Position entsprach, und, obwohl sie jetzt gut verdiente, wollte sie auch mehr Geld, vor allem wollte sie es nicht so hart erarbeiten müssen.

Oft war sie ungeduldig und ungerecht den Kindern gegenüber, merkte es selber und entschuldigte sich reuevoll. Stefan und Claudia behandelten sie mit liebevoller Nachsicht.

Joachim war nicht so geduldig. Er machte kein Hehl daraus, daß ihm ihre Reizbarkeit auf die Nerven ging, und zog sich innerlich von ihr zurück. Es kam so weit, daß nicht mehr *er* sie anrief und sie bat, zu ihm zu kommen, sondern daß *sie* zum Hörer greifen mußte, um ihn anzurufen. Diese Entwicklung trug noch dazu bei, ihre Unsicherheit zu verstärken.

Eines Morgens im April 1966 las sie – wieder in der »Abendzeitung« –, daß Joachim Velbert eine Vernissage von Andy Warhol in Begleitung einer anderen Frau besucht hatte. »Mit der sehr anmutigen jungen Schauspielerin Kiki van Straaten«, las sie.

Martina verschlug es den Atem, sie geriet außer sich. Schon griff sie zum Hörer, um ihn, obwohl sie wußte, wie sehr er vormittägliche Störungen haßte, in Westerndorf anzurufen und zur Rede zu stellen.

Sie ließ sein Telefon klingeln, aber niemand kam an den Apparat.

Entweder wollte er nicht abnehmen, das hätte zu ihm gepaßt, oder aber er war auf der Fahrt nach Hause, vielleicht sogar noch in München.

Ohne zu überlegen, schlüpfte Martina aus ihrem Kittel, sagte Isolde Bescheid, daß sie fort müsse, ließ sich nicht aufhalten, holte ihren VW aus dem Hof und fuhr zum Hotel »Drei Löwen«. Es gelang ihr nicht, sich zurechtzulegen, was sie ihm sagen wollte, sie fragte auch nicht, was sie mit einer Aussprache eigentlich erreichen könnte, sie fühlte sich nur gedemütigt und stand unter dem Zwang, Dampf abzulassen.

Als sie in die Hotelhalle stürmte, kam Joachim Velbert, die lederne Reisetasche schwenkend, gerade aus dem Lift. Der weite helle Regenmantel unterstrich noch die gesunde Farbe seines Gesichts; er wirkte ausgeschlafen und gut gelaunt, und das brachte Martina noch mehr in Harnisch.

»Jochen!« rief sie.

Er blieb stehen, seine Züge spannten sich, er kniff die Augen zusammen. »Warum schreist du so? Ich weiß, wie ich heiße.«

»Ich wollte nicht … ich wollte dir nur guten Tag sagen«, stammelte sie, aus dem Konzept gebracht.

»Lieb von dir, aber es wäre doch eigentlich an mir, erstaunt zu sein. Was willst du hier im Hotel?«

»Ich muß dich sprechen, Jochen!«

»Ist was passiert?« fragte er gleichmütig und ging an ihr vorbei zur Rezeption.

»Das weißt du genau!«

»Guten Morgen, Herr Schröder«, sagte Joachim zu dem jungen Mann an der Rezeption. »Die Rechnung, bitte.«

»Ist schon fertig, Herr Velbert.«

Martina war gezwungen, ihm nachzulaufen. »Könntest du dich nicht wenigstens eine Sekunde mit mir befassen?«

Joachim Velbert zahlte und steckte die Rechnung ein. »Mir scheint, du willst mir eine Szene machen. Dafür ist eine Hotelhalle wohl kaum der richtige Ort.«

»Du warst in München, ohne mich zu verständigen. Du bist mit einer anderen in diese Ausstellung gegangen.«

»Stimmt. Sonst noch was?«

Sie umklammerte seinen Arm. »Jochen, warum hast du das getan?«

»Du hast kein Recht, mich danach zu fragen.«

»Ich habe überhaupt kein Recht in deinem Leben!«

»Nein, das hast du nicht.« Er sprach mit leiser kalter Stimme. »Damit wären wir also wieder beim Punkt der Punkte angekommen.«

»Wie konntest du mir das antun?!«

Er befreite sich von ihrem Griff. »Als ich dich kennenlernte«, sagte er und ging auf den Ausgang zu, »warst du eine selbstbewußte, tüchtige junge Frau. Jedenfalls schienst du mir so. Ich dachte, wir könnten es schön zusammen haben, und wir hatten es ja auch schön. Aber du warst mit dem, was ich dir bieten kann, nicht zufrieden.«

Sie trat neben ihm auf die Straße. »Was hast du mir denn schon geboten?!« rief sie außer sich.

Er blieb stehen und sah sie an. »Ein gutes Bett, gute Mahlzeiten an meinem Tisch und gute Gespräche.«

»Aber das ist doch nicht genug, Jochen!«

»Für dich nicht, ich weiß. Gerade deshalb halte ich es für besser, wenn wir uns trennen.«

»Du willst mich los sein?« Nicht eine Sekunde hatte sie daran gedacht, daß er so weit gehen könnte.

»Ich will dir Gelegenheit geben, über dich, über mich und über unsere Beziehungen nachzudenken.«

»Es ist also was Ernstes mit dieser ... dieser Kiki van Straaten?«

»Du bist und bleibst eine Provinzlerin«, sagte er kalt.

»Und du bist ein Schuft!«

»Damit wäre wohl alles gesagt, was zu sagen war. Ich wünsch dir was, Martina!« Er wandte sich ab und ging über die Fahrbahn zu der Garage, in der er sein Auto abzustellen pflegte. Martina rang nach Luft. Sie war drauf und dran, ihm nachzustürzen. Aber dann wurde ihr bewußt, daß ein Hausdiener und ein Page sie neugierig anstarrten. Sie wollte ihnen kein weiteres Schauspiel bieten, warf den Kopf in den Nacken und stieg in ihren VW, den sie vor dem Hotel geparkt hatte.

Aber es dauerte eine ganze Weile, bis sie begriff, daß es zwischen ihr und Joachim tatsächlich aus war. Und als sie es erkannte, war ihr, als hätte sich ein Abgrund vor ihren Füßen geöffnet. Ein Gefühl unendlicher Verlassenheit überfiel sie. Doch sie wollte sich ihr Elend weder vor den Kindern noch vor Gerlinde Hauser anmerken lassen.

Es gelang ihr, wenn man sie fragte, mit gleichmütiger Stimme zu erklären: »Ach, Joachim Velbert? Mit dem ist es aus. Habe ich dir das denn noch nicht erzählt?«

Gerlinde, die selber keinen Freund hatte, verbarg nicht, daß sie froh darüber war. »Dann wirst du in Zukunft wenigstens wieder mehr Zeit für mich haben.«

Stefan, der sich nie für ihre Freundschaft interessiert hatte, nahm es gelassen auf. Claudia zeigte Mitgefühl und ein ganz klein wenig Schadenfreude. »Mach dir nichts draus, Mutti«, sagte sie, »anscheinend hast du nun mal kein Glück bei Männern. «

Martina wußte selber nicht, wie es geschah, aber vorübergehend empfand sie die Trennung von Joachim Velbert wie eine Befreiung. Es war ihr, als sei er allein schuld an ihrer inneren Unruhe gewesen und als werde sie jetzt endlich die innere Ausgeglichenheit finden, nach der sie strebte.

Lange betrachtete sie sich prüfend im Spiegel und stellte fest, daß sie immer noch schön war. Zwar war ihr Körper schwerer geworden, nicht zuletzt wegen der leckeren Mahlzeiten, die ihr Joachim Velbert geboten hatte, aber ihre Haut war immer noch glatt und faltenlos, die verschiedenfarbigen Augen blickten klar, und ihr volles braunes Haar zeigte noch keine grauen Strähnen. Aber sie strahlte natürlich keine mädchenhafte Frische mehr aus. »Gut erhalten«, war die Bezeichnung, die sich ihr bei der Betrachtung ihrer eigenen Erscheinung aufdrängte. Sie war das, was man in München eine »g'standene Frau« nennt oder auch, wie es in Modezeitungen so hübsch heißt, eine »Frau ohne Alter«. Sie war jetzt dreiunddreißig und konnte sich noch gut und gerne als Neunundzwanzigjährige ausgeben, nur der erfahrene Blick ihrer Augen und der resignierende Zug um ihre Lippen, die nicht mehr so voll waren wie früher, verrieten, daß sie das vierte Jahrzehnt ihres Lebens erreicht hatte.

Noch war sie jung genug für einen neuen Anfang. Wahrscheinlich konnte sie sogar von Glück sagen, daß sie Joachim Velbert losgeworden war, daß sich eine Beziehung gelöst hatte, die nie zu einer befriedigenden Entwicklung hätte führen können.

Sie hatte sich scheiden lassen, um frei zu sein. Sie hatte diese Jahre heiß ersehnt. Wieso es ihr bisher so schlecht gelungen war, sie zu genießen, verstand sie nicht. Diesmal wollte sie es anders machen.

Ein Glücksgefühl überfiel sie, das jedoch nicht von langer Dauer war. Schon wenige Tage später mußte sie sich eingestehen, wie sehr ihr Joachim fehlte – ihre Fahrten zu ihm aufs Land, die Zärtlichkeit, die er ihr geschenkt hatte, die sexuelle Befriedigung und die anregenden Gespräche. Nichts von alledem konnten ihr ihre Kinder, ihre Freundin und ihre anderen Bekannten bieten.

Nur die kleinen guten Mahlzeiten konnte sie sich selber bereiten, aber sonderbarerweise schmeckten sie ihr nie so wie bei ihm in Westerndorf, und den Kindern schon gar nicht; sie verzogen die Nasen, wenn die Küche nach Zwiebeln und Knoblauch duftete.

Hier und da kamen noch Einladungen ins Haus, zu einer Modenschau, zur Eröffnung einer Kunstausstellung oder auch eines neuen Lokals. Martina nahm sie alle an, weil sie nicht beiseite geschoben werden wollte und weil sie hoffte, Joachim Velbert doch unversehens irgendwo zu begegnen. Aber sie traf ihn nie, und bald mußte sie einsehen, daß eine Party ohne seine Anwesenheit nur noch ein halbes, eigentlich gar kein Vergnügen für sie war. Eine Frau allein stellte in der Gesellschaft nichts dar, ja, wurde eher als belastend empfunden. Selbst wenn Männerüberschuß herrschte, holte man lieber ein Rudel hübscher unbedarfter Mädchen, die den Zweck erfüllten, dekorativ zu wirken. Es konnte Martina passieren, daß sie mit einem Glas in der Hand in einer Ecke landete und sich niemand um sie kümmerte. Sie mußte sich selber in den Vordergrund drängen, Gespräche und Kontakte anknüpfen, um beachtet zu werden, und das fiel ihr immer wieder bitter schwer.

Claudia fragte: »Warum tust du es dann überhaupt? Nur um in der ›Abendzeitung‹ zu stehen?«

»Ach was, das ist mir vollkommen gleichgültig!« behauptete Martina und erkannte, selber überrascht, daß es der Wahrheit entsprach. »Es ist wegen des Geschäfts. Es steigert das Ansehen des Instituts und den Umsatz.«

»Nur deshalb?« bohrte Claudia skeptisch nach.

»Nein, nicht nur«, gab Martina zu. »Ich will mich durchsetzen.«

»Ausgerechnet in dieser versnobten Gesellschaft? Na, dann viel Spaß!«

Erst nachträglich wurde es Martina bewußt, daß Joachim Velbert ihr doch sehr viel geboten hatte; letztlich war er es, dem sie den gesellschaftlichen Anschluß und den geschäftlichen Aufstieg verdankte.

Aber nicht deswegen sehnte sie sich nach ihm.

Oft war sie nahe daran, ihn anzurufen. Nicht ihr Stolz verbot es ihr, sondern die Einsicht, daß sie einer unverbindlichen Beziehung, wie er sie wünschte, nach wie vor nicht gewachsen war. Doch das Bewußtsein, ihn ganz verloren zu haben, blieb ein immerwährender Schmerz.

Das einzig Gute, was die Trennung ihr gebracht hatte, bestand darin, daß sie die Pille absetzen konnte. Sie hatte sie sich nach ihrer ersten Nacht mit Joachim Velbert verschreiben lassen, sie aber nie gut vertragen und auf den Rat ihres Arztes immer wieder andere Fabrikate ausprobiert, ohne zu einem befriedigenden Ergebnis zu kommen. Alle Präparate hatten ihr Kopfschmerzen oder Schwindel, Appetitlosigkeit oder Gewichtszunahme, ein Völlegefühl oder Schlaflosigkeit bereitet. Der Arzt hatte angedeutet, daß diese schlechte Verträglichkeit vielleicht auf eine seelische Abneigung gegen diese chemischen Verhütungsmittel zurückzuführen sein könnte. Martina hatte das bezweifelt. Jetzt war sie froh, daß sie endlich mit der Pille und der Suche nach dem idealen Präparat Schluß machen konnte. Als sie die angebrochene Schachtel in den Mülleimer werfen konnte, empfand sie Erleichterung. Dabei fiel ihr ein, wie bald schon Claudia vielleicht zu solchen Mitteln würde greifen müssen. Bei nächster Gelegenheit, sie waren allein in der Küche, versuchte sie vorsichtig ein Aufklärungsgespräch zu beginnen.

Claudia würde im Sommer sechzehn Jahre alt werden. Sie war immer noch sehr dünn, hochaufgeschossen, und Martina mußte zugeben, daß sie eines Tages, wenn sie sich erst zum Gebrauch von Lippenstift, Lidschatten, Wimpernfarbe und Rouge entschließen würde, um damit einer gewissen Farblosigkeit abzuhelfen, sehr reizvoll werden konnte.

Als Martina etwas unsicher zu sprechen begann, hob Claudia die blonden Augenbrauen. »Nur keine Bange, Mutti. Du denkst doch nicht etwa, daß ich genauso früh loslegen werde wie du?«

»Wenn du auch bis jetzt noch keinen Freund hast, so besagt das doch nicht ...«

»Daß ich sofort mit ihm ins Bett gehen werde, wenn ich einen finde? Nein, Mutti, so dumm bin ich nicht.«

»Trotzdem muß jedes Mädchen wissen ...«

»Du bist wirklich rührend!« Claudias Lächeln war spöttisch. »Aber du brauchst dir wirklich keine Gedanken um mich zu machen. Ich weiß, was ich wissen muß.«

»Wirklich?«

»Die Zeiten haben sich seit deiner Jugend geändert, Mutti. Heutzutage betreiben sie doch in jeder Jugendzeitung Aufklärung. Das gehört einfach dazu. So dumm, mir noch vor dem Abi ein Kind andrehen zu lassen, bin ich wirklich nicht.«

»So dumm wie ich, meinst du?«

»Ach, Mutti, nimm doch nicht alles gleich so persönlich. An dich habe ich jetzt gar nicht gedacht. Aber es stimmt doch, du hast heiraten müssen, weil ich unterwegs war?«

Martina schüttelte den Kopf. »Nachträglich sieht's zwar so aus, aber es stimmt nicht ganz. Ich war damals schrecklich verliebt in deinen Vater und glücklich, daß ich ihn heiraten durfte.«

»Dann weiß ich, wovor ich mich in acht nehmen muß: vor der Verliebtheit!« erklärte Claudia ernsthaft.

Martina lächelte. »Wenn man das könnte!«

»Ich kann es! Du wirst sehen!«

Mutter und Tochter verstanden sich in letzter Zeit recht gut, obwohl Claudias Art nicht liebenswürdiger geworden war und obwohl es Martina störte, daß Claudia sie mit einer gewissen Überheblichkeit behandelte und oft einen scharfen Ton anschlug. Für das Kosmetik-Institut interessierte sie sich nach wie vor nicht, aber sie erkannte an, daß Martina kein Geld mehr von ihrem geschiedenen Mann annahm.

Helmut ließ es sich allerdings nicht nehmen, weiter zu zahlen. Martina hatte für jedes der Kinder ein Sparkonto errichtet, auf das sie das Geld legte. Später sollten sie darüber frei verfügen und selbst entscheiden dürfen, ob sie es nehmen und wie sie es anlegen wollten.

Vorläufig war Claudia noch entschlossen, keinen Pfennig davon anzurühren, sondern die ganze Summe der »Aktion Sorgenkind« zu spenden, Stefan wollte das Geld für seine Auswanderung in die Vereinigten Staaten anlegen. Er war immer noch fest entschlossen, Weltraumforscher zu werden. Als der Astronaut Sherman, der von Gemini 9 ins All getragen worden war, sich zwei Stunden frei im luftleeren Raum bewegte, war er nicht vom Bildschirm zu reißen. Um die Anschaffung eines eigenen Fernsehers war Martina natürlich nicht herumgekommen; sie hatte ihn sich und den Kindern schon zum letzten Weihnachtsfest geschenkt.

Alice Kramer kündigte; sie wollte sich selbständig machen. Martina, die sie nur ungern ziehen ließ, verstand ihren Wunsch. Aber in der Erinnerung an ihre eigenen ersten Schwierigkeiten und Mißerfolge nahm sie sich das Recht heraus, sie zu warnen und sie zu beraten.

Sie schlug Alice vor, eine »Martina«-Filiale zu gründen. Alice war dazu bereit, zumal Martina vorgesehen hatte, daß sie die Filiale auf eigene Rechnung führen sollte. Die geeigneten Räume hatte sie schon gefunden, am Färbergraben, einer kurzen Straße in der Stadtmitte, in der Nähe des Marienplatzes. Die beiden Institute sollten nur insoweit koordiniert sein, als Alice den Namen Martina benutzte und die Martina-Präparate anwandte und vertrieb. Martina wollte ihr, besonders in der schwierigen Einführungszeit, Kundinnen zuführen; man mußte sich jetzt schon tagelang vorher anmelden, wenn man ins Kosmetik-Institut Martina zur Behandlung kommen wollte.

Im September wurde »Martina II« eröffnet, und das neue Institut entwickelte sich vor allem durch Martinas Unterstützung sehr gut.

Die Folge war, daß Martina mit der Herstellung ihrer Pflegeserien kaum noch nachkam.

Dr. Stützhammer, der Vertreter einer pharmazeutischen Firma, bei der sie einkaufte, staunte, als er wieder einmal einen Auftrag entgegennahm. »Ich muß schon sagen, Frau Stadelmann, Ihre Produktion nimmt Ausmaße an ... Wie Sie das ganz alleine schaffen!«

»Ich schaffe es ja auch bald nicht mehr ... Jedenfalls nicht in dieser Küche.«

Sie hatte Dr. Stützhammer zu einer Tasse Kaffee herein gebeten, und sie saßen sich an dem ausklappbaren Tischchen gegenüber.

»In dieser Küche?«

»Wo dachten Sie sonst?«

Statt zu antworten, erklärte er: »Sie sind eine erstaunliche Frau.«

Sein Lob tat Martina gut; sie mochte Dr. Stützhammer. Er war ein kleiner magerer Mann mit einem zerknitterten Gesicht und klugen Augen, die, durch eine starke Brille vergrößert, eulenhaft wirkten.

Doch rasch vergaß sie das Gespräch wieder – nicht so Dr. Stützhammer. Das nächste Mal, als er Martina aufsuchte, begann er wieder davon.

»Frau Stadelmann, ich habe über Sie nachgedacht ... über Sie und über mich!«

Martina lachte. »Das soll doch wohl nicht etwa ein Heiratsantrag werden?«

»Ich bin verheiratet«, erklärte Dr. Stützhammer mit Würde, »seit nahezu vierzig Jahren, und ich bin meiner Frau treu.«

»Die Glückliche!«

»Ich möchte Ihnen einen rein geschäftlichen Vorschlag machen. Wie Sie wissen, habe ich selber Chemie studiert, und wenn ich auch nicht gerade ein As auf diesem Gebiet bin – als Reisender habe ich natürlich einiges verlernt –, so reichen meine Kenntnisse immerhin aus, um die Herstellung der Martina-Serien zu übernehmen.« Er blickte sie eulenhaft an.

»Sie wollen ...!?« Martina war völlig überrascht.

»Ja. Ich möchte Sie entlasten, natürlich nicht aus uneigennützigen Gründen. Daß ich dabei verdienen will, versteht sich von selber.«

»Wieviel?«

»Wir müssen davon leben können, meine Frau und ich. Ich habe einen Bausparvertrag, den würde ich in das Unternehmen stecken, und Sie werden doch sicher auch was auf der hohen Kante haben. Wir brauchen eine Werkstatt, vielleicht auch nur eine Garage oder ein Grundstück, um einen Zweckbau darauf zu setzen. Ich würde die Arbeit machen und später, wenn es läuft, einen Vertrieb aufziehen. Warum soll es Martina-Präparate nur in München geben?«

Das Angebot klang verlockend, und doch konnte Martina sich nicht sogleich entschließen, darauf einzugehen. Sie hatte Angst, hereingelegt zu werden, Angst, sich in ein unternehmerisches Abenteuer einzulassen, das sie nicht mehr übersehen konnte. Und sie schreckte auch davor zurück, das sichere Einkommen aus den Präparaten mit jemandem zu teilen.

Tagelang überlegte und rechnete sie hin und her. Gerlinde riet ihr dringend ab, aber da die beiden Frauen mit getrennten Kassen arbeiteten, hatte das nichts zu sagen.

Claudia erklärte: »Das mußt du selber wissen, Mutti.« Fügte dann aber hinzu: »Ich würde an deiner Stelle nach jedem Strohhalm greifen, um die geisttötende Quacksalberei vom Hals zu kriegen.«

Dieses Argument gab für Martina den Ausschlag. Sie hatte wirklich genug davon, täglich stundenlang zu wiegen, zu messen und zu quirlen, immer in der Angst, daß eine Emulsion nicht klappen und eine Creme gerinnen könnte. Mindestens ebenso verhaßt war ihr das Etikettenschreiben. Es mußte ihr doch gutes Geld wert sein, daß Dr. Stützhammer ihr beides abnehmen wollte – die Etiketten sollte seine Frau schreiben, denn Martina hielt es für richtig, die Schildchen, solange es irgend möglich war, mit der Hand zu beschriften. Dr. Stützhammer war ihr seit Jahren bekannt. Er war ein anständiger Mensch. Es war nicht anzunehmen, daß er sie übervorteilen wollte. Erstaunlich genug, daß er sich in seinem Alter – er ging auf die Sechzig zu – überhaupt noch aufraffen konnte, etwas Neues anzufangen. Ob die Martina-Präparate sich wirklich auf breiter Basis gegen die starke in- und ausländische Konkurrenz würden durchsetzen können, bezweifelte sie zwar, aber wenigstens würde sie endlich von der Routinearbeit befreit sein.

Martina rief Dr. Stützhammer an, und sie setzten sich noch einmal zusammen, diesmal am Sonntagnachmittag und in aller Ruhe in ihrem schönen Wohnzimmer.

»Ich bin sehr froh, daß Sie sich nun doch entschlossen haben!« Dr. Stützhammer nahm seine Brille ab, rieb die Gläser mit einem Papiertaschentuch sauber und sah, mit kleinen, zwinkernden Augen, völlig verändert aus. »Ich bin zu alt, um noch zu reisen. Einen entsprechenden Posten im Innendienst gibt es in meiner Firma nicht für mich. Meine Frau kränkelt, und ich möchte ihr so nah wie möglich sein.«

Sie schlossen einen beide Seiten befriedigenden Vertrag, der sie zu Geschäftspartnern machte. Zehn Tage später fand Martina ein geeignetes Objekt, ein verwahrlostes Bauernhaus in Unterbiberg, etwa zehn Kilometer von der Stadtgrenze und ebenso weit entfernt von der Autobahn München-Salzburg. Es gehörte so viel Grund dazu, daß man den Betrieb später, wenn er sich günstig entwickeln sollte, erweitern konnte. Vor allem aber, und das gab für Martina den Ausschlag, war das Haus preisgünstig zu erwerben. Vorerst sollte es nur innen ausgebaut werden, wobei das ganze Erdgeschoß und der erste Stock in Lager-, Labor- und Herstellungsräume umgewandelt werden sollten. Auch ein Büro war vorgesehen. Dr. Stützhammer war genauso begeistert von dem Projekt wie Martina, denn für ihn hatte es den großen Vorteil, mit seiner Frau gleich über der neuen Arbeitsstätte, nämlich im zweiten Stock, wohnen zu können.

Martina, die ihre Rücklagen nicht angreifen wollte, nahm eine Hypothek auf das Haus; Dr. Stützhammer setzte seinen Bausparvertrag ein. Aus Sparsamkeitsgründen zogen sie keinen Architekten hinzu, sondern planten den Umbau nach eigenem Ermessen.

Noch war der Nutzen nicht greifbar, und Martina hatte mehr Arbeit denn je, und dennoch gab ihr das neue Projekt Auftrieb und lenkte sie von ihrem Liebeskummer ab.

Da der Ausbau des Besitzes in Unterbiberg in der unwirtlichen Jahreszeit durchgeführt werden konnte, während der die Bauwirtschaft nicht so angespannt war wie im Frühjahr und Herbst, ging er rasch vonstatten. Martina konnte sich Weihnachten und Silvester darauf freuen, daß sie zu Beginn des Jahres 1967 von der Herstellungsarbeit befreit sein würde. Schon machte sie Pläne, mit Claudia, der es vielleicht auch Freude machen würde, öfter ins Theater zu gehen und Konzerte zu besuchen, als eine neue, diesmal ganz ungewollte Veränderung in ihrem

Leben eintrat: Gerlinde erklärte ihr, daß sie aus ihrem Vertrag aussteigen wolle.

Es war Martina selber gewesen, die seinerzeit darauf bestanden hatte, eine Klausel einzubauen, die es ihr oder Gerlinde gestattete, die geschäftliche Partnerschaft zu beenden und damit auch von dem Hauskauf auf Leibrente zurückzutreten. Sie hatte dabei an ihre eigenen Interessen gedacht. Falls die Zusammenarbeit mit Gerlinde schwierig werden würde, der Geschäftsgang nicht befriedigend verlaufen oder das Haus in der Ainmillerstraße sich als unrentabel erweisen sollte, hatte sie sich ein Schlupfloch offen halten wollen.

Jetzt machte Gerlinde davon Gebrauch.

Sie suchte Martina am Abend auf, und da Claudia und Stefan im Wohnzimmer vor dem Fernseher saßen, führte Martina sie in die Küche. Gerlinde kam ohne Umschweife mit ihrem Anliegen heraus.

Martina beschwor sie, die Partnerschaft aufrechtzuerhalten, aber es gelang ihr nicht, sie umzustimmen. Gerlinde erklärte, daß ihr die Arbeit in der Boutique keinen Spaß mehr mache; sie sei mit ihren fast vierzig Jahren zu alt, um noch hinter dem Ladentisch zu stehen und sich mit anmaßend und unverschämt auftretenden jungen Mädchen abzugeben.

Das war ein Argument, das kaum zu entkräften war. Martina selber hatte schon manchmal gedacht, daß Gerlinde hätte besser verkaufen können, wenn sie ihren Kundinnen gegenüber liebenswürdiger gewesen wäre.

»Dann übernehme ich eben die Boutique«, erklärte sie kurz entschlossen, »und du übernimmst nur die Buchhaltung und die Steuer, dann hast du mit dem Publikum gar nichts mehr zu tun.«

»Nein«, entgegnete Gerlinde, »so habe ich mir das nicht gedacht. Ich möchte das Geld wiederhaben, das ich ins Haus gesteckt habe.«

»Wie das?«

»Höchst einfach. Wir müssen einen Käufer finden, der unsere Verpflichtungen Herrn Hübner gegenüber übernimmt und jedem von uns, sagen wir, zweihunderttausend Piepen zahlt.«

»Das wären vierhunderttausend!«

»Na und? Das Haus ist doch inzwischen mindestens eine Million wert.«

»Wenn du das weißt, Gerlinde, wie kannst du dann so verrückt sein, es verkaufen zu wollen?« fragte Martina eindringlich.

»Weil ich das Geld brauche. Frag mich bitte nicht, wozu.«

»Und was soll aus mir werden?«

»Du suchst dir ein neues Geschäftslokal und eine neue Wohnung hier irgendwo in der Nähe. Dein Institut ist doch blendend eingeführt. Da wirst du den kleinen Umzug schon verkraften.«

Martina mußte einsehen, daß Gerlinde recht hatte, aber es war ihr von tiefstem Herzen zuwider, das schöne alte Haus, das sie schon als ihr eigenes betrachtet hatte, aufzugeben, und noch dazu mit Verlust.

Um Zeit zu gewinnen, bot sie Gerlinde etwas zu trinken an, aber die Freundin lehnte alles ab. Martina trank einen Kognak. Seit jeher war sie es gewohnt, Gerlinde in einem Zweifelsfall umzustimmen und auf ihre Seite zu ziehen, und so versuchte sie es auch diesmal. Aber vergeblich.

Endlich gelang es Martina wenigstens, den wahren Grund ans Licht zu bringen. Gerlinde hatte einen Mann kennengelernt, Theo Ungerer, einen Diplomingenieur, vier Jahre jünger als sie selber und ein »wirklich feiner und guter Mensch«, wie sie sagte. Deshalb hatte sie auch Weihnachten und Silvester im vorigen Jahr nicht mit Martina, Herrn Hübner, Frau Liebig und den Kindern gefeiert. Tatsächlich hatte sie sich am letzten Tag des alten Jahres, wie es sich jetzt herausstellte, mit Theo Ungerer verlobt.

Martina blieb nichts anderes übrig als zu gratulieren. »Ich wünsche dir Glück«, sagte sie. »Aber deshalb brauchst du doch nicht alles, was du dir geschaffen hast, aufzugeben.«

»In Zukunft wird Theo für mich sorgen«, erklärte Gerlinde stur.

»Um so besser.« Martina hatte eine Idee. »Dann verkauf mir doch deinen Anteil am Haus, und ich stottere ihn dir auf Raten ab. Das schaffe ich bestimmt.«

»Aber ich brauche das Geld«, mußte Gerlinde zugeben.

»Ich dachte, dein Theo würde …?«

»Sobald er kann.«

Martina erfuhr, daß Theo Ungerer ein hochbegabter Mensch sei, ein genialer Kopf, der jahrelang am Weltraumforschungsinstitut Pfaffenhofen an der Ilm gearbeitet habe. Es sei ihm gelungen, verschiedene nützliche Erfindungen im Bereich der Nachrichtenübermittlung auf dem Weg über Satelliten zu machen. Dann aber sei es ihm zu dumm geworden, weil ihm diese Erfindungen, da er sie im Rahmen seines Arbeitsverhältnisses gemacht habe, nicht gesondert honoriert worden seien. Hätte er sie selber zum Patent anmelden und verkaufen können, wäre er schon längst Millionär. Deshalb habe er, als er einer »großen Sache« auf die Spur gekommen sei, gekündigt, um die neue Erfindung ungebunden vollenden zu können.

Martinas Augen waren immer größer geworden. »Und das sollst du ihm nun finanzieren?«

»Ich soll es nicht, ich will es. Du kannst dir nicht vorstellen, wie bescheiden Theo ist. Ich werde ihm das Geld aufdrängen müssen.«

»Warum tust du es dann?«

»Weil ich ihn liebe.«

»Dieser Theo«, sagte Martina langsam, »scheint wirklich ein ganz besonderer Mann zu sein. Du mußt ihn mir einmal vorstellen.«

»Ja. Vielleicht.« Gerlinde schien von diesem Vorschlag nicht begeistert zu sein; sie stand auf.

»Nur noch eine Frage: Bist du sicher, daß all das, was dir dein Theo erzählt, auch wirklich wahr ist? Tut mir leid, Gerlinde, aber wie du das bringst, hört es sich ein bißchen nach ›Tausend-und-eine-Nacht‹ an.«

»Wenn du mir nicht glaubst ...«

»Dir glaube ich jederzeit, Gerlinde. Die Frage ist nur, ob er ganz ehrlich ist.«

»Du kennst ihn nicht!« rief Gerlinde empört.

»Stimmt. Aber ich finde, du solltest, bei aller Liebe, doch auch Erkundigungen einziehen. Oder soll ich es für dich tun? Ich könnte zum Beispiel in Pfaffenhofen anrufen ...«

»Das verbiete ich dir! Das wäre ... Wenn Theo etwas davon erführe, könnte alles aus sein. Er ist ein so feinfühliger und empfindlicher Mensch. Er müßte mich für mißtrauisch halten. Und wie verträgt sich Mißtrauen mit Liebe?«

Martina gab sich nicht geschlagen. Zwar war ihr klargeworden, daß sie Gerlinde nicht von ihrem Entschluß würde abbringen können, aber das Haus aufgeben wollte sie dennoch nicht. Sie hing daran, und sie haßte schlechte Geschäfte. Es mußte einen Weg geben, Gerlinde aus eigenen Mitteln auszuzahlen.

Hätte sie eine Hypothek auf das Haus nehmen können, wäre alles verhältnismäßig einfach gegangen. Aber das war unmöglich, da es ihr, solange der alte Herr Hübner noch lebte, noch nicht gehörte. Also mußte sie die Mittel auf andere Art auf treiben.

Zuerst rechnete Martina durch, wieviel Gerlinde überhaupt verlangen konnte, denn die zweihunderttausend DM schienen ihr doch reichlich hochgegriffen. Gerlinde hatte fünfzigtausend DM in den Umbau des Hauses gesteckt und, wie sie selber, Herrn Hübner die Hälfte seiner Leibrente, also eintausendfünfhundert DM monatlich fünf Jahre und drei Monate lang, gezahlt, das waren vierundneunzigtausendfünfhundert DM, insgesamt also eine Summe von rund gerechnet einhundertfünfzigtausend DM. Dazu kam ein Wertzuwachs von fünfzigtausend DM, der auch nicht zu hochgegriffen war, wenn sie auch hoffen durfte, Gerlinde in diesem Punkt herunterhandeln zu können. Jedenfalls mußte sie einsehen, daß sie die Partnerin unterschätzt hatte: auch sie schien sich genau ausgerechnet zu haben, allein oder mit Hilfe ihres teuren Theo, was sie für ihren Anteil am Haus verlangen konnte.

Diese Summe mußte also aufgebracht werden, wollte sie das Haus nicht verlieren. Martina hatte Geld auf der Bank, aber das mochte sie nur ungern angreifen, weil sie es für Steuern und Einkäufe brauchte; gerade wenn sie die Boutique übernehmen wollte, mußte sie unbedingt flüssig sein.

Es gab nur die Konten der Kinder, auf die Helmut regelmäßig die Alimente einzahlte. Doch diese Regelung hatte sich erst im September 1965 ergeben, also hatten sich bisher erst siebentausendfünfhundert DM angesammelt. Martina schreckte keineswegs davor zurück, das Geld ihrer Kinder anzugreifen, auf das sie Helmut gegenüber verzichtet hatte; sie konnte es ihnen ja später einmal wiedergeben.

Aber diese siebentausendfünfhundert DM waren eben doch nur ein Tropfen auf den heißen Stein. Sie halfen ihr kaum etwas. Sie selber konnte bei äußerster Sparsamkeit – sie mußte in Zukunft ja auch die volle Leibrente und die Zinsen für die Hypothek auf das Unterbiberger Haus zahlen – zwanzigtausend DM aufbringen. Selbst wenn es ihr gelang, Gerlinde herunterzuhandeln, würde sie immer noch mindestens einhundertfünfzigtausend DM beschaffen müssen.

Sie sprach mit Claudia darüber, die in die Küche gekommen war, um sich Cola aus dem Eisschrank zu holen.

»Warum fragst du mich?« erwiderte die Tochter achselzukkend. »Du tust ja doch immer, was du willst.«

»Aber wäre es nicht schrecklich, wenn wir unser Haus hergeben müßten?«

»Es hat uns ja nie wirklich gehört.«

»Eines Tages ...«

»Wird es dir gehören, nur dir, Mutti«, sagte Claudia nüchtern, »mach dir das klar. Weder Stefan noch ich reflektieren darauf. Und dann frag dich selber, ob du ein so großes Haus für dich ganz allein wirklich brauchst. Wir werden ja nicht immer bei dir bleiben.«

»Ich könnte in die Dachwohnung ziehen und das Kosmetik-Institut noch um ein Stockwerk vergrößern.«

»Du willst dich also nicht davon trennen?«

»Nein.«

»Damit ist deine Frage auch schon beantwortet. Wie ich dich kenne, wirst du das Geld schon irgendwie auf treiben.« Claudia hatte für sich und den Bruder eine Flasche geöffnet und ließ die Mutter allein.

Martina hätte sich ihre Tochter liebenswürdiger und verständnisvoller gewünscht. Claudia nahm keinen Anteil an ihren Problemen, und von Stefan, der jetzt fünfzehn war, konnte sie das gar nicht verlangen. So fühlte sie sich manchmal recht einsam. Dennoch beklagte sie sich über ihre Kinder nicht, sondern war froh, daß sie so waren, wie sie waren. Auch schienen beide gegen die Drogenwelle, die sich gerade in München und besonders in Schwabing ausbreitete, immun zu sein. Stefan ging ganz in technischen Basteleien und Zukunftsträumen auf, und Claudia lebte ihrem Ehrgeiz. Beide hatten einen großen Freundeskreis, der sich nicht überschnitt, und beide waren im Kreis Gleichaltriger geliebt und geachtet.

Martina hätte nicht gewußt, wie sie ihre Arbeit hätte bewältigen sollen, wenn eins von ihnen ein Sorgenkind gewesen wäre. Sie zeigte ihnen, daß sie sie ernst nahm und mit ihnen einverstanden war, und das wiederum wußten die beiden zu schätzen, die durch ihre Freundinnen und Freunde Einblicke in Familien gewonnen hatten, in denen nichts mehr, außer der Fassade, stimmte.

Sie kamen gut miteinander aus, alle drei, aber während Martina sich um Verständnis für die Sorgen der Kinder, die ihr oft läppisch erschienen, wenigstens bemühte, weigerten die beiden sich, Anteil an ihren Problemen zu nehmen. Martina mochte sie auch nicht belasten, und dennoch hätte sie sich gerade in dieser Situation einen Menschen gewünscht, mit dem sie über alles hätte sprechen können.

Aber es gab niemanden. Sie mußte sich sogar eingestehen, daß selbst Joachim Velbert nicht das richtige Verständnis für ihre Lage aufgebracht hätte. Er nahm Geld und Besitz nicht so wichtig wie sie und würde ihr geraten haben, sich lieber von dem Haus zu trennen, als sich neue Belastungen aufzuhalsen.

Während Claudia und Stefan im Wohnzimmer fernsahen, saß sie allein in der Küche und zerbrach sich den Kopf. Liebend gern hätte sie noch ein Glas Wein getrunken und streckte schon die Hand nach der Flasche aus, um sich einzuschenken, verzichtete dann aber doch. Ihre Gedanken mußten klar, glasklar bleiben.

Es dauerte nicht lange, dann hatte sie einen Einfall. Sie sprang auf, steckte den Kopf in das halbdunkle Wohnzimmer und rief: »Ich spring mal eben runter zu Onkel Karl.«

Ohne eine Antwort abzuwarten, zog sie die Tür wieder zu und lief ins Bad, um einen Blick in den Spiegel zu tun. Sie hatte sich für den Abend schon abgeschminkt. Jetzt aber legte sie doch noch ein wenig Rouge auf ihre Wangen, benutzte einen Lippenstift und Wimperntusche. Der alte Herr, jetzt achtundsechzig, war immer noch empfänglich für weibliche Reize. Martina überlegte sogar, ob sie die langen Hosen, in denen sie es sich bequem gemacht hatte, gegen einen Rock eintauschen sollte, fand das aber doch übertrieben. Für Herrn Hübner war sie auch so schön genug – nur schade, daß ihm die blonde sanfte Gerlinde immer besser gefallen hatte. Aber das ließ sich nicht ändern.

Auch bei Karl Hübner lief der Fernseher, überlaut, denn sein Gehör war nicht mehr gut, wenn er das auch nicht zugeben mochte. Zudem schien er eingenickt zu sein; als Martina öffnete, war sein Gesicht gerötet und sein weißes Haar zerzaust. »Guten Abend, Onkel Karl!« Martina wußte, daß er es gern hörte, wenn sie ihn, wie die Kinder, so nannte. »Ich hoffe, ich störe Sie nicht?«

Er schüttelte den Kopf. »Naa, Martina … setzen S' Eahna!«

Martina ließ sich in einen der beiden komfortablen Ledersessel sinken, während er den Apparat abschaltete. Dann holte er zwei Gläser und eine Flasche Kognak aus dem Wandschrank und stellte sie auf die Kupferplatte des Rauchtischs; im Laufe der letzten Jahre hatte er sich fast völlig neu eingerichtet, und selbst die Hausjacke, die er trug, war modern und fleckenlos.

»Wissen Sie eigentlich, daß Sie blendend aussehen?« fragte Martina.

»Oh, mei!« Um sein geschmeicheltes Lächeln zu verbergen, strich er sich mit der Hand über den silbrig-weißen Schnurrbart.

»Ich sag's nicht, um Ihnen zu schmeicheln, ich mein's ehrlich.« Martina schlug die langen Beine übereinander. »Was macht das Herz?«

»Der Doktor ist zufrieden.« Herr Hübner schenkte Kognak ein und trank Martina zu. »Auf gute Nachbarschaft!«

Martina nippte nur an ihrem Glas. »Bitte, nehmen Sie doch Platz, Onkel Karl, und versprechen Sie mir, daß Sie sich nicht aufregen. Leider habe ich eine schlechte Nachricht. Aber die Welt stürzt deshalb noch lange nicht ein. Also ganz ruhig bleiben.«

Karl Hübners Gesicht hatte von einer Sekunde auf die andere die Farbe verloren. »Sie können nicht mehr zahlen!« stieß er heraus.

»Unsinn. Darum geht es gar nicht! Bitte, setzen Sie sich doch. Sie bekommen Ihr Geld bis an Ihr Lebensende! Das ist doch alles vertraglich abgesichert.«

»Aber wenn Sie nicht mehr zahlen können …«

»Ich kann, Onkel Karl, ich kann. Nur keine Sorge. Die Geschäfte gehen prima. Es ist nur so … Gerlinde ist in eine dumme Liebesgeschichte geraten.« So behutsam wie möglich erklärte sie Herrn Hübner, was geschehen war.

Er erfaßte sehr rasch den Kern der Sache. »Und da will die verkaufen? Hö, ha! Da habe ich wohl auch noch was mitzureden.«

»Eben«, bestätigte Martina. »Und gerade deswegen komme ich zu Ihnen. Die Rechtslage ist doch so: Eigentlich könnten nur Sie selber das Haus verkaufen. Sie müßten sich dann mit dem Käufer einigen, daß er uns entschädigt. Über Ihren Kopf weg kann gar nichts geschehen.«

»Das will ich meinen.«

»An einen Verkauf ist nur dann zu denken, wenn wir alle drei, Sie, Gerlinde und ich, uns mit einem Käufer einig werden.«

»Aber ich will nicht verkaufen!«

»Ich ja auch nicht!« Martina legte kurz ihre Hand auf die mit dunklen Flecken übersäte Hand des alten Mannes. »Sie brauchen sich also keine Sorgen zu machen. Wir beide, wir müssen nur zusammenhalten.«

Jetzt geschah das, was Martina befürchtet hatte; die Sorge um Gerlindes Glück beeinflußte Herrn Hübner. »Aber wenn sie das Geld nun braucht?«

»Sie soll es ja auch kriegen. Ich will versuchen, das Haus zu kaufen, ich selber. Dann bleibt alles beim alten. Sie leben ungestört wie bisher, und ich kümmere mich um alles: um Sie, das Kosmetik-Institut und die Boutique.«

»Ich soll also …«

»Ja. Sie sollen Gerlinde sagen, daß Sie nur damit einverstanden sind, wenn ich das Haus übernehme. Ich will Ihnen nichts einreden, Onkel Karl, aber Sie haben es doch gut gehabt, nicht wahr? Wir haben den Vertrag mit Ihnen bis auf das letzte Komma eingehalten, Gerlinde und ich.«

»Gerlinde und Sie!«

»Ich weiß, wie gern Sie meine Freundin haben. Ich habe Gerlinde auch gern. Diese Wendung habe ich bestimmt nicht herbeigeführt. Sie ist es, die aus dem Vertrag herauswill, Onkel Karl, das müssen Sie sich ganz klarmachen. Wollen Sie denn wirklich riskieren, daß das Haus in fremde Hände kommt?!«

»Naa. Auf meine alten Tage nimmer.«

»Da sehen Sie!«

»Aber haben Sie denn überhaupt Geld? Wo Sie doch gerade in Unterbiberg …«

»Das ist es ja eben! Wenn Gerlinde mir bloß früher einen Wink gegeben hätte, dann hätte ich mich da nicht engagiert. Aber das läßt sich nun nicht mehr rückgängig machen.«

»Aber wenn Sie das Geld gar nicht haben …«

»Ich werd's mir beschaffen, Onkel Karl.«

Die weißen, buschigen Brauen zusammenziehend, blickte Herr Hübner in sein Glas. »Vielleicht könnte ich Ihnen helfen, Martina. Ich habe ein bißchen was auf der Bank. Natürlich nur gegen Zinsen.«

»Das verspreche ich Ihnen! Wieviel könnten Sie mir leihen?«

»Fünfzigtausend!«

Herr Hübner war ein bescheidener Mensch, und trotz aller Anschaffungen war es ihm nie gelungen, seine Leibrente ganz auszugeben.

»Sie sind ein Schatz!« Martina sprang auf und gab ihm einen leichten Kuß auf die Wange. »Wirklich, Sie haben mir einen Stein von der Seele gewälzt. Jetzt sieht alles nur noch halb so schlimm aus. Denken Sie immer daran: Sie tun auch Gerlinde damit einen Riesengefallen!«

Tatsächlich fühlte sich Martina, als sie später wieder nach oben lief, sehr erleichtert. Zwar hoffte sie, Karl Hübners Ersparnisse nicht angreifen zu müssen. Aber schon, daß er mit ihr am gleichen Strang zog, war beruhigend.

An der Tür zum Kosmetik-Institut blieb sie stehen und schloß auf. Sie machte sich daran, die Karteien ihrer Kundinnen durchzusehen, auf der Suche nach einer Frau, die das Geld und auch das Interesse hatte, an Gerlindes Stelle einzuspringen.

Aber sie fand niemanden. Die Frauen, die reich waren, hatten nie Lust zu arbeiten gezeigt, und diejenigen, die für das Geschäft in Frage gekommen wären, konnten nie und nimmer auch nur hunderttausend Mark aufbringen.

Doch es gab drei oder vier, die genügend Geld besaßen, um sie wenigstens finanziell unterstützen zu können. Zu ihnen gehörte Renate Lorenzo.

Gleich am nächsten Morgen rief Martina die Opernsängerin an. Das war ungewöhnlich, und Renate Lorenzo, die nichts anderes glaubte, als daß Martina ihren Behandlungstermin verschieben wollte, protestierte sofort. Es dauerte einige Zeit, bis Martina sie überzeugt hatte, daß es um etwas anderes ging.

Die Lorenzo lud Martina zu sich in ihre Wohnung an der Königinstraße ein. »Morgen nachmittag. Da habe ich abends keine Vorstellung.«

Am nächsten Tag um fünf Uhr klingelte Martina an Renate Lorenzos Wohnungstür, einen Strauß ausgewählt schöner, langstieliger hellroter Rosen in der Hand. Ein junges Mädchen öffnete, sehr hübsch, sehr jung und stilvoll in schwarzem Kleid mit weißer Spitzenschürze und dazu passendem Häubchen. Martina, die diese Art Mädchen nur vom Film oder der Bühne kannte, staunte.

Auch der große Raum, in den sie geführt wurde, zeugte von sehr viel Geld und üppigem Geschmack. Die Fenster gaben den Blick auf den Englischen Garten frei, der jetzt, nur leicht verschneit, etwas trostlos wirkte. Der dunkelrote Teppich war so dick, daß Martina das Gefühl hatte, bis zu den Knöcheln darin zu versinken, und allenthalben war er noch von kostbaren Brücken bedeckt. Kostbar waren auch der Barockschrank, der Bösendorfer Flügel und die Bilder alter Meister an den Wänden, überaus bequem die wuchtigen Polstermöbel – so komfortabel, daß Martina beim Eintritt der Sängerin kaum auf die Beine kam.

»Ach, lassen Sie nur«, winkte Renate Lorenzo ab, »machen Sie sich keine Mühe ... oh, welch wundervolle Rosen. Eine Vase, Mimi!«

Das Mädchen, das Martina eingelassen hatte, nahm Renate Lorenzo die Rosen ab, um sie gleich darauf in einer herrlich geschliffenen Kristallvase zurückzubringen und auf den Tisch zu stellen, dessen Platte aus einem einzigen Onyx geschaffen war.

»Ich bin so froh, daß Sie endlich einmal zu mir gefunden haben!« erklärte Renate Lorenzo. »Es ist schrecklich. Mein Beruf frißt mich auf. Ich komme einfach nicht dazu, private Beziehungen zu pflegen.« Mit einer anmutigen Drehung ließ sie sich auf eines der Polster sinken. Sie trug einen malerischen, sehr legeren Kimono und Pantöffelchen an den Füßen, war aber sorgfältig zurechtgemacht und frisiert.

»Mir geht es auch so«, gestand Martina, fügte aber rasch hinzu: »Obwohl mein Beruf nicht halb so interessant ist wie der Ihre und ganz und gar nicht künstlerisch.«

»Sagen Sie das nicht! Sie haben eine so leichte Hand. Ich habe mir immer gedacht, daß eine Künstlerin in Ihnen stecken müßte.«

»Na, jedenfalls ist sie bis jetzt nicht zum Vorschein gekommen«, erwiderte Martina lächelnd. »Und ich rechne auch nicht damit, daß sie es noch tun wird.«

»Rauchen Sie?« Renate Lorenzo ließ ein Etui aus schlichtem Platin aufspringen; als Martina dankte, klappte sie es wieder zu. »Sehr vernünftig. Ich sollte es auch nicht. Wegen der Stimme. Aber ich kann es mir nicht abgewöhnen. Man hat so seine kleinen Laster. Spar ich mir also die nächste Zigarette bis zum Tee auf. Sie mögen doch Tee, Martina?«

»Sehr gerne.«

Martina bewunderte das schöne Heim der Künstlerin und äußerte sich, als ein Mädchen – es war nicht Mimi, aber genauso gekleidet – den Tee servierte, beeindruckt darüber, daß Frau Lorenzo so perfekte Hausangestellte hatte.

»Mimi und Katja sind nicht eigentlich Angestellte«, erklärte Frau Lorenzo, »sie sind nur verkleidet. Ich liebe eine gepflegte Umgebung, wissen Sie, eine meiner kleinen Marotten!«

»Aber wenn sie keine Angestellten sind …«

»Es sind Schülerinnen von mir. Sie erhalten Gesangs- und Schauspielunterricht von mir und profitieren natürlich auch von meinen Beziehungen. Sie versorgen meinen Haushalt und begleiten mich, abwechselnd, auf meinen Reisen. Dafür brauchen sie mir dann nur noch ein winziges Entgelt zu zahlen.«

»Eine interessante Lösung«, sagte Martina und gewann zum ersten Mal den Eindruck, daß die Lorenzo eine schwierige Geschäftspartnerin werden könnte; sie war nahe daran, ihr Anliegen gar nicht erst vorzutragen.

Aber da fragte die Sängerin sie geradeheraus: »Ich nehme an, Sie sind aus einem ganz bestimmten Grund zu mir gekommen?«

Martina, der keine Zeit mehr blieb, zu überlegen, berichtete von der Zwangslage, in die sie durch die Verlobung Gerlindes gekommen war.

»Sie wollen also Geld von mir?« fragte die Lorenzo wieder sehr direkt.

»Ich dachte, es könnte Sie vielleicht interessieren, Geld bei mir anzulegen. Mein Kosmetik-Institut geht sehr gut, das wissen Sie. Ich habe gerade damit begonnen, meine Präparate in größerem Ausmaß herstellen und vertreiben zu lassen. Auch das Haus in der Ainmillerstraße stellt einen wirklichen Wert dar.«

Die Lorenzo schüttelte den Kopf. »Lieber nicht. Ich weiß, daß Sie eine tüchtige Frau sind. Aber ich verstehe nichts von dieser Branche, und ein Haus auf Leibrente … das ist für mich ein bißchen zu spekulativ. Es gibt Leute, die hundertundzehn Jahre alt werden.«

»Schade. Aber ich dachte, ich müßte Ihnen zuerst den Vorschlag machen.«

»Wieviel brauchen Sie denn?«

»Hunderttausend. Den Rest kann ich selber aufbringen. Wenn ich nicht gerade durch die Erweiterung meines Betriebs in einen Engpaß geraten wäre ...«

»Hunderttausend!« wiederholte die Lorenzo nachdenklich und fragte dann: »Als kurzfristiges Darlehen?«

»Je schneller ich es zurückzahlen kann, desto lieber wäre es mir.«

Renate Lorenzo beugte sich vor, um ein wenig Zitronensaft in ihren Tee zu spritzen. »Sie haben Glück, Martina. Ungefähr diese Summe habe ich gerade auf der Bank liegen. Eigentlich wollte ich sie in Aktien anlegen. Ich könnte sie Ihnen also vorschießen – falls wir uns über die Modalitäten der Rückzahlung und die Zinsen einigen.«

Martina hatte es schon im Kopf durchgerechnet. »Die Hälfte Ende dieses Jahres, die zweite Dezember 1968«.

»Hört sich gut an. Und die Zinsen?«

»Acht Prozent?«

»Das ist nicht Ihr Ernst. Zehn Prozent sind das mindeste. Ich weiß, bei der Bank würden Sie weniger zahlen ... aber der Bank können Sie keine Sicherheiten bieten. Mir ja auch nicht. Ich verlasse mich auf meine Menschenkenntnis.«

Zehn Prozent waren im Jahr 1967 ein hoher Zinssatz für einen Kredit, aber Martina entschloß sich zuzustimmen. Sie hätte natürlich noch einen Versuch bei der einen oder anderen ihrer wohlhabenden Kundinnen machen können, aber es schien ihr richtiger, jetzt und sofort mit der Lorenzo abzuschließen.

»Einverstanden«, sagte sie, »wenn auch schweren Herzens.«

»Oh, ich zwinge Sie nicht!« Die Lorenzo hob mit einer leicht theatralischen Geste ihre sorgfältig manikürten Hände.

»Das weiß ich ja. Bitte, verstehen Sie mich nicht falsch. Ich bin Ihnen natürlich zu großem Dank verpflichtet, gnädige Frau!« Die Anrede kam ihr schwer über die Zunge, aber sie wußte, daß die Sängerin Wert darauf legte.

Noch vor wenigen Jahren hätte Martina, als sie das Geld auf einem eigens zu diesem Zweck eröffneten Sonderkonto liegen hatte, sofort versucht, das Geschäft abzuschließen. Inzwischen war sie klüger geworden. Sie wartete ab, denn sie wußte, daß sie jetzt am längeren Hebel saß.

Ihre Rechnung ging auf. Gerlinde nahm von sich aus das Gespräch wieder auf. Martina saß nach Geschäftsschluß noch in ihrem kleinen Büro und beschäftigte sich mit der Buchhaltung: jetzt, da die Boutique ihr bald gehören sollte, mußte sie herausbringen, wie rentabel sie tatsächlich war. Aber als sie Gerlinde die Eisentreppe heraufkommen hörte – es mußte Gerlinde sein, denn um diese Zeit war keine Verkäuferin mehr im Geschäft –, ließ sie die Unterlagen rasch verschwinden und legte Abrechnungen des Kosmetik-Instituts obenauf.

»Hallo«, sagte sie mit freundlichem Lächeln, als Gerlinde nach kurzem Anklopfen an der halb geöffneten Tür eintrat, »du siehst so vergnügt aus! Bringst du gute Nachrichten?«

Tatsächlich wirkte Gerlinde beschwingt; ihre Augen glänzten, und ihre Wangen glühten. »Es ist alles so schrecklich aufregend«, gestand sie, verlegen wie ein junges Mädchen, das ihr erstes Liebesabenteuer erlebt.

»Wie schön für dich! Ich hoffe, mit dem Aussteigen aus unserer Firma hast du es dir doch noch einmal anders überlegt.«

Gerlinde schüttelte den Kopf mit den kunstvoll gelegten blonden Locken. »Es geht nicht anders ...« Sie schwang sich auf die Schreibtischkante.

»Aber du hast doch sicher mit Herrn Hübner gesprochen und weißt ...«

»Ach, den würde ich schon überreden!«

»Vielleicht. Aber es würde einige Zeit dauern, bis du ihn so weit hast ... meinst du nicht auch? Und einen geeigneten Käufer zu finden, dürfte auch nicht ganz einfach sein.«

»Am liebsten wäre es mir natürlich, wenn du einspringen würdest, Martina!«

Das war genau der Punkt, auf den Martina hinausgewollt hatte. »Das kann ich mir denken, und ich tät's auch gerne ... nur, leider habe ich nicht das Geld.«

»Herr Hübner hat dir ja schon fünfzig Mille gegeben!« platzte Gerlinde heraus.

»Wie gut du orientiert bist!« Martina lächelte. »Tatsächlich habe ich mir weitere hundert anderweitig ausgeborgt. Hundertfünfzig also. Ich könnte noch die Alimente meines Geschiedenen dazulegen ... und zehntausend von meinen Rücklagen. Das wären dann hundertsiebenundsechzigtausendfünf-hundert. Das ist aber dann auch die äußerste Grenze.«

»Für mich wäre es ein Verlustgeschäft.«

»Wie man es nimmt. Wenn ich mich recht erinnere, hattest du doch, als wir anfingen, hunderttausend von der Versicherung. Du steigst also immer noch mit Gewinn aus – ganz davon abgesehen, daß du die vergangenen Jahre gut gelebt hast.«

»Ich habe geschuftet wie ein Pferd!«

Martina legte der Freundin die Hand auf das Knie. »Ich will dich nicht übervorteilen, Gerlinde. Ganz bestimmt nicht. Aber ich kann mich deinetwegen doch auch nicht ruinieren, das mußt du einsehen. Mir wäre es bei weitem das liebste, du bliebst im Geschäft.«

»Du kannst nicht von mir verlangen, daß ich meinen Anteil verschleudere!«

»Ich verlange gar nichts von dir, Gerlinde. Ich sage dir einfach, was ich dir bieten kann. Nur ein Lump gibt mehr, als er hat – heißt's nicht so?«

»Du machst es mir schon sehr schwer, Martina.« Gerlinde ging.

Aber Martina wußte, sie würde wiederkommen, und sie hatte sich nicht geirrt.

Zwei Tage später, als Martina gerade eine Vorzugskundin selbst behandelt hatte, wartete Gerlinde auf sie im Vorbereitungsraum.

»Was wird aus meinem Lager?« fragte sie. »Das müßtest du mir zumindest auch einlösen.«

»Selbstverständlich. Wir machen eine Bestandsaufnahme, und ich kaufe dir den ganzen Krempel samt Ladenhütern zum Einkaufspreis ab.«

Die beiden Frauen gingen wieder in Martinas Büro, und diesmal kam es zu einer Einigung.

Gerlinde akzeptierte den Preis, den Martina ihr bot, und sie setzten einen Vertrag auf, der jetzt nur noch der Unterzeichnung durch Karl Hübner bedurfte. Auf eine notarielle Bekräftigung wollten sie, um Geld zu sparen, verzichten, und auch Herr Hübner, der jetzt von ihrer Redlichkeit überzeugt war, legte keinen Wert darauf.

Gerlinde hatte den Kugelschreiber schon in der Hand und suchte die Stelle für ihre Unterschrift.

»Einen Augenblick noch!« bat Martina. »Überleg's dir noch einmal gut, Gerlinde! Ich glaube nach wie vor, du machst einen schweren Fehler.«

Aber Gerlinde ließ sich nicht beirren. »Ich weiß, was ich tue«, erklärte sie verbissen.

»Hoffentlich!«

Gerlinde unterschrieb.

»Und wenn du ihn noch so liebst«, riet Martina, »gib deinem Theo nicht das ganze Geld. Fünfzigtausend genügen für den Anfang, glaub mir. Leg dir das andere auf die hohe Kante. Für alle Fälle.«

»Du kennst Theo nicht«, erklärte Gerlinde einmal mehr.

Martina seufzte.

Obwohl Martina, bevor Gerlinde aufgab, niemals daran gedacht hatte, die Boutique zu übernehmen, stürzte sie sich jetzt mit der ihr eigenen Entschlossenheit in den neuen Aufgabenbereich.

Als erstes entließ sie die beiden Verkäuferinnen, die bei Gerlinde gearbeitet hatten. An ihrer Tüchtigkeit war nichts auszusetzen, Gerlinde hatte sich auf sie verlassen können, aber für Martina, die sparen mußte, waren sie zu teuer. Sie stellte sich selbst in die Boutique und engagierte zusätzlich für die Nachmittage Studentinnen, die stundenweise arbeiteten, unausgebildete Kräfte, die wenig verlangen durften und für die sie weder Steuern noch Sozialabgaben zahlen mußte. Sie waren eifrig, fröhlich und dankbar dafür, daß sie, was ihnen gefiel, mit beträchtlichem Rabatt kaufen konnten.

Martina wünschte auch, daß Claudia hier und da mit aushalf. Aber ihre Tochter zeigte kein Interesse. »Warum mußtest du dir den Laden auch noch aufhalsen!« meuterte sie. »Ich habe dich ja gewarnt, und jetzt soll ich es ausbaden.«

Gereizt drohte Martina, ihr das Taschengeld zu entziehen. Aber das war ein Fehler. Maulend gab Claudia nach, und maulend bediente sie dann auch, so daß Martina gezwungen war, sie nach oben zu schicken.

Am Abend entschuldigten sie sich dann gegenseitig.

»Ich weiß, daß ich unausstehlich war«, gestand Claudia, »aber du ahnst nicht, wie mir der ganze blöde Modekram zuwider ist. Diese papageienbunten Stoffe, diese Schockfarben, diese ganzen Hemdchenkleider mit Passen und Trompetenärmeln! Ich werde wahnsinnig dabei.« Sie selber trug seit kurzem ausschließlich lange Hosen, zumeist Jeans, und ließ sich auch durch die Proteste einiger Lehrer des Giselagymnasiums nicht davon abbringen.

»Es war wohl auch meine Schuld«, räumte Martina ein. »Man kann von einem Kälbchen nun mal nicht mehr erwarten als Kalbfleisch.«

So blieb es denn dabei, daß die Kinder ihr zwar im Haushalt, aber nicht im Geschäft halfen, und die große Arbeit blieb an Martina hängen. Da sie nicht vor halb sieben Uhr abends schließen konnte – gerade in den späten Nachmittagsstunden, besonders bei gutem Wetter, wenn die jungen Leute über den »Boulevard Leopold« flanierten, machte sie den größten Umsatz – und da nachher noch aufgeräumt werden mußte, kam sie nie mehr vor acht in ihre Wohnung, und alles Pläneschmieden für die Freizeit mußte wieder einmal aufgeschoben werden.

Durch den Erwerb des Hauses in Unterbiberg war wieder Platz in der Küche geschaffen worden, und Martina erfüllte einen alten Wunschtraum ihrer Kinder; sie schickte sie aus, beim Trödler einen großen Tisch und Stühle zu besorgen. Glücklich kamen sie damit an und beschlossen, die einfachen Möbel zum Andenken an alte Zeiten rot zu lackieren. Jetzt hatten sie einen zusätzlichen Platz für sich und ihre Freunde und hockten hier oft stundenlang zusammen, um zu diskutieren.

Der Besuch des Schahs und Farah Dibas in der Bundesrepublik Ende Mai bis Anfang Juni erregte die Gemüter besonders. Heftige Demonstrationen fanden gegen ihn statt. In Berlin gingen die Studenten auf die Barrikaden, angefeuert von persischen Kommilitonen, weil sie den Schah für einen Ausbeuter des persischen Volkes hielten und ihn der Unterdrückung Andersdenkender beschuldigten. Der Name Rudi Dutschke, des Chefideologen der linksgerichteten Jugend, war in aller Munde.

Im Kreis der Stadelmann-Freunde war man nicht so weit links; man genoß nur das Spektakel, über das sich zungenfertig reden ließ. Aber als dann der Student Benno Ohnesorg im Tumult von einem Polizisten erschossen wurde, waren alle sich einig und nannten es »eine große Schweinerei«.

Manchmal nahm Martina, wenn auch nur als Zuhörerin, an solchen Diskussionen teil. Sie fand es gut, wenn ihre Kinder sich über das Zeitgeschehen Gedanken machten und die Hintergründe zu erkennen suchten. Mit heimlicher Scham stellte sie fest, daß sie sich für so alarmierende Ereignisse kaum noch interessierte, sondern daß sie sie, im Gegenteil, von sich zu schieben suchte. Lieber las sie die Kulturnachrichten, um auf dem laufenden zu bleiben, unterhielt sich auch oft im Geiste mit Joachim Velbert, und wenn sie etwas Gutes über ihn las, war es ihr immer eine schmerzliche Freude.

Die alte Wunde war noch immer nicht vernarbt.

Schon seit langem hatte Martina versprochen, die nächsten Sommerferien mit ihren Kindern zu verbringen. Sie hatten im Dezember in Prospekten gewühlt und sich für ein Hotel im Schwarzwald entschieden, zu dem nicht nur ein Freibad im Titisee gehörte, sondern auch eine gedeckte, heizbare Schwimmhalle, so daß dort bei jedem Wetter Erholung gewährleistet war.

Jetzt, nachdem Martina die Boutique übernommen hatte, wußte sie nicht mehr, wie sie sich für den geplanten Urlaub freimachen sollte, aber sie mochte Claudia und Stefan nicht enttäuschen.

»Macht euch keine Gedanken«, versicherte sie. »Ich schaff das schon. Irgendwie. Ich werde mir was einfallen lassen.«

Sie saßen gemeinsam an dem großen, rot lackierten Küchentisch bei einem ausgiebigen sonntäglichen Frühstück. Stefan und Claudia tauschten einen Blick.

»Unseretwegen«, sagte Claudia, »brauchst du dich nicht auf den Kopf zu stellen.«

»Was heißt das?« fragte Martina erstaunt.

»Wir können genausogut auch ganz allein verreisen«, platzte Stefan heraus.

»Das weiß ich. Ihr seid ja groß genug. Aber ich dachte ... wir hatten doch geplant ...«

»Es wäre ja auch ganz schön gewesen.« Stefan tätschelte ihren Arm. »Aber es muß nicht sein. Unseretwegen jedenfalls nicht.«

Martina zwang sich, der Wahrheit ins Gesicht zu sehen. »Ihr legt also im Grunde genommen gar keinen Wert darauf?«

»Deshalb brauchst du doch nicht beleidigt zu sein.« Claudia stellte die Tasse aus der Hand und sah ihre Mutter an. »Eine Reise, das soll doch eine Abwechslung sein. Man will aus dem normalen Trott heraus. Und du gehörst nun mal zu unserem normalen Trott dazu. Das heißt aber nicht, daß wir dich nicht liebhaben. Wir wären mit dir zusammen gefahren. Nur – wir sind auch nicht traurig, wenn nichts daraus wird.«

Schonend – so schonend, wie sie es verstanden – brachten die Kinder Martina bei, daß sie mit der gemeinsamen Reise in den Schwarzwald schon nicht mehr gerechnet hatten. Stefan wollte lieber mit einem Freund in ein Jugendlager in den Bayerischen Wald und Claudia zu einem Sprachkurs nach Birmingham.

Martina fühlte, daß sie erleichtert hätte sein müssen, aber sie war es nicht. Immer hatte sie unter dem Druck gelebt, zu wenig Zeit für ihre Kinder zu haben. Jetzt, zum erstenmal, verstand sie, daß dieses Bewußtsein gleichzeitig mit dem schönen Gefühl verbunden gewesen war, gebraucht und herbeigesehnt zu werden. Nun mußte sie begreifen, daß sie sich etwas vorgemacht hatte. Vielleicht war es früher einmal so gewesen, aber Claudia und Stefan waren inzwischen auf dem Weg, erwachsen zu werden und die Bindung zu ihr zu lösen. Natürlich bedurften sie ihrer noch; sie wären ohne ihre Unterstützung kaum existenzfähig gewesen. Aber sie strebten nach Selbständigkeit, nach Freiheit und nach Erlebnissen, an denen sie nicht teilhaben konnte.

Mit Überwindung gelang es ihr, sich ihre Enttäuschung nicht anmerken zu lassen, sondern gelassen auf Einzelheiten einzugehen, nach Kosten und Terminen zu fragen.

»Es ist sicher besser so«, behauptete sie. »Ich hätte mich doch nicht richtig ausspannen können, solange ich noch alle diese Verpflichtungen am Hals habe.«

Aber später fragte sie sich, wozu sie eigentlich so rackerte. Immer noch glaubte sie, daß sie Geld haben mußte, um frei zu sein. Sie gab die Hoffnung nicht auf, es eines Tages doch geschafft und sich eine gesicherte Existenz aufgebaut zu haben.

Doch der Glanz der Freiheit war nicht mehr ganz so strahlend wie früher. Schon um Joachim Velberts willen war sie bereit gewesen, sie aufzugeben. Jetzt schauderte sie bei dem Gedanken, wie sie eines Tages, bestenfalls, dastehen würde, wenn sie so weiter machte wie bisher: sie würde eine wohlhabende Geschäftsfrau sein, nicht mehr jung, nicht mehr schön – und sehr allein auf der Welt.

Wieder einmal nahm sie sich vor, ihr Leben zu ändern – sobald sie Zeit dazu fand.

Es ergab sich, daß Claudia und Stefan am gleichen Tag in die Ferien fahren sollten, an einem Montag Anfang August. Martina hatte sich die Zeit genommen, mit ihnen einkaufen zu gehen, und am Samstagnachmittag machte sie sich daran, Stefans alte Sachen zu richten; Hemden mußten gebügelt, Knöpfe angenäht werden. Er hatte wenig Lust, ihr dabei zu helfen, aber sie bestand darauf, denn es schien ihr wichtig, daß auch ein Junge sich zu helfen wußte.

»Was willst du denn tun, wenn dir im Lager was kaputtgeht?«

Er grinste. »Ich schick es dir nach Hause.«

»Und wenn du es brauchst?«

»Wieso denn? Ich hab doch von allem mindestens zwei Stück!« – Aber er ließ sich dann doch herbei, Faden und Nadel in die Hand zu nehmen, und er machte es, wie alles, was er anfaßte, sehr geschickt.

»Na, siehst du! Du kannst es ja!« lobte sie ihn.

»Sag's nur nicht weiter!«

Claudia, die eine letzte Absprache mit ihrer Freundin Annemarie gehabt hatte, kam in die Küche; sie wirkte leicht betroffen.

»Hat es Streit gegeben?« fragte Martina.

»Ich habe Tante Gerlinde getroffen. Jetzt eben. Ich habe sie gegrüßt, aber sie hat mich nicht mal bemerkt. Sie war – geradezu verstört. Wie jemand, der ein Gespenst gesehen hat.«

»Wieviel Leute kennst du denn, die ein Gespenst gesehen haben?« erkundigte sich Stefan.

Martina gab ihm eine kleine Kopfnuß. »Sei still! Wohin ist sie gegangen, Claudia?«

»Nach oben. In ihre Wohnung.«

Martina dachte nach. »Meinst du, daß ich mal nach ihr schauen soll?«

»Wenn sie meine Freundin wäre, ich tät's.«

Martina lief nach oben. Sie mußte lange an der Atelierwohnung klingeln, bis Gerlinde ihr öffnete. Claudia hatte nicht übertrieben: Gerlindes Gesicht war weiß, und ihre Augen, die tief in die Höhlen gesunken zu sein schienen, sahen blicklos durch Martina hindurch.

»Gerlinde! Bist du krank? Was ist mit dir los?«

Gerlinde sagte nichts, ihr Gesicht behielt den starren Ausdruck.

Martina schüttelte sie leicht. »Gerlinde! Ich bin's, Martina! Hörst du mich denn nicht? So sag doch ein Wort!«

Gerlinde mühte sich zu sprechen, ihre Lippen zitterten. »Es ist aus«, brachte sie endlich hervor.

»Mit Theo Ungerer?« Martina verstand sofort. »Das muß schrecklich für dich sein.« Sie legte den Arm um die Freundin. »So etwas ist schrecklich, ich weiß. Aber die Welt bricht dadurch noch lange nicht zusammen. Soll ich uns einen Kaffee kochen? Nein, trink lieber einen Schluck.«

Martina, die sich in Gerlindes Wohnung auskannte, öffnete die Klappe des Bücherschrankes, hinter der sie Getränke aufbewahrte, nahm, nach kurzem Überlegen, eine Flasche Whisky heraus und schenkte der Freundin ein Glas halb voll ein. »Da, trink das! Davon wird dir besser.«

Gerlinde war mitten im Raum stehengeblieben; sie schüttelte stumm den Kopf.

»Du mußt.« Martina hielt ihr das Glas an die Lippen, legte ihr gleichzeitig die Hand in den Nacken und zwang sie so zu trinken.

Das Glas stieß gegen Gerlindes Zähne, Whisky tropfte ihr über das Kinn und auf den Teppich, aber etwas gelangte doch in den Magen. Ihr Gesicht bekam wieder Farbe.

»Na siehst du!« sagte Martina. »Jetzt setz dich! Ich schenk dir noch was ein, mir auch, ich trinke zur Gesellschaft mit.«

Gerlinde ließ sich in einen der schweren Sessel sinken, die noch aus ihrer Wohnung in Düsseldorf stammten. »Sag ehrlich, Martina: Bin ich schon eine alte Frau?«

»Bist du nicht!« entgegnete Martina entschieden. »So was darfst du dir nicht einreden.«

»Theo ...« Gerlinde konnte nicht weiterreden.

»So was kann jeder Frau passieren«, behauptete Martina, »egal, wie jung sie ist und wie gut sie aussieht. Ich hätte es dir vorher sagen können. Du hast ihn falsch gesehen. So gut und so bescheiden und so feinfühlig ist kein Mann – jedenfalls habe ich noch nie so einen kennengelernt.«

Gerlinde schwieg.

»Es ist jetzt ein Schock für dich«, meinte Martina, »aber es hat doch auch was Gutes. Du kannst gleich wieder bei mir einsteigen. Selbst wenn du das Geld nicht mehr beisammen hast ...«

Gerlinde lachte; ein schreckliches kurzes Lachen voll tiefer Verzweiflung. »Ich habe nichts mehr, Martina ... nichts. Keinen Pfennig. Er hat mich ausgenommen ... wie eine Weihnachtsgans!«

Martina sprang auf. »Du hast ihm alles gegeben? Buchstäblich alles?«

»Er hat es mir abgenommen! Er hat mich ausgeplündert.«

»Der Schuft! Jetzt hör mal, Gerlinde, du mußt sofort zur Polizei und Anzeige erstatten. Wenn du willst, gehe ich mit dir.« Gerlinde schüttelte den Kopf.

»Du mußt!«

»Das nützt doch nichts.«

»Sehr viel sogar. So schnell kann er all das Geld doch nicht ausgegeben haben.«

»Aber bis die Polizei ihn gefunden hat! Sein Name war doch auch falsch ... alles.«

»Gerlinde, bitte, nimm doch Vernunft an! Du wirst doch wollen, daß er eine Strafe bekommt!«

»Eine Strafe dafür gibt es gar nicht.«

»Wenn nichts passiert, wird er so weitermachen. Er wird andere Mädchen und Frauen reinlegen. Das kannst du doch nicht zulassen.«

»Die anderen sind mir egal. Niemand darf es erfahren. Niemand. Es tut mir schon leid, daß ich es dir erzählt habe. Du schwörst mir, daß du es nicht weitersagen wirst?«

»Von mir aus. Aber ich finde doch, daß du ihn anzeigen mußt.«

Eine Weile redete Martina noch auf die Freundin ein, ohne jedoch etwas zu erreichen. Ihr Gerechtigkeitssinn sträubte sich gegen die Möglichkeit, daß Theo Ungerer oder wie immer der Mann in Wahrheit heißen mochte, der Gerlinde beraubt und gedemütigt hatte, straflos ausgehen sollte. Sie bedauerte Gerlinde sehr, aber ihre Unbelehrbarkeit brachte sie auf. Für sie selber, so glaubte sie, hätte in dem Kampf um Wiedergutmachung des ihr zugefügten Unrechts schon ein gewisser Trost gelegen.

Einen anderen echten Trost konnte sie Gerlinde nicht anbieten. Ihre Freundschaft konnte die Liebe eines Mannes nicht ersetzen. Vielleicht hätte es Gerlinde aus ihrer Verzweiflung gerissen, wenn sie ihr angeboten hätte, wieder in der Boutique zu arbeiten, wenn sie so getan hätte, als wäre sie heilfroh über ihre Hilfe. Martina dachte daran, es zu sagen, aber ihre Vernunft siegte. Sie mochte und konnte Gerlinde nichts versprechen, was sie nicht halten konnte.

Tatsache war: seit sie selber die Boutique leitete, war, obwohl die allgemeine Lage der Boutiquen eher schlechter geworden war, der Umsatz um 20 Prozent gestiegen. Die Unkosten hatte sie um die Hälfte herabgeschraubt. Selbst wenn Gerlinde eine Meisterverkäuferin gewesen wäre, hätte Martina sich eine so teure Kraft nicht leisten können.

Gerlinde war fast vierzig Jahre alt. Eine andere Stellung zu bekommen würde nicht leicht sein, eine neue Liebe zu finden, noch weniger. Die beruhigenden und aufmunternden Worte, die Martina dennoch fand, kamen ihr selber schal und unaufrichtig vor.

So wurde das Zusammensein quälend. Martina verabschiedete sich, versprach aber, am Abend noch einmal nach der Freundin zu schauen.

Gerlinde lehnte ab. »Nicht nötig. Ich nehme ein Schlafmittel und gehe früh zu Bett.«

»Nimm's nicht tragisch.« Martina küßte sie herzlich auf beide Wangen.

»Ich berapple mich schon wieder.« Gerlinde zwang sich ein Lächeln ab.

Aber Martina blieb beunruhigt. Kaum hörte sie auf das erwartungsvolle Geplauder ihrer Kinder, die in Gedanken schon weit fort von zu Hause waren. Mechanisch half sie ihnen beim Kofferpacken. Gegen acht Uhr war alles fertig.

»Wißt ihr was«, sagte Martina, »ich springe noch einmal nach oben.«

»Aber wir wollten doch Eis essen gehen!« protestierte Stefan. Es war ein heißer Tag gewesen, erst gegen Abend war es angenehm geworden, und Martina hatte versprochen, mit ihnen bummeln zu gehen. Im Fernsehprogramm herrschte hochsommerliche Öde.

»Ich bin gleich wieder da! Oder, was noch besser ist, kommt gleich mit und verabschiedet euch von Tante Gerlinde. Morgen habt ihr vielleicht was anderes vor.«

Damit waren sie einverstanden. Martina zog sich einen guten Rock an und machte sich das Gesicht zurecht, während Claudia und Stefan, die noch keinen Wert auf Äußerlichkeiten legten, so blieben, wie sie waren. Hintereinander stiegen sie die Treppe hoch. Stefan klingelte sofort an der Tür der Atelierwohnung. Er klingelte mit wachsender Ungeduld, aber nichts rührte sich.

»Vielleicht ist sie ins Kino gegangen«, meinte er.

»Oder sonstwohin«, sagte Claudia.

»Das kann ich mir nicht vorstellen.« Martina schlug mit der Faust gegen die Tür. »Gerlinde, so mach doch auf!«

Während sie alle drei auf eine Antwort lauschten, war es ihnen, als nähmen sie einen Laut wahr, ein schwaches Stöhnen.

Martina gab Stefan ihr Schlüsselbund. »Los, hol die Zweitschlüssel! Sie sind in meinem Toilettentisch, oberste Schublade rechts.« Stefan sauste davon.

»Du meinst …?« fragte Claudia.

»Ich weiß es nicht. Ich möchte mich vergewissern, ob alles in Ordnung ist.«

Stefan war schnell wieder zurück. Martina suchte den Schlüssel der Atelierwohnung heraus und schloß auf. »Ihr bleibt lieber draußen«, bestimmte sie.

Sie durchschritt das große Atelier, das ordentlich wie immer war, blickte in die kleine Küche, das Bad und fand Gerlinde im Schlafzimmer. Aus ihrer Lage – der Kopf hing über die Bettkante, die linke Hand berührte fast den Boden – erkannte sie sofort, daß sie nicht schlief, sondern ohnmächtig war. Ihre Haut war schweißnaß und aschfahl, sie röchelte. Ihre Locken hatten sich gelöst, das blonde Haar war schweißverklebt. Sie bot einen erbarmungswürdigen Anblick.

»Claudia!« Martina lief zur Tür. »Ruf bitte das Schwabinger Krankenhaus an. Sie sollen sofort einen Unfallwagen schicken. Schlafmittelvergiftung.« Dann zog sie sorgsam die Tür ins Schloß.

Martina legte die Freundin in den Kissen zurecht, aber sie unternahm keinen Versuch, sie zu wecken. Auf dem Nachttisch lag ein leeres Röhrchen, in dem Schlaftabletten gewesen waren. Daneben stand ein großes Glas mit einem winzigen Rest Wasser. Beides ließ sie unberührt und sah sich weiter um. Ein Zettel war zu Boden gefallen. Sie hob ihn auf und las: »Martina! Verzeih die Scherereien. Das Leben hat keinen Sinn mehr für mich. Gerlinde«.

Sie biß sich auf die Lippen, faltete den Zettel zusammen und ließ ihn in ihrer Handtasche verschwinden. Nach einem letzten Blick auf die bewußtlose Freundin trat sie in das Atelier hinaus.

Claudia stand beim Telefon und blickte ihr entgegen.

»Hast du etwas erreicht?« fragte Martina.

»Sie kommen sofort.«

»Danke. Ich werde warten. Aber geht ihr ruhig schon los.« Martina nahm einen Zwanzigmarkschein aus ihrem Portemonnaie. »Ich komme nach.«

»Aber sollen wir nicht lieber ...?«

»Sehr anständig von dir, Claudia. Aber es gibt nichts, was ihr hier tun könntet.« Sie schob Claudia in das Treppenhaus hinaus, wo Stefan immer noch wartete.

Die Sanitäter und der Arzt kamen sehr schnell; sie mußten den Kindern unten im Haus begegnet sein. Der Arzt war jung, energisch und trat geschäftsmäßig auf. »Doktor Holbein«, stellte er sich vor, »Sie haben uns angerufen?«

»Nein, das war meine Tochter Claudia. Ich habe meine Freundin gefunden. Ihr Name ist Gerlinde Hauser.« Sie führte sie in das Schlafzimmer. »Ich habe alles so gelassen, wie es war.«

»Eine Nachricht?«

»Nein.«

»Hm.« Er fühlte Gerlindes Puls, schob ihr dann die Augenlider hoch. »Gewöhnlich lassen Selbstmörder eine Nachricht zurück.«

»Es war kein Selbstmord.«

»Woher wissen Sie das so bestimmt?« Dr. Holbein las das Etikett auf dem leeren Schlafmittelröhrchen.

»Weil ich heute nachmittag noch mit ihr gesprochen habe. Gegen fünf. Wir haben uns für den Abend verabredet. Also für jetzt. Sie wollte sich vorher noch ein Stündchen schlafen legen.«

»Am späten Nachmittag?«

»Ja. Sie klagte, daß sie in den letzten Nächten schlecht geschlafen hatte, und sie wollte heute abend gerne frisch sein. Deshalb.«

»Wissen Sie, wieviel Tabletten in dem Röhrchen waren?«

»Nein. Aber da fällt mir noch etwas ein. Sie war nicht ganz nüchtern. Vielleicht ist es dadurch passiert.«

Die Sanitäter hatten Gerlinde schon auf die Trage gehoben.

»Werden Sie sie retten können?«

»Wahrscheinlich. Wie sind Sie in die Wohnung gekommen?«

»Ich habe einen Zweitschlüssel, und als sie nicht öffnete ... wir waren ja verabredet.«

Hinter dem Arzt und den Sanitätern verließ sie die Wohnung und schloß ab. Nicht eine Sekunde machte sie sich Skrupel wegen ihrer Lüge. Sie wußte, wie Gerlinde darunter gelitten hätte, wenn auch die Ärzte und Schwestern von ihrer verliebten Dummheit erfahren hätten, und wollte ihrem Leid nicht noch die Blamage eines verfehlten Selbstmordversuchs hinzufügen.

Gleich am nächsten Morgen besuchte Martina die Freundin im Krankenhaus; sie brachte Wäsche und Kleider mit, ihre Toilettensachen, Obst und Bücher.

Gerlinde lag in einem winzigen Einzelzimmer: sie war außer Gefahr, aber sie sah noch sehr elend aus. »Warum hast du mich nicht sterben lassen?« klagte sie.

»Weil ich keine Mörderin bin. Wenn du das nächste Mal versuchst, dich umzubringen, dann bitte nicht in unserem Haus. Geh irgendwo hin, wo dich niemand finden kann.«

»Du bist so grob!« Gerlindes Tränen begannen zu rinnen.

»Tut mir leid. Aber wenn du dich weiter so aufführst, wird man dich in psychiatrische Behandlung stecken.«

Gerlinde weinte noch mehr.

»Sein Leben wegwerfen wollen, bloß weil man auf einen Hallodri reingefallen ist ... so etwas Idiotisches!« schimpfte Martina.

»Kannst du mich wirklich nicht verstehen?«

»Doch. Ich kann.« Martina zog sich den weiß lackierten Stuhl ans Bett und setzte sich. »Aber ich finde es trotzdem verkehrt. Ich hatte gehofft, du wärst inzwischen selber drauf gekommen.«

»Aber, Martina, siehst du denn nicht ... jetzt ist alles noch schlimmer! Wildfremde Leute werden mich fragen, warum ich es getan habe! Sie werden Verständnis heucheln und sich hinter meinem Rücken über mich totlachen: so eine blöde Person, läßt sich von einem Kerl zigtausend Mark abluchsen und redet sich dabei ein, er liebt sie wegen ihrer schönen blauen Augen!«

»Das wird niemand tun!«

»Du kennst die Menschen nicht!«

»Niemand weiß, daß du dir das Leben nehmen wolltest!« sagte Martina eindringlich und erzählte Gerlinde, welche Lügengeschichte sie dem Unfallarzt aufgetischt hatte.

Gerlinde richtete sich in den Kissen auf. »Ist das wahr? Ist das wirklich wahr?«

»Sonst würde ich es dir ja nicht erzählen.«

»Und das hat er dir geglaubt?«

»Darauf kommt es ja nicht an. Auf alle Fälle können sie dir nicht beweisen, daß es anders war. Du mußt nur aufhören, dich wie eine Verrückte aufzuführen.« Martina warf ihr ein Taschentuch zu. »Da, wisch dir die Tränen ab. Und wenn du nochmals weinen mußt, dann sag: aus Schwäche.«

»Ich danke dir, Martina! Ich weiß gar nicht, *wie* ich dir danken soll!«

»Indem du so einen Unsinn nie wieder machst.« Martina stand auf, öffnete den kleinen Koffer und begann die Wäsche in den Schrank zu ordnen. »Jedes Leben hat seinen Sinn …«

»Aber welchen, Martina, welchen?«

»Den, den wir ihm geben. Ich habe darüber nachgedacht, Gerlinde. Genau das ist unsere Aufgabe: unserem Leben einen Sinn zu geben. Auch du wirst das wieder schaffen, ganz bestimmt. «

Aber Gerlinde blieb noch über einen langen Zeitraum für Martina ein Sorgenfaktor. Zwar wurde sie schon nach wenigen Tagen aus der Klinik entlassen und hatte ihr seelisches Tief auch schon überwunden, aber es stellte sich heraus, wie Martina ganz richtig vermutet hatte, daß für sie, trotz Hochkonjunktur, eine Stellung nur schwer zu finden war. Sie war nicht mehr jung, eine teure Arbeitskraft, zudem wirkte sie, auch wenn sie sich sehr zusammennahm, immer noch bedrückt.

Als Direktrice in einem Modesalon kam sie nicht mehr unter. So mußte sie froh sein, eine Anstellung in der Modeabteilung eines Warenhauses zu bekommen. Dort verdiente sie wesentlich weniger als in der Zeit ihrer Selbständigkeit und konnte die Miete für die Atelierwohnung nicht mehr zahlen. Martina bot ihr an, die Miete zu streichen oder doch wenigstens stark herabzusetzen, aber davon mochte Gerlinde nichts hören. Sie wußte, wie scharf Martina kalkulieren mußte, und wollte ihr nicht zur Last fallen. Anfang Oktober zog sie in eine ihren Verhältnissen entsprechende Wohnung in den Stadtteil Berg am Laim um.

Von da an sahen sich die beiden Frauen nicht mehr täglich wie bisher. Aber Martina ließ den Kontakt nie abreißen, lud sie oft ein oder verabredete sich mit ihr, um sie vor Vereinsamung zu bewahren.

Für die Atelierwohnung besorgte sie die notwendigen Möbel beim Trödler, richtete sie mit Hilfe der Kinder her, stellte einen Eisschrank in die winzige Küche und vermietete sie gewinnbringend an ein Studentenehepaar mit einem Baby.

Diese jungen Leute boten Claudia Gelegenheit, als Babysitter Geld zu verdienen. Mit einem Buch vor der Nase neben dem schlafenden Kind zu sitzen, das war eine Arbeit, die ihr gefiel. Aber wenn das Kleine unruhig wurde und zu schreien begann, holte sie doch lieber Martina zu Hilfe.

Wie abgemacht, konnte Martina im Dezember die erste Rückzahlung an Renate Lorenzo tätigen. Auch danach mußte sie noch höllisch aufpassen, ihr Geld zusammenzuhalten. Weihnachtsgeschenke wurden in diesem Jahr klein geschrieben. Aber sie war doch von einer Last befreit und brauchte wesentlich weniger beiseite zu legen.

Von Joachim Velbert erschien ein neues Buch, eben jener Roman, an dem er in »ihrer« Zeit gearbeitet hatte. Sie kaufte ihn sich, las ihn mit großer Aufmerksamkeit und konnte nicht verhindern, daß ihr die Augen dabei feucht wurden. Aus jedem Satz sprach für sie seine ganze Persönlichkeit. Sie dachte daran, es ihm zu schicken und um eine Widmung zu bitten, unterließ es dann aber doch, denn es schien ihr sinnlos, alte Wunden aufzureißen. Aus der Presse wußte sie, daß er mit ständig wechselnden Begleiterinnen in Verbindung gebracht wurde.

Auch Claudia war von dem Spionageroman sehr angetan. »Das ist ein interessanter Mann, den hättest du festhalten sollen.«

Martinas Lächeln fiel schmerzlich aus. »Ich habe Fehler gemacht, aber man lernt zum Glück ja immer noch dazu.«

Die Herstellung der Martina-Pflegeserien in Unterbiberg war erfolgreich angelaufen. Schon wenige Monate nach der Aufnahme der Produktion durch Dr. Stützhammer verdiente Martina genauso viel daran wie früher, ohne daß sie noch selber an den Präparaten arbeiten mußte. Bis sich der Kauf des Hauses amortisiert hatte, würde es allerdings noch eine Weile dauern. Der Kontakt zu Dr. Stützhammer war gut, ohne sich doch freundschaftlich zu vertiefen. Seine kränkelnde Frau war eifersüchtig auf die strahlende und unternehmungslustige Martina und hielt ihren Mann bewußt von ihr fern.

Aber immer noch gab es für Martina viel Arbeit und wenig freie Stunden. Der Konkurrenzkampf in der Geschäftswelt wurde immer härter. Die großen Kaufhäuser begannen den Boutiquen die Kunden abzujagen. Sie schickten intelligente Einkäufer los, die sich nicht mehr allein auf den soliden Geschmack der Hausfrauen und Mütter verstanden, sondern die jene ausgefallenen Modegags orderten, die die jungen Frauen liebten: Faltenröcke, die jetzt wieder ganz groß herauskamen, ärmellose kurze Kleider in der neuen A-Linie und die romantischen Gewänder mit Hippie- und Folklore-Elementen. In den großen Kaufhäusern wurden Pseudoboutiquen eröffnet, in denen die gleichen Dinge zu kaufen waren wie in den echten Boutiquen, nur, da in anderem Rahmen eingekauft werden konnte, oft wesentlich billiger. Das war eine Entwicklung, die Martina Sorgen machte.

Anfang März ging eine Nachricht um die Welt, die Martina erschütterte, obwohl sie nichts mit ihrem täglichen Leben und täglichen Kampf zu tun hatte. Die Krankenschwester Renate Kuhn wurde von Vietcong gefangengenommen und verschleppt.

Es war nicht so sehr diese Tatsache, die Martina berührte, sondern der Umstand, daß da eine Frau wie sie selber es gewagt hatte, sich in ein Kriegsgebiet zu begeben, um gegen Tod und Siechtum zu kämpfen.

»Ich bewundere diese Renate Kuhn«, sagte sie bei einem ihrer Telefonate zu Gerlinde. »Sie hat das getan, was wir doch eigentlich alle möchten, ohne je den Mut dazu aufzubringen.«

»Jetzt übertreibst du aber«, behauptete Gerlinde, »Frauen, die sich auf so was einlassen, haben es doch immer nur auf einen Mann abgesehen – vielleicht sogar auf viele Männer.«

Martina verlor die Beherrschung. »Wie kannst du das sagen?« fauchte sie.

»Entschuldige schon, ich sage nur, was ich mir gedacht habe.«

»Du hast sehr blöde Gedanken!« schrie Martina und hängte ein.

Sie war ernstlich böse auf die Freundin, rief aber nach ein paar Tagen doch wieder an; sie wußte, wie unglücklich Gerlinde war und daß Unglück bitter macht.

Gerlinde war es dann, die sie einer großen Versuchung aussetzte. Eines Morgens rief sie in der Boutique an. Das war ungewöhnlich, weil sie das Telefon sonst nie während der Arbeitszeit benutzte. Ungewöhnlich war auch, daß sie sehr aufgeregt war.

»Du, kannst du einen Augenblick zuhören?« rief sie. »Ich habe da eine fabelhafte Sache für dich!«

Es stellte sich heraus, daß der Vertreter eines staatseigenen ungarischen Betriebes dem Kaufhaus, in dem sie jetzt arbeitete, einen Posten von zehntausend bodenlangen ungarischen Hirtenmänteln angeboten hatte. Durch einen Zufall hatte Gerlinde erfahren, daß aus dem Einkauf nichts geworden war, sie hatte den Mann abgefangen und zu Martina geschickt.

»Zehntausend Stück«, sagte Martina eher erschrocken, »das ist doch viel zuviel für mich!«

»Du brauchst ja nur mit ihm zu reden! Bavary heißt er. Dann kannst du dich ja immer noch entscheiden. Jedenfalls sollen sie sehr schön sein.«

Die Hirtenmäntel waren wirklich sehr schön. Géza Bavary, ein kleiner schnurrbärtiger Herr mit intelligenten Augen, brachte drei zur Ansicht in einem Koffer mit; sie waren aus hellem Schafsleder, zottelig und sehr sorgsam gearbeitet. Martina war begeistert.

Das Gespräch zwischen ihr und Herrn Bavary fand in ihrem Büro in der Kosmetiketage statt. »Sind sie alle so schön?« fragte sie.

»Das kann ich versichern!« Bavary legte die Hand aufs Herz.

»Aber zehntausend sind zuviel für mich.«

»Das wäre sehr großes Leid, gnädige Frau. Ich habe meine Anweisungen. Darf den Posten nur ungeteilt abgeben.«

Martina konnte sich nicht zurückhalten, verliebt über das weiche Leder zu streichen. »Wieviel sollen sie denn kosten?«

»Fünfundsiebzig pro Stück. Ist geschenkt, nicht wahr?«

Das war wirklich preiswert. Blitzschnell rechnete Martina aus, daß sie die Mäntel gut und gern für zweihundertfünfzig DM würde verkaufen können. Das bedeutete einen Verdienst von über zweihundert Prozent.

»Und die Zahlungsbedingungen?«

»Sie kennen mich nicht, deshalb alles zahlen bei Lieferung. Natürlich werden Gelegenheit haben, Qualität zu prüfen. Anfang September alles hier.«

Martina rechnete hin und her und entschloß sich dann, es zu wagen. Wenn sie von Renate Lorenzo einen Aufschub der Rückzahlung nur auf drei Monate erreichte, konnte sie das Geld bis zum September aufbringen. Mit dem Gewinn würde sie am Ende der Wintersaison alle ihre finanziellen Verpflichtungen ablösen können; Karl Hübner würde sein Geld wiederbekommen, und bei nächster Gelegenheit würde sie auch die Hypothek von dem Unterbiberger Haus abzahlen.

»Ja«, sagte sie, »ich mach's.«

Sie verpflichtete sich schriftlich, die zehntausend ungarischen Hirtenmäntel entsprechend den vorliegenden Mustern im September abzunehmen und die Summe von fünfundsiebzigtausend DM in bar zu zahlen.

Nachher war ihr dann doch etwas mulmig zumute, und sie verbrachte ein paar unruhige Nächte, bis sie Gelegenheit hatte, mit Renate Lorenzo zu sprechen und ihr den Mantel, den Bavary ihr dagelassen hatte, zu zeigen. Vorsichtshalber erzählte sie nicht, daß sie das Geschäft schon abgeschlossen hatte, sondern tat so, als stünde sie vor der Wahl.

Die Lorenzo zeigte sich gnädig. »Ich spekuliere nicht, wie Sie ja wissen, Martina! Aber wenn Sie sich stark machen, mir mein Darlehen im März zurückzuzahlen ...«

»Spätestens Ende März!«

»Dann zahlen Sie mir bitte für die Zeit der Verlängerung, also für Dezember, Januar, Februar und März, zwei Prozent mehr Zinsen.«

Zwölf Prozent, das war happig, aber da ihr keine andere Wahl blieb und sie das große Geschäft vor Augen hatte, verpflichtete Martina sich auch dazu.

Im Frühling und Frühsommer 1968 traten welterschütternde Ereignisse ein.

Im April fiel Martin Luther King, der friedvolle Kämpfer gegen die Rassendiskriminierung, einem Attentat zum Opfer. Die offizielle Version lautete, daß es sich bei dem Anschlag um die Tat eines Kriminellen gehandelt habe, aber seine Witwe und mit ihr die halbe Welt glaubten an eine Verschwörung; was fehlte, waren die Beweise.

Anfang Juni wurde Robert Kennedy ermordet.

Martina wunderte sich über sich selber, daß sie die beiden Nachrichten eher gelassen aufnahm. Seit dem Mord an John F. Kennedy schien alles möglich geworden, selbst das Ungeheuerlichste warf einen nicht mehr um. Man gewöhnte sich allmählich daran, daß Politik nicht nur mit Argumenten, mit Intrigen und mit Redeschlachten ausgetragen wurde, sondern mit Gewalt und Verbrechen.

Martina hatte erkannt, daß es eine sehr unheile Welt war, in der sie lebte. Aber Martina blieb nicht viel Zeit über Ereignisse, die außerhalb ihres engen Lebenskreises lagen, nachzudenken.

Géza Bavary lieferte pünktlich Anfang September. An der Qualität der Mäntel war nichts auszusetzen. Sogar Claudia, und das nahm Martina als besonders günstiges Vorzeichen, gefielen sie, und sie kaperte sich sofort einen für sich selber.

Martina war überzeugt, daß ihre Hirtenmäntel der ganz große Renner im Winter 1968/69 werden würden. Aus Paris kam schon die Nachricht, daß die bodenlangen Mäntel im Kommen waren.

Allerdings mußte Martina, um die Mäntel lagern zu können, ihr Büro ausräumen. Aber das machte ihr nicht viel aus. Früher hatte sie ihre schriftlichen Arbeiten in der Küche gemacht. Diesmal richtete sie, um die Kinder nicht zu stören, ein provisorisches Büro in ihrem Schlafzimmer ein.

Der September war noch fast hochsommerlich warm; Martina entschloß sich, die Mäntel vorläufig noch zurückzuhalten. Anfang Oktober brachte sie sie ins Schaufenster. Viele junge Leute blieben davor stehen, kamen auch in die Boutique, um anzuprobieren, und – gingen weiter. »So einen kaufe ich mir im Winter«, hieß es oft.

Aber der Winter schien noch in weiter Ferne zu liegen. Den ganzen Oktober über blieb der Himmel über München blau, und ein warmer Föhn täuschte über die wirkliche Jahreszeit hinweg.

Martina trug, obwohl sie darin schwitzte, ihren Hirtenmantel tapfer bei jeder Gelegenheit. Sie verkaufte ihren Kosmetikerinnen und den Studentinnen, die in der Boutique arbeiteten, Mäntel zum Einkaufspreis. Zwei, drei Stück die Woche brachte sie auch regulär los.

Aber im November begann es zu regnen, und für ein solches Wetter waren die schafledernen Mäntel nicht geschaffen. Sie bekamen dunkle Flecken und sahen traurig aus. Wer sie besaß, mußte sie in den Schrank hängen.

Im Weihnachtsgeschäft wurden noch einige gekauft, von modebewußten Leuten, die zum Wintersport fuhren. Für Martina wurde es das traurigste Weihnachtsfest seit zwei Jahren. Sie hatte, alles in allem, nicht mehr als zweihundert Mäntel losgeschlagen und mußte sich eingestehen, daß sie sich verspekuliert hatte.

Es war nicht nur das Wetter, das ihr einen Strich durch die Rechnung gemacht hatte; sie hatte nicht begriffen, daß Paris nicht München war. Wer hier in München einen bodenlangen Mantel trug, mußte sich anstarren lassen und oft sogar dumme Bemerkungen hören. Das war nicht jedermanns Sache.

Ausgerechnet zu diesem Zeitpunkt, da sie vor Sorgen nicht ein noch aus wußte, sagten sich Helmut und Renate für einen Besuch in München an. Martina versuchte sie abzuwimmeln, aber es gelang ihr nicht. Dabei hatte sie den Eindruck, daß es Helmut gar nicht so sehr darum ging, Claudia und Stefan wiederzusehen, sondern ihnen seinen kleinen Sohn zu präsentieren, der im November 1964 zur Welt gekommen und inzwischen vier Jahre alt war.

Martina stand das Familientreffen durch und war sich anschließend mit Claudia und Stefan darüber einig, daß der kleine Johannes ein ganz durchschnittliches Kind und der Stolz seiner Eltern übertrieben war. Es war ihnen auch nicht entgangen, daß Helmut und Renate in Erziehungsfragen durchaus nicht einig waren; es gab nur immer das übliche elterliche Hickhack. Kaum hatte Helmut gesagt: »Nun sitz doch endlich still, Hannes!«, erklärte Renate: »Lauf ruhig mal ein bißchen herum, Liebling!« – Helmut hatte erheblich zugenommen, die blonden Haare waren schütter geworden.

So hatte das Wiedersehen für Martina denn doch noch einen freundlichen Aspekt. Selbst wenn sie alles, was sie bisher geschaffen hatte, wieder verlieren sollte, so schien ihr das immer noch besser als die Ehe mit Helmut zu sein, der im Laufe der Jahre noch selbstherrlicher geworden war.

Doch diesen kleinen Trost hatte sie auch bitter nötig.

Im Januar stellte sich nämlich heraus, daß Renate Lorenzo auf keinen Fall bereit war, ihr den Kredit über den vereinbarten Zeitpunkt hinaus zu verlängern. In der Angst, ihr schwer verdientes Geld zu verlieren, wurde sie geradezu hysterisch und verlangte es sofort zurück.

Als Martina beteuerte, daß sie es nicht hatte, schrie sie: »Das ist Ihre Sache! Schaffen Sie das Geld heran! Irgendwie! Ich will es haben, noch in diesem Monat! Sonst werde ich Sie verklagen!«

Martina wandte alle psychologischen Mittel an, die ihr zur Verfügung standen, aber die aufgebrachte Sängerin ließ sich nicht beruhigen.

Martina war am Ende. Geschlagen verließ sie die schöne Wohnung an der Königinstraße, die sie doch immer noch mit Hoffnung betreten hatte. Statt nach Hause zu fahren, lief sie kreuz und quer durch den Englischen Garten und versuchte sich darüber klarzuwerden, was jetzt zu tun war. Sie konnte einen Konkurs anmelden. Dann würde sie alles verlieren, ohne ihre Gläubiger restlos zu befriedigen, und froh sein können, wenn sie ohne Schulden daraus hervorging. Der Offenbarungseid würde ihr sicher sein.

Schlimmer noch: Karl Hübner würde seine Leibrente und das Geld, das er ihr geliehen hatte, lossein, und auch die neue Existenz, die Dr. Stützhammer sich hatte aufbauen wollen, würde mitvernichtet.

Was selten geschah, diesmal war es eingetreten: Martina wußte sich keinen Rat und sah keinen Ausweg mehr. Es hätte sie schon erleichtert, wenn sie sich mit jemandem hätte aussprechen können.

Sie dachte an Joachim Velbert. Er hätte sie wenigstens angehört. Ihre Sehnsucht nach ihm wurde so stark, daß sie gegen den Wunsch kämpfen mußte, sich in ihr Auto zu setzen und zu ihm nach Westerndorf zu flüchten. Er konnte sie nicht abweisen, dachte sie, wenn er von ihrer verzweifelten Lage erfuhr.

Aber ihre Vernunft war dann doch stärker. In einer Situation wie dieser war eine Versöhnung unmöglich. Etwas anderes wäre es gewesen, wenn er sie gebraucht hätte. Oft hatte sie sich ausgemalt, daß er krank geworden wäre, Pflege brauchte oder einfach Geld. Doch wie es jetzt um sie stand, hätte sie nicht einmal dann etwas für ihn tun können. Zuallererst einmal mußte sie sich selber helfen.

Der einzige Rechtsanwalt, den sie in München kannte, war Dr. Götz Seifert. Er war ihr vor Monaten auf einer Party vorgestellt worden und ihr gleich sympathisch gewesen. Jetzt erinnerte sie sich an ihn.

Ohne weiter zu überlegen, lief sie, so schnell sie konnte, aus dem winterlichen Park, suchte die nächste Telefonzelle auf und rief ihn an.

Es war gar nicht einfach, zu ihm vorzudringen, aber als sie ihn endlich an der Leitung hatte, wurde er sofort freundlich. »Martina Stadelmann? Das nenne ich aber reizend, daß Sie mich anrufen. Nein, natürlich habe ich Sie nicht vergessen. Sie sind doch die bezaubernde Frau mit den verschiedenfarbigen Augen … stimmt's?«

Martina erklärte ihm, daß sie beruflichen Rat brauchte.

»Da sieht es schlecht aus«, behauptete er, »lassen Sie mich sehen … nein, mein Terminkalender ist für die nächsten vierzehn Tage voll besetzt.«

»Solange kann ich nicht warten!«

»Wenn Sie sich abends freimachen könnten?«

»Ja, natürlich.«

»Dann kommen Sie doch heute abend zu mir. In meine Privatwohnung. Widenmeyerstraße. Ich erwarte Sie um acht Uhr.«

Martina dachte keine Sekunde daran, daß sie womöglich im Begriff stand, sich in ein Abenteuer einzulassen.

Dr. Seifert wohnte in einem eleganten, Anfang der sechziger Jahre erbauten Mietshaus, dessen Fassade mit schönen Kunststeinplatten verkleidet war. Es gab eine Sprechanlage an der Haustür und einen Lift, der Martina in den fünften Stock hinauf führte.

Persönlich öffnete er ihr die Tür, half ihr aus ihrem Hirtenmantel und führte sie ins Wohnzimmer. Es wurde von einem schweren Schreibtisch beherrscht, der Schirm der Stehlampe war mit gegerbtem Schweinsleder bespannt, und den Parkettboden bedeckte fast vollständig ein echter Orientteppich. Martina, die sich keine Gedanken über die privaten Verhältnisse Dr. Seiferts gemacht hatte, gewann erst jetzt den Eindruck, daß er allein lebte.

»Ich bin so froh, daß Sie zu mir gekommen sind, gnädige Frau!« sagte er und legte ihr leicht die Hand auf die Schulter.

Sie lächelte ihn an. »Leider ist der Anlaß alles andere als erfreulich. Ich sitze in einer gräßlichen Klemme.«

»Das werden wir schon in Ordnung bringen.«

»Sind Sie so sicher?« fragte sie, nicht aus Koketterie, sondern ehrlich erstaunt.

»Einer schönen Frau wie Ihnen stehe ich jederzeit mit all meinen Kenntnissen zur Verfügung.«

»Das ist nett gesagt, aber was täte ich, wenn ich ein häßliches Entlein wäre?«

»Wenn Sie nicht wären, wie Sie sind, wären Sie bestimmt gar nicht in jene Klemme ...«, er wiederholte Martinas Wort mit einer Belustigung, die ihm schon die Hälfte seines Schreckens nahm – »geraten. Ich hoffe, Sie trinken ein Glas Wein mit mir?«

Martina wollte schon ablehnen, besann sich aber anders und sagte: »Doch, ja.« Sie hatte sich für diese Begegnung besonders seriös zurechtgemacht und trug ein grünes Wickelkleid aus weicher Wolle, dessen Rock auch, als sie sich setzte, nicht hochrutschte.

Es stellte sich heraus, daß Dr. Seifert eine Flasche Wein schon bereitgestellt hatte; jetzt holte er nur noch zwei Gläser aus dem geschlossenen Teil seines Bücherschranks, stellte sie auf den kleinen Tisch in der Sitzecke und schenkte ein.

Martina war nicht in der Verfassung, sich für irgend etwas außer ihren eigenen Sorgen zu interessieren, aber sie stellte doch unwillkürlich fest, daß er sehr schöne Hände hatte und einen überaus gepflegten Eindruck machte. Er schien sich am Abend noch einmal umgezogen und rasiert zu haben und duftete nach einem herben Toilettenwasser.

Jetzt ließ er sich ihr gegenüber in den zweiten Sessel fallen und trank ihr zu: »Auf uns beide und auf den Ärger, der Sie zu mir geführt hat!«

Martina nahm einen Schluck; der Wein war wohltemperiert, aber sie war zu nervös, um ihn zu genießen. »Seien Sie mir nicht böse, Herr Doktor Seifert, aber ich bin momentan wirklich nicht in der Verfassung zu flirten.«

»Das Wörtchen ›momentan‹ läßt mich hoffen! Aber Spaß beiseite, ich verstehe schon, wie Ihnen zumute ist. Jetzt lassen Sie mich erst mal wissen, was Sie bedrückt.« Er öffnete ein Tischkästchen. »Zigarette?«

»Danke, ich rauche nicht.«

»Ein Pluspunkt mehr.« Er klappte das Kästchen zu und schob es von sich. »Also lassen Sie mich hören.«

»Es ist eine lange Geschichte.«

»Wir haben Zeit. Vor morgen früh um neun brauche ich nicht in meiner Kanzlei zu sein.«

Martina überhörte seine Anspielung und konzentrierte sich, um ihm ihre Situation so begreiflich wie möglich zu machen. Sie begann damit, wie sie plötzlich Geld gebraucht hatte, um Gerlinde auszuzahlen, merkte dann, daß sie noch weiter ausholen mußte, und berichtete, wie Gerlinde und sie vor fast sieben Jahren nach München gekommen waren, um ihr Glück zu machen, schilderte den Geschäftsgang bis zu dem Zusammenstoß mit Frau Lorenzo am Vormittag und ihrer Drohung, sie anzuzeigen. Es tat ihr unendlich gut, einmal über alles sprechen zu können, und während sie ihm das alles erzählte, wurde er ihr auf seltsame Weise immer vertrauter.

»Meine Verehrung, gnädige Frau«, sagte er beeindruckt. »Das ist ja ein ungeheures Stück Arbeit und unternehmerischen Einfallsreichtums, was Sie mir da geschildert haben.«

»Und wohin hat es mich gebracht?« Martina zwang sich zu einem Lächeln. »Die Lorenzo ist zwar eine impulsive Frau, aber andererseits ist sie auch eiskalt, glaube ich. Sie ist halb verrückt vor Angst, ihr Geld zu verlieren, und wenn sie mich anzeigt …«

Dr. Seifert hob abwehrend seine manikürte Hand.

»Jetzt bin ich erst einmal an der Reihe, liebe gnädige Frau …« Er unterbrach sich. »Ist diese Anrede nicht übrigens etwas zu …«

»Sie können mich ruhig Martina nennen«, unterbrach sie ungeduldig. »So nennt mich alle Welt.«

»Ich hoffe aber nicht, daß ich eine Allerweltsbekanntschaft für Sie bin?«

»Bitte, Doktor Seifert, bitte!«

»Götz, Martina. Ich heiße Götz.«

»Bitte bleiben Sie bei der Sache – Götz ...«

Er lächelte. »Wenn ich Sie recht verstanden habe, ist der Kredit, den Frau Lorenzo Ihnen gegeben hat, doch erst Ende März fällig?«

»Ja. Aber ich weiß heute schon, daß es mir unmöglich ist, das Geld bis dahin auf zutreiben. Deshalb bin ich schon heute zu ihr gegangen. Ich hoffte, den Kredit verlängern zu können.«

»Ausgezeichnet.« Dr. Seifert rieb sich sein Kinn. »Das gibt uns Zeit.«

»Zeit nutzt mir nichts.«

»Sagen Sie das nicht, Martina. Zeit nutzt meistens. Was würden Sie davon halten, wenn ich mich stark machen würde, diesen Kredit für Sie auszulösen?«

»Sie würden wirklich ...?« Eine warme Welle schoß Martina in die Wangen, und zum erstenmal sah sie Dr. Götz Seifert wirklich an, sah nicht nur den Rechtsanwalt in ihm, den Helfer in der Not, sondern den Mann. Er war nicht schön, seine Lippen waren zu schmal, seine Nase zu scharf, und seine gut geformte Stirn wirkte, da das dunkle Haar aus ihr zurückzuweichen begann, zu hoch. Aber er war sympathisch, ein Mann, mit dem man sich befreunden konnte. Die hellen Augen hinter der goldgefaßten Brille blickten intelligent.

»Nein«, sagte sie, »nein, das möchte ich nicht.« Am liebsten hätte sie gesagt, was sie empfand: »Ich möchte mich nicht verkaufen.« Aber sie wußte, daß er eine solche Antwort auf sein gutgemeintes Angebot nicht verdient hatte, und so suchte sie nach einer Formulierung, die ihn nicht verletzen sollte. »Es könnte unsere kaum begonnene Freundschaft zerstören.«

»Bravo, Martina.« Er sprang auf, zog sie zu sich hoch und nahm sie in die Arme; ehe sie es sich versah, küßte er sie, erst zart und werbend, dann immer leidenschaftlicher.

Sie ließ sich mitreißen, aber kaum daß er sie freigab, wurde ihr ihre Situation wieder voll bewußt, und sie sagte, ein wenig atemlos noch, was sie dachte: »Das hilft mir auch nicht weiter.«

»Und ich glaubte, es hat dir gefallen!« entgegnete er.

»Das hast du doch gemerkt!« Sie streichelte ihm mit dem Handrücken über die Wange. »Sei mir nicht böse, Götz. Aber ich bin tatsächlich verzweifelt.«

»Dafür besteht kein Grund.« Er setzte sich und zog sie auf seinen Schoß. »Jetzt paß mal auf. Von Betrug kann natürlich keine Rede sein. Du hast sie ja guten Glaubens um den Kredit gebeten. Daß du ihn nicht zum festgesetzten Termin zurückzahlen kannst, ist nicht deine Schuld. Deshalb brauchst du dir also gar keine Gedanken zu machen.«

»Aber sie kann mich zum Offenbarungseid treiben.«

»Das geht nicht so rasch, wie du dir das vorstellst. Bis so eine Sache zur Verhandlung kommt, dauert es Monate ...«

»Wieviel?«

»Mindestens sechs oder sieben, wahrscheinlich mehr, und selbst dann ist noch nicht gesagt, daß sie mit ihrer Klage durchkommt. Vielleicht wird ihr Rechtsanwalt sogar davon abraten, wenn du genau das tust, was ich dir jetzt sage.«

»Ja?«

»Du schreibst ihr einen Brief, in dem du nicht Bezug auf euer Gespräch nimmst, sondern ihr ganz kurz deine Situation schilderst ... und wie und warum du mit deinen Mänteln hängengeblieben bist. Um deinen guten Willen zu zeigen, erklärst du dich aber bereit, ihr ab Ende März monatlich eine bestimmte Summe abzuzahlen. Wieviel könntest du aufbringen?«

Martina rechnete nach, wieder sah sie sich gezwungen, die Alimente ihres geschiedenen Mannes für ihre Kinder anzugreifen; aber das bedrückte sie nicht allzu sehr, denn sie war überzeugt, sie ihnen zurückzahlen zu können, wenn sie erst den augenblicklichen Engpaß überwunden haben würde. »Tausend Mark ...«

»Das genügt vollkommen. Du schreibst ihr das ganz kurz, zahlst pünktlich monatlich. Dann kann sie dir gar nichts wollen.«

»Wenn sie aber doch prozessiert?«

»Werde ich dir helfen, den Verhandlungstermin möglichst lange hinauszuzögern. Wann, meinst du denn, könntest du wieder flüssig sein?«

»In einem Jahr. Dann werde ich die Mäntel verkauft haben.«

»Du gibst nie auf, wie?«

»Nur wenn es sich nicht vermeiden läßt.«

»Du hast mir vom ersten Augenblick an gefallen, Martina!« Er küßte sie auf den Hals. »Aber seit heute hast du meine volle Bewunderung.«

Sie wehrte sich gegen das Bedürfnis, sich an ihn zu kuscheln und sich streicheln zu lassen, sie stemmte die Hände gegen seine Schulter. »Bitte, sei ehrlich, Götz! Kann ich mich auf deine Auskunft verlassen? Oder hast du mir die Sache nur so einfach dargestellt, um mich zu beruhigen?«

»Du hast wohl recht schlechte Erfahrungen mit Männern gemacht?«

Martina dachte nach. »Eigentlich nicht.«

»Warum bist du dann so mißtrauisch?«

»Weil ich mir nicht vorstellen kann, daß alle meine Sorgen nur Hirngespinste waren!«

»Waren sie nicht und sind sie nicht. Es wird dir nicht leichtfallen, neben all deinen anderen Verpflichtungen Monat für Monat einen Tausender abzuzweigen. Und wie du die Mäntel verkaufen willst ...«

»Das schaffe ich schon. Wenn mir bloß niemand mein Geschäft kaputtmacht!«

»Das Geschäft ...« Er nahm ihre Hände, eine nach der anderen, von seiner Schulter und küßte sie. »... ist dir wohl das Allerwichtigste auf der Welt?«

»Ich weiß es nicht, ich weiß es wirklich nicht«, bekannte sie. »Lange Zeit habe ich geglaubt, es würde mir meine Freiheit garantieren, aber das stimmt natürlich nicht. Durch das Geschäft bin ich angehängt, schlimmer noch als in einer Ehe. Vielleicht gebe ich es eines Tages sogar auf. Aber das wäre schrecklich für mich.«

»Du wirst es nicht aufgeben müssen.« Er zog ihren Kopf an seine Schulter. »Das verspreche ich dir. Wenn alle Stricke reißen, springe ich eben doch ein. Bis dahin sollten unsere Beziehungen so weit gediehen sein, daß sie nicht mehr an so etwas zerbrechen können.«

»Hast du denn soviel?« murmelte sie.

»Ein Rechtsanwalt in meinen Jahren sollte sich schon einiges beiseite gelegt haben – auch wenn er für eine geschiedene Frau und ein Kind sorgen muß.«

»Bist du geschieden?«

»Ja, aber darüber reden wir ein andermal. Du kannst doch bei mir bleiben? Über Nacht, meine ich?«

Sie reckte sich hoch und küßte ihn auf den Mundwinkel. »Und wie gerne!«

Dieser Abend sollte ein neues Kapitel in Martinas Leben einleiten. Als sie am nächsten Morgen nach Hause fuhr, fühlte sie sich so glücklich wie nie zuvor.

Dr. Götz Seifert hatte sich als ein sehr männlicher, wenn auch etwas nüchterner Liebhaber erwiesen. Nach dem Zusammensein mit ihm fühlte sie sich körperlich befriedigt und entspannt. Zwar war sie entschlossen, niemals sein Geld anzunehmen, aber daß er es ihr angeboten hatte, war für sie ein Beweis, daß er mehr als eine unverbindliche Liebelei wollte.

Darin hatte sie sich nicht getäuscht. Noch am gleichen Tag kam ein Strauß roter Rosen von ihm in die Ainmillerstraße. Am Abend rief er sie an, und sie trafen sich in den nächsten Wochen und Monaten regelmäßig. Er gab ihr das, was Joachim Velbert ihr verweigert hatte; er nahm jede Einladung an, die sie reizte, so daß sie mindestens dreimal in der Woche zusammen ausgingen. Fast immer endeten diese gemeinsamen Abende in seiner Junggesellenwohnung in der Widenmeyerstraße.

Martina suchte eine Frauenärztin auf und wagte einen neuen Versuch mit der Pille, denn sie wollte ihm und sich selber keine Beschränkungen im erotischen Bereich auferlegen. Diesmal schien sie ihr sogar zu bekommen, und sie genoß seine Leidenschaft ungehemmt.

Der Frühling 1969 wurde wunderbar, und es war Martina, als sei sie selber wieder jung geworden. Die Kinder beobachteten ihre neue Verliebtheit mit Lächeln, Kopfschütteln und Stirnrunzeln.

»Was ist denn schon dabei?!« verteidigte sie sich. »Warum soll eine alleinstehende Frau wie ich denn keinen Freund haben? Ich finde das nur natürlich.«

»Natürlich«, erklärte Claudia mit hochgezogenen Augenbrauen, »ist schließlich auch das liebe Vieh.«

»Eins zu null für Claudia!« rief Stefan dazwischen.

Martina sah ihre Tochter an. »Ich wünschte nur, du wärst etwas weniger verklemmt.«

»Nicht jeder kann so leichtsinnig wie du sein«, gab Claudia kratzbürstig zurück.

»Ich will mich bestimmt nicht als leuchtendes Beispiel hinstellen, aber mit achtzehn Jahren sollte man sich schon einmal verliebt haben!«

»Bravo! Bravo! Gebt's euch tüchtig!« rief Stefan. »So ist's richtig!«

»Jetzt will ich dir mal was sagen«, fuhr Claudia die Mutter an, »selbst wenn ich wollte, ich hätte ja beim besten Willen nicht mal die Zeit dazu. Du weißt, wie ich für die Schule schuften

muß ... gerade jetzt im Vorabitur. Geh nicht auf mich los, bloß um dich selbst zu rechtfertigen.«

»Das habe ich nicht getan! Ich mache mir ernsthafte Gedanken um dich!«

»Völlig unnötig. Denk lieber über dich selber nach. Oder über Stefan.« Claudia verließ, den Kopf in den Nacken geworfen, das Zimmer.

»Was wollte sie damit sagen, Stefan?« fragte Martina. »Ist irgend etwas mit dir nicht in Ordnung?«

»Quatsch.«

»Hast du eine Freundin?«

»Das würde ich dir gerade auf die Nase binden.«

»Bist du jetzt auch böse auf mich?«

»Ihr Weiber könnt einem manchmal schon auf die Nerven gehen!«

Martina verstand, daß ihre Liebesbeziehungen für ihre heranwachsenden Kinder nicht ganz ohne Peinlichkeit waren. Wahrscheinlich waren sie beide eifersüchtig. Stefan auf den Mann, Claudia wegen ihres Erfolges. Aber sie dachte nicht daran, auf ihr Glück zu verzichten.

Es war ein Glück, das ihr Kraft gab. Nicht einmal über den wütenden Brief der Lorenzo regte sie sich auf, die ihr antwortete, daß sie nicht daran dächte, sich mit der von Martina vorgeschlagenen Regelung einverstanden zu erklären. Martina wußte, daß ihrer Gläubigerin gar nichts anderes übrigblieb, und war sicher, daß auch die Lorenzo selber das wußte. Fast begann die Situation ihr jetzt sogar Vergnügen zu bereiten.

Martina bemühte sich, ihr Glück mit beiden Händen festzuhalten. Aber es zerrann ihr unter den Fingern.

Zuerst hatte sie es großartig gefunden, fast jeden zweiten Abend auszugehen, sich an der Seite eines Mannes zu zeigen, mit dem sie sich sehen lassen konnte. Sie dachte geradezu etwas herablassend an Joachim Velbert zurück, der in ihren Augen ein Spielverderber gewesen war. Jetzt endlich gehörte sie zur sogenannten Münchner Gesellschaft, jagte von einer Party zur nächsten, zu Modenschauen, Vernissagen, Eröffnungen und Empfängen.

Aber nie hätte sie geglaubt, daß sie dessen so schnell überdrüssig werden könnte. Zu bald entdeckte sie, daß sie immer wieder auf die gleichen Leute traf, die immer die gleichen Belanglosigkeiten von sich gaben. Der junge Fürst, der ihr seines Namens und seines Auftretens wegen imponiert hatte, wurde in ihren Augen lächerlich, als sie herausbekam, daß er sich ausschließlich für junge Männer interessierte. Die elegante Baronin verlor von ihrem Glanz, als Martina erfuhr, daß sie eine geborene Müller, verheiratete Knappert, Baronin aber nur in einer kurzen Ehe mit einem verlotterten Adeligen gewesen war. Bald fragte sich Martina, wozu und für wen sie sich eigentlich Abend für Abend schön machte, während doch niemand sie wirklich beachtete und jeder nur darauf aus war, sich selber zu präsentieren.

Tatsächlich tat sie es nur noch Götz Seifert zuliebe, der auf seine zurückhaltende Weise eine gute Figur machte und so sichtlich stolz auf sie war. Noch gab Martina es sich nicht zu, aber die Wahrheit war, daß sie bei ihren kosmetischen Behandlungen interessantere Gespräche geführt und tiefere Einblicke in menschliche Schicksale getan hatte als im Rahmen jener sogenannten gesellschaftlichen Ereignisse.

Eines Abends – ein Musikverleger hatte eingeladen, um eine junge Schauspielerin vorzustellen, die sich jetzt auch als Sängerin versucht hatte – traf sie auf Joachim Velbert. Er hatte einen Kreis um sich versammelt, es waren vorwiegend Frauen und Mädchen, die an seinen Lippen hingen, und beachtete Martina gar nicht. Breitbeinig stand er da, ein bißchen dicker und ein bißchen älter geworden, und strahlte unwiderstehliche Vitalität aus.

Oft hatte Martina sich vorgestellt, ihm zu begegnen, aber jetzt plötzlich war es ihr, als wäre sie einem Wiedersehen nicht gewachsen; sie zog Götz Seifert beiseite. »Laß uns gehen«, bat sie.

»Aber wieso? Wir sind doch gerade erst gekommen!«

»Ich habe es plötzlich satt – diese ewigen Kalten Büffets. Ich möchte mal wieder was Richtiges essen.«

»Wie du meinst.« Nachgiebig machte er sich an den Kampf um ihre Mäntel, die mit einem Haufen anderer im Vorraum lagen.

Martina sah ihm mit steigender Ungeduld dabei zu; endlich hatte er es geschafft.

»Danke«, sagte sie erleichtert.

»Was die Kalten Büffets betrifft«, meinte er, als sie nebeneinander die Treppe hinunterliefen, »hast du eigentlich recht. Mir schmecken sie auch nicht mehr. Ich habe schon oft daran gedacht, mich bei dir zum Essen einzuladen.«

»Ich soll für dich kochen?«

»Ja, warum nicht? Für deine Kinder kochst du doch sicher auch!«

»Schon. Aber ich mache mir keine großen Umstände.«

»Brauchst du für mich doch auch nicht.« Er legte ihr den Arm um die Schultern. »Ein Teller Linsensuppe ... oder Knödel und Kraut ... ein Wammerl, genau das wäre es, auf was ich Hunger habe. Sei mal ehrlich, hast du nicht was zum Aufwärmen bei dir zu Hause?«

»Nein.«

»Gar nichts? Ich wäre auch mit Bratkartoffeln und Spiegelei zufrieden.«

»Nein«, wiederholte sie; es irritierte sie, daß er nicht spürte, was in ihr vorging.

»Na schön, dann fahren wir zum ›Tantris‹.« Er öffnete ihr die Haustür. »Aber eigentlich finde ich es sonderbar, daß du mich noch nie zu dir eingeladen hast.«

Sie hätte ihm eine Erklärung geben können, aber sie hatte keine Lust, mit ihm zu debattierten, und hüllte sich in Schweigen. Er hakte nach. »Ich würde doch auch gerne deine Kinder kennenlernen.«

»Wozu?«

»Du kannst Fragen stellen! Weil sie mich interessieren.«

»Ich finde das übertrieben«, erklärte sie und war sich bewußt, daß er ihre Unfreundlichkeit nicht verdiente. »Ich verlange ja auch nicht, daß du mich deiner geschiedenen Frau und deiner Tochter vorstellst.«

Er packte sie bei den Schultern, drehte sie zu sich um und versuchte im Schein einer Laterne in ihren Zügen zu lesen. »Martina! Was ist los mit dir?«

»Nichts«, behauptete sie.

»Du bist verändert.«

»Vielleicht ist es das ewige Ausgehen, was mich nervös macht.«

»Aber du hast es doch selber gewollt.«

»Weiß man denn immer, was für einen gut ist?«

»Wenn du willst, können wir das ja ändern. Du hast ganz recht, im Grunde sind diese Leute belanglos. Und jetzt gehen wir erst einmal was Gutes essen, ja?«

Er schob seine Hand unter ihren Ellenbogen und führte sie weiter.

»Götz, es tut mir leid ...«

»Was?«

Fast hätte sie ihm gesagt, was ihr vor wenigen Minuten klargeworden war: daß er trotz all seiner guten Eigenschaften nicht der richtige Mann für sie war. Aber sie mochte ihn nicht so verletzen.

»Daß ich so launisch bin«, erklärte sie statt dessen.

Der Rest des Abends verging äußerlich in Harmonie, aber innerlich gewann Martina mehr und mehr Abstand. Sie mochte Götz Seifert gern, aber er war nicht der Mann, den sie liebte.

In der nächsten Zeit versuchte Martina sich von Götz Seifert zurückzuziehen, ohne es jedoch zu einem völligen Bruch kommen zu lassen; sie wußte nicht, ob sie in der Sache Lorenzo nicht noch sehr auf seine Hilfe angewiesen sein würde.

Doch sie wich Verabredungen aus, schützte Arbeit vor oder die Interessen ihrer Kinder und traf sich höchstens noch einmal in der Woche mit ihm. Durch diese Taktik erreichte sie, genau wie damals bei Bob Scheller, nur das Gegenteil. Je mehr sie auswich, desto drängender wurde er, rief sie täglich an, schickte Blumen und andere kleine Aufmerksamkeiten, die sie nicht zurückweisen konnte.

Eines Abends, als sie Kopfschmerzen vorgeschützt hatte, um einem Zusammensein auszuweichen, stand er mit Rosen vor ihrer Wohnungstür. Sie war so betroffen, daß sie Freude nicht einmal heucheln konnte.

»Was fällt dir ein!?« rief sie. »Du weißt doch genau ...«

Er fiel ihr ins Wort. »Ich wollte mich um dich kümmern, ich mache mir Sorgen um dich ...«

»Das brauchst du nicht!«

»Aber Liebling, freust du dich denn kein bißchen?«

»Ich hasse es, überfallen zu werden! Wie ich nur aussehe!« Da sie gemütlich zu Hause bleiben wollte, hatte sie ihr Make-up entfernt und trug ein einfaches Baumwollkleid.

»Bezaubernd wie immer! Willst du mich nicht hereinlassen?«

»Nein.« Sie nahm ihm die Rosen ab. »Ich bin nicht darauf eingerichtet, versteh das doch«, versuchte sie ihre Ablehnung zu mildern. »Im Wohnzimmer sitzen die Kinder vor dem Fernseher. Wenn ich sie vertreibe, nehmen sie's mir übel, wenn ich sie dalasse, können wir uns nicht unterhalten. In der Küche will ich dich nicht empfangen. Also bitte, warte unten auf mich.« Mit einem Lächeln versuchte sie ihm die Tatsache zu versüßen, daß sie ihm die Tür vor der Nase zuschlug.

Sie rief ins Wohnzimmer hinein, daß sie noch einmal fortging, überlegte, ob sie sich umziehen sollte, entschied sich dagegen, verzichtete auch darauf, sich zurechtzumachen, und schnappte sich nur ihren Regenmantel und die Schlüssel.

Götz Seifert erwartete sie vor der Haustür.

»Ich habe wirklich Kopfschmerzen«, behauptete sie mit Nachdruck.

»Mein armer Liebling.« Er nahm ihren Arm. »Vielleicht wird ein kleiner Spaziergang dir guttun.«

»Kann sein.«

»Fahren wir zum Englischen Garten.« Er führte sie zu seinem Mercedes, schloß auf und ließ sie einsteigen; seine Manieren waren, wie immer, tadellos.

Es war ein warmer schöner Maitag, die Straßencafés auf der Leopoldstraße waren geöffnet, und überall flanierten junge Leute, Pärchen und Gruppen, und ganz plötzlich, zum ersten Mal in ihrem Leben, überfiel Martina das schmerzende Gefühl, nicht mehr jung zu sein.

»Ich habe alles falsch gemacht«, sagte Götz Seifert neben ihr. Sie schwieg, denn sie wollte es nicht zu einer Auseinandersetzung kommen lassen.

»Damals, als du zu mir kamst, hätte ich dich nicht beruhigen, ich hätte dir raten sollen, deinen Betrieb zu liquidieren.«

Nun mußte sie doch lächeln. »Das wäre aber nicht fair gewesen.«

»Fair oder nicht, du hättest dich an mich geklammert.«

»Vielleicht auch nicht. Das ist es ja gerade, was ich hasse: diese Aneinanderklammerei.«

»Ich weiß, was dich nervös macht. Du bist keine Frau, die in ungeordneten Verhältnissen leben kann. Es war falsch von mir, dir das zuzumuten. Aber wenn man gerade eine unglückliche Ehe hinter sich gebracht hat ...«

Sie unterbrach ihn. »Es ist etwas ganz anderes. Ich wollte es dir nicht sagen, weil Männer solche Gespräche nicht mögen. Aber Tatsache ist: ich vertrage die Pille nicht. Diese Erfahrung habe ich schon früher gemacht, aber deinetwegen wollte ich es noch einmal probieren. Mir wird schlecht davon, und ich werde dick.«

»Das ist mir noch gar nicht aufgefallen.«

»Ich habe versucht, es vor dir zu verbergen.«

»Das ist es also!« Er legte ihr den Arm um die Schultern und zog sie an sich. »Mein armer, tapferer Liebling. Weißt du was? Das ist doch ein Grund mehr, unsere Beziehungen in Ordnung zu bringen!«

Mit Mühe verbarg sie ihren Schrecken. »Das ist ... sehr, sehr nett von dir, mir das vorzuschlagen. Aber ich bin keine gute Ehefrau.«

»Das redest du dir doch nur ein!«

»Bestimmt nicht. In meiner ersten Ehe habe ich mich wie in einem Käfig gefühlt.«

»In einer kleinen Stadt und mit einem langweiligen Mann! Mit uns beiden würde es doch etwas ganz anderes sein. Natürlich meine ich nicht, daß du dein Geschäft behalten solltest. Die viele Arbeit ist es nämlich, die dich in Wirklichkeit kaputtmacht. Ich verdiene genug für uns beide, du brauchst dir keine Sorgen zu machen.«

»Götz«, sagte sie und legte ihm die Hand auf den Arm, »sei bitte so gut und fahr mich wieder nach Hause. Einen Heiratsantrag bekommt man ja nicht alle Tage. Ich möchte allein sein und darüber nachdenken, ja?«

»Natürlich mache ich die Geschäftsaufgabe nicht zur Bedingung. Wenn dein Herz daran hängt, dann behalte deinen Laden.

Du sollst nur wissen, daß du als meine Frau jederzeit aussteigen kannst.«

»Das ist sehr lieb von dir, Götz, du bist überhaupt sehr lieb ...«

»Aber?«

»Der Haken liegt nur bei mir. Ich bin anscheinend eine verdrehte Person.«

In Wahrheit dachte Martina nicht einen Augenblick daran, Götz Seifert zu heiraten. Sie wollte ihn nur nicht vor den Kopf stoßen, denn sie wußte, das hatte er nicht verdient.

Aber selbst wenn sie ihn geliebt hätte, würde der Gedanke an eine Ehe sie ernüchtert haben. Auch wenn sie das Geschäft behielt, war ihr klar, wie die Dinge sich entwickeln würden. Er würde erwarten, daß sie ihn als seine Frau – wie sehr allein sie schon dieses besitzende Fürwort haßte – betreute und bediente, bekochte und pflegte und dazu noch in der Gesellschaft als Schönheit repräsentierte. Das wollte sie nicht und konnte sie nicht, nicht für Götz Seifert und, wie sie plötzlich erkannte, auch für keinen anderen Mann. Das war eine Rolle, aus der sie herausgewachsen war.

Am nächsten Morgen suchte sie ihre Ärztin auf, um mit ihr wegen ihrer Schwierigkeiten mit der Pille zu sprechen. Frau Dr. Mennen war eine Frau in Martinas Alter, sehr energisch und sehr tüchtig, mit klugen Augen und geschickten Händen.

Sie untersuchte Martina gründlich auf dem gynäkologischen Stuhl, wartete, bis sie sich angezogen hatte, und sah inzwischen in ihrer Karteikarte nach.

»Vielleicht gibt es noch ein anderes Präparat, das ich versuchen könnte«, schlug Martina hoffnungsvoll vor.

Die Ärztin schüttelte sachte den Kopf. »Am Präparat liegt es nicht.«

»Mein Arzt in Düsseldorf hat schon mal so was angedeutet. Er hat behauptet, die Pille bekäme mir nicht, weil ich sie nicht wirklich wollte. Aber das stimmt wirklich nicht.«

»Nein, darauf wollte ich nicht hinaus.« Die Ärztin blickte Martina offen an. »Sie haben sie zu spät genommen.«

»Das verstehe ich nicht!«

»Denken Sie mal nach. Ist es nicht so, daß Sie Geschlechtsverkehr hatten, bevor Sie sich ein Antikonzeptionsmittel verschreiben ließen?«

Martina dachte an ihre erste Nacht mit Götz Seifert. »Aber damals war es ganz kurz nach meiner Menstruation ...«

»Nicht kurz genug anscheinend.«

»Soll das heißen, daß ich ...?« Martina erblaßte. »Aber das kann doch nicht möglich sein!«

»Doch. Ich verstehe, daß das eine große Überraschung für Sie ist. Sie sind geschieden, nicht wahr?«

»Ja.« Martina atmete tief durch. »Und ich habe fast erwachsene Kinder.«

»Sie werden sich damit abfinden müssen.«

»Das sagen Sie!«

»Es wird Ihnen wohl nichts anderes übrigbleiben. Und der Vater des Kindes? Wohl verheiratet?«

»Nein. Er hat mir gerade gestern einen Antrag gemacht.«

»Ja, dann ist ja alles in Ordnung. Gesundheitlich, das versichere ich Ihnen, sind wohl kaum Schwierigkeiten zu erwarten. Am besten machen wir eine Schnittentbindung.«

»Aber ich will ihn nicht heiraten. Ich bin drauf gekommen, daß wir nicht zusammen passen ... oder ich nicht zur Ehe!«

»Tja, was machen wir da? Ich kann und darf Ihnen nicht helfen.«

Als Martina die Praxis verließ, hatte sie sich noch nicht gefaßt. Die Eröffnung war zu unerwartet gekommen. Mit einem Kind hatte sie nicht gerechnet.

Aber schon während sie zu Fuß nach Hause ging, begann sie sich an den Gedanken zu gewöhnen. Sie hatte dieses Kind nicht gewollt, vielleicht aber würde es für sie ein spätes Glück bedeuten.

Claudia und Stefan hatten schon begonnen, die Bindungen zu ihr zu lösen, bald würden sie erwachsen sein und sie nicht mehr brauchen. Sie hatte Pläne für die Zeit ihres Alleinseins gemacht, hatte vorgehabt, sich sozialen Aktivitäten zu widmen, mehr zu lesen und überhaupt mehr für ihre Bildung zu tun. Aber noch einmal Mutter zu werden war doch viel schöner. Auch dieses Kind würde sie eines Tages verlassen, und das war richtig so. Doch dieser Tag lag heute noch in weiter Ferne.

Frau Dr. Mennen hatte ihr gesagt, daß das Kind im September zur Welt kommen würde. Mit ein bißchen Glück konnte sie zu Beginn der Wintersaison wieder fit sein.

Beim Mittagessen sagte sie es Claudia und Stefan. »Ich muß euch etwas erzählen, was euch sehr überraschen, möglicherweise sogar stören wird.«

»Du willst heiraten!« platzte Claudia heraus.

»Nein. Im Gegenteil. Ich bin entschlossen, mit Doktor Seifert Schluß zu machen.«

»Warum?«

»Weil ich drauf gekommen bin, daß ich ihn nicht liebe. Aber laßt mich, bitte, erst ausreden. Es fällt mir nämlich nicht ganz leicht.«

Stefan hatte den Mund voll Nudeln. »Mach's doch nicht so feierlich!« brachte er undeutlich heraus.

»Es ist für euch nicht angenehm, aber ich kann euch versichern: wenn dir, Claudia, oder auch dir, Stefan, etwas Ähnliches passiert wäre, ich würde ganz fest zu euch halten.« Sie sah von einem zum anderen. »Ich bekomme ein Kind.«

»Was!?« schrie Stefan.

»Du hast ganz richtig verstanden. Ich erwarte ein Kind, und ich werde es großziehen. Wenn euch das zu peinlich ist … wenn ihr glaubt, dann nicht mehr mit mir zusammen leben zu können …«

»Jetzt rede keinen Quatsch!« erklärte Stefan rauh, aber herzlich. »Wir sind schließlich aufgeklärte Menschen. Und außerdem ist es doch dein Bier!«

Claudia lächelte ihrer Mutter zu. »Weißt du, Martina, es gibt Momente, wo ich dich aufrichtig bewundere! Trotz und alledem … Du bist eine tolle Frau!«

»Weißt du, was du da eben gesagt hast? Du hast mich Martina genannt!«

»Das ist mir gar nicht aufgefallen.«

»Nenn mich in Zukunft immer so, ja?« Martina streckte ihrer Tochter die Hand über den Tisch zu. »Das höre ich gern von dir.«

»Soll ich auch Martina sagen?« fragte Stefan.

»Wenn du willst!«

»Klasse. Mir hat das ewige Muttigetue sowieso schon zum Hals rausgehangen.«

Am Abend des gleichen Tages rief Dr. Götz Seifert an. »Hast du es dir überlegt?« fragte er.

»Ja!« antwortete sie und fügte, damit er sich keine falschen Hoffnungen machte, hastig hinzu: »Ich will dich nicht heiraten. Sei mir nicht böse. Ich habe dich sehr gern, aber heiraten will ich dich nicht.«

»Schade. Dann werde ich mich wohl drein fügen müssen.«

»Ja, Götz, Und da es mit uns so weit gekommen ist: ich will dich auch nicht mehr wiedersehen. Es ist mir nicht leichtgefallen, aber es hat keinen Sinn mehr. Es würde doch immer wieder zu Auseinandersetzungen kommen. Wir würden uns nur quälen.«

»Ich bitte dich, Martina ...«

»Es ist mein Ernst, Götz! Und es wäre ein schwerer Fehler, wenn du dich weiter um mich bemühen würdest. Es kann zu nichts führen.«

»Das ist hart.«

»Vielleicht jetzt im Augenblick. Aber es wird nicht lange dauern, dann wirst du froh sein, nein, protestiere nicht! Du brauchst eine ganz andere Frau, als ich es bin! Ich wünsche dir viel Glück!«

Tatsächlich hätte Martina in diesem Sommer kaum Zeit für die Liebe gehabt. Um die ungarischen Hirtenmäntel, auf denen sie sitzengeblieben war, aufzuwerten, ließ sie sie mit Jagdmotiven – Hirschen, Rehen, Auerhähnen, Fasanen oder Hasen – besticken. Die Motive hatte sie selbst entworfen, aber die Ausführung konnte sie natürlich nicht alleine bewältigen. Sie heuerte Spanierinnen dafür an, Frauen und Mädchen, die ihre Familien in Deutschland betreuen mußten und froh waren, sich bei Martina etwas Geld verdienen zu können. Mit ihnen saß sie Abend für Abend bis in die Nacht hinein zusammen und stickte. Die Verständigung war oft recht schwierig, dafür arbeiteten die Spanierinnen flink und geschickt. In Partien wanderten die fertigen Mäntel dann ins Pfandhaus. Durch dieses Manöver schlug Martina zwei Fliegen mit einer Klappe: sie bekam Geld und hatte die Gewähr, daß die Lederstücke sachgerecht aufbewahrt wurden.

Oft traf sie sich, wenn ihre Mitarbeiterinnen spät gegangen waren, mit Claudia, die für ihr Abitur büffelte, nachts in der Küche. Sie tranken ein Glas Milch und plauderten über Dinge, die früher nie zwischen ihnen zur Sprache gekommen waren. Jetzt erst erfuhr Martina, wodurch Helmut seine Tochter damals in Dinslaken so sehr enttäuscht hatte, und sie konnte ihr diesen

Schock sehr gut nachfühlen. Claudia vertraute ihr auch an, daß sie Jura studieren und Rechtsanwältin werden wollte – ein Plan, auf den Martina nur stolz sein konnte. Daß Claudia niemals in ihr Geschäft einsteigen würde, hatte sie längst akzeptieren müssen.

Da der Student, der mit Frau und Kind im Atelier lebte, im Herbst seine Prüfungen machen und in seine Heimat zurückkehren wollte, würde die Wohnung unter dem Dach frei. Claudia war überglücklich, als Martina sie ihr anbot; ein eigenes Reich war für sie die Erfüllung eines Traumes. Liebend gern überließ sie ihr bisheriges Zimmer dem zu erwartenden Baby.

Zwischen Martina und ihrer Tochter entwickelte sich in dieser Zeit ein ganz neues Einverständnis. Noch vor der Schule begleitete Claudia ihre Mutter täglich auf einem langen Spaziergang durch den Englischen Garten, zu dem Frau Dr. Mennen Martina dringend geraten hatte. Claudia tat dies allerdings nicht aus ganz uneigennützigen Gründen; auch sie hatte das Bedürfnis, sich wenigstens einmal am Tag richtig Bewegung zu machen.

In der Nacht des 20. Juli blieben sie, nicht nur Stefan zuliebe, wach, um den unvergeßlichen Augenblick mitzuerleben, da der erste Mensch, der US-Astronaut Neil Armstrong, mit dem linken Fuß zuerst den Mond betrat. Mit atemloser Spannung beobachteten sie, wie Neil und sein Copilot Aldrin sich schwerfällig und gleichzeitig tänzerisch im luftleeren Raum bewegten, in ihren Raumanzügen mit den vergoldeten Visieren selber wie Wesen aus einer anderen Welt aussehend.

Claudia gab Stefan einen kleinen Stoß. »Sieh gut hin, Junge! Da wirst du selber eines Tages auch rumtapsen. Dann wink uns mal zu, was?«

»Wieso ich?« fragte Stefan.

»Bis es soweit ist, sind ganz andere Sterne zu erobern«, meinte Martina.

»Aber ohne mich!« erklärte Stefan.

»Auf einmal?« rief Claudia. »Uns hast du doch immer erzählt, du wolltest …«

»Ich hab's mir anders überlegt. Das Ganze ist mir eine zu unsichere Sache … Bis ich überhaupt nach Cape Kennedy komme, und ob die mich dann annehmen, und wenn sie's tun, ob ich jemals von der Warteliste runter komme … nein, nein, ich gehe lieber auf Nummer Sicher.«

Martina bereitete es Schmerz, daß auch ihr kleiner Sohn so schnell erwachsen geworden war. »Also nicht mehr Ingenieur?« fragte sie.

»Ingenieur schon. Aber bei der Post. Ihr könnt mir sagen, was ihr wollt, die Beamten haben es doch am besten.«

»Ausgerechnet!« rief Claudia.

»Laß ihn«, bat Martina. »Das sind Entscheidungen, die jeder für sich selbst treffen muß.«

Obwohl sie wußte, daß die meisten Eltern glücklich über einen solchen Entschluß ihres Sohnes gewesen wären, war es ihr nur mit Anstrengung gelungen, sich ihre Enttäuschung nicht anmerken zu lassen. Immer war sie überzeugt davon gewesen, daß ihr Sohn etwas Großes werden würde, wenn auch wohl nicht gerade Weltraumforscher. Nun mußte sie erfahren, daß er selber sich sein Ziel sehr viel niedriger gesteckt hatte. Dennoch erkannte sie, daß sie selber womöglich nicht ohne Schuld daran war. Seit der Scheidung hatten die Kinder mit ihr ein Leben in ständiger Unsicherheit geführt. Stefan hatte erlebt, wie sie gearbeitet, gerechnet und spekuliert hatte und auf wie schwachen Füßen ihre ganze Existenz immer noch stand. Vielleicht war es diese frühe Erfahrung gewesen, die ihn einen Beruf mit festem Gehalt und Pensionsberechtigung anpeilen ließ.

Das Baby kam, wie errechnet, im September zur Welt, ein kleines Mädchen mit dichtem braunen Haar und blauen Augen; wie die meisten Kinder, die durch Schnittentbindung geboren werden, war es, da ihm die Strapazen der Geburt erspart geblieben waren, besonders hübsch, mit klarer rosiger Haut.

Martina nannte es Hortense, denn ein etwas ausgefallener Vorname mußte schon sein, da der Nachname Schmitz ihr eigener Mädchenname war; Helmut hatte sie nicht bitten wollen, Hortense seinen Namen zu geben. Um Hortenses willen beantragte sie jetzt, sich selber wieder wie vor ihrer Ehe nennen zu dürfen: Martina Schmitz. Das fiel ihr um so leichter, als sie sich ja nicht als Frau Stadelmann, sondern als Martina durchgesetzt hatte. Einen Vater von Hortense gab sie beim Standesamt nicht an; sie wollte Dr. Götz Seifert keinen Anlaß geben, sich wieder in ihr Leben zu drängen und möglicherweise Rechte zu verlangen, die sie ihm nicht einräumen wollte. Daß die Angabe »Vater: unbekannt« ein Schönheitsfehler in Hortenses Geburtsurkunde war, darüber war sie sich im klaren, aber ihn auszumerzen hatte es Zeit bis zu ihrem Eintritt in die Schule, und bis dahin hoffte sie, zu Dr. Götz Seifert eine sachlich neutrale Beziehung gefunden zu haben. Vorläufig wollte sie ihr kleines Mädchen ganz für sich allein haben. Es machte sie sehr glücklich, daß es auf der Welt war, dennoch war sie auch froh, in Zukunft ohne Pille oder andere Verhütungsmittel gegen eine ungewollte Schwangerschaft geschützt zu sein: Auf Anraten Frau Dr. Mennens hatte sie sich anschließend an die Entbindung durch einen kleinen Eingriff sterilisieren lassen. Sie war frei wie nie zuvor.

Patentante von Hortense wurde Gerlinde Hauser. Martina hatte die Freundin gewählt, um sie aus ihrer Einsamkeit herauszureißen.

Alle waren entzückt von dem Baby: Claudia, Frau Liebig, der alte Herr Hübner und sämtliche Kosmetikerinnen. Nur Stefan konnte, begreiflicherweise, nichts mit dem kleinen Ding anfangen. Er war jetzt siebzehn, hatte seine ersten Mädchenbekanntschaften und war kaum noch daheim.

Martina war es recht so. Sie plante weit in die Zukunft voraus. Wenn Stefan mit der Schule fertig war, wollte sie ihm ein eigenes Zimmer beschaffen, vielleicht in einem Studentenheim; sie selber wollte die Wohnung in der Ainmillerstraße aufgeben und mit Gerlinde, Karl Hübner und Hortense in ein Haus am Stadtrand ziehen. Das alte Haus sollte ganz dem Kosmetikbetrieb vorbehalten bleiben. In das Erdgeschoß sollte statt der Boutique, die Martina zuviel Arbeit machte, ein Friseur hinein.

Die Herstellung in Unterbiberg entwickelte sich planmäßig. Dr. Stützhammer, der nicht nur Chemiker, sondern auch Geschäftsmann war, bot die Martina-Präparate den Kosmetikschulen an und fand dort großes Interesse. Martina erwog schon, eine ganze Kette von Martina-Kosmetik-Instituten in der Bundesrepublik aufzuziehen, an denen sie mehr oder minder finanziell beteiligt sein würde.

Aber das war vorläufig Zukunftsmusik; noch war sie tief verschuldet.

Aber in diesem Winter 1969/70 war ihr endlich das Glück, auf das sie solange gehofft und für das sie so verbissen gearbeitet hatte, günstig. Die bodenlangen Mäntel setzten sich durch, und sie machte mit ihren bestickten Hirtenmänteln, die sie partienweise aus der Pfandleihe auslöste, doch noch das ganz große Geschäft.

Bereits vor Weihnachten konnte sie Frau Lorenzo und auch Herrn Hübner die Kredite zurückzahlen und den Kindern die ausgeliehenen väterlichen Alimente auf die Konten geben. Claudia schenkte sie ein Tonbandgerät für ihre Atelierwohnung, Stefan das langersehnte Moped, sich selber einen Farbfernseher. Den Hauptteil ihrer Einnahmen begann sie umsichtig zu investieren.

Sorgen, das wußte sie, würden für sie als selbständige Geschäftsfrau nie ausbleiben, aber mit Stolz und Erleichterung konnte sie jetzt von sich sagen, daß sie es geschafft hatte.

Als es Frühling wurde, las Martina in der Zeitung, daß Joachim Velbert am Nachmittag in einer großen Münchner Buchhandlung eine Signierstunde gab. Plötzlich wußte sie, was sie zu tun hatte.

Nach dem Essen machte sie sich so schön wie möglich, zog ihren neuen roten Midirock mit dem dazu passenden Lumberjack an und brachte die kleine Hortense zu Claudia in die Atelierwohnung hinauf.

»Du siehst so unternehmungslustig aus!« stellte Claudia fest. »Was hast du vor?«

»Wird noch nicht verraten. Aber es kann sein, daß ich heute nacht nicht nach Hause komme.«

»Aha«, sagte Claudia und: »Dann viel Spaß!«

Martina klemmte sich Joachim Velberts letzten Roman unter den Arm und fuhr zu der Buchhandlung am Salvatorplatz. Etwa zwanzig Menschen umstanden den Schreibtisch, an dem Joachim Velbert seine Autogramme gab. Sie hielt sich zurück, bis es für einen Augenblick leerer um ihn geworden war. Dann trat sie vor.

»Dürfte ich um ein Autogramm bitten?« fragte sie, als sie ihm das Buch hinlegte.

Er blickte hoch, sah, was ihr lächelndes Gesicht ihm versprach, und sprang auf.

»Martina!« Er nahm sie in die Arme und küßte sie vor allen Leuten. »Dummes altes Ding! Weißt du, daß ich dich vermißt habe?«

»Ich hoffe es sehr.«

»Na, wie ist es dir denn in all der Zeit ergangen?« Er hielt ihren Arm fest und trat einen Schritt zurück, um sie besser betrachten zu können. »Prächtig, man sieht es. Ist es dir gelungen, dein Leben zu ändern?«

»Ich habe *mich* geändert, Jochen. Ich weiß, daß ich mich damals wie eine Idiotin aufgeführt habe ...«

»Nicht doch, nicht doch! Wie ein besitzergreifendes Weibchen wäre treffender.«

»So kann man es auch nennen. Inzwischen weiß ich, daß auch ich meine Freiheit brauche – mindestens so sehr wie du.«

Er zwinkerte ihr zu. »Nur die Freiheit?«

»Nicht nur!« gestand sie.

Inzwischen hatte sich wieder Publikum angesammelt.

Er setzte sich und schrieb ihr eine Widmung ins Buch. »Weißt du was«, sagte er, »das hier dauert noch etwa eine Stunde, ich komme anschließend zu dir.«

»Wollen wir es nicht lieber wie in alten Zeiten halten? Ich möchte so gern zu dir. Oder hast du vor, im Hotel zu übernachten? Dann treffen wir uns ein andermal.«

»Wo ich dich eben erst wiedergefunden habe? Kommt gar nicht in Frage. Nein, fahr mit mir raus. Du müßtest nur was zu essen besorgen.« Er klappte das Buch zu.

Sie nahm es an sich. »Mach ich. Und dann fahren wir schön hintereinander, jeder in seinem eigenen Wägelchen, nach Westerndorf. Abgemacht?«

»Ich sehe, du hast wirklich dazugelernt!« Er stand noch einmal auf und nahm sie in die Arme. »Ich freue mich sehr«, flüsterte er ihr ins Ohr.

Als sie wieder in ihrem Auto saß, schlug sie das Buch auf. Sie las und lachte unter Tränen: »Martina – der einzigen Frau, die nicht geheiratet zu haben ich bereue! In Liebe: Joachim Velbert!«